Marco Buticchi

Die dritte Prophezeiung

PIPER ORIGINAL

Marco Buticchi

Die dritte Prophezeiung

Thriller

Aus dem Italienischen von
Karin Diemerling

Piper München Zürich

Deutsche Erstausgabe
1. Auflage Dezember 2006
2. Auflage Februar 2007

Titel der italienischen Originalausgabe:
»Profezia«,
Longanesi & C., Mailand

Satz: psb, Berlin
Druck und Bindung: Clausen & Bosse, Leck
Printed in Germany ISBN 978-3-492-27113-4

www.piper.de

Für einen Freund

Denn es ist noch nie eine Weissagung aus menschlichem Willen hervorgebracht worden, sondern getrieben von dem Heiligen Geist haben Menschen im Namen Gottes geredet.

Aus dem zweiten Brief des Petrus

PROLOG

Jekaterinburg, Rußland. 16. Juli 1918.

Igor Drostin, ein junger Unteroffizier der roten Wache, schreckte aus dem Schlaf, als er einen Wagen in den Hof einfahren hörte. Er ging hinüber in den großen Salon und warf einen Blick auf die Wanduhr: zwölf Minuten vor Mitternacht. Bald würde seine Wachrunde beginnen. Aus dem Schlafsaal nebenan hörte Igor deutlich die Geräusche seiner ihm untergebenen Soldaten, die sich gerade ankleideten, und von draußen, durch die gekippten Fenster, war hin und wieder die Stimme des Kommandanten zu vernehmen. Es war ein heißer Sommer, aber in der Villa Ipatjew durfte man aus Sicherheitsgründen in den Gemächern, die der Zarenfamilie vorbehalten waren, die Fenster nie ganz öffnen.

Nach dem ehrerbietigen und zugleich militärisch-zackigen Ton seines Vorgesetzten zu schließen, mußte es sich bei den Neuankömmlingen um hochgestellte Persönlichkeiten handeln. Igor Drostin spähte in den dunklen Hof, und seine Vermutung wurde durch die roten Fähnchen an dem Wagen bestätigt, die von einem hohen Vertreter des Sowjets der Uralgebiete kündeten.

Beim Eintreten zeigte Kommandant Jurowskijs Gesicht den gleichen finsteren Ausdruck wie schon am späten Nachmittag, als er Igor und Medvedjew aufgetragen hatte, alle Nagant-Dienstrevolver einzusammeln, mit denen die Wachen ausgerüstet worden waren.

»Sergeant Drostin«, befahl er, »wecken Sie die Familie von Nikolaj Romanow und versammeln Sie diese in einem der Zimmer.«

Igor pflegte normalerweise keine Fragen zu stellen, doch diesmal konnte er sich nicht zurückhalten: »Was ist geschehen, Kommandant? Befürchtet man einen Angriff der Weißen?« Seit ein paar Tagen war in der Ferne Kanonendonner zu hören, der stetig näher kam.

»Genau«, sagte der Offizier, als hätte ihn die Frage seines Untergebenen auf eine Idee gebracht. »Das ist die Erklärung, die Sie dem ... dem Zar geben müssen. Aber Sie sollen wissen, daß ich gerade Befehl erhalten habe, das Todesurteil an den Romanows zu vollstrecken!«

»Müssen denn auch die Kinder sterben?«

»Los jetzt, nicht lange gefackelt!« entgegnete der Kommandant ungeduldig. »Beeilen Sie sich, Drostin, und Schluß mit den Fragen!«

Alle elf Gefangenen, die Mitglieder der kaiserlichen Familie und einige Bedienstete, wurden in einen Raum im Souterrain mit gewölbter Decke und gestreifter Tapete geführt, in den man durch ein Vorzimmer gelangte. Auf der rechten Seite befand sich ein vergittertes Fenster, und eine zweite Tür führte in einen fensterlosen Lagerraum.

Die Nachricht, daß die konterrevolutionären Truppen einen Angriff vorbereiteten, hatte einen neuen Hoffnungsfunken im Zar entfacht, der von der achtzehnmonatigen Gefangenschaft stark mitgenommen war.

Kommandant Jurowskij überließ die ahnungslosen Gefangenen Drostins Bewachung und ging hinaus, gefolgt von einigen der Soldaten. Im Vorzimmer entfernte er ein Fahnentuch von den zwanzig zuvor eingesammelten Waffen.

»Ein paar davon sind nicht geladen, damit ihr nicht wißt, wer getroffen hat, und später nicht von Schuldgefühlen geplagt werdet, weil ihr Frauen und Kinder erschossen habt«, erklärte er. »Drostin!« rief er dann. »Gehen Sie und sagen Sie den Wachen Bescheid, daß sie sich wegen der Schüsse keine Gedanken machen sollen!«

Danach trat Jurowskij wieder in den Hauptraum und verkündete mit gesenktem Blick: »Der Sowjet der Uralgebiete hat das Todesurteil über Euch und Eure Familie verhängt, Nikolaj Romanow, das unverzüglich vollstreckt werden soll. Habt Ihr noch einen letzten Wunsch?« Erst dann hob er den Blick zum stolzen Gesicht des Zaren aller Reußen.

Nicolaj selbst schien den Tod nicht zu fürchten, doch sein Blick zeigte blanke Angst, als er ihn über seine Kinder und seine Zarin, Alexandra von Hessen, schweifen ließ.

»Ihr schafft uns also nicht von hier fort?« fragte er schlicht, und ohne eine Antwort abzuwarten, drängte er sich an die Seinen, während die Männer des Erschießungskommandos ihre Positionen einnahmen.

Igor Drostin trat ins Freie, wo ihm die Luft viel reiner erschien, so erleichtert war er darüber, daß ihm der Befehl des Kommandanten ersparte, der Hinrichtung beizuwohnen oder – schlimmer noch – sich an ihr zu beteiligen. Mit schnellem Schritt ging er auf die Maschinengewehrposten zu, die sich hinter der Palisade verbargen, die zur Verteidigung der Villa Ipatjew errichtet worden war. Er hatte die Wachmannschaft in der nebenan gelegenen Villa Popow fast erreicht, als er die Schüsse krachen hörte.

Die Nagant 7.62 waren auf das Handzeichen des Kommandanten alle gleichzeitig abgefeuert worden, und der Kugelhagel dauerte so lange fort, bis auch das letzte Mitglied der Zarenfamilie und ihrer treuen Dienerschaft zu Boden gesunken war.

Jurowskij bahnte sich mit noch schmauchender Waffe einen Weg durch die Hingerichteten und besudelte dabei seine Stiefel mit Blut. Einige lebten noch, so daß er gezwungen war, ihnen mit einem Nackenschuß das Ende zu setzen.

Kurz darauf fuhr ein kleiner Laster in den Hof, und die von den Kugeln und Bajonetten entstellten Leichen wurden in Militärdecken gewickelt und auf die Pritsche geladen.

Wladimir Narejew, ein Gefreiter, der an der Exekution teilgenommen hatte, hob den Zipfel einer Decke an und legte das strenge, wachsbleiche Gesicht des Zaren frei; aus dem weit offenstehenden Mund lief ein Rinnsal geronnenen Blutes.

Narejew spuckte ihm ins Gesicht und verfluchte ihn. Drostin zog ihn fort. »Hab wenigstens ein bißchen Respekt vor den Toten, Gefreiter.«

»Sicher, Genosse Drostin«, entgegnete der andere spöttisch. »Den gleichen Respekt, den dieses Pack vor dem russischen Volk gehabt hat. Was mischst du dich ein?«

Die Stimme des Kommandanten erstickte den aufkommenden Streit im Keim. »Ihr zwei, steigt auf den Lastwagen. Ihr fahrt mit zu dem Ort, wo man die Leichen verscharren wird, und bezieht Wache, bis ihr weitere Befehle erhaltet.«

Wachehalten für elf Leichen? Igor Drostin wunderte sich und schüttelte den Kopf.

Erst als sie den Bahnübergang Nummer 184 überquerten, wurde ihm klar, daß ihr Ziel das verlassene Bergwerk mit dem Namen »Vier Brüder« war.

Einige Zeit später wurde Igor Drostin im Innern des Bergwerks erneut durch ein Geräusch aus dem Schlaf gerissen. Als er die Augen aufschlug, sah er Narejews Gesicht vor sich, schräg angeleuchtet vom schwachen Schein einer Laterne. Der mörderische Ausdruck darin ließ Drostin erstarren.

Doch das Entsetzen lähmte ihn nur für den Bruchteil einer Sekunde, ehe der Überlebensinstinkt die Oberhand gewann. Igor warf sich auf die Seite, um dem Bajonett zu entgehen, zog blitzschnell seinen Dolch, und noch in der Bewegung schnitt er seinem Angreifer mit einem einzigen Hieb die Kehle durch. Narejew fiel in einem Regen aus Blut zu Boden und hauchte gurgelnd sein Leben aus.

Laut keuchend vor Bestürzung ließ sich Igor auf seinen Strohsack fallen und schloß die Augen. Was war bloß in seinen Kameraden gefahren, daß er sich wie ein Wahnsinniger verhalten hatte? Ihre kurze Auseinandersetzung vor ein paar Stunden konnte doch wohl nicht der Grund sein?

Auf diese Fragen würde er jedenfalls von ihm keine Antwort mehr erhalten. Er setzte sich auf und betrachtete lange und wie betäubt Narejews leblosen Körper und die sich unter ihm ausbreitende Blutlache. Schließlich riß er sich zusammen, stand auf und ging zu der Stelle, wo sich der Tunnel verbreiterte und die Leichen der Hingerichteten abgeladen worden waren.

Eine der Frauen war entkleidet worden. Igor glaubte zuerst, daß Narejew tatsächlich verrückt geworden war und sich an der Leiche vergangen hatte, doch dann sah er die zerrissenen, durcheinandergeworfenen Kleider und verstand – auch warum Narejew versucht hatte, ihn umzubringen.

Die Kleider der Romanows waren mit Juwelen gefüttert, von denen einige nun auf der Erde verstreut lagen, herausgefallen durch die Schlitze, die von der Klinge seines Kameraden herrührten.

Östliches Sibirien. 1972.

Die Sonne war erst vor zwei Stunden aufgegangen, würde aber bald wieder hinter dem Horizont verschwinden. Ihr strahlendes, intensives Licht, das jedoch keine Wärme spendete, brach sich in einer milchigen Nebelschicht. Die lange, kalte sibirische Nacht würde in Kürze wieder anbrechen und die Raubtiere aus ihren Löchern locken.

Als wäre er eines von ihnen, zeigte sich Josif Drostin an der Tür seines Holzhauses, das nicht viel mehr als eine Hütte in einer Einöde aus Frost und Nebel war, und kniff die Augen zu schmalen Schlitzen zusammen, als er gegen das Licht schaute. Sie waren von derselben Farbe wie die des Eises, das sich endlos um ihn herum erstreckte.

»Ich kann hier nicht mehr leben«, murmelte er. »Ich muß weg, koste es, was es wolle.«

Josif Drostin hatte strohblondes Haar und ein kantiges, ausgeprägtes Kinn. Sein Körper war von den mühevollen Jagden in der Steppe gestählt, und seine Gesichtszüge wirkten hart und feindselig, viel reifer als die eines jungen Mannes von zwanzig Jahren.

Daß er einen Teil seiner Jugend in diesem eisigen Ödland verbracht hatte, verdankte er der Deportation seines Vaters unter Josif Wisarionowitsch Dschugaschwili, besser bekannt als Stalin. Mit Vornamen hatte er Josif geheißen, genau wie er selbst.

Das Urteil war hart gewesen, zumal es nur auf oberflächlichen Verdachtsmomenten beruhte, und zwölf Jahre Sibirien überstand niemand so leicht. Tatsächlich war Josif Drostins Vater nun gestorben.

Die Aufgabe, sich um Josif zu kümmern, war seinem Großvater väterlicherseits, Igor Drostin, zugefallen, da Josifs Mutter kurz nach der Verbannung ihres Mannes beschlossen hatte, ebenfalls zu verschwinden, und sich nie mehr hatte blicken lassen.

Die militärischen Erziehungsmethoden von Großvater Igor, einem ehemaligen Soldaten und Helden der Oktoberrevolution, waren vielleicht nicht die geeignetsten gewesen, um ein dreijähriges Kind aufzuziehen, doch zum Ausgleich hatte der Alte über einen unerschöpflichen Vorrat an Geschichten verfügt. Eine davon war besonders faszinierend und ließ seinen Enkel nicht mehr los.

Am nächsten Morgen stand Josif Drostin lange vor der kränklichen sibirischen Sonne auf. Er packte seine wenigen Habseligkeiten in seinen Armeerucksack, darunter die abgenutzten Schreibhefte, über denen ihn Großvater Igor viele Stunden lang hatte schwitzen lassen, und zog die Tür der Hütte hinter sich zu.

Das einzig Wertvolle, das er bei sich trug, war die Erinnerung an die Geschichten des Großvaters. Und diese Hefte.

Mit schnellen Schritten machte er sich auf den Weg über die holprige Straße und ließ die sibirische Nacht für immer hinter sich.

Vatikanstadt. 11. August 1999.

Es war höchst ungewöhnlich, daß jemand wie Patrick Silver dem Papst persönlich gegenübertrat, doch an diesem drükkend heißen Augustmorgen hatte ihn seine Heiligkeit nach der üblichen Mittwochsaudienz zusammen mit einer kleinen Gruppe anderer Personen privat empfangen.

»Durch Ihr entschlossenes Handeln ist eine furchtbare Bedrohung für die gesamte Menschheit abgewendet worden«, sagte der Papst, an alle gewandt. »Bitte, Mr. Silver«, forderte er Pat auf, »ich bin sehr gespannt zu hören, wie sich die Geschehnisse im einzelnen abgespielt haben.«

»Die dritte Prophezeiung, Eure Heiligkeit ...«, wollte Pat Silver in seiner gewohnten Unbekümmertheit herausplatzen, aber ausnahmsweise wußte er sich zurückzuhalten, und seine Miene wurde ernst und konzentriert. Ja, es war an der Zeit, einmal vollkommen aufrichtig und ernsthaft zu sein. Auf die Möglichkeit, daß das, was er zu berichten hatte, in irgendeinem Zusammenhang mit der dritten Prophezeiung stehen könnte, würde er erst zum Schluß und nur ganz vage zu sprechen kommen.

Pat begann zu erzählen, und die Worte strömten aus seinem Mund wie ein ungebändigter Fluß.

ERSTER TEIL

Der Pfahlstich

1. KAPITEL

New York. Campus der Columbia University. Mai 1978.

Pat Silver war noch nie ein Musterschüler gewesen und würde auch nie einer werden. Den Besuch einer der namhaftesten Universitäten der Vereinigten Staaten verdankte er einzig und allein seinen sportlichen Leistungen, denn er war der Spielmacher der Basketballmannschaft. Wäre er zwanzig Zentimeter größer gewesen, hätte er in die Riege der hochbezahlten Stars der Profiliga aufsteigen können.

Daß daraus nichts werden würde, lag jedoch nicht nur an seiner Größe von einem Meter fünfundachtzig, sondern vor allem an seiner unbekümmerten und sehr individuellen Lebenseinstellung.

Sein Zimmergenosse beobachtete gerade mit einer Mischung aus Zweifel und Bewunderung, wie er feine Drähte unter dem Teppich spannte und sie an den kleinen elektrischen Kompressor anschloß, der hinter dem Vorhang versteckt war. Der komplizierte Mechanismus würde im richtigen Moment durch einen ebenfalls verborgenen Schalter in Gang gesetzt werden und einen runden, dreibeinigen Tisch zum »Schweben« bringen.

Die Inszenierung für die spiritistische Sitzung war fertig. Jetzt mußten sie nur noch auf ihre Kommilitoninnen Maggie Elliot und Annie Ferguson warten und darauf hoffen, daß der Trick des leichtfüßigen Basketballers sie ordentlich erschreckte. Daraufhin würden sie den Mädchen nur allzu gern Trost und zwei Paar zärtlicher und dennoch starker Arme bieten, in die sie sich flüchten konnten. Doch es sollte anders kommen.

Jekaterinburg. 1978.

Josif Drostin ging am östlichen Ufer des Verch-Iseck-Sees entlang und überquerte die Glawanja-Straße auf der Höhe des Eingangstors zur Fabrik Uralyzmasch. Im leichten Morgennebel zeichneten sich schemenhaft die Gestalten der anderen Arbeiter ab. Eingemummelt in ihre grauen Overalls, hielten sie die Köpfe gesenkt und schlugen sich gegen die Oberarme, um sich zu wärmen. Unwillig blickte Josif an sich hinab; sein eigener Overall war zu lang und schleifte bei jedem Schritt über den Boden.

Er war ein Mensch ohne Wurzeln, aber Jekaterinburg fühlte er sich zumindest durch die schönen Jahre verbunden, die er dort mit Großvater Igor verlebt hatte, und also war er dorthin zurückgekehrt, wie ein Zugvogel, der sein altes Nest aufsucht.

»Du wirst deine Zukunft am Schnittpunkt der Diagonalen finden.« Das hatte sein Großvater immer zu ihm gesagt. Aber was für eine Zukunft? Alles, was die Union der Sozialistischen Sowjetrepubliken ihm zu bieten hatte, war ein grauer Overall und ein graues Gefühl der Leere.

»Der Schnittpunkt der Diagonalen ...«, murmelte Josif vor sich hin. Was hatte der Großvater nur damit sagen wollen? Schon seit Jahren zermarterte er sich darüber das Gehirn, ohne bisher zu einem Ergebnis gekommen zu sein.

Nur wenige Häuserblocks von der Fabrik entfernt hatte bis vor kurzem noch die Villa Ipatjew gestanden, in der der Zar und seine Familie während der Oktoberrevolution ihre letzten achtundsiebzig Tage verbracht hatten. Bei ihnen hatte sich ein blutjunger Soldat namens Igor Drostin befunden. Auch das hatte ihm Großvater Igor tausendmal erzählt und es ihm in das erste der kleinen Hefte diktiert, die Josif wie einen Schatz hütete. Auf diese Weise hatte Großvater Igor ihm Schreiben und Lesen beigebracht und dabei beharrlich wiederholt, sein Enkel werde auf den Heften einmal seine Zukunft aufbauen.

Die Zukunft? Josif Drostin zuckte mit den Schultern und lief rasch weiter, denn ihn erwartete sein erster Arbeitstag in der Fabrik. Arbeit, puh! Er wußte jetzt schon, daß das auf Dauer nichts für ihn war. Seine aufbrausende Natur verwickelte ihn immer wieder in Schlägereien, und außerdem – wer wollte schon im Elend leben, wenn man wußte, daß im Westen das Schlaraffenland wartete?

Er hatte nicht den geringsten Zweifel daran, daß er eines Tages in den Westen gehen würde.

Campus der Columbia University. Mai 1978.

Maggie Elliot und Annie Ferguson hatten sich zur verabredeten Zeit eingefunden. Es waren hübsche Mädchen, und die dunkelbraune Haut der ersten bildete einen aparten Kontrast zu der milchigen Weiße der zweiten. Seit etwa einer halben Stunde legte der automatische Wechsler des Plattenspielers die beliebtesten Hits auf 45er-Scheiben auf, so daß das Zimmer vor Musik vibrierte.

Perfekt, dachte Pat Silver, bevor er scheinbar spontan vorschlug: Wie wär's, wollen wir nicht eine spiritistische Sitzung abhalten?

Ohne die Reaktion der anderen abzuwarten, ging er zu dem kleinen Tisch. Alle vier nahmen daran Platz und hörten ihm gespannt zu, da er etwas von der Sache zu verstehen schien.

»Konzentrieren wir uns«, befahl er. »Und jetzt faßt euch an den Händen.«

Ein kurzer Druck auf den Schalter, und der Kompressor sprang an. Eine geheimnisvolle, mit Bedacht ausgewählte Musik übertönte das Summen des Apparats, und der Tisch begann sich kaum merklich zu heben.

Ehe jemand etwas sagen konnte, fiel Maggie in Trance.

Ihre Augen verdrehten sich, ihre Haut nahm einen wächsernen Ton an, und ihr Kopf sank nach hinten.

Die anderen drei wechselten erschrockene Blicke, doch Pat faßte sich und sagte: »Wir dürfen die Kette nicht unterbrechen, das könnte gefährlich werden!«

Maggie begann zu sprechen. Ihre Stimme klang angestrengt und wie die eines Kindes, und sie preßte die wenigen Worte in einer anderen Sprache hervor, dann sank sie erschöpft über dem Tisch zusammen.

»Maggie!« rief Pat und reichte ihr ein Glas Wasser.

Die junge Frau war verstört. »Was ist mit mir passiert?« fragte sie leise.

»Keine Ahnung. Du hast irgendwas auf spanisch gebrabbelt«, antwortete Pat, fast genauso verwirrt.

»Es war Portugiesisch«, verbesserte Grant, der mit dieser Sprache halbwegs vertraut war, da sein Vater im diplomatischen Dienst in Brasilien war.

»Was habe ich gesagt?«

»Etwas in dem Sinne: ›Die Prophezeiung droht, sich zu erfüllen! Es liegt an euch, die Welt zu retten!‹«

Verblüfft starrten sie sich an und fragten sich, was diese seltsamen Worte wohl bedeuten mochten.

Jekaterinburg. 1978.

Josif Drostin ging jeden Morgen auf derselben Straße zur Fabrik, die nur wenige Blocks von seiner Unterkunft entfernt lag. Als Junggeselle ohne Familie hatte er kein Anrecht auf eine Wohnung in einer der volkseigenen Mietskasernen, doch das ihm zugewiesene Zimmer war trotz seiner Kargheit zweifellos gemütlicher als die sibirische Hütte, in der er den Tod seines Vaters miterlebt hatte.

Nachdem Großvater Igor gestorben war, hatte sich Josif

auf die lange Reise von Jekaterinburg bis ins östliche Sibirien gemacht, um seinen Vater wiederzusehen, der nach Ablauf seiner Verbannungszeit beschlossen hatte, dieses frostige, unwirtliche Land nicht mehr zu verlassen.

In einem der wenigen Briefe, die sie sich im Laufe der Jahre geschrieben hatten, hatte der Vater ihm mitgeteilt, daß er eine neue Gefährtin gefunden habe und daher bleiben wolle, um von den Einkünften aus der Pelztierjagd zu leben.

Josif war achtzehn Jahre alt gewesen, als der Pope die Totenmesse über dem Sarg von Großvater Igor gelesen hatte. Der Geistliche hatte Igor als tapferen Mann gepriesen und ihn als Helden der Revolution bezeichnet. Josif hatte sich das alles angehört, und obwohl er gewußt hatte, wie sehr ihm der Alte fehlen würde, hatte er nicht weinen können.

Einen Monat später hatte er an die Tür einer Baracke in der sibirischen Steppe geklopft. Der Mann, der ihm öffnete, war ein Fremder, der nach Wodka stank.

»Ich bin Josif«, hatte er gesagt, »dein Sohn.«

Rom. Eine Villa an der Via Appia Antica. Oktober 1978.

Die dreizehn Gäste trafen nacheinander in der Villa ein, und die Versammlung begann, als der erste Stern am Himmel funkelte.

Die Adepten des eigenartigen Rituals standen um einen mit Intarsien verzierten Tisch, gehüllt in weiße Roben mit einem roten Kreuz darauf. Auf der Brust waren geheimnisvolle Sternzeichen aufgestickt, und die ebenfalls weißen Kapuzen über ihren Köpfen ließen nur die Augen frei. Der unterirdisch gelegene Raum, in dem sie zusammengekommen waren, erinnerte an eine Krypta und wurde beherrscht von einem Kreuz, das zwischen zwei schmalen Säulen stand.

In der Mitte des ovalen Tisches lag ein rotes Seil, dessen Enden durch einen speziellen Knoten verknüpft waren, und jeder der dreizehn Anwesenden holte nun eine Kordel von der gleichen Farbe hervor, jedoch verziert mit einem eingeflochtenen Goldfaden.

Mit rituellen Bewegungen ließen sie ihre Kordeln einmal um das Seil kreisen und befestigten sie anschließend geschickt mit dem gleichen Seemannsknoten daran, der auch die Seilenden miteinander verband: dem Pfahlstich.

»*Non nobis, domine, non nobis, sed nomini tuo da gloriam. Nos perituri mortem salutamus*«, psalmodierten sie einstimmig.

Erst dann begann der Großmeister zu sprechen.

»Was hat euch hergeführt, ihr Armen Ritter Christi?«

»Das Streben nach Erkenntnis, Meister«, antworteten die anderen zwölf Kapuzenträger.

»Aber seid ihr auch bereit für die Erkenntnis?«

»Wir sind bereit, uns allem zu stellen, Meister, selbst dem Tod.«

»Die Prophezeiung wird sich bald erfüllen, Brüder. Doch in unserer Mitte gibt es einen, der uns um seines persönlichen Vorteils willen Hindernisse in den Weg legt und sich zu riskanten Handlungen hinreißen läßt, die er mit den Zielen unseres Ordens zu verwechseln vorgibt.

Was wir brauchen, ist Zeit, und keine Verräter«, fuhr der Meister nach einer beredten Pause fort. »Denn die Zeit ist es, die es uns erlaubt hat, wieder zu erstarken, so daß heute tausend Ritter mit uns zum äußersten Opfer für die Sache bereit sind. Wie ihr wißt, handelt es sich ausnahmslos um ehrenhafte Personen, die hochrangige Stellungen in allen Teilen der Welt einnehmen. Wir sind nicht mehr weit von unserem Ziel entfernt, das da lautet, Satan vom Thron des Petrus zu verjagen und dafür zu sorgen, daß sich die Rache erfüllt. Nur so kann sich die Menschheit von der Lüge befreien und wieder im Namen Gottes leben. Doch dafür, ich betone es noch einmal, brauchen wir Zeit und müssen leichtsinnige Schritte vermeiden.«

Der Blick des Meisters bohrte sich drohend nacheinander in die Augen der Versammelten, der zwölf Apostel des Hohen Rates.

»Einer unserer Brüder hat einen schweren Fehler begangen«, sagte er streng. »Wir können uns keine aufsehenerregenden Todesfälle leisten, zumindest im Moment nicht. Und doch hat einer von uns, um seine Gier nach Reichtum zu befriedigen, zur falschen Zeit und am falschen Ort auf das Mittel des Mordes zurückgegriffen.«

Einer der Kapuzenträger wand sich, immer nervöser werdend, während der Meister weitersprach: »Wir dürfen uns weder Fehler erlauben, noch es uns gestatten, sie zu verzeihen. Ich wiederhole: Die Zeit allein wird uns recht geben, und daher dürfen wir keine voreiligen Handlungen riskieren, mit denen wir die Aufmerksamkeit auf uns ziehen könnten. Niemand darf von den Armen Ritter Christi erfahren, bis sie sich der Welt als das zeigen, was sie sind: ihre Retter.«

Zwei Männer kamen in den Raum, die normale Straßenkleidung trugen, die Köpfe jedoch ebenfalls unter Kapuzen verborgen hatten. Mit resoluten Schritten gingen sie auf das Mitglied des Hohen Rates zu, das seit einigen Minuten Anzeichen höchster Beunruhigung erkennen ließ, und packten es mit eisernen Griffen an den Armen.

»Ich habe zum Wohl aller Brüder gehandelt, Meister!« versuchte der Unglückselige, sich zu verteidigen. »Unser Finanzierungssystem war kurz davor, entdeckt zu werden. Ich schwöre, ich habe es nur im Interesse der Gemeinschaft getan. Die Finanzen des Vatikans ... und das Mißtrauen des Papstes ...«

»Du hast allein in deinem eigenen Interesse gehandelt«, entgegnete der Meister kühl. »Es waren *deine* finanziellen Machenschaften, die entdeckt zu werden drohten, Machenschaften, durch die du dich unmäßig bereichert hast. Du bist des Gewandes nicht würdig, das du trägst, Kardinal Vittorio Febi.«

Die Nennung eines Namens durch den Großmeister kam einem Todesurteil gleich.

Der Kardinal versuchte weiterhin verzweifelt, seine Gründe geltend zu machen, doch seine Worte gingen in Angstgeheul über, als die beiden Schergen ihn hinausschleiften und sich die Tür hinter ihnen schloß.

Der Zwischenfall schien die Versammelten nicht weiter erschüttert zu haben, und nach kurzem Schweigen ergriff der Meister wieder das Wort.

»Die Zahl der Heiligen Apostel im Hohen Rat muß neu vervollständigt werden. Daher bitte ich euch nun, einen jungen Bruder in unseren Kreis aufzunehmen.«

Eine der drei Türen ging auf, und eine schlanke Gestalt zeichnete sich im Gegenlicht unter der langen weißen Kutte ab. Der neue Adept trug eine Augenbinde und eine rote, mit dem rituellen Knoten geknüpfte Schlinge um den Hals. Der Großmeister schritt auf ihn zu und führte ihn dann an der roten Schlinge wie an einer Leine zu dem großen Tisch.

Darauf begann der Mann mit feierlicher Stimme und starkem amerikanischem Akzent die alte Schwurformel aufzusagen: »*Ego, miles de ordine templi, promitto domino meo Jesu Christo perpetuam obedientiam et fidem servendam in perpetuo …*«

Es war eine Formel, die auf ferne Zeiten zurückging, als ein Ritterorden zu einer der einflußreichsten Mächte des Mittelalters aufgestiegen war.

New York. Oktober 1980.

Magdalene Elliot, von allen Maggie genannt, lag im Bett und dachte träumerisch an das gestrige Uni-Abschlußfest. Der Duft von Pat Silver, des Stars der Basketballmannschaft, schien noch immer an ihren Händen zu haften.

Stöhnend zog sie sich die Decke über den Kopf. Noch nie hatte sie einen Mann so sehr begehrt, und was war passiert? Ein langsamer Tanz, eng umschlungen, dann hinaus auf die Terrasse unter dem uralten Vorwand, sich die Sterne ansehen zu wollen, ein hauchzarter Kuß, die Hand in Pats Haaren ... Und genau in diesem Moment war der allgegenwärtige Derrick Grant aufgetaucht. Verdammter Mist!

Sie streckte sich ausgiebig, stand dann auf, ging zur Haustür und kehrte, immer noch verschlafen, mit einer Flasche frischer Milch und der Zeitung zurück.

Ein zerstreuter Blick auf die Titelseite genügte, um bei ihr eine Gänsehaut zu erzeugen: Diese Szene hatte sie schon einmal gesehen, vor ein paar Tagen. Eine Autobombe war vor einer amerikanischen Botschaft im Mittleren Osten explodiert.

Hektisch überfolg sie den Artikel auf der Titelseite, der im Innenteil fortgesetzt wurde. Doch als sie dort weiterlesen wollte, wurde sie von einer Randnotiz abgelenkt: »Rom. Feierliche Messe zum Todestag von Kardinal Vittorio Febi. Die Kurie gedachte des unumstrittenen Herrschers über die Finanzen des Vatikans während der 70er Jahre, der vor zwei Jahren einem Herzinfarkt erlag ...«

Maggie wandte sich wieder der Hauptnachricht zu, wobei sie die Lektüre mehrmals unterbrach, um die abgedruckten Fotos zu betrachten – sie waren sämtlich in ihrem Kopf gespeichert, wie ein Film, den sie so häufig gesehen hatte, daß sie ihn auswendig kannte. Zwar sah sie die Fotos zum erstenmal mit ihren Augen, aber sie wußte, daß sie diese Bilder schon vorher gesehen hatte, in einem dieser dunklen Momente, in denen sie keine Kontrolle über ihren Geist zu haben schien.

Es waren merkwürdige, unerklärliche Erlebnisse, wie damals, als sie in Pats und Derricks Zimmer in Trance gefallen war. Weder sie noch die Freunde hatten je wieder darüber gesprochen.

Noch einmal las sie die Schlagzeile: »Brutaler terroristischer Anschlag. Zwölf US-Bürger bei einem Attentat getötet.«

Pat Silver erwachte am späten Nachmittag, und sein erster Gedanke galt dem schönen Mund von Maggie Elliot. Nachdem er aufgestanden war, massierte er sich die Schläfen und hatte leichte Schwierigkeiten, das Gleichgewicht zu halten.

Sein Zimmergenosse Derrick saß vor dem Fernseher. Die dramatischen Bilder des Attentats waren auf der Mattscheibe zu sehen.

»Diese Schweine«, kommentierte er. »Und wie immer werden sie ungestraft davonkommen.«

In diesem Moment klingelte das Telefon.

»Pat«, sagte Maggie, hörbar verstört, »ich habe die Bilder von dem Attentat gesehen.«

»Ja, sicher. Wir schauen sie uns auch gerade an. Eine schreckliche Sache.«

»Nein, ich meine nicht, daß ich sie *jetzt gerade* sehe. Ich habe sie schon vorher gesehen – vor mindestens zehn Tagen oder so.«

»Meine Güte, Maggie, bist du sicher, daß dir die vielen Cocktails von gestern abend keinen Streich spielen?«

»Ganz sicher, Pat«, entgegnete sie ohne Zögern. »Und ich fühle mich diesem Ereignis immer noch – wie soll ich es ausdrücken? – irgendwie verbunden.«

»Verbunden? Ach, du Schande. Kann ich etwas für dich tun?«

»Nein, ich fürchte nicht. Aber du, Derrick und Annie, ihr seid meine besten Freunde. Ich hatte das Bedürfnis, jemandem von diesem komischen Erlebnis zu erzählen, ohne gleich für eine schrullige Hellseherin gehalten zu werden.«

»Mir liegt sehr viel an dir, Maggie, das weißt du«, erwiderte Pat schnell. Er hätte gern noch mehr hinzugefügt, verkniff es sich aber.

»Was wollte unsere schwarze Venus?« fragte Derrick, kaum daß Pat den Hörer aufgelegt hatte, und Pat erzählte ihm von den seltsamen Visionen der Freundin.

»Wir könnten meinen Vater um Rat fragen«, schlug Derrick vor. »Er kennt eine Menge wichtiger Leute.«

»Ich glaube, es ist besser, die Sache erst mal auf sich beruhen zu lassen. Aber falls sich diese Visionen wiederholen, sollten wir noch mal darüber nachdenken.«

Jekaterinburg. 1980.

Fast zwei Jahre in dieser verdammten Fabrik und von morgens bis abends die ewig gleichen monotonen Handgriffe. Zur Zarenzeit war Jekaterinburg der Sitz der Münzanstalt des Reiches gewesen; bevor die Stadt des Ende der Romanows erlebt hatte, waren dort jahrzehntelang die Konterfeis der Zaren auf Münzen und Banknoten reproduziert worden. Die Schraubenfabrik, in der Josif Drostin arbeitete, befand sich sogar in dem Gebäude, in dem einst die Münzen geprägt worden waren.

Nach Beendigung seiner Schicht ging Josif nach Hause in sein Zimmer und schuf ein wenig Ordnung unter seinen wenigen Habseligkeiten. Dabei fielen ihm wieder die alten Hefte in die Hand, mit denen er unter Großvater Igors geduldiger Anleitung Lesen und Schreiben gelernt hatte. Unzählige Male hatte der Alte ihn beschworen, sie zu behalten. »Da drin steckt deine Zukunft, Junge ...«

Aufgewühlt von der Erinnerung, begann Josif wieder einmal zu lesen, was der Großvater ihm vor vielen Jahren diktiert hatte:

Der Zar und die Zarin kamen am 30. April 1918 in Jekaterinburg an. Ich gehörte damals zum Ordnungsdienst des Bahnhofs. Es waren unruhige Zeiten, man lebte in einem Klima tiefer Ungewißheit. Im Januar hatte der Sowjet der

Uralgebiete sogar einen Cousin von Lenin, Viktor Ardjasew, zum Tode verurteilt. Als ich im Mai als Unteroffizier zur Bewachung der Zarenfamilie abkommandiert wurde, war ich ein wenig überrascht, denn die Wachen der Romanows gehörten normalerweise alle zum Geheimdienst Tscheka, mit dem ich noch nie etwas zu tun gehabt hatte. Ich empfand keinerlei Sympathie für diese Leute.

Der Grund, weshalb man mich ausgewählt hatte, war wahrscheinlich der, daß keiner von ihnen Englisch sprach, während ich durch eine frühere Anstellung einige Kenntnisse in dieser Sprache erworben hatte, in der sich der Zar und seine Familie häufig zu verständigen pflegten. Als ich meinen neuen Dienst antrat, war ich schockiert über die Haltung, die meine Kameraden gegenüber der Zarenfamilie an den Tag legten. Ich war ein Revolutionär wie sie, aber ich wäre nie auf die Idee gekommen, die Gefangenen zu verhöhnen oder obszöne Sätze an die Wände zu schmieren, die auf eine angebliche fleischliche Beziehung der Zarin mit dem Mönch Rasputin anspielten. Was den Zar selbst betraf, so machte er auf mich den Eindruck eines sanften, freundlichen Mannes, der sehr an seiner Familie hing. Mir gegenüber hat er sich stets respektvoll und menschlich gezeigt.

Als Jurowskij seinen Vorgänger Avdejew als Befehlshaber in der Villa Ipatjew ablöste, brachte er einen Trupp Getreuer mit, unter denen auch einige Letten waren. Wie ihr Kommandant waren diese Männer unbestechlich, aber erbarmungslos. Nach ihrer Ankunft wurden viele meiner bisherigen Kameraden versetzt und die Gefangenen mit mehr Respekt behandelt.

Ich hingegen blieb, vermutlich aus demselben Grund, der meine Vorgesetzten anfangs veranlaßt hatte, mich dorthin zu schicken. Der Zarenfamilie war es zwar verboten, sich in einer anderen Sprache als Russisch zu unterhalten, aber niemand hätte sie verstehen können, falls sie doch einmal ein paar Worte auf englisch gewechselt hätten. Ich kann nicht leugnen, daß ich die jungen Damen und besonders den Zarewitsch Alessio mit der Zeit liebgewann, ein hilfloser Knabe, der wegen seiner schweren Krankheit ständig das Bett hüten mußte.

New York. 1980.

Die *Ahnung* – so nannte Maggie Elliot inzwischen ihre Visionen, die mit einer Mischung aus Erregung und Angst einhergingen. Es gelang ihr noch nicht, dieses Phänomen, das so neu und unerklärlich war, zu kontrollieren, aber sie hatte begriffen, daß sie lernen mußte, damit zu leben. Als die *Ahnung* sich ihrer an diesem Tag wieder bemächtigte, war sie vollkommen wach und bei klarem Bewußtsein.

Das Fenster, das sie *sah*, lag im dritten Stock eines heruntergekommenen Gebäudes an einer Kreuzung eines Vororts. Rechts davon gab es ein Café mit einem roten Neonschild, links ein Geschäft für Tierbedarf. Sie sah die Szenerie klar und deutlich vor sich und konnte noch weitere Einzelheiten unterscheiden. In dem Zimmer hielten sich zwei dunkelhäutige Männer auf, die mit einem gelatineartigen Material und einigen Zeitschaltern herumhantierten. Sie wußte sofort, daß die beiden an dem Attentat vor vierzig Tagen beteiligt gewesen waren.

Als die *Ahnung* sich verflüchtigte, griff sie atemlos und verwirrt zum Telefon und wählte Derrick Grants Nummer.

Wenige Minuten später rief Derrick seinen Vater in Rio de Janeiro an, wo dieser seit Jahren im diplomatischen Dienst tätig war. Nachdem er ihn wegen des Anrufs zu so ungewöhnlicher Stunde beruhigt hatte, kam er gleich zur Sache und versuchte, alles so logisch wie möglich darzulegen, auch wenn gerade die Logik die Schwachstelle in der ganzen Geschichte war. Sein Vater gab sich denn auch keine Mühe, sein Erstaunen zu verbergen.

»Du rufst mich mitten in der Nacht aus New York an, um mir zu sagen, daß eine Freundin von dir eine Hellseherin ist?«

»Dad, Maggie Elliot ist ein Mädchen, das mit beiden Beinen fest auf dem Boden steht und …«

»Und vor allem ein sehr hübsches Mädchen, wenn ich mich recht erinnere«, unterbrach ihn der Vater. »Ich hoffe, daß du nicht vor Liebe blind geworden bist.«

»Unsinn, Dad. Sogar das FBI wendet sich manchmal an übersinnlich begabte Menschen, um besonders schwierige Fälle zu lösen.«

»Das FBI – so, so. Nein, mich wirst du nicht überzeugen, aber du kannst ja versuchen, einen Freund von mir in New York zu erreichen. Er heißt Timothy Hassler und arbeitet in irgendeiner Abteilung für Terrorismusbekämpfung. Warte, ich gebe dir seine Telefonnummer.«

Pat Silver war nach einem langen »Urlaub« nach New York zurückgekehrt. Er stammte aus Michigan und war erst zum Studium nach New York gekommen, betrachtete die Stadt aber als seine Heimat, weil sie der einzige Ort auf der Welt war, wo er leben konnte, wie es ihm gefiel – nämlich auf großem Fuß und von krummen Geschäften.

Seine Methode bestand darin, möglichst vielen Personen kleinere Beträge von höchstens ein paar hundert Dollar aus der Tasche zu ziehen; eine clevere Strategie, die ihn im allgemeinen vor einer gerichtlichen Verfolgung durch die Betrogenen bewahrte.

Ein Artikel in der *New York Times* brachte ihn auf die entsprechende Idee: Die Großbank Savings Corporation wollte durch eine großangelegte Haustüraktion Kunden für bestimmte Investmentfonds gewinnen.

Pat verlor keine Zeit, eröffnete bei einer Bank im nahen New Jersey ein Konto auf den Namen einer Phantasiefirma namens Saving Ltd. und gab Briefpapier und Stempel in Auftrag.

Der Fischzug des ersten Tages brachte ihm 700 Dollar von ahnungslosen Sparern ein, die überzeugt waren, einen eifrigen Vertreter des großen Bankhauses vor sich zu haben und einen seriösen Vertrag mit vielen Unterschriften und Stempeln ausgehändigt zu bekommen. Dieser stammte jedoch nicht von der bekannten Savings Corporation, sondern von der fast gleich klingenden Pseudofirma Saving Ltd.

Als er eine Woche später das Konto bei der Bank in New Jersey wieder auflöste, war Pat Silver um 6200 Dollar reicher.

Timothy Hassler war ein gutaussehender Mann um die Dreißig mit kastanienbraunen Haaren. Er hatte sich mit Derrick und Maggie in einem kleinen Restaurant an der Ecke 51. Straße und Lexington Avenue verabredet.

Nachdem sie ihren Bericht beendet hatte, senkte die schöne Schwarze den Blick ihrer dunklen Augen.

»Geschäfte für Tierbedarf gibt es in den Vereinigten Staaten wie Sand am Meer, ganz zu schweigen von Eckkneipen mit roten Neonschildern«, bemerkte Hassler mit kaum verhohlenem Spott. »Wo sollten wir Ihrer Meinung nach anfangen, um Ihrer Vision auf den Grund zu gehen?«

»Ich habe noch weitere Einzelheiten erkennen können, Mr. Hassler«, beharrte Maggie, und Timothy bemerkte auf einmal, daß er sich dem eindringlichen Blick der jungen Frau nur mit Mühe entziehen konnte. »An dieser Kreuzung stand ein ... ein Straßenschild mit einer Entfernungsangabe von neun Meilen für Washington D.C.«

»Das engt das Suchgebiet natürlich deutlich ein«, erwiderte Hassler, ohne seinen spöttischen Ton aufzugeben. »Dürfte ich vielleicht noch erfahren, in welche Himmelsrichtung sich Ihre *Ahnungen* im allgemeinen orientieren, damit ich eine ungefähre Vorstellung habe, von wo aus ich eine Antiterror-Einheit losschicken soll?«

Diesmal übernahm es Derrick, die Antwort zu geben:

»Man braucht doch nur eine topographische Karte und einen Zirkel, mit dem man einen Kreis mit einem Halbdurchmesser von neun Meilen um die Hauptstadt zieht. Das würde die Zahl der in Frage kommenden Orte drastisch einschränken. Wenn Sie die Kreuzung gefunden haben, könnten Sie Ihre Agenten in den dritten Stock des Hauses schicken, von dem aus man das Café und die Tierhandlung sieht. Immer vorausgesetzt natürlich, daß dieses Haus existiert.«

»Ich weiß nicht, inwieweit meine *Ahnungen* der Wirklichkeit entsprechen«, sagte Maggie, »aber ich finde, es ist einen Versuch wert, meinen Sie nicht, Mr. Hassler?«

Hassler hatte so seine Zweifel, was die *Ahnungen* dieser jungen Frau betraf, aber über eine Sache war er sich im klaren: Er konnte ihr nichts abschlagen.

Jekaterinburg. 1980.

In der Fabrik hieß es, daß Dimitrij Kaplan, der Vorarbeiter, ein KGB-Mann sei, und alle fürchteten ihn. Alle – außer Josif.

»Drostin!« ertönte Kaplans Stimme über die Lautsprecher der großen Halle. »Nach Schichtende sofort in mein Büro!«

Josif hob noch nicht einmal den Blick von seiner eintönigen Beschäftigung und beschränkte sich darauf, kurz zu nicken.

Kaplan war von überdurchschnittlicher Körpergröße und kräftiger Statur, wenn auch mit einem Rettungsring um die Taille. Allein der verschlagene kalte Blick seiner Augen wirkte schon furchteinflößend.

»Wohin immer ich auch meinen Blick richte«, pflegte er sich zu rühmen, »steigert sich sofort die Produktion.«

Josif betrat sein Kabuff, das in eine Ecke der Haupthalle gezwängt war. Kaplan saß auf einem klapprigen Stuhl vor einem mit Papieren übersäten Schreibtisch.

»Ich bin mit deinen Leistungen nicht zufrieden, Drostin«, erklärte er und versuchte, den jüngeren Mann mit seinem berüchtigten Starren niederzuzwingen, doch dieser wirkte keineswegs eingeschüchtert.

»Paß auf, Drostin, ich behalte dich im Auge«, schloß Kaplan drohend.

Josif ging wortlos hinaus, wobei er die Tür des Kabuffs absichtlich offen ließ. Er achtete nicht darauf, was Kaplan ihm hinterherbrüllte, und hörte nur, wie die Tür heftig zugeknallt wurde.

Zu Hause angekommen, fühlte er sich leer und nutzlos. Die Drohungen seines Vorgesetzten konnten ihm keine Angst einjagen, aber das Leben, das er führte, begann ihn zu zermürben. Das einzige, was ihn aufmuntern konnte, waren die Erinnerung an Großvater Igor und die Geschichten, die er ihm diktiert hatte. Er setzte sich auf sein Bett und wollte gerade eines der Schulhefte zur Hand nehmen, als es an der Tür klopfte.

Draußen stand Chalva Tanzic, ein Georgier, der als gewalttätiger Bursche galt. Er und Josif waren sich bislang aus dem Weg gegangen, vielleicht, weil sie beide instinktiv spürten, daß ein Zusammenprall für zumindest einen von ihnen nicht ohne schwere Folgen geblieben wäre.

»Was wollte dieser Hurensohn von dir?« fragte Tanzic mit Haß in den Augen.

Josif wußte, daß Chalva und Kaplan vor kurzem eine lautstarke Auseinandersetzung gehabt hatten. »Das übliche: Meine Leistungen gefallen ihm nicht.«

»Du bist ein tüchtiger Junge, Drostin, und es ist eine Schande, wie er dich behandelt. Kaplan verdient wirklich eine Lektion für seine Schikanen.«

»Aber dann würden wir es mit der Geheimpolizei zu tun kriegen«, wagte Josif einzuwenden.

»Glaubst du wirklich an dieses Ammenmärchen? Kaplan ist doch selbst für den KGB viel zu blöd. Nein, Drostin, der

Wind wird sich bald drehen. Worte wie *Glasnost* sind immer häufiger zu hören, und ein Freund hat mir erzählt, daß sie in Moskau ...«

»Ich interessiere mich nicht für Politik.«

»Was heißt schon Politik, Drostin? Hier geht es um unsere Zukunft. Falls es wirklich zu wirtschaftlichen Umwälzungen kommt, kenne ich mindestens hundert Wege, wie man schnell reich werden kann«, entgegnete der Georgier. »Du kannst auf mich zählen«, sagte er zum Abschied. »Egal, um was es geht.«

Josif zuckte nur mit den Schultern, und sobald er wieder allein war, griff er nach seinem Heft:

Jimmy, der Cockerspaniel der Großherzogin Tatjana, hatte mich ins Herz geschlossen und leistete mir während der langen Wachrunden Gesellschaft. Er folgte mir auf Schritt und Tritt um das gesamte Grundstück der Villa Ipatjew. An einem Abend im Juni war ich stehengeblieben, um mit ihm zu spielen, als jemand eine Bombe über die Palisadenumzäunung warf. Der Sprengsatz war nicht sehr stark, hätte aber genügt, mich in Stücke zu reißen, wenn eine glückliche Fügung mich nicht in einiger Entfernung von der Explosionsstelle hätte innehalten lassen.

Nach diesem Anschlag erhöhte Kommandant Jurowskij die Zahl der Patrouillengänge und verschärfte die Sicherheitsmaßnahmen. Fußgängern wurde der Durchgang durch die Voznesenskij-Straße, die an der Villa vorbeiführte, verboten, und die Zarenfamilie durfte nicht mehr in den Garten gehen.

Eine Woche nach dem unerfreulichen Gespräch mit Kaplan wurde Josif Drostin zur Arbeit an den Schmelzöfen versetzt – eine Arbeit, die allgemein gefürchtet war und als Bestrafung galt.

Die Öfen und Schmelztiegel stammten noch aus der Zarenzeit, und es war eine erschöpfende Knochenarbeit, sie mit Brennmaterial zu füttern. Josif blieb nichts anderes übrig, als mit gesenktem Kopf den Spaten zu packen und Kohle in das Maul des Ofens zu schaufeln, während er sein Sklavenschicksal im stillen verfluchte.

New York. 1980.

Timothy Hassler wurde vom Schrillen des Telefons geweckt. Schlaftrunken nahm er den Hörer ab und blinzelte zum Wecker auf dem Nachttisch. Es war kurz vor zwei. Wer immer es wagte, ihn um diese Zeit zu stören, sollte besser einen triftigen Grund haben.

»Hier ist Special Agent Leigh, Sir«, meldete sich der Anrufer. »Entschuldigen Sie die späte Störung, aber Ihre Informantin hatte recht. Ihre Beschreibung der Kreuzung stimmt genau mit der Stelle überein, an der ich mich gerade befinde.«

»Haben Sie die Personalien der Bewohner des Eckhauses überprüft?«

»Ja, Sir. Im dritten Stock wohnt seit vielen Jahren eine Familie, die keinerlei Anlaß zum Verdacht gibt, aber auf der zweiten Etage ... Also, dort leben ein gewisser Khalid Mokthar und ein Mohammed Bruni, beide Libanesen«, berichtete der FBI-Mann. »Sie haben die Wohnung vor einem Monat angemietet. Nach Aussage der Nachbarn führen sie ein zurückgezogenes Leben und sind stets freundlich. Sie arbeiten in einer Autowaschanlage in der Nähe.«

»Volltreffer!« rief Hassler. »Behalten Sie die Männer im Auge. Inzwischen versetze ich die Spezialeinheit in Alarmbereitschaft.«

Die *Ahnung* der schönen Maggie hatte sich als erschreckend genau erwiesen, zumindest bis zu diesem Moment.

Der Agent der Antiterror-Einheit war als Milchmann verkleidet. Im Treppenhaus wimmelte es vor Männern mit Helmen und kugelsicheren Westen, und auf dem Dach des Hauses gegenüber waren vier Scharfschützen postiert.

»Wer ist da?« fragte eine Stimme mit starkem fremdländischem Akzent, als der falsche Milchmann an die Tür geklopft hatte.

»Der Milchmann. Ich bringe die Rechnung, Sir.«

»Die Rechnung? Aber wir haben doch erst den Siebten des Monats.«

»Der Chef hat mich beauftragt, wöchentlich abzurechnen, Sir.«

Khalid Mokthar nahm die 38er Smith & Wesson und versteckte die Pistole hinter seinem Rücken. Ein schneller Blick zu seinem Komplizen genügte, damit dieser sich hinter das Sofa duckte.

Mokthar öffnete zögerlich die Tür, an der noch die Kette vorgelegt war, aber die Männer der Spezialeinheit sprengten sie ohne Mühe und drangen in die Wohnung ein.

Die aufgebrochene Tür schleuderte den ersten Terroristen zu Boden, während der zweite das Feuer eröffnete. Die Agenten antworteten mit ihren Maschinenpistolen, und am Ende des kurzen, aber heftigen Schußwechsels lagen die beiden Libanesen in ihrem Blut.

In einer Ecke des Zimmers fanden sie eine Bombe, die zwölf Kilo hochexplosiven Sprengstoffs enthielt – genug, um einen großen Teil des Capitol Hill in die Luft zu jagen.

Wie die Beamten der Terrorismusbekämpfung später herausfanden, war das Ziel des Anschlags tatsächlich der Sitz des Kongresses der Vereinigten Staaten gewesen.

Die Sonne Floridas brannte heiß vom Himmel. Pat aalte sich gerade auf einem Liegestuhl, als er einen Hotelpagen herankommen sah.

»Sie werden am Telefon verlangt, Mr. Silver«, sagte der junge Farbige und deutete eine Verbeugung an.

Pat fragte sich, wer ihn an diesem Ort, wo er nach dem letzten Coup einen seiner kleinen »Urlaube« verlebte, ausfindig gemacht haben konnte.

»Pat, hier Derrick Grant«, hörte er die Stimme seines ehemaligen Studienkollegen.

»Derrick, was ist passiert? Aber vor allem, wie hast du mich hier gefunden?«

»Ich weiß, daß du deiner Mutter immer für alle Fälle die Adresse deines momentanen Aufenthaltsorts hinterläßt«, antwortete Derrick. »Und passiert ist, daß unsere schwarze Venus wieder einmal den Vogel abgeschossen hat.«

»Maggie?« Pat hatte sie seit dem Abschlußfest nicht mehr gesehen, dachte aber immer noch an ihre Lippen, die er an jenem Abend kaum berührt hatte.

»Genau die. Es klingt verrückt, aber sie hat einem Freund meines Vaters, einem Terrorismus-Experten des FBI, bis in alle Einzelheiten eine Kreuzung in einem Vorort von Washington beschrieben, wo sich zwei Attentäter aufhielten, die einen Anschlag planten. Dabei ist sie noch nie in dieser Gegend gewesen!«

»Unglaublich. Aber was habe ich damit zu tun?«

»Nichts. Ich wollte es dir nur erzählen. Wenn du wieder in New York bist, müssen wir uns unbedingt sehen.«

»Ja, sicher«, stimmte Pat wenig überzeugend zu. »Aber laß dir gesagt sein, daß ich nicht die Absicht habe, hinter Maggies Visionen herzurennen.«

»Klar, schon gut. Ich wollte dir nur Bescheid sagen. Entschuldige.«

Pat Silver legte auf und kehrte an den Strand zurück. Es tat ihm leid, so unfreundlich zu seinem alten Kumpel gewesen zu sein, aber er hatte wirklich andere Sorgen: Die 6000 Dollar vom Konto der Saving Ltd. gingen allmählich zur Neige.

Jekaterinburg. 1980.

»*Nie werde ich die Nacht vom 16. auf den 17. Juli 1918 vergessen*«, hatte Großvater Igor weiter diktiert. »*Zu meinem Glück wurde ich nicht für das Exekutionskommando ausgewählt, aber ich fühle mich trotzdem irgendwie verantwortlich für den Tod so vieler Menschen, darunter ein Junge, der an der Bluterkrankheit litt.*

Es war ein Massaker. Einige der Mädchen wurden mit Bajonetten abgeschlachtet, und sogar den Hund brachten sie um. Ein Kamerad erzählte mir später, Kommandant Jurowskij habe Alessio mit einem Revolver den Todesschuß versetzt. Alle Leichen, mit Ausnahme der des Zaren, waren durch die Kugeln und das Wüten der Wachen bis zur Unkenntlichkeit verstümmelt. Sie wurden auf einen Wagen geladen und in das Bergwerk Vier Brüder gebracht.

Als die Toten in der Grube Nummer 7 nebeneinander aufgereiht lagen, entdeckte Narejew, einer meiner Kameraden, daß in die Kleidung der Zarenfamilie große Mengen von Edelsteinen eingenäht waren, um den Familienmitgliedern ein angenehmes Leben im Exil zu ermöglichen. Wegen dieser Entdeckung wollte er mich umbringen, damit er alles für sich behalten konnte.

Ich überwand mein Widerstreben und entkleidete die armen Gestalten, wodurch mir ein Vermögen in die Hände fiel. Nur ein Gedanke bestimmte mein Handeln: daß ich eines Tages eine Familie haben wollte, Kinder und Enkel.

Jurowskij kam im Morgengrauen mit einem Armeelaster, um mich von seinen ihm treu ergebenen Männern ablösen zu lassen. Ein zweiter Laster brachte zahlreiche Fässer voll Benzin und Säure.

Ich berichtete ihm kurz, was in der Nacht passiert war, und übergab ihm einen Tornister voller Edelsteine.

›Genossen‹, verkündete er darauf, ›Genosse Drostin ist ein Held der Revolution. Er hat dem Sowjet einen wertvollen

Schatz übergeben. Ich werde dich für eine Auszeichnung vorschlagen, Igor.‹

Und so wurde ich ein Held. Eines Tages werden sich die Verhältnisse ändern, Josif, und diese Zeilen werden dir helfen, dein Glück zu machen. Du wirst deine Zukunft am Schnittpunkt der Diagonalen finden.«

Die *Zukunft*… Josif schüttelte den Kopf und klopfte seinen grauen Overall ab, so daß er von einer Kohlenstaubwolke eingehüllt wurde. Er war müde, dieser erste Tag an den Öfen hatte ihn körperlich und geistig ausgelaugt.

»Ich hoffe, die Hitze macht dir Lust aufs Arbeiten, Drostin!« rief Kaplan, als er an ihm vorbeikam, und brach in ein rauhes Gelächter aus.

Ohne eine Antwort zu geben, verließ Josif die Fabrik.

»Das hätte er nicht tun dürfen«, sagte auf einmal eine Stimme neben ihm. »Er hätte dich nicht an die Öfen schicken dürfen!«

Josif drehte sich um und begegnete Chalva Tanzics finsterem Blick.

An diesem Abend verließ Kaplan pfeifend seinen Arbeitsplatz. Er nahm sein Fahrrad vom Ständer und fuhr durch die halbverlassenen Straßen von Jekaterinburg. Als er an der Kirche vorbei war, bog er nach links in die Straße nach Omsk ab.

Plötzlich tauchte vor ihm aus der Dunkelheit eine Gestalt auf, die eine Spitzhacke schwang. Nur seine instinktive Ausweichbewegung rettete ihm das Leben, und der Schlag traf ihn auf Höhe des Wangenknochens im Gesicht. Wäre wie beabsichtigt seine Stirn getroffen worden, Kaplan wäre sofort tot gewesen.

Josif Drostin lag im Bett und fand keinen Schlaf, als jemand an seine Tür klopfte.

»Kaplan wird dir keinen Ärger mehr machen«, sagte Tanzic mit bösem Funkeln in den Augen.

New York 1980.

Die beiden Männer, die vor ihr saßen, waren zwar sehr höflich, unterzogen sie aber trotzdem einem regelrechten Verhör, während Hassler schweigend in einer Ecke hockte.

»Sind Sie wirklich sicher, noch nie in dieser Gegend gewesen zu sein, Miss Elliot?« fragte einer der beiden.

»Auch nicht in Washington?« hakte der andere nach, als Maggie verneinte.

»Natürlich war ich schon in Washington, mindestens zweimal, davon einmal während eines Schulausflugs. Aber wenn Sie darauf hinauswollen, ob ich diese Kreuzung schon einmal gesehen habe, lautet die Antwort nein.«

»Bitte haben Sie Verständnis, Miss. Wir sind hier, um der erstaunlichen Tatsache nachzugehen, daß wir durch eine Ihrer vorausschauenden Visionen einen Anschlag auf den Kongreß unseres Landes verhindern konnten.«

»So war es nun mal, Special Agent, ob Sie es mir glauben oder nicht«, entgegnete Maggie verärgert.

»Wir glauben Ihnen ja«, behauptete der FBI-Mann ungerührt, der den Rang eines Assistant Special Agent in Charge bekleidete, während Hassler nur nickte, »und wir möchten herausfinden, ob und inwiefern uns Ihre ... Fähigkeiten auch weiterhin von Nutzen sein können.«

»Oder ob Ihre Vorahnung nur ein Zufall war oder ... vielleicht noch andere Gründe hatte«, mischte sich der andere ein. »Kannten Sie Khalid Mokthar?«

»Klar, er war mein Taufpate«, höhnte Maggie, ehe sie ihrem Ärger Luft machte. »Jetzt hören Sie mir mal gut zu, Gentlemen, und besonders Sie, Mr. Hassler: Ich habe keine Ahnung, worin meine Fähigkeiten genau bestehen und ob das, was ich in bestimmten Momenten *sehe*, mit der Wirklichkeit übereinstimmt. Aber in diesem Fall war es so, oder? Ich weiß nicht, ob ich so etwas wie ein Medium bin oder ob mich eine seltsame Reihe von Zufällen in die Lage versetzt hat, unter den Millionen Kreuzungen in Amerika diese eine herauszufinden. Eines ist jedoch sicher: Falls mir jemals wieder so etwas passiert, werde ich es mir dreimal überlegen, ob ich Sie benachrichtigen soll.«

»Miss Elliot«, sagte Hassler beschwichtigend, »versuchen Sie doch, uns zu verstehen. Es ist nun mal nicht leicht zu glauben, daß jemand wie auf einem Panoramabildschirm ein Ereignis sieht, das Tage später auch tatsächlich eintritt. Da ich in dieser Angelegenheit von Anfang an involviert war, kann ich bestätigen, daß sich alles so abgespielt hat, wie Sie es sagen. Aber Sie müssen einräumen, daß einem bei einem derart … sagen wir: einzigartigen Vorfall Zweifel kommen können.«

»Ich bin die erste, die dem Ganzen skeptisch gegenübersteht, Mr. Hassler, und es handelt sich auch um Erlebnisse und Empfindungen, die sich vollständig meiner Kontrolle entziehen.«

Maggie blickte Hassler freimütig ins Gesicht. Sie fand ihn gutaussehend; er hatte schöne, regelmäßige Züge und eine aufrechte Haltung und schien ganz Herr der Situation. Komisch, daß sie trotzdem gleich wieder an Pat Silver denken mußte.

»Deshalb kann ich Ihre Zweifel leider nicht zerstreuen, außer, indem ich endlos wiederhole, wie es sich abgespielt hat.«

Die beiden anderen FBI-Männer wechselten einen Blick, dann standen sie auf und verabschiedeten sich mit einem Händedruck von Hassler. Nachdem sie sich etwas verlegen bei Maggie entschuldigt hatten, verließen sie den Raum.

»Darf ich Sie nach Hause begleiten, Miss Elliot? Und darf ich Sie Maggie nennen?« fragte Timothy und sah ihr in die Augen.

Derrick Grant durchschritt eilig den Korridor des Gerichtsgebäudes, gefolgt von Pat Silver, der eine ungewöhnlich besorgte Miene zur Schau trug. »Mach dir keine Sorgen, Pat«, sagte Derrick über die Schulter hinweg. »Es wird schon alles gutgehen.«

Der Fall war keine große Sache, und wie sich zeigte, war es für einen Anwalt von Derricks Format ein leichtes, den Freund herauszuboxen.

Ein unvorsichtiger Bauunternehmer hatte von Pat ein Grundstück erworben, um darauf ein Einkaufszentrum zu errichten. Doch kaum war die beträchtliche Anzahlung überwiesen worden, hatte er entdecken müssen, daß ihm der Bebauungsplan bestenfalls gestattete, dort eine Lagerhalle hinzustellen. Also hatte er Pat angezeigt und eine Entschädigung in astronomischer Höhe gefordert.

Derrick konnte jedoch überzeugend darlegen, daß es sich nicht um Betrug handelte, sondern der Kläger lediglich ein leichtsinniges Geschäft getätigt hatte.

»Essen wir zusammen zu Mittag?« fragte Pat, als sie den Gerichtssaal verließen.

»Gern, aber ich habe gerade genug Zeit für einen kleinen Imbiß. Heute nachmittag muß ich mich gründlich auf einen neuen Fall vorbereiten.«

Sie gingen in das erstbeste Schnellrestaurant. Die beiden hatten sich viel zu sagen, doch die Jahre ihrer unzertrennlichen Freundschaft an der Uni waren vorbei, und das machte es schwer, einen Anfang zu finden. Sie musterten einander, als wollten sie feststellen, welche Spuren die Zeit bei dem jeweils anderen hinterlassen hatte.

Schließlich brach Pat das Eis. »Du bist wirklich gut, Derrick, und du wirst es noch weit bringen.«

»Apropos weit bringen: Darf ich mal fragen, mit was du dich eigentlich genau beschäftigst?«

»Hast du doch gesehen. Geschäfte, Vermittlungen, dies und das.«

»Was du so Geschäfte nennst. Versuch besser, dich nicht gleich wieder in Schwierigkeiten zu bringen. Die Richter sind beim zweiten Mal nicht so nachsichtig. Wirklich, du hast dich überhaupt nicht verändert, Pat. Mit deinem Examen als Elektronikingenieur könntest du jederzeit einen ehrlichen und gutbezahlten Job finden, aber du ziehst es vor, krumme Geschäfte abzuziehen. Denk noch mal darüber nach: Auf dem Gebiet der Elektronik kann man heutzutage ein Vermögen machen. Der Computer ist das Kommunikationsmittel der Zukunft.«

Pats grüne Augen leuchteten auf – die Elektronik, genau! Ein sehr interessantes Feld, wenn auch in anderer Hinsicht, als Derrick es wohl meinte.

»Was ist denn eigentlich aus unseren beiden Freundinnen von damals geworden?« erkundigte er sich, um das Thema zu wechseln.

Derrick wußte genau, worauf er hinauswollte. »Du denkst an Maggie, was?«

»Nun ja ...«

»Also, Annie ist nach Nova Scotia zurückgegangen, und abgesehen von ein paar Postkarten habe ich nichts mehr von ihr gehört. Mit Maggie dagegen telefoniere ich ziemlich regelmäßig.« Derrick machte eine Kunstpause, ganz der Anwalt.

»Wie geht es ihr?« fragte Pat, ohne sein Gefühle völlig verbergen zu können.

»Nicht schlecht. Sie trifft sich seit einiger Zeit mit einem Antiterrorspezialisten vom FBI. Ich habe dir von ihm erzählt, es ist ein Bekannter meines Vaters.«

Timothy Hassler fuhr sicher und zügig, die langen, schmalen Hände lässig auf dem Lenkrad. An den drei Abenden, die sie sich bisher getroffen hatten, war er sehr galant und zuvorkommend gewesen. Maggie betrachtete verstohlen sein Profil mit der hohen Stirn und der angedeuteten Adlernase. Seine Augen, die intelligent und scharfsichtig blickten, bereiteten ihr manchmal ein leises Unbehagen.

Das Restaurant Chez Napoléon in Manhattan war berühmt für seine raffinierte Küche und seine elegante Einrichtung, und der Rotwein, den Timothy ihr großzügig nachschenkte, stieg ihr zu Kopf. Als sie wieder auf die Straße traten, legte er seinen Arm um ihre Taille. Sein energischer Griff gefiel ihr, sie wandte sich ihm zu, und ihre Lippen trafen sich zu einem langen leidenschaftlichen Kuß.

Dann fuhren sie durch die warme Sommernacht, bis Timothy in einer Haltebucht in der Nähe des Queens-Bridge-Park hielt.

Maggie spürte, wie seine Hand unter ihre Bluse glitt. Ihre Brustwarzen richteten sich auf, und sie erschauerte vor Verlangen, als er den Sitz zurückklappte. Sie beugte den Oberkörper vor und half ihm, sie zu entkleiden.

Als sie ihn in sich spürte, redete sie sich ein, daß sie ihn liebte.

Jekaterinburg. April 1981.

Etwa ein Jahr nach jenem Zwischenfall, den die örtliche Polizei längst zu den Akten gelegt hatte, nach langem Ringen mit dem Tod, zahlreichen Operationen und einer ausgedehnten Rekonvaleszenzzeit kehrte Kaplan in die Fabrik zurück. Der rechte Teil seines Gesichts war vollkommen entstellt, so daß er noch düsterer und furchteinflößender aussah als zuvor. Seinen Unterkiefer konnte er nur mit Mühe bewegen und begleitet von einem schaurigen Knirschen, das man sogar noch aus einigen Schritten Entfernung hörte.

»Drostin, in mein Büro!« blaffte er, breitbeinig und mit in die Seiten gestemmten Fäusten am Fabriktor stehend.

Das einzige, was sich in dem alten Kabuff verändert hatte, war der Schreibtisch, den jemand in Abwesenheit des Vorarbeiters aufgeräumt hatte.

»Sieh mich an, Drostin!« donnerte Kaplan, den Lärm der Maschinen übertönend, und drehte sein rechtes Profil ins Licht der Schreibtischlampe. »Sieh mich an, wie irgend so ein verdammter Scheißkerl mich zugerichtet hat!«

Das rechte Jochbein schien in die Wange hineingesackt zu sein, und unter der Haut, die von Narben zerstört war, zeichneten sich mit unnatürlicher Deutlichkeit die Bewegungen des Kiefers ab.

Josif blieb gleichmütig und nickte nur.

»Ich bin überzeugt, daß dieser elende Scheißkerl noch immer mit intaktem Gesicht in dieser Fabrik herumläuft«, fuhr Kaplan fort und sah ihn an, als wollte er ihn auf der Stelle zu Brei schlagen. »Vielleicht ein bißchen schwarz vom Kohlenstaub, aber mit einem normalen ebenmäßigen Gesicht.«

Josif schwieg beharrlich und sah ihm direkt in die Augen.

»Irgend etwas sagt mir, daß du und dieser Scheißkerl euch sehr nahesteht, Drostin. Möglicherweise seid ihr sogar ein und dieselbe Person. Ich werde dich nicht bei der Polizei anzeigen, keine Angst – sondern dir, sobald ich mir sicher bin, mit diesen Händen hier höchstpersönlich den Hals brechen!«

Er hielt Josif drohend seine Pranken vors Gesicht. Dieser senkte den Blick.

»Ich arbeite hier, um Essen und ein Dach über dem Kopf zu haben. Mit dem, was dir passiert ist, habe ich nichts zu tun.«

»Ich dreh' dir den Hals um«, wiederholte Kaplan mit mordlüsternem Blick.

Josif kehrte ihm den Rücken zu und ging.

In der Pause kam Tanzic zu ihm. »Was hat dieser Bastard zu dir gesagt?«

»Er glaubt, daß ich es war, der ihm das angetan hat.«

»Du dagegen weißt, wer es wirklich war, aber du wirst es niemandem sagen, stimmt's, mein Freund?« sagte Tanzic leise und sah sich nach den anderen Arbeitern um, auf der Hut vor einem möglichen Spitzel Kaplans.

Josif schüttelte den Kopf.

»Niemals?« drängte der andere und hielt ihm die Hand hin.

»Niemals«, sagte er und ergriff sie.

Mai 1981.

»*Non nobis, Domine, non nobis, sed nomini tuo da gloriam. Nos perituri salutamus.*«

Nachdem die dreizehn Personen um den ovalen Tisch die rituelle Formel aufgesagt hatten, fragte der Meister, was sie hergeführt habe.

»Das Streben nach Erkenntnis und Gerechtigkeit«, lautete die Antwort im Chor.

»Der Moment ist nicht mehr fern, ihr Ritter Christi«, verkündete der Meister. »Wie es geweissagt wurde, taumelt die Welt ihrem Untergang entgegen. Wer wird sie hinüberführen in ihr erbarmungsloses Schicksal? Die Mächte des Bösen, die sie bis heute regieren, oder die Gläubigen, die zum äußersten Opfer bereit sind? Wird es Satan oder werden es die Ritter Christi sein? Brüder, die Prophezeiung des Hugo de Payns, des ersten Großmeister des Tempelordens, wird sich in Bälde erfüllen.«

Timothy Hassler wohnte in einem Junggesellenapartment im dritten Stock eines Hauses am St. Mark's Place im East Village. Maggie erwachte mit einem Ruck an seiner Seite.

»Timothy, wach auf, ich bitte dich!«

Hassler bemühte sich, die Augen zu öffnen. »Wie spät ist es?«

»Fast neun. Du mußt mir zuhören, bitte. Ich hatte eine schreckliche Vision.«

»Ich leide noch immer ziemlich unter dem Jetlag«, stöhnte er und rieb sich die Augen. Er war gerade aus Italien von einer Dienstreise zurückgekehrt und hatte sich ein paar Tage freigenommen. Es dauerte ein Weilchen, bis er richtig wach war.

»Ich habe einen weißgekleideten Mann in einem Auto gesehen, auf einem der berühmtesten Plätze der Welt – dem Petersplatz in Rom«, berichtete Maggie aufgewühlt. »Es war der Papst, und er war schwer verletzt. Ich bin sicher, daß man ein Attentat auf ihn verüben wird.«

»Es war bestimmt nur ein schlechter Traum, Maggie«, versuchte er, sie zu beruhigen. »Am besten schläfst du noch ein bißchen, und wenn du wieder aufwachst, sieht alles ganz anders aus.«

»Ich habe den Papst verletzt gesehen!« beharrte Maggie beinahe verzweifelt.

»Und was soll ich jetzt tun? Das Telefon nehmen und die Zentrale des Vatikans bitten, mich zum Heiligen Vater durchzustellen, weil meine Freundin von ihm geträumt hat?«

»Nein, aber du könntest deine Beziehungen spielen lassen und ihn warnen.«

»Na schön, aber jetzt beruhige dich. Ich werde sobald wie möglich mein Büro verständigen.« Damit zog er sie in seine Arme und ließ seine Hände über ihre bernsteinfarbene Haut gleiten. Sie schaffte es nicht, ihm Widerstand zu leisten.

Als Timothy schließlich drei Stunden später in seinem Büro anrief, war es zu spät: In Rom brachte ein Krankenwagen Johannes Paul II. gerade in die Polyklinik Gemelli. Er schwebte in Lebensgefahr.

»Wir hätten nichts tun können, Maggie«, sagte Hassler betrübt. »Zwischen deiner Ahnung und den Schüssen auf den Papst war zu wenig Zeit, um den Vatikan zu verständigen. Noch nicht einmal der Präsident hätte es rechtzeitig geschafft, geschweige denn ich. Aber wie war es diesmal, was hast du genau erlebt?«

»Ein kleiner Junge ist mir im Traum erschienen«, erzählte Maggie, »und er sagte: ›Die heilige Frau im Strahlenkranz wird ihn retten!‹ Dann bin ich plötzlich aufgewacht und hatte die Vision von dem Attentat.«

»Die heilige Frau im Strahlenkranz?« erwiderte Hassler skeptisch.

2. KAPITEL

Jekaterinburg. März 1986.

Die junge Bibliothekarin hinter dem Holztresen studierte aufmerksam seinen Ausweis. Sie war blond und schlank, und ihre warme Kleidung konnte den üppigen Busen kaum verbergen. Strahlend blaue Augen blitzten unter einem sorgfältig geschnittenen Pony und den schmalen, kaum angedeuteten Augenbrauen.

»Warum interessieren Sie sich für das Schicksal der Romanows, Genosse Drostin?« fragte sie und warf einen erneuten Blick auf den Ausweis, aber ihr Lächeln wirkte offen und herzlich.

»Mein Großvater gehörte zur Wachmannschaft der Villa Ipatjew, Fräulein …?«

»Nadja Vessirowa«, antwortete sie prompt.

»Also, Nadja«, sprach Josif weiter und setzte seinen ganzen linkischen Charme ein. »Ich möchte versuchen, einen Teil meiner Familiengeschichte zu rekonstruieren, die sich eines Helden der Revolution rühmen darf, nämlich in Person meines Großvaters Igor.« Unbewußt verbarg er beim Reden seine schwieligen Hände unter dem Schalter.

Das Leben in der Fabrik wurde immer härter, denn Kaplan ließ ihn nicht mehr aus den Augen und putzte ihn unentwegt wegen seines angeblich ungenügenden Einsatzes zum Wohle der Allgemeinheit herunter.

»Also, das hier ist alles, was unsere Bibliothek zum Thema Romanows hat. Zumindest die *offiziellen* Veröffentlichungen betreffend«, sagte Nadja und deutete auf ein Regalfach. Die besondere Betonung des einen Wortes schien eine Aufforderung zu sein, weiter nachzufragen.

»Die offiziellen?«

»Na ja, es gibt natürlich sehr viel mehr über das Zarengeschlecht als das, was wir hier in den Ausleihbestand der Bibliothek aufnehmen dürfen.«

Josif begriff, daß die junge Frau offenbar eine Menge über die *nicht offiziellen* Texte wußte.

»Ich kann ja mit diesen Büchern hier beginnen und dann schauen, ob sich etwas Interessantes auf dem Schwarzmarkt findet.«

Nadja drehte sich lächelnd um und kehrte zu ihrem Platz am Schalter zurück.

Josif war sich sicher, daß sie bemerkt hatte, wie er sie angeschaut hatte, und sich darüber freute.

Er nahm einige Bände aus dem Regal, setzte sich damit an einen der Lesetische und begann sie durchzublättern.

Als er in sein Zimmer zurückkehrte, war es schon spät. Er hatte zwei Bücher unterm Arm und den Kopf voller antizaristischer Parolen, doch was gesicherte historische Fakten betraf, war er nur wenig schlauer geworden.

Wie immer häufiger in letzter Zeit kam Chalva Tanzic zu Besuch, kaum daß er wieder zu Hause war.

»Diese Bücher werden dir nicht viel nützen, mein Alter«, kommentierte er gleich bei ihrem Anblick.

»Wie meinst du das?« fragte Josif, klappte den Band zu, in dem er gerade gelesen hatte, und schob die Flasche schlechten Wodkas von sich, die der andere ihm aufdrängen wollte.

»Ich meine, daß Rußland dabei ist, sich zu verändern, und Kultur wird dir da nichts einbringen. Man muß handeln, und zwar schnell, damit man die Früchte von Gorbatschows neuem Kurs ernten kann, ehe die anderen auch auf den Trichter kommen.«

Josif sah ihn fragend an, und Tanzic fuhr fort: »Ich habe meine Versetzung nach Moskau beantragt und glaube, daß

Kaplan seine Zustimmung geben wird – er ist bestimmt froh, mich loszuwerden.«

Der dunkle Blick des Georgiers schien nach einem Zeichen des Beifalls zu suchen, doch Josif erklärte sich betrübt über seinen Fortgang; Tanzic war zwar ein gefährlicher, unberechenbarer Kerl, aber der einzige, mit dem er ab und zu ein freundschaftliches Wort hatte wechseln können.

New York. April 1986.

»Kanzlei Grant und Partner, guten Tag«, meldete sich die kultiviert klingende Stimme einer Sekretärin.

»Guten Tag, hier Maggie Elliot. Ich möchte mit Mr. Grant sprechen.«

»Was verschafft mir das Vergnügen deines Anrufs?« ließ sich Derrick bald darauf vernehmen. »Ich hoffe, du brauchst keinen Anwalt. Oder steckst du in Schwierigkeiten?«

»Nein, keine Sorge. Timothy und ich wollen heiraten.«

»Das ist natürlich eine gute Nachricht – meinen Glückwunsch!« rief Grant mit gespielter Begeisterung. In Wahrheit hatte er nicht viel für Timothy übrig. »Ich werde gleich ein paar von unserer alten Clique Bescheid geben.«

Maggie wußte, an wen er dachte. Auch sie mußte an Pat Silver denken und an den Abend, an dem sie beide so kurz davor gestanden hatten, sich ihre beiderseitigen Gefühle einzugestehen. Wenn sie nur ein wenig forscher gewesen wäre ... Doch jetzt war es zu spät, und der Mann ihres Lebens hieß Timothy.

Patrick Silver trug einen elegant geschnittenen italienischen Anzug und hatte sich dem eifrigen Angestellten der Bank Investments & Bonds als Jeremy Grunman, Juwelenhändler, vorgestellt, der gerade nach New York umgesiedelt war. Um seiner Rolle als einer der vielen jüdisch-orthodoxen Geschäftsmänner der amerikanischen Metropole den letzten Schliff zu geben, trug er eine Kipa und eine Brille mit dickem schwarzem Horngestell. Zusätzlich hatte er sich einen Bart und Koteletten wachsen lassen.

Schwungvoll legte er seinen Aktenkoffer, in dem sich eine Mikrokamera befand, auf dem Schreibtisch ab. Er richtete den Koffer so aus, daß die Computertastatur des Bankangestellten im Fokus der Kamera war.

»Wie können wir Ihnen behilflich sein, Mr. Grunman?«

»Ich bin von Berufs wegen ständig auf Reisen und habe sehr wenig Zeit. Deshalb möchte ich gern eines dieser neuen Girokonten eröffnen, mit denen man seine Bankgeschäfte bequem per Computer erledigen kann.«

Pat war Derricks Ratschlag, sich mit elektronischer Datenübertragung zu befassen, getreulich gefolgt und hatte sich zum Computer-Experten gemausert. Im Zuge seiner neuen Karriere hatte er eine Woche zuvor unter dem Nachnamen Denver ein normales Konto bei einer anderen Filiale derselben Bank eröffnet.

Der Angestellte tippte sein Paßwort ein, um Zugang zum System zu erhalten, wobei er darauf achtete, daß seine Schulter die Tastatur vor eventuellen indiskreten Blicken des Kunden verdeckte. Aber er verschwendete keinen Gedanken an den Aktenkoffer, dessen heimliches Auge direkt auf seine Finger gerichtet war.

Nachdem die Formalitäten erledigt waren, übergab er Silver eine Diskette. »Sie enthält das Programm, mit dem Sie in unsere Datenbank gelangen und die zulässigen Geschäfte abwickeln können. Falls irgendwelche Probleme auftreten sollten, zögern Sie nicht, die auf der Diskette stehende Nummer anzurufen. Unser Kundenservice steht Ihnen jederzeit zur Verfügung, Mr. Grunman.«

Pat Silver zahlte 3000 Dollar auf das Konto des Juwelenhändlers Grunman ein. Als er anschließend die Bank verließ, verfügte er über eine persönliche Kennummer und ein

Paßwort, um finanzielle Transaktionen über sein Girokonto ausführen zu können. Aber vor allem hatte die kleine Kamera jede Fingerbewegung des Bankangestellten auf der Tastatur festgehalten.

Kurz darauf klingelte das Telefon in der Wohnung an der Flatbush Avenue in Brooklyn, die er gerade gemietet hatte.

»Zum Glück weiß deine Mutter immer, wo du dich versteckt hältst«, sagte Derrick munter. »Was soll die Geheimniskrämerei? Heckst du wieder eines deiner *Geschäfte* aus?«

»Ich bin nur deinem Rat gefolgt und habe mich eingehend mit Computern befaßt«, entgegnete Pat.

»Aha, sehr schön. Aber ich frage wohl besser nicht, zu welchem Zweck. Im übrigen rufe ich an, weil ich Neuigkeiten habe: Maggie wird bald heiraten.«

»Tatsächlich?« Patrick war selbst überrascht, daß seine Stimmung plötzlich auf den Nullpunkt sank. »Tja, sie geht immerhin schon einige Jahre mit diesem FBI-Typen. Wie heißt er doch gleich? Was ist er für ein Mensch?«

»Er heißt Timothy Hassler. Ich kenne ihn nicht besonders gut, aber er hat auf mich immer einen furchtbar korrekten, steifen Eindruck gemacht. Keine Ahnung, ob er nur im Beruf so ist oder auch sonst. Er arbeitet praktisch mit allen Geheimdiensten der Welt zusammen und fliegt oft nach Europa, vor allem nach Italien. Trotzdem scheint er mir nicht gerade der Typ zu sein, der das Risiko liebt. Er ist ein Bürokrat, den es zufällig in die Antiterror-Abteilung der amerikanischen Bundespolizei verschlagen hat. Kurzum, ich kann mich einfach nicht für ihn erwärmen. Aber Hauptsache, Maggie ist glücklich.«

Natürlich, das war das Wichtigste ... Aber war sie wirklich glücklich? Pat ertappte sich bei der Frage, was wohl passiert wäre, hätte sie sich für ihn entschieden. Sein Leben hätte vermutlich einen anderen Verlauf genommen, einen ganz anderen.

»Dieses Schweigen kenne ich gar nicht von dir, Pat. Woran denkst du?«

»Ach, an nichts Bestimmtes. Das heißt, vielleicht ein bißchen an die alten Zeiten. Man wird eben sentimental. Aber ... das ist wirklich eine gute Nachricht, Derrick.«

Nachdem sie ihr Gespräch beendet hatten, setzte sich Pat wieder an den Computer. »Auf, an die Arbeit!« rief er und ließ flink die Finger über die Tasten gleiten.

Jekaterinburg. April 1986.

Josif Drostin machte sich mit den zwei Büchern unterm Arm auf den Weg in die Bibliothek. Die »offiziellen« Texte hatten ihm wirklich überhaupt nichts genützt, und je mehr er darin gelesen hatte, desto mehr war ihm klargeworden, daß es sich um regimetreue Verlautbarungen und nicht um historisch zuverlässige Quellen handelte.

Als er die beiden Bände auf den Ausgabeschalter legte, lächelte Nadja ihn an.

»Nichts gefunden, Josif?«

»Nein, nichts Interessantes«, antwortete er kopfschüttelnd. »Dieser Kram wirft nicht das geringste Licht auf die Nacht des Gemetzels.«

»Hm, ich schätze, was Sie brauchen, ist eine weiterführende Lektüre«, bemerkte Nadja mit einem Lächeln, das zugleich spitzbübisch und geheimnisvoll war.

»Und das heißt?«

»Nun ja, als Bibliothekarin habe ich Zugang zu bestimmten Kanälen.«

»Sie meinen den Schwarzmarkt?«

»Nicht nur. Oft bekommen wir Bücher zur Ansicht geschickt, bevor sich die Maschinerie der Zensur in Bewegung setzt. Davon habe ich das eine oder andere beiseite geschafft: Es wird in ein besonderes Magazin gestellt, und wenn das

Buch dann von offizieller Stelle abgelehnt wird, tue ich so, als hätte ich es vergessen. Sie werden mich doch nicht verpfeifen, Genosse, oder?«

»Da wäre ich schön verrückt. Gerade die abgelehnten Bücher interessieren mich.«

»Das dachte ich mir – mein Instinkt trügt mich nie. Also, ich denke, in meiner Geheimkammer könnten Sie etwas Spannendes finden. Aber was suchen Sie eigentlich genau?«

»Es hört sich vielleicht komisch an, aber ich weiß es selbst nicht, Nadja.« Nach kurzem Zögern fügte er hinzu: »Wie ich Ihnen schon erzählte, war mein Großvater Zeuge der letzten Stunden der Romanows. Und weil Sie mir gegenüber so offen waren, werde ich Ihnen auch ein kleines Geheimnis verraten. Ich möchte herausfinden, was ein gewisser Satz bedeutet, den er mir diktiert hat, als ich noch ein kleiner Junge war: *Du wirst deine Zukunft am Schnittpunkt der Diagonalen finden.* Was, zum Teufel, sind diese Diagonalen? Was hat er mir damit sagen wollen?«

Plötzlich wurde Josif klar, daß er dieses Geheimnis zum erstenmal in seinem Leben jemandem anvertraute. Und obendrein einer Person, die er kaum kannte.

Auf dem Weg ins obere Stockwerk sog er Nadjas frischen Duft ein und ihn überkam ein seltsames, unbekanntes Gefühl. In einem Gang blieb sie stehen, suchte einen Schlüssel aus ihrem Bund heraus und öffnete eine doppelt gesicherte Tür. »Das hier ist meine Schatzkammer«, sagte sie, ins Innere des Zimmers deutend.

Einige hundert Bände standen auf mehrere Regale verteilt, in denen die gleiche peinliche Ordnung herrschte wie unten im Hauptsaal.

»Sie werden mir doch nicht erzählen wollen, daß Sie die alle gelesen haben!« rief Josif erstaunt.

»Nicht alle, aber zufällig einige zu dem Thema, das auch Sie interessiert. Wissen Sie, ich bin in Jekaterinburg geboren und aufgewachsen, und die Gefangenschaft und der Tod der

Romanows gehören einfach zu unserer Lokalgeschichte. Sie glauben doch nicht, daß Sie der einzige sind, dessen Großeltern Geschichten und Legenden zu erzählen haben.«

Ihr augenzwinkerndes Lächeln war so schön, daß Josif sie spontan umarmte. Es folgte ein Moment der Verlegenheit, aber sie konnten sich trotzdem nicht voneinander lösen. Als sie endlich wieder auf Abstand gingen, mußte sich Nadja räuspern.

»Ähem, ja, ich denke ... ich denke, Sie könnten mit dem hier beginnen ... und vielleicht mit dem hier ... und diesem ...« Sie überschlug sich regelrecht, wobei sie Bücher aus den Regalen nahm und sie Josif in die Hände drückte, der zögerlich die Titel vorlas:

»Winston Churchill: *The World's Crisis*; Anthony Summers, Tom Mangold: *The File on the Tsar*; Guy Richards: *Imperial Agent* und *The Rescue of the Romanovs*; Jean Jacoby: *Le Tsar Nicolas II et la Révolution* ... Die sind ja alle auf englisch oder französisch!«

»Beherrschen Sie keine dieser Sprachen?«

»Na ja, ein paar Brocken Englisch, die mir mein Opa beigebracht hat, aber der hatte schon genug damit zu tun, mir Lesen und Schreiben beizubringen, und zwar auf russisch. Sie dürfen nicht vergessen, daß ich ein Arbeiter bin.«

»Sie haben Glück, ich habe Sprachen studiert und könnte Ihnen an meinen freien Tagen helfen oder hier in der Bibliothek ein paar der Texte lesen und für Sie eine Zusammenfassung schreiben. Falls Sie eine Stelle besonders interessiert, kann ich sie auch übersetzen.«

»Um Himmels willen, das wäre viel zu viel verlangt«, sagte Josif mit erstickter Stimme, die er kaum als seine eigene erkannte.

»Keine Angst, ich mache das gern. Ich habe hier nicht besonders viel zu tun und verbringe eine Menge Zeit mit Lesen. Es wäre mir eine Freude, Ihnen helfen zu können.«

New York. Juni 1986.

Maggie war eine strahlende Braut, und der Kontrast zwischen dem weißen Kleid und ihrer dunkeln Haut brachte ihre Schönheit noch mehr zur Geltung. Derrick Grant, der in seinem geliehenen Frack etwas unbeholfen wirkte, hatte sich in einer der hinteren Bänke von St. Patrick an der Fifth Avenue niedergelassen und drehte sich ständig um, als hielte er nach jemandem Ausschau. Doch Pat Silver ließ sich nicht blicken.

Die Trauung endete mit dem traditionellen Reiswerfen, und als Derrick auf die Braut zutrat, um sie zu küssen, fragte Maggie halblaut: »Wo ist Pat?«

»Keine Ahnung. Er hatte mir fest versprochen zu kommen.«

Zu diesem Zeitpunkt saß Patrick Silver ohne Jackett und mit gelöster Festtagskrawatte vor dem Computer und strahlte womöglich noch mehr als die Braut. Es war ihm gerade gelungen, das elektronische Sicherungssystem von Investments & Bonds auszutricksen.

Er hatte die Bank nicht zufällig ausgewählt, sondern aus einem bestimmten Grund: Die IBB benutzte keines der üblichen Home-Banking-Systeme mit nicht miteinander kommunizierenden Bereichen für Kunden und interne Zugangsberechtigte, sondern eins, das zwar in zwei verschiedene Ebenen unterteilt war, auf die man jedoch über dasselbe Portal gelangte, eine für die Kontoinhaber und eine für die Bankangestellten, die über persönliche Sicherheitskodes verfügten. Auf der ersten Ebene hatte jeder Kontoinhaber ausschließlich Zugriff auf sein eigenes Konto, während die zweite so etwas wie einen virtuellen Geldschrank darstellte und die Angestellten auf dieser Ebene Überweisungen und Auszahlungen vornehmen, größere Summen transferieren und jedes Konto verwalten konnten.

Die in Zeitlupe abgespielten Aufnahmen, die die Fingerbewegungen des Kundenberaters beim Eintippen seines Paßworts zeigten, gestatteten Pat freien Zugang zu diesem virtuellen Geldschrank von Investments & Bonds.

Der zweite Grund, weshalb er sich gerade für diese Bank entschieden hatte, war, daß zu ihren Kunden einige der größten Industriekonzerne der USA zählten. Der Strom der täglich fließenden Überweisungen war gewaltig, so daß sich die von Pat manipulierten Kontobewegungen in den Mäandern der täglichen Statistik verloren und bei der Buchungskontrolle keinen Verdacht erregen würden.

Pats grüne Augen reflektierten das Leuchten des Bildschirms und schienen regelrecht Blitze auszustrahlen. Mit leicht zitternden Fingern ging er die Liste der Kontoinhaber durch, erforschte ihre Finanzen und Kontobewegungen und verletzte dabei sämtliche Bestimmungen des Bankgeheimnisses.

Daß es nicht unentdeckt bleiben würde, wenn er größere Summen abhob, war ihm klar. Jedes Unternehmen beziehungsweise dessen Buchhaltung hatte einen Überblick über den ungefähren Kontostand und die letzten Abbuchungen und Gutschriften. Wurde eine nicht autorisierte Abhebung bemerkt, würde man sofort die Bank verständigen, und in null Komma nichts hätte Pat die Polizei vor der Tür.

Also würde er sich an seine alte Regel halten und von jedem Guthaben nur ein paar Dollar abzweigen, einen lächerlichen Betrag. Doch da die Investments & Bonds mehr als zwanzigtausend Girokonten verwaltete, belief sich die abgehobene Gesamtsumme auf 30 000 bis 40 000 Dollar am Tag, und ehe das Spielchen aufflog, würden einige Wochen ins Land gehen. Inzwischen wurde das durch seinen Online-Raub angesammelte Kleingeld dem Konto eines gewissen Mr. Denver bei einer anderen Filiale der Investments & Bonds gutgeschrieben, von dem er es sogleich in bar abheben würde.

Überweisung für Überweisung hatte er schon fast das

hübsche Sümmchen von 10 000 Dollar zusammengetragen, als er sich auf einmal mit der Hand gegen die Stirn schlug.

»Verdammt, Maggies Hochzeit!« stöhnte er, doch zu diesem Zeitpunkt war es selbst für das Bankett schon zu spät.

Timothy Hassler bewegte sich mit strahlendem Bräutigamslächeln unter den Gästen. Beinahe zu strahlend, fand Maggie, die ihn beobachtete, und sie wurde von einem merkwürdigen Schauer durchrieselt. In einer blitzartigen Erscheinung sah sie auf einmal einen anderen Mann in seltsamer Kleidung anstelle ihres Ehemanns. Doch sie verscheuchte das Bild und konzentrierte sich wieder auf ihre Umgebung.

Derrick kam auf sie zu. »Ich kann mir Pats Verhalten einfach nicht erklären. Es wird doch wohl nichts mit den alten Geschichten zu tun haben, ausgerechnet an einem Tag wie heute.«

»Was für alte Geschichten?«

»Komm schon, tu nicht so. Ich weiß genau, daß ihr an der Uni total verknallt ineinander wart, auch wenn es keiner von euch je zugegeben hat. Natürlich will ich damit nicht sagen, daß etwas zwischen euch passiert wäre, aber …«

»Ach Derrick, was redest du denn da?« Maggie lachte. »Außerdem ist es ganz allein deine Schuld, wenn nie etwas zwischen Pat und mir passiert ist, mein Lieber. Ständig warst du im Weg. Selbst in unser einziges romantisches Tête-à-tête mußtest du platzen, und das war's dann.«

Darauf mußte auch Derrick lachen. Er ahnte nicht, daß Pat an seinem ersten »Arbeitstag« als Computer-Experte bereits 20 700 Dollar angehäuft hatte.

Jekaterinburg. Juni 1986.

Der Sommer kündigte sich schüchtern an, auch wenn die letzten Frühlingsregengüsse dem schönen Wetter noch nicht ganz das Feld überlassen wollten. Es war bereits Abend, als Josif aus der Fabrik kam. Kaplan begab sich fast nie in die Nähe der Öfen, weil ihm diese enge, brütend heiße Umgebung nicht behagte, und das war für Josif der einzig positive Aspekt an seiner Arbeit.

Vor dem Tor entdeckte er Nadjas Gestalt unter einem Regenschirm, der zu klein war, um sie vor dem Platzregen zu schützen. Er bekam fast einen Schreck, als er sie sah.

»Nadja, was machen Sie denn hier?« fragte er.

»Ein Freund, der auf dem Schwarzmarkt Geschäfte macht, hat mir das hier besorgt«, antwortete sie und deutete mit dem Blick ihrer Augen auf den Umschlag unter ihrem Arm. »Wenn Sie mich an einen trockenen Ort bringen, zeige ich es Ihnen.«

Sie bemerkten nicht, daß Kaplan sie durch die schmutzige Fensterscheibe seines Büros beobachtete.

Sie verließen das Fabrikgelände, und sobald sie eine überdachte Bushaltestelle erreicht hatten, zog Nadja ein Buch aus dem Umschlag und reichte es Josif. Der russische Titel lautete: *Der Sokolow-Bericht*.

Josif wußte, wer Nikolaj Sokolow gewesen war: der Staatsanwalt, der nach der Rückeroberung Jekaterinburgs durch die Weißen am 25. Juli 1918 den Auftrag erhalten hatte, das Ende der Romanows zu untersuchen.

»Ich habe auch eine Zusammenfassung einiger englischer und französischer Texte angefertigt«, fuhr Nadja fort. »Es gibt da ein paar interessante Stellen über das hartnäckige Gerücht, daß einige Mitglieder der Zarenfamilie dem Blutbad entkommen seien. Wie Sie wissen, gibt es im Westen gleich mehrere Frauen, die behaupten, die Großherzogin Anastasia zu sein. In manchen Büchern findet sich auch der Verdacht, daß die weiblichen Familienmitglieder verschont und nach Perm gebracht wurden, wo auch heute noch einige Augenzeugen leben sollen.«

»Das halte ich für unwahrscheinlich, denn mein Großvater hat die ganze Nacht bei den elf Leichen Wache gehalten und ihnen zudem die Kleidung ausgezogen, in der ein Vermögen an Edelsteinen eingenäht war.«

»Sicher, aber vergessen Sie nicht, daß Ihr Großvater von zur Unkenntlichkeit verstümmelten Leichen gesprochen hat, mit Ausnahme der des Zaren. Könnte es sich nicht auch um eine Inszenierung gehandelt haben? Statt der Frauen der Zarenfamilie hätte man zum Beispiel irgendwelche anderen Gefangenen zu den Vier Brüdern schaffen können, die zuvor im Gefängnis von Jekaterinburg hingerichtet worden waren.«

»Wer sie auch waren, diese Leichen trugen jedenfalls die Kleidung der kaiserlichen Familie, gefüttert mit Juwelen. Ich hatte schon immer den Verdacht, daß mein Großvater nicht den ganzen Schatz dem Sowjet übergeben hat, sondern einen Teil davon an einem geheimen Ort versteckte.«

»Lassen Sie uns zu mir nach Hause gehen«, schlug Nadja vor. »Wir können den *Sokolow-Bericht* schließlich nicht gut an dieser Haltestelle studieren. Außerdem müssen wir vorsichtig sein, denn es ist immerhin ein verbotenes Buch, auch wenn die Polizei im Moment andere Sorgen hat.«

»Stimmt, es sieht so aus, als hätte der neue Kurs auf einen Schlag sämtliche kriminellen Neigungen des russischen Volkes freigesetzt.« Josif duckte sich unter ihren Schirm und hakte sich bei ihr ein.

Nadjas Wohnung war warm und gemütlich, ein wahrer Lichtblick bei dem trüben Wetter. Sie zog ihren leichten Mantel aus Kunstfasern aus und betrachtete ihren Gast von Kopf bis Fuß. Sein grauer Arbeitsanzug starrte vor Ruß, und die freiliegenden Stellen seines Körpers waren mit Kohlenstaub bedeckt. Der Regen hatte helle Rinnsale über seine Wangen gezogen, die ihm das Aussehen eines Clowns verliehen.

»Ich glaube, es ist besser, wenn Sie erst mal eine Dusche nehmen«, sagte sie. »Ich kann Ihnen einen Trainingsanzug leihen, der mir zu groß ist.«

Als Josif nackt aus der Dusche stieg, sah er sich Nadja gegenüber, die ihm einen Bademantel reichte. Er umarmte sie, drückte sie mit seinen starken Armen an sich, und sie hatte offensichtlich nichts dagegen.

»Du weißt gar nicht, wie sehr ich mich danach gesehnt habe, dich zu küssen«, murmelte Nadja, während sie ihn ins Schlafzimmer zog. Sie liebten sich mit unendlicher Zärtlichkeit und flüsterten sich Worte ins Ohr, die beide schon lange in ihren Herzen trugen.

New York. August 1986.

Derrick kam gerade aus dem Gerichtsgebäude, als ihm ein am Straßenrand geparkter Mercedes ins Auge fiel. Er erkannte den Mann nicht gleich, der ihm vom Fahrersitz aus zuwinkte, aber dann sah er, daß es Pat Silver war.

»Donnerwetter, Pat, du hast wohl das große Los gezogen. Ein Mercedes 500 Coupé ... Hübsches Spielzeug, kostet gerade mal hunderttausend Mäuse, schätze ich.«

»Noch ein bißchen mehr, wenn er neu ist, aber diesen habe ich gebraucht für die Hälfte erstanden.«

Derrick musterte den alten Freund und beneidete ihn um sein gesundes, sportliches Aussehen. »Wie ich sehe, läßt du es dir gutgehen. Die Geschäfte scheinen ja bestens zu laufen und dir noch genug Zeit zu lassen, dich um dein Äußeres zu kümmern«, bemerkte er. »Aber wo hast du eigentlich gesteckt? Dein Fehlen bei Maggies Hochzeit ist nicht unbemerkt geblieben, und die Braut war sehr enttäuscht, muß ich dir sagen.«

»Du wirst es nicht glauben, aber ich war schon fix und fertig angezogen, als mir eine unaufschiebbare Angelegenheit dazwischenkam.«

»Geschäftlicher Natur, nehme ich an.« Derrick grinste und zwinkerte ihm zu.

»Genau, du hast es erfaßt. Wie war die Trauung? Ist Maggie glücklich?«

»Ich hoffe es, aber ich hatte das komische Gefühl ... wie soll ich sagen? Irgendwie wirkte sie nicht ganz überzeugend auf mich.«

Ein zufriedenes Lächeln legte sich auf Pats Gesicht. Der Gedanke, daß Maggie ihm vielleicht ein wenig nachweinte, mißfiel ihm keineswegs.

Seit sie Mrs. Hassler geworden war, hatte sich einiges verändert, aber immerhin ließ ihr die Rolle als gute Gattin und Hausfrau genug Zeit, sich mit der geheimnisvollen dunklen Seite ihrer Persönlichkeit zu beschäftigen.

Maggie probierte monatelang verschiedene Meditationsübungen und Konzentrationsmethoden aus, und nach und nach gelang es ihr, sich bewußt in eine leichte Trance zu versetzen. Sie erkannte, daß sie ihre *Ahnungen* bis zu einem gewissen Punkt steuern und beherrschen konnte, und in bestimmten Momenten schaffte sie es sogar, das zu *sehen*, was sie sehen wollte.

Schließlich traf sie eine wichtige Entscheidung über ihre Zukunft und beschloß, ihre einzigartige Gabe in den Dienst anderer Menschen zu stellen und denen zu helfen, die in Schwierigkeiten waren.

Timothy kam wie immer pünktlich um acht Uhr abends nach Hause. Nachdem er ihr einen Kuß auf die Wange gedrückt hatte, setzte er sich sogleich an den Tisch und schlug die Zeitung auf. Maggie betrachtete ihn einen Augenblick lang niedergeschlagen und ging dann in die Küche. Sie wollte sich nicht eingestehen, einen Fehler begangen zu haben, zumal es zu spät war, etwas daran zu ändern.

»Timothy«, begann sie unvermittelt, während sie die Vorspeise servierte, »erinnerst du dich noch daran, wie man durch meine *Ahnungen* den Anschlag dieser islamistischen Terroristen vereiteln konnte?«

»Wie könnte ich das je vergessen?« antwortete er, ohne den Blick von der Zeitung zu heben.

»Ich möchte das zum Beruf machen.«

»Was?« entgegnete ihr Mann und sah endlich zu ihr auf. »Willst du etwa unsere Wohnung in die Jahrmarktsbude einer Wahrsagerin verwandeln?«

»Nein, ich möchte meine Fähigkeiten nur denjenigen zur Verfügung stellen, die sie brauchen. Natürlich will ich hier keine Kunden empfangen und in eine Kristallkugel starren oder so etwas.«

»Und was beabsichtigst du genau zu tun?«

»Du hast doch viele Freunde beim FBI, bei der CIA und allen möglichen Institutionen. Ich weiß, daß sie manchmal ein Medium hinzuziehen, um besonders schwierige Fälle zu lösen. Laß es mich versuchen, Timothy – ich bitte dich.«

»Mal sehen, was ich tun kann, aber ich verspreche dir nichts«, beendete er das Thema.

Jekaterinburg. September 1986.

Der *Sokolow-Bericht* war das Ergebnis einer gewissenhaften Untersuchung, abgefaßt von einem erfahrenen Juristen wenige Tage nach dem Verschwinden der Romanows. Sokolow schloß kategorisch aus, daß der Ausgang des Geschehens ein anderer gewesen sein könnte, als es offiziell verlautbart worden war: Der Zar und seine Familie waren in dem Kellerraum hingerichtet worden. Damit fanden Großvater Igors Erinnerungen eine Bestätigung von anerkannter Seite.

Josif las die von Sokolow zusammengetragenen Zeugenaussagen und die Protokolle der Untersuchungen im Bergwerk immer wieder durch, Wort für Wort. Er spürte, daß er der Lösung zum Greifen nahe war, tappte aber nach wie vor im Dunkeln. Da Sokolows Leute das gesamte Grubengebiet gründlich durchkämmt hatten, bestand leider auch die Möglichkeit, daß längst ein anderer auf das gestoßen war, was Igor dort versteckt hatte.

Er hatte gerade wieder eine schlaflose Nacht mit dem Lesen des Berichts zugebracht, als Nadja bei Sonnenaufgang zu ihm kam.

»Bist du etwa die ganze Nacht wach geblieben?«

»Ich muß der Sache auf den Grund gehen. Ich muß einfach, verstehst du?«

»Das ist ja zu einer richtigen Besessenheit geworden.«

»Aber ich muß es. Für mich selbst und vor allem für unsere Zukunft. Ich will nicht mein ganzes Leben damit zubringen, Kohle in einen Ofen zu schaufeln.«

An diesem Morgen kam Josif sehr früh in die Fabrik. Die Halle, durch die man zu den Öfen gelangte, war noch verlassen, und Kaplan ließ sich nicht blicken, hatte sich wahrscheinlich in sein Büro verkrochen. Josif hoffte, unbemerkt an ihm vorbeizukommen, doch als er gerade die Treppe hinuntergehen wollte, hörte er die nuschelnde Stimme des Abteilungsleiters, begleitet von dem schrecklichen Kieferknirschen.

»Ich vergesse nichts, Drostin. Ich vergesse nie.«

Er tat, als hätte er ihn nicht gehört, und ging weiter.

»Haben dich die Nächte mit dieser Nutte von Bibliothekarin taub gemacht?« höhnte die Stimme.

Josif sah rot. Er kehrte um, stürzte sich auf Kaplan und versetzte ihm einen Schlag in die Magengrube. Als dieser am Boden lag, schüttelte Josif in besinnungsloser Wut die Faust vor seinem Gesicht.

»Jetzt reicht's, Kaplan! Bete, daß den Menschen, die mir nahestehen, nichts zustößt, sonst bringe ich dich um! Und wage es nie wieder, meine Freundin zu erwähnen, verstanden?«

Kaplan schien zu begreifen, daß Josif zu allem entschlossen war, und gab keinen Mucks mehr von sich.

New York. 20. Dezember 1986.

Manhattan zeigte sich im Festtagsgewand: An jeder Ecke glitzerten Lichter und Weihnachtsschmuck. Maggie Elliot eilte mit schnellen Schritten durch die Pracht, denn sie wollte zu ihrem ersten Treffen nicht zu spät erscheinen.

Timothy hatte ihr tatsächlich einen Termin beim FBI verschafft. Es ging um das Verschwinden eines reichen Finanzmannes aus der City. Manche sprachen von Entführung, andere davon, daß er möglicherweise mit dem Firmenkapital durchgebrannt war, wieder andere von Mord.

Im Gebäude des FBI an der Federal Plaza Nr. 26 erwartete sie ein Mann um die Sechzig, der sich als Special Agent Lawrence vorstellte. Er war grauhaarig, trug eine Brille mit Goldrand, und seine Gesichtszüge ließen auf einen gutmütigen Charakter schließen. Er war seit dreißig Jahren beim FBI und hatte viel erlebt, sich aber noch nie zuvor eines Mediums bedient.

Bei aller Höflichkeit scheute er sich nicht, sogleich seine Skepsis zum Ausdruck zu bringen.

»Ihr Mann hat darauf bestanden, dieses Experiment, wie ich es nennen möchte, durchzuführen, aber ich will Ihnen meine Bedenken nicht verhehlen. Unsere Ermittlungen gründen für gewöhnlich auf Fakten, Indizien und konkreten Beweisen, nicht auf Ahnungen und Empfindungen. Doch ein Versuch kostet ja nichts, und wir werden sehen, was dabei herauskommt. Ich sage Ihnen jetzt, was wir über Greg Fassion wissen, der seit etwa drei Monaten spurlos verschwunden ist.«

Er beschrieb ihr den Vermißten in allen Einzelheiten, seine beruflichen und privaten Aktivitäten, seine Hobbys. Dann holte er aus einem Umschlag ein Paar elegante Handschuhe aus hellem Leder hervor, die sich sehr weich anfühlten.

»Hier ist das Kleidungsstück von Fassion, um das Sie

gebeten hatten. Vielleicht gelingt es Ihnen ja wirklich, uns einen Hinweis zu liefern, der uns weiterhilft.«

Maggie steckte die Handschuhe in den Umschlag zurück und diesen in ihre Umhängetasche. »Ich werde mich innerhalb einer Woche bei Ihnen melden, Mr. Lawrence, ob ich etwas herausgefunden habe oder nicht. Ich danke Ihnen einstweilen für Ihre Freundlichkeit und hoffe, Ihr Vertrauen gewinnen zu können.«

Lawrence erhob sich und gab ihr die Hand. An der Wand hinter seinem Schreibtisch hing ein Wimpel der New York Knicks mit den Autogrammen bekannter Basketballspieler.

Unwillkürlich mußte sie an Pat denken und an all die Spiele, bei denen sie ihn angefeuert hatte.

Der Himmel wußte, wo Pat in diesem Moment steckte.

Patrick Silver befand sich nur wenige Blocks entfernt in einer kleinen Mietwohnung an der Ecke 50. Straße und Avenue of the Americas. Er stand vor dem Spiegel, musterte sich mit einem letzten kritischen Blick und verließ dann das Apartment. Von seinem amourösen Stelldichein an diesem Abend versprach er sich viel.

Als seine Verabredung zu ihm in den Mercedes stieg, hüllte ihn der Duft ihres Parfums ein, und er beglückwünschte sich zu seiner Wahl, denn er war noch nicht oft mit einer so schönen Frau ausgegangen. Leider brach sie beim Anblick der luxuriösen Innenausstattung des Wagens in ein idiotisches Kichern aus. Er beschloß, es einfach zu ignorieren, doch auf dem Weg zum Restaurant konnte er den Gedanken nicht zurückdrängen, daß ihr Intelligenzquotient vermutlich unter dem einer Gans lag.

Nicht weit von ihm entfernt wollte sich Maggie gleich an die Arbeit machen, doch Timothy kam kurz nach ihr nach Hause.

»Hallo, was hast du Schönes gekocht?« fragte er, kaum daß er seinen Mantel aufgehängt hatte.

»Noch nichts, Timothy. Ich bin den ganzen Nachmittag bei Lawrence gewesen.«

»Macht nichts, ich wollte dich schon längst mal wieder in ein gutes Restaurant ausführen. Was hältst du vom Le Cirque an der 65. Straße?«

»Hast du eine Gehaltserhöhung bekommen?« fragte sie überrascht.

Patrick betrat lässig das Restaurant, das als eines der schicksten in New York galt. Seine hinreißende Begleiterin zog alle Blicke auf sich, und einige Gäste drehten sich sogar nach ihr um. Unter den vielen Gesichtern erblickte Pat plötzlich ein bekanntes, worauf er die schöne Gans sofort stehenließ und auf einen der Tische zustrebte. »Maggie!«

Maggie stand auf und umarmte ihn.

»Pat, wir haben uns ja eine Ewigkeit nicht gesehen! Darf ich dir meinen Mann vorstellen, Timothy Hassler.«

Patrick setzte sein charmantestes Lächeln auf und gab Timothy, der ihn mit einem kühlen Blick bedachte, die Hand.

Sie schwatzten ein Weilchen über die alten Zeiten, bis Maggie meinte: »Du vernachlässigst deine schöne Begleiterin.«

»Neben deiner Schönheit verblassen alle anderen«, sagte er galant, küßte sie auf die Wangen und verabschiedete sich.

Noch immer funkte es zwischen ihnen, noch immer löste sie bei ihm etwas aus, das die ganze Welt in Schwingungen versetzte, auch wenn andere offenbar nichts bemerkten.

Während des ganzen Essens mußte Pat immer wieder zu Maggie hinschauen, und er spürte einen heftigen Stich der Eifersucht, wenn sie ihre Hand zärtlich auf die ihres Mannes legte.

Maggie dagegen konnte noch den ganzen Abend einen Hauch von Patricks Geruch auf ihren Wangen wahrnehmen, selbst dann noch, als sie wieder zu Hause waren. Aber sie verbot sich jede Art von Träumerei. Sie hatte zu tun, sie mußte sich mit dem Fall beschäftigen, den Special Agent Lawrence ihr anvertraut hatte.

Jekaterinburg. 21. Dezember 1986.

Josif wohnte nun schon seit einiger Zeit bei Nadja. Es war ein Sonntag, so daß sie sich ganz ihren Recherchen widmen konnten.

»Fassen wir zusammen«, sagte er. »Die erste Zeugenaussage, die Sokolow festhält, ist die von Pawel Medvedjew, dem Kommandanten der um das Haus postierten Wachen, den mein Großvater gut kannte und den er auch in seinen Erinnerungen erwähnte. Ein anderer wichtiger Zeuge ist der Wächter am Bahnübergang 184, der ausgesagt hat, im Juli 1918 einen von Soldaten eskortierten Lieferwagen gesehen zu haben, der in Richtung des Bergwerks Vier Brüder fuhr. Er konnte sich gut an den Zwischenfall erinnern, aber nicht an das genaue Datum; er wußte nur noch, daß am folgenden Tag das gesamte Bergbaugebiet von Soldaten abgesperrt war. Andere Zeugen haben ausgesagt, der Kommandant Jurowskij habe sich kurz vor dem 17. Juli danach erkundigt, ob die Straße zu den Bergwerksgruben mit einem schweren Lastwagen passierbar sei.

Schließlich haben wir Sokolows Schlußfolgerung, in der zum erstenmal die Rede von Edelsteinen ist, die in den Kleidern entdeckt wurden, bevor man die Leichen mit Säure und Benzin übergossen und verbrannt hat. Von Säure und Benzin spricht auch mein Großvater. Aber all diese Bestätigungen helfen uns immer noch nicht, diesen vermaledeiten Satz mit den Diagonalen zu verstehen.«

»Ich denke, man müßte das Gelände selbst einmal richtig erkunden. Vielleicht gibt es doch noch irgendeinen Hinweis, den …«

»Warte mal«, unterbrach Josif sie in einer plötzlichen Eingebung. »Warum heißt das Gebiet eigentlich Vier Brüder?«

»Weil dort früher mal vier große Kiefern standen, soweit ich weiß. Die ganze Gegend ist inzwischen aber ziemlich heruntergekommen.«

»Ich glaube, jetzt sind wir auf dem richtigen Weg, Nadja«, rief Josif. »Bald werden wir reich sein, sehr reich, davon bin ich überzeugt!«

New York. 21. Dezember 1986.

Timothy war schon schlafen gegangen, und in der Wohnung herrschte absolute Stille. Maggie begann sich zu sammeln und ihre Atmung zu regulieren, wobei sie in ihrer Rechten einen der Handschuhe des Vermißten hielt. Nach etwa fünfundzwanzig Minuten fiel sie in einen Zustand leichter Trance, in dem sie klar und deutlich eine bestimmte Umgebung erkennen konnte. Wäre es nicht drei Uhr morgens gewesen, hätte sie sofort Lawrence angerufen.

Obwohl sie erschöpft war, blieb sie fast die ganze Nacht wach, wie immer nach einer dieser Erfahrungen, und um neun Uhr rief sie den Special Agent an.

»Sie haben gesagt, Sie wollten sich innerhalb einer Woche melden, Mrs. Hassler, und jetzt sind noch nicht einmal vierundzwanzig Stunden vergangen«, sagte Lawrence verblüfft.

»Ich glaube, ich weiß, wo sich Fassion befindet. Kann ich gleich zu Ihnen kommen?«

»Natürlich, Ma'am. Ich erwarte Sie.«

Lawrence empfing sie unvermindert freundlich und unvermindert skeptisch.

»Ich habe ganz deutlich in einiger Entfernung die Lichter eines Flughafens gesehen«, berichtete Maggie sofort, »vermutlich des La Guardia Airport, und etwas näher, aber ebenfalls auf der anderen Seite des East River, lag College Point. Über mir spannte sich eine große Straßenbrücke. Auf einer Mullkippe nicht weit davon habe ich eine blaue Blechtonne gesehen. Darin befindet sich Fassions Leiche.«

Lawrence ging um seinen Schreibtisch herum und baute sich vor einem großen Stadtplan an der Wand auf.

»Es müßte sich um dieses Gebiet handeln«, sagte er und zeigte auf den südöstlichen Teil der Bronx.

»Ja, und die Straße, die ich gesehen habe, könnte die 678ste sein.« Maggie trat zu ihm und zeigte auf einen grünen Bereich auf der Karte. »Was ist das?«

»Der Ferry-Point-Park.«

»Ich möchte nicht aufdringlich erscheinen, Mr. Lawrence, aber ich glaube, Sie sollten einen Trupp Ihrer Agenten dort hinschicken.«

Drei Stunden später wurde die halb verweste Leiche eines Mannes in einer blauen Tonne auf einer Müllkippe gefunden, an der von Maggie beschriebenen Stelle. Die Identität würde man erst bei der Obduktion zweifelsfrei feststellen können, aber verschiedene Merkmale deuteten darauf hin, daß es sich tatsächlich um Fassion handelte.

Die Nachricht sickerte natürlich sofort durch, und die Medien beschäftigten sich ausführlich mit der Frau, die mit ihren übernatürlichen Kräften zur Aufklärung scheinbar unlösbarer Fälle beitrug. Die unvermeidliche Publicity brachte Maggie Hilfegesuche aus allen Teilen des Landes ein.

Jekaterinburg. 28. Dezember 1986.

Obwohl es Sonntag war, verließ Josif Drostin frühmorgens das Haus. Er fuhr mit dem Bus nach Koptijakj, stieg beim verlassenen Bergwerk Vier Brüder aus und schritt über einen Weg, der einst die Zugangsstraße gewesen sein mußte, inzwischen aber nicht mehr als eine schlammige Viehtrift durch dichtes Unterholz war.

Vor ein paar Tagen hatte es geschneit, und hier und da sah man noch einige Spuren von Weiß. Es war sehr kalt, wenn auch nicht vergleichbar mit den sibirischen Temperaturen. Josif kam nur mit Mühe voran und irrte schon seit gut einer Stunde zwischen den aufgegebenen Gruben umher, als er die erste Kiefer sah. Sie ragte majestätisch in die Höhe und schien vor Gesundheit zu strotzen. Er zweifelte nicht mehr daran, daß er seine Suche auf diese Gegend konzentrieren mußte.

Es dämmerte bereits, als er endlich die zweite Kiefer fand, die etwa hundert Meter von der ersten entfernt umgestürzt im Unterholz lag. Die freiliegenden Wurzeln sahen aus wie zum Himmel ausgestreckte skelettierte Arme. Vermutlich war der Baum vom Wind entwurzelt worden, und niemand hatte sich je die Mühe gemacht, ihn zu zersägen und abzutransportieren. Josif trug die Stelle auf einem kleinen Lageplan ein, den er bei sich hatte.

Wenn er nicht die Nacht in dieser gespenstischen Umgebung verbringen wollte, mußte er sich beeilen. Im Laufschritt machte er kehrt und schaffte es gerade noch, den letzten Bus zu erwischen.

»Wir stehen kurz vor dem Ziel«, jubelte er, als er zu Nadja nach Hause kam. »Ich habe zwei der vier Kiefern entdeckt und hoffe, nächsten Sonntag die anderen beiden zu finden. Bäume von dieser Größe müssen irgendwelche Spuren hinterlassen, auch wenn sie vom Sturm entwurzelt oder gefällt wurden. Sobald ich die vier Eckpunkte festgelegt habe, brauche ich nur noch eine Rolle Schnur, um die Diagonalen zu ziehen, und einen Spaten, um dort zu graben, wo sie sich kreuzen.«

Nadja strahlte ihn an, aber ihr schienen für den Moment

die Worte zu fehlen. »Ich liebe dich, Josif«, brachte sie schließlich flüsternd hervor.

Am nächsten Morgen trat Josif pünktlich seine Schicht in der Fabrik an. Seit er auf Kaplans Provokationen mit Gewalt reagiert hatte, ließ dieser ihn in Ruhe.

New York. 31. Dezember 1986.

In den vergangenen zehn Tagen hatte Maggies Telefon nicht stillgestanden. Viele Leute verschwendeten nur ihre Zeit, andere beschimpften und beleidigten sie sogar, aber es gab auch genügend, die tatsächlich Hilfe brauchten. Sie ging auf letztere alle ein, obwohl ihr Mann nicht nachließ, seine Mißbilligung durch Schnauben und entnervte Gesten zum Ausdruck zu bringen.

In kürzester Zeit hatte sie eine unglaubliche Popularität erlangt und wurde sogar im Fernsehen interviewt. Unter den vielen Anrufen gab es jedoch einen bestimmten, der ihr Herz höher schlagen ließ:

»Ich möchte der Heldin des Tages gratulieren und ihr nebenbei ein gutes neues Jahr wünschen.«

Es dauerte einen Augenblick, ehe sie die Stimme erkannte, aber dann erschien ein breites Lächeln auf ihrem Gesicht.

»Pat! Wie schön, daß du anrufst.«

»Weißt du, daß du sehr fotogen bist und dich auch im Fernsehen gut machst?«

»Danke, aber ich bin diesen Rummel nicht gewöhnt, und es macht mich oft ziemlich verlegen, so im Rampenlicht zu stehen.«

»Jedenfalls hast du es weit gebracht seit unserer berühmten spiritistischen Sitzung. Vor allem, wenn man bedenkt, daß alles nur ein Trick war.«

»Ein Trick?«

»Okay, jetzt kann ich es dir ja gestehen. Ich hatte einen kleinen Mechanismus installiert, um euch Angst einzujagen, in der Hoffnung, daß du und Annie euch in unsere Arme flüchten würdet.«

»Es fällt mir schwer zu glauben, daß sich Derrick zu so einem hinterhältigen Spielchen hergegeben hat«, entgegnete sie halb amüsiert und halb pikiert.

»Er steckte von Anfang an mit drin. Aber du mußt zugeben, daß ich die Sache perfekt inszeniert hatte. Ich war schon immer ein prima Regisseur.«

»Ein prima Schlitzohr, würde ich sagen. Apropos Regisseur: Weißt du, daß man mir angeboten hat, eine Fernsehsendung zu moderieren?«

»Über Geister und Gespenster?«

»Nein, eine ernsthafte Sendung über Grenzfälle der Wissenschaft mit Gesprächsrunden im Studio. Der Produzent und der Regisseur haben mir eine Talkshow mit Fachleuten und illustren Gästen vorgeschlagen. Timothy und ich überlegen noch, ob ich das Angebot annehmen soll.«

Bei der Erwähnung ihres Mannes versteifte sich Pat ein wenig. Er hatte weiß Gott nicht angerufen, um über Hassler zu sprechen. Er wollte ihr sagen, daß sie an jenem Abend im Restaurant schöner denn je gewesen war, daß er ihrer gemeinsamen Zeit an der Uni nachtrauerte und oft an diese Umarmung und den einzigen zarten Kuß denken mußte. Aber es gelang ihm, sich zu beherrschen.

»An deiner Stelle würde ich nicht zu lange überlegen.«

»Ich habe da noch ein paar Bedenken, zum Beispiel daß meine Privatsphäre stark eingeschränkt werden könnte.«

»Ich würde es nicht von dieser Seite aus betrachten. Eine Fernsehmoderatorin macht eine Arbeit wie jeder andere Mensch auch, nur daß sie ein bißchen berühmter ist. Du hast dich schon immer gut vor Publikum geschlagen, Maggie. Beim Examen war es, als würdest du eine Rolle spielen, das weiß ich noch.«

»Da fällt mir ein, Pat: Du hast mir nie erzählt, was du eigentlich beruflich machst.«

»So dies und das. Geschäfte, Vermittlungen, Beratungen.«

»Nach den Lokalen zu urteilen, die du frequentierst, scheint es dir nicht schlecht zu gehen.«

»Ich kann mich nicht beklagen. Und was ist mit dir, abgesehen von deinem Erfolg als Hellseherin? Wie läuft das Eheleben?«

»Keine Klagen.« Maggie konnte es sich nicht verkneifen, einen Blick auf Timothy zu werfen, der in seinem Sessel saß, und da sie den Eindruck hatte, daß er sie belauschte, beendete sie das Gespräch an dieser Stelle.

Sie verabschiedeten sich und versprachen, in Kontakt zu bleiben, auch wenn sie beide wußten, daß dieses Versprechen schwer einzuhalten war.

Kaum hatte Maggie aufgelegt, faltete Timothy die Zeitung zusammen. »Wer war das denn?«

»Patrick Silver, ein alter Studienkollege. Wir haben ihn neulich im Restaurant getroffen, erinnerst du dich?«

»Ach ja, dieser Silver. Du warst ja überaus herzlich zu ihm. Hattet ihr mal was miteinander?«

»Wirst du auf einmal eifersüchtig, Timothy? Nein, es ist nie etwas zwischen uns gewesen.« Ehrlicherweise hätte Maggie das Wörtchen »leider« hinzufügen müssen, doch sie ließ es bleiben und drückte ihrem Mann einen schnellen Kuß auf die Lippen.

Jekaterinburg. 4. Januar 1987.

Josif verließ mitten in der Nacht das Haus und nahm den ersten Bus nach Koptijakj. In einer Tasche führte er einen Klappspaten und eine dicke Rolle Schnur mit sich.

Nadja überlegte, ob sie ebenfalls aufstehen sollte, fand

aber, daß die Hausarbeit noch warten konnte, und schlummerte wieder ein. Nach einer Weile wurde sie von der Türklingel geweckt. Sie zog einen Morgenrock über und ging schlaftrunken zur Wohnungstür, um zu öffnen.

Vor ihr stand ein Riese von einem Mann, mit einem beunruhigenden Lächeln im Gesicht, dessen rechte Hälfte furchtbar entstellt war. Nadja zögerte einen Moment, war unschlüssig, ehe ihr Mißtrauen einsetzte und sie ihm die Tür vor der Nase zuschlagen wollte. Doch da hatte er bereits seinen Fuß in die Tür gestellt. Kaplan hielt eine Pistole in der Hand und befahl ihr, still zu sein.

»Wie ich sehe, läßt es sich Drostin gut gehen«, bemerkte er hämisch, ohne seine Schwierigkeiten beim Sprechen verbergen zu können.

»Wer sind Sie?« fragte Nadja verängstigt.

»Ein Freund von Josif. Er hat noch eine Rechnung bei mir offen, und ich bin hier, um sie zu begleichen.«

»Verschwinden Sie! Josif wird jeden Moment zurückkommen, und wenn er Sie hier findet ...«

»Dein Liebster ist weit weg, du kleines Flittchen. Er hat den Bus genommen und ist zu den Vier Brüdern gefahren. Ich bin ihm gefolgt, wie auch schon letzten Sonntag. Und jetzt wirst du ein braves Mädchen sein und mir sagen, was er in diesem alten Bergwerk zu suchen hat.«

»Ich weiß es nicht, wirklich nicht. Wahrscheinlich will er sich nur ein bißchen Bewegung verschaffen und frische Luft schnappen. Und jetzt gehen Sie, ich bitte Sie!«

Kaplans Handrücken traf sie im Gesicht mit der Wucht eines Knüppels. Nadja taumelte zurück, dann rannte sie in die Küche, aber dort gab es keine Fluchtmöglichkeit.

Kaplan packte sie an den Haaren, daß sie vor Schmerz aufschrie, und warf sie zu Boden. Mit vorgehaltener Waffe setzte er sein Verhör fort.

»Was macht Drostin bei den Vier Brüdern?«

»Ich habe Ihnen doch gesagt, ich weiß es nicht«, keuchte

Nadja und spürte den ekligen Geschmack von Blut im Mund.

Kaplan versetzte ihr einen Tritt in die Seite, daß ihr die Luft wegblieb.

»Ich habe dich etwas gefragt – und ich will eine Antwort!«

»Ich weiß es nicht, ich schwöre es!«

»Dann muß ich wohl andere Saiten aufziehen.«

Vor Entsetzen konnte Nadja noch nicht einmal mehr schreien. Kaplan riß ihr mit einem Ruck das Nachthemd vom Leib. Seine Hände hielten ihre Arme fest wie zwei Schraubstöcke, und seine Beine drückten ihre Schenkel auseinander. Sie spürte einen grausamen Schmerz, als er in sie eindrang.

Josif kam bei der ersten Kiefer an, fand gleich darauf den umgestürzten Stamm wieder und suchte dann nach Anzeichen für die anderen beiden Bäume. Das erwies sich als nicht gerade leicht. Nur mit einem trockenen Ast als Hilfsmittel bahnte er sich einen Weg durch die Vegetation und hielt nach einem Baumstumpf oder einem tiefen Loch Ausschau, in dem einmal die kräftigen Wurzeln einer Kiefer gesteckt haben konnten.

Dabei war er jedoch guter Dinge, denn er war sich sicher, daß sich etwas in seinem Leben verändern würde und daß das Glück endlich auf seiner Seite stand. Nach ungefähr einer Stunde stolperte er beinahe über einen großen Stumpf, der noch fest in der Erde steckte, obwohl der einstige Baum schon vor vielen Jahren gefällt worden sein mußte. Nur mit Mühe beherrschte er sich, um nicht in ein Triumphgeschrei auszubrechen. Jetzt kannte er drei der Eckpunkte. Den letzten zu finden würde nicht allzu schwer sein, denn er ging davon aus, daß die Bäume damals ein Viereck gebildet hatten.

Nach einer weiteren Stunde gähnte vor seinen Füßen auf

einmal eine breite Vertiefung. Die Zeit und der Regen hatten die Wunde heilen lassen und die Ränder geglättet, aber es war deutlich zu erkennen, daß an dieser Stelle einmal ein großer Baum gestanden hatte.

Die flehende Bitte kam nur noch als Röcheln über Nadjas Lippen. »Genug! Bitte haben Sie Erbarmen!«

»Genug, ja. Es genügt, wenn du mir sagst, was Josif bei den Vier Brüdern treibt«, drängte Kaplan keuchend.

Nadja widerte sein Atem an, den er ihr ins Gesicht blies. Sie fühlte sich bis in ihre Seele gedemütigt. Warum tat er ihr das an? Warum nur?

»Ich werde es dir nie sagen, du Schwein! Niemals!« Sie versuchte erneut, sich unter ihm hervorzuwinden, aber sein Gewicht lastete auf ihr und preßte sie zu Boden. Wie in einem entsetzlichen, nicht enden wollenden Alptraum spürte sie ihn wieder steif werden und hörte sein widerliches Keuchen.

Kaplans lüsterne Grimasse wurde zu einem sadistischen Grinsen, als er ihr die Hände um den Hals legte und zudrückte. Befriedigt sank er schließlich auf dem leblosen Körper zusammen.

Josif band ein Ende der Schnur um die Kiefer und spannte sie sorgfältig bis zu dem Baumstumpf. Dies wiederholte er bei dem Wurzelloch und dem unteren Teil des umgestürzten Baums. So bildeten die Fäden ein Kreuz, unter dessen Mittelpunkt sich Großvater Igors Schatz befinden mußte. Als er mit Hilfe der Schaufel und mit bloßen Händen das wuchernde Gestrüpp zwischen den vier Bäumen am Schnittpunkt der Diagonalen entfernte, spürte er keine Kälte und keine Müdigkeit mehr.

Er befreite den ganzen Umkreis von Zweigen und Dornengebüsch und wollte gerade anfangen, in der kahlen Erde zu graben, als ihn sein Instinkt erstarren ließ.

Es schien, als hätte sich die Zeit zurückgedreht, als wäre er wieder auf der Jagd in Sibirien. Er duckte sich ins Unterholz und hörte das Geräusch erneut: ein gedämpftes Knirschen. Nicht das Brechen von Zweigen, sondern ein ganz anderer Laut, den er gut kannte und der ihm Angst einflößte.

Kaplan brach aus dem Dickicht hervor, die Pistole in der ausgestreckten Hand.

»Du kannst mit der Suche aufhören, Drostin. Ich werde für dich weitermachen.«

Josif erhob sich wortlos.

»Sie werden dich hier finden, mit der Pistole in der Hand«, fuhr Kaplan fort. »Selbstmord nach dem schrecklichen Verbrechen, mit dem du dich befleckt hast.«

»Wovon redest du, Kaplan? Was für ein Verbrechen?« fragte Josif, um Zeit zu gewinnen. Doch der Wahnsinn in Kaplans Augen ließ keinen Zweifel daran, daß er in Kürze den Abzug durchziehen würde.

»Ich habe dir gesagt, daß ich dir eines Tages die Rechnung präsentiere, Drostin!«

»Ich bin es nicht gewesen!«

»Ach nein? Mit Lügen wirst du deine Haut nicht retten!« schrie Kaplan mit einem wahrhaft irrsinnigen Blick in den Augen. »Diesem Flittchen von deiner Freundin haben sie auch nichts genützt. Es hat ihr übrigens gefallen mit mir, weißt du? Schade nur, daß sie diese schöne Erinnerung mit ins Grab nehmen muß.«

Da stürzte sich Josif auf ihn wie ein wild gewordenes Tier, ohne einen Gedanken an die Pistole in der Hand seines Widersachers zu verschwenden.

Kaplan drückte ab und schoß zweimal. Die erste Kugel streifte Josif an der linken Schulter, die zweite verfehlte ihn.

Josif trat gegen Kaplans Hand, daß die Waffe in hohem Bogen davonflog, und rammte seine Fäuste in das entstellte Gesicht. Er war blind vor Wut und Verzweiflung über die letzten Worte Kaplans und schlug so lange auf ihn ein, bis dieser zu Boden ging.

»Was hast du ihr angetan, du verfluchtes Schwein?« brüllte Josif außer sich.

Kaplans Gesicht war eine blutige Fratze, und das hämische Grinsen seines verzerrten Mundes wirkte geradezu unheimlich. »Ich hab' sie vergewaltigt, und dann hab' ich sie erwürgt«, sagte er und brach in ein gurgelndes Lachen aus.

Josif spürte, wie ihm eine Gänsehaut über den Rücken lief, dann drückte er mit den Händen zu, bis das Knorpelgewebe unter der Halsschlagader nachgab. Kaplan stieß sein letztes Röcheln aus.

Niedergeschmettert vor Gram und Entsetzen sank Josif zu Boden. Es dauerte einige Minuten, bis er wieder klar denken konnte.

Schließlich verband er so gut er konnte die Wunde an seiner Schulter, die nicht tief war, und zerrte Kaplans Leiche in eine Felsspalte.

Als er die Hauptstraße erreichte, kam gerade der letzte Bus. Vor Nadjas Haus standen zwei Polizeiwagen. Er mischte sich unerkannt unter die Menge der Neugierigen. »Was ist passiert?«

»Eine junge Frau ist ermordet worden. Sieht aus, als wäre es ihr Verlobter gewesen, ein Taugenichts, der in der Fabrik unten am See arbeitet.«

Josif zuckte wie unbeteiligt mit den Schultern und ging davon. Er fühlte sich vollkommen leer, sein Lebenswille war erloschen. Das einzige, was ihn aufrecht hielt, war der Haß – ein Haß, der die Form eiskalter Vernunft annahm.

Wenn er seine Tage nicht für ein Verbrechen, das er nicht begangen hatte, im Gefängnis beenden wollte, mußte er fliehen. Aber wohin?

3. KAPITEL

New York. Mai 1991.

Das Telefon klingelte, und Maggie hob ab.

»Hier ist Mark Dooley. Ich möchte mit Mrs. Hassler sprechen.«

»Am Apparat.«

»Ich weiß nicht, ob Sie sich an mich erinnern, aber ich habe Ihnen vor ungefähr fünf Jahren einmal vorgeschlagen, eine Fernsehshow zu moderieren.«

Maggie wußte vor Überraschung nicht, was sie sagen sollte. Nach einer langen Diskussion mit Timothy hatte sie damals das Angebot um des lieben Friedens willen abgelehnt, wenn auch sehr zu ihrem Bedauern. Im Laufe der vergangenen fünf Jahre allerdings hatten ihre Visionen zur Aufklärung von mindestens dreißig Fällen beigetragen. Und jetzt dieser Anruf …

»Natürlich erinnere ich mich«, antwortete sie endlich.

»Das hatte ich gehofft. Wir haben gestern bei einer Redaktionssitzung beschlossen, die Idee angesichts Ihrer neuerlichen Erfolge wiederaufzugreifen, Mrs. Hassler. Die Geschichte mit dem vermißten Mädchen hat ganz Amerika in Atem gehalten.«

Dooley bezog sich auf ihren letzten Fall, bei dem es um ein verschwundenes zwölfjähriges Mädchen aus Nevada gegangen war. Maggie hatte die Kleine auf dem Grund eines trockenen Brunnens *gesehen* und helfen können, sie gesund und lebendig wiederzufinden.

»Wie Sie wissen, fällt es mir nicht leicht, abzulehnen, aber …«

»Erlauben Sie mir den Versuch, Sie doch noch zu überreden, Mrs. Hassler. Wir denken an eine wirklich niveauvolle Sendung, die in sechs oder sieben Monaten starten soll. Und wir möchten, daß Sie durch die Sendung führen.«

»Ich weiß nicht ... Ich muß zuerst mit meinem Mann darüber sprechen.«

»Tun Sie das, Mrs. Hassler. Wir würden uns sehr freuen, wenn Sie sich diesmal entschließen könnten, unser Angebot anzunehmen.«

Derrick Grant klingelte pünktlich um halb neun an der Tür des hübschen zweigeschossigen Hauses im Villenviertel von Wards Island, wo er zum Abendessen eingeladen war. Er hatte ein kleines Geschenk und einen Blumenstrauß für Maggie dabei. Seine Kanzlei entwickelte sich mittlerweile zu einer der erfolgreichsten in New York City.

Das Gespräch bei Tisch verlief angenehm, bis die Hausherrin während des Hauptgangs beiläufig erwähnte: »Heute hat mich übrigens dieser Dooley wieder angerufen.«

»Welcher Dooley?« fragte Timothy.

»Der Fernsehproduzent, der mir vor ein paar Jahren angeboten hat, eine Sendung zu moderieren. Er wollte noch mal auf seinen Vorschlag zurückkommen.«

»Wie ich mich erinnere, haben wir darüber schon in aller Ausführlichkeit diskutiert, oder?«

Derrick folgte verlegen dem Wortwechsel, der in einen Ehestreit auszuarten drohte.

»Ja, aber diesmal möchte ich es probieren«, entgegnete Maggie entschlossen.

»Ich habe dir bereits gesagt, was ich davon halte, und ich möchte nicht wieder von vorn anfangen. Aber du kannst natürlich tun und lassen, was du willst. Derrick, entschuldige mich bitte, ich habe furchtbare Kopfschmerzen.« Damit stand Hassler abrupt auf und ging nach oben.

In dem Versuch, die peinliche Situation zu überspielen,

sagte Maggie: »Für ihn ist das einfach schwer zu verstehen.« Es klang nicht so gelassen, wie sie beabsichtigt hatte.

»Ich muß sagen, ich halte die Sache mit der Fernsehshow für gar keine schlechte Idee, zumal du sowieso zu einer Berühmtheit geworden bist – die Zeitungen sind voll von deinen Fotos. Wenn du meine Hilfe brauchst, ob beim Vertrag oder sonst etwas, stehe ich dir gern zur Verfügung.«

Maggie dankte ihm mit einem melancholischen Blick, der ihn zu der spontanen Frage veranlaßte: »Ich will mich ja nicht in dein Leben einmischen, Maggie, aber bist du glücklich?«

»Natürlich bin ich das, Derrick«, antwortete sie nach kurzem Zögern. Doch es klang nicht aufrichtig.

Moskau. August 1991.

Josif Drostin war vom Wodka benebelt. Er streifte unsicheren Schrittes und in abgenutzten, verdreckten Klamotten durch die Stadt und stöberte in den Mülltonnen herum. Als er an einem Schaufenster vorbeikam, pflanzte er sich breitbeinig vor seinem Spiegelbild auf und brach in ein ordinäres Lachen aus: So weit war es also mit dem Hüter des Geheimnisses um einen großen Schatz gekommen! Das Lachen ging in einen betrunkenen Schluckauf über.

Jahre waren ins Land gegangen, aber die Wunde, die Nadjas Tod geschlagen hatte, war nie verheilt. Er hatte Jekaterinburg überstürzt mit dem ersten Zug nach Moskau verlassen und so gut wie nichts mitgenommen. Die Metropole war der einzige Ort, an dem er sich verstecken konnte, aber er hatte bald einsehen müssen, daß es ohne Arbeit und ohne offizielle Identität schwierig war zu überleben.

Anfangs hatte er versucht, sich auf dem Schwarzmarkt und mit Gelegenheitsarbeiten durchzuschlagen, doch nach und nach hatte er sich damit abgefunden, am Rand einer

Gesellschaft dahinzuvegetieren, die selbst ein kümmerliches Dasein fristete. Er hatte bitterkalte Winter durchlebt, sich mit anderen Ausgestoßenen um magere Feuer aus Papierresten gedrängt und sich mit ihnen ein paar wenige Bissen Essen geteilt. Sobald er ein bißchen Kleingeld zusammengekratzt hatte, lief er los, um eine Flasche billigen Wodkas zu kaufen, das einzig wirkende Mittel gegen die Kälte und die Qual in seinem Innern.

Zwei Mädchen kamen lachend aus dem Hotel Belgrad; es waren sicherlich Prostituierte, die ihre Dienste den Gästen des Hotels, vorwiegend Touristen und Geschäftsmännern, anboten. Drostin, der inzwischen auf dem Bordstein hockte, beobachtete, wie die eine der anderen ein Bündel Banknoten zeigte. Es waren mindestens 200 Dollar, eine riesige Summe für ihn.

Wie ein ausgehungerter Wolf schnellte er auf die beiden Frauen zu und riß der einen mit einem brutalen Ruck die Umhängetasche von der Schulter, in die sie die Scheine gesteckt hatte.

Er rannte so lange und so schnell er konnte, bis er in eine dunkle Sackgasse einbog, um Atem zu schöpfen. Außerdem wollte er die Scheine einstecken und die Tasche loswerden.

Ein schwarzer Mercedes kam mit quietschenden Reifen in die Gasse gebraust. Drei bewaffnete Männer sprangen aus dem Wagen, und er war viel zu schwach, um etwas gegen sie ausrichten zu können. Sie packten ihn. Zwei bogen seine Arme nach hinten und hielten ihn fest, während der dritte ihm die Fäuste in den Magen rammte, bis einer schließlich sagte: »Das reicht, blasen wir ihm das Licht aus. Diese elenden Hunde müssen lernen, daß sie unsere Mädchen nicht anzurühren haben.« Er hielt Josif seine Pistole an die Schläfe und entsicherte sie.

Josif bereitete sich darauf vor zu sterben.

»Warte«, sagte ein anderer. »Du weißt, daß der Boß es

nicht gern sieht, wenn wir solche Sachen selbst in die Hand nehmen.«

»Es ist doch nur ein Penner.«

»Schon, aber das Recht, Todesurteile auszusprechen, behält sich der Boß gern selbst vor. Du kennst ihn ja. Ich will nicht, daß er sauer auf uns wird.«

Josif wurde ins Auto verfrachtet, ein elendes, blutendes Bündel.

Einige Minuten später, in einem Wohnviertel im Nordosten Moskaus, glitt der schwarze Mercedes durch ein schweres, automatisch betriebenes Tor und rollte die Auffahrt zu einer Villa hinauf.

Zwei Männer faßten Josif unter den Achseln, der während der kurzen Fahrt mehrmals das Bewußtsein verloren hatte und den Kopf nach vorne hängen ließ, und schleiften ihn in einen schwach beleuchteten Kellerraum. Dort hörte er eine Stimme, gedämpft und wie von fern.

»Ist das der Armleuchter, der eins unserer Mädchen beklaut hat? Wieso habt ihr ihn hergebracht? Macht ihn kalt!«

Josif hob den Kopf und nuschelte eine Art Entschuldigung. Der Boß der Bande sah ihm ins Gesicht, stutzte plötzlich und musterte ihn mit unerforschlichem Ausdruck.

»Drostin! Josif Drostin! Brüderchen!« rief er endlich und warf ihm die Arme um den Hals.

Mit noch immer verschleiertem Blick versuchte Josif zu begreifen, was da geschah. Das Gesicht, das er vor sich hatte, mit seinem alten Arbeitskollegen Chalva Tanzic in Verbindung zu bringen, war eine geistige Leistung, die einige Sekunden in Anspruch nahm.

»Laßt ihn frei, ihr Dummköpfe!« fuhr Tanzic seine verblüfften Untergebenen an. »Josif Drostin ist ein alter Freund von mir.«

Eine Frau kümmerte sich um ihn, reinigte und verarztete seine Wunden und brachte ihn im ersten Stock der Villa zu Bett.

Josif schlief lange, den Kopf endlich mal wieder auf ein Kissen gebettet. Als er wieder erwachte, stellte er fest, daß er nackt unter der Decke lag und es schon Abend war. Auf einem Kleiderständer in der Ecke sah er ein paar frische Sachen. Noch ächzend vor Schmerz stand er auf und ging in das ans Zimmer angrenzende Bad.

Die Einrichtung wirkte auf ihn unfaßbar luxuriös, wenn das meiste auch von ziemlich schlechtem Geschmack zeugte. Überall hingen Vorhänge und Drapierungen in schreienden Farben. Das Bad war mit Marmor und Spiegeln ausgekleidet, und überall begegnete sein Blick seiner ausgezehrten Gestalt. Er erkannte sich kaum wieder. Wo war der kräftige, geschmeidige Körper von einst geblieben?

Er ließ sich in die Wanne gleiten und empfand ungeheures Wohlbehagen in dem warmen, duftenden Wasser. Je mehr sich der Schmutz von seiner Haut löste, der sich in diesen Jahren des Elends angesammelt hatte, desto besser wurde seine Stimmung.

Als er ins Zimmer zurückkam, erwartete ihn dort eine andere Frau.

»Na, endlich bist du aufgewacht. Du hast eine Nacht und einen ganzen Tag geschlafen«, sagte sie und schenkte ihm ein warmes Lächeln. Sie war groß, hatte üppige Kurven und trug einen extrem kurzen Minirock im westlichen Stil. »Ich heiße Xenia und bin hier, um all deine Wünsche zu erfüllen. Aber zuerst erwartet dich Chalva unten im Eßzimmer zum Abendessen.«

Josif zog die neuen Kleidungsstücke an und ging ins Erdgeschoß hinunter. Chalva Tanzic saß am Kopfende eines festlich geschmückten Tisches, von dem er aufstand, um Josif mit ausgebreiteten Armen entgegenzugehen.

»Ah, jetzt kann man dich wieder erkennen, Brüderchen!«

rief er. »Was, zum Teufel, ist mit dir passiert? Wie bist du so heruntergekommen?« Er musterte ihn mit Augen, denen die Jahre und das offensichtliche Leben im Luxus nicht den finsteren Ausdruck genommen hatten. »Aber was rede ich! Wir haben noch genug Zeit, uns alles zu erzählen. Du bist sicher hungrig.«

Chalva schlug mit der Hand auf ein silbernes Glöckchen, worauf sofort zwei Bedienstete mit dampfenden Schüsseln hereinkamen.

Josif stürzte sich buchstäblich auf das Essen. Wann hatte er die letzte warme Mahlzeit zu sich genommen? Es dauerte geraume Zeit, bis er endlich erzählen konnte.

»Dieser Scheißkerl von Kaplan hat mich fertiggemacht, Chalva«, sagte er düster. »Er hat nicht aufgehört, mir nachzustellen, und eines Morgens, als ich unterwegs war, hat er die Frau, mit der ich zusammenlebte, vergewaltigt und getötet.

Ich habe ihn mit bloßen Händen erwürgt und würde es jederzeit wieder tun«, fuhr er nach kurzer Pause fort und schlug dabei auf den Tisch. »Jetzt weißt du, was mir passiert ist, Chalva. Ich werde wegen Mordes an Nadja, meiner Freundin, gesucht und wahrscheinlich auch wegen dem an Kaplan, falls sie seine Leiche gefunden haben.«

»Gut gemacht, Herrschaftszeiten!« rief Tanzic und schlug ihm kräftig auf die Schulter. »Mach dir keine Sorgen, Josif. In meinem Haus bist du sicher. Niemand wird dich hier suchen. Ich werde dir falsche Papiere beschaffen, damit du dich frei in der Stadt bewegen kannst. Wie du siehst, ist es mir nicht schlecht ergangen, und meine Geschäfte laufen gut. Wenn du auf mich gehört und diesem verdammten Kaff Jekaterinburg rechtzeitig den Rücken gekehrt hättest, wäre das alles nicht passiert. Aber was soll's? Jetzt bist du hier, und für einen wie dich habe ich immer was zu tun. Außerdem fühle ich mich mitverantwortlich für das, was dir zugestoßen ist.«

Nachdem er ihm ein Wasserglas voll Wodka eingeschenkt hatte, berichtete Chalva, daß er inzwischen Boß einer Organisation war, die den einträglichen Markt der Prostitution in der Stadt kontrollierte. Unter dem Einfluß des »Neuen Kurses«, wie er es immer noch nannte, wimmelte es in Moskau vor Touristen und ausländischen Geschäftsleuten, die nach der Gesellschaft einer schönen Russin lechzten.

»Ganz junge Mädchen verlangen sie, diese Schweine, die zu Hause so tun, als könnten sie kein Wässerchen trüben. Aber sie bezahlen gut, mit knisternden grünen Dollarscheinen, und ich liefere ihnen, was sie wollen – die beste Ware.«

New York. Oktober 1991.

Der Abend im Haus des TV-Produzenten Dooley verlief ausgesprochen angenehm, zwischen exotischen Gerichten und geistreichen Gesprächen. Nach all den Jahren der Langeweile an der Seite ihres Mannes fühlte sich Maggie wie neu geboren, zumal Timothy sie nicht begleitete; er war wie üblich wegen eines beruflichen Termins verhindert.

Sie hatte im Verlauf der letzten Stunde mit vielen bekannten Schauspielern, Dirigenten, Regisseuren, Zeitungskolumnisten und Journalisten geplaudert. Ach, dachte sie immer wieder, hätte ich dieses Angebot doch gleich beim ersten Mal angenommen. Aber diesmal hatte sie ihre Chance ergriffen, und sie war entschlossen, etwas daraus zu machen.

Die Programmverantwortlichen suchten bereits nach einem Thema für die erste Sendung, und sie sollte ebenfalls Vorschläge unterbreiten. Voller Enthusiasmus entwickelte sie seit dem Vortag Ideen, genauer gesagt: Seit sie mit Derricks Beistand ihre Unterschrift unter den Vertrag gesetzt hatte.

Unter den Gästen, die um die lange Tafel versammelt waren, zog ein gutaussehender Mann um die Fünfzig die allgemeine Aufmerksamkeit auf sich. Er war wie alle leger gekleidet, strahlte aber dennoch eine besondere Vornehmheit aus. Er sprach mit gepflegtem Londoner Akzent, bei dem dann und wann ein anderes, melodiöseres Idiom mitklang.

Maggie hatte erfahren, daß es sich um einen italienischen Adligen namens Gerardo di Valnure handelte, einen weitgereisten Hobbygelehrten, der sich mit mittelalterlicher Geschichte befaßte. Er stammte aus einer sehr alten Familie, die sich eines Papstes, zweier Kardinäle und einer beträchtlichen Anzahl von Söldnerführern rühmen konnte. Von seinem Vater, einem verschwenderischen Bonvivant und Leichtfuß, hatte er geerbt, was vom Familienbesitz übriggeblieben war: ein Schloß und ein paar Grundstücke, die jedoch nichts abwarfen. Kurzum, der Graf di Valnure hatte feststellen müssen, daß er pleite war. Doch im Gegensatz zu seinen Vorfahren stand er mit beiden Füßen fest auf dem Boden, hatte sich durch umsichtige Verkäufe saniert und das Schloß seiner Familie dem Publikum geöffnet, um die Unterhaltungskosten zu decken.

Nachdem er das Finanzielle geregelt hatte, konnte er sich ganz seiner Leidenschaft, der Ahnenforschung, widmen, wobei es sein Ziel war, die Spuren seiner Vorfahren so weit wie möglich in die Vergangenheit zu verfolgen. Wenn er nicht gerade forschungshalber auf Reisen war, lebte er in einem Flügel seines Schlosses in Norditalien.

Schon seit einer Weile unterhielt Gerardo di Valnure seine Tischnachbarn mit Geschichten von exotischen Orten und seltsamen Begebenheiten aus dunkler Vergangenheit.

»In letzter Zeit«, sagte er gerade mit seiner volltönenden Baßstimme, »veranlassen mich meine Nachforschungen, mich mit einem ebenso faszinierenden wie undurchsichtigen Gegenstand zu befassen. – Ich spreche von den Rittern des Tempels zu Jerusalem«, antwortete er auf die Nachfrage einer bekannten Journalistin, die ihn mit ihren Blicken verschlang und nicht geneigt schien, sich mit diesen Blicken zufriedenzugeben.

»Was für ein großartiges Thema, Herr Graf!« rief die Frau begeistert. »Dann wissen Sie ja sicher alles über diese geheimnisvollen Tempelritter und können uns sagen, was an den Gerüchten über sie dran ist und was ins Reich der Legende gehört.«

»Du lieber Himmel«, entgegnete Gerardo, »ich bin weit davon entfernt, alles zu wissen. Wie Sie selbst sagen, ist ihre Geschichte von Gerüchten und Geheimnissen durchwebt, vor allem, was ihr Ende betrifft.«

»Aber hier in Amerika weiß man so gut wie nichts darüber«, mischte sich der Gastgeber ein. »Wir wären Ihnen dankbar, wenn Sie uns ein wenig aufklären könnten.«

Gerardo di Valnure lächelte gnädig und begann mit einem kleinen Vortrag.

»Der Templerorden wurde um 1120 in Jerusalem von Hugo de Payns gegründet, einem französischen Adligen, der aus der Champagne stammte. Er war zusammen mit weiteren acht Rittern in die Stadt gekommen und genoß die Gastfreundschaft König Balduins II. in einem Anbau des königlichen Palastes, der auf den Überresten des Tempels von Salomon errichtet worden war. Die Tempelritter verschrieben sich der Aufgabe, den zahlreichen Pilgern Schutz zu gewähren, die ins Heilige Land kamen. Sie bildeten also einen militärischen Orden bewaffneter Streiter, dessen Mitglieder jedoch die mönchischen Gelübde der Armut, Keuschheit und des Gehorsams ablegten. Anfangs lebten sie von der Unterstützung europäischer Kirchenleute und Fürsten, doch mit der Zeit sammelten sie gewaltige Reichtümer an, die den Neid Philipps IV. von Frankreich, genannt der Schöne, erregten. Das bedeutete ihren Untergang, der bis heute von einem Geheimnis umgeben ist.«

»Hört, hört, ein waschechtes Geheimnis!« rief die Journalistin dazwischen.

»Ja, aber wir gehen am besten der Reihe nach vor«, sagte Gerardo di Valnure lächelnd. »Im Jahr 1128 wurde der Templerorden von Papst Honorius II. anerkannt, und unter der geistlichen Führung des mächtigen Abtes von Clairvaux – dem späteren heiligen Bernhard – gab er sich eine Ordensregel, die vom Konzil von Troyes abgesegnet wurde. Diese Regel jedoch ließ verschiedene Auslegungen zu, was unter anderem an den verschiedenen Sprachen lag, in die sie übersetzt wurde. Die gängige Sprache unter den Tempelrittern war das Französische, die Sprache der Gründer. Aber Hugo de Payns und seine Mitstreiter rekrutierten Anhänger aus dem Adelsstand in ganz Europa, vor allem unter den letztgeborenen Söhnen, die traditionellerweise für ein religiöses Leben vorgesehen waren. Die eigentlichen Ritter, also die, die gegen die Mauren kämpften, trugen weiße Kutten mit einem roten Kreuz auf Brust und Rücken, die *Geistlichen* dagegen ein grünes Gewand, ebenfalls mit rotem Kreuz.«

»Und das Geheimnis?« drängte der Gastgeber.

»Um die Templer ranken sich viele Legenden, und die meisten davon sind Hirngespinste. Manche behaupten, sie seien in den Besitz uralter Schriften aus der Zeit Moses gelangt, die man unter dem Tempel von Jerusalem gefunden hätte. Andere sagen, sie hätten an irgendwelchen unbekannten Orten heilige Reliquien versteckt. Das wahre Problem bestand allerdings in ihrer zunehmenden Macht und ihrem Reichtum, was zu einer Bedrohung für die Herrscher jener Zeit wurde. Das Ergebnis war, daß Philipp der Schöne, der praktisch vor dem Bankrott stand, am 13. Oktober 1307 alle Templer Frankreichs verhaften ließ, sie der Inquisition überstellte und ihre Güter konfiszierte. Es war ein Freitag, und daher rührt auch der Aberglaube, daß ein Freitag, der dreizehnte oder die Zahl dreizehn im allgemeinen Unglück bringt, was so weit geht, daß man sie hier in Amerika bei der Zählung von Stockwerken und Zimmernummern gerne wegläßt.

Unter der Folter der Inquisition gestanden viele Templer Taten, die von Ketzerei über Verschwörung bis hin zu Hexerei und Sodomie reichten und was man sich sonst noch Schändliches einfallen ließ. Im März 1314 schließlich wurde der letzte Großmeister des Tempels, Jacques de Molay, in Paris auf dem Scheiterhaufen verbrannt, und der Templerorden war vernichtet. Es gibt jedoch Leute, die da anderer Meinung sind.«

»Inwiefern?« ließ sich wieder die Journalistin vernehmen.

»Nun ja, zum Beispiel haben sich in gewissen Initiationsritualen der Freimaurer templerische Symbole erhalten. Außerdem existiert auch heute noch eine Vereinigung, die sich nach den Tempelrittern benennt, aber vorwiegend wohltätige, philanthropische Ziele verfolgt. Auch bestimmte Sekten, die erst kürzlich durch Massenselbstmorde Aufsehen erregten, bezogen sich auf templerische Riten, und ebenso tun es diverse andere, mehr oder weniger einflußreiche oder obskure Sekten in vielen Ländern. Aber es gibt keinerlei schriftliche Zeugnisse, die darauf hindeuten, daß die Erben der Tempelritter noch unter uns weilen.«

»Angenommen, es gäbe sie noch, was würden sie Ihrer Meinung nach heute tun?« fragte Maggie neugierig.

»Das erste, was mir in den Sinn kommt, ist ein Rachefeldzug gegen den Papst, den Nachfolger jenes Clemens' V., der auf Druck Philipps von Frankreich die Prozesse, die Folterungen und die Scheiterhaufen der Inquisition angeordnet hat.«

»Glauben Sie, daß die Templer tatsächlich im Besitz eines Geheimnisses waren oder vielleicht noch sind?« fragte Maggie weiter.

»Wer weiß das schon, Mrs. Hassler. Ich kann nur sagen, daß dieses Geheimnis, das ihren Untergang umgibt, möglicherweise in einem Zusammenhang mit antiken Prophezeiungen, mit den Anfängen des Alten Testaments und dem

Ursprung der drei großen monotheistischen Religionen steht. Ja, es gehört wirklich zu den außergewöhnlichsten und faszinierendsten Rätseln der Geschichte.«

Moskau, Dezember 1991.

»Ich finde, du solltest deine Geschäfte etwas ausdehnen, Chalva«, sagte Josif eines Tages, der innerhalb weniger Monate zu Chalva Tanzics rechter Hand geworden war.

»Wie meinst du das?«

»Es gibt noch andere Betätigungsfelder neben Nutten.«

»Als da wären?«

»Drogen, zum Beispiel. Oder Waffen, wenn du dich lieber am Rande der Legalität bewegen willst. Waffenhändler werden von niemandem kontrolliert.«

»Mag sein, aber die Mädchen, die du Nutten nennst, erfordern keine großen Investitionen wie Waffen oder Drogen. Alles, was ich verdiene, geht für meinen aufwendigen Lebensstil drauf, so daß ich nicht genug flüssige Mittel habe, um Heroin oder Maschinenpistolen in größeren Mengen einzukaufen. Außerdem darf man die Tatsache nicht unterschätzen, daß sich die verschiedenen Mafiagruppen in Moskau inzwischen spezialisiert und ihre Reviere abgesteckt haben; die dulden keine Konkurrenz. Wenn wir in ein anderes Hoheitsgebiet eindringen, riskieren wir einen Krieg.«

»Hast du etwa Angst?«

»Du kennst mich, Drostin. Bin ich dir jemals wie ein Angsthase vorgekommen?« entgegnete Tanzic, die Augen zu Schlitzen verengt. »Aber woher soll ich das Kapital für derartige Aktivitäten nehmen?«

»Dabei könnte ich dir vielleicht nützlich sein, als Dank für deine Hilfe.«

Auf Chalvas neugierigen Blick hin fuhr Josif fort: »Ich kann es nicht beweisen, weil mich Kaplan in dem Moment überraschte, als ich dabei war, ihn auszugraben, aber ich bin sicher, daß ich das Versteck eines Teils des Schatzes der Romanows kenne. Wenn sich meine Vermutung als richtig erweist und wenn du mir hilfst, gehört dir die Hälfte von dem, was wir finden.«

Danach schilderte er in groben Zügen die Schritte, die ihn zu seiner Entdeckung geführt hatten, denn er wußte, daß er ohne Tanzics Hilfe nicht nach Jekaterinburg zurückkehren konnte, um die Suche zu Ende zu bringen.

Tanzic hörte ihm aufmerksam zu und nickte mehrmals. Sie beschlossen, am nächsten Tag zum Bergwerk Vier Brüder zu fahren, und zwar allein.

Die Spike-Reifen des Autos griffen gut auf dem Eis. Sie hatten einen Kleinwagen genommen, um nicht aufzufallen, und über sieben Stunden nach Jekaterinburg gebraucht. Sie parkten den Wagen am Beginn des ungepflasterten Weges, stiegen aus und nahmen ihre Schaufeln.

Die Lichtung der Vier Brüder hatte sich kaum verändert. Eine blendend weiße Schneedecke lag über allem, so dick, als wollte sie die Orientierungspunkte verbergen. Aber Josif kannte die Gegend immer noch in- und auswendig.

Es dauerte nur wenige Minuten, die Felsspalte zu finden, in der er Kaplans Leiche versteckt hatte. Als er einen Blick hineinwarf, sah er den Schädel mit dem zertrümmerten Jochbein; niemand hatte das Grab seines Folterers entdeckt.

»Der Bastard hat bekommen, was er verdiente«, lautete Tanzics einziger Kommentar.

Josif spannte erneut die Schnüre durch den Schnee und wies dann auf den Schnittpunkt der Diagonalen.

»Hier müssen wir graben«, sagte er und drückte Tanzic eine Schaufel in die Hand.

Als sie die Arbeit unterbrachen, war es bereits Abend. Sie kehrten zum Auto zurück, Tanzic stellte den Motor und die Heizung an, und sie richteten sich zum Schlafen ein.

Beim Graben waren sie spiralförmig vorgegangen, hatten sich von dem Punkt aus, an dem sich die Diagonalen überschnitten, in Kreisen nach außen bewegt. Großvater Igor hatte sicherlich keine Zeit gehabt, ein sehr tiefes Loch auszuheben, weshalb sie nie mehr als neunzig Zentimeter in die Tiefe vordrangen und hofften, daß sich im Laufe der Jahre keine größeren Mengen Erdreich in diesem Gebiet abgelagert hatten.

Im ersten Morgengrauen waren sie wieder bei der Arbeit, und irgendwann am Vormittag schrie Tanzic plötzlich: »Hierher, Brüderchen! Komm her! Ich bin auf etwas gestoßen!«

Josif kam herbei und begann vorsichtig, die Erde um den Gegenstand zu entfernen. Er erkannte die Überreste eines ledernen Armeerucksacks, der noch zugeschnürt war. Die Verschnürung ließ sich allerdings leicht lösen und gab ein kleines Stoffbündel frei. Als Josif es mit zitternden Händen hervorziehen wollte, zerfiel es unter seiner Berührung.

Die beiden Männer standen einen Moment mit aufgerissenen Augen und angehaltenem Atem da, unfähig zu sprechen: Unter den Stoffetzen war eine Handvoll Juwelen zum Vorschein gekommen, auf denen die blasse Wintersonne ein farbenprächtiges Funkeln erzeugte.

Immer noch stumm streckte Tanzic fast ehrfürchtig die Hand danach aus und überschlug im Geiste den Wert des Schatzes. In der aufgegrabenen Erde lagen etwa dreißig hochkarätige Diamanten und Rubine sowie sechs Saphire.

»Wir sind reich, Josif!« brüllte er endlich. »Reich!«

New York. Februar 1992.

»Erinnerst du dich noch an unsere berühmte spiritistische Sitzung?« fragte Maggie, die vor Derricks Schreibtisch in seinem Büro saß.

»Wie könnte ich die je vergessen? Du hast mir damals einen ganz schönen Schrecken eingejagt.«

»Also, ich habe seit einigen Nächten einen ständig wiederkehrenden Traum. Es ist keine von meinen üblichen *Ahnungen*, sondern ein normaler Traum, in dem mir drei Kinder erscheinen, zwei Mädchen und ein Junge. Der Junge kommt auf mich zu, er ist ganz klein, und wiederholt immer wieder: ›Die Prophezeiung droht, sich zu erfüllen! Es liegt an euch, die Welt zu retten!‹«

»Ach, du Schreck. Das sind genau die Worte, die du bei dieser Sitzung gesagt hast.«

»Ja, das hast du mir hinterher erzählt, aber ich verstehe nicht, was sie bedeuten und auf welche Prophezeiung sie sich beziehen.«

»Die religiösen Schriften sind voll von Prophezeiungen«, erwiderte Derrick nachdenklich.

»Und wer sollen diejenigen sein, die in der Lage sind, die Welt zu retten?«

»An deiner Stelle würde ich der Sache nicht zuviel Gewicht beimessen, Maggie. Du hast selbst gesagt, daß es sich nicht um eine deiner *Ahnungen* handelt, sondern um einen Traum.«

»Nein, Derrick. Ich muß mehr darüber erfahren. Ich muß es ... *verstehen*.«

»Mir ist nicht ganz klar, wie ich dir helfen kann, aber natürlich bin ich jederzeit für dich da.«

»Ich hatte gehofft, daß du das sagen würdest. Du bist der einzige Mensch, dem ich mich anvertrauen kann«, sagte Maggie und stand auf.

Ihr helles Kostüm schien ihr auf den Leib geschneidert zu sein, ihre strahlend weißen Zähne blitzten in ihrem braunen Gesicht. Derrick begleitete sie zur Tür. Sie küßte ihn zärtlich auf die Wange und ging.

Patrick Silvers letzter Coup war ein wahres Meisterwerk, ein Betrug zu Lasten einer Versicherungsgesellschaft. Er hatte sich in die elektronische Korrespondenz zwischen der Hauptverwaltung und einer Zweigstelle eingehackt, und es war ihm gelungen, sich eine umfangreiche Schadenersatzsumme für Dauerinvalidität nach einem nie stattgefundenen Autounfall zu sichern.

An diesem Tag war die mexikanische Sonne selbst für seinen gebräunten Körper zu heiß, so daß er den Strand für eine Weile verließ, um sich in seinem Zimmer im Hotel Playa del Sol in Cancun zu erholen. Nach einer erfrischenden Dusche machte er den Fernseher an und schaltete einen amerikanischen Satellitensender ein. Verblüfft sah er plötzlich ein bekanntes Gesicht. Bekannt und sehr vertraut. Das Gesicht von Maggie Elliot.

Mit gespanntem Interesse verfolgte er die gesamte Sendung, die sich mit dem Thema »Regression« beschäftigte, also mit den Erinnerungen an ein früheres Leben oder frühe Kindheitserlebnisse, die bei manchen Versuchspersonen durch Hypnose zutage gefördert wurden.

Moskau. Februar 1992.

Josif und Chalva Tanzic sahen sich einer neuen Schwierigkeit gegenüber: Wie sollten sie ihren Juwelenschatz zu barer Münze machen?

Sie debattierten gerade zum x-ten Mal darüber, als Chalva die zündende Idee kam: »Wir schaffen sie ins Ausland!« rief er und schlug sich mit der flachen Hand gegen die Stirn.

»Ja, daran habe ich auch schon gedacht. Aber dazu müßten wir jemanden finden, der sie außer Landes schmuggeln kann.«

»Genau. Ich kenne den Reeder einer Flotte von Eisbrechern in der Barentssee, die zwischen Archangelsk und

Bergen in Norwegen hin- und herfahren. Er ist ein guter Kunde und amüsiert sich zur Zeit gerade mit zwei von unseren Mädchen hier in der Stadt. Du könntest mit den Steinen auf einem seiner Schiffe nach Norwegen fahren. Von dort reist du nach Amsterdam, wo ein Freund von einem Freund sitzt, ein Juwelenhändler großen Stils.«

»Und wie komme ich wieder auf den Eisbrecher zurück? Er bleibt doch sicher nur ein, zwei Tage in Norwegen liegen. In der kurzen Zeit kann ich das alles unmöglich schaffen.«

»Das Schiff wird natürlich ohne dich abfahren, und du besteigst es erst wieder auf der nächsten Reise. Falls unsere Grenzpolizei Fragen stellt, wird der Kapitän sagen, du lägst im Krankenhaus mit einer schweren Grippe oder so was.«

»Und du glaubst, daß sie eine derart banale Erklärung akzeptieren?«

»Dafür wird ein angemessenes Bündel Dollarscheine sorgen.«

»Hast du keine Angst, daß ich mit der ganzen Beute durchbrennen könnte?«

»Dafür kenne ich dich zu gut, Drostin. Ich kann mir nicht vorstellen, daß du mir so etwas antun würdest.« Chalva reichte dem Freund die Hand und drückte sie mit eisenhartem Griff.

Am nächsten Morgen sprach Tanzic mit dem Reeder, der sogleich den Kapitän des Eisbrechers *Dwinskaja Guba* anrief, ihn bat, Josif auf einer der nächsten Fahrten mitzunehmen, und seine Bedenken mit der Aussicht auf eine Prämie von 5000 Dollar zerstreute.

New York. Februar 1992.

Derrick war gerade nach Hause gekommen und mußte wieder an das Treffen mit Maggie denken. Plötzlich fiel ihm etwas ein, und er schnippte mit den Fingern. Wieso war er nicht gleich darauf gekommen?

Drei Kinder ... Maggie hatte damals Portugiesisch gesprochen ... Es konnte sich nur um die Prophezeiung von Fatima handeln. Er zog einige Bände aus dem Bücherregal, blätterte sie hastig durch und griff zum Telefon. Es war halb neun Uhr abends. Timothy meldete sich, der nach ein paar Höflichkeitsfloskeln Maggie an den Apparat holte.

»Es ist die Prophezeiung von Fatima«, platzte Derrick heraus.

»Fatima?«

»Ja, in Portugal.«

»Die Marienerscheinungen während des Ersten Weltkriegs?«

»Genau die, vom 13. Mai bis zum 13. Oktober 1917.«

»Danke, Derrick. Ich werde mich darüber informieren.«

Es war schon tief in der Nacht, als Maggie ihre Nachschlagewerke zuklappte. Warum hatte sie nicht gleich daran gedacht?

Am nächsten Morgen stand sie früh auf und rief Grant in seiner Kanzlei an. Sie verabredeten sich zum Mittagessen in einem Restaurant in der City.

»Es tut mir leid, daß ich dir schon wieder die Zeit stehle«, begann Maggie, »aber du bist wirklich der einzige, mit dem ich über diese Dinge reden kann. Timothy stellt sich taub, sobald ich auch nur auf meine Visionen anspiele.«

»Mit einer schönen Frau zu Mittag zu essen ist ein Vergnügen und keine Zeitverschwendung. Außerdem muß ich gestehen, daß mich diese Geschichte allmählich nicht mehr losläßt. Erzähl, was du herausgefunden hast. Ich bin schrecklich neugierig.«

»Okay, ich fange am besten bei der historischen Überlieferung an und erkläre dir dann, was ich für Schlüsse gezogen habe.« Maggie holte tief Luft. »Also, am 13. Mai 1917 wurden in der Umgebung von Fatima drei Hirtenkinder Zeugen eines unerklärlichen Phänomens: Nach ihrem Bericht erschien ihnen die Heilige Jungfrau, die ihnen im Verlauf weiterer Erlebnisse einige erschütternde Weissagungen verkündete. Die ersten beiden kennen wir, die dritte hingegen wurde nie enthüllt. Eines der Mädchen, Lucia, legte sie schriftlich nieder und steckte sie in einen Umschlag, den sie versiegelt dem Bischof von Leira mit der Anweisung übergab, er dürfe nicht vor dem Jahr 1960 geöffnet werden. Der versiegelte Umschlag kam in den Vatikan, wo er 1960 von Papst Johannes XXIII. geöffnet wurde, der sich jedoch weigerte, den Inhalt der Öffentlichkeit preiszugeben. Seitdem sind natürlich die wildesten Vermutungen geäußert worden – einige sprechen von einer nuklearen Katastrophe, andere von einem neuen, von Rußland ausgehenden Weltkrieg und so weiter.

Offenbar hat Papst Johannes Paul II. bei einem Deutschlandbesuch im Jahr 1980 in Anspielung auf dieses dritte Geheimnis gegenüber einigen Prälaten bemerkt: ›Wenn ihr wüßtet, daß die Menschheit von einer furchtbaren Katastrophe heimgesucht werden wird, bei der viele Millionen unter gigantischen Flutwellen begraben werden könnten, würdet ihr dieses Wissen der Welt enthüllen?‹ Kurzum, diese dritte Prophezeiung von Fatima umgibt der Nimbus eines furchtbaren Geheimnisses, genährt von der Weigerung des Vatikans, sie öffentlich bekannt zu machen. Allem Anschein nach ist sie nur dem Papst selbst, einigen hohen Prälaten und den Staatsoberhäuptern der mächtigsten Nationen bekannt.«

»Und deine Schlußfolgerungen?«

»Ich komme gleich dazu. Beginnen wir mit den Daten: Der 13. Mai ist ein Datum, das im Leben des gegenwärtigen Papstes, Johannes Paul II., eine wichtige Rolle spielt. Zuerst das Attentat auf dem Petersplatz im Jahr 1981, dann ein zweiter einzelner Attentäter, der am gleichen Tag des folgenden Jahres den Papst mit einem Messer erstechen wollte, während dieser sich auf einer Pilgerfahrt nach Fatima befand, um der Jungfrau dafür zu danken, daß sie ihm das Leben gerettet hatte.«

»Und weiter?« fragte Grant.

»Hör zu: Am Tag des Attentats von 1981 hatte ich eine meiner *Ahnungen*. Ich *sah* Stunden zuvor, was sich in Rom ereignen würde. Ich habe sofort mit Timothy darüber gesprochen, aber er meinte später, es sei nicht mehr genug Zeit gewesen, um den Vatikan zu verständigen. Außerdem glaubten wir beide nicht so recht an meine *Ahnung*. Doch dann ist es passiert, und zwar genau so, wie ich es *gesehen* hatte. Ich habe den Fall seitdem aufmerksam verfolgt, denn wie du weißt, gibt es bis heute viele ungeklärte Fragen, was die Auftraggeber des Attentats sowie die Person des türkischen Täters betrifft. Viele Rätsel und Mutmaßungen umgeben auch die Person des Juan Fernández Krohn, des Priesters, der genau ein Jahr später versuchte, Papst Johannes Paul II. mit einem Messer zu töten. Er trug eine wirre Botschaft bei sich, in der er erklärte, den Papst hinrichten zu wollen, weil er ›ein Usurpator des Stuhls Petri‹ sei. Man sprach von einem fanatischen katholischen Integralisten, aber meiner Ansicht nach steckt noch etwas ganz anderes dahinter. Vor allem war er ein hochgebildeter Mann mit einem Schweizer Universitätsabschluß in Recht und Wirtschaftswissenschaften, der von Monsignore Lefebvre 1978 zum Priester geweiht wurde. Aufgrund abweichender theologischer Überzeugungen weigerte er sich, die Autorität des Papstes anzuerkennen, und hing den integralistischen Sedisvakantisten von Rouen an, die, wie der Name schon sagt, den Heiligen Stuhl in Rom als vakant betrachten. Auch dieser Attentäter, der von Paris nach Fatima reiste, um einen Papst zu ermorden, der seiner Aussage nach ›den Interessen des kommunistischen Regimes dient‹, ist eine höchst merkwürdige Gestalt.«

»Ich hoffe, du fällst nicht auf irgendwelche abenteuerlichen Räuberpistolen herein, die nach solchen aufsehenerregenden Ereignissen immer in Umlauf gebracht werden.«

»Das sind keine Räuberpistolen. Ich stütze mich auf reine Fakten, und es gäbe noch viel mehr zu sagen über die Verwicklung von internationalen Geldhäusern und der Vatikanbank in die ganze Angelegenheit sowie über die Rolle der Geheimdienste der Großmächte und über gewisse *brasseurs d'affaires*, Geschäftemacher mit Verbindungen zu italienischen Drahtziehern, die einiges über das erste Attentat wußten oder das zumindest behauptet haben. Dann gibt es da diverse christliche Sekten, die sich auf Riten der Tempelritter beziehen und deren Mitgleider, wie's der Zufall will, am 13. Oktober 1307 massenhaft verhaftet wurden, dem Tag, an dem das Phänomen des Sonnenregens auftrat. All das sind *Tatsachen*. Soll ich dir sagen, was ich denke? Ich bin überzeugt, daß es zwischen den beiden Attentaten und der dritten Prophezeiung von Fatima einen Zusammenhang gibt. Du weißt doch noch, was ich gesagt habe, als ich damals in Trance gefallen bin?«

»Klar: ›Die Prophezeiung droht sich zu erfüllen! Es liegt an euch, die Welt zu retten!‹«

»Es gibt keinen Zweifel, wir stehen mit diesen Vorfällen in Verbindung – oder vielmehr: *Ich* stehe mit ihnen in Verbindung. Bleib an meiner Seite, Derrick. Ich habe Angst, daß wir bald in einen Strudel von bedrohlichen Ereignissen geraten könnten.«

Archangelsk, Weißes Meer. Nordrußland. Februar 1992.

Der Eisbrecher *Dwinskaja Guba* war an der Hauptmole festgemacht. Mit seinen hohen Aufbauten am Bug ähnelte er einem Hochseeschlepper, und mit seiner Reisegeschwindigkeit von durchschnittlich sechs Knoten konnte ihn auch eine zehn Zentimeter dicke Eisschicht nicht aufhalten. Josif

Drostin betrachtete das Schiff lange von der Kaimauer aus, eingemummt in eine gefütterte Matrosenjacke, eine Anfertigung speziell zum Schutz gegen die eisigen Temperaturen auf See.

Kapitän Gowalek empfing ihn wie ein normales Mitglied der Besatzung, und Drostin machte sich sofort an die Arbeit, als hätte er nie etwas anderes getan. Die Edelsteine hatte er in einem Hüftgürtel versteckt, den er nie ablegen würde, auch nicht, wenn er sich in seiner Koje ausstreckte.

Wenige Stunden, nachdem Josif an Bord gegangen war, stach der Eisbrecher in See, und es war, als würde er durch eine weiße Wüste kreuzen. Der messerscharfe Bug bahnte sich mühelos seinen Weg und schob dabei eine Welle mit dicken Eisbrocken vor sich her. Ein Konvoi von acht Schiffen folgte ihm.

Am vierten Tag ließ der Kapitän Josif zu sich rufen. »Sie werden in Bergen von Bord gehen und zwei Wochen später wieder zu uns stoßen. Der Reeder hat mich informiert, daß Sie nach Amsterdam müssen; er hat bereits das Flugticket bestellt, das Ihnen bei unserer Ankunft im Hafen ausgehändigt wird. Viel Glück, Herr Bykow«, sprach ihn der Kapitän mit dem Namen in seinen neuen Papieren an.

Drei Tage später erreichten sie Bergen, das sie mit Schneegestöber empfing, und sobald sie festgemacht hatten, rief ihn der Kapitän auf die Brücke und gab ihm weitere Anweisungen: »Gehen Sie sofort an Land, und rufen Sie diese Nummer an.« Er gab ihm einen Zettel mit einer Telefonnummer und einer Adresse. »Dort liegt das Ticket für Sie bereit!«

In Amsterdam angekommen, nahm sich Josif ein Hotelzimmer und rief die Nummer an, die auf dem Zettel stand.

»Firma Karnapolsky«, meldete sich die sanfte Stimme einer Angestellten.

»Mein Name ist Bykow. Herr Karnapolsky erwartet meinen Anruf«, erklärte Josif mit dem bißchen Englisch, das er sprach, und kurz darauf hörte er einen älteren Mann in perfektem Russisch sagen: »Herzlich willkommen, Herr Bykow.«

»Sie sprechen meine Sprache, Herr Karnapolsky?«

»Ich bin Russe, wie mein Name unschwer erkennen läßt. Gemeinsame Freunde sagten mir, Sie hätten etwas Interessantes anzubieten.«

»Wir sollten uns treffen, dann können Sie sich selbst ein Bild machen.«

»Würde es Ihnen morgen früh um neun passen?«

»Sehr gut. Bis morgen also.«

Am Tag darauf empfing ihn der Juwelenhändler mit großer Herzlichkeit. Er war schon über siebzig, ging gebeugt und gestikulierte aufgeregt beim Reden, offensichtlich glücklich, sich wieder einmal in seiner Muttersprache unterhalten zu können.

Josif fischte drei einzelne Steine aus seinem Gürtel – einen Diamanten, einen Rubin und einen der blauen Saphire – und legte sie auf den Tisch.

Karnapolsky zeigte sich zunächst nicht beeindruckt, klemmte sich eine Juwelierlupe ins Auge und begutachtete die Steine lange und aufmerksam.

»Das sind drei schöne Steine, Herr Bykow. Wir müssen natürlich eine Karatmessung vornehmen und Verunreinigungen mit dem Elektronenmikroskop untersuchen sowie eine eventuelle Fluoreszenz mit dem Ultraviolettstrahlengerät, aber ich denke, sie sind wirklich von guter Qualität.«

»Ich habe noch dreißig weitere davon, Herr Karnapolsky, und ich möchte sie alle zusammen verkaufen.«

»Vermutlich sollte ich keine Fragen nach der Herkunft der Ware stellen …«

»Falls Sie befürchten, daß es sich um Diebesgut handelt, kann ich Sie beruhigen. Sagen wir, ich bin auf einen Schatz gestoßen, und das ist nicht nur so dahergesagt.«

Die Prüfung und Schätzung der Edelsteine nahm drei Tage in Anspruch, und während dieser Zeit achtete Josif streng darauf, daß sie nicht in falsche Hände gerieten.

»Es sind Steine von unglaublicher Reinheit«, bestätigte Karnapolsky, »mit Ausnahme zweier Diamanten, die eine hohe Fluoreszenz aufweisen. Sehr schöne Steine, muß ich sagen. Was die Schätzung betrifft«, fuhr er nach einer kurzen Pause fort, »so bewegt sich der Handelswert zwischen sechzehn und siebzehn Millionen Dollar. Ich wiederhole: ihr *Handelswert* – das heißt, die Summe, die man erzielen kann, wenn man immer nur einen oder zwei Steine auf einmal anbietet und über ausreichend zahlungskräftige Kundschaft verfügt. Der Ankauf der gesamten Ware stellt also eine hohe und nicht wenig riskante Investition dar.«

Karnapolsky schob seine Brille auf die Nasenspitze und fixierte seinen Gesprächspartner mit eindringlichem Blick, ehe er weitersprach. »Ich biete Ihnen zehn Millionen Dollar für alle Steine. Und bedenken Sie bitte, daß ich mindestens eine Woche brauchen werde, um eine derartige Summe zusammenzubekommen.«

»In acht Tagen werde ich Ihnen die Steine übergeben«, antwortete Josif, »im Austausch gegen zehn Millionen Dollar in bar.«

»Soll ich das Geld nicht lieber auf ein Konto in der Schweiz überweisen?«

»Sie vergessen, daß ich in Rußland lebe und arbeite, Herr Karnapolsky. Ich ziehe Bargeld vor.«

»Wie Sie wollen. Eine letzte Frage noch, auf die Sie mir natürlich nicht antworten müssen: Der Schliff dieser Steine ist zwar perfekt, wurde aber eindeutig nicht mit modernen Werkzeugen ausgeführt. Und da ich weiß, daß sie aus unserer gemeinsamen Heimat stammen, frage ich mich ... Kurz gesagt, die einzigen, die sich Juwelen dieser Güte leisten konnten, waren die Romanows – habe ich recht?«

»Ich werde Ihnen mit der gleichen Freimütigkeit antworten: Es ist durchaus möglich, daß Sie mit Ihrer Vermutung richtig liegen.«

New York. März 1992.

Timothy Hassler war zu einer seiner immer häufiger werdenden Reisen nach Italien und in den Mittleren Osten aufgebrochen. Seine Karriere in der Antiterror-Abteilung hatte einen steilen Verlauf genommen, aber Maggie machte es nichts aus, allein zu sein. Sie hatte viel zu tun und brauchte ihre Ruhe.

Schon seit einigen Abenden versuchte sie, sich auf ihre *Ahnungen* zu konzentrieren, ohne daß es ihr gelang, in Trance zu verfallen. Inzwischen hatte sie es sich zur Gewohnheit gemacht, ein Tonbandgerät mitlaufen zu lassen, denn manchmal erinnerte sie sich beim Erwachen an nichts mehr, und weil ihre Versuche sehr kräftezehrend waren, wollte sie diese nicht umsonst durchführen.

An diesem Abend jedoch stellte sich die Trance schließlich ein, und als sie wieder zu sich kam, spulte sie das Band zurück. Die Stimme eines Kindes sagte langsam und deutlich: »Ich bin Francisco, und ihr seid die Auserwählten. Blickt zurück in der Zeit, und ihr werdet den Grund erkennen. Das Reich Satans will sich des Apostelthrons bemächtigen und wird vor nichts zurückschrecken, auch nicht vor einer Vernichtung der Welt. Ihr müßt das Böse aufhalten. Blickt zurück in der Zeit.«

Kaum war die Aufnahme zu Ende, klingelte das Telefon.

»Ich weiß nicht, ob Sie sich an mich erinnern«, sagte eine Stimme, die sie zunächst nicht einordnen konnte. »Wir haben uns bei Mark Dooley kennengelernt. Ich bin Gerardo di Valnure.«

»Ach ja, natürlich erinnere ich mich an Sie«, antwortete

Maggie. »Schön, von Ihnen zu hören. Sind Sie in New York?«

»Ja, und um die Wahrheit zu sagen, ich bin wegen Ihnen hier – oder vielmehr wegen der Hilfe, die ich mir von Ihrer außergewöhnlichen Begabung erhoffe. Ich versuche schon länger, eine Inschrift zu entziffern, die ich bei Restaurierungsarbeiten auf einem Eckstein in meinem Schloß in Piacenza entdeckt habe, und vielleicht besteht die Möglichkeit … Könnten wir uns treffen, Mrs. Hassler?«

»Mit Vergnügen. Möchten Sie morgen zum Mittagessen zu mir kommen? Ich bin keine große Köchin, aber wir können uns dann soviel Zeit lassen, wie wir wollen.«

Der vornehme Italiener erschien mit einem Strauß roter Rosen. Er hatte sich seit ihrer letzten Begegnung nicht sehr verändert, nur seine Haare und der Bart waren ordentlicher gestutzt. Zu seinen Kordhosen trug er einen Kaschmirpulli mit rundem Ausschnitt, und aus dem offenen Hemdkragen lugte ein eleganter Seidenschal hervor.

Beim Essen sprachen sie über dies und das, doch sobald sie mit dem Kaffee ins Wohnzimmer gegangen waren, kam Gerardo di Valnure zur Sache. »Wie ich Ihnen bereits sagte, haben die Handwerker bei Restaurierungsarbeiten in meinem Schloß eine alte Mauer zum Einsturz gebracht, und beim Säubern der Steine zur genauen Rekonstruktion ist dies hier zum Vorschein gekommen.«

Er öffnete einen Umschlag und breitete einige vergrößerte Fotografien auf dem Couchtisch aus. In der Mitte einer der Aufnahmen war das Kreuz der Templer zu sehen, eingerahmt von einem stilisierten Fisch und einem lateinischen Motto.

»Sie brauchen sich nicht die Mühe zu machen, es zu entziffern, Mrs. Hassler. Dort steht: *Non nobis, Domine, non nobis, sed nomine tuo da gloriam. Nos perituri mortem salutamus.*«

»Was bedeutet das?«

»›Nicht uns, o Herr, nicht uns, sondern deinem Namen sei Ruhm und Ehre. Wir Todgeweihten grüßen den Tod.‹ Der erste Satz stammt aus den Psalmen und ist – unter anderem – zum Motto der Templer geworden, aber den zweiten habe ich noch nie gehört. Das eine Symbol hier stellt ein Templerkreuz dar, ganz ähnlich denen, die in den Felsengang zur Kapelle des Wahren Kreuzes eingemeißelt sind, unter dem Heiligen Grab in Jerusalem. Das zweite Symbol zeigt einen stark vereinfachten Fisch, ein Ideogramm, das viele auf das Urchristentum zurückführen. Das arabische Wort *nasrani*, mit dem die Bezeichnung ›Nazarener‹ beziehungsweise ›die aus Nazareth‹ verwandt ist, bedeutet übrigens ›kleine Fische‹. Doch die Einzigartigkeit dieser Figur liegt nicht so sehr in ihrer Bedeutung als in der Form. Wie Sie sehen, besteht sie aus zwei Bögen, die auf der einen Seite zusammenlaufen und den Kopf des Fisches bilden, während sie sich auf der anderen Seite kreuzen, um den Schwanz zu formen. Jetzt schauen Sie einmal genau auf diese Stelle.«

»Es sieht aus … als ob die beiden Bögen einen Knoten bilden.«

»Ausgezeichnet. Dieser Knoten nämlich ist es, der die Darstellung zu etwas Besonderem macht. Es handelt sich um einen alten Seemannsknoten, der *Pfahlstich* genannt wird und zu den gebräuchlichsten in der Seefahrt gehört, weil er besonders fest ist und auch bei stärkster Belastung hält, aber gleichzeitig von geübten Händen leicht gelöst werden kann.«

»Sehr interessant, Graf di Valnure. Aber wie kann ich Ihnen nun helfen? Ich verstehe nicht das geringste von Schiffahrt und solchen Dingen.«

»Ich möchte Sie bitten, sich auf diese Fotos zu konzentrieren und zu versuchen, mehr über die Inschrift zu erfahren. Ach, fast hätte ich es vergessen: In drei der Evangelien – bei Matthäus, Lukas und Markus – wird einem ›Eckstein‹ große Bedeutung beigemessen. Bei Markus heißt es zum Beispiel: ›Der Stein, den die Bauleute verworfen haben, der ist zum Eckstein geworden. Vom Herrn ist das geschehen und ist ein Wunder vor unsern Augen.‹ Nun, Maggie, was denken Sie? Werden Sie mir helfen?«

Maggie war schon vor langer Zeit zu der Überzeugung gelangt, daß nur wenig im Leben zufällig geschieht, und gerade war ihr dies wieder einmal bestätigt worden. Zum wiederholten Mal war sie auf die Geschichte der Tempelritter gestoßen, und sie war wild entschlossen, dieses neuerliche Rätsel zu lösen.

Bergen, Norwegen. März 1992.

Nach genau vierzehn Tagen hatte der Eisbrecher wieder in der Hafenbucht Anker geworfen. Sobald er an Bord war, meldete sich Josif bei Kapitän Gowalek, der ihn mit der gewohnten Kühle empfing.

»Gehen Sie gleich an die Arbeit, Herr Bykow. Ich hoffe, Sie sind wieder vollständig *genesen*. Wir werden morgen in aller Früh den Anker lichten. Melden Sie sich beim Bootsmann und lassen Sie sich für die Wachen einteilen.«

Josif stieg hinunter in die Kabine, schloß seine Tasche im Spind ein und suchte dann den Bootsmann auf, um seine Befehle zu erhalten.

Er wurde mit einem Matrosen namens Sojesk zur Wache eingeteilt, und bei dessen Anblick schwante Josif, daß die Überfahrt für ihn alles andere als angenehm werden würde.

Er war unruhig und nervös und ging oft in sein Quartier, um nach der Tasche zu sehen. Als er am dritten Tag auf See wieder einmal herauskam, verbaute ihm Sojesk den Weg.

»Bist du seekrank, Bykow, oder hast du einen schwachen Darm? Warum, zum Teufel, verschwindest du dauernd unter Deck?«

»Was ich mache, geht dich einen feuchten Kehricht an!«

entgegnete Josif aufbrausend und hielt ihm die Faust unter die Nase.

»Hey, Bykow, was ist in dich gefahren? Du hast wohl was richtig Wertvolles in deiner Kabine versteckt, was? Möchte wissen, warum du in Bergen von Bord gegangen bist. Auf jeden Fall bist du kein Matrose. Was machst du auf diesem Schiff?«

»Kümmere dich um deinen eigenen Kram, Sojesk!« schnauzte Josif, zog die Tür zu und schloß sie ab.

Einige Nächte später, als er auf der Brücke Wache schob, kam seine Ablösung eine Viertelstunde zu früh. »Ich konnte nicht schlafen, Kamerad«, sagte der Seemann. »Du kannst dich irgendwann bei mir revanchieren.«

Josif dankte ihm und ging hinunter, wo ihm sofort auffiel, daß die Tür seiner Kabine nur angelehnt war. Ohne ein Geräusch zu verursachen, trat er ein und entdeckte Sojesk, der ihm den Rücken zukehrte und die Hände in seiner Reisetasche vergraben hatte.

Bevor er den Mann hinter sich bemerkte, traf ihn Josifs Faust im Nacken, und er sackte wie vom Blitz getroffen zu Boden.

Josif entwand ihm die Banknotenbündel, um die sich die Finger von Sojesks Rechter geklammert hatten, und steckte sie zurück in den doppelten Boden der Tasche. Es bestand kein Zweifel, daß Sojesk tot war.

Sein Verschwinden wurde erst am folgenden Morgen bemerkt. Nach einer gründlichen Durchsuchung des Schiffes kam der Kapitän zu dem Schluß, daß er während seiner nächtlichen Wachrunde über Bord gestürzt sein mußte.

Rom. Eine Villa an der Via Appia Antica. März 1992.

Der Tod von Danilo Greci, eines dem Vatikan eng verbundenen Industriemagnaten, hatte die pflichtschuldigen Trauerbekundungen, aber wenig Bestürzung ausgelöst, da der Verblichene bereits 78 Jahre alt gewesen war.

Um den ovalen Tisch waren jetzt nur noch zwölf der dreizehn Mitglieder des Hohen Rates versammelt. Es fehlte der Großmeister.

Nachdem einstimmig die rituelle Formel aufgesagt worden war, ergriff der Älteste Ritter das Wort. »Bedauerlicherweise konnte unser Großmeister sein Werk nicht mehr vollenden, und sein vorzeitiger Tod hat uns unseres Führers beraubt. Wie es unsere Regeln vorsehen, werden wir, die Mitglieder des Rates, nun zur geheimen Wahl seines Nachfolgers schreiten.«

Nach Auszählung der Stimmen verkündete derselbe Ritter feierlich den Namen des neuen Großmeisters.

Dieser nahm seinen Platz am Kopfende des Tisches ein und erklärte: »Durch eure Wahl wird mir die ehrenvolle Aufgabe zuteil, dem Stuhl Petri seine Würde zurückzugeben. Ich, der Geringste unter den Auserwählten, nehme diesen Auftrag mit großer Demut an und verneige mich vor dem Vertrauen, das meine Brüder in mich setzen. Das Licht Gottes ist mit uns.«

Darauf holte jeder der Versammelten seine Kordel heraus und befestigte sie an dem roten Seil auf dem Tisch mit dem üblichen Knoten: dem Pfahlstich.

Moskau. März 1992.

Wortlos, aber mit einem Lächeln auf den Lippen, kippte Josif den Inhalt des doppelten Bodens auf den Tisch.

Tanzics Augen schienen in Flammen zu stehen. »Meine Güte! Wieviel ist das, Brüderchen?«

»Zehn Millionen Dollar.«

»Zehn Millionen Dollar?« krächzte Chalva Tanzic und sprang auf wie von der Tarantel gestochen. »Den Russen möchte ich sehen, der reicher ist als wir beide in diesem Moment!«

»Ich weiß nicht, was du mit deinem Teil vorhast, Chalva«, sagte Josif, »aber ich gedenke, meinen noch zu vermehren.«

»Sprich, Brüderchen! Ich werde dir bei allem folgen.«

»Waffen, Chalva! Waffen heißt das Zauberwort. Schluß mit den Mädchen und den kleinen Deals. Ich will ins große Geschäft einsteigen.«

»Hm ... Ich denke immer noch, daß das eine gefährliche Sache ist, aber wenn du es für richtig hältst ...«

»Partner?« unterbrach ihn Josif.

»Partner.«

New York. Juni 1992.

Maggie hatte sich gründlich über die Taten und Riten der Tempelritter informiert und mehrmals versucht, ihre *Ahnungen* durch verstärkte Konzentration in diese Richtung zu steuern, aber die Ergebnisse waren verwirrend.

Die Bilder, die sie sah, schienen merkwürdigerweise nicht aus der Vergangenheit, sondern aus der Gegenwart zu stammen, und eines davon tauchte immer wieder auf: ein rotes Seil, das in Form eines stilisierten Fisches geknüpft war. Deutlich konnte sie den Knoten erkennen, der die Enden verband, aber das war auch alles.

Timothy wurde immer ungehaltener über ihre Aktivitäten, und eines Abends bei Tisch fragte er schroff: »Findest du nicht, daß du es allmählich übertreibst?«

»Was meinst du?«

»Ich meine, daß ich bei all deinen Fernsehauftritten und verrückten Recherchen etwas zu kurz komme. Ich habe ja praktisch keine Frau mehr.«

»Ich bemühe mich, meine diesbezüglichen Aktivitäten in

die Zeiten zu legen, in denen du nicht zuhause bist, Timothy. Auch wenn ich nicht leugnen kann, daß ich selbst unser Eheleben als ziemlich unbefriedigend empfinde.«

»Unbefriedigend? Aha, und das liegt nicht an dir?«

»Nein.«

»Willst du vielleicht sagen, es ist meine Schuld?«

»Ich will nur sagen, daß wir vielleicht beide ein bißchen in uns gehen und darüber reden sollten ... Aber du versteckst dich ja immer sofort hinter deiner Zeitung, wenn du nach Hause kommst.«

»Jetzt reicht's aber!« platzte es aus ihm heraus. »Ich arbeite zehn Stunden am Tag und habe keine Lust, mir abends so einen Blödsinn anzuhören! Vergiß nicht, daß mein Job ...«

»Was? Daß dein Job uns diesen Lebensstandard ermöglicht? Vielleicht darf ich dich daran erinnern, daß auch meine *Nebenbeschäftigung*, wie du sie zu nennen pflegst, ihren Teil dazu beiträgt.«

»Ja, solange die Welt des Okkulten noch in Mode ist. Aber was wird danach?«

»Danach werde ich eben wieder Geschirr spülen, staubsaugen und mich jeden Abend für meinen Gatten hübsch machen, der erschöpft von der Arbeit nach Hause kommt und nach seinem Abendessen verlangt.«

Timothy sprang auf, schlug mit der Faust auf den Tisch, daß einige Teller und Gläser herunterfielen und auf dem Dielenboden zerbrachen, und ging hinauf, um sich im Schlafzimmer einzuschließen.

Maggie sammelte gleichmütig die Scherben auf und bereitete sich ihr Nachtlager auf dem Wohnzimmersofa. Am nächsten Tag würde sie Gerardo di Valnure anrufen und ihm vom Scheitern ihrer Bemühungen berichten.

Timothy erschien mit düsterem Gesicht zum Frühstück.

»Ich habe dir Eier mit Speck gemacht«, sagte sie mit einem versöhnlichen Lächeln.

»Danke«, antwortete er kurzangebunden, ohne sie anzuschauen.

»Timothy, ich will nicht, daß diese gereizte Stimmung zwischen uns herrscht. Laß uns den Streit von gestern abend vergessen, ich bitte dich.« Als ihr Mann nicht antwortete, fragte sie unvermittelt: »Findest du nicht, daß unserer Familie etwas fehlt?«

»Sicher, eine Frau, die eine richtige Ehefrau ist und nicht irgendwelchen Hirngespinsten hinterherläuft.«

»Ich laufe keinen Hirngespinsten hinterher, das weißt du sehr gut. Ich versuche lediglich, Kontrolle über meine *Ahnungen* zu erlangen, die sich schon in vielen Fällen als nützlich erwiesen haben – und zwar auch für dich, vergiß das nicht. Nun, ich habe eigentlich an ein Kind gedacht. Meinst du nicht, daß ein Baby uns einander wieder näherbringen könnte?«

»Ein Baby?« fragte Timothy überrascht. »Wir haben noch genug Zeit, uns darüber Gedanken zu machen.«

»Und wann soll das geschehen? Wenn der hochbeschäftigte Mr. Hassler einmal Muße findet, diese *Möglichkeit* in Erwägung zu ziehen? Ich bin 36 Jahre alt, wie du dich vielleicht erinnerst. Ich kann nicht mehr lange warten.«

Maggie merkte, daß die Diskussion wieder in den gleichen Bahnen zu verlaufen drohte wie am Vorabend, aber sie konnte sich nicht beherrschen. In ihrer Ehe lief etwas gründlich schief, das war nicht zu leugnen. Sie ließ ihren Mann sitzen, ging in ihr Arbeitszimmer und schlug die Tür hinter sich zu.

Am Nachmittag wählte sie Gerardo di Valnures Nummer in Italien und hoffte, daß er nicht gerade in der Weltgeschichte herumreiste.

Die Erbauung des Schlosses Valnure ging auf die erste Hälfte des elften Jahrhunderts zurück, aber im Laufe der Zeit waren so viele Um- und Anbauten vorgenommen worden, daß von der ursprünglichen Burganlage nicht mehr viel zu erkennen war. Gerardo bewohnte das obere Stockwerk eines Nebengebäudes, das einmal die Reitställe beherbergt hatte.

Er ging persönlich ans Telefon.

»Guten Tag, Graf di Valnure. Hier ist Maggie Hassler.«

»Maggie! Schön, Sie zu hören.«

»Leider habe ich keine guten Neuigkeiten. Ich habe mehrmals versucht, mich auf die Inschrift zu konzentrieren, aber mit sehr spärlichen Ergebnissen.«

»Wie schade, Maggie. Sie waren wirklich meine letzte Hoffnung. Ich habe selbst Nachforschungen betrieben, aber ebenfalls ohne einen Schritt weiterzukommen.«

»Ehrlich gesagt, ich *sehe* sogar etwas, und ich spüre auch eine seltsame Verbundenheit zu diesen Geschehnissen im Mittelalter, als hätte einer meiner Vorfahren sie persönlich erlebt oder … oder ich selbst, in einem früheren Leben. Aber die Bilder, die mir erscheinen, wirken irgendwie … *aktuell*, auf die heutige Zeit bezogen.«

»Haben Sie es einmal mit der Regressionsmethode versucht? Sie wissen, was das ist?«

»Natürlich, ich habe zwei Folgen meiner Sendung diesem Thema gewidmet. Die eingeladenen Experten versicherten, daß manche Personen unter Hypnose Ereignisse und Situationen durchleben, die vor Jahren oder sogar Jahrhunderten stattfanden. Gute Idee, Gerardo. Ich werde mit einem dieser Forscher, der in New Jersey lebt, Kontakt aufnehmen und es mit dieser Methode versuchen.«

»Ich möchte Ihnen aber nicht zur Last fallen, Maggie.«

»Nein, keine Angst, ich tue das gern. Wie gesagt, ich habe das Gefühl, daß sich diese Geschichten aus tiefer Vergangenheit in der Gegenwart auswirken, und das in einer Weise, die mich persönlich betrifft. Genauer kann ich es nicht erklären.«

Maggie erwähnte den Hirtenjungen von Fatima nicht, denn daß dieser immer wiederkehrende Traum in einem

Zusammenhang mit der Geschichte der Templer stand, glaubte sie nicht.

Moskau. September 1992.

In wenigen Monaten stiegen Josif Drostin und Chalva Tanzic in die oberste Hierarchie des organisierten Verbrechens in Rußland auf. Ihr enormes Dollarkapital ermöglichte es ihnen, zu günstigen Preisen große Mengen an Waffen zu erstehen, infolge des Zusammenbruchs der Roten Armee auf dem Schwarzmarkt gehandelt wurden. Danach war es ein leichtes, die geheimen Kanäle ausfindig zu machen, über die sie ihre Ware mit großem Profit weiterverkaufen konnten.

»Du bist ein Genie, Josif«, sagte Chalva. »Ich habe gut daran getan, auf dich zu hören. Waffen zu verschieben ist viel leichter, als hysterische Mädchen zu bändigen, und die Gewinne sind überhaupt nicht zu vergleichen. Wir haben es geschafft. Boris Semjonow will mit uns sprechen.«

»Boris Semjonow?«

»Genau, der Boß der größten Waffenhändlerorganisation in unserem schönen Land. Er hat uns zum Abendessen eingeladen.«

»Wo?«

»In das beste Restaurant Moskaus, das Fjodor am Lubjanski Projezd. In drei Tagen.«

»Hm ... ich muß sagen, das gefällt mir überhaupt nicht.«

»Keine Sorge, ich habe bereits einige Sicherheitsvorkehrungen getroffen. Acht Männer werden uns bis zum Eingang des Restaurants begleiten und dort auf uns warten. Mit Semjonow ist abgemacht, daß keiner bewaffnet erscheint. Ich denke, er hat Angst, daß wir ihm gefährlich werden könnten, und will einen Kompromiß schließen.«

Noch am selben Abend lud Josif eines ihrer Mädchen

zum Essen in das Restaurant ein, in dem das Treffen mit Semjonow stattfinden sollte, eine junge und auffallend schöne Frau. Er tat alles, damit die anderen Gäste nur auf diese liebliche Tochter des Don achteten und nicht auf ihn, was nicht weiter schwer war. Irgendwann entschuldigte er sich unter dem Vorwand, die Toilette aufsuchen zu müssen, und versteckte eine Pistole in einer alten Vase, die allem Anschein nach nie abgestaubt wurde.

Ein Wagen mit drei Männern fuhr Tanzic und Drostin voraus, und ein anderer folgte ihnen in kurzem Abstand. Als sie vor dem Restaurant angekommen waren, nahmen die Leibwächter sie in die Mitte und bildeten einen lebenden Schutzschild.

Kurz darauf traf ein Mercedes mit getönten Scheiben ein, aus dem Semjonow stieg. Er schien wesentlich unbesorgter zu sein, denn er hatte nur zwei Leibwächter dabei.

Man geleitete sie in ein Séparée, doch bevor er hineinging, überprüfte Josif mit einem schnellen Blick die Position der Vase mit der versteckten Waffe. Seine Wahl stellte sich als optimal heraus.

Semjonow lächelte. »Ehe wir uns zu Tisch setzen und über die Geschäfte reden, möchte ich mich davon überzeugen, daß ihr euch an die Abmachung gehalten habt. Erlaubt mir, euch zu durchsuchen. Es steht euch natürlich frei, das auch mit mir zu tun.«

Nachdem das Vorgeplänkel abgeschlossen war und sie sich gesetzt hatten, fuhr er wohlwollend fort: »Ich habe euren unaufhaltsamen Aufstieg genau verfolgt und muß sagen, daß mir eure Arbeitsweise gefällt. Sie erinnert mich an meine Jugend. Dieses Land ist groß und hat Platz für uns alle, aber ich denke, wir sollten den Absatzmarkt aufteilen, um uns nicht gegenseitig auf die Füße zu treten. Was meinst du, Chalva?«

Tanzic schien ganz fasziniert von dem Mann. »Gut gesprochen, Semjonow. Eine Einigung mit dir ist auch in unserem Interesse.«

Im Verlauf des Essens mit bestem französischem Wein und großen Silberschüsseln voll Kaviar erzielten die drei Männer die gewünschte Einigung: Sie teilten den Markt, die Waffentypen und die Zulieferer untereinander auf. Dann begossen sie ihren Pakt mit einer neuen Flasche, die Semjonow eigens dafür bestellte.

»Dieser Saran Nature geht runter wie Wasser«, bemerkte er, »aber wie Wasser regt er auch ein bestimmtes Bedürfnis an. Entschuldigt mich bitte einen Augenblick.«

Während er aufstand, musterte ihn Josif unter halbgeschlossenen Lidern hervor. Er war ein kleiner Mann von magerer Statur, aber mit dem Blick einer Kobra. Nein, man durfte ihm nicht trauen.

Nachdem Boris Semjonow hinausgegangen war, betraten zwei Kellner das Séparée, die Teller mit silbernen Speiseglocken trugen.

Josif ahnte die Gefahr sofort. Er warf sich auf den Kellner, der ihm am nächsten stand, riß ihn um und stürzte aus dem Raum, während der zweite seinen Teller abdeckte. Josif konnte gerade noch schreien: »Runter, Chalva!«, als der falsche Kellner auch schon eine Pistole mit Schalldämpfer unter der Glocke hervorgeholt hatte, auf Tanzic zielte und schoß.

Geduckt rannte Josif auf die Vase mit der versteckten Pistole zu und betete, daß diese nicht von einem Bediensteten gefunden worden war. Unterdessen hatten sich die beiden Angreifer Schulter an Schulter in der Tür des Séparées aufgebaut und suchten die Umgebung mit vorgehaltenen Waffen ab.

»Da ist er!« rief einer und zeigte auf Josif, der hinter einer Anrichte im Speisesaal in Deckung ging.

Josif hörte das Ploppen der gedämpften Schüsse und sah dicht vor seinem Gesicht Holz splittern.

Die Vase war nicht weit entfernt. Von dem Möbelstück verdeckt, streckte er den Arm aus, seufzte vor Erleichterung, als er den kalten Stahl ertastete, und schnappte sich die Pistole.

Im Saal herrschte totales Chaos. Die Gäste flohen in alle Richtungen und warfen dabei Tische und Stühle um, und die Frauen schrien.

Josif blieb bewegungslos in seinem Versteck, während die beiden falschen Kellner in dem Glauben, daß er und Tanzic unbewaffnet erschienen waren, aus ihrer Deckung kamen.

Er streckte sie mit zwei Schüssen nieder.

Als er in das Séparée zurückeilte, fand er Chalva auf der Seite liegend, ein rotes Loch mit versengtem Rand mitten auf der Stirn. Er war tot.

Plötzlich hörte Josif auch auf der Straße Schüsse. Bestimmt wurden ihre Männer angegriffen – Semjonow hatte alles perfekt inszeniert. Er huschte zum Ausgang und steckte vorsichtig den Kopf zur Tür hinaus.

Vier ihrer Leute lagen auf dem Boden, während sich die anderen hinter den Wagen geduckt hatten und das Feuer erwiderten.

Josif schaffte es, sie zu erreichen.

»Schnell, wir müssen verschwinden, bevor sie uns alle fertig machen!« schrie er, riß die Wagentür auf und warf sich auf den Fahrersitz.

Ein Kugelhagel ging auf die Beifahrerseite nieder, aber der Motor sprang sofort an, und das Auto schoß mit quietschenden Reifen davon.

»Wo ist Chalva?« fragte schließlich einer der Männer.

»Sie haben ihn umgebracht«, antwortete Josif nüchtern. Er brauchte nicht hinzuzufügen, daß Semjonow teuer dafür bezahlen würde. Seine Leute kannten ihn gut genug.

ZWEITER TEIL

Die Männer im Eisenkleid

4. KAPITEL

Akkon. 5. April 1291.

Der neue Sultan von Ägypten, Al-Ashraf Khalil, Sohn des verstorbenen Qalawun, ließ das Lager vor den Mauern des letzten christlichen Bollwerks im Heiligen Land aufschlagen. In wenigen Tagen würde er den ersten einer langen Reihe von Angriffen gegen die Stadt führen. Sämtliche Zugbrücken von Akkon waren hochgezogen, auch die, die zum Hafen führten, dem einzigen Fluchtweg der Christen. Abgesehen von den Einwohnern bestand das belagerte Heer aus zehntausend Männern, darunter achthundert Ordensritter wie Templer, Hospitaliter und Mitglieder des Deutschen Ordens, während Al-Ashraf über hunderttausend Krieger verfügte.

Guillaume de Beaujeu, Großmeister des Tempels, verfolgte die Bewegungen der Mauren von der hohen Stadtmauer aus. Es schien beinahe, als hätten sie keinerlei Eile, aber Guillaume wußte, daß sich hinter ihrem langsamen Vorgehen eine Strategie verbarg. Wie ihm die Späher mitgeteilt hatten, zog Al-Ashraf zahlreiche Kriegsmaschinen zusammen, von denen jedoch noch keine Spur zu sehen war.

»Sie sind mindestens zehnmal so stark wie wir«, bemerkte Bertrand de Rochebrune neben ihm, ein junger und tüchtiger Ritter.

»Der Herr wird uns beistehen.«

Guillaume glaubte fest, daß der Papst sie angesichts der Bedeutung dieser christlichen Hochburg im Heiligen Land nicht einfach ihrem Schicksal überlassen würde. Doch nach dem Fall von Tripolis waren die christlichen Besitzungen auf

Akkon und zwei Festungsanlagen an der Küste zusammengeschrumpft, und Papst Nikolaus IV. würde vielleicht gezwungen sein, auch sie aufzugeben.

Der zwanzigjährige Bertrand de Rochebrune gehörte seit einem Jahr den Rittern vom Tempel an. Er trug den weißen Mantel mit dem roten Kreuz voller Stolz und war bereit, sein Leben für Gott und den Orden zu geben. Rabenschwarze Locken quollen unter dem Helm hervor, doch sein Bart wuchs noch spärlich. Der junge Ritter war hochgewachsen, athletisch gebaut und ein ausgezeichneter Schwertkämpfer.

»Bertrand, die Frauen und Kinder sollen sich bereithalten, jederzeit die Stadt zu verlassen«, befahl der Großmeister. »Wählt fünfzig Fußsoldaten und vier Sergenten aus. Ihr werdet einer ersten Gruppe von Einwohnern Schutz bieten, falls wir ihnen die Flucht aus der Stadt ermöglichen können.«

»Erlaubt mir, Herr, an Eurer Seite zu bleiben und bis zuletzt zu kämpfen.«

Auf Guillaume de Beaujeus Antlitz erschien ein ungehaltener Ausdruck. »Neben Frauen und Kindern gibt es noch etwas anderes, das in Sicherheit gebracht werden muß. Es wird Euch anvertraut werden – ein Auftrag, dem ich die höchste Bedeutung zumesse«, entgegnete er in einem Ton, der keinen Widerspruch zuließ.

Piacenza, Schloß Valnure. Oktober 1998.

Die ersten herbstlichen Dunstschleier verbargen die alten herrschaftlichen Anwesen zwischen den sorgsam bestellten Feldern, und das Schloß der Grafen di Valnure wirkte mit seinen verschwommenen Umrissen unwirklich und wie aus einem Traum.

Der Hauptturm erhob sich an der Ostseite des Gemäuers, die einst als einzige feindlichen Anstürmen ausgesetzt gewesen war, da um die anderen drei ein Fluß verlief. Innerhalb der ersten Einfriedungsmauer befand sich der alte Marktflecken, der vollkommen restauriert war und zwei Restaurants, ein Weinlokal und mehrere Apartments beherbergte. Das eigentliche Schloß wurde von einer zusätzlichen Ringmauer von über zehn Metern Höhe geschützt, und die gesamte Anlage präsentierte sich in einem bewundernswert guten Zustand. Gepflegte Blumenbeete umgaben jahrhundertealte Bäume, zwischen denen Touristengruppen durch das mittelalterliche Dorf ins Schloß zogen. Während der täglichen sechsstündigen Öffnungszeit kümmerten sich drei Führer um den nur selten abreißenden Besucherstrom.

Gerardo di Valnures Wohnung war äußerst geschmackvoll eingerichtet, wenn auch eine Art organisiertes Chaos darin herrschte, in dem sich nur der Hausherr selbst zurechtfand. Das Wohnzimmer quoll buchstäblich über vor Büchern, und in einer Ecke stand ein Computer der jüngsten Generation samt Internetanschluß.

Gerardo hatte zwei Reisetaschen auf seinem Himmelbett abgestellt und lief hin und her, um die Sachen für seine Reise ins Heilige Land hineinzupacken.

»Sechs Jahre ...«, murmelte er vor sich hin. Sechs Jahre Forschungen und nicht der kleinste Hinweis. Das Geheimnis des Seemannsknotens war nach wie vor ungelüftet, und auch die alte Inschrift ging ihm nicht aus dem Kopf.

»Kann ich Ihnen vielleicht behilflich sein, Herr Graf?« fragte Giacomo, sein in die Jahre gekommener Butler, ehrerbietig.

»Nein, danke. Ich habe es ziemlich eilig. Mein Flug geht in drei Stunden von Mailand aus. Ich muß mich ranhalten, wenn ich ihn nicht verpassen will.«

»Darf ich fragen, wie lange Eure Durchlaucht abwesend sein werden?«

»Ich weiß es nicht. Vielleicht einen Monat, vielleicht auch nur ein paar Tage. Wer weiß«, sagte Gerardo und lächelte.

Giacomo stand im Dienst seiner Familie, seit er denken konnte, und zwischen ihnen hatte sich ein enges Vertrauensverhältnis entwickelt.

Der Kammerdiener insistierte nicht weiter, weil er wußte, daß dies zwecklos war, wenn der Herr Graf derart ausweichend zu antworten beliebte. Er war über dessen Forschungen im Bilde und hatte ihn oft auf seinen Reisen begleitet, solange ihm das sein Alter gestattet hatte.

»Wo kann ich Sie in dringenden Fällen erreichen?«

»In den ersten Tagen unter der Adresse, die ich dir gegeben habe, und danach melde ich mich telefonisch, falls ich weiterreise.«

Am nächsten Morgen erwachte Gerardo di Valnure in einem Hotel am Mittelmeer. Nicht weit davon erhob sich die Silhouette der Stadt Akkon.

Akkon. 18. Mai 1291.

Die von Al-Ashraf Khalil in Stellung gebrachten Männer rückten in drei geordneten Linien vor. Die Soldaten der ersten schützten sich in Nachahmung der römischen Schildkrötenformation mit ihren großen Schilden, während die zweite hinter dem Qualm der brennenden Pech- und Ölgefäße halb verborgen blieb. Die letzte Angriffslinie wurde von den Bogenschützen gebildet. Die Stadt würde in Kürze fallen.

Auf einem der von den Wurfmaschinen schon stark beschädigten Türme erkundigte sich Guillaume de Beaujeu bei Bertrand de Rochebrune: »Habt Ihr alle Frauen und Kinder versammelt, die auf einer unserer Galeeren Schutz finden können?«

»Ja, Herr. Es sind ungefähr zweihundert, und sie warten auf mich am Eingang des zweiten Tunnels, der zum Hafen führt.«

In diesem Moment teilte sich die Schar der Angreifer in zwei Trupps, von denen der größere auf das Antoniustor zumarschierte.

Der Großmeister beobachtete das Manöver der Mauren einen Moment lang, ehe er befahl: »Geht, Bertrand! Beeilt Euch! Sie wenden sich der dem Hafen entgegengesetzten Seite zu. Lauft und bringt Eure Schutzbefohlenen in Sicherheit. Wir werden versuchen, den Feind so lange wie möglich zu beschäftigen!«

»Der Herr sei mit Euch, Großmeister!«

Bertrand verbeugte sich, während Guillaume mit der Rechten das Zeichen des Kreuzes machte.

»Wir werden uns wiedersehen, Bertrand, hier oder im Himmel. Gott schütze Euch.«

Die Angriffe der Sarazenen konzentrierten sich seltsamerweise auf die Zitadelle statt auf den Hafen, der – nur durch ein schwaches Bollwerk geschützt – wesentlich leichter zu erobern gewesen wäre. In der natürlichen Bucht lagen vier Galeeren vor Anker, deren Besatzungen sich bereithielten, in See zu stechen.

Der unter der Stadtmauer verlaufende Stollengang zum Hafen war eng und muffig, und die Frauen und Kinder hielten sich auf dem Weg weinend an den Händen. Die Menschenkette schob sich unsicher durch das von wenigen Fackeln erhellte Dunkel, so daß Bertrand und seine Männer sie zur Eile antreiben mußten.

Als sich alle schließlich im Schutz der Hafenmauern befanden, führten die Soldaten sie an Bord der ersten Galeere.

Die Mauren bemerkten die Flüchtenden erst, als die Anker schon gelichtet waren, doch Bertrand sah mit Besorgnis, wie das bisher auf den Festungsturm gerichtete Katapult herumschwenkte. Das erste der schweren Geschosse pfiff durch die Luft, als die Ruder auf der Steuerbordseite des Schiffes ins Wasser tauchten. Es folgten weitere Brocken, die in der Bucht hohe Fontänen aufspritzen ließen, jedoch immer weiter hinter dem Heck zurückblieben.

Noch am selben Tag verlor Guillaume de Beaujeu zusammen mit vielen seiner Männer bei der wackeren Verteidigung des Antoniustors das Leben, und zehn Tage später, am Montag, dem 28. Mai 1291, fiel Akkon in die Hände der Sarazenen. Keiner der zurückgebliebenen Tempelritter verließ seinen Posten; alle starben, wie sie es geschworen hatten.

Die leichte Galeere des Emir Ibn Ben Moustoufi befand sich in ernsthaften Schwierigkeiten. Seit zwei Tagen und zwei Nächten mühten sich die Männer pausenlos an den Pumpen ab, aber die Fluten des sturmgepeitschten Meeres drangen durch sämtliche Ritzen. Das Banner der Mauren flatterte achtern im heftigen Wind.

Plötzlich tauchte zwischen den haushohen Wellen eine christliche Galeere auf. Sie war schneller und hatte mit einiger Sicherheit doppelt, wenn nicht dreimal so viele Männer an Bord. Der einzige Ausweg schien die Flucht.

»Schiff an Steuerbord!« schrie die Wache auf dem Ausguck über das Getöse der Wellen hinweg. »Es führt die Fahne der Ungläubigen.«

Im selben Moment sagte Bertrand zu seinem Kapitän, einem erfahrenen und gewissenhaften Venezianer: »Wir haben zweihundert Frauen und Kinder an Bord! Wir können uns keinen Kampf leisten!«

»Das ist wahr, Herr. Wir werden sie kreuzen und dürften ohne Schwierigkeiten mit ihnen fertig werden, aber wir müssen zuerst an die uns anbefohlenen Menschen denken.«

An Bord der kleinen Galeere von Ibn Ben Moustoufi herrschte eine ganz andere Stimmung. »Dreht ab, entfernt euch von ihrem Kurs! Wir müssen versuchen zu entkommen!« schrie der Emir.

»Aber wenn wir dem Sturm unsere Breitseite darbieten, Effendi«, wandte einer der Seeleute ein, »wird das Schiff kentern!«

»Wenn wir nicht abdrehen, landen wir in den Klauen der Ungläubigen, und ihr wißt genau, was sie mit ihren Gefangenen anstellen!«

Unter den Christen ging nämlich das Gerücht um, daß die Mauren vor einem Angriff ihren Schmuck und ihr Gold herunterzuschlucken pflegten, weshalb jedem gefangenen Sarazenen der Bauch aufgeschlitzt wurde, in der Hoffnung, in seinen Eingeweiden Reichtümer zu finden.

Ibn Ben Moustoufi lag zweierlei besonders am Herzen: einmal die wertvollen Stoffe, die die Laderäume des Schiffes füllten, aber noch mehr ein kleines Mädchen von erst sieben Jahren, seine einzige Tochter, die ihm Allah in seiner Barmherzigkeit geschenkt hatte, ehe er durch eine schwere Blutvergiftung seine Zeugungsfähigkeit verlor.

Sein kleines Schiff wendete und widerstand dem ersten Ansturm der Wellen, doch es dauerte nicht lange, bis es wie vorhergesehen kenterte.

»Es besteht keinerlei Hoffnung, daß sie überleben«, sagte Bertrand an der gischtumspülten Bugreling zu seinem Kapitän und deutete auf die bedauernswerten Schiffbrüchigen, die verzweifelt versuchten, sich über Wasser zu halten.

Als sie die Unglücksstelle erreichten, waren weit und breit nur noch die Leichen Ertrunkener und treibende Wrackteile zu sehen. Doch plötzlich wurde Bertrands Aufmerksamkeit von einem Stück des hinteren Aufbaudecks der kleinen Galeere angezogen, das wundersamerweise noch nicht im Toben der Wellen zerschellt war. Der junge Ritter schärfte seinen Blick, und was er sah, ließ ihn vor Schreck erstarren.

Zusammengekauert in einer Ecke des Wracks hockte ein kleines Mädchen, schwarz wie die Nacht. Selbst aus dieser Entfernung war zu erkennen, daß ihre braunen Augen weit aufgerissen waren vor Angst. Der Zufluchtsort, den ihr der Himmel geschenkt hatte, würde sie nur noch eine kurze Weile tragen, ehe auch er zerbarst oder kenterte.

Bertrand konnte nicht tatenlos zusehen; die christliche Nächstenliebe, zu der er sich wie jeder Templer durch seinen Eid verpflichtet hatte, gebot ihm zu handeln. Er legte seinen Mantel ab und stürzte sich in die Fluten.

Sein beherzter Sprung war das letzte, was die verschleierten Augen des Emirs erblickten, der sich nicht weit entfernt mit blutendem Kopf an ein Wrackteil klammerte. Dann verlor Ibn Ben Moustoufi das Bewußtsein.

Bertrand war ein guter Schwimmer, doch sein Vorhaben schien das Menschenmögliche zu übersteigen. Trotzdem gelang es ihm mit größter Anstrengung, das Wrack zu erreichen, während die Galeere in ihrer Fahrt innehielt. Der Kapitän steuerte das Schiff luvwärts, so daß es gegen den Wind lag und den Helfer gegen die höheren Wellen schützte.

Bertrand hörte die Planken des Aufbaudecks knirschen und schaffte es gerade noch, das Mädchen an den Haaren zu packen, ehe das Wrackteil zerbrach. Er hielt ihren Kopf mühsam über Wasser und versuchte zugleich, mit aller Kraft sein Schiff zu erreichen, das sich jedoch immer mehr zu entfernen schien.

Seine Kräfte ließen mehr und mehr nach, und er war nahe daran zu verzweifeln, als er sich von einer starken Hand emporgerissen fühlte und dem Blick des Kapitäns begegnete, der sich auf einer Strickleiter zu ihm herunterbeugte. Neben ihm hangelte ein Matrose, der bereits die Kleine aus dem Wasser gefischt hatte.

Bertrand zog sich erschöpft an Bord, wo er von lautem Applaus und Beifallrufen empfangen wurde. Alle hatten seine Unternehmung mit Sorge verfolgt, gerührt und beeindruckt von dem Mut des Tempelritters, der sein Leben aufs Spiel gesetzt hatte, um das eines kleinen Maurenmädchens zu retten.

»Wie heißt du?« fragte Bertrand die Kleine, kaum daß er wieder zu Atem gekommen war, wofür er das bißchen Arabisch zusammenkratzen mußte, das er hier und da aufgeschnappt hatte.

»Shirinaze, Herr«, antwortete sie mit von Schluchzern erstickter Stimme.

Akkon, Israel. 20. Oktober 1998.

Zwei Wochen war es her, daß Gerardo über einen kleinen Antiquitätenmarkt in der Nähe von Recanati in Italien gebummelt war. Er war nach Loreto gefahren, um die berühmte Wallfahrtskirche der Heiligen Jungfrau zu besuchen; der Legende zufolge hatten die Kreuzritter nach ihrer Flucht aus Akkon zahlreiche Reliquien nach Loreto gebracht, unter anderem auch das Haus der Heiligen Familie von Nazareth.

Auf dem Markt war ihm an einem Münzsammlerstand ein Medaillon ins Auge gefallen. Es bestand aus massivem Silber, war handgeprägt und stark abgenutzt, so daß die Prägung für ein ungeübtes Auge kaum zu erkennen war: Auf der einen Seite trug es das Symbol der Templer – zwei Kreuzritter hintereinander im Sattel auf einem Roß –, und auf der Rückseite hatte Gerardo sofort den unverwechselbaren Knoten ausgemacht, den Pfahlstich.

»Sie interessieren sich dafür, mein Herr?« hatte der Händler ihn gefragt, ein gebeugtes Männchen in den Achtzigern.

»Ja, ja, ganz hübsch«, hatte Gerardo in gespielter Gleichgültigkeit geantwortet, um seine Begehrlichkeit zu verbergen und den Preis nicht in die Höhe zu treiben.

»Es ist eines der letzten Stücke, die mir aus einer Sammlung antiker Medaillen der Marchesis von Recanati geblieben sind.«

»Gab es noch andere mit demselben Motiv?«

»Nein, diese war die einzige, auf der zwei Templer dargestellt waren«, hatte der alte Münzhändler erwidert und damit durchblicken lassen, daß er das Motiv und folglich den Wert der Medaille sehr gut kannte. »Der Hafen von Recanati war einst ein wichtiger Knotenpunkt für den Schiffsverkehr in der Adria, eine heute fast vergessene Zwischenstation für die Schiffe, die aus dem Heiligen Land zurückkehrten. Deshalb sind hier auch die Steine vom Haus der Heiligen Jungfrau angekommen, das jetzt in Loreto steht.«

»Aha«, hatte Gerardo bloß bemerkt und weiter nur flüchtiges Interesse vorgegeben. »Was soll das gute Stück denn kosten?«

Die genannte Summe stellte ein kleines Vermögen dar, doch nach zähen Verhandlungen war die Medaille schließlich in seinen Besitz übergegangen.

So hatten seine neuen Forschungen ihren Anfang genommen, und nun blitzten auf der fachmännisch gereinigten und speziell behandelten Medaille die Strahlen der blendenden Sonne des südöstlichen Mittelmeers bei Akkon.

Südöstliches Mittelmeer. 25. Mai 1291.

Die Galeere hatte einen kurzen Halt in einem Hafen in Zypern eingelegt, um anschließend Kurs auf Venedig zu setzen, ihren Zielhafen. In den vergangenen sieben Tagen hatte sich eine herzliche Freundschaft zwischen Bertrand und dem Kapitän entwickelt, der diese Gewässer schon viele Male mit Kreuzrittern an Bord befahren hatte. Sein Name war Alvise Magri, und er stand seit einigen Jahren im Dienste des adligen Venezianers, von dem der Tempelorden die Galeere als Geschenk erhalten hatte.

Die beiden Männer verbrachten lange Stunden auf der Brücke und sprachen über alle möglichen Begebenheiten auf

See, für die sich Bertrand, der jüngste Sproß einer adligen Familie aus den französischen Seealpen, sehr interessierte. Der Kapitän wies ihn auf die wichtigsten Eigenschaften seines wendigen und schnellen Schiffes hin und machte ihn mit den Geheimnissen der Navigation vertraut.

»Dieser Knoten gelingt mir besonders leicht«, bemerkte Bertrand eines Tages, während er sich am Vertäuen des Segels übte.

»Es ist einer der wichtigsten Knoten für jeden Seemann«, erwiderte Magri, »sehr fest und trotzdem leicht zu lösen.«

»Als Erinnerung an dieses Abenteuer soll er mein persönliches Siegel schmücken«, sagte Bertrand in einer plötzlichen Eingebung und deutete auf den Pfahlstich, den er gerade geknüpft hatte. »Sobald ich wieder zu Hause bin, werde ich mir einen guten Graveur suchen.«

»Da braucht Ihr gar nicht so lange zu warten. Unser Schmied hat einstmals für die Münzanstalt des Dogen gearbeitet. Er kann Euch ein Siegel oder auch eine Prägeform für Münzen anfertigen, wenn Ihr wollt.«

Unterdessen war die kleine Shirinaze krank geworden, und Bertrand hatte ihr erlaubt, in einer Ecke seines Quartiers zu schlafen, das sich in einem Pavillon am Heck des Schiffes befand.

Der junge Ritter dachte oft betrübt an das Schicksal seiner Kameraden, die in der belagerten Stadt zurückgeblieben waren, gab sich ihretwegen aber keinen Hoffnungen hin. Sie waren zweifellos besiegt worden und alle längst tot. Um seine Trauer und Hilflosigkeit zu überwinden, richtete er seine Gedanken auf das in seinem Quartier versteckte Kästchen und faßte neuen Mut, denn er lebte und würde das Versprechen erfüllen können, das er dem Großmeister Guillaume de Beaujeu gegeben hatte.

Als Bertrand an diesem Abend seine Schlafstatt aufsuchte, war es bereits tiefe Nacht. Er bemerkte gleich, daß Shirinaze von Fieberschauern geschüttelt wurde, und deckte sie mit seinem Ordensmantel zu. Dann kniete er neben ihrem Lager nieder, um den lieben Gott zu bitten, sie noch nicht zu sich zu holen. Er fühlte sich dem kleinen Mädchen mit den großen braunen Augen und der dunklen Haut eng verbunden und betrachtete sie fast wie eine Tochter, da er ihr das Leben neu geschenkt hatte.

Am nächsten Morgen begegnete er dem Kapitän an Deck, der sich gleich nach dem Befinden der Kleinen erkundigte.

»Es geht ihr nicht gut«, antwortete Bertrand. »Sie hat hohes Fieber und Schüttelfrost, und ich fürchte, daß sich ihr Zustand noch verschlechtern wird.«

»Falls wir diese Geschwindigkeit beibehalten können, müßten wir in drei bis vier Tagen eine Hafenstadt an der Adria erreichen, wo ich ein Mönchskloster kenne, in dem man ihr die nötige Pflege angedeihen lassen wird. Ihr habt das Mädchen liebgewonnen, nicht wahr, Bertrand?«

»Sie ist noch so klein und unschuldig. Was kann sie schon für die Wirrnisse der Welt? Ich bin sicher, es wird eine gute Christin aus ihr werden. Jedenfalls fühle ich mich nun für ihre Zukunft verantwortlich und bete zu Gott, daß er ihr eine gewähren möge.«

Akkon. 20. Oktober 1998.

Die Ursprünge der Stadt verlieren sich in ferner Vergangenheit; die erste überlieferte Erwähnung taucht in einem altägyptischen Text aus dem 16. Jahrhundert vor Christus auf. Sie ragt ins Meer wie ein Felsvorsprung und stellte einst einen der sichersten natürlichen Häfen des Mittelmeeres dar, bestimmt aber den sichersten des Heiligen Landes.

Viele erbitterte Schlachten wurden im Laufe der Zeiten um diese Festung im Meer geschlagen. Die Truppen von Julius Cäsar marschierten dort ein und ebenso die Omajaden von Damaskus. Die Araber nahmen sie im Jahr 636 ein und bekehrten die Einwohner zum Islam, doch 1104 bemächtigten sich die Christen ihrer und machten sie zu ihrem Haupthafen im Heiligen Land und zur Residenz ihrer Könige. Mit einer kleinen Unterbrechung blieb sie danach bis 1291 unter christlicher Herrschaft.

Historische Fakten, die Gerardo di Valnure in- und auswendig kannte. Er spazierte durch die sogenannten Kreuzfahrersäle und besah sich die Säulen, in der Hoffnung, eine hilfreiche Inschrift zu finden, die ein Kreuzritter, während er ängstlich oder ungeduldig auf den Befehl zum Angriff wartete, in den Stein geritzt haben mochte.

Die Stadt der Kreuzfahrer war erst vor kurzem wieder zutage gefördert worden. Gerardo überquerte den ältesten Teil der Ausgrabungen und erreichte den engen Gang, der zum Refektorium führte und durch den man unter den Befestigungsanlagen hindurch bis zum Hafen gelangen konnte. Falls es jemandem gelungen war, aus dem belagerten Akkon zu fliehen, mußte er hier durchgegangen sein.

Als Gerardo nach dem unterirdischen Wegstück wieder ins Freie trat, mußte er geblendet die Augen schließen. In dem kleinen Hafenbecken lagen einige Vergnügungsjollen, und weiter draußen, zum offenen Meer hin, sah er mehrere Fischerboote. Er versuchte, sich die Szenerie vor sechzehnhundert Jahren vorzustellen: die ankernden Galeeren, die Kriegsmaschinen, die Lagerfeuer und – eingeschlossen hinter den dicken Mauern – Tausende von Menschen, die voller Angst auf den Ansturm der Krieger Al-Ashrafs warteten.

Doch so sehr er seine Phantasie auch anstrengte, es brachte ihn der Lösung des Rätsels, das ihn so sehr beschäftigte, nicht näher. Entschlossenen Schrittes machte er sich auf den Weg zu dem nicht weit von der alten Stadt entfernt liegenden Museum. Vielleicht war dort irgendein neuer Hinweis zu finden.

Die Direktorin, eine französische Archäologin namens

Estelle Dufraisne, ließ ihn zehn Minuten im Vorzimmer warten, ehe sie ihn mit sichtlich ungehaltener Miene empfing.

»Wie kann ich Ihnen behilflich sein, Monsieur di Valnure?«

»Ich beschäftige mich mit gewissen Forschungen ...«

»Lassen Sie mich raten!« schnitt ihm die Frau brüsk das Wort ab. »Über den Heiligen Gral? Die Bundeslade? Diese Sorte ›Forscher‹ rennt mir hier buchstäblich die Tür ein, muß ich Ihnen sagen. Ich beschäftige mich jedoch nur mit ernsthaften historischen Untersuchungen und nicht mit Phantasiegeschichten.«

»Sehr verehrte Madame Dufraisne«, entgegnete Gerardo gekränkt, »ich kann zahlreiche wissenschaftliche Veröffentlichungen über das Mittelalter sowie etwa zwanzig Jahre durchaus ernsthafter historischer Forschungstätigkeit vorweisen. Im übrigen haben mich die Mythen über den Heiligen Gral oder die verlorene Bundeslade noch nie fasziniert. Ich stütze mich auf das, was ich sehe, und was ich sehe, ist zum Beispiel dies hier.«

Die Direktorin nahm die silberne Medaille, die er auf den Tisch gelegt hatte, und betrachtete sie skeptisch.

»Sie scheint echt zu ein. Eine Templermedaille. Davon sind einige entdeckt worden.«

»Ja, aber diese trägt ein besonderes Zeichen auf der Rückseite.«

»Das da? Sieht aus wie ein Fisch. Nein, hier in Akkon habe ich noch nie etwas ähnliches gesehen.«

»Ungewöhnlich, nicht? Ein Fisch mit einem Schwanz, der an einen Seemannsknoten erinnert.«

»Wie gesagt, so etwas ist mir noch nie untergekommen. Natürlich kenne ich das Fischsymbol, das vermutlich die Urchristen verwendet haben, aber mit einem Seemannsknoten ist es mir unbekannt.«

Als die Direktorin Anstalten machte, ihn zu verabschieden, beeilte sich Gerardo, ihr zuvorzukommen. »Madame

Dufraisne, ich werde noch einige Tage hier im Hotel Palm Beach wohnen. Falls Ihnen noch etwas einfallen sollte, wäre ich sehr dankbar, wenn Sie sich bei mir melden.«

Kaum hatte Gerardo di Valnure den Raum verlassen, griff Estelle Dufraisne zum Telefon.

Adriatisches Meer. 26. Mai 1291.

Das Schiff krängte auf beängstigende Weise. Die Wellen waren zwar nicht so hoch wie bei ihrer Flucht aus Akkon, doch nicht weniger tückisch und gefährlich.

Als die Küste in Sicht kam, stand Kapitän Magri bereits neben dem Steuer, bereit, den Kurs notfalls zu korrigieren, auch wenn er sich auf die Erfahrung seiner Männer verlassen konnte.

Es war der Kalfaterer, der ihm bei Einbruch der Nacht mitteilte, daß sie ein Leck hatten und der voll Wasser gelaufene Teil beschädigt war.

Der Rumpf des Schiffs bestand aus einem langen horizontalen Rahmen, der »Ruderreihe«, die von zwei längslaufenden Balken, den »Gurten«, sowie zwei querlaufenden, den »Jochs«, gestützt wurde. Einer der »Gurte« hatte im Bugteil nachgegeben. Der Schaden würde die Fahrt zwar vorläufig nicht beeinträchtigen, aber langwierige Reparaturarbeiten erfordern und die Weiterreise der Galeere nach Venedig auf längere Zeit verzögern.

In der Dämmerung des folgenden Morgens, während sich das Meer allmählich beruhigte, steuerte das Schiff einen Ankerplatz im Hafen von Recanati an.

Bertrand hatte die ganze Nacht an Shirinazes Seite verbracht. Sie hatte das Bewußtsein bisher nicht wiedererlangt, ihr kleiner Körper wurde immer noch vom Fieber geschüttelt, und aus ihrem Mund kamen nur unverständliche Worte.

Er hatte viele Männer sterben sehen und auch viele selbst getötet, aber das hier war etwas ganz anderes. Das Mädchen war ihm ans Herz gewachsen.

»Der Rumpf hat schweren Schaden genommen«, erklärte ihm der Kapitän am Morgen, »und die Galeere wird längere Zeit im Hafen liegen müssen. Sobald wir anlegen, so fürchte ich, ist die Stunde unseres Abschieds gekommen.«

»Was ich sehr bedauere, Kapitän Magri. Ich habe Eure Fähigkeiten sehr zu schätzen gelernt, und die Reise auf dem Landweg wird zweifellos wesentlich anstrengender werden.«

»In dem Kloster, das ich Euch genannt habe, wird man die Kleine gesund pflegen, seid unbesorgt.« Der Kapitän sah ihn voller Wohlwollen und Freundschaft an. »Doch ehe wir uns Lebewohl sagen, macht mir die Freude, ein bescheidenes Andenken von mir anzunehmen.«

Er legte eine kleine Lederbörse neben das Ruder und holte drei silberne Medaillen heraus. Auf der einen Seite war das Wahrzeichen der Templer eingeprägt: zwei Ritter auf einem Pferd. Auf der anderen sah man den Umriß eines Fisches, dessen Schwanz von zwei Linien gebildet wurden, die mit dem Bertrand wohlbekannten Knoten verknüpft waren.

»Unser Schmied hat sie geprägt. Ich hoffe, daß sie Euch gefallen.«

Bertrand nahm sie und betrachtete sie lange. Er war gerührt. »Ich weiß nicht, wie ich Euch danken soll, Kapitän Magri«, sagte er schließlich. »Ihr habt uns mit Eurem Schiff in Sicherheit gebracht, und nun macht Ihr mir dieses besondere Geschenk, das von heute an mein Siegel sein soll.«

»Ihr braucht mir nicht zu danken, Bertrand. In all den Jahren, die ich zur See fahre, ist mir kaum ein Mensch von Eurer Selbstlosigkeit begegnet. Ich bin stolz, Eure Bekanntschaft gemacht zu haben.«

Zunächst wurde die kleine Shirinaze auf einer Tragbahre vom Schiff und ins nahegelegene Kloster gebracht. Danach ging Bertrand mit seinen Soldaten an Land, wobei er eifersüchtig das Kästchen an sich drückte, das ihm der Großmeister des Ordens anvertraut hatte.

Akkon. 20. Oktober 1998.

Gerardo di Valnure schaltete seinen Laptop-Computer ein und schickte sich wie jeden Abend an, neue Eindrücke und Ergebnisse seiner Forschungen methodisch festzuhalten. Er gab die drei verlangten Paßwörter ein und begann zu schreiben:

<BISHER IST MEINE REISE INS HEILIGE LAND VOLLKOMMEN ERGEBNISLOS VERLAUFEN. ICH HABE DIE RUINEN DER ALTEN KREUZFAHRERSTADT AUFGESUCHT SOWIE EINE MUSEUMSDIREKTORIN, DIE NICHT GUT AUF INDIANA JONES & CO. ZU SPRECHEN IST. TROTZDEM LÄSST MICH DAS GEFÜHL NICHT LOS, DASS DIE GESCHICHTE, DER ICH AUF DER SPUR BIN, HIER IHREN ANFANG NAHM, AUCH WENN ES IM MOMENT KEINE KONKRETEN HINWEISE DARAUF GIBT. AUSSER NATÜRLICH DER MEDAILLE.>

Resigniert schüttelte er den Kopf. Inzwischen hatte er beschlossen, nur noch ein oder zwei Tage zu bleiben und dann nach Italien zurückzukehren. Er machte sich ein paar letzte Notizen, schaltete den Computer aus und ging zu Bett.

Im Museum von Akkon sprach Estelle Dufraisne unterdessen mit einem Mann, der auffallend harte Gesichtszüge hatte, sich aber im respektvollen Ton eines Untergebenen an sie wandte.

Die Frau legte eine rote, mit einem Goldfaden durchwirkte Kordel auf den Schreibtisch und verknüpfte ihre Enden, wonach der Mann eine ebensolche Kordel durch die Schlinge führte und die Enden in gleicher Weise verknotete: mit einem Pfahlstich.

»Was hat er dich gefragt?« erkundigte er sich anschließend bei der Direktorin.

»Er besitzt eine Medaille mit dem Symbol unseres Ordens.«

»Bestimmt einer von den üblichen Mythenjägern. Sie werden langsam zu einer Pest.«

»Nein, der hier kannte sich aus und machte einen sehr entschlossenen Eindruck. Deshalb habe ich mich an den Großmeister gewandt, der umgehend reagierte und dich benachrichtigt hat.«

»Keine Sorge, wir werden den Knaben im Auge behalten.«

Am nächsten Morgen suchte Gerardo di Valnure in aller Frühe den nördlichen Teil der alten Stadt auf. Es waren noch einige Ausgrabungen im Gange, aber da es ein Samstag war, lag die Gegend verlassen da. Gerardo überstieg die Absperrungen um die Ausgrabungsarbeiten und gelangte über eine steile Eisenleiter in einen Gang, der zu der Stelle führte, an der einst das Antoniustor gestanden hatte.

Im Dunkeln des unterirdischen kryptenähnlichen Raums tastete er sich zum Hauptlichtschalter vor und stand plötzlich inmitten der hell erleuchteten Ruinen. Direkt vor ihm war ein Teil der alten Stadtmauer freigelegt worden. Die Grabungen fanden offenbar an mehreren Stellen gleichzeitig statt, und der Boden war mit einem Gitter aus Eisendraht bedeckt. Einen nach dem anderen untersuchte er gründlich die großen Mauersteine, wobei er einen liegengelassenen Pinsel zu Hilfe nahm, mit dem die Archäologen Sand- und Staubschichten entfernten.

Er arbeitete sich vorsichtig und systematisch voran und stieß schließlich auf einen Bereich, wo mit einem spitzen Gegenstand, vielleicht einem Nagel oder einem Dolch, etwas in den Stein geritzt worden war. Aus einer der vielen Taschen seiner Expeditionsjacke holte er eine kleine Taschenlampe hervor und richtete sie auf die Stelle, während er fortfuhr, sie zu reinigen. Vor seinen vor Aufregung großen Augen sah er Stück für Stück eine Inschrift auftauchen, die ihm zuerst völlig unverständlich erschien.

Er studierte sie eine geraume Weile mit höchster Konzentration, bis die gotischen Lettern nach und nach ihr Geheimnis preisgaben. Trotz der durchdringenden Kälte seiner Umgebung war er auf einmal schweißgebadet.

Mit zitternden Fingern zog er aus einer anderen Jackentasche sein Notizbuch hervor und schrieb die altfranzösischen Worte ab, die er gleichzeitig im Kopf übersetzte: »*Die Stadt ist kurz davor, den Heiden in die Hände zu fallen, und keiner von uns wird sich retten können. Doch Bertrand de Rochebrune hat das offene Meer erreicht und das Testament mit sich genommen. Möge Gott über uns wachen. G. d. B.*«

»Guillaume de Beaujeu!« rief Gerardo und ließ sich auf einem großen Stein nieder. Der Großmeister, der bei der Verteidigung von Akkon gefallen war! Der Kreis schloß sich allmählich.

Aber was sollte dieses Testament sein? Auf jeden Fall etwas sehr Wichtiges, wenn Guillaume de Beaujeu in dieser Lage, in der er jeden Mann brauchte, einen seiner Ritter damit übers Meer geschickt hatte. Enthielt es seinen Letzten Willen? Und wer war Bertrand de Rochebrune?

Adriaküste. 30. Mai 1291.

Bertrand hatte mit seinen Männern Unterkunft in der Burg der Marchesis von Recanati gefunden, nicht weit von dem Kloster, in dem Shirinaze lag. Täglich ging er hinüber, um sich nach ihrem Befinden zu erkundigen.

»Ihr Zustand hat sich weiter verschlechtert«, teilte ihm der Prior eines Morgens mit. »Nur ein Wunder kann sie noch retten.«

Shirinazes Gesicht war von Schweißperlen bedeckt. Er kniete neben ihrer Bettstatt nieder und betete, wobei er immer wieder ihre fieberheiße kleine Hand streichelte. Lange verharrte er so, aber was konnte er, ein Mann des Schwerts, schon tun? Niedergeschlagen verließ er das Kloster.

Auf dem Weg zurück zur Burg sah er plötzlich Paul, seinen jungen, treuergebenen Knappen mit den roten Haaren, der ihm in aller Hast entgegenlief.

»Mit Verlaub, Herr«, sprudelte er erregt hervor, »ich muß mit Euch sprechen. Unter Euren Soldaten macht sich Unzufriedenheit breit.«

»Und warum das?«

»Viele von ihnen haben Frankreich schon jahrelang nicht mehr gesehen und können es kaum erwarten, endlich in die Heimat zurückzukehren. Sie sind ungehalten, weil wir uns wegen einer kleinen Heidin so lange hier aufhalten.«

»Wir haben eine harte Reise hinter uns, und der Weg nach Frankreich ist noch lang. Einige Tage der Ruhe werden uns allen guttun. Außerdem denke ich nicht daran, meine Entscheidungen nach ein paar maulenden Männern zu richten.«

»Verzeiht mir, Herr, aber an Eurer Stelle würde ich ihren Mißmut nicht unterschätzen. Viele sind altgediente Kämpfer, die sich nur ungern den Befehlen eines jungen Ritters, wie Ihr es seid, beugen.«

»Was sollen sie schon tun? Etwa desertieren? Dem wüßte ich schon einen Riegel vorzuschieben. Mach dir keine Sorgen. Jede Mißstimmung wird verfliegen, sobald wir unsere Reise fortsetzen. Und was das Mädchen betrifft, so sagen die Mönche, daß die kommende Nacht die Entscheidung bringen wird. Falls sie die Krise überlebt, besteht berechtigte Hoffnung, daß sie in etwa zwanzig Tagen mit uns weiterziehen kann.«

Doch trotz seiner aufmunternden Worte glaubte Bertrand selbst nicht mehr daran, daß Shirinaze die Krankheit überstehen würde.

In dieser Nacht jedoch geschah das Wunder: Ihre Temperatur sank, und die delirierende Bewußtlosigkeit wich immer längeren Momenten der Klarheit. Der Absud aus Weidenrinde, den die guten Mönche ihr verabreichten, hatte das Fieber besiegt.

Als er die tröstliche Nachricht erhalten hatte, versammelte Bertrand seine Männer im Burghof. »Soldaten, ich verstehe euren Wunsch, sobald wie möglich nach Frankreich zurückzukehren. Es ist auch der meine, auch mich ruft mein Zuhause. Wir werden uns bald wieder auf die Reise machen, ich bitte euch nur noch um ein paar Tage Geduld.« Doch die erwarteten Freudenschreie blieben aus.

»Verzeiht, Herr«, ergriff ein Veteran namens Béranger das Wort, »nehmt es mir nicht übel, aber was ich Euch zu sagen habe, ist die Meinung von vielen. Wären wir gleich nach der Landung im Hafen weitermarschiert, könnten wir zu dieser Stunde dem Zuhause schon sehr nahe sein, nach dem Ihr Euch so sehnt. Doch Ihr verlangt von uns, noch länger zu warten. Wie lange?«

»Gott hat uns in seiner Güte das Leben geschenkt, während über das Schicksal unserer in Akkon zurückgebliebenen Kameraden nur wenig Zweifel bestehen kann. Dieser Aufenthalt sollte euch nicht mit Ungeduld erfüllen, sondern euch dazu bewegen, dem Herrn für seine Gnade zu danken.«

»Gott, dem Herrn, sei Lob und Dank«, entgegnete der Söldner. »Aber es gefällt uns nicht, wegen der Bequemlichkeit einer kleinen Heidin hier ausharren zu müssen.«

»Bequemlichkeit?« donnerte Bertrand mit aller Autorität, die er aufzubringen imstande war. »Redest du so über das Leiden eines jungen Menschenkindes? Zeigt sich darin deine christliche Nächstenliebe? Dankst du so dem Herrn? Genug jetzt, wir brechen auf, wann ich es entscheide.«

Er ließ seinen strengen Blick über die Männer schweifen und bemerkte einige mißmutige Gesichter, aber im großen und ganzen schienen sie seinen Befehl zu akzeptieren.

Doch in derselben Nacht noch verließen Béranger und weitere einundzwanzig Soldaten heimlich das Lager mit geraubten Pferden und Lebensmitteln.

Akkon. 24. Oktober 1998.

Es war schon sehr spät, als es an Estelle Dufraisnes Tür klopfte.

»Dieser Gerardo di Valnure schnüffelt bei der Ausgrabungsstätte beim Antoniustor herum«, teilte ihr der Mann mit den harten Gesichtszügen ohne Vorrede mit.

»Glaubst du, er hat die Inschrift entdeckt?«

»Ich fürchte, ja. Als er endlich wieder ging, konnte ich sehen, daß die Schrift mit einem Pinsel von der Staubschicht gereinigt war.«

»Wenn er herauskriegt, worauf sich die Worte beziehen, könnte er uns auf die Spur kommen.«

»Entschuldige, aber ich habe dir ja gesagt, daß die Inschrift gefährlich ist und entfernt werden muß.«

»Leichter gesagt als getan, bei all den Archäologen, die ständig dort herumwimmeln.«

»Jedenfalls wird sich dieser Valnure jetzt fragen, was mit dem ›Testament‹ gemeint ist. Nicht auszudenken, was passiert, wenn er es herausfindet. Wir müssen ihn aufhalten, mit allen Mitteln.«

Gedankenverloren saß Gerardo in seinem Hotelzimmer. Wie konnte es sein, daß die Existenz dieser Inschrift bisher nicht bekannt geworden war? Es schien mehr als unwahrscheinlich, daß er sie als erster entdeckt hatte. Nein, es war geradezu unmöglich, daß die Archäologen einen derart wichtigen Fund übersehen oder ihm keine Bedeutung beigemessen hatten. Er beschloß, am nächsten Morgen der Museumsdirektorin, die auch die Ausgrabungen in der Altstadt leitete, einen erneuten Besuch abzustatten. Diese Frau gefiel ihm nicht; sie war nicht nur unsympathisch, sondern auch irgendwie zwielichtig.

Bertrand de Rochebrune, vermutlich einer der wenigen Templer, die sich aus dem belagerten Akkon hatten retten können, war also mit einem »Testament« geflohen, einem so überaus wichtigen Dokument, daß der Großmeister ihn zu dessen Rettung von der Verteidigung der Stadt abgezogen hatte. Gerardo ließ sich aufs Bett fallen, schloß die Augen und gab sich den wildesten Spekulationen hin. Plötzlich richtete er sich mit einem Ruck auf: Und wenn die alte Medaille eben jenem Bertrand de Rochebrune gehört hatte, einem Tempelritter, der nach der Flucht aus Akkon bei Recanati an Land gegangen war?

Morgen würde er die Direktorin mit seiner Hypothese konfrontieren, und ihre Reaktion würde ihm sagen, ob sie von der Existenz der Inschrift wußte oder nicht.

Als er am nächsten Tag mit seinem gemieteten Landrover die Straße zur Stadt hinunterfuhr, kam ihm ein Lastwagen entgegen, den er, tief in Gedanken versunken, kaum beachtete. Nur eine Art sechster Sinn warnte ihn, als der Wagen plötzlich aus der Spur scherte und auf ihn zuraste.

Reflexartig trat er mit voller Wucht auf die Bremse, die jedoch nicht reagierte: Das Pedal ließ sich bis zum Anschlag durchtreten, ohne daß der Landrover langsamer wurde. Verzweifelt riß er das Lenkrad herum.

5. KAPITEL

Porto Recanati. 20. Juni 1291.

Eine Menschenmenge war herbeigelaufen, um den Kreuzfahrern, die nach Frankreich aufbrachen, zum Abschied zu winken. Bertrand führte die dreißig verbliebenen getreuen Soldaten an, und Shirinaze bestieg neben ihm einen Maulesel, ein Geschenk des Marchese.

Mit bewegten Worten und Segenswünschen verabschiedete sich der italienische Edelmann von dem jungen Ritter und umarmte ihn.

Bertrand erwiderte die Umarmung von Herzen, doch dann löste er sich von ihm, nahm die lederne Börse von seinem Gürtel und holte eine der silbernen Medaillen heraus. »Bitte, nehmt dies bescheidene Zeichen meines Danks für Eure großzügige Gastfreundschaft.«

Der Marchese von Recanati hielt die Medaille in seiner linken Hand, während er die Rechte zu einem letzten Gruß hob. »Der Herr sei mit Euch.«

Bertrand bekreuzigte sich und stieß dem Roß, das der Edelmann ihm verkauft hatte, die Fersen in die Flanken.

Ihr Weg würde bis Piacenza fast eben verlaufen. Von dort aus würden sie auf der Via Francigena weiterziehen, jener Route durch die Berge, auf welcher die Pilger von Frankreich nach Rom und ins Heilige Land reisten. In Piacenza lebten einige Vettern von Bertrand, die ihnen sicher Speise und Unterkunft gewähren würden.

Einige Tage nach ihrem Aufbruch kamen sie durch einen Wald aus uralten Eichen und dichtem Unterholz, durchzogen von tiefen Schluchten. Bertrand führte die Vorhut an, während die andere Hälfte der Soldaten die Nachhut bildete. In der Mitte gingen die Frauen und Kinder, die es vorgezogen hatten, zu warten und unter ihrem Schutz zu reisen.

Da hagelten völlig unerwartet Pfeile auf sie nieder, und in der ersten Verwirrung war es schwer festzustellen, aus welcher Richtung sie kamen. Bertrand sah einige von seinen Leuten fallen, ehe er selbst an der linken Schulter getroffen wurde. Die Pfeilspitze bohrte sich tief in den Muskel; eine nicht gefährliche, aber sehr schmerzhafte Verwundung. Der junge Ritter brach den hölzernen Pfeilschaft nahe der Spitze ab, das Gesicht zu einer Grimasse des Schmerzes verzerrt. Er würde seine Haut so teuer wie möglich verkaufen.

Als er die Augen wieder öffnete, sah er Béranger auf einem der geraubten Pferde heranpreschen. Er trug immer noch die Rüstung der Kreuzritter, die einen Teil des Körpers durch Kettenhemd und Harnisch schützte. Sein Helm, den er einem in der Schlacht getöteten Feind abgenommen hatte, war von sarazenischer Machart. Er preschte direkt auf Bertrand zu, gefolgt von den zwanzig Abtrünnigen, die ihre Waffen schwenkten und wildes Kampfgeheul ausstießen.

Bertrand zückte sein Schwert, ließ es über dem Kopf kreisen und gab seinem Pferd die Sporen. Die beiden Streitrösser begegneten sich in vollem Galopp, und der Wald hallte vom Klirren der aufeinanderprallenden Waffen wider.

Als der junge Ritter aus dem Sattel geworfen wurde, blieb er einen Moment lang benommen am Boden hocken, während sich der alte Kämpfer beeilte, ihn erneut vom Pferd aus zu attackieren. Hinter den Sehschlitzen seines Helms funkelte es mörderisch.

Bertrand konnte sich auf die Knie rappeln und wich dem Angriff geschickt aus, um sogleich aufzuspringen und mit dem Schwert einen Hieb zu führen, der den Feind, der an ihm vorbeipreschte, zwischen die Schultern traf.

Der Brustharnisch nahm dem Schlag seine tödliche

Wucht, trotzdem stürzte Béranger vom Pferd, so daß die beiden sich nun zu Fuß gegenübertraten.

Bertrand bemühte sich, regelmäßig zu atmen und klar zu denken, dann stürzte er sich auf den Gegner. Er spürte, wie die Klinge in das Fleisch des Feindes drang, der, am Bein getroffen, taumelte und seine Deckung vernachlässigte.

Der entscheidende Moment: Der junge Ritter parierte einen Stoß, dann schwang er mit einer Drehung des Oberkörpers das Schwert, das er mit beiden Händen hielt. Die Klinge zischte durch die Luft und traf Béranger am Hals, der nur zur Hälfte durch das Kettenhemd geschützt war.

Der Kopf des Abtrünnigen flog davon, während sein enthaupteter Körper wie ein leerer Sack zu Boden sank.

Bertrand bedachte ihn mit einem letzten kurzen Blick, ehe er sich wieder ins Getümmel stürzte. Doch nach dem Tod ihres Anführers hatte die übrigen der Mut verloren. Nur noch halbherzig um sich schlagend, ergriffen sie die Flucht, mehrere Tote auf dem Waldweg zurücklassend.

»Seid Ihr verletzt, Herr?« fragte Paul, der Knappe, der mit blutbesudeltem Schwert herbeigerannt kam.

»Nicht schwer. Wir müssen die Pfeilspitze herausziehen und die Wunde kauterisieren.«

Paul brachte ein scharfes Messer zum Glühen und schnitt die Wunde tief mit der Klinge ein, um sie zu weiten und die Spitze entfernen zu können. Bertrand stand der Schweiß auf der Stirn, aber er gab nur ein paar unterdrückte Schmerzenslaute von sich. Erst als die glühende Klinge auf die offene Wunde gepreßt wurde, um sie zu versiegeln, schwanden ihm die Sinne.

Die Burg seiner Vettern in Piacenza war zum Glück nur noch eine Tagesreise entfernt, und dort würde er in aller Ruhe genesen können.

Flughafen von Haifa, Israel. 27. Oktober 1998.

Der Butler des Grafen di Valnure war kaum aus der Linienmaschine gestiegen, da mußte er sich auch schon den Schweiß von den kahlen Schläfen wischen. Er hatte bloß eine kleine Reisetasche dabei, und nachdem er die langwierigen Polizeikontrollen überstanden hatte, schnappte er sich das erste freie Taxi.

»Bringen Sie mich zum Krankenhaus«, bat er in einwandfreiem Englisch.

Als er endlich in Gerardos Krankenzimmer trat, entfuhr ihm ein Seufzer der Erleichterung: Der Graf sah übel aus, hatte ein Bein gebrochen und das Gesicht voller Schrammen, aber er lebte.

»Giacomo!« konnte Gerardo bloß rufen.

»Sie dürfen sich nicht anstrengen, Herr Graf. Sie werden noch genug Zeit und Gelegenheit haben, mir alles zu erzählen.«

»Nur ein blöder Unfall, Giacomo. Das sagt zumindest die Polizei. Ein Frontalzusammenstoß zwischen einem Auto mit kaputter Bremse und einem Laster, dessen unbekannter Fahrer Unfallflucht beging.«

Zum selben Zeitpunkt fand in Rom in der Villa an der Via Appia Antica eine weitere geheime Zusammenkunft statt.

»Ein uns bis dato nicht bekanntes Individuum stellt unbequeme Fragen über geheime Umstände, die unsere Herkunft betreffen. Wir haben uns natürlich sofort bemüht, seiner Neugier Einhalt zu gebieten, aber er lebt noch. Sein Zustand wird ihn uns jedoch für eine Weile vom Leib halten. Mit Glück lange genug, um die Rache zu vollenden.«

Piacenza. 26. Juni 1291.

»Wer seid Ihr?« verlangte der Turmwächter zu wissen und streckte den Arm aus, in dessen Hand er eine Fackel hielt, um besser sehen zu können.

»Bertrand de Rochebrune, ein Vetter der Herren di Valnure. Ich bin verwundet und habe einige tapfere Kreuzfahrer und Pilger bei mir, die der Belagerung von Akkon entkommen sind. Wir bitten um Aufnahme.«

Wenig später stand Bertrand im Burghof, wo Graf Lorenzo di Valnure auf ihn zueilte.

»Vetter!« rief der Burgherr und umarmte ihn überschwenglich. »Wir vermuteten dich unter den Gefallenen von Akkon.«

»Die Stadt wurde also erobert«, nahm Bertrand betroffen zur Kenntnis.

»Ja. Es gab keine Überlebenden – außer ein paar wenigen, die sich über den Seeweg retten konnten. Ich habe es von einem Freund erfahren, einem Mailänder Kaufmann, der mit der Levante Handel treibt. Nie hätte ich zu hoffen gewagt, du könntest unter den Entflohenen sein.«

»Es ist eine lange Geschichte, aber wenn du uns gütigerweise ein paar Tage Gastfreundschaft gewährst, werde ich sie dir erzählen.«

»Mein Haus gehört dir«, antwortete Lorenzo di Valnure, seinen Vetter aufs neue umarmend.

Ein vornehmer zarter Knabe von etwa neun Jahren stand schüchtern im Hintergrund und betrachtete aus neugierigen Augen den Kreuzritter, dessen legendärer weißer Mantel im leichten Wind flatterte. Der Graf rief ihn zu sich. »Das ist Luigi«, stellte er ihn vor, »mein Zweitgeborener. Erinnerst du dich an ihn? Bei deinem letzten Besuch zählte er kaum mehr als vier Jahre, doch jetzt ist er schon fast bereit, sich den Herausforderungen des Lebens zu stellen.«

Bertrand begrüßte den Knaben mit einer herzlichen Geste

und bemerkte: »Er ist von schlanker, aber kräftiger Gestalt. In ein paar Jahren könnte er einer der *Hospites Templi* werden und später, wenn er sich dessen würdig erweist, in die Ritterschaft aufgenommen werden.«

»Ist das Euer Ernst, Bertrand?« rief der Knabe mit weit aufgerissenen Augen.

»Warten wir es ab«, beschwichtigte ihn der Hausherr. »Du wirst müde und hungrig sein, Vetter. Komm herein, damit wir dich bewirten können. Um deine Leute brauchst du dich nicht zu sorgen, die Dienerschaft wird sich um sie kümmern. Und wenn du dich ausgeruht hast, kannst du mir von deinen Abenteuern erzählen.«

Auf dem Weg in die inneren Gemächer fuhr er fort: »Du hast eine kleine Maurin bei dir, wie ich sehe. Ist sie deine Kriegsbeute? Nicht gerade üppig, muß ich sagen, nach allem, was man sonst über die Reichtümer der Templer hört.«

»Nein, Lorenzo, ich habe der Kleinen bei einem Sturm auf hoher See das Leben gerettet und beschlossen, sie bei mir zu behalten. Da das Schicksal sie mir nun einmal anvertraut hat, fühle ich mich für ihre Zukunft verantwortlich.«

Die beiden Cousins waren Söhne von Schwestern und sahen sich sehr ähnlich, obwohl der Graf di Valnure einige Jahre älter war.

»Hast du es wirklich ernst gemeint, als du davon sprachst, meinen Sohn in den Orden aufzunehmen?« fragte Lorenzo, als sie sich zu Tisch gesetzt hatten.

»Warum nicht? Sobald Luigi das rechte Alter hat, kann er bei mir die ritterliche Kunst erlernen. Er scheint kräftig und intelligent zu sein.«

»Das ist er, und du glaubst nicht, wie wenig mir der Gedanke behagt, ihn in ein Kloster zu sperren, was nach dem Erbfolgegesetz sein Schicksal wäre. Zu seinen Neigungen paßt es viel mehr, sich in Abenteuern und Kämpfen zu bewähren, als zwischen Klostermauern zu versauern. Aber sein älterer Bruder wird den Titel erben, und er muß sich zwischen einer Zukunft als Prälat oder Tempelritter entscheiden.«

»Eine Wahl, vor die auch ich mit sechzehn Jahren gestellt war. Ich stehe zu deiner Verfügung, Vetter.«

Am nächsten Abend, nach einem langen, erholsamen Schlaf, wurde Bertrand aufgefordert, von den letzten Tagen Akkons und seiner Flucht zu erzählen. Der kleine Luigi hörte mit glänzenden Augen zu, bevor er liebevoll, aber unnachgiebig ins Bett geschickt wurde.

»Der Großmeister«, beendete Bertrand seinen Bericht, »hat mir ein Kästchen anvertraut und mir aufgetragen, es seinem Nachfolger zu übergeben, sollte er beim Kampf um die Stadt fallen.«

»Ein Kästchen? Was enthält es?«

»Ich habe den Schlüssel, aber ich habe nie daran gedacht, es zu öffnen.«

»Nun denn, machen wir es auf. Guillaume de Beaujeu ist tot, und es erscheint mir nur als recht, daß du erfährst, was für einen Schatz du in Sicherheit brachtest. Dann wirst du ihn um so besser verteidigen.«

Bertrand überlegte einen Moment. Der Großmeister hatte ihm nicht verboten, die Schatulle zu öffnen, sondern nur befohlen, sie heil zu übergeben. Schließlich nickte er entschlossen, stand auf und ging, sie zu holen.

Von Neugier gepackt, öffneten sie das Kästchen, fanden aber weder Gold noch Juwelen darin, sondern eine kleine lederne Mappe, in der sich drei beschriebene Pergamentseiten befanden. Sie trugen das Siegel Hugo de Payns', des Ordensgründers, der am 24. Mai 1136 gestorben war.

Haifa. 3. November 1998.

»Ich habe eine Bitte, Giacomo«, sagte Gerardo di Valnure in seinem Krankenhausbett. »Ich möchte, daß du ein paar Nachforschungen für mich betreibst. Ich glaube, etwas Wichtiges entdeckt zu haben, aber die Puzzlestücke ergeben noch kein Gesamtbild.«

»Gern, Herr Graf, soweit es in meinen Möglichkeiten steht.«

»Es ist nichts Außergewöhnliches, nur ein paar Recherchen in der Bibliothek des Museums von Akkon. Du sollst herausfinden, welche Testamente von einflußreichen Personen aus der mittelalterlichen Stadt überliefert sind, auch wenn von den ursprünglichen Dokumenten praktisch nichts mehr erhalten ist. Aber man kann nie wissen.«

»Ich werde mein Bestes tun.«

»Sehr gut. In drei Tagen werde ich entlassen, dann reisen wir ab und ich stelle nähere Untersuchungen an.«

Wenige Stunden später saß Estelle Dufraisne mit dem schurkengesichtigen Mann in ihrem Büro.

»Unser italienischer Graf hat also noch nicht aufgegeben«, bemerkte dieser.

»Nein, er hat einen Vertrauten geschickt, um hinsichtlich eines nicht näher spezifizierten ›Testaments‹ zu recherchieren.«

»Und du bist sicher, daß hier nichts zu diesem Thema zu finden ist?«

»Ganz sicher – außer der Inschrift, die Valnure bereits gesehen hat.«

»Er ist ein zäher Hund. Obwohl er beinahe dabei draufgegangen ist, muß er wieder seine Nase in diese Angelegenheit stecken.«

»Ich habe es dir ja gesagt. Diesen Eindruck hat er gleich auf mich gemacht.«

»Jedenfalls wird er in ein paar Tagen entlassen, und dann fliegt er zurück nach Italien. Hoffen wir, daß er dann Ruhe gibt, sonst müssen wir einschreiten, und diesmal wird uns der Großmeister keinen Fehler durchgehen lassen.«

»Ich glaube nicht, daß dieser Kerl so schnell aufgibt.«

»Tja, wer sich in Gefahr begibt ...«

»... kommt darin um«, vollendete Estelle Dufraisne den Satz, ohne mit der Wimper zu zucken.

Burg Valnure. 27. Juni 1291.

»*Ich, Hugo de Payns, Großmeister des Ordens der Armen Ritter Christi, fühle die Stunde nahen, die mich mit unserem Herrn vereinen wird, und ich habe daher beschlossen, dieses Schriftstück aufzusetzen. Nicht, um meinen Brüdern irdische Reichtümer zu hinterlassen, denen wir Templer, wie es die Regel vorschreibt, entsagen, sondern um demjenigen unter ihnen den rechten Weg zu weisen, der nach mir diese schwierige Aufgabe übernehmen wird, und um Irrtümern vorzubeugen, die all unsere Anstrengungen zunichte machen könnten.*«

Bertrand sprach die Worte, die er aus dem Lateinischen übersetzte, mit lauter Stimme. Seine Hände bebten; er las den Letzten Willen seines Ordensgründers. »Hugo de Payns blieb bis kurz vor seinem Tod im Heiligen Land«, erklärte er, nachdem er das Schriftstück hatte sinken lassen. »Man sagt, er und seine Ritter hätten viele Ausgrabungen vorgenommen während der ersten neun Jahre ihres Aufenthalts beim König von Jerusalem. Der Legende nach wurde der Königspalast ja auf dem Tempel des Salomon erbaut. Niemand weiß genau, nach was sie suchten, aber es sind seither zahlreiche Gerüchte im Umlauf.«

Er hob das Schriftstück wieder an und fuhr fort zu lesen.

»*Meine größte Sorge richtet sich auf die Zukunft unseres*

Ordens. Werden die nach uns kommenden Ritter die Gelübde der Keuschheit, der Armut und des Gehorsams, die unsere Regel vorsieht, einhalten? Oder werden sie dem Laster und der Verführung anheimfallen? Doch selbst, wenn christliche Redlichkeit und Wahrhaftigkeit obsiegen, sehe ich andere Gefahren auf uns zukommen. Der Orden der Armen Ritter Christi wird auf dem Fundament seiner Tugenden an Stärke und Einfluß gewinnen und zu einem unverzichtbaren Werkzeug der Herrschenden werden. Wenn sich aber Satan des Throns Petri bemächtigt, werden die heiligen Symbole in den Staub fallen, und der Einfluß des Bösen wird unsere Stärke vernichten. Seid wachsam, Brüder. Mose hat Tausende aus dem Volk Israels töten lassen, ohne Aaron zu befragen, dem es allein zustand, das Urteil zu sprechen. So steht es in der Heiligen Schrift. Wer nach mir kommt, wird danach streben müssen, Satan den Thron des Petrus zu entreißen, und wer gesündigt hat, wird unter furchtbaren Qualen umkommen. Wer nach mir kommt, wird bis zum Tode kämpfen müssen, um das ewige Leben zu erlangen.« Bertrand machte eine kurze Pause, ehe er die Worte vorlas, mit denen das geistige Testament des Großmeisters schloß: »*Nos perituri mortem salutamus.*«

Lorenzo di Valnure nahm das Dokument und untersuchte es vorsichtig, da es sich nicht mehr im besten Zustand befand.

»Ein so wichtiges Schriftstück darf nicht verlorengehen«, sagte er. »Es ist ratsam, einige Abschriften anfertigen zu lassen, bevor es noch weiter zerfällt. Ich kenne einen guten Schreiber im nahegelegenen Kloster. Es wird ohnehin mindestens zehn Tage dauern, bis du von deiner Verwundung genesen bist, und das dürfte dem Mönch reichen, um mehrere Abschriften herzustellen.«

»Einverstanden. Drei müßten genügen, von denen ich eine in deine Obhut geben möchte. Die Reise nach Frankreich ist nicht ohne Gefahren. Sollte mir etwas zustoßen, mußt du meinen Schwur für mich einlösen und das Testament dem Großmeister der Templer überbringen.«

»So sei es, Bertrand. Du hast mein Wort.«

Die folgenden Tage verliefen in unbeschwerter Heiterkeit, und Bertrand verbrachte einen großen Teil seiner Zeit damit, Shirinaze Französisch beizubringen. Die Wunde an seiner Schulter verheilte gut, so daß der Moment des Abschieds bald näher rückte.

An einem warmen Julimorgen fand sich die kleine Karawane wieder im Burghof zusammen. Der Graf umarmte Bertrand ein letztes Mal.

»Gott sei mit dir, Vetter.«

»Er belohne dich für deine Güte und Großherzigkeit, Lorenzo.«

Der Mönch hatte drei Abschriften des Testaments angefertigt, von denen Bertrand wie besprochen eine Lorenzo übergeben hatte, während er die anderen beiden ebenso wie das Original behielt.

Schloß Valnure. November 1998.

Gerardo di Valnure machte seine ersten Gehversuche mit Hilfe zweier Krücken und humpelte unruhig in der Wohnung auf und ab.

»Bertrand de Rochebrune«, murmelte er vor sich hin. »Bertrand de Rochebrune ...« Der Name kam ihm seltsam bekannt vor.

Immer wieder hatte er seine gesamte, im Laufe der Jahre angesammelte Literatur über die Tempelritter durchgeschaut, doch dieser Templer schien in der verwickelten Geschichte des Ordens keine Spuren hinterlassen zu haben.

Seine eingeschränkte Bewegungsfähigkeit machte ihn gereizt, und die ungeklärten Fragen nagten an ihm. Was war das für ein Testament, das der Großmeister dem Ritter anvertraut hatte? Und vor allem: Wer war dieser Bertrand?

Wieder war er an einem toten Punkt angelangt. Und doch – wo hatte er den Namen de Rochebrune schon einmal gehört? So sehr er sich auch das Hirn zermarterte, er konnte sich einfach nicht entsinnen. Aber er gab nicht auf und war sicher, früher oder später hinter das Rätsel zu kommen.

»Also«, sprach er zu sich selbst, »das Gewand des Tempelritters wurde von jungen Männern vornehmer und überwiegend französischer Herkunft getragen. Meistens waren es zweit- oder drittgeborene Söhne, die nicht den Titel erbten, aber doch einen Anteil am Vermögen erhielten, den sie bei Eintritt in den Orden demselben übertragen mußten. Oft wurde ihnen die Verwaltung der übertragenen Landgüter oder Burgen anvertraut, und ihr Name leitete sich zumeist von dem Ort oder Landstrich ab, über den sie herrschten.«

Auf einmal fiel ihm eine letzte Quelle ein, die er noch nicht zu Rate gezogen hatte. Er machte sich keine großen Hoffnungen, aber versuchen konnte er es ja. Also setzte er sich an den Computer und loggte sich ins Internet ein.

Er wählte eine der bewährten Suchmaschinen und tippte den Namen »de Rochebrune« in das Suchfenster. Das Suchprogramm fand drei Einträge unter diesem Begriff.

Zwei der aufgerufenen Webseiten zeigten einen majestätischen Gipfel der französischen Seealpen und offerierten Bergtouren in jungfräulichem Schnee und großartigen Gletscherlandschaften. Die dritte aber …

»Das Schloß de Rochebrune«, las er, »vermutlich ein alter Sitz der Tempelritter, wurde im Laufe der Jahrhunderte oft umgebaut und beherbergt heute ein ausnehmend schön gelegenes Luxushotel. – Ein Sitz der Tempelritter!« Gerardo scrollte ungeduldig durch den Text. Das Schloß lag wenige Kilometer von Briançon entfernt. Eine vage Erinnerung meldete sich in seinem Gedächtnis, worauf er in die Bibliothek rannte und einen alten Band aus einem der Regale nahm.

Sein Urgroßvater hatte das Buch verfaßt und darin die Geschichte der Familie di Valnure bis zu seiner Epoche niedergeschrieben.

Fieberhaft blätterte er durch die Seiten und fand schließlich die Stelle, die er gesucht hatte.

»Die beiden Schwestern«, stand dort, »wurden kurz hintereinander verheiratet, die eine mit dem Grafen Filiberto di Valnure, die andere mit dem Marquis Gérard de Serre, dem Herrn von Briançon. Aus der ersten Verbindung ging Lorenzo hervor, aus der zweiten zwei Söhne namens François und Bertrand, die das Schloß de Rochebrune erbten.«

Insel Ruad. 14. April 1302.

Shirinazes schönes dunkles Gesicht wurde von widerspenstigen nachtschwarzen Locken umrahmt, die ihr bis auf die Schultern fielen. Sie war groß für ihre siebzehn Jahre, und ihre Gewänder konnten die Rundungen ihres Körpers nicht länger verbergen. Bertrand hatte durchgesetzt, daß sie an seiner Seite bleiben durfte, auch als er zu einer der letzten christlichen Festungen im Heiligen Land befehligt worden war.

Acht Jahre zuvor war Jacques de Molay, der lange auf Zypern gelebt hatte und die von den Mauren beherrschten Küsten gut kannte, zum Großmeister des Ordens berufen worden. Die Insel Ruad war eine uneinnehmbare Trutzburg, von der aus die Templer mit schnellen Schiffen wiederholte Überfälle auf die muselmanischen Länder und Gebiete führten. Papst Bonifaz VIII. hatte sie dem Orden im Jahr 1301 zu eben diesem Zweck geschenkt, damit sie ein Dorn im Fleisch der Mauren war.

Nachdem auch er einige Jahre auf Zypern verbracht hatte, war Bertrand dem Großmeister Jacques de Molay nach Ruad gefolgt. Während all dieser Zeit hatte er eine stete Korrespondenz mit seinem Vetter Lorenzo di Valnure unterhalten und auch das Versprechen nicht vergessen, das er ihm gegeben hatte. So war Lorenzos zweiter Sohn, der junge Luigi, vor einigen Monaten zu ihm gestoßen, um unter seinem Befehl zu dienen und seine Ausbildung zum Ritter zu beginnen. Er war ein heißblütiger junger Mann, und Bertrand war der Blick nicht entgangen, mit dem er Shirinaze bedacht hatte, als sie sich zum erstenmal begegneten.

Die vier Schiffe rückten im geschlossenen Verband vor. Als die Männer die Beiboote herunterließen, war die Küste im südlichen Teil jenes Gebiets, das einst als die Grafschaft Tripolis bezeichnet worden war, noch ein ganzes Stück entfernt. Ein verhangener Mond ließ das Weiß der Kreuzfahrermäntel bleich im Dunkeln schimmern.

Bertrand selbst befehligte einen Zug von achtzig Männern, und sobald sie an Land waren, bewegten sie sich nur noch schweigend voran, denn der Feind konnte überall in der Nähe lauern.

Die von den Lagerfeuern beleuchteten bunten Zelte der Mauren waren tatsächlich nur wenige tausend Schritte entfernt. Den Tempelrittern gelang es, die Ahnungslosen zu überraschen; sie machten die Wachen nieder und stürmten die Anhöhen hinunter. Insgesamt waren es über sechshundert, während die anderen nur dreihundert Mann zählten. Als sich die Alarmrufe im Lager verbreiteten, war es bereits zu spät. Die Kreuzritter überwältigten die Feinde im Handumdrehen, und beim ersten Morgengrauen saßen sie wieder in ihren Booten.

Luigi di Valnure war noch zu jung, um an solchen Kämpfen teilzunehmen, auch wenn er bei den Übungen bereits eine bemerkenswerte Meisterschaft an den Tag legte. Er war auf der Galeere geblieben und beobachtete von der Reling aus die zurückkehrenden Ritter.

Kaum war Bertrand an Bord gegangen, näherte sich ihm Luigi und sprach ihn an. »Vetter, wann werdet Ihr mir endlich erlauben, Euch in den Kampf zu folgen?«

»Bezähme deine Ungeduld, Luigi, alles zu seiner Zeit. Ich habe deinem Vater versprochen, auf dich aufzupassen und dich das Ritterhandwerk zu lehren, und nicht, dich noch unerfahren ins Kampfgetümmel zu schicken. Du hast das Zeug zum Krieger, aber es ist noch zu früh.«

Einige Tage später wurde Bertrand zum Großmeister gerufen.

»Bertrand«, sagte Jacques de Molay mit besorgter Miene, »es kursieren beunruhigende Gerüchte über unseren Orden, Verleumdungen, ehrenrührige Reden. Bis jetzt hat ihnen der Heilige Vater in seinem Wohlwollen kein Gehör geschenkt, aber Bonifaz VIII. entfernt sich immer mehr von allen irdischen Dingen. Was soll aus uns werden, wenn ihm ein neuer Papst folgt, der sich den Forderungen Philipps des Schönen beugt?«

»Das Testament von Hugo de Payns!« rief Bertrand. »*Satan den Thron des Petrus entreißen!*«

»Noch ist es nicht soweit, Bertrand; es wird noch lange dauern, bis sich die Prophezeiung meines Vorgängers erfüllt. Dennoch glaube ich, daß Ihr dem Orden im Tempel von Paris nützlicher seid als hier.«

Bertrand wollte etwas einwenden, aber eine gebieterische Geste des Meisters hielt ihn zurück: »Ihr seid der Ritter, in den ich mein größtes Vertrauen setze. Ihr werdet mit dem ersten Schiff nach Frankreich segeln, wo Ihr im Interesse des Tempels handeln und mir persönlich von jeder drohenden Gefahr für den Orden berichten werdet.«

Als Bertrand in seine Unterkunft zurückkehrte, bemerkte Luigi, der die Waffen polierte, sogleich seine verdrießliche Stimmung.

»Was quält Euch, Vetter?« fragte er, seine Beschäftigung unterbrechend.

»Du wirst deine Feuertaufe im Kampf noch aufschieben müssen, Luigi. Ich bin nach Paris beordert worden, und du wirst natürlich mit mir kommen.«

6. KAPITEL

Paris. 4. Oktober 1303.

Der Tempel von Paris war ein hoher, schlichter Bau, mit vier stattlichen Türmen an den Ecken und zwei kleineren an der Ostseite. Das hochragende Dach in Form eines Kegelstumpfes wirkte wie ein siebter Turm.

Das Gebäude war im 12. Jahrhundert errichtet und nach und nach erweitert worden. Zu der Kirche mit ihrem kreisförmigen Grundriß war vor kurzem ein großer Chor hinzugefügt worden, und man sagte, der Tempel sei prächtiger ausgestattet als die Residenz Philipps IV., des Königs von Frankreich.

Bertrand de Rochebrune wurde vom Präzeptor mit großer Freundlichkeit aufgenommen. Sein Geleitbrief trug das Siegel des Großmeisters de Molay und enthielt die Anweisung, ihn mit allen Ehren zu empfangen. Daher gab man ihm ein Zimmer an der Vorderseite des Gebäudes, während Luigi und Paul eine Kammer im Ostflügel zugewiesen bekamen. Shirinaze wurde in einem Nebengebäude untergebracht, in dem die für das Kochen und Saubermachen zuständigen Frauen wohnten, die den eigentlichen inneren Tempel nie betraten.

Während des ersten Jahres seines Aufenthalts in Paris widmete sich Bertrand mit großem Eifer den schwierigen Künsten der Diplomatie und Politik, um regelmäßige Berichte abfassen und dem Großmeister schicken zu können.

De Molay hatte die Kapitulation der Insel Ruad, die vom Sultan von Ägypten nach einer langen Belagerung eingenommen worden war, wundersamerweise überlebt. Zweihundertfünfzig Templer waren in der Schlacht umgekommen und fast die Hälfte aller Ritter gefangengenommen worden, während sich der Großmeister nach Zypern hatte retten können.

Wieder einmal war Bertrands Leben durch den Auftrag eines Großmeisters verschont worden, aber das Dasein, das er in Paris führte, behagte ihm wenig.

»*Mein Herr*«, schrieb er eines Tages, »*ich weiß nicht, ob Euch die Geschehnisse von Anagni bereits zu Ohren gekommen sind, und unterrichte Euch vorsorglich darüber, das Herz schwer von Sorge. Sciarra Colonna und Guglielmo de Nogaret sind als Abgesandte des Königs von Frankreich mit ihren Soldatenhaufen in den Aufenthaltsort des Papstes eingedrungen und haben diesen gefangengenommen. Eine Beleidigung, die die ganze Christenheit erschüttert und die das Fundament legen soll für die schändliche Herrschaft der weltlichen Macht über die kirchliche.*

Wie ich höre, ist Bonifaz VIII. bei schlechter Gesundheit, und man befürchtet sein nahes Ende. Schon bewerben sich um seine Nachfolge zahlreiche Anwärter, die zum größten Teil König Philipp nahestehen. Es sieht nicht gut für uns aus. In Paris gehen hartnäckige Gerüchte um, die besagen, der König habe die Absicht, den Orden aufzulösen und unsere Besitztümer einzuziehen. Es sind zwar nur Gerüchte, aber Ihr könnt Euch sicher vorstellen, wie es um unsere Stimmung hier im Tempel bestellt ist. Ich fürchte, die Front des Heiligen Krieges verschiebt sich, und wir werden bald ganz andere Schlachten schlagen müssen. Gestattet mir daher, die Notwendigkeit Eurer Anwesenheit hier in Paris anzuregen. In meiner Seele nährt sich die Angst, daß sich die Worte des Testaments bald erfüllen könnten, denn glaubt mir, Herr, das, was ich Euch berichte, ist nur ein kleiner Teil des giftigen Odems, der in diesen Tagen durch Paris kreucht. Das Ansehen der Ritter Christi ist bei den Männern des Königs gesunken, man erkennt es an ihren Blicken, ihrer Haltung, ihren Reden.«

Bertrand rollte das Pergament sorgfältig zusammen, versah es mit seinem Siegel und schob es in ein Futteral aus dünnem Leder. Dieses versah er ebenfalls mit Siegellack und prägte das Zeichen eines Fisches ein, geformt aus einer Schlinge, die mit einem Seemannsknoten geknüpft war.

Lyon. Juni 1305.

Die Stadt war festlich geschmückt, und an jeder Ecke sah man Fahnen und Standarten mit dem päpstlichen Wappen. Clemens V., Papst von Gnaden des Königs von Frankreich, hatte Lyon auserwählt, um dort den Stuhl Petri zu besteigen.

Bertrand de Rochebrune befand sich als hoher Vertreter des Tempels im Gefolge des Papstes, obwohl die Anschuldigungen gegen den Orden ständig zunahmen. Man sprach von unzüchtigen Riten, die ein angeblicher Augenzeuge, der ehemalige Tempelherr Esquieu de Floyran, öffentlich beschrieben haben sollte.

Die Kathedrale von Saint Just lag auf einer Anhöhe, und der Weg hinauf wurde von einer jubelnden Menschenmenge gesäumt.

Plötzlich hörte man ein dumpfes Poltern. Eine Steinmauer, auf der Hunderte von Gläubigen Platz gefunden hatten, wankte beängstigend und stürzte dann ein, direkt vor dem päpstlichen Festzug.

Clemens V. wurde aus dem Sattel geworfen, wobei seine Tiara in den Staub rollte. Zwölf Menschen starben beim Einbruch der Mauer, viele weitere wurden von der kopflosen Menge niedergetrampelt und verletzt.

Charles de Valois, der Bruder des Königs, hob die dreifache Papstkrone auf, das Symbol der Einheit der Kirche, und kniete nieder, um sie dem Heiligen Vater darzubieten.

Tief erschüttert mußte Bertrand wieder an die letzten Worte von Hugo de Payns denken: »*Wenn sich aber Satan des Throns Petri bemächtigt, werden die heiligen Symbole in den Staub fallen, und der Einfluß des Bösen wird unsere Stärke vernichten. Seid wachsam, Brüder.«*

Unterdessen drohte Luigi in Abwesenheit seines Beschützers vor Langeweile zu vergehen. Das Nichtstun drückte ihn schlimmer als eine eiserne Rüstung.

Als er düster durch die Gassen um den Tempel streifte, begegnete er Shirinaze, die ihn so freundlich anlächelte, daß die perlweißen Zähnen in ihrem braunen Gesicht zu leuchten schienen. Die beiden jungen Leute hatten sich länger nicht gesehen.

»Ich bin dieses Müßiggangs überdrüssig«, beschwerte sich Luigi. »Wird je der Tag kommen, an dem ich mich im Kampf bewähren kann?«

»Damit wir einen weiteren Toten zu beklagen haben?« entgegnete die junge Maurin kopfschüttelnd.

»Nein, dich will ich nie weinen sehen«, sagte er zärtlich und sah ihr in die schwarzen Augen, die das Licht einer bleichen Sonne reflektierten.

»Ich muß diese Kleidung in die Wäscherei bringen«, lenkte Shirinaze ab. »Warum begleitest du mich nicht? Du kannst durch die Kellergewölbe in den Tempel zurückkehren.« Ohne auf eine Antwort zu warten, nahm sie ihren Wäschekorb wieder auf und ging davon.

Luigi folgte ihr schweigend, doch kaum hatten sie das Kellergeschoß betreten, überholte er sie und versperrte ihr den Weg.

»Shirinaze«, rief er beinahe flehend, »du ahnst nicht, was ich dafür geben würde, einmal eines der Templergewänder zu tragen, die du in deinem Korb hast.«

»Nein, das geht nicht«, antwortete sie streng. »Man würde uns bestrafen.«

»Wer soll uns schon entdecken? Wir werden es niemandem sagen. Ich bitte dich, liebste Freundin.«

Shirinaze senkte beunruhigt den Blick. Außer diesem Jüngling hatte sie so gut wie keine Freunde, mit denen sie reden konnte.

»Bitte«, drängte Luigi flüsternd. »Ich verspreche dir, daß niemand davon erfahren wird.«

Die junge Maurin wich ihm mit einer geschickten Bewegung aus und entschwand in einem Gang.

Mit klopfendem Herzen sah Luigi, daß sie jedoch nicht zur Wäscherei ging, sondern in einen Vorratsraum entschwand. Er folgte ihr gespannt, und als er die Schwelle zum dunklen, engen Raum überschritten hatte, hielt ihm Shirinaze den Mantel eines Tempelritters entgegen.

Ehrfürchtig nahm Luigi ihn und ließ ihn über seine Schultern fallen.

»Du bist der schönste Ritter, den ich je sah«, entfuhr es Shirinaze impulsiv.

Verblüfft hob er den Blick von dem Gewand und sah sie zum erstenmal als das, was sie geworden war: eine wunderschöne, blühende junge Frau. Plötzlich spürte er ein unbekanntes Feuer in sich lodern, das sich nicht ersticken ließ.

Ohne ein weiteres Wort trat er auf sie zu, nahm sie zärtlich in die Arme und drückte seinen Mund auf ihre Lippen.

»Das ist ... Sünde«, hauchte sie verlegen und befreite sich mit einem Ruck.

»Nein, Shirinaze, das ist es erst, wenn ich das Gelübde abgelegt habe, aber bis dahin bin ich ein freier Mann. Ich ... ich liebe dich.«

»Das darfst du nicht sagen, Luigi. Es ist schlecht, und ich ...«

Aber sie sprach nicht weiter, sondern erwiderte seinen Kuß leidenschaftlich. Der starke Drang der Jugend hatte sich ihrer bemächtigt, und sie ließen alle Bedenken fahren.

»Das habe ich mir gewünscht, seit ich dich zum erstenmal sah«, murmelte Luigi.

Als Shirinaze ihm antworten wollte, versiegelte er ihre Lippen mit einem erneuten Kuß.

November 1998.

Gerardo saß in einem Sessel, das Gipsbein auf einen Hocker gestützt und treulich umsorgt von Giacomo.

Versunken spielte er mit der silbernen Medaille aus Recanati. Eine Frage war ihm in den Sinn gekommen, der er nachgehen mußte, und zwar woher all das Edelmetall stammte, über das die Tempelritter verfügt hatten. Im 13. Jahrhundert gab es die deutschen und russischen Minen noch nicht, und doch hatte der Tempel enorme Mengen von Silber, Gold und anderen Edelmetallen besessen. Sicher, die Templer waren so etwas wie die ersten Bankiers gewesen, hatten Kreditbriefe ausgestellt und sogar den Fürsten Geld geliehen. Doch daß sie in nur zweihundert Jahren einen derartigen Reichtum angehäuft hatten, daß er sogar den Neid des Königs von Frankreich erregte, war schon erstaunlich. Woher stammte er?

Ob vielleicht im Schloß von Rochebrune oder der näheren Umgebung die Antwort auf diese Frage zu finden war?

Was konnte es für ein besseres Rehabilitationsprogramm geben, wenn der Gips erst einmal ab war, als in den Wäldern am Fuße der Seealpen spazierenzugehen und die balsamische Luft in der Nähe des Mittelmeers einzuatmen?

Die unglaublich helle Novembersonne, die vom blauen Himmel strahlte, machte den Tag im Grand Hôtel de Rochebrune zu einem Fest.

Gerardo di Valnures Finger huschten über die Tastatur des Laptops auf seinen Knien. Er arbeitete vor einem breiten Aussichtsfenster, durch das der Pic de Rochebrune in seiner ganzen Pracht zu sehen war.

»Wie ich höre, sind Sie auch Italiener?« sprach ihn unvermittelt eine sinnliche tiefe Stimme an.

Gerardo drehte sich um und sah eine Frau in enganliegenden Hosen und einer schwarzen Steppjacke mit Pelzkragen. Die schwarzen Haare waren zu einem Bubikopf frisiert, und der Blick ihrer blauen Augen war so intensiv, als könnte er jede Fassade durchdringen.

»Sicher, das bin ich«, antwortete er, erhob sich mühsam und gab ihr die Hand. »Gerardo di Valnure.«

»Sehr erfreut. Ich heiße Paola Lari, aber das ist nur mein Künstlername. Der richtige Nachname lautet Larizza. Ich bin Sängerin und habe heute abend einen Auftritt in Briançon. Darf ich mich zu Ihnen setzen? Natürlich nur, wenn ich Sie nicht störe.«

»Aber ich bitte Sie«, erwiderte Gerardo höflich und schaltete den Computer ab. »Ich habe mir nur ein paar Gedanken notiert, inspiriert von der Ruhe dieses Ortes.«

Ihre Unterhaltung verlief so munter und angeregt, daß die beiden sich am Ende duzten und Gerardo versprechen mußte, zu Paolas Konzert am Abend zu kommen.

Er hielt Wort und stellte fest, daß sie eine wirklich ausgezeichnete Chansonnière war und ein umfangreiches Repertoire hatte, mit dem sie ihr Publikum einschließlich mehrerer Zugaben bis Mitternacht begeisterte.

Nach ihrem Auftritt kam sie an Gerardos Tisch.

»Nun, wie lautet dein Urteil, Herr Graf?«

»Du hast eine wunderbare Stimme. Ich habe stellenweise eine richtige Gänsehaut bekommen. Aber woher weißt du, daß ich ein Graf bin?«

»Weibliche Intuition«, entgegnete die schöne Frau und fixierte ihn mit ihren erstaunlichen Augen.

Als Gerardo sich endlich von der Sängerin lösen konnte und in sein Hotelzimmer zurückkehrte, erwartete ihn eine böse Überraschung. Seine Sachen waren durchwühlt und überall verstreut, und sein Computer war verschwunden.

Wenige Stunden später stand derselbe Computer auf einem Tisch in einer Villa an der Via Appia Antica.

»Wir haben versucht, die drei Paßwörter zu knacken«, sagte nervös jener Mann, der ihn dorthin gebracht hatte. »Aber nichts zu machen. Das Ding gibt seine Geheimnisse nicht preis.«

»Ich weiß nicht, welche Kenntnisse dieser Gerardo di Valnure erlangt haben könnte«, entgegnete der Großmeister, den italienischen Namen mit seinem starken amerikanischen Akzent verstümmelnd, »aber es ist sehr unwahrscheinlich, daß sein geringes Wissen ihn zu uns führt. Dennoch hatte Sonia recht: Er ist ein zäher Brocken.«

»Sollen wir einen neuen Unfall inszenieren?«

»Nein. Falls er etwas herausgefunden hat, wird er jemandem davon erzählt haben, und ein zweiter Unfall könnte Verdacht erregen. Wir sollten abwarten, was er unternimmt, und weiter jede seiner Bewegungen beobachten.«

Paris. 1306.

Ein Aufstand war gegen König Philipp IV. ausgebrochen, hervorgerufen von seinen ungerechten Steuern, deretwegen er im Volksmund nur noch der »Falschmünzerkönig« genannt wurde. Der Herrscher hatte Zuflucht im Tempel gefunden, der sichersten Festung von Paris.

Im Laufe seines erzwungenen Aufenthalts ging Philipp überall umher, und seine Neugier ließ ihn sogar Mittel und Wege finden, in den großen fensterlosen Raum im Innern des Gebäudes zu gelangen, wo der Schatz des Tempels aufbewahrt wurde.

Bertrand war nicht entgangen, mit welch großem Interesse Philipp jede Einzelheit betrachtete, als wolle er alles seinem Gedächtnis einprägen, und vor dem Hintergrund der letzten Entwicklungen machte ihn dieses Verhalten überaus mißtrauisch. Er beeilte sich, dem Großmeister, der sich noch immer auf Zypern aufhielt, eine Nachricht zukommen zu lassen.

»*Mein Herr*«, schrieb er, »*während ich Euch diese Zeilen schreibe, ist der König von Frankreich Gast des Tempels und legt dabei eine Wißbegier an den Tag, die mich ebenso beunruhigt wie seine Rede, die anmaßend wie die eines Hausherrn ist. Dabei schreibt unsere Regel vor, daß wir als einzige Autorität die Eure und die des Papstes anerkennen.*

Zu allem Überfluß hat der Schatzmeister die Unvorsichtigkeit begangen, ihm die Schatzkammer zu zeigen, und ich konnte selbst feststellen, wie sich sein Blick vor Begehrlichkeit entzündete. Ich fürchte, das Gold käme seinen leeren Truhen sehr gelegen. Im Gegensatz zu dem, was ich Euch früher schrieb, halte ich es daher nicht mehr für angeraten, daß Ihr in Paris erscheint. Ich bin inzwischen sicher, daß Philipp ein Komplott schmiedet, um sich unseres Vermögens zu bemächtigen, und Eure Anwesenheit hier könnte eine ernsthafte Gefahr für Euch bedeuten. Glücklicherweise habe ich einige gute Freunde bei Hof, die fest versprochen haben, mir jegliche geplanten Schritte gegen den Tempel rechtzeitig zu melden.

Ich grüße Euch ergebenst und erwarte Eure Anweisungen.«

Während des kurzen Aufenthalts des Herrschers im Tempel hatte Bertrand unter anderem Freundschaft mit Jean-Marie de Serrault geschlossen, einem jungen Adligen, dessen Familie dem König nahestand, während er selbst nicht mit ihm einverstanden war und in seinem Palast häufig Zusammenkünfte abhielt, die Philipp und seinen Lakaien wenig gefallen hätten.

Der junge Graf hatte bereits vor längerer Zeit seinen Vater verloren, und seitdem kümmerte sich seine energische und beherzte Mutter um die Verwaltung des Familienbesitzes. De Serrault war von zarter Gestalt, in der möglicherweise ein ungefestigter Geist wohnte, doch Bertrand fand in ihm einen der wenigen Menschen, denen er vertrauen konnte.

Ende Juli veranlaßte ihn ein weiteres beunruhigendes Ereignis, sich mit einem Brief erneut an den Großmeister zu wenden:

»*Wieder einmal sehe ich mich gezwungen, Herr, Euch von einem Geschehen zu berichten, das mich mit Sorge und Schrecken erfüllt. Innerhalb eines Tages, am 22. Juli, haben die Schergen Philipps IV. alle auf französischem Boden lebenden Juden gefangengesetzt und ihre Besitztümer beschlagnahmt, um die leeren Kassen des Königs aufzufüllen. Ich beschwöre Euch, Herr, nicht zurückzukehren, denn ich habe den Verdacht, daß die Tempelritter als nächstes an der Reihe sind. Was auch in Paris geschehen mag, Zypern ist für uns ein sicherer Ort, wo wir uns notfalls neu organisieren können. Wir werden unsere Haut wie immer so teuer wie möglich verkaufen.*«

Die Antwort traf zwei Monate später ein. Trotz der Warnungen Bertrands hatte Jacques de Molay beschlossen, einer Einladung Clemens' V. zu folgen, und bereitete sich auf seine Abreise nach Paris vor. Er war sicher, daß Philipp und der Papst seinem Plan einer Vereinigung des Tempelordens mit dem der Johanniter zustimmen würden. Außerdem, fügte er in seinem Brief hinzu, sei er bereit, sich jeglichen Anschuldigungen zu stellen und sie zu widerlegen.

Der Großmeister konnte nicht ahnen, daß hinter der Einladung des Papstes die geschickte Hand Guillaume de Nogarets waltete, des gewieften Ränkeschmieds des Königs, der auch in Anagni eingedrungen war und Bonifaz VIII. als Geisel genommen hatte.

Jacques de Molay landete mit einem Gefolge von sechzig Rittern und einem Schatz von 150 000 Goldgulden in Frankreich. Mehr als genug, um die Finanzen des Königs zu sanieren.

Schloß Valnure. 21. Dezember 1998.

»Bei Graf di Valnure«, meldete sich Giacomo in tadellosem Kammerdienerton.

»Hier ist Paola Lari. Ich möchte mit dem Grafen sprechen.«

Gleich darauf war Gerardo mit der Sängerin verbunden.

»Schön, dich zu hören, Paola.«

»Du hast gesagt, ich soll mich melden, sobald ich aus Frankreich zurück bin. Tut mir übrigens leid, was dir im Hotel passiert ist. Hast du etwas von den Sachen wiederbekommen, die aus deinem Zimmer verschwunden sind?«

»Es war nur ein Laptop mit einem Teil meiner Aufzeichnungen. Der Dieb wird nichts damit anfangen können, weil der Zugang durch mehrere Paßwörter gesichert ist.«

»Ich hoffe, es ist nichts Wichtiges für deine Arbeit verlorengegangen.«

»Nein, nur ein paar Notizen. Das wirklich wichtige Material bewahre ich an einem anderen Ort auf.«

»Um so besser. Jedenfalls wollte ich dir sagen, daß ich ab morgen für ein paar Tage in Mailand bin. Was hältst du davon, mich zum Abendessen einzuladen?«

»Mit dem größten Vergnügen. Wenn du Lust hast, nach Piacenza zu kommen, wird es mir eine Ehre sein, dich morgen abend zu bewirten. Natürlich nur, wenn du kannst.«

»Ja, das geht. Dann bis morgen.«

Als Paola mit ihrem Auto im Schloß eintraf, war es bereits dunkel, und die von den Restauratoren geschickt angebrachten Scheinwerfer zeigten das alte Gebäude in seiner ganzen Herrschaftlichkeit. Er erwartete sie am Tor zur Auffahrt.

»Und du hast die Unverfrorenheit, diese Pracht als ›Haus‹ zu bezeichnen?« sagte sie lachend und umarmte ihn.

Als sie zu Gerardos Wohnung hinaufgegangen waren, erwartete sie dort Giacomo in einem weißen Jackett mit Goldknöpfen.

»Würden Sie mir Ihren Mantel anvertrauen, Signora?« fragte er mit einer leichten Verbeugung.

»Giacomo ist ein vorzüglicher Koch, wie du gleich feststellen wirst«, bemerkte Gerardo. »Darf ich dir solange einen Aperitif anbieten?«

Paola fuhr fort, sich mit großen Augen umzuschauen; noch nie war sie in einem so schönen und zugleich so geschichtsträchtigen Haus gewesen.

»Das ist mein Zufluchtsort«, erklärte Gerardo. »Hierhin ziehe ich mich zurück, wenn ich von meinen Reisen genug habe.«

Nachdem sie gegessen hatten, machte es sich Paola auf dem Sofa bequem und schlug die langen Beine übereinander, so daß ein Stück Haut zwischen ihrem Rock und den halterlosen schwarzen Strümpfen hervorschimmerte.

Ohne ein Wort zu sagen, zog sie Gerardo an sich und bedeckte seinen Hals mit Küssen, bis sie schließlich seinen Mund erreichte. Er drückte sie mit einem Arm an sich und schob die andere Hand unter ihre weiße Seidenbluse, wohl wissend, daß das, was nun folgte, nicht mehr sein würde als das Abenteuer einer einzigen Nacht. Er war einfach nicht der Typ für eine dauerhafte Bindung.

Paris. Morgen des 2. Oktober 1307.

Ein Soldat kam zu Bertrand, während dieser sich in einer Unterredung mit dem Großmeister de Molay befand.

»Verzeiht die Störung, edle Ritter, aber ein Bettler verlangt dringend, Bertrand de Rochebrune zu sprechen. Er ist abgerissen und schmutzig und weigert sich, sein Anliegen zu nennen, behauptet aber, es sei wichtig.«

»Empfangt ihn, Bertrand«, sagte Jacques de Molay. »Wir können unser Gespräch ein andermal fortsetzen.«

Kaum stand er vor dem Tempelritter, riß sich der Bettler

die Kapuze vom Kopf, und Bertrands Herz machte einen Satz, als er Jean-Marie de Serrault erkannte.

»Schnell, Bertrand, ihr müßt alle fliehen«, sagte der junge Edelmann mit wachsbleichem Gesicht und zitternden Händen. »Der König beabsichtigt, die Templer in den Kerker zu werfen.«

»Erkläre dich verständlicher, ich bitte dich.«

»Schon am 14. September hat der König die Verhaftung aller Templer beschlossen, und am 22. ist der Haftbefehl in ganz Frankreich weitergeleitet worden, obwohl das Siegel erst am 13. Oktober erbrochen werden darf. Ihr müßt euch in Sicherheit bringen.«

»Und was wirft man uns vor?«

»Ketzerei, Anbetung von Götzenbildern wie das des Baphomet, Verhöhnung der heiligen christlichen Symbole, unkeusche Küsse, Sodomie. Und das sind nur die schlimmsten der über hundert Anklagepunkte. Aber euch bleibt noch Zeit für die Flucht.«

»Wärst du bereit, gegenüber unserem Großmeister zu wiederholen, was du mir gerade berichtet hast?«

»Jederzeit, denn auch mein eigenes Leben ist nun in Gefahr. Der Tempel von Paris und viele andere Templersitze stehen seit einigen Tagen unter ständiger Beobachtung, und es ist wahrscheinlich, daß einer der Schergen des Königs mich erkannt hat.«

Nachdem er de Serrault angehört hatte, dachte der Großmeister eine Weile nach und verkündete dann entschieden: »Wir haben nichts zu befürchten. Diese Anschuldigungen entbehren jeder Grundlage, und unsere Taten im Dienste der Christenheit sprechen für uns. Kein Gericht kann solch schändlichen Verleumdungen Glauben schenken.«

»Erlaubt mir zu widersprechen, Herr!« schrie de Serrault beinahe. »Wir haben es mit einer Verschwörung zu tun, ersonnen von Nogarets diabolischem Geist. Sie werden Euch und Eure Ordensbrüder verhaften und martern, und viele werden unter der Folter zusammenbrechen. Ihre Geständnisse, auch wenn sie erzwungen wurden, werden genügen, um den gesamten Orden abzuurteilen!«

»Ich danke Euch für alles, was Ihr für uns getan habt, Graf de Serrault. Wir wissen es zu schätzen. Doch jetzt erlaubt, daß ich mich mit Bertrand berate«, entließ ihn de Molay.

»Es ist mittlerweile zu spät, um den ganzen Orden in Sicherheit bringen zu können«, sagte er, sobald er mit Bertrand allein war. »Außerdem kann ich vor solch entehrenden Anschuldigungen nicht einfach davonlaufen. Ich muß mich und uns alle verteidigen. Daher bitte ich Euch ein weiteres Mal, das zu retten, was uns heilig ist. Das ist ein Befehl. Unsere Flotte liegt im Hafen von La Rochelle und ist bereit, in See zu stechen. Ihr müßt sie erreichen.«

»Aber wohin sollen wir fahren, Herr? De Serrault hat gesagt, daß Philipps Anschuldigungen an alle Herrscher in Europa weitergeleitet wurden. Wir Templer werden nirgends mehr sicher sein.«

»Es gibt, wie Ihr wißt, noch viele unentdeckte Länder, und dorthin werdet Ihr Euch flüchten. Es ist eine lange und gefahrvolle Reise, das weiß ich, aber sie ist nicht unmöglich. Die Kapitäne unserer Schiffe kennen die Route. Es handelt sich um Gebiete, die reich an Gold und Silber sind und von gastfreundlichen Eingeborenen bewohnt werden, die uns für Götter halten.«

»So bin ich also wieder einmal gezwungen, vor der Gefahr zu fliehen. Es widerstrebt mir sehr, aber ich werde mich Eurem Willen beugen. Gewährt mir jedoch dieses feierliche Versprechen: Ich werde zurückkehren. Ich werde wiederkommen, um meine Mitbrüder zu verteidigen, das schwöre ich auf das Heilige Kreuz.«

De Molay schien ihm gar nicht zuzuhören. »In La Rochelle liegen siebzehn Schiffe vor Anker, die wir nicht in Philipps Hände fallen lassen dürfen. Wir müssen sie gemeinsam mit unserem Schatz in Sicherheit bringen.«

»Aber die Vorbereitungen würden mehrere Tage in Anspruch nehmen, und wie sollen wir alles unbemerkt transportieren?«

»Ich spreche nicht vom Geldschatz des Ordens, Bertrand, sondern von den heiligen Gegenständen, die wir hüten, seit unsere Gründer sie unter dem Tempel von Jerusalem entdeckten. Ich werde Eure Flucht decken, solange es mir möglich ist. Falls nötig, werde ich so weit gehen, die Untaten, derer man mich bezichtigt, zu gestehen. Mein Leben zählt wenig im Vergleich zu diesen Schätzen. Doch genug jetzt. In zwei Tagen werdet Ihr Euch verkleidet auf den Weg nach La Rochelle machen. Eine Stafette mit meinen Anweisungen wird Euch vorauseilen, und in der Hafenstadt werden weitere Brüder zu Euch stoßen. Ihr werdet den Befehl über die Flotte haben und sie nach und nach aufteilen. Zehn Schiffe sollen nach Schottland fahren, dessen König uns wohlgesonnen ist. Sie werden sich bereithalten, nach Frankreich zurückzukehren, falls weitere Ritter durch die Umstände gezwungen sein sollten, das Land zu verlassen. Mit den anderen sieben Schiffen dagegen, den stabilsten und schnellsten, werdet Ihr, Bertrand, Kurs auf jene fernen Länder nehmen. Gott steh Euch bei.«

»Ich muß mit euch reden«, sagte Bertrand zu Luigi und Shirinaze, die er eiligst hatte zu sich rufen lassen. »Der König will alle Templer Frankreichs verhaften lassen, und ich wurde mit einer Mission von höchster Geheimhaltung und Wichtigkeit betraut. Ich denke, es ist am besten, wenn ihr beide euch nach Italien rettet und in der Burg Valnure Zuflucht sucht.«

Luigi sah ihn schüchtern an, und es dauerte eine Weile, ehe er zu sprechen wagte.

»Ich wollte Euch schon länger etwas sagen, Bertrand, nur fand ich bisher nicht den Mut dazu. Doch jetzt ...« Er unterbrach sich und errötete tief. »Shirinaze und ich lieben uns«, platzte er schließlich heraus, »und deshalb muß ich darauf verzichten, das Gewand des Tempelritters anzulegen. Aber es wird sehr schwierig werden, unsere Liebe meinem Vater und meinen Verwandten zu offenbaren. Shirinaze ist zwar eine gläubige Christin, aber ihre Herkunft ... sogar ihre Hautfarbe ... Wir werden an keinem Ort der Christenheit in Frieden leben können. Nehmt uns mit Euch.«

Bertrand lächelte und nickte zustimmend. Er hatte scharfe Augen, so daß ihn das Geständnis seines Schützlings nicht weiter überraschte. Nach einem Moment des Schweigens verkündete er ernst: »Ihr beide seid mir anvertraut worden, die eine vom Schicksal, der andere von der Familie. Es ist nur recht und billig, wenn ihr bei mir bleibt.«

Schloß Valnure. 10. Januar 1999.

Es war gegen ein Uhr nachts, und Gerardo di Valnure versuchte mit geringem Erfolg, eine Arie aus Strawinskys Oper *Der Wüstling* nachzusingen, die er gerade im Theater von Reggio Emilia gehört hatte. Das Tor vor der Schloßauffahrt wurde angeleuchtet von den Scheinwerfern seines Wagens und öffnete sich automatisch. Ihm kam Paola in den Sinn, die vor etwa zwanzig Tagen dieses Tor durchfahren hatte. Seitdem hatten sie ein paarmal miteinander telefoniert, sich aber nicht gesehen. Zum Glück war offenbar auch sie nicht an einer festen Beziehung interessiert.

Er stieg aus, öffnete im leichten Nieselregen die Tür zu seiner Wohnung und wollte gerade die Treppe hinaufgehen, als ihn ein heftiger Schlag in den Nacken traf, der ihm die Besinnung raubte.

Als er wieder zu sich kam, hatte er Mühe, sich zurechtzufinden. Er rieb sich den Kopf, der zu explodieren schien, und dann fiel ihm alles wieder ein, unter anderem auch, daß Giacomo einen Tag Urlaub genommen hatte, um eine kranke Verwandte zu besuchen. Sich am Geländer festhaltend, erklomm er die Stufen zu seiner Wohnung.

Die Einbrecher hatten alles durchwühlt, und es herrschte ein wildes Durcheinander. Nach einer ersten Bestandsaufnahme stellte Gerardo fest, daß offenbar nur einige Stücke Silberzeug fehlten. Zum Glück hatten sie den Wandtresor, in dem er den Familienschmuck, wichtige Dokumente und Bargeld aufbewahrte, nicht öffnen können.

Immer noch benommen, sank Gerardo auf einen Stuhl in seinem Arbeitszimmer und suchte den Raum mit seinen Blicken nach weiteren Schäden ab. Da fiel ihm der Computer auf: Die Diebe hatten ihn eingeschaltet. Waren das wirklich Diebe gewesen? Was hatten sie gesucht?

Paris. Nacht des 4. Oktober 1307.

Die vier mit Heu beladenen Wagen verließen den Tempel nicht durch das Haupttor, sondern durch eine Nebenpforte und entfernten sich schnell im Schutz der Nacht. Auf dem ersten Karren saßen Bertrand und Paul, auf dem zweiten Luigi und Shirinaze und auf dem dritten Jean-Marie Serrault, der beschlossen hatte, zu Verwandten nach Schottland zu fliehen. In ihrer Begleitung befanden sich etwa ein Dutzend Ritter und Soldaten.

Die achttägige Reise nach La Rochelle verlief ohne Zwischenfälle, und sie sahen die Stadt mit Erleichterung vor sich auftauchen, die mit ihrer hohen, turmbesetzten Befestigungsmauer ein wenig an Akkon erinnerte. Einige Schiffe lagen an der Kaimauer, während andere träge im Hafenbecken dümpelten. Es war Nacht, und die Tore waren verriegelt.

»Ich bin Bertrand de Rochebrune, Ritter des Tempels, und trage einen Geleitbrief des Großmeisters Jacques de Molay für den Kapitän der Flotte bei mir!« erklärte Bertrand auf das »Wer da?« des Wächters.

»Eine Reiterstafette hat Eure Ankunft bereits angekündigt, Herr«, lautete die Antwort. »Der Kapitän erwartet Euch. Ich werde Euch zu ihm führen.«

Die Umrisse der Schiffe zeichneten sich vor dem Nachthimmel ab. Sie unterschieden sich sehr von den Galeeren und Koggen, auf denen Bertrand bisher über das Mittelmeer gefahren war. Ihre Bordwände und auch der Bug waren viel höher, die Segel hatten ganz andere Formen.

Bertrand betrachtete sie mit großem Interesse, als eine vertraute Stimme ihn begrüßte. Mit freudiger Überraschung erkannte er den Kapitän, mit dem er aus Akkon geflohen war.

Kapitän Magri beugte sich mit einem breiten Lächeln über die Reling des größten Seglers. »Ich bin hocherfreut, Euch wiederzusehen, Bertrand. Beinahe hätte ich Euch in dieser Verkleidung nicht erkannt«, fügte er hinzu, als sie sich auf den Planken gegenüberstanden. »Ich habe die Nachricht des Großmeisters erhalten und erwarte Eure Befehle. Die Flotte ist bereit, in See zu stechen.«

Anschließend berichtete er, daß der venezianische Reeder, für den er das Mittelmeer befahren hatte, gestorben sei, worauf er beschlossen habe, im Dienst des Tempels zu bleiben, und mit dem Kommando über die Flotte betraut worden sei.

»Wie Ihr seht«, bemerkte er, »unterscheiden sich diese nordländischen Koggen beträchtlich von den unseren, was nicht verwunderlich ist, da sie es mit schwierigeren Gewässern aufnehmen müssen.«

Nachdem das Beladen in aller Eile vonstatten gegangen war, lichtete der Konvoi der siebzehn Schiffe Anker und machte sich auf die lange Reise.

»Ich habe die Route zu den unbekannten Ländern schon einige Male befahren«, erklärte Magri, nachdem er das Ablegemanöver befehligt hatte. »Es sind wundersame Gegenden, wo Früchte und Pflanzen schneller und üppiger wachsen als bei uns, und wo die Menschen friedlich und arglos sind.«

»Wie gelingt es Euch, in dieser endlosen Weite den Kurs zu halten?« fragte Bertrand.

»Man muß sich nur nach Westen orientieren und einem Stern folgen, den wir Merika nennen. Die Reise kann einige Monate dauern, aber zu dieser Jahreszeit sind die Winde günstig.«

Schloß Valnure. 15. Januar 1999.

Gerardo schüttelte unzufrieden den Kopf. Nein, es mußte noch eine andere Erklärung geben, es *mußte* einfach.

Bei seinen Forschungen hatte er sich lange auf die seriösen wissenschaftlichen Texte beschränkt und die ganzen Mythen und Abenteuergeschichten, die sich um die Templer rankten, ignoriert. Doch ab einem gewissen Punkt war er damit nicht mehr weitergekommen und praktisch gezwungen gewesen, sich mit jenen abwegigeren und phantastischen Theorien zu befassen, die unter anderem behaupteten, die Tempelritter hätten den Atlantik überquert und noch vor Columbus den Weg zur Neuen Welt entdeckt.

Andererseits – was sollte sonst aus den siebzehn Schiffen geworden sein, die im Hafen von La Rochelle gelegen hatten und am 13. Oktober 1307 spurlos verschwunden waren? Und immer wieder stellte sich ihm dieselbe Frage: Woher stammte der immense Reichtum in Gold und Silber, den der Orden angehäuft hatte, da doch auf dem europäischen Kontinent bereits alles Edelmetall geplündert worden war?

Einige Tage lang hatte sich Gerardo mit diesen neuerlichen Recherchen beschäftigt, die ihm jedoch nur äußerst ungesicherte und spekulative Ergebnisse einbrachten: lateinische und keltische Kreuze in diversen Darstellungen der Maya, Klangähnlichkeiten zwischen der Sprache der Ureinwohner Mexikos und einigen Vokabeln verschiedener europäischer Idiome, alte Legenden, in denen von hellhäutigen Menschen die Rede war, die vom Meer kamen und wie Götter verehrt wurden, und ein Stern, der den Weg über den Ozean wies und auf den vereinzelte Texte den Namen Amerika zurückführten. Das war zu wenig und zu schwammig, um darauf weitere Nachforschungen zu begründen.

Vor der schottischen Küste. 20. Oktober 1307.

Der Herbst kündigte sich milde an, und günstige Winde trieben sie mit gleichmäßiger Geschwindigkeit auf ihr erstes Ziel zu. Kapitän Magris Schiff durchpflügte an der Spitze die Wellen, während die übrigen sechzehn in lockerer Formation folgten. Es würde nicht mehr lange dauern, bis sich die Flotte aufteilen mußte.

Jean-Marie de Serrault hielt gerade auf der Brücke nach Land Ausschau, als sich Bertrand zu ihm gesellte. »Der Moment unseres Abschieds ist fast gekommen, mein Freund.«

»Ja«, antwortete Jean-Marie. »Ich werde bei meinen Vettern, den St. Clairs in Roslin, Unterschlupf finden, bis die Wogen sich geglättet haben. Danach muß ich nach Frankreich zurückkehren, denn ich kann meine Mutter nicht ihrem Schicksal überlassen.«

»Auch ich habe geschworen, zurückzukehren. Der Gedanke daran, daß so viele meiner Brüder unschuldig in Ketten liegen, raubt mir den Schlaf.«

»Ich bezweifle, daß ein einziger Ritter genügen wird, um sie zu befreien.«

»Das kümmert mich nicht, ich werde trotzdem zurückkehren. Mir scheint ein besonderes Schicksal bestimmt zu sein, das Rettung und Verdammnis zugleich ist. So war es in Akkon, und so ist es auf der Insel Ruad gewesen. Und nun rettet mich wieder ein Befehl und hält mich vom entscheidenden Geschehen fern. Ich hätte ihn gewiß nicht akzeptiert, wenn mir nicht die Schätze des Tempels anvertraut worden wären, damit ich sie an einen sicheren Ort bringe.«

»Aha!« rief de Serrault. »Das enthalten also diese schweren, versiegelten Truhen!«

»Niemand darf davon erfahren, mein Freund. Wenn ich dich eingeweiht habe, dann nur, weil ich dich um einen Gefallen von größter Bedeutung bitten möchte.« Bertrand machte eine Pause und sah ihm fest in die Augen. »Ich bin zu dem Schluß gekommen, daß es klüger ist, diese Truhen deiner Obhut anzuvertrauen, als sie auf meinem Schiff zu behalten, wo sie zahlreichen Gefahren ausgesetzt wären. Du wirst sie bis zu meiner Rückkehr für mich aufbewahren, zu welchem Zeitpunkt die schändliche Verfolgung der Tempelritter, das gebe Gott, nur noch eine schreckliche Erinnerung sein wird.«

»Sei unbesorgt, Bertrand, die Truhen werden an einem sicheren Ort auf dich warten. Bei meinen Verwandten ist dein Geheimnis sicher.«

Wie immer vor einem wichtigen oder gefahrvollen Ereignis, begannen Jean-Maries Hände zu zittern, und der Jüngling mußte den Blick senken. Dennoch, dachte Bertrand, sind diese flatternden Hände und dieser schwache Geist sicherer als mein Schiff, das den Gewalten unbekannter Meere ausgesetzt sein wird.

Bertrand verabschiedete sich mit einer innigen Umarmung von Jean-Marie, und bevor dieser in das Beiboot stieg, um an Land zu gehen, reichte er ihm eine lederne Hülle mit einem Pergament.

»Ich möchte dich bitten, auch dieses Schriftstück an dich zu nehmen. Es enthält die letzten Worte unseres Ordensgründers Hugo de Payns, die ich vor einigen Jahren aus Akkon gerettet habe. Es ist nicht das Original, das habe ich dem Großmeister de Molay übergeben, sondern eine in Italien angefertigte Abschrift. Trotzdem ist es ein wertvoller

Schatz und besteht aus Worten, die im Lichte der jüngsten Ereignisse wie Feuer lodern.«

Rom. Eine Villa an der Via Appia Antica. 20. Januar 1999.

»Was gibt es Neues über Gerardo di Valnure?« fragte der Großmeister.

»Nicht viel im Moment«, antwortete die Frau, deren Augen, die durch die Sehschlitze der Kapuze zu erkennen waren, keine Spur von Unterwürfigkeit zeigten. »Aber seine Recherchen machen Fortschritte, und ich bin davon überzeugt, daß es sich für uns lohnen könnte, ihn weiterhin zu beobachten und vorläufig nicht einzuschreiten.«

»Einverstanden. Wir müssen unbedingt die Schriftstücke finden, die in jenem unglückseligen Oktober 1307 aus dem Tempel von Paris verschwunden sind. Vielleicht können uns die Forschungen dieses Graf Valnure tatsächlich zu ihnen führen.«

7. KAPITEL

Neue Welt. Mai 1311.

Vier Jahre waren wie im Flug vergangen. Luigis und Shirinazes Sohn spielte zufrieden im Schutz der Palisade, die die kleine Ansiedlung umgab. Das einzige Bauwerk aus Stein war ein Turm in der Mitte, der eher symbolischen Charakter hatte, denn das Zusammenleben mit den Eingeborenen verlief durchweg friedlich. Sie behandelten die hellhäutigen Fremden im Eisenkleid wie göttliche Wesen und wären nie auf den Gedanken verfallen, sich gegen sie zu erheben.

Eines Tages rief Bertrand Luigi zu sich in seine Hütte, die aus dicken Baumstämmen errichtet war.

»Es ist Zeit, daß ich nach Europa zurückkehre«, erklärte er.

»Hältst du das wirklich für richtig? Glaubst du, daß die Verfolgung ein Ende genommen hat und es auf französischem Boden wieder sicher ist für einen Tempelritter?«

»Wie die Dinge auch stehen mögen, die Pflicht ruft mich zurück. Ich werde zuerst nach Schottland fahren, zu den Verwandten von Jean-Marie de Serrault. Sie werden wissen, was aus Großmeister de Molay und dem Orden geworden ist. In zehn Tagen werde ich in See stechen.«

»Was macht dich so traurig, Luigi?« fragte Shirinaze ihren Mann, als er nach Hause kam.

»Bertrand hat beschlossen, nach Europa zu fahren. Seine leitende Hand wird uns hier sehr fehlen. Mein einziger Trost ist, daß ich endlich meinem armen Vater eine Nachricht senden kann, der mich wahrscheinlich längst für tot hält.«

Am selben Abend noch setzte Luigi einen Brief auf.

»Verehrter Vater, ich bitte Euch um Verzeihung für die große Sorge und Ungewißheit, die ich Euch bereitet habe, doch bis heute war es mir nicht möglich, Euch Mitteilung von meinem Schicksal zu machen. Ich befinde mich in einem fernen Land, einem geheimen Zufluchtsort der Tempelritter, den ich Euch nicht enthüllen darf. Aber ich bin frei und bei guter Gesundheit, was ich von ganzem Herzen auch von Euch und der Familie hoffe.

Ich bin inzwischen Vater eines vierjährigen Knaben, dem mein Weib und ich Euren Namen gegeben haben. Es war eine Fügung des Schicksals, daß wir noch in derselben Nacht fliehen konnten, in der die Verfolgungen gegen die Tempelritter ihren Anfang nahmen.

Ob ich je nach Piacenza zurückkehren kann, liegt in Gottes Hand. Die Reise ist lang und voller Gefahren und für ein kleines Kind eine zu große Anstrengung. Seid jedoch versichert, daß Ihr und mein Bruder mir schmerzlich fehlt. Ich werde diesen Brief Vetter Bertrand mitgeben, der Mittel und Wege finden wird, ihn Euch zukommen zu lassen. Aber ich beschwöre Euch, ihn vor neugierigen Blicken zu verbergen und über seinen Inhalt Stillschweigen zu bewahren. Ich weiß nicht, ob ich je wieder Gelegenheit haben werde, Euch eine Nachricht zu schicken.

Stets gedenke ich Eurer mit tiefstem Respekt und treuer Liebe, Euer Sohn Luigi.«

Der junge Mann rollte das Blatt zusammen und steckte es in ein Futteral aus dunklem Leder. Dann schmolz er eine Mischung aus zwei Dritteln Bienenwachs, einem Drittel weißem Pech und einer Prise Kupfer zusammen und fügte ein paar Roßhaare für die Festigkeit hinzu. Zum Schluß nahm er das Siegel seines Beschützers Bertrand de Rochebrune zur Hand und drückte es in die noch warme Paste.

Schloß Valnure. 30. Januar 1999.

Gerardo ließ sich auf den Diwan im Wohnzimmer fallen. Er hatte viele Stunden damit zugebracht, die Restaurierungsarbeiten im ältesten Flügel zu überwachen, und war todmüde. Kaum hatte er die Augen geschlossen, um sich ein Minütchen der Entspannung zu gönnen, als mit lauter Stimme aus dem Hof nach ihm gerufen wurde.

»Herr Graf, kommen Sie schnell runter in den Keller!« schrie einer der Maurer. »Wir sind auf eine Mauernische gestoßen, in der irgend etwas liegt!«

Gerardo rannte die Treppe hinunter, drei Stufen auf einmal nehmend. Die Arbeitslampen beleuchteten eine etwa einen Meter hohe Nische, die sich auf halber Höhe der Wand befand. Vorsichtig steckte er die Hand in die Öffnung und tastete die Höhlung ab. Mit angehaltenem Atem spürte er die zylindrische Form eines ledernen Futterals unter seinen Fingern und dann noch eines zweiten. Behutsam zog er sie beide heraus und staunte über ihren gut erhaltenen Zustand, der zweifellos auf den Mangel an Luft in ihrem Versteck zurückzuführen war. Er erkannte sofort, daß es sich um Aufbewahrungshüllen für Pergamente handelte.

Mit zusammengekniffenen Augen betrachtete er das erbrochene Siegel der einen, und ein neuer und freudiger Schreck durchfuhr ihn. Das Wachs war stark gedunkelt, aber man konnte noch das Motto lesen – *Nos perituri mortem salutamus* – und sogar das Zeichen des Pfahlstichs erkennen. Er hoffte inständig, daß die Schriftstücke in ähnlich gutem Zustand waren wie die Hüllen, aber er durfte seiner Neugier nicht jetzt schon nachgeben und einen übereilten Schritt tun, mit dem er die Unversehrtheit der Pergamente aufs Spiel setzte. Er wußte genau, an wen er sich wenden konnte, um diesen außergewöhnlichen Fund untersuchen zu lassen, ohne daß er beschädigt wurde.

Juli 1311.

Die Reise war lang und voller Strapazen, erschwert durch widrige Winde, welche die drei Templerschiffe zu langwierigem Kreuzen zwangen. Doch nach über sechzig Tagen sichteten sie endlich Land und gingen in einer geschützten Bucht vor Anker.

Bertrand de Rochebrune ruderte mit einer Schaluppe an den Strand, begleitet von seinem Knappen und fünf weiteren Männern. Da er nicht wußte, welches Schicksal die Templer ereilt hatte, hatte er darauf verzichtet, den weißen Mantel mit dem Kreuz anzulegen.

In der Abenddämmerung erreichten sie die Burg St. Clair. Die Zugbrücke blieb hochgezogen, und ein Wächter versperrte ihnen den Weg.

»Ich bin Bertrand de Rochebrune, ein Freund von Jean-Marie de Serrault, dem Vetter deines Herrn!«

»Mit wem wünscht Ihr zu sprechen?«

»Mit Seigneur de Serrault oder mit dem Baron St. Clair.«

Nach einigen Momenten des Wartens eilte ihm Jean-Marie entgegen, dessen Antlitz in einem freudigen Lächeln erstrahlte. »Mein Freund!« rief er. »Du ahnst nicht, wie glücklich ich bin, dich nach so langer Zeit wiederzusehen.«

Bertrand bemerkte sofort, daß sich Jean-Marie de Serraults Befinden sehr verschlechtert hatte. Seine Hände zitterten nun ständig, und sein Blick war unstet und leer.

»Wie ich befürchtet habe, ist vieles anders geworden seit Bertrands Fortgang«, sagte Luigi besorgt zu Shirinaze. Er hatte sich gerade mit Raymond de Ceillac getroffen, dem neuen Anführer der kleinen Gemeinschaft. »Dieser Mann gefällt mir nicht. Und noch weniger gefällt mir die Art, wie er die Eingeborenen behandelt, und auch nicht seine Gier nach Gold und Silber. Ich hoffe, daß Bertrand bald zurückkommt, sonst könnte Schlimmes geschehen.«

»Aber, nein. De Ceillac ist ein altgedienter Kämpfer, und vielleicht hast du sein rauhes Wesen nur mißverstanden. Als ältestem Ritter steht ihm nun mal die Befehlsgewalt zu.«

»Ich kenne sein Wesen zur Genüge, und eben deswegen bin ich beunruhigt. Er hat sich zum Obersten Richter gemacht und fällt schnelle Urteil, unter denen alle zu leiden haben, aber vor allem die Eingeborenen. Heute hat er zwei auspeitschen lassen, weil sie angeblich beim Schürfen einen Goldklumpen an sich genommen haben. Er errichtet eine Schreckensherrschaft, die unser friedliches Zusammenleben mit diesem Volk zerstören wird.«

»Das Benehmen der Eingeborenen hat sich ebenfalls verändert, scheint mir, und ich glaube auch zu wissen, warum.«

»Wegen der Frauen, meinst du?«

»So ist es. Bei unserer Abfahrt von Europa waren es nur fünf außer mir. Viel zu wenig für fast siebenhundert Männer, die Tempelritter und die Geistlichen, die Keuschheit gelobt haben, nicht mitgezählt. Es war nicht zu verhindern, daß sich die Männer mit den eingeborenen Frauen zusammentaten, doch das hat nun zu einem wachsenden Unmut geführt.«

»Das ist wahr. Man erzählt sich sogar, daß Raymond sein Gelübde verletzt habe und eine heimliche Verbindung mit der Tochter des Dorfältesten eingegangen sei.«

Um den großen Tisch saßen Bertrand, Baron St. Clair und Jean-Marie de Serrault. Die Frauen hatten sich nach dem vorzüglichen Mahl aus frischem Wildbret sittsam zurückgezogen.

St. Clair zählte etwa dreißig Jahre und war wie sein Vetter Jean-Marie nicht von großer Stattlichkeit. Seine wirren rötlichblonden Haare ließen ihn beinahe wie einen Jüngling erscheinen, und sein Bart war spärlich und wenig gepflegt. In seinen Augen jedoch blitzten Tatkraft und Unternehmungslust.

»Seit jener Nacht im Jahre 1307«, berichtete Jean-Marie, »hat sich die Lage stetig verschlimmert, auch wenn die anderen Fürsten und Herrscher, die Philipp IV. dazu aufforderte, seinem Beispiel zu folgen, sich wesentlich gemäßigter verhalten. Hier in Schottland zum Beispiel fand er gar kein Gehör. Also – am Tag nach der Gefangensetzung der Templer hat Nogaret die Anklagepunkte der Theologischen Fakultät der Sorbonne übergeben, um sie von einer Kommission prüfen zu lasen. Wenige Tage darauf hat der Großmeister Jacques de Molay vor dieser Gelehrtenkommission ausgesagt und sich das Wohlwollen einiger ihrer Mitglieder erworben. Doch für Philipps Plan, den er zusammen mit Nogaret und dem Inquisitor Imbert ausgeheckt hatte, stellten diese kein wirkliches Hindernis dar.«

»Aber der Heilige Vater in Rom, für den wir stets zu jedem Opfer bereit waren ...«, wandte Bertrand ein.

»Im März des Jahres 1309 hat Clemens V. seinen Sitz nach Avignon verlegt und ist seitdem nur noch eine Marionette des Königs von Frankreich, auch wenn er anfangs versuchte, seine Autorität hinsichtlich des Ordens geltend zu machen. Viele Templer sind während der Befragung durch die Inquisition der Folter unterzogen worden, und einige haben niederträchtige Taten gestanden. Das genügte, um die Anschuldigungen Philipps zu bestätigen.«

»Die da lauteten?«

»Verbrüderung der Tempelritter mit den Sarazenen, um sich der Christenheit zu bemächtigen, Anbetung von teuflischen Götzenbildern, Verhöhnung des Kreuzes, sodomistisches Treiben, schwarze Magie und anderes.«

»Das ist doch völlig abwegig!« flüsterte Bertrand erschüttert.

»Ein höllischer Unsinn!« bestätigte St. Clair entrüstet. »Doch betrüblicherweise hat selbst der Großmeister de Molay unter der Folter schändliche Taten gestanden.«

»Ist er tot?«

»Nein, aber da er die Beschuldigungen gestanden hat, droht ihm der Scheiterhaufen.«

»Hat er auch meine Mission preisgegeben?«

»Ich habe einiges von den Verwandten von Geoffroy de Charney erfahren, denen es gestattet wurde, die schweren Verletzungen des Großmeisters und eines seiner Mitgefangenen zu versorgen«, antwortete der Schotte. »Wie es scheint, ist de Molay gekreuzigt worden, und man hat ihm sämtliche Wunden Jesu zugefügt. Die Folterknechte der Inquisition sind wahre Meister darin, einen Angeklagten bis zur Schwelle des Todes bei Bewußtsein zu halten. Aber keiner der gefangenen Templer hat je von Euch oder den Truhen gesprochen, die wir hier in der Burg aufbewahren.«

»Ich glaube sogar, daß der Großmeister diese entehrenden Taten absichtlich eingestanden hat, um dein Geheimnis zu wahren«, mischte sich Jean-Marie ein.

»Er opfert sich also tatsächlich für uns«, murmelte Bertrand.

»Er ist Soldat und gegen Leiden abgehärtet. Und sein Opfer war nicht umsonst, denn nachdem sie sein Geständnis erlangt hatten, haben die Inquisitoren nicht weiter nach dem Schicksal deiner Flotte geforscht«, ergänzte de Serrault. »Seit diesem unheilvollen Tag haben sich die Ereignisse überstürzt, und der Papst unternimmt nichts, um die Templer zu retten. Im Gegenteil: Wie es aussieht, haben sogar zwei Kardinäle den Großmeister in Chinon verhört, die Anschuldigungen bestätigt und ihn vor einer neuen Kommission aussagen lassen, die *ad hoc* zusammengestellt wurde, um die Geduld des Königs nicht zu reizen. Doch zwischen 1309 und 1310 ist diese Kommission nur dreimal zusammengetreten. Derweil hat das Bistum von Sens vierundfünfzig Templer zum Tode verurteilt und sie in der Nähe von Paris bei lebendigem Leib verbrennen lassen. Im kommenden Oktober nun wird das Konzil von Vienne eröffnet, das zweifelsohne die Auflösung des Ordens befehlen wird.«

»Wir müssen meine Mitbrüder gegen diese Schmach verteidigen und sie retten!« sagte Bertrand mit vor Entsetzen rauher Stimme. Dann, als sein Herz wieder ruhiger in seiner Brust schlug, fragte er, an Jean-Marie gewandt: »Was glaubst du, wie viele Ritter noch auf freiem Fuß sind und sich zusammentrommeln lassen?«

»Die nach Schottland und Portugal geflüchteten zählen nicht mehr als zweitausend, und es ist nicht gesagt, daß sie alle bereit sein werden, dir zu folgen. In jedem Fall sind es zu wenige, um es mit dem Heer des Königs aufzunehmen.«

»Wie dem auch sei, wir können die Hände angesichts einer solchen Ungerechtigkeit nicht einfach in den Schoß legen«, schloß Bertrand in herausforderndem Ton.

Rom. Ein Bürogebäude im EUR-Viertel. Februar 1999.

Zurückgelehnt in ihren Bürosessel, die langen Beine auf die oberste Schreibtischschublade gestützt, gönnte sich Sara Terracini einige Minuten der Entspannung. Sie war erschöpft, aber zufrieden. Das archäologische Labor, das sie leitete – eines der besten und fortschrittlichsten der Welt – hatte gerade die Katalogisierung der Ladung eines römischen Frachtschiffes beendet, das vor kurzem geborgen worden war. Trotz ihrer Müdigkeit wäre Saras aparte Schönheit niemandem entgangen, als sie den Kopf nach hinten beugte und ihre rabenschwarzen Haare kaskadenartig über ihre Schultern fielen.

Ihr Ruhepäuschen wurde vom Klingeln des Telefons unterbrochen. »Signor Gerardo di Valnure ist hier und möchte Sie sprechen, Frau Doktor«, kündigte ihre Sekretärin an. »Aber er hat keinen Termin«, fügte sie mißbilligend hinzu.

»Macht nichts, bitten Sie ihn nur gleich herein.«

Als der Graf aus Piacenza in der Tür erschien, sprang sie auf und ging ihm mit offenen Armen entgegen.

»Was für eine schöne Überraschung, Gerardo. Was führt dich zu mir?«

»Ich benötige dein famoses Talent beim Enträtseln gewisser Geheimnisse«, fiel Gerardo gleich mit der Tür ins Haus.

Geheimnisse? Sara hörte sofort sämtliche Alarmglocken läuten. Waren ihr denn niemals auch nur *fünf* Minuten Ruhe vergönnt?

Sie sah eine Styroporschachtel auf ihrem Schreibtisch auftauchen, aus der Gerardo zwei alte Lederetuis hervorholte. An den Öffnungen der länglichen Hüllen konnte sie erkennen, daß sie Pergamente enthielten.

»Da hast du den Grund meines Besuchs.«

Eine erste schnelle Musterung genügte Sara, um festzustellen: »Spätmittelalterliche Futterale, bestens erhalten. Allerdings fürchte ich, daß man von den Pergamenten nicht das gleiche sagen kann. Was ist das für ein Zeichen auf dem Siegel?«

»Ich denke, wir werden die Antwort auf den Pergamentseiten finden, falls es uns gelingt, sie unbeschädigt zu entnehmen. Das Siegel ist das eines Tempelritters, der meiner Vermutung nach Zeuge der letzten ruhmlosen Tage des Ordens war. Ich bin durch reinen Zufall in den Besitz der Medaille gelangt, nach der dieses Siegel gefertigt wurde, und dann finde ich es auf diesen Pergamenthüllen wieder.« Gerardo legte die silberne Münze auf den Tisch. »Du mußt mir einfach helfen, Sara. Was weißt du über die Templer?«

»Nicht gerade viel, aber ihre Geschichte fasziniert mich, seit ich während einer anderen Untersuchung auf sie stieß. Auch ein Gefallen für einen *Freund*, übrigens. Schöne Freunde habe ich.«

»Was für eine Untersuchung?«

»In Rennes-le-Château, einem Dörfchen im Languedoc, das anscheinend ein Hort vieler Geheimnisse und versteckter Schätze ist, darunter angeblich auch der Schatz der Templer und der des Tempels von Jerusalem.«

»Diese Geschichte kenne ich – schon seit Monaten beschäftige ich mich mit den verrücktesten Theorien über das Ende der Templer. Da gibt es diesen Pfarrer aus Rennes-le-Château, der gegen Ende des letzten Jahrhunderts mit einem ebenso plötzlichen wie unerklärlichen Reichtum gesegnet wurde, woraufhin Gerüchte umgingen, er sei auf einen Schatz gestoßen ... Aber die Geschichte, die mir am Herzen liegt, ist eine andere.«

August 1311.

Die Palisade um die kleine Ortschaft reichte nicht aus, um den Ansturm der Eingeborenen abzuwehren. Brennende Pfeile regneten aus allen Richtungen herab und setzten die Dächer der Holzhäuser in Brand.

Raymond de Ceillac überließ die Aufgabe der Verteidigung dem Fußvolk und flüchtete sich mit einer Schar Getreuer in das einzige steinerne Gebäude der Siedlung, den hohen viereckigen Turm, der dem Bergfried einer Templerburg ähnelte.

Luigi kämpfte in vorderster Linie, bis er einsah, daß jeder Widerstand zwecklos war, worauf er zu seiner Behausung stürzte, die als eine der wenigen noch nicht in Flammen stand, um Shirinaze und den kleinen Lorenzo herauszuholen.

Nachdem sie während eines kurzen Waffenstillstands durch eine Bresche in der Palisade geschlüpft waren, flohen sie durch das hohe Gras, bis ihnen der Atem ausging und sie auf einer Anhöhe haltmachten, von der aus sie den Fortgang der Schlacht gefahrlos beobachten konnten.

Sie sahen, wie die Eingeborenen durch die Siedlung schwärmten und jeden erschlugen, den sie antrafen, und wie die Hütten niedergebrannt wurden. Schließlich wurde auch der Turm bestürmt. Etwa hundert Bewaffnete strömten heraus und suchten das Weite. Es gelang ihnen, den Strand zu erreichen, wo mehrere Beiboote auf dem Trockenen lagen. Mit denen ruderten sie zu dem einzigen der vier Schiffe, das dem Brand entgangen war, weil es weiter draußen in der Bucht ankerte.

Luigi und Shirinaze folgten ihm mit Blicken, bis es hinter dem Felsausläufer verschwand, der die Bucht begrenzte. Keiner von beiden sprach ein einziges Wort. Angstvoll fragten sie sich, was aus ihnen und ihrem Kind werden sollte.

Aber sie verloren nicht den Mut und machten sich wieder auf den Weg zur Küste, wo sie sich anschickten, ein Floß zu bauen, um eine der nahegelegenen Inseln zu erreichen. Luigi wußte, daß diese Insel, die von einem tückischen Korallenriff umgeben war, für die Eingeborenen tabu war, weil sie glaubten, daß dort die Geister ihrer Ahnen wohnten.

Unterstützt von Shirinaze hackte er mit dem Schwert einige dünne Baumstämme ab und verband sie mit geflochtenen Palmblättern. Nach zwei erschöpfenden Arbeitstagen lag das Floß schließlich fertig auf dem korallenfarbenen Strand.

Luigi schob es mit Frau und Kind ins Wasser, schwang sich dann selbst hinauf und setzte das aus Shirinazes Umhang gefertigte Segel. Rasch faßte er die beiden langen, mit dem Schwert geschnitzten Ruder, die fast gleichmäßig gelungen waren, und das Floß entfernte sich langsam vom Strand.

Die Reiterstafetten des Baron St. Clair kehrten eine nach der anderen zurück. Sie waren entsandt worden, die verstreuten, vor der Verfolgung geflohenen Tempelritter zu suchen, doch ihre Nachrichten waren wenig ermutigend. Die meisten Ritter sahen sich von ihrem Gelübde entbunden, und nur sieben- bis achthundert hatten sich bereiterklärt, Bertrand bei dem schwierigen Unterfangen, den Großmeister und die anderen Mitbrüder zu befreien, beizustehen.

Darauf verschickte Bertrand vertrauliche Depeschen und rief sie an einem geheimen Ort bei Vienne zusammen, wo bald das päpstliche Konzil beginnen würde, das die endgültige Auflösung des Ordens zum Zweck hatte. Sie sollten dort einzeln ankommen und ohne Aufsehen zu erregen, aber bewaffnet und wenn möglich zu Pferd.

Rom. Februar 1999.

Die beiden Futterale und ihr Inhalt wurden einer Reihe von Laboruntersuchungen unterzogen und anschließend in eine spezielle Lösung getaucht, um die Pergamente von den Hüllen zu trennen, mit denen die Zeit sie verschmolzen hatte. Nachdem sie in einem ebenso speziellen Ofen getrocknet waren, begann man die langwierige Prozedur, die Schriftstücke zu retten und sie zu konservieren. Die Tinte war an mehreren Stellen nicht mehr vorhanden, die Schrift unleserlich.

Als Gerardo darauf enttäuscht vor sich hinschimpfte, deutete Sara nur gelassen auf ein Gerät, das wie ein Röntgenapparat aussah.

»Das ist ein Fluoreszenzspektroskop, mit dem man die feinen Spuren, die die Tinte hinterlassen hat, sichtbar machen kann«, erklärte sie. Danach nahm sie die Pergamente vorsichtig in die Hände, die in dünnen Latex-Handschuhen steckten, und legte sie in ein Gerät, das entfernt an einen Fotokopierer erinnerte.

»Ein hochentwickelter Scanner, der Laser- und Infrarotstrahlen zur Betaradiographie nutzt. Das, was er lesen kann, müßte gleich auf meinem Monitor erscheinen.«

Das Warten zog sich in die Länge, doch am Ende lieferte das Gerät ein Ergebnis. Sara drückte mit geübten Händen einige Tasten, bis gotische Buchstaben auf dem Bildschirm auftauchten.

»Das ist es!« rief Gerardo und machte sich gleich daran, das Altfranzösisch des Textes laut zu übersetzen.

»*Ich, Hugo de Payns, Großmeister des Ordens der Armen Ritter Christi, fühle die Stunde nahen, die mich mit unserem Herrn vereinen wird, und habe daher beschlossen, dieses Schriftstück aufzusetzen …*

Wer nach mir kommt, wird bis zum Tode kämpfen müssen, um das ewige Leben zu erlangen.«

Bewegt las Gerardo die Worte, mit denen der Text schloß, offenbar der letzte Gruß des Ordensgründers: »*Nos perituri mortem salutamus.*«

»Unglaublich!« rief Sara.

Die Entzifferung des zweiten Pergaments gestaltete sich schwieriger. Der Apparat erkannte viele Schriftzeichen nicht, und um ein befriedigendes Ergebnis zu erhalten, waren eine Reihe von Vermutungen und Ergänzungen nötig.

»Mir zittern beinahe die Knie«, sagte Gerardo, als er die Worte überflog, die diesmal in einem mittelalterlichen Vulgäritalienisch verfaßt waren. »Das ist eine Botschaft, die einer meiner Vorfahren vor vielen Jahrhunderten geschrieben hat.«

»Phantastisch. Aber … ›*Ich befinde mich in einem fernen Land, einem geheimen Zufluchtsort der Tempelritter, den ich Euch nicht enthüllen darf.*‹ Was hat er wohl mit diesem Satz gemeint?«

»Ich bin mir nicht sicher, aber ich komme immer mehr zu der Überzeugung, daß die Templer auf ihrer Flucht aus Frankreich im Jahr 1307 den amerikanischen Kontinent erreichten.«

»Eine ziemlich weit hergeholte Theorie, die ich auch schon irgendwo gelesen habe. Gibt es denn irgendwelche Beweise dafür?«

»Keine konkreten, nur eine Reihe von Indizien, aber auch die sind nicht sehr stichhaltig.«

»Sehen wir doch mal, was unser wandelndes Lexikon

dazu sagt«, schlug Sara vor und wählte eine interne Nummer.

»Toni«, sagte sie in den Hörer, »würde es dir etwas ausmachen, auf einen Sprung zu mir rüberzukommen?«

Toni Marradesi erschien kurz darauf in ihrem Büro, und nachdem ihm der Fall präsentiert worden war, fragte Sara: »Was hältst du von der Theorie einer möglichen Überfahrt der Templer nach Amerika, fast zwei Jahrhunderte vor Christoph Columbus?«

Ihr Mitarbeiter dachte einige Augenblicke mit versunkener Miene nach, als würde er Informationen selektieren wie ein Computer, dann antwortete er: »Diese Theorie wurde von einer anderen abgeleitet, nach der die Wikinger die Entdecker Amerikas waren. Sie stützt sich im wesentlichen auf vier Anhaltspunkte. Erstens: In der Umgebung von Westford in Massachusetts wurde ein Stein entdeckt, in den grob die Figur eines Ritters in mittelalterlicher Rüstung eingemeißelt ist. Er trägt einen Schild mit dem Bild eines Schiffes, das seinen Kurs nach einem Stern richtet.«

»Der Stern Merika«, warf Gerardo ein.

»Genau – ein Himmelskörper, den schon die alten Griechen kannten und der als Wegweiser nach Westen galt.« Marradesi räusperte sich und fuhr fort: »Der zweite Hinweis ist ein ungewöhnlicher steinerner Turm in Newport, Rhode Island. Das Ungewöhnliche besteht vor allem darin, daß er auf der geographischen Karte von Giovanni da Verrazzano von 1524 als ›normannischer Bau‹ bezeichnet wird. Dritter Hinweis: Der schottische Adlige William St. Clair, der sich eines Tempelritters unter seinen Vorfahren rühmte, stellte um 1480 den Bau einer Familienkapelle in der Nähe von Roslin, Schottland, fertig. Auf einigen Basreliefs an den Wänden sind Maiskolben und Aloepflanzen zu sehen, die damals in Europa noch unbekannt waren. Man bedenke, die Kapelle wurde mindestens zwölf Jahre vor Columbus' Entdeckungsfahrt erbaut. Vierter und letzter wichtiger Anhaltspunkt: Auf der Iberischen Halbinsel fand eine Verfolgung der Templer praktisch nicht statt. In Portugal wurde es ihnen sogar gestattet, sich unter dem Namen Ritter Christi neu zu formieren, und ihre Existenz ist dort bis ins 16. Jahrhundert nachgewiesen. Jetzt ratet mal, wer die Tochter eines Großmeisters der Ritter Christi geheiratet hat? Genau, Christoph Columbus. Seine besessene Suche könnte von den Erzählungen seines Schwiegervaters angeregt worden sein. Die Theorie, daß die Wikinger, die von Grönland aus starteten, als erste Europäer in Amerika ankamen, ist inzwischen allgemein akzeptiert. Von der Anwesenheit der Templer dagegen zeugen nur ein paar vage Spuren, von denen ich euch die wichtigsten gerade genannt habe.«

»Sehr interessant. Aber wie kommt es, daß sich dort in der Folge ihrer Landung keine neue Kultur entwickelt hat?« fragte Sara.

»Die Antwort dürfte einfach sein«, schaltete sich Gerardo ein. »Die Flotte war unter dem Druck der Ereignisse in aller Eile von La Rochelle abgesegelt, daher können sich nicht viele Frauen an Bord befunden haben. Die Templer waren schließlich kriegerische Mönche oder mönchische Krieger, je nachdem, wie man es sehen will, und somit an das Keuschheitsgelübde gebunden.« An Marradesi gewandt, fuhr er fort: »Ich bin Ihnen wirklich sehr dankbar für Ihre Ausführungen. Würden Sie mir noch den Gefallen tun, einen Blick auf diese Handschriften zu werfen, die Dr. Terracini mit Hilfe ihrer Geräte rekonstruiert hat?«

Marradesi nahm die Ausdrucke zur Hand und las sie ohne Schwierigkeiten, wobei er immer wieder nachdenklich nickte.

»Falls der geheimnisvolle Ort, auf den dieser Brief anspielt, tatsächlich Amerika ist, stehen wir vor einer sensationellen Entdeckung«, bemerkte Sara.

»Allerdings«, bestätigte Gerardo, »aber ich bitte euch inständig, noch nichts davon verlauten zu lassen. Diese

Handschrift könnte uns zu etwas ungeheuer Wichtigem führen.«

»Oh, wir sind daran gewöhnt, in heikle und vertrauliche Angelegenheiten verwickelt zu sein«, entgegnete Sara mit einer kleinen Grimasse. »Das ist zu einer Art unfreiwilligen Spezialität von uns geworden. Aber dürfte man vielleicht erfahren, worin dieses ›ungeheuer Wichtige‹ besteht?«

»Wer weiß, vielleicht in dem sagenhaften Schatz der Templer, wenn ich an den auch nicht wirklich glaube. Meiner Ansicht nach wurden damit die Kassen Philipps des Schönen aufgefüllt und basta. Nein, ich denke vielmehr an bedeutende Schriftstücke wie die, welche die ersten Ritter angeblich im Heiligen Land entdeckt haben. Sie wurden nie gefunden, und manche vermuten, daß Jacques de Molay, der letzte Großmeister, sie kurz vor dem berüchtigten 13. Oktober 1307 aus dem Tempel von Paris entfernen und in Sicherheit bringen ließ.«

»Gerardo, mein Labor steht dir zur Verfügung«, erklärte Sara enthusiastisch.

August 1311.

Das kleine Atoll war von einem Korallenriff umgeben, das es vor der Gewalt der Stürme schützte. In seiner Mitte erhob sich ein etwa hundertfünfzig Schritte hoher Monolith aus Granit. Überall wucherte üppiger Pflanzenbewuchs, und frisches Trinkwasser sprudelte aus einer Quelle, die einen kleinen See am Fuß des Granitfelsens bildete. Zahlreiche Vogelarten hatten auf der Insel ihr Zuhause, und Früchte und eßbare Pflanzen gediehen im Überfluß.

Schon im ersten Monat war es Luigi und Shirinaze gelungen, ein Holzhaus im Schutz des Monolithen zu errichten, das ein Stück über dem Boden auf Pfählen ruhte, um der Gefahr eines nächtlichen Eindringens von Tieren vorzubeugen. Die erbarmungslose Sonne hatte die von Geburt an dunkle Haut des kleinen Lorenzo nußbraun getönt.

Was sollte nur aus ihm werden? Würde er für immer hier in der Einsamkeit leben müssen? Das war die größte Sorge, die seine Eltern bedrückte, obwohl sie sich immer wieder mit der Hoffnung trösteten, daß Bertrand eines Tages zurückkehren würde.

Bertrand bereitete sich indessen auf eine andere Reise vor, die noch gefährlicher sein sollte als die, die er gerade über den Ozean unternommen hatte.

»Baron St. Clair«, sagte er zu seinem Gastgeber, »ich möchte Euch ersuchen, uns nicht bei diesem Unterfangen zu begleiten, sondern hier zu bleiben und die Schriftstücke des Tempels zu bewachen.«

»Nein, Bertrand, ich kann nicht hier sitzen und tatenlos zusehen. Ich will mit Euch kommen.«

»Ich verstehe Euch. Auch mir waren in jungen Jahren Aufgaben bestimmt, die mich vom Kampf ferngehalten haben. Damals war ich untröstlich, doch heute, nach so vielen Jahren, muß ich zugeben, daß die Meister, die mir diese Befehle gaben, recht hatten. Durch ihre Voraussicht ist unersetzlich Wertvolles gerettet worden. Deshalb bitte ich Euch nun, das gleiche für mich zu tun.«

»Bertrand, Ihr seid ein hervorragender Ritter, und die Männer, die dem Orden treu geblieben sind, bringen Euch den gleichen Respekt entgegen wie einst dem Großmeister«, sagte St. Clair und beugte das Haupt zum Zeichen des Gehorsams. »Ich werde Eurem Befehl Folge leisten, aber es gibt etwas, das ich von Euch erbitten möchte.«

»Sprecht.«

»Niemand weiß, welches Schicksal die Zukunft hier in Schottland für den Orden bereithält. Wie lange noch werden wir offen unsere Mitgliedschaft bekennen können? Ich halte es daher für notwendig, eine neue Bruderschaft zu gründen, die der Bewahrung der heiligen Hinterlassenschaften geweiht ist und vor allem dem letztendlichen Ziel, unsere Feinde zu vernichten.«

»Einen Geheimbund, meint Ihr?«

»So ist es.«

»Ihr habt von den Feinden in der Mehrzahl gesprochen. Wer sind sie, Eurer Meinung nach?«

»Haltet es nicht für Gotteslästerung, aber vor allem ist es der Ursupator des Throns Petri, dem wir Gehorsam geschworen haben und der unsere Brüder zum Dank für all unsere Opfer und Treue im Kerker schmachten läßt oder den glühenden Eisen der Inquisition ausliefert.«

»Wollt Ihr Euch etwa gegen die päpstliche Macht erheben?« fragte Bertrand mit einer Mischung aus Schrecken und Verwunderung.

»Nein, sondern gegen eine Macht, die im Namen Gottes, aber zum Nutzen des Teufels ausgeübt wird.«

»Laßt mich zuerst versuchen, unsere Kameraden zu befreien. Ich werde alle Kräfte der Vernunft aufbieten und hoffe, keine Gewalt anwenden zu müssen.«

»Gewalt anwenden? Mit welchen Mitteln denn? In Vienne werdet Ihr weniger als tausend Ritter vorfinden und diese noch dazu in ganz anderer Verfassung, als Ihr sie in Erinnerung habt. Es wird ein zusammengewürfelter Haufen von Versprengten sein, von verarmten, furchtgequälten Männern.«

»Außerdem hast du noch nicht bedacht, daß der König seine Truppen in Lyon zusammenzieht und plant, in der ersten Oktoberhälfte zu ihnen zu stoßen. Du kannst dir vorstellen, wie unabhängig unter diesen Umständen das Konzil entscheiden wird, das im nahen Vienne tagt«, mischte sich Jean-Marie erbittert ein und drängte dann: »Erlaube uns, in deinem Namen zu handeln, Bertrand. Wenn du die Mitbrüder unter dem Dach eines neuen Ordens versammelst, können wir unser Ziel erreichen.«

»Gewährt mir Zeit, darüber nachzudenken«, beendete Bertrand den Disput.

Das Schiff tauchte in den ersten Morgenstunden am Horizont auf. Am Mast flatterte die Kriegsflagge der Tempelritter, auf der ein Totenschädel über zwei gekreuzten Schenkelknochen zu sehen war, weiß auf schwarzem Grund. Luigi beobachtete es, bis es durch eine Lücke im Korallenriff glitt und in der einzigen Bucht der Insel ankerte. Dann rannte er zu seiner Hütte.

»Die Männer von Raymond de Ceillac sind gelandet«, berichtete er Shirinaze atemlos. »Wir müssen uns entscheiden, ob wir für immer hier bleiben oder uns ihnen anschließen wollen.«

Shirinaze dachte einen Moment nach, dann antwortete sie: »Ich überlasse dir die Entscheidung, Luigi, aber ich würde meinen Sohn lieber hier aufwachsen lassen als unter diesen Leuten.«

»Du hast recht, wir sollten bleiben. Wir müssen die Hütte mit Palmblättern tarnen und uns verstecken, bis das Schiff wieder ablegt. Vermutlich sind sie gekommen, um ihre Wasser- und Nahrungsvorräte aufzufüllen. In ein paar Tagen werden sie wieder verschwinden.«

Februar 1999.

Sobald er wieder zu Hause in Piacenza war, holte Gerardo die Diskette aus seinem Handkoffer und schob sie in das Laufwerk seines Computers. Nachdem er sich davon überzeugt hatte, daß die Daten, die Sara darauf überspielt hatte, vollständig waren, kopierte er sie auf seine Festplatte und schützte die Datei durch drei neue Paßwörter. Dann schloß er die Diskette und die Pergamente in seinem Wandsafe ein. Die Vorfälle der letzten Zeit hatten ihn gelehrt, daß man nie vorsichtig genug sein konnte.

Kurz darauf klingelte das Telefon, und er lächelte erfreut, als er Paolas Stimme hörte.

Sara Terracini war in Gedanken noch ganz mit dieser neuen erstaunlichen Entdeckung beschäftigt. Es wäre einfach zu schön, könnte sie beweisen, daß die flüchtenden Templer den Ozean überquert und den amerikanischen Kontinent erreicht hatten.

Der hartnäckige Klingelton, der aus dem Lautsprecher ihres Computers drang, riß sie aus ihren Gedanken, und als sie die Signatur des fernen Anrufers las, beeilte sie sich, das Fenster für die Videokonferenz zu öffnen.

Auf dem Monitor erschien das Gesicht eines alten Freundes, dessen Gruß klar und deutlich aus den Lautsprechern klang, wenn auch mit leichter Verzögerung gegenüber dem Bild.

»Oswald, mein Lieber, *schalom*. Ich dachte, du steckst mitten im Wahlkampf«, sagte Sara.

»Ja, meine Berater tun alles, um mich für die Politik zurechtzubiegen. Und seit in Tel Aviv Wahlkampffieber herrscht, bin ich rund um die Uhr beschäftigt.«

»Man scheint Großes mit dir vorzuhaben. Sogar für den Posten des Verteidigungsministers bist du im Gespräch, wie ich gelesen habe. Dann wirst du wohl keine Zeit mehr haben, um ...«

Sara unterbrach sich, weil im Videobild ein Textfenster aufgetaucht war, durch das die Worte liefen: <LASS UNS LIEBER SCHRIFTLICH UND VERSCHLÜSSELT PLAUDERN. ICH WILL VERMEIDEN, DASS NEUGIERIGE UNS BELAUSCHEN.>

<O.K.>, tippte Sara sofort und aktivierte das Kodierungsprogramm.

Oswald Breil war ein Mann von kleiner Statur – wenig größer als ein Zwerg, um genau zu sein –, aber mit außergewöhnlicher Intelligenz und hohem Durchsetzungsvermögen. Trotz seines unvorteilhaften Äußeren war er schnell in die hohen Ränge der israelischen Staatsführung aufgestiegen, und nun kandidierte er sogar für einen Ministerposten. Begonnen hatte er seine Karriere beim Mossad, dann war er, nach einer Zwischenstation als Leiter des Schin-Beth, des Dienstes für innere Sicherheit, selbst Chef des Mossad geworden, des mächtigsten und bestorganisierten Geheimdienstes der Welt, der von Eingeweihten nur das »Institut« genannt wurde.

Mit ihrem enormen Fachwissen über antike Fundstücke hatte Sara ihm schon öfter bei wichtigen Ermittlungen geholfen. Ein gefährliches Spiel, das sie mehr als einmal in Lebensgefahr gebracht hatte, das aber zu aufregend war, um Oswald einen Korb zu geben, wenn er sie um etwas bat.

<WORAN ARBEITEST DU GERADE, SARA?> fragte das Dialogfenster.

<AN NICHTS BESONDEREM, NUR DER ÜBLICHE ALTE TRÖDEL.>

<DAS HEISST?>

<ICH HABE EIGENTLICH VERSPROCHEN, NIEMANDEM DAVON ZU ERZÄHLEN.>

<ICH BIN GANZ OHR. ODER VIELMEHR GANZ AUGE.>

<ICH GLAUBE, EINER GROSSEN ENTDECKUNG AUF DER SPUR ZU SEIN. ES GEHT UM NICHTS GERINGERES ALS DIE LANDUNG VON EUROPÄERN IN AMERIKA, ZIRKA ZWEIHUNDERT JAHRE VOR COLUMBUS.>

<WAS IST DARAN SO NEU? DU MEINST DIE WIKINGER, ODER?>

<NEIN, ICH SPRECHE VON DEN TEMPELRITTERN, DIE 1307 IHRER VERHAFTUNG ENTGANGEN SIND.>

<TEMPELRITTER, STIMMT, IRGENDWO HABE ICH MAL SO WAS GELESEN. ABER WAS HAST DU DAMIT ZU TUN?>

<ES GEHT UM ZWEI HOCHINTERESSANTE SCHRIFTSTÜCKE, DIE ICH GERADE RESTAURIERT HABE.>

<?>

<DAS EINE SCHEINT DAS GEISTIGE VERMÄCHTNIS VON

HUGO DE PAYNS ZU SEIN, UND DAS ZWEITE IST DER BRIEF EINES JUNGEN MANNNES NAMENS LUIGI AN SEINEN VATER, DEN GRAFEN LORENZO DI VALNURE, VON ZIRKA 1310. DORT WIRD AUF EINEN WEIT ENTFERNTEN ORT ANGESPIELT, EINEN GEHEIMEN SITZ DER TEMPELRITTER.>

<WIE BIST DU AN DIE HANDSCHRIFTEN GEKOMMEN?>

<EIN ALTER FREUND VON MIR, EIN BEGEISTERTER MEDIÄVIST, HAT SIE IN EINER GEHEIMEN NISCHE SEINES SCHLOSSES ENTDECKT. ER IST EIN NACHFAHRE DIESES LORENZO DI VALNURE. AUSSERDEM HAT ER EINE MEDAILLE GEFUNDEN, AUF DER DAS GLEICHE ZEICHEN EINGEPRÄGT IST WIE AUF DEM SIEGEL EINER DER PERGAMENTHÜLLEN.>

<WAS IST DARAUF ZU SEHEN? DIE TEMPLER BEDIENTEN SICH ZIEMLICH UNGEWÖHNLICHER SYMBOLE.>

<AUF DER EINEN SEITE BEFINDET SICH DAS BEKANNTE SYMBOL DER ZWEI RITTER AUF EINEM PFERD, ABER AUF DER ANDEREN IST DIE SELTSAME DARSTELLUNG EINES SEEMANNSKNOTENS ZU SEHEN. NACH MEINUNG VON GERARDO DI VALNURE, MEINEM FREUND, HANDELT ES SICH UM EINEN SOGENANNTEN PFAHLSTICH, EINEN SEIT DEN FRÜHZEITEN DER SEEFAHRT GEBRÄUCHLICHEN KNOTEN.>

<DAS ERINNERT MICH AN ETWAS. LASS MIR EIN BISSCHEN ZEIT. ICH MELDE MICH WIEDER. CIAO.>

Nachdem er die letzten Worte getippt hatte, griff Oswald Breil zum Telefon und wählte eine Geheimnummer – die von Dr. Erma, seinem Nachfolger als Leiter des Mossad.

September 1311.

Das Schiff legte nach drei Tagen wieder ab, ohne daß de Ceillacs Männer sie entdeckt hatten, und Luigi und Shirinaze nahmen ihr einfaches, aber glückliches Leben wieder auf.

Die Tage, die sie im Busch versteckt verbracht hatten,

waren ihnen endlos vorgekommen. Sie hatten das betrunkene Grölen der Männer gehört und waren überzeugt davon, die richtige Entscheidung getroffen zu haben. De Ceillac und seine Leute schienen zu Piratengesindel verkommen zu sein, das nichts mehr mit den Idealen des Tempels gemein hatte.

»Der Orden des Tempels ist vernichtet, Bertrand!« rief Jean-Marie de Serrault aus. »Zumindest im Frankreich Philipps IV. Ich bitte dich, deine Entscheidung zu überdenken. Noch ist Zeit genug, alle Ritter zu benachrichtigen, die dir folgen wollen. Geh nicht fort, ich flehe dich an. Mir schwant Schreckliches!«

»Ich muß mit allen Mitteln versuchen, meine Brüder zu befreien, Jean-Marie. Mein Entschluß steht fest, in vier Tagen werde ich aufbrechen. Sieh her!« fuhr er fort und zeigte dem Freund die Etappen der Reise auf der Karte. »Wir werden in Portugal anlegen, dem einzigen Land, in dem wir noch nicht verfolgt werden. Dort werden wir uns aufteilen, um am Tag der Eröffnung des Konzils am vereinbarten Treffpunkt im Wald von Vienne zusammenzukommen. Dann werde ich mich selbst davon überzeugen, ob der Papst tatsächlich jede Würde verloren und sich dem König von Frankreich gebeugt hat.«

»Ist das nicht längst offensichtlich? Welche anderen Beweise braucht Ihr noch?« fuhr St. Clair dazwischen. »Genügen Euch all die auf dem Scheiterhaufen verbrannten Templer, die Folterungen nicht? Ich beschwöre Euch, Bertrand, wir müssen von vorn anfangen, mit den gleichen Idealen, aber einem anderen Feind, den es zu bekämpfen gilt, viel tückischer als die Mauren: Clemens V.«

»Wahrscheinlich habt ihr recht, doch ehe ich Entscheidungen gegen die Regeln des Tempels treffe, müßt Ihr mir erlauben, mit eigenen Augen zu sehen und mit eigenen Ohren zu hören.«

»Meine Angst ist groß, daß Ihr nie zurückkehren werdet.«

»Für diesen Fall ermächtige ich Euch, einen neuen Orden aus Rittern zu gründen, die sich der Niederwerfung des Usurpators auf dem Stuhl Petri verschreiben. Ihr dürft in meinem Namen handeln und dieses Siegel benutzen, das jeder Templer kennt.«

Damit legte Bertrand eine der drei Silbermedaillen auf die Karte, die vor langer Zeit geprägt worden waren.

Eine beständige Furcht nagte an Luigi: Auch de Ceillac und seine Männer wußten, daß diese Insel für die Eingeborenen unantastbar war, und deshalb kamen sie womöglich auf die Idee, sie als Stützpunkt zu wählen.

Nach einem Monat jedoch ließ diese Furcht nach und wich der Unbeschwertheit ihres paradiesischen Daseins.

»Ich gehe mit Lorenzo zum Baden an den See«, sagte Shirinaze eines Morgens.

Luigi blieb allein zurück, um Blätter für die Ausbesserung ihres Daches zu flechten, das vom starken Wind der letzten Nacht beschädigt worden war.

Er war fast fertig, als ihn ein ungutes Gefühl überkam und er auf den Felsvorsprung zulief, der die Bucht begrenzte. Oben angekommen, bestätigte sich seine böse Vorahnung, denn im türkisblauen Wasser schaukelte das Schiff von de Ceillac. Am Strand lag eine Schaluppe und kündete davon, daß bereits jemand an Land gegangen war.

Er lief los, so schnell er konnte, ohne sich um das dichte Strauchwerk zu kümmern, das ihn am ganzen Körper mit Peitschenhieben traktierte. In der Hand hielt er seinen selbstgefertigten Bogen, und er flehte zu Gott, daß de Ceillacs Männer noch nicht zur Süßwasserquelle vorgestoßen waren.

Shirinaze zog sich aus und legte ihre mittlerweile verschlissenen Kleider neben einem Gebüsch ab. Dann nahm sie den kleinen Lorenzo bei der Hand und tauchte langsam mit ihm in das kristallklare Wasser ein.

Als sie den Jungen mit beiden Händen hielt, damit er Schwimmbewegungen durchführen konnte, wurde sie von einem Anblick überrascht, der sie leise aufschreien ließ.

Am Ufer des kleinen Sees standen sieben Männer mit Holzfässern und begafften sie wie ein Rudel ausgehungerter Wölfe.

Wie auf Kommando setzten sie sich alle auf einmal in Bewegung und stürzten sich auf sie. Zwei packten ihre Arme, während ein dritter sich Lorenzo schnappte. Sie zerrten sie ans Ufer und zwangen sie nackt vor den Kerl, der ihr Anführer zu sein schien.

»Sieh an, wen wir da haben«, rief dieser triumphierend. »Das Sarazenenweib des edlen Luigi.«

Er ließ seinen wollüstigen Blick über ihren Körper schweifen. »Wir haben keine Frauen an Bord, Gott sei's geklagt, und meine Männer leiden sehr unter diesem Mangel, schon seit mehreren Monaten nun.«

Der Griff um ihre Handgelenke wurde noch fester. Shirinaze, die wußte, was ihr blühte, versuchte, sich loszureißen, doch es war aussichtslos.

»Dürfte ich vielleicht erfahren, wo dein Gatte ist?« fragte der Anführer.

»Er ist ... tot«, brachte sie noch hervor, während ihr einer der brutalen Kerle bereits die Beine auseinanderschob.

Luigi hatte gelernt, auch in solchen Situationen die Ruhe zu bewahren. Im Gebüsch versteckt, legte er den ersten Pfeil an die Sehne und zielte, ohne daß seine Hand unter dem Aufruhr seiner Gefühle zitterte. Zwei der Schurken kehrten ihm den Rücken zu, während sie versuchten, Shirinaze zu bändigen, die sich mit aller Kraft wehrte.

Der Pfeil schnellte mit einem trockenen Sirren los und durchbohrte einen der beiden, und ehe die Männer begriffen, von wo der Angriff kam, hatte ein zweiter Pfeil schon den anderen getötet.

Die fünf Übriggebliebenen sahen sich verängstigt um, die Hände an die Schwerter gelegt. Sie entdeckten Luigi in den Büschen und stürzten sich mit einem blutrünstigen Schrei auf ihn. Er hatte gerade noch Zeit, einen dritten Pfeil abzuschießen, der sich jedoch im Unterholz verlor, bevor ihm eine Klinge an die Kehle gedrückt wurde, während ihn zwei von de Ceillacs Männern festhielten.

Luigi bäumte sich ein letztes Mal auf, als er Lorenzo weinen hörte, aber ein Hagel von Tritten in seinen Bauch raubte ihm den Atem. Seine Hände wurden mit einem festen Strick zusammengeschnürt, und kurz darauf geschah das gleiche mit Shirinaze und dem Kleinen.

»Was machen wir jetzt mit ihnen, Denis?« fragte einer der Männer den Anführer.

»Wir bringen sie am besten gleich um, ehe sie de Ceillac verraten können, was wir mit der Mohrin vorhatten«, mischte sich ein anderer ein.

»Nein«, widersprach der Mann namens Denis. »Wir nehmen sie mit. Ihr Wort zählt nichts gegen unseres, zumal das Weib noch unversehrt ist. De Ceillac wird uns nicht dafür bestrafen, daß wir den Mörder zweier unserer Leute gefaßt haben und ihm diese hübsche braune Blume bringen.«

Die drei Gefangenen wurden an Bord gebracht und in einen stickigen Laderaum gesperrt. Als die Luke endlich wieder aufging, wußte Luigi nicht, wieviel Zeit vergangen war. Das Licht einer Laterne durchdrang die Dunkelheit und beleuchtete das drohende Gesicht von Denis.

»Graf di Valnure«, sagte dieser mit einem höhnischen Grinsen, »der Großmeister de Ceillac erbittet eine Unterredung mit Euer Hochwohlgeboren.«

Luigi erklomm die schmale Holzleiter und atmete in vollen Zügen die frische Luft ein, als er das Deck erreichte, doch zwei bewaffnete Männer stießen ihn sogleich zu der Unterkunft des Mannes, der sich zum Großmeister ernannt hatte.

»Ihr seid also zum Mörder geworden, edler Luigi«, sagte Raymond de Ceillac, nachdem er ihn eine Zeitlang mit eisigem Blick gemustert hatte. »Nie hätte ich es für möglich gehalten, daß ein aufrechter junger Mann wie Ihr zwei seiner Kameraden hinterrücks meucheln würde. Aber ich hätte mir wohl denken sollen, daß dieses Weib, diese Heidin ...«

»Sie wollten meiner Frau Gewalt antun!« unterbrach ihn Luigi aufgebracht.

»Ich wußte, daß Ihr Euch in diese Lüge flüchten würdet. Meine Männer kündigten es mir schon an. Sie wollten jedoch nur mit dem Weib reden, daß Ihr Eure Frau zu nennen beliebt.«

»Shirinaze hat schon als Kind die heiligen Sakramente empfangen und sich zu unserem Glauben bekehrt.«

»Eine Bekehrung, die für sie von Vorteil war, sicher. Ich habe mich lange genug zwingen müssen, diese ... diese Mohrin als Christin anzusehen. Doch jetzt wird sie behandelt werden wie eine aufmüpfige Eingeborene. Und ebenso der Knabe, den Ihr mit ihr in Sünde gezeugt habt.«

Luigi wollte entgegnen, daß sie von einem Geistlichen des Tempels getraut worden waren, aber er wußte, daß es keinen Sinn hatte. Der andere fuhr fort: »Was Euch betrifft, so sollt Ihr allein in einem Loch verrotten, und nur wenn Euer Benehmen tadellos ist, werde ich es in Erwägung ziehen, Euch die Gnade zu erweisen, die Ihr verdient – den Tod.«

Bertrands Schiff stach am festgesetzten Tag in See, während seine beiden Freunde im sicheren Schottland zurückblieben.

Mit ihm waren etwa dreihundert Seemänner sowie hundert Ritter und Soldaten an Bord. Sie würden an den ihnen freundlich gesonnenen Küsten Portugals landen und in kleinen Gruppen auf dem Landweg nach Frankreich ziehen. Die Zusammenkunft war für die ersten Oktobertage vereinbart, bei einer säkularisierten Wallfahrtskapelle im Wald bei Vienne.

Februar 1999.

Sara Terracini hatte ein Gemälde von kleinen Ausmaßen, aber unschätzbarem Wert vor sich liegen. Ihr Labor war gerade mit seiner Restaurierung fertig geworden, so daß das Bild in kürze wieder an das Museum, aus dem es stammte, zurückgehen würde.

Es waren erst vier Tage vergangen, seit Oswald Breil mit ihr Kontakt aufgenommen hatte. Plötzlich ertönte der Klingelton aus dem Lautsprecher des Computers, und das Gesicht ihres zwergenhaften Freundes erschien in einem Fenster auf dem Monitor. Er begrüßte sie nur knapp, bevor sich ein zweites Fenster mit der Anweisung <ENCRYPT> öffnete.

Sara gab sofort die nötigen Befehle zur verschlüsselten Kommunikation ein und tippte dann ohne weitere Vorrede: <HAST DU NEUIGKEITEN?>

<JA, EIN PAAR. ABER ES SIND NUR KLEINE HINWEISE, DIE ICH VON GEWISSEN FREUNDEN ERHALTEN HABE.>

Gott segne dich, Oswald, du bist einfach Gold wert, dachte Sara und nahm eine bequemere Haltung auf ihrem Schreibtischstuhl ein.

<ERINNERST DU DICH AN DEN KARDINAL FEBI?> las sie.

<JA, DUNKEL. ER WAR SO ETWAS WIE DER FINANZMINISTER DES VATIKANS IN DEN SIEBZIGERN, ODER?>

<GENAU. ER STARB ANFANG OKTOBER '78, WENIGE TAGE NACH DEM ABLEBEN VON PAPST ALBINO LUCIANI. AUCH DESHALB ERREGTE DIE NACHRICHT DAMALS WENIG AUFMERKSAMKEIT. FEBIS TOD WURDE AUF EINEN HERZINFARKT ZURÜCKGEFÜHRT, ABER MAN FAND IHN IN EINER ÄUSSERST MERKWÜRDIGEN HALTUNG, NÄMLICH MIT DER RECHTEN HAND IN DER TASCHE, WÄHREND INFARKTOPFER DIE HÄNDE NORMALERWEISE REFLEXARTIG AN DIE BRUST REISSEN ODER SIE ZUR SEITE FALLEN LASSEN. ER ABER HIELT EINE ROTE KORDEL IN DER HAND, DIE EIN GOLDFADEN DURCHLIEF UND DIE ZU EINEM PFAHLSTICH GEKNOTET WAR.>

<WAS BEDEUTETE DAS DEINER MEINUNG NACH?>

<WEISST DU NOCH, WIE EIN MYSTERIÖSER BRAND EINEN GROSSEN TEIL DER GUARINI-KAPELLE IN TURIN IN SCHUTT UND ASCHE LEGTE UND DAS GRABTUCH UNTER GRÖSSTER GEFAHR GERETTET WURDE? DAS WAR AM 11. APRIL 1997. IN DER NÄHE DES BRANDHERDES WURDE EINE ÄHNLICHE KORDEL GEFUNDEN. MERKWÜRDIGER ZUFALL. UND VON EINIGER BEDEUTUNG FÜR DEINE FORSCHUNGEN.>

<DU MEINST DIE TEMPLER?>

<EXAKT. MANCHE THEORIEN FÜHREN DAS GRABTUCH NÄMLICH AUF JACQUES DE MOLAY ZURÜCK, DEN LETZTEN GROSSMEISTER DES TEMPLERORDENS. INFOLGE DER ERLITTENEN FOLTERUNGEN BEKAM ER EINE METABOLISCHE ACIDOSE, WIE ES IN DER MEDIZIN HEISST, MIT ANDEREN WORTEN, SEIN ORGANISMUS PRODUZIERTE AUFGRUND DES KÖRPERLICHEN TRAUMAS ZUVIEL MILCHSÄURE. DIESES ÜBERMASS AN SÄURE KÖNNTE DAS LEICHENTUCH, IN DAS ER AUF BEFEHL DES INQUISITORS IMBERT NOCH LEBEND EINGEWICKELT WURDE, UNAUSLÖSCHLICH DURCHTRÄNKT HABEN. DAS WÜRDE AUCH DIE DATIERUNG DES TUCHES AUF DAS MITTELALTER ERKLÄREN, ZWISCHEN 1260 UND 1390, DIE DIE KARBONANALYSEN ERGEBEN HABEN.>

<SCHLUSSFOLGERUNG?>

<UM GENAU ZU SEIN, HANDELT ES SICH MEHR UM SPEKULATIONEN ALS UM EINE SCHLUSSFOLGERUNG. ENTWEDER HABEN WIR ES HIER MIT SCHLICHTEN ZUFÄLLEN ZU TUN, ODER ES STECKT NOCH ETWAS ANDERES HINTER DIESEM SEEMANNSKNOTEN. VIELLEICHT EINE MÄCHTIGE SEKTE, DIE ZUGANG ZU DEN HÖCHSTEN KREISEN DES VATIKANS HAT UND SO GEHEIM IST, DASS NOCH NICHT EINMAL DIE BESTEN GEHEIMDIENSTE DER WELT ETWAS VON IHRER EXISTENZ WISSEN.>

Zur gleichen Zeit wurde an der Via Appia eine neuerliche Versammlung abgehalten.

»Wir sind bereit, Brüder«, sagte der Kapuzenmann am Kopf des Tisches zu den anderen zwölf Versammelten. »Wir sind bereit, den Bösen von jenem Thron zu stoßen, der uns seit Jahrhunderten zusteht. Wir sind bereit, die zu bestrafen, die Christus verleugnet haben. Millionen von Sündern werden sterben, und wir werden die Welt im Namen des Gerechten neu aufbauen können.«

Die gewölbte Decke des Saals war blau gestrichen und mit goldenen Sternen verziert, von denen einer heller strahlte als die anderen – jener, der den Weg nach Westen wies und von den Alten Merika genannt wurde.

Oktober 1311.

Der Laderaum war so niedrig, daß Luigi und Shirinaze sich nicht aufrecht darin bewegen konnten, und das Schlingern des Schiffes verursachte ihnen ständige Übelkeit. Jeden Tag wurden von der Luke eine Schüssel Suppe und ein paar Schluck Wasser heruntergelassen, die sie fast ganz ihrem Kind gaben.

Plötzlich ertönte die Stimme von Denis in der stinkenden Dunkelheit, gefolgt von einem vulgären Lachen. »Du, Herr Graf, wirst mit deinem kleinen Bastard weiter hier drin schmachten und über deine Sünden nachdenken. Aber das Weib wird an Deck verlangt.«

Von Verzweiflung getrieben, schnellte Luigi hoch und schlang seine Hände um den Hals des Schinders, doch sogleich erhielt er einen heftigen Schlag in den Nacken und verlor das Bewußtsein. Shirinaze wurde in de Ceillacs Kabine gezerrt.

»Ich nehme an, die Gesundheit deines Mannes und deines Kindes liegen dir am Herzen, Weib«, sagte de Ceillac und bedachte sie mit einem heimtückischen Blick.

Shirinaze wurde von einem furchtbaren Gefühl der Angst

und Auswegslosigkeit überwältigt. »Ich flehe Euch an, im Namen Gottes ...«

»Welches Gottes? Des unseren oder deines heidnischen Götzen? So oder so, dein Jammern und Flehen wird dir nichts nützen. Wenn du das Leben deiner Lieben retten willst, wirst du vor allem willfährig sein müssen«, sagte de Ceillac mit einem lüsternen Funkeln in den Augen.

Shirinaze sah ihm voll Abscheu und Haß ins Gesicht und ließ wortlos ihre wenigen zerschlissenen Kleider zu Boden fallen, während de Ceillacs Atem immer mehr zum wilden Keuchen wurde.

Angewidert und gedemütigt fühlte sie seine rauhen Hände auf ihrer Haut, die ihr Gewalt antun wollten. Als das Gewicht des Mannes sie niederdrückte, schickte sie noch einen letzten Gedanken an Mann und Kind, ehe sie ihren Geist verschloß.

Clemens V. eröffnete feierlich das Konzil von Vienne, dem jedoch kein Landesfürst beiwohnte. Die Anwesenheit der in Lyon zusammengezogenen königlichen Truppen lastete schwer auf den Mitgliedern des Konzils. Philipp der Schöne würde ihre Beratungen genauestens überwachen, bereit, einzuschreiten, falls die Entscheidungen der Kirchenmänner von seinem Willen abweichen sollten, der vor allem die Auflösung des Templerordens vorsah. Papst Clemens schien durchaus geneigt, diesen Forderungen nachzukommen.

Bertrand de Rochebrune mußte bald einsehen, daß St. Clair mit seinen Warnungen recht gehabt hatte. Er konnte tatsächlich auf nicht mehr als sechshundert Männer setzen, die zudem nur noch ein Schatten der Ritter von einst waren. Mit diesem Haufen würde er niemals die Stadt stürmen können, und so entschloss er sich, einen anderen Weg einzuschlagen.

Das Gewölbe der Kathedrale St. Maurice war hoch und ehrfurchtgebietend, und die Vollversammlung des Konzils saß unter der prächtigen Reihe von Buntglasfenstern gegenüber dem Hauptportal. Plötzlich hielt der Redner, der gerade dabei war, die Anklagepunkte gegen den Orden herunterzubeten, verwirrt inne. Sieben Tempelritter tauchten inmitten des verblüfften Schweigens auf.

»Ich verlange, daß meinen Mitbrüdern, die aufgrund haltloser Anschuldigungen verleumdet und eingekerkert wurden, Gerechtigkeit widerfährt«, erhob sich die Stimme von Bertrand de Rochebrune. »Im Namen Gottes und aller Gerechten sollen sie vor einem Gericht gehört werden, und ihre Aussagen dürfen nicht unter der Folter erzwungen werden. Darum ersuche ich den Apostel Christi, dem wir ewige Treue geschworen haben und für den viele der unseren ihr Leben ließen.«

Es folgte ein Moment angespannter Stille. Viele der anwesenden Bischöfe waren nicht mit der geplanten Auflösung des Ordens einverstanden, doch sobald die papsttreuen Prälaten sich von ihrem Erstaunen erholt hatten, riefen sie mit lauter Stimme nach den Wachen. »Nehmt sie fest! Sie haben es gewagt, das Heilige Konzil zu stören und mit ihren Waffen ein Gotteshaus zu betreten.«

»In den Wäldern um die Stadt warten zweitausend Tempelritter!« log Bertrand, während die Wachen sie einkreisten. »Aber wir wollen keinen Kampf. Wir sind in Frieden gekommen, um Gerechtigkeit zu fordern!«

Das Geschrei von den Chorstühlen der Prälaten wurde noch lauter und schriller. »Entwaffnet sie, nehmt sie gefangen!«

Bertrand wußte, daß jeder Widerstand zwecklos war, und auf ein Zeichen von ihm legten seine Gefolgsmänner ihre Waffen ab.

Der von der großen Trommel auf Deck vorgegebene Rhythmus der Ruderschläge wurde immer schneller. Luigi blinzelte geblendet in den Lichtstrahl, der durch die Luke drang. Die Wachen hatten offenbar vergessen, die Klappe von außen richtig zu verriegeln, weil sie durch einen drohenden Angriff abgelenkt worden waren.

Er versuchte, sich von den Ketten zu befreien, in deren Manschetten seine Fußknöchel steckten. Schon länger hatte er im hinteren Teil des Laderaums eine vergessene Eisenstange bemerkt und rutschte nun auf dem Rücken zu ihr hin. Er führte ihre Spitze in die Krampen ein, mit denen die Kette an den Manschetten befestigt war, und fügte sich dabei tiefe Wunden an den Beinen zu, so daß er die Zähne zusammenbeißen mußte, um nicht laut aufzuschreien. Doch schließlich gelang es ihm, sie zu sprengen. Er war frei und fühlte, wie Kraft und Entschlossenheit sofort zurückkehrten.

Er nahm den Kleinen auf den Arm und wartete in der Nähe der Luke darauf, daß das Gefecht begann. Sobald er die ersten Schlachtrufe hörte, stieß er die Luke auf. Das helle Tageslicht schmerzte in seinen Augen und zwang ihn, sie kurz zu schließen, und als er sie wieder öffnete, sah er, daß das Schiff von zahlreichen Einbäumen voller Eingeborener mit Pfeil und Bogen umringt war.

»Achtung, der Gefangene flieht!« hörte er jemanden hinter sich schreien, aber da hatte er die Reling schon erreicht, setzte mit einem Sprung über sie hinweg und verschwand mit seinem Sohn unter Wasser.

Als sie wieder auftauchten, wurden sie von einem Pfeilregen unter Beschuß genommen, der jedoch eher spärlich tröpfelte, denn auf der Galeere waren sie viel zu sehr mit ihrer Verteidigung beschäftigt. Luigi schwamm wie besessen. Als er merkte, daß er außer Schußweite war, drehte er sich zum Schiff um, wobei er den Kopf des Kindes stets über Wasser hielt, und schwamm nur mit den Beinen weiter, um die Lage im Auge zu behalten. Zu seiner großen Erleichterung hatte niemand die Verfolgung aufgenommen.

Auf dem Schiff war Shirinaze in der Unterkunft des Kapitäns allein zurückgeblieben und hatte sich vorsichtig zur Tür geschlichen, als sie die Schreie der Angreifer hörte. Sie hatte gesehen, wie Luigi mit dem Kind über Bord gesprungen war, und gebetet, daß es ihnen gelingen möge, sich zu retten.

Zwar hatte sie ihre Flucht nicht weiter beobachten können, aber gehört, wie de Ceillac brüllte: »Laßt sie, ihr Dummköpfe! Sie sind schon außer Schußweite! Jeder auf seinen Gefechtsposten! Um die beiden Bastarde werden sich die Haie kümmern!«

März 1999.

Paola, die dank einer Tourneepause für ein paar Tage nach Schloß Valnure hatte kommen können, lag in einem Satinmorgenrock bekleidet auf Gerardos Bett. Der Hausherr war gerade beim Rasieren, als das Telefon klingelte.

»Könntest du bitte rangehen?« rief Gerardo aus dem Bad.

»Da ist eine Sara Terracini«, ließ sich Paola kurz darauf vernehmen. »Soll sie noch einmal anrufen?«

»Nein, ich komme sofort!« sagte er und wischte den Rasierschaum mit einem Handtuch vom Gesicht.

»Ich hoffe, ich habe nicht gestört«, begrüßte ihn die schöne Römerin ironisch.

»Aber nein, du störst mich doch nie.«

»Wer's glaubt. Vielleicht wirst du mir irgendwann mal verraten, zu wem diese Pantherstimme von eben gehört. Aber Spaß beiseite, ich wollte dich über einige Neuigkeiten informieren, die ich gerade bezüglich unserer Nachforschungen erfahren habe.«

»Das ging ja schnell. Schieß los.«

»Nicht am Telefon. Ich schicke dir eine verschlüsselte E-Mail und zugleich per Kurier eine Diskette mit dem Dechiffrierprogramm.«

»So viele Vorsichtsmaßnahmen?«

»Vorsicht ist die Mutter der Porzellankiste«, antwortete Sara und verabschiedete sich mit einem kurzen Gruß.

Wenig später klopfte es an der Tür, und Giacomo erschien mit einem perfekt gebügelten Smoking und einem blütenweißen Hemd überm Arm.

»Wie weit bist du, Paola?« fragte Gerardo.

»Nur noch einen kleinen Augenblick«, antwortete die Sängerin.

Graf di Valnure war an diesem Abend zu einem Wohltätigkeitsdinner in Mailand eingeladen.

»Wer mich kennt«, sagte Oswald Breil mit sicherer Stimme ins Mikrofon, »wird bestätigen können, daß ich meine Tage nicht gern am Schreibtisch verbringe. Ich bin ein Mann der Tat. Daher weiß ich nicht – ich gestehe es ganz offen –, ob ich der Regierungsverantwortung gewachsen sein werde. Aber ich kann Ihnen versichern, daß ich mich dieser neuen Herausforderung wie immer mit Ernsthaftigkeit und vollem Einsatz widmen werde.«

Die Teilnehmer der Wahlversammlung im Carlton-Hotel von Tel Aviv erhoben sich und applaudierten begeistert, worauf Breil zum erstenmal einen Hauch von Verlegenheit erkennen ließ. Aber er hatte das Publikum bereits mit scharfem Blick abgeschätzt und festgestellt, daß die Zahl seiner Anhänger zunahm.

Nachdem das Benefiz-Essen zugunsten des Wahlkampfes beendet war und er Dutzende von Händen geschüttelt hatte, verließ er den Saal. In seinem Hotelzimmer angekommen, legte er sich gleich aufs Bett. Er war müde, wußte aber, daß er nach der Anspannung des Abends nur schwer würde einschlafen können.

Also stand er wieder auf, steckte das Kabel seines tragbaren Computers in die Telefonbuchse und öffnete das Programm für Videokonferenzen, in der Hoffnung, Sara Terracini noch im Büro anzutreffen. Das arme Mädchen verbrachte ja praktisch sein ganzes Leben in diesem Labor.

In Rom hatte Sara gerade die verschlüsselte Nachricht an Gerardo abgeschickt und wollte ihren Computer ausschalten, als das durchdringende »Bing« des Klingelzeichens sie zurückhielt.

Auf dem Monitor erschien Oswald Breils lächelndes Gesicht.

»Du gutes, fleißiges Kind. Ich war fast sicher, daß ich dich erreichen würde, aber ... Meine Güte, bei dir muß es doch schon zwei Uhr nachts sein!«

»Mensch, Oswald, ich hatte noch zu tun. Passiert dir das nie? Hey, du siehst ja aus wie ein Pinguin. Wo, zum Teufel, steckst du?«

»In einem Hotel in Tel Aviv. Ich habe gerade eine Wahlkampfveranstaltung abgehalten und bin fix und fertig. Ich dachte, du könntest mich ein wenig trösten.«

»Wie charmant. Ein knallharter Politiker, der Trost braucht.«

»Charmant bin ich bestimmt, meine Schöne, aber es wird Monate dauern, bis ich gelernt habe, mich im Treibsand der Politik zu bewegen.«

»Ach, komm. Nach ein paar Tagen schon wird dir keiner mehr das Wasser reichen können. Auf tückischem Gelände fühlst du dich doch am wohlsten.«

»Na ja, zuerst muß ich einmal gewählt werden, und das wird nicht so einfach. Trotzdem fühle ich mich schon getröstet. Was macht dein neues Projekt? Kommst du voran?«

»Ich habe meinem Freund Gerardo gerade deine Mutmaßungen mitgeteilt.«

»Ich bitte dich nochmals, die größte Vorsicht walten zu lassen, und sag das auch deinem Freund. Wenn ich richtig liege, seid ihr es nämlich, die sich auf äußerst tückischem Gelände bewegen.«

»Ich habe deine Anweisungen genau befolgt.«

»Sehr gut. Du warst schon immer meine beste Schülerin«, lobte das Männchen und schenkte ihr ein warmes Lächeln.

Gerardo lenkte den Wagen mit sicherer Hand, und der alte, liebevoll gepflegte Maserati Mistral reagierte willig auf jeden seiner Befehle.

Paola neben ihm streckte den linken Arm aus und kraulte seinen Nacken. Mit einem Anflug von Panik fragte er sich, ob er dabei war, sich in sie zu verlieben, aber er schob den beunruhigenden Gedanken schnell beiseite und dachte lieber an die vor ihnen liegende Nacht.

Sie erreichten Piacenza und das Schloß nach kaum mehr als vierzigminütiger Fahrt, und Paola schmiegte sich an ihn, während sie die Treppe hinaufgingen. Kaum hatten sie die Wohnung betreten, stellte Gerardo verwundert fest, daß das Licht in seinem Arbeitszimmer brannte. Er befreite sich sanft aus Paolas Umarmung und ging nachschauen.

Giacomo saß zusammengesunken auf dem Schreibtischstuhl vorm Computer. Auf seiner Stirn zeichnete sich mit brutaler Deutlichkeit das Einschußloch einer Kugel ab, und ein Rinnsal getrockneten Blutes zog sich von der Wunde über sein angstverzerrtes Gesicht.

Oktober 1311.

Gerade als seine Kräfte ihn zu verlassen drohten, spürte Luigi auf einmal feinen Sand unter seinen Füßen. Das bißchen Kraft, das ihm geblieben war, reichte soeben noch für eine letzte Anstrengung, und er schleppte sich mit schmerzenden Gliedern über den weißen Strand und brachte den

Kleinen zwischen den Büschen in Sicherheit. Dann ließ er sich neben ihn fallen, keuchend und vollkommen erschöpft.

Weit entfernt auf dem offenen Meer hatte sich Shirinaze in der Unterkunft des Kapitäns auf das Lager geworfen. Ihre Augen waren trocken, denn de Ceillacs Untat erfüllte sie mit einem kalten Zorn, der keine Tränen zuließ.

Aus den Wutschreien ihrer Kerkermeister hatte sie geschlossen, daß Luigi und das Kind gerettet waren, und das genügte ihr. Nun konnte sie in Frieden sterben. Aber noch nicht sofort. Erst galt es, eine Schuld zu begleichen.

Luigi hatte das Kind inzwischen unter eine Mangrove gebettet und sich daneben gesetzt, um es zu bewachen und Atem zu schöpfen. Seit sie in Sicherheit waren, hatte er nicht mehr auf den Verlauf der Schlacht geachtet.

Plötzlich stürmte eine Horde Eingeborener auf sie zu, ohne daß er ihr Herannahen zuvor bemerkt hätte. Luigi warf sich schützend über seinen Sohn und spürte gleich darauf eine Lanzenspitze an seinem Brustkorb. Er schloß die Augen, wartete auf den Gnadenstoß und flehte zu Gott, er möge wenigstens den Knaben verschonen.

Da hörte er plötzlich einen der Eingeborenen etwas schreien, worauf der Druck der Lanzenspitze sofort nachließ.

Bertrand befand sich allein in einem übelriechenden Verlies in der Nähe der Kathedrale von Vienne. Was ihn bedrückte, war weniger die Gefangenschaft als ein bitteres Gefühl der Ohnmacht, das mit jedem Tag mehr in ihm wuchs. Nicht weit von ihm mußten seine Brüder eine ungerechte Verurteilung hinnehmen, und er konnte nichts dagegen unternehmen.

Er wurde scharf bewacht, aber für die nächtlichen Runden waren die jüngsten Wachsoldaten eingeteilt, mit denen er hin und wieder ein Wort wechseln konnte. Einer von ihnen, ein junger Mann von zwanzig Jahren, der erst vor einem halben Jahr für die Wache des Papstes angeworben worden war, behandelte Bertrand mit großer Ehrerbietung. Er trat oft an das Sichtfenster in der Tür und berichtete ihm vom Fortgang des Prozesses.

»Es scheint fast, als suchte Papst Clemens Zeit zu gewinnen, als würde er auf etwas warten, bevor er das Ende der Tempelritter per Dekret erklärt«, berichtete er eines Abends verwirrt.

»Wo hält sich der König auf?«

»Er wird im Frühjahr von Lyon nach Vienne übersiedeln.«

»Das ist es, worauf der Papst wartet. Auf die Ankunft seines ›geliebten Sohnes‹ Philipp. Erst dann werden wir erfahren, welches Schicksal uns erwartet.«

»Ich bin sicher, Ihr werdet es niemandem weitersagen«, stotterte der Jüngling unversehens und drückte sein Gesicht gegen das Gitter des Sichtfensters. »Doch Ihr sollt wissen, daß fast jede Geschichte, die ich als Kind gehört habe, einen Templer zum Helden hatte. Nie werde ich glauben, daß auch nur einer von Euch das Kreuz verleugnet oder sich mit einer der schrecklichen Taten befleckt hat, die Euch zur Last gelegt werden.«

Piacenza. März 1999.

Giacomos Beerdigung war eine kurze und traurige Angelegenheit. Gerardo ließ den alten Kammerdiener in Anerkennung seiner treuen Dienste in der Familienkapelle der Grafen di Valnure bestatten, auf dem kleinen Friedhof, der an das Schloß angrenzte.

Paola nahm seinen Arm, als Gerardo tief ergriffen zusah, wie die schwere Marmorplatte den Sarg für immer in der Grabnische verschloß. Dann bekreuzigte er sich und schwor im stillen, alles in seiner Macht Stehende zu tun, um den Mörder Giacomos zu finden.

»Es tut mir leid, dich an einem so schweren Tag allein lassen zu müssen«, sagte Paola, als sie wieder zu Hause waren, »aber ich habe einen unaufschiebbaren Studiotermin in Rom.«

Gerardo sah ihr in die Augen und glaubte, darin etwas zu erkennen – vielleicht genau das Gefühl, vor dem er solche Angst hatte. Er war dankbar, daß sie bei ihm gewesen war, denn ohne sie wäre die Zeremonie noch erschütternder gewesen. Schweigend begleitete er sie zu ihrem Wagen und sah ihm nach, bis er durchs Tor verschwand. In diesem Moment fühlte er die Last der Einsamkeit wie nie zuvor.

Er war gerade wieder zurück im Haus, als die Pförtnerloge anrief und ihm mitteilte, daß ein Kurier einen Umschlag abgegeben hätte. Gerardo bat darum, ihm die Sendung sofort zu bringen, in der sich gewiß Saras Diskette mit dem Dechiffrierschlüssel befand.

8. KAPITEL

Rom. März 1999.

Sara Terracini legte die Zeitung auf den Schreibtisch und griff rasch nach dem Telefon. Auf der aufgeschlagenen Seite prangte über vier Spalten der Titel: »Mysteriöser Mord an einem Dienstboten im Schloß Valnure!«

Gerardo meldete sich gleich.

»Ich möchte nicht am Telefon über die Tragödie sprechen«, sagte Sara ohne Einleitung. »Hat der Kurier das Päckchen gebracht?«

»Ja, und ich versuche gerade, diesen ... komplizierten Mechanismus zum Laufen zu bringen.«

»Sobald du es geschafft hast, nimm per Computer Kontakt mit mir auf, okay?«

Etwa eine halbe Stunde später signalisierte ihr das Klingeln, daß jemand sie kontaktieren wollte. Nachdem sie sich davon überzeugt hatte, daß es Gerardo war, tippte sie: <WIE IST ES PASSIERT?>

<ICH HABE GIACOMO VOR MEINEM COMPUTER GEFUNDEN. JEMAND HATTE IHM MITTEN IN DIE STIRN GESCHOSSEN. ICH VERMUTE, DASS DER MÖRDER IHN GEZWUNGEN HAT, DIE PASSWÖRTER PREISZUGEBEN, UND DANN EINE KOPIE VON DER GESAMTEN FESTPLATTE GEMACHT HAT. DAS BACKUPPROGRAMM WAR AKTIVIERT. ABER ZUM GLÜCK HATTE ICH DEINE NACHRICHT NOCH NICHT ENTSCHLÜSSELT.>

<WAREN WICHTIGE INFORMATIONEN AUF DER FESTPLATTE?>

<ALLE ERGEBNISSE MEINER FORSCHUNGEN ÜBER DAS SIEGEL. ABER ES WAR NICHT VIEL.>

<TROTZDEM WISSEN SIE JETZT, WAS DU HERAUSGEFUNDEN HAST.>

<ICH FÜRCHTE, JA, WENN MAN DAVON AUSGEHT, DASS HINTER DIESER SERIE VON ANSCHLÄGEN TATSÄCHLICH EINE ORGANISATION STECKT. ALLES HAT IN AKKON ANGEFANGEN.>

<ERZÄHL MIR GENAU, WAS GESCHEHEN IST. ICH KENNE LEUTE, DIE UNS HELFEN KÖNNEN.>

<IN AKKON HATTE ICH EINEN SCHWEREN ZUSAMMENSTOSS MIT EINEM LASTWAGENFAHRER, DER FAHRERFLUCHT BEGING.>

<WER WUSSTE VON DEINEM AUFENTHALT DORT?>

<FAST NIEMAND, ABGESEHEN VON GIACOMO UND DER DIREKTORIN DES MUSEUMS VON AKKON, MIT DER ICH KURZ KONTAKT HATTE.>

Beinahe zur gleichen Zeit fand in der Villa an der Via Appia eine weitere Versammlung des Hohen Rates statt. Vor dem ovalen Tisch aus Nußbaumholz stand der Mann, der den Unfall in Akkon herbeigeführt hatte. Er öffnete eine Mappe und holte vier glänzende CDs heraus.

»Auf diesen CD-ROMs befindet sich der Inhalt von Gerardo di Valnures Festplatte. Die Analyse hat mir bestätigt, daß er noch nicht viel über uns herausgefunden hat. Es gibt jedoch eine kodierte E-Mail, die keines meiner Programme bisher entschlüsseln konnte. Sie ist von einem Forschungsinstitut hier in Rom aus verschickt worden. Ich habe einige Informationen eingeholt, und es scheint, daß es da Verbindungen zum israelischen Geheimdienst gibt.«

»Israel? Das ist ein harter Brocken«, sagte der Großmeister. »Wir müssen mehr darüber erfahren. Aber du hast gute Arbeit geleistet, Hans. Und was diese Nachricht betrifft, so werden wir es noch mal mit unseren eigenen Entschlüsselungsprogrammen versuchen.«

»Das wird nicht leicht sein. Es ist ein sehr komplizierter Schlüssel.«

»Der sich nicht unter di Valnures Sachen befand, wie ich vermute.«

»Nein, wir haben ihn nicht gefunden. Er muß sich auf einer Diskette oder CD befinden, die er höchstwahrscheinlich bei sich trug.«

Dezember 1311.

»Die päpstliche Kommission wird bald ihr Urteil fällen«, zischte der junge Wächter durch das Türfenster.

»Ich kann einfach nicht glauben, daß sich alle Bischöfe vom Papst unter Druck setzen lassen«, antwortete Bertrand.

»Es wird viel über die ungewöhnliche Art und Weise geredet, wie sie ihre Stimme abgeben müssen.«

»Was meinst du?«

»Sie werden einzeln in die päpstliche Residenz gerufen und müssen dort offen ihr Votum bekunden.«

»Folglich sind sie nicht frei, nach ihrem Gewissen zu entscheiden«, schloß Bertrand besorgt.

»Ich habe auch gehört, daß der König bald in Vienne eintreffen wird. Wenn der Prozeß so verläuft, wie ich es befürchte, werdet Ihr Philipps Schergen übergeben, sobald er in der Stadt ist.«

De Ceillac war während des Gefechts von einem Pfeil getroffen worden und hatte eine Zeitlang zwischen Leben und Tod geschwebt. Nun kam er jedoch allmählich wieder zu Kräften, und je stärker er wurde, desto mehr dürstete es ihn danach, sich an den Eingeborenen zu rächen.

Seine Verletzung hatte Shirinaze eine Gnadenpause verschafft, aber die Unglückliche hatte gewußt, daß sie nicht verschont werden würde, denn selbst wenn de Ceillac gestorben wäre, hätten sich sofort zahlreiche Anwärter auf seine Nachfolge um die begehrte Beute ihres Körpers gestritten.

Die abtrünnigen Templer hatten eine der vielen Inseln des Archipels besetzt, und zwar die, die der Küste am entferntesten lag. Die Wahl war nicht zufällig getroffen worden, denn im Fall eines neuen Angriffs der Eingeborenen würden sie deren Pirogen rechtzeitig sichten können. Der Bau einer Befestigungsanlage hatte sich über zwei Monate hingezogen. Der äußere Wall, der aus einer doppelten Reihe dicker Pfähle bestand, war seit einiger Zeit fertiggestellt, und nun errichtete man noch Unterkünfte und Lagerräume.

Die Umschiffung des Eilandes entsprach einer Fahrt von wenig mehr als drei Meilen, und die Küste war auch hier fast vollständig von einem Korallenriff umgeben. Bei Ebbe ließen die Felsen eine Durchfahrt erkennen, die sich zu einer Bucht erweiterte und ein idealer Ankerplatz für die Galeere war.

Eingekeilt in den Einschnitt eines vulkanischen Felsausläufers, beherrschte die kleine Festung die gesamte Umgebung.

Raymond de Ceillac ließ sich die Sprossenleiter zum Wachturm hinaufhelfen, weil er sich davon überzeugen wollte, daß von diesem Aussichtspunkt aus auch die anderen beiden Türme gut sichtbar waren, die seine Männer auf den felsigen Erhebungen der Insel errichtet hatten.

»Diese halbnackten Heiden werden sich die Zähne an uns ausbeißen«, knurrte er und hielt sich die noch schmerzende Wunde.

Akkon. April 1999.

Estelle Dufraisne wirkte müde. Sie schaltete ihren Computer aus und sah sich in ihrem Büro im zweiten Stock des Museums um. Wie üblich hatte sie noch lange nach der abendlichen Schließung gearbeitet. Nach einem Blick auf die Uhr nahm sie ihre Handtasche und zog den Mantel über.

Als sie gerade zur Tür gehen wollte, hörte sie eine männliche Stimme hinter sich fragen: »Können wir Ihnen bei Ihren Vorbereitungen behilflich sein, Frau Direktorin?«

Estelle zuckte zusammen – das war keiner von ihren Mitarbeitern. Langsam drehte sie sich um.

Vor ihr standen zwei Männer, die einen höflichen, aber sehr entschiedenen Eindruck machten.

»Wer sind Sie? Das Museum ist um diese Zeit geschlossen. Wie sind Sie hier hereingekommen?«

»Wir werden Sie auf eine archäologische Exkursion begleiten, Dr. Dufraisne.«

»Ich habe keinerlei Exkursion geplant.«

»Sie beginnt genau in diesem Moment.«

Der andere Mann zeigte ihr ein Blatt Papier, das er anschließend auf den Schreibtisch ihrer Sekretärin legte. Die wenigen Zeilen waren in einer Schrift verfaßt, die ihrer eigenen zum Verwechseln ähnlich sah. Das Schreiben informierte ihre Mitarbeiter über eine unvorhergesehene Dienstreise.

»Was hat das zu bedeuten? Das ist ja eine regelrechte Entführung. Man wird von ganz oben darauf reagieren, das verspreche ich …«

»Die einzigen, die hier einen Draht nach ganz oben haben, sind wir, Madame«, schnitt ihr der erste Mann das Wort ab.

Das soundsovielte Wahlkampfdinner neigte sich seinem Ende zu. Oswald Breil unterbrach das Gespräch mit seinem Tischnachbarn, entschuldigte sich und zog sein Handy aus der Jackentasche, das beharrlich surrte.

»Der Braten ist im Ofen, Herr Vizeminister«, sagte Erma, der Leiter des Mossad.

»Danke. Bis gleich«, erwiderte Oswald knapp, klappte das Handy zu und nahm die Unterhaltung wieder auf.

Dezember 1311.

»Das Konzil hat die Beratungen ausgesetzt«, verkündete der Jüngling erregt.

»Was kann das zu bedeuten haben?«

»Es scheint, als wären trotz der Einschüchterungen nicht alle Prälaten bereit, den Tempelrittern das Recht auf Verteidigung abzusprechen, wie Papst und König es wollen«, antwortete der junge Mann. »Aber es heißt auch, Clemens V. warte nur darauf, daß Philipps Truppen bis in die Nähe von Vienne kommen, um die Auflösung des Ordens *ex autoritate* zu verkünden.«

Das Dorf der Tequesta lag nicht weit entfernt von der Mündung eines Flusses, der sich in den Ozean ergoß. Es bestand aus kleinen Holzhütten mit abfallenden Dächern aus Palmblättern. Nur die des Häuptlings war etwas größer und maß etwa zwanzig Schritt an der Längsseite. Die Männer waren hochgewachsen und trugen nur Lendenschurze. Die Frauen waren sehr schön und hatten üppige Brüste, die sie ohne Scham zur Schau stellten.

Die Bevölkerung bestand insgesamt aus etwa dreitausend Menschen, unter denen jedoch nur achthundert kampffähige Männer waren. Um die Ansiedlung zog sich eine Palisade, die sie vor feindlichen Angriffen und wilden Tieren schützen sollte.

Jeden Tag durften Luigi und Lorenzo einige Zeit außerhalb ihrer Gefangenenhütte verbringen, um sich die Beine zu vertreten und sich im Fluß zu waschen, allerdings immer unter Bewachung.

»Ritter Luigi!« erklang eines Tages eine Stimme aus dem Getümmel des Dorfes.

Er drehte sich um und begegnete dem schwarzäugigen Blick eines Mannes, den er sofort wiedererkannte. Es war Tucla, ein betagter Eingeborener, den Shirinaze von einem schlimmen Fieber geheilt hatte. Während sie ihn pflegte, hatte sie ihm ein wenig Französisch beigebracht.

»Mein Sohn hat dich erkannt. Du bist der Mann der Frau, die mir das Leben rettete«, brachte der alte Tequesta mühsam hervor. »Deshalb bist du mit deinem Kind noch am Leben.«

»Ich danke dir und deinem Sohn. Aber leider wird meine Frau noch immer von den Schurken gefangengehalten, mit denen ihr euch im Krieg befindet.«

»Eine Sklavin«, sagte de Ceillac mit teuflischem Grinsen. »Du bist meine Sklavin und wirst es bis ans Ende deines Lebens bleiben.«

Shirinaze zeigte keine Regung und starrte ihn nur mit haßerfülltem Blick an. Doch ihr Feind hatte sich schon umgedreht nach seinen Stellvertretern, die er unter Deck versammelt hatte.

»Ich habe nicht die Absicht, meine Tage bei den Wilden zu beenden«, sagte er. »Bald ist es Zeit, die Rückreise nach Europa anzutreten, aber nicht, bevor unsere Laderäume bis obenhin mit Gold und Silber gefüllt sind. Wir werden als reiche Männer nach Hause zurückkehren, Brüder.«

Während den anderen vor Gier die Augen übergingen, wandte Denis ein: »Aber wie sollen wir das anstellen, jetzt, da wir mit den Eingeborenen im Krieg liegen? Dadurch haben wir nicht nur den Zugang zu den Minen verloren, sondern auch die Arbeitskräfte für die Goldgewinnung und den Transport.«

»Genau darüber wollte ich mit euch reden. Wir müssen die Tequesta erneut unterwerfen, koste es, was es wolle«, grollte de Ceillac. »Auch wenn das bedeutet, ihre Zahl zu dezimieren.«

»Aber sie sind fast zehnmal soviele wie wir und obendrein gute Kämpfer«, gab Denis zu bedenken. »Die einzige Möglichkeit ist, uns die Rivalität zwischen ihnen und den Calusa zunutze zu machen.«

»Auch daran habe ich schon gedacht, aber es wird nicht einfach sein. Die Calusa waren uns schon immer feindlich gesonnen.«

April 1999.

Hinter einem falschen Spiegel verborgen, verfolgten Oswald Breil und Erma ein Verhör im Hauptquartier des Mossad. Estelle Dufraisnes Stimme drang klar und deutlich aus den Lautsprechern zu beiden Seiten der Scheibe.

»Was können Sie uns über diese Geheimsekte sagen, Madame Dufraisne?« fragte einer der Agenten barsch.

»Ich gehöre keiner Sekte an und protestiere gegen dieses unrechtmäßige Verhör!« gab die Frau ebenso barsch zurück.

»Sie werden noch Gelegenheit haben, Ihre Proteste an zuständiger Stelle vorzubringen«, sagte ein anderer Agent. »Doch vorerst interessiert uns, was Sie hierüber wissen.« Er hielt ihr die rote Kordel unter die Nase, die in ihrer Tasche gefunden worden war.

»Das ist ein Stück Kordel«, antwortete sie, ohne eine Miene zu verziehen.

»Wir werden wohl andere Saiten aufziehen müssen, Dr. Dufraisne.«

»Haben Sie etwa vor, mich zu foltern?«

»Ich denke, daß eine kleine Dosis Pentotal genügen wird, um Ihrem Gedächtnis auf die Sprünge zu helfen.«

Die beiden Agenten verständigten sich mit einem Blick, worauf der eine den Raum verließ.

Plötzlich, bevor jemand einschreiten konnte, steckte die Frau sich mit einer schnellen Bewegung etwas in den Mund und schluckte es. Schweißperlen traten auf ihre Stirn, ihr Gesicht wurde wachsbleich.

»Es wird euch nie gelingen, unsere Macht zu brechen«, lauteten ihre letzten Worte.

Warmer Sonnenschein erhellte den Frühlingstag; Rom erwachte allmählich aus seiner winterlichen Trägheit. Saras Computer ließ sein Klingelzeichen ertönen.

Als stände sie in ständigem telepathischem Kontakt mit ihrem kleinwüchsigen Freund, schrieb sie, ohne vorher nachgesehen zu haben, wer sich bei ihr meldete: <OSWALD?>

<WOHER WUSSTEST DU, DASS ICH ES BIN?>

<WEIBLICHE INTUITION. GIBT ES WAS NEUES?>

Die Antwort bestand nur aus einem Wort: <ENCRYPT>.

Sara öffnete das Kodierungsprogramm und las im Textfenster: <LEIDER HABE ICH KEINE GUTEN NEUIGKEITEN. DIE FIGUR, MIT DER ICH AN DEM SPIEL TEILZUNEHMEN HOFFTE, HAT SICH FÜR IHRE SACHE GEOPFERT.>

<SOLL HEISSEN?>

<MORGEN WIRD IN DEN ZEITUNGEN STEHEN, DASS ESTELLE DUFRAISNE, DIREKTORIN DES MUSEUMS VON AKKON, AN EINER PLÖTZLICHEN KRANKHEIT VERSTARB, WÄHREND SIE MIT DER ORGANISATION EINER ARCHÄOLOGISCHEN EXPEDITION BESCHÄFTIGT WAR. DIE WISSENSCHAFT BEKLAGT IHR VORZEITIGES HINSCHEIDEN ETC. ETC.>

<SCHON WIEDER EIN TODESFALL. HAT JEMAND NACHGEHOLFEN?>

<NUR SIE SELBST. SIE HAT SICH MIT EINER GIFTKAPSEL UMGEBRACHT, UM NICHTS ZU VERRATEN. DAS EINZIGE, WAS WIR VON IHR BEKOMMEN HABEN, IST EINE ROTE KORDEL, VERZIERT MIT EINEM FADEN AUS DUKATENGOLD.>

Januar 1312.

Ein Schrei des Entsetzens zerriß die Nacht, dann erhob sich laut das Kampfgeheul der Angreifer. Mehrere Feinde hatten schon die Palisade überwunden und stürmten mit Lanzen und Fackeln ins Dorf.

Luigi fuhr aus dem Schlaf und zog instinktiv das Kind an

sich, während ein dichter beißender Rauch die Hütte erfüllte. Eine von einem Calusa-Krieger geschleuderte Fackel hatte das Dach aus Palmblättern in Brand gesteckt.

Sofort hellwach, bedeckte Luigi Nase und Mund seines Sohnes mit einer Hand und warf sich noch gerade rechtzeitig in eine Ecke, als das Dach einstürzte. Dadurch wurde eine Lücke in die Wand aus Baumstämmen gerissen, durch die sie ins Freie hechteten.

Im Dorf herrschten Chaos und Schrecken. Zahlreiche Leichen lagen bereits auf dem Boden, vor allem die von Frauen und Kindern. Luigi erkannte, daß er kämpfen mußte, um sich und Lorenzo zu retten.

Im Fackelschein sah er die aufs Trockene gezogenen Kanus. Er schob Lorenzo unter eines der umgedrehten Boote und schärfte ihm ein, sich nicht vom Fleck zu rühren, egal, was passierte. Dann ging er zurück, wobei er unterwegs eine Lanze aufhob, die neben dem leblosen Körper eines Kriegers lag.

Um ihn herum rannten die Tequesta kopflos in alle Richtungen, unfähig, eine Verteidigung aufzubauen.

Luigi warf sich mit der Lanze in der Faust zwischen die Feinde, und sein unerwartetes Auftauchen verwirrte einerseits die Calusa und schien andererseits den Kriegern der Tequesta neuen Mut zu geben, so daß sie endlich die Reihen schlossen und zum Angriff übergingen.

Eine Frau rannte schreiend mit einem Kind auf dem Arm durch das Dorf, verfolgt von einem Feind, der einen Knüppel schwang. Schnell wie eine Raubkatze fiel Luigi über ihn her, wich einem Schlag aus und stach mit der Lanze zu. Die Spitze aus geschnitztem Knochen bohrte sich mit einem furchtbaren Geräusch in den Bauch des Calusa, der die Augen aufriß, während sich sein Mund mit Blut füllte. Die Frau und das Kind waren gerettet, und viele Tequesta hatten das Geschehen beobachtet.

Nicht weit davon verfolgten Raymond de Ceillac und seine Männer den wechselhaften Verlauf des Kampfes von einer Anhöhe aus.

»Seht dort!« rief Denis plötzlich. »Der Mann, der die Eingeborenen anführt – es ist ein Weißer! Erkennt ihr ihn nicht?«

»Luigi di Valnure!« spuckte de Ceillac den Namen voller Verachtung aus.

»Die Calusa ziehen sich zum Fluß zurück«, fuhr Denis beunruhigt fort. »Es scheint mir nicht ratsam, sich noch einzumischen. Die Schlacht ist so gut wie entschieden.«

»Du hast recht. Kehren wir zum Schiff zurück. Um die Tequesta kümmern wir uns ein andermal.«

Luigis Gesicht war schweißgebadet und sein Körper besudelt vom Blut der getöteten Feinde und seinem eigenen. Er kämpfte zäh und unermüdlich, als würde er seine eigenen Brüder verteidigen, und als auch der letzte Angreifer vertrieben war, stimmte er in die Siegesschreie der Tequesta mit ein.

In der Morgendämmerung bot sich ein Bild der Trostlosigkeit. Viele Hütten waren nur noch qualmende Holzhaufen, und mindestens hundert Krieger und zweihundert Frauen, Alte und Kinder lagen leblos dazwischen.

Der alte Tucla kam zu Luigi, während dieser zwischen den Trümmern umherging und seine Hilfe anbot.

»Joti, unser Dorfältester, will dich sprechen«, sagte er.

Als sie in die Hütte traten, erblickten sie in einer Ecke die Frau, die Luigi gerettet hatte.

»Deine Tapferkeit«, sagte Joti, von Tucla übersetzt, »hat meiner Frau und meinem Sohn das Leben gerettet. Von heute an sollst du kein Gefangener mehr sein, sondern ein freier Mann und geachteter Krieger, ein Freund.«

»Die Abgesandten des Königs sind in der Stadt eingetroffen«, sagte der junge Wächter. »Ihr müßt fliehen, Bertrand! Ich werde Euch dabei helfen. Nachts ist die Bewachung der Kerker weniger streng. Schlagt mich nieder und flieht. Schlagt mich auf den Kopf, sage ich Euch!« wiederholte er, als er die verwirrte Miene des Ritters sah. »Ich werde behaupten, Ihr hättet Euch totgestellt, um mich in die Zelle zu locken, und wärt auf diese Weise entflohen. Ich habe Euch Gewänder zum Verkleiden mitgebracht, und nehmt auch mein Schwert, es wird Euch nützlich sein.«

Kurz darauf huschte Bertrand durch die unterirdischen Verliese des Kastells von Vienne. Wie der Jüngling prophezeit hatte, war die Zahl der Wachen stark vermindert, und er begegnete fast niemandem. Die wachhabenden Soldaten am offenen Tor dösten vor sich hin. Indem er sich immer dicht im Schatten der Mauern hielt, gelangte Bertrand in die Freiheit.

Doch in welche Richtung sollte er sich jetzt wenden? Die Wachen würden bald Alarm schlagen, und man würde alle Straßen kontrollieren und nach ihm absuchen.

Allerdings würde sich die Suche mit einiger Sicherheit auf die Landstraßen konzentrieren, die in Richtung Portugal oder zu der Meerenge zwischen Frankreich und England führten, also in Länder, in denen der Orden noch nicht geächtet war.

Folglich richtete er seine Schritte entschlossen gen Süden, in Richtung Italien. Sein Vetter Lorenzo di Valnure würde ihm zweifellos Unterschlupf gewähren.

April 1999.

Sara Terracini verlor keine Zeit. Sobald sie sich vergewissert hatte, daß Gerardo zu Hause im Schloß weilte, nahm sie den ersten Zug nach Piacenza. Sie mußte unbedingt unter vier Augen mit ihm sprechen, ohne die Gefahr heimlicher Lauscher. Gerardo holte sie vom Bahnhof ab.

»Ich hoffe, ich bereite dir keine Ungelegenheiten«, sagte sie, »aber ich mußte dich dringend sprechen.«

»Es ist mir immer ein Vergnügen, dich bei mir zu haben.«

Im Schloß eingetroffen, kam Sara gleich zur Sache. »Schon seit längerem wollte ich dich etwas fragen, bin aber noch nicht dazu gekommen. Ist dir bekannt, daß das Turiner Grabtuch mit den Templern in Verbindung gebracht wird?«

»Natürlich. Eine Reihe merkwürdiger Umstände weisen darauf hin, daß das Grabtuch auf Jacques de Molay zurückzuführen sein könnte. Einige behaupten sogar, der hinterlassene Körperabdruck stamme von ihm. Nachdem er im Tempel von Paris die gleichen Martern wie Jesus Christus erlitten habe, sei er in ein Leichentuch gehüllt und der Pflege von Verwandten seines Mitgefangenen Geoffroy de Charney anvertraut worden. Sicher ist allein, daß er noch lebte. In seinem Körper soll ein chemischer Prozess stattgefunden haben, dessen genaue Bezeichnung mir jetzt nicht mehr …«

»Metabolische Acidose«, unterbrach Sara.

»Aha, du bist also mit dieser Theorie vertraut.«

»Bis zu diesem Punkt, ja, aber mir fehlt der Rest. Wie ist das Tuch nach Turin gelangt?«

»Die erste verbürgte Zurschaustellung des Grabtuchs fand in der zweiten Hälfte des 14. Jahrhunderts statt, in einem Ort namens Lirey. Besitzerin des heiligen Tuchs war eine Jeanne de Charney, Witwe von Geoffroy, dem Urenkel und Namensvetter des Präzeptors der Normandie, der zusammen mit de Molay eingekerkert war. Die Kirche interessierte sich natürlich sofort für das Grabtuch und verbot den Gläubigen, es wie eine christliche Reliquie zu verehren. Aber ihre Empörung legte sich schnell, als Jeanne de Charney im Jahr 1378 nach der Wiederverheiratung mit einem Mitglied einer einflußreichen Familie, die der Kirche nahestand, zur Tante des neuen Papstes, Clemens VII., wurde. Später haben dann die Savoyer das Grabtuch erworben. Warum interessierst du dich dafür?«

»Das Grabtuch scheint in irgendeinem Zusammenhang mit dieser Seemannsknoten-Sekte zu stehen. Eine rote Kordel mit dem Knoten ist in der Guarinikapelle zu Turin gefunden worden, und eine weitere wurde in der Handtasche von Estelle Dufraisne entdeckt. Vor allem über die möchte ich mit dir reden.«

»Ich bin ganz Ohr.«

»Du mußt mir aber versprechen, absolutes Stillschweigen zu bewahren über das, was ich dir jetzt sage. Halt dich fest: Die Museumsdirektorin hat es vorgezogen, sich umzubringen, statt Informationen über die Sekte preiszugeben.«

Gerardo machte ein betroffenes Gesicht, während sie weitersprach.

»Ja, ich bin mittlerweile überzeugt, daß wir es mit einer Geheimsekte von Fanatikern zu tun haben, die auch vor Selbstmord nicht zurückschrecken. Du bist zur Zielscheibe gefährlicher Leute geworden, Gerardo. Sei auf der Hut.«

»Woher hast du diese Informationen?«

»Ich habe einflußreiche Freunde in Israel. Vielleicht werde ich dir irgendwann mal von ihnen erzählen. Aber im Moment soll es dir genügen zu wissen, daß sie für uns da sind, wenn wir sie brauchen.«

»Der Mossad?«

»Auch, aber nicht nur.«

Sie verstummten, als sie ein Auto vor dem Tor halten hörten.

Paola Lari stieg aus dem Wagen, und Gerardo beeilte sich, die Damen einander vorzustellen. Doch Sara konnte nicht mehr lange bleiben und fuhr mit dem nächsten Zug nach Rom zurück.

Februar 1312.

Shirinaze schreckte mitten in der Nacht aus dem Schlaf und sah sich Denis' höhnischem Grinsen gegenüber. »Die schwarze Gräfin wird vom Großmeister verlangt.«

Das war der Moment, auf den sie seit Tagen gewartet hatte, verzehrt von der Angst, daß er vielleicht nie kommen würde, daß de Ceillac ihrer überdrüssig geworden sein könnte. Verborgen unter ihren Kleidern trug sie einen scharfen Dolch, den das gütige Schicksal sie im Quartier ihres Peinigers hatte finden lassen.

Wortlos erhob sie sich und folgte dem Häscher mit gesenktem Kopf.

»Rate mal, wer die Verteidigung der Wilden angeführt hat?« fragte de Ceillac, wobei sich seine Augen vor Haß zu Schlitzen verengten. »Dein geliebter Luigi. Aber er wird dafür bezahlen. Und ich garantiere dir, daß du zusehen darfst, wenn es soweit ist.«

Ermutigt durch die Nachricht, daß ihr Mann und wohl auch ihr Sohn am Leben waren, streckte Shirinaze die Hand nach dem Dolch aus, aber de Ceillac kam ihr zuvor.

Er schob seine Rechte unter ihre Kleidung und zwang sie mit eiserner Hand auf die Knie, während er mit der Linken die Hosen herunterließ. Shirinaze schloß die Augen. Sie hatte nur noch einen Gedanken: Luigi und ihren Sohn wiederzusehen.

Da Tucla als einziger die Sprache der Weißen gut genug beherrschte, um als Übersetzer dienen zu können, hielt er sich ständig an Luigis Seite auf.

Die Eingeborenen behandelten seinen wiedergefundenen Freund inzwischen mit großem Respekt und folgten aufmerksam seinen Anweisungen, wenn es ihnen auch nicht leicht fiel, die Kampftechniken der Europäer zu erlernen. Aber Luigi wußte, wie wichtig es war, daß sie sich darin übten, denn gewiß stand ein neuer Zusammenstoß mit de Ceillacs Männern bevor. Außerdem waren sie seine einzige Hoffnung, Shirinaze aus der Gewalt der Schurken zu befreien.

Rom. März 1999.

In den Tagen nach der kurzen Begegnung mit Sara Terracini war Gerardo zunächst vollauf mit der Verwaltung seines Besitzes beschäftigt. Daneben wurden Paolas Besuche im Schloß immer häufiger; wenn sie keine Auftritte oder sonstigen Termine hatte, kam sie zu ihm. Doch Gerardo hatte noch nicht einmal ihr gegenüber erwähnt, was er von der gelehrten Römerin erfahren hatte.

Es war schon fast Abend, aber er wußte, daß er Sara mit größter Wahrscheinlichkeit noch im Labor antreffen würde, munter und online wie immer.

Wenige Augenblicke später war er tatsächlich mit ihr verbunden, geschützt durch das Kryptographieprogramm.

<ICH MUSSTE HIER EINIGES ERLEDIGEN, ABER JETZT BIN ICH BEREIT ZU NEUEN TATEN>, schrieb er.

<BIST DU SICHER? ICH KANN DICH NUR IMMER WIEDER BITTEN, VORSICHTIG ZU SEIN. DU WEISST JA INZWISCHEN NUR ZU GUT, WIE GEFÄHRLICH DIESE LEUTE SIND.>

<SIE MACHEN MIR KEINE ANGST.>

<NA SCHÖN. WO WILLST DU ANSETZEN?>

<GENAU DESWEGEN MELDE ICH MICH. ICH BRAUCHE DIE HILFE DEINER FREUNDE. ICH MÖCHTE DIESE KAPELLE DER ST. CLAIRS IN ROSLIN AUFSUCHEN. ZWAR HABE ICH SIE VOR EIN PAAR JAHREN SCHON EINMAL BESUCHT, ABER DAMALS WUSSTE ICH NOCH NICHTS VON DER SACHE, MIT DER WIR ES JETZT ZU TUN HABEN.>

<VERSTEHE. DORT GIBT ES JA AUCH DIESE KOMISCHEN RELIEFS, VON DENEN TONI GESPROCHEN HAT. ERINNERST

DU DICH? DARSTELLUNGEN VON PFLANZEN, DIE VOR DER ENTDECKUNG AMERIKAS EIGENTLICH HÄTTEN UNBEKANNT SEIN MÜSSEN. ABER WAS KÖNNEN MEINE FREUNDE FÜR DICH TUN?>

<ICH BRAUCHE EINE NEUE IDENTITÄT.>

Oswald Breil war gerade völlig erschöpft ins Hotel zurückgekehrt. Die Feiern anläßlich seiner Wahl ins israelische Parlament hatten sich in die Länge gezogen, und nun wollte er nur noch ausruhen. Doch getreu seiner Gewohnheit sah er noch einmal in seinen elektronischen Briefkasten, ehe er sich schlafen legen wollte.

Er fand eine Reihe von Glückwünschen vor, vor allem von Freunden und ehemaligen Mitarbeitern. Als er Sara Terracinis Nachricht sah, öffnete er sie gleich und las: <HERZLICHEN GLÜCKWUNSCH!!! RUF MICH AN, SOBALD DU KANNST.>

Die langersehnte Ruhe konnte auch noch ein paar Minuten warten. Oswald stellte die Verbindung mit Rom her.

<ICH BIN BEGEISTERT>, las er nach einem Moment des Wartens. <WOW! ICH HABE EINEN ISRAELISCHEN MINISTER ZUM FREUND.>

<NUR NICHTS ÜBERSTÜRZEN. BIS JETZT BIN ICH BLOSS EINES DER HUNDERTZWANZIG MITGLIEDER DER KNESSET. DER NEUE PREMIERMINISTER HAT FÜNFUNDVIERZIG TAGE ZEIT, EINE REGIERUNG ZU BILDEN, UND DU KANNST DIR JA VORSTELLEN, WIE VIELE KOMPROMISSE ER WIRD EINGEHEN MÜSSEN. ICH WEISS NOCH NICHT, OB ICH EIN REGIERUNGSAMT BEKLEIDEN WERDE. TROTZDEM BIN ICH SEHR ZUFRIEDEN.>

<ICH BIN SICHER, DU SCHAFFST ES. ABER ICH KONTAKTIERE DICH NOCH AUS EINEM ANDEREN GRUND.>

Vier Tage später, nachdem er sich von seinem geliebten Bart und den langen Haaren getrennt und eine Brille mit dickem Horngestell aufgesetzt hatte, fuhr Gerardo nach Edinburgh.

In seinen Papieren stand, daß er Flavio Tomasetti hieße und ein Biologe aus Mailand sei.

April 1312.

Lorenzo di Valnure rief seinen Vetter Bertrand in den Familiensaal der Burg und setzte sich mit ihm vor den großen brennenden Kamin.

»Ich habe gerade eine Nachricht aus Vienne erhalten«, sagte er ohne Vorrede und las sodann den Teil der päpstlichen Bulle *Vox in Excelso* vor, der den Templerorden betraf.

»*In Anbetracht des schlechten Rufes der Tempelritter sowie des Verdachts und der Anschuldigungen, die auf ihnen lasten; in Anbetracht ihrer geheimen Einweihungszeremonie und des widernatürlichen und gottlosen Verhaltens vieler Ordensmitglieder; in Anbetracht des nicht wiedergutzumachenden Skandals; in Anbetracht von Ketzerei und furchtbaren Missetaten; in Anbetracht der Tatsache, daß die Heilige Römische Kirche in der Vergangenheit andere hochgerühmte Orden aus geringfügigeren Gründen aufgehoben hat, beschließen Wir, nicht im Widerspruch zu den Regeln der Ritterschaft und nicht ohne tiefen Schmerz, nicht kraft eines weltlichen Gerichtsurteils, sondern* ex autoritate apostolica, *den genannten Orden samt all seiner Einrichtungen aufzulösen.*

Clemens, Pontifex der Heiligen Römischen Kirche, am 3. April 1312 zu Vienne.«

Bertrand verharrte in gedankenvollem Schweigen; obwohl er schon lange gewußt hatte, daß dieser Moment kommen würde, hatte er die Hoffnung auf ein Wunder nicht aufgegeben.

»Meine Brüder hatten recht. Der Mann, den die Christenheit als ihren obersten Hirten feiert, ist in Wirklichkeit ein Feind der Gemeinschaft Christi und der ganzen Menschheit. Genauso recht hatten sie mit ihrer Forderung, daß wir Überlebende eine Geheimgesellschaft gründen müssen, um ihn zu bekämpfen – bis zum Tod und bis die Wahrheit endlich triumphiert.«

»Welch bittere Worte, Bertrand. Du erstaunst mich.«

»Ich bin selbst erstaunt über mich, aber ich sehe keine andere Möglichkeit. Ich muß so schnell wie möglich nach Schottland zurückkehren, um meine Brüder auf einen langen Kampf gegen *den Bösen* vorzubereiten.«

»Es sei, wie du willst, Vetter. Hier wirst du jedenfalls immer einen Freund und treuen Verbündeten haben. Nun aber bitte ich dich, mir noch mehr von meinem Sohn Luigi, seiner Frau und meinem Enkelkind zu erzählen. Sollten sie je zurückkehren, werde ich sie mit offenen Armen empfangen.«

Die Galeere segelte behäbig an der Küste entlang. Als er sie erblickte, verschwand Luigi schnell im Schutz des dichten Ufergrüns. An diesem Morgen hatte er das Dorf unter dem Vorwand verlassen, fischen zu gehen, doch in Wirklichkeit wollte er versuchen, de Ceillacs Stützpunkt ausfindig zu machen, was ihm bisher nicht gelungen war. Die Krieger der Calusa lagen ständig irgendwo auf der Lauer und hatten schon fast dreißig Tequesta durch Überfälle aus dem Hinterhalt getötet.

Das Schiff wendete unversehens und hielt aufs offene Meer zu. Luigi folgte ihm mit seinen Blicken, bis er es bei Sonnenuntergang die entfernteste Insel erreichen und verschwinden sah.

»Jetzt weiß ich, wo du dich versteckst, de Ceillac«, rief er.

Mai 1999.

Als Biologe Dr. Tomasetti schloß sich Gerardo einer der vielen Führungen durch die Labore des Örtchens Roslin an, das etwa sechzehn Kilometer südlich von Edinburgh lag und es durch ein aufsehenerregendes Klonexperiment zu Berühmtheit gebracht hatte. Die organisierte Reise umfaßte einen einwöchigen Aufenthalt in dem schottischen Dorf, inklusive einer Exkursion zur Kapelle.

Eine weitere Besonderheit seines Aufenthaltsorts bestand in den Namen von Dorf und Kapelle, die gleich ausgesprochen wurden, sich aber unterschiedlich schrieben: Roslin und Rosslyn. Gerardo hatte ihren gälischen Ursprung nachgeschlagen und herausgefunden, daß Roslin »altes Wissen, das durch die Zeiten überliefert wird« bedeutete.

Er heuchelte fachkundiges Interesse, als ihm die komplizierten Versuchsreihen beschrieben wurden, die zur Klonung des berühmten Schafs Dolly geführt hatten, doch sein wahrer Wissensdurst richtete sich auf ein ganz anderes Gebiet.

Sara Terracini wählte die Nummer ihres unersetzlichen Mitarbeiters Toni Marradesi und bat ihn zu sich.

Die wertvollen antiken Bände, die sie vor sich liegen hatte, um sie mit komplizierten Methoden zu restaurieren, schienen sie anklagend anzustarren, aber sie konnte diese Templergeschichte einfach nicht aus dem Kopf bekommen.

Als Toni mit seiner gewohnten Miene des Vielbeschäftigten in der Tür erschien, schenkte sie ihm ein engelsgleiches Lächeln, mußte aber feststellen, daß diese Technik allmählich ihre Wirkung verlor.

»Komm schon, spuck's aus!« sagte er trocken. »In was für einen Schlamassel willst du uns diesmal reinreiten?«

»Aber nein, Toni, nichts dergleichen. Du bist nur der einzige …«

»Der einzige Depp, der bereit ist, bei deinen Verrücktheiten mitzumachen. Laß gut sein. Was soll ich tun?«

»Weißt du noch, wie du uns von der Theorie erzählt hast, die Templer könnten noch vor Columbus in Amerika gelandet sein?«

Marradesi nickte.

»Du hast ein Dorf in der Nähe von Edinburgh erwähnt und die Kapelle der Familie St. Clair. Also, ich möchte alles darüber erfahren, was es zu wissen gibt.«

»Wieviel Zeit habe ich?«

»Gerardo di Valnure hält sich gerade in Roslin auf und wird noch drei Tage dort bleiben. Ich habe das Gefühl, er könnte unsere Hilfe brauchen.«

Der Reisebus der Besichtigungsgruppe bog in ein Sträßchen in der Dorfmitte ein und quetschte sich zwischen zwei alten Wirtshäusern hindurch. Als er um die nächste Ecke bog, kam die Kapelle Rosslyn in Sicht, geschützt von einer Blechüberdachung. Ins Innere gelangte man durch ein kleines Cottage, das mit Andenkenkitsch und Postkarten vollgestopft war.

Die stattliche Westwand fiel aus der architektonischen Perfektion des übrigen Baus heraus und machte den Eindruck, als hätten es die Bauleute aus irgendeinem Grund nicht geschafft, sie fertigzustellen.

Der Führer hielt sich nur kurz damit auf, die Basreliefs über den Pfeilern des Eingangsportals zu erläutern, doch Gerardo blieb genug Zeit, die Maiskolben ausgiebig zu betrachten. Woher hatte der anonyme Steinmetz, der sie mit solcher Präzision gemeißelt hatte, diese südamerikanische Kulturpflanze gekannt?

Gerardo löste sich von der Gruppe, um eine lateinische Inschrift über einem Seitenportal zu studieren, die in Übersetzung lautete:

Stärker als der Wein ist der König,
Stärker als der König ist das Weib,
Aber über alle triumphiert die Wahrheit.

Dank einer E-Mail des unentbehrlichen Marradesi kannte er die Quelle des Spruchs – in einer Textsammlung namens »Jüdische Altertümer« von Flavius Josephus war zu lesen, daß Serubbabel, der zusammen mit zwei anderen Juden im Palast des Darius als königliche Leibwache diente, mit diesen Worten auf das Rätsel geantwortet hatte: »Was ist stärker: der Wein, der König oder eine Frau?« König Darius gefiel diese Antwort so gut, daß er verkündete, Serubbabel solle von nun an an seiner Seite sitzen und würde von ihm »Vetter« genannt werden. Außerdem dürfe er jeden Wunsch äußern. Darauf erinnerte Serubbabel ihn an die Verpflichtung, die er bei seiner Thronbesteigung übernommen hatte, nämlich Jerusalem und den Tempel wiederaufzubauen und die Gefäße zurückzugeben, die Nebukadnezar geraubt und nach Babylon geschafft hatte. Darius hielt Wort, und so geschah es.

Die Inschrift stellte also einen ersten Hinweis auf eine Verbindung zum Orden des Tempels dar. Gerardo zählte die Säulen – es waren zwölf. Im östlichen Teil der Kapelle gab es jedoch noch ein weiteres, besonders reich verziertes Säulenpaar und damit eine auffällige Analogie zum Tempel von Jerusalem, der den Schriftzeugnissen nach die gleiche Säulenanordnung aufgewiesen hatte.

Interessant war auch, daß zwei gleiche Säulen mit den Namen Jachin und Boas, die auf die Initiationsrituale der Templer zurückgingen, bis in die Gegenwart hinein ein wichtiger Bestandteil der Tempel der Freimaurer waren, die von manchen als die Erben der Tempelritter angesehen wurden.

Den dritten Hinweis, so hatte ihn Tonis E-Mail informiert, würde er an der Außenfassade finden. Beim erneuten Studium der Basreliefs entdeckte er denn auch zwei merkwürdige Figuren: einen knienden Mann mit verbundenen Augen, der eine Tunika trug und von einer zweiten Figur an einer Art Leine geführt wurde.

Der Mann hatte eine Bibel in der Hand oder ein anderes heiliges Buch mit einem Kreuz darauf, das von der Zeit fast abgetragen war. Die Gestalt im Hintergrund, die das Seil, das um seinen Hals geschlungen war, hielt, hatte einen Bart und schulterlange Haare. Gerardo ging noch näher heran und sah, was er gesucht hatte: ein in das Gewand der zweiten Figur eingemeißeltes Kreuz. Ein *Templerkreuz*. Doch zwischen der päpstlichen Bulle *Vox in Excelso*, die den Orden verboten hatte, und der Fertigstellung der Kapelle waren 168 Jahre vergangen, was bewies, daß die Initiationsrituale der Ritter ihr Verschwinden überlebt hatten.

Leider war der Knoten, der das Seil um den Hals des Mannes befestigte, von Zeit und Witterung verwischt worden, aber Gerardo glaubte zu wissen, um was es sich handelte – einen Pfahlstich.

Juni 1312.

Bertrand de Rochebrune reichte seinem Vetter Lorenzo di Valnure das Blatt, auf dem er das Motto des neu zu gründenden Ordens geschrieben und das entsprechende Emblem skizziert hatte. Die Zeichnung war einfach und zeigte den Umriss eines Fisches, das Symbol der ersten Christen. Die beiden Linien, die den Schwanz bildeten, waren durch einen Pfahlstich, einen Seemannsknoten, verknüpft, wie der Ritter seinem Cousin erklärte. Unter dem Symbol stand das Motto des neuen Ordens zu lesen: *Non nobis, domine, non nobis, sed nomini tuo da gloriam. Nos perituri mortem salutamus.*

»Du hast mich zum Hüter vieler Geheimnisse gemacht«, sagte Lorenzo, »angefangen von dem geheimen Land, in dem Luigi sich aufhält, bis zu deinem ebenfalls geheimen Vorhaben, den Orden neu zu gründen. Ich bitte dich daher um die Ehre, diesem neuen Orden angehören zu dürfen. Außerdem möchte ich, daß du ein Dutzend meiner Wachen als Eskorte annimmst, die dich auf deiner Reise nach Schottland begleiten soll.«

»Die Ehre, dich im Kreise der Ritter des neuen Ordens willkommen zu heißen, liegt ganz bei mir. Ich habe noch nicht näher über die Regeln nachgedacht, aber sobald sie feststehen, werde ich sie dir zukommen lassen. Du mußt jedoch absolute Geheimhaltung schwören.«

Lorenzo sprach die rituelle Schwurformel der Tempelritter: »*Ego, miles de ordine templi, promitto domine meo …*«

Dann fügte er ernst hinzu: »Ich werde das Symbol und das Motto unseres Ordens in einen Eckstein meißeln lassen, den wichtigsten Punkt eines Bauwerks, wie es schon in der Heiligen Schrift zu lesen ist.«

»Hab Dank für alles, was du für mich getan hast, Lorenzo. Ein ganzes Leben würde nicht genügen, um diese Schuld abzutragen.«

»Ich habe noch eine Bitte an dich, Bertrand. Falls du noch einmal in das Land jenseits des Ozeans reist, sag Luigi, daß meine Tür ihm allzeit offensteht. Ihm, seiner Frau und meinem Enkel.«

»Ich werde sicher dorthin zurückkehren, denn die Schiffe und Männer, die wir zurückgelassen haben, sind unverzichtbar für unseren Kampf gegen den Satan.«

Luigi wußte, daß er auf jeden einzelnen der mutigen und unerschrockenen Krieger zählen konnte, aber sie hatten eine schwere Aufgabe vor sich, denn de Ceillacs Schlupfwinkel schien uneinnehmbar.

Nachdem er das Schiff in der Nähe jener fernen Insel hatte verschwinden sehen, war er mit dem Kanu bis dorthin vorgedrungen und hatte seine Vermutung bestätigt gefunden: Sie war der Zufluchtsort der ehemaligen Templer. Er hatte die Verteidigungsanlagen begutachtet und sich die Bucht mit dem ankernden Schiff und der bedrohlichen Festung genau angeschaut und war zu dem Schluß gekommen, daß ein Frontalangriff keinen Zweck hatte. Nur durch ein geschicktes Vorgehen mit wenigen auserwählten Kriegern konnte er hoffen, Shirinaze befreien zu können.

Er rief sich in Erinnerung, was Bertrand ihn gelehrt hatte: »Ein guter Truppenführer beschränkt sich nicht darauf, die einzelnen Phasen des Angriffs vorzubereiten. Er weiß, daß es genauso wichtig, wenn nicht noch wichtiger ist, mögliche Fluchtwege ausfindig zu machen.«

Alles hing vom Zustand des Schiffes ab, denn falls de Ceillacs Männer nicht sofort ablegen konnten, würden sie ein flüchtendes Kanu aller Wahrscheinlichkeit nach nicht mehr einholen. Es war ein Wagnis, auf diesen Fall zu zählen, aber er würde es eingehen müssen, wenn er Shirinaze retten wollte.

9. KAPITEL

Juni 1999.

<DARF ICH SEINER EXZELLENZ, DEM STELLVERTRETENDEN VERTEIDIGUNGSMINISTER, GRATULIEREN?> schrieb Sara Terracini.

<DU MACHST MICH GLÜCKLICH>, antwortete Oswald Breil.

<ICH HABE ALLERDINGS EIN BISSCHEN ANGST, DASS DU DURCH DEINE NEUEN AUFGABEN UNERREICHBAR WERDEN KÖNNTEST.>

<WIR SIND DOCH IMMER IN KONTAKT GEBLIEBEN, UND ICH HABE HOHE POSITIONEN INNE, SEIT WIR UNS KENNEN, ODER?>

<VERSPRICH MIR, DASS DU NICHT AUS MEINEM LEBEN VERSCHWINDEN WIRST.>

<NICHT NÖTIG. ABER JETZT ERZÄHL MIR, WIE WEIT DIE NACHFORSCHUNGEN DEINES FREUNDES GEDIEHEN SIND. SIE INTERESSIEREN UNS NÄMLICH EBENFALLS SEHR.>

<ICH WERDE IHN BALD SEHEN UND MIT IHM ÜBER DEN STAND DER DINGE SPRECHEN.>

<GUT, HALT MICH AUF DEM LAUFENDEN.>

<NATÜRLICH. MEINEN HERZLICHEN GLÜCKWUNSCH NOCH EINMAL, HERR MINISTER.>

<VIZEMINISTER!>

Draußen war es sehr heiß, aber in Saras Labor wurden Luftfeuchtigkeit und Temperatur auf einem angenehmen Niveau gehalten, so daß Gerardo beim Eintreten einen Seufzer der Erleichterung ausstieß.

»Jedesmal, wenn ich nach Rom komme, frage ich mich, wie ihr es in diesem Backofen aushaltet.«

»Und wir fragen uns, wie ihr diesen Nebel da oben ertragen könnt«, entgegnete Sara und umarmte ihn. »Was bringst du uns für Neuigkeiten aus Roslin?«

Als sich Toni Marradesi zu ihnen gesellt hatte, öffnete Gerardo seine dicke Aktentasche und holte einen Stapel Blätter und Fotografien daraus hervor.

»Das hier ist die Kapelle namens Rosslyn. Dank eurer Informationen habe ich mich sehr gut zurechtgefunden und nacheinander die verschiedenen Hinweise überprüft, die ihr mir genannt habt. Aber ich habe auch noch ein paar andere entdeckt.«

»Zum Beispiel?« fragte Marradesi.

»Die Anordnung der Säulen im Innern bildet ein dreifaches griechisches *Tau*, ein dreifaches T also. Das ist eine Form architektonischer Symmetrie, der man auch in den ältesten Templerbauten begegnet und die ihren Ursprung offenbar im Tempel zu Jerusalem hat. Aber sie taucht auch in den modernen Freimaurertempeln auf.«

»Ein T? Glaubst du, das hat eine bestimmte Bedeutung?« fragte Sara.

»Viele sogar. Der Kürze halber nenn ich euch nur drei: *Theca ubi res pretiosa deponitur* – ein Behältnis, in dem etwas Wertvolles aufbewahrt wird. *Clavis ad Thesaurum* – der Schlüssel zum Schatz. Oder ganz einfach *Templum Hierosolimae* – der Tempel von Jerusalem.«

»Sehr interessant. Sind Ihnen noch weitere Besonderheiten aufgefallen?« fragte Toni Marradesi und strich sich mit Daumen und Zeigefinger übers Kinn.

»Ich habe alle Basreliefs untersucht, in denen immer wieder merkwürdige, bedeutungsbeladene Figuren auftauchen. Jede einzelne von ihnen hat ganz individuelle Züge, so als habe der Künstler die dargestellten Personen gut gekannt. Nur eine Figur hat keinen Kopf mehr, als hätte jemand ein bekanntes Gesicht auslöschen wollen. An der Südwand, in einer Höhe von etwa zwei Metern«, fuhr Gerardo fort und zeigte ihnen eine Skizze in seinem Terminkalender, »hält diese kopflose Figur ein großes Tuch, auf dem das Gesicht eines bärtigen Mannes zu sehen ist.«

»Das Grabtuch!« rief Sara, aber Gerardo hob beschwichtigend die Hand.

»Langsam, nichts übereilen. Es stimmt, es gibt einige vielsagende Hinweise, aber sie sind eigentlich zu simpel für die ungeheuren Möglichkeiten, die sich dahinter auftun. Außerdem dürfen wir nicht außer acht lassen, daß diese Indizien von Personen entdeckt wurden, die unbedingt welche finden wollten.«

»Wie meinen Sie das?« fragte Marradesi pikiert.

»Ich will damit sagen, daß man an einem derart rätselhaften Ort vermutlich auch Spuren des Konfuzianismus finden würde, wenn man danach suchte.«

»Hast du trotzdem schon irgendwelche Schlußfolgerungen gezogen, Gerardo?«

»Dazu ist es noch zu früh. Auch auf die Gefahr hin, mich zu wiederholen: Wir müssen wirklich äußerste Zurückhaltung bei unseren Vermutungen walten lassen. Im Moment würde ich nur so weit gehen zu sagen, daß es sich um ein einzigartiges Bauwerk handelt, errichtet von Menschen, die unter dem Druck von Verfolgung eine verborgene Botschaft weitergeben wollten und sich dazu eventuell einer Nachbildung des Tempels von Jerusalem bedienten, welche im übrigen gut anderthalb Jahrhunderte nach dem Tod des letzten Großmeisters der Templer fertiggestellt wurde.«

»Ha, wenigstens in einer Sache bin ich dir zuvorgekommen«, sagte Sara.

»Und die wäre?«

»Ihr glaubt doch wohl nicht, daß ich hier die Hände in den Schoß gelegt habe!« sagte sie schnippisch. »Ich habe auch etwas herausbekommen.«

»Was?«

»Im Februar 1867 begann ein britischer Offizier namens Warren del Genio mit einer Serie von Ausgrabungen in Jerusalem, wobei er sich auf die Karten seines Vorgängers Wilson stützte. Er hat einen hübschen Stapel Aufzeichnungen und auch ein paar grobe Skizzen mit Rekonstruktionen hinterlassen. Eine davon zeigt einen senkrechten Schacht, der etwa achtzig Fuß unter die Erde führt und dann als horizontaler Tunnel weiterverläuft. Darin sind einige Männer bei Ausgrabungsarbeiten um eine große Mauer herum zu sehen. Man vermutet, daß es sich dabei um Überreste des alten Tempels handelt. Aber Warren ist offenbar bei der Erkundung des Gängelabyrinths unter dem alten Jerusalem auch auf eine Reihe von Fundstücken wie Schwertgriffe und Dolchspitzen gestoßen, die nicht von den vorchristlichen Bewohnern stammen konnten. Also Sachen, die die Kreuzritter dort zurückgelassen haben.«

»Hugo de Payns und die ersten Tempelritter?« fragte Gerardo.

»Genau. Eine Annahme mit aller gebotenen Vorsicht natürlich! Es ist jedoch erwiesen, daß sich die Gründer des Tempelordens, der zum Schutz der Pilger ins Leben gerufen wurde, in Wahrheit mit ganz anderen Dingen beschäftigten. Die ersten neun Ritter nahmen Ausgrabungen unter den Ruinen von Salomons Tempel vor, die sich über etwa zehn Jahre hinzogen. Niemand weiß, was sie dort gefunden haben. In diesem Zusammenhang bin ich noch auf eine andere interessante Tatsache gestoßen, nämlich daß sich das Armutsgelöbnis in der später von Bernhard von Clairvaux formulierten Ordensregel sehr von der Vereinbarung der neun Gründer unterschied. Diese gelobten nämlich nur, ihren Reichtum der Gemeinschaft zu Verfügung zu stellen, was etwas ganz anderes ist als ein mönchisches Armutsgelübde. Das bringt einen auf die Idee, daß sie auf der Suche nach etwas sehr Wertvollem gewesen sein könnten, das allen gehören sollte.«

Eine nachdenkliche Stille breitete sich im Labor aus, nur unterbrochen vom Summen der elektronischen Apparaturen. Nach einigen Augenblicken nahm Sara den Faden wieder auf.

»Anschließend habe ich nach Ähnlichkeiten zwischen dem Tempel von Jerusalem und dem Bau gesucht, der ein Sinnbild der templerischen Macht war: dem Tempel von Paris. Beim Durchgehen der Zeugenaussagen der Templer habe ich eine von einem gewissen Giovanni da Foligno entdeckt, der erklärte, die Zeremonien hätten in einer Kapelle im Hauptturm stattgefunden. Es gibt keine gesicherten Überlieferungen, die diese Kapelle beschreiben, aber sie befand sich in der Nähe der Schatzkammer des Ordens, und es ist interessant, wie einige berühmte Gelehrte sie sich vorgestellt haben: als einen fensterlosen Raum mit einem Schachbrettmusterboden aus Marmor und einer dem Himmelszelt nachgebildeten Decke, an der ein Stern im Westen heller leuchtete als die anderen.

Vermutlich waren auch die vier Symbole vorhanden, die während der verschiedenen Phasen des Rituals verwendet wurden – ein menschlicher Schädel, zwei Schenkelknochen und vor allem ein Leichentuch. Harmlose Analogien? Seltsame Zufälle? Vorsicht ist immer angebracht, aber der letzte Großmeister wurde im Tempel von Paris gefoltert und, nachdem man ihm die Leiden Christi zugefügt hatte, in ein Grabtuch gehüllt. Es wäre möglich, daß der Großinquisitor von Frankreich das rituelle Tuch der Templer verwendete, ein altes Leintuch, das wie die meisten sakralen Gegenstände des Ordens aus dem Heiligen Land stammte. Das würde die Spuren von Pollen auf dem Grabtuch erklären, die nur in einigen Gebieten des Mittleren Ostens vorkommen, wie kürzlich durchgeführte Analysen ergeben haben. Zwei der Pflanzen sind sogar nur in einer einzigen Gegend der Welt beheimatet, nämlich in Palästina. Es handelt sich um *Zygofillum domosum*, ein dem Kapernstrauch ähnliches Gewächs, und *Gundelia turneforti*, einen Busch, der typisch für die Gegend um Jerusalem ist und aus dem der Überlieferung nach die Dornenkrone Christ geflochten wurde.«

An dieser Stelle unterbrach sich Sara, um Atem zu schöpfen, aber die offensichtliche Neugier ihrer beiden Zuhörer spornte sie an weiterzuerzählen.

»Beim Nachlesen über den ersten Kreuzzug habe ich herausgefunden, daß Henry St. Clair, ein Vorfahr des Erbauers der Kapelle von Roslyn, mit einem Freund aus Jerusalem zurückkehrte, dem er seine Nichte zur Frau gab. Nun ratet mal, wer das war – Hugo de Payns, Gründer des Templerordens und Anführer der Männer, die jahrelang unter dem Tempel Salomons gruben.«

Toni Marradesi fuhr sich mit der Hand über eine Stelle seines Kopfes, die vielleicht irgendwann einmal mit Haaren bedeckt gewesen war, und beschloß, daß es an der Zeit sei, seine Meinung kundzutun.

»Ich verstehe ja eure Vorsicht, und ich verstehe euer Zögern. Aber meint ihr nicht, daß ihr es etwas übertreibt? Haben wir nicht eine ausreichende Anzahl von Indizien zusammengetragen, um uns in eine bestimmte Richtung zu orientieren? Wir sind Wissenschaftler und als solche vor Irrtümern auf dem Weg zu einer Entdeckung nicht gefeit. Wir dürfen keine Angst davor haben, enttäuscht zu werden. Soll ich euch sagen, was wir da meiner Ansicht nach auf die Spur gekommen sind? Einem Geheimnis, das so groß und mächtig ist, daß es in all diesen Jahrhunderten nicht gelüftet wurde. Das, weiß der Himmel wo, von denen gehütet und verborgen wurde, die als erste in die tiefsten Schichten – im wörtlichen wie im übertragenen Sinn – der Religion vorgedrungen sind. Und mit Religion meine ich nicht nur die christliche, sondern alles, was die Heilige Stadt Jerusalem, dieser Kreuzungspunkt der Kulturen und Konfessionen, in ihren Mauern beherbergte.«

Juli 1312.

Die Burg von Roslin lag in Stille getaucht. Einen Tag und eine Nacht lang hatte man Bertrand de Rochebrunes Rückkehr gefeiert, danach hatte sich der Ritter zurückgezogen, um die Regeln des neuen Ordens aufzusetzen.

Als er fertig war, versammelte er um einen großen ovalen Tisch elf Ritter, deren Häupter von Kapuzen bedeckt waren und die den weißen Mantel mit dem Kreuz ihres aufgelösten Ordens trugen.

Nachdem sie alle die Schwurformel aufgesagt hatten, ergriff Baron St. Clair, der gerade mit dem Titel eines Präzeptors des Neuen Tempels ausgezeichnet worden war, das Wort.

»Edle Ritter, Euch sind die Gründe wohlbekannt, die uns veranlaßt haben, uns zu dieser geheimen Gesellschaft zusammenzuschließen. Bei unserem neuen mühseligen Kampf werden uns dieselben Prinzipien leiten, die uns einst bewogen haben, dem Orden des Tempels beizutreten. Ich rufe Euch daher die achte Regel des Statuts der Templer in Erinnerung, die da lautet: ›Dem Meister gebührt der gleiche bedingungslose Gehorsam wie Gott!‹ Daher verneige ich mich vor dir, Bertrand de Rochebrune, unserem Großmeister, und schwöre dir Treue bis in den Tod.«

»Ich danke dir, edler St. Clair. Ohne dich wären wir heute nicht hier. Und ich danke auch Schottland und seinem König, weil er sich nicht den Mächten gebeugt hat, die die Vernichtung des Ordens wollten. Bedauerlicherweise ist durch die Abwesenheit von Lorenzo di Valnure die Zahl der Heiligen Apostel bei dieser ersten Versammlung nicht vollständig, aber mein Vetter hat seinen Schwur schon bei mir persönlich abgelegt.

Ich kenne jeden einzelnen von euch seit langer Zeit und habe mit vielen in so mancher Schlacht gekämpft. An eurem Wert als Männer und als Ritter hege ich keinen Zweifel.

Somit muß ich euch nicht an die Notwendigkeit der absoluten Geheimhaltung unserer Mission erinnern, die fortdauern wird, bis unser Ziel erreicht ist – entweder von uns oder von denen, die nach uns kommen. Der erste Stein dazu ist heute gelegt worden, und es liegt an denen, die diese Ordenstracht tragen, darauf eine Kirche zu erbauen: eine Kirche Gottes und der gerechten Menschen. Wir müssen uns auf einen langen Kampf einstellen, Brüder. Wir werden auf Hindernisse stoßen, die diejenigen sogar noch übertreffen, denen wir im Heiligen Land begegnet sind. Wir müssen den Bösen mit allen Mitteln aufhalten und ihn in das Reich der Finsternis zurückstoßen. Nur dann werden wir die Welt retten können.«

»Aber wie sollen wir es anstellen, gegen Clemens und Philipp zu kämpfen, die über so viele Männer und Mittel verfügen?« fragte einer der Ritter.

»Mit Überraschungsangriffen, vor allem auf See, da wir über eine schnelle und starke Flotte verfügen werden. Ich werde bald in das Land jenseits des Ozeans zurückkehren, um die Schiffe und Männer zu holen, die ich dort zurückgelassen habe. Wenn es uns gelingt, alle siebzehn Schiffe, die einst von La Rochelle abgefahren sind, wieder zu vereinen, können wir es mit jeder Flotte aufnehmen. Die vier Galeeren, die im Land des Westens geblieben sind, waren in bestem Zustand, und ich hoffe, de Ceillac hat sie gut erhalten. Sobald ich von meiner Reise zurück bin, werden Philipp von Frankreich und sein furchtsamer Diener Clemens die Kriegsflagge der Templer kennenlernen: den Schädel über zwei gekreuzten Schenkelbeinen, weiß auf schwarzem Grund.«

Begleitet von sieben Kriegern war Luigi im Schutz der Dunkelheit auf de Ceillacs Insel gelandet, und zwar auf der der Bucht abgewandten Seite, wo sie den Einbaum im dichten Gebüsch versteckten. Die Tequesta trugen Kriegsbemalung und schlichen vorsichtig, aber entschlossen voran.

Als sie den Hügel in der Mitte der Insel erreicht hatten, begutachteten sie von oben die Festungsanlage, die in dem Felseinschnitt lag. Von einem Turm an der rechten Seite konnten die Wachen, die in ständiger Alarmbereitschaft standen, über den weiten Ozean schauen. Zwei Seiten der Festung wurden von felsigen Anhöhen gebildet, und im Innern eines Palisadenwalls waren einige Holzhütten zu sehen.

Luigi erspähte zuerst die Unterkunft der Soldaten und Seeleute, ein langes, niedriges Gebäude, und dann, nicht weit davon, die der Sergenten. Beide lagen im Schutz der imposanten vulkanischen Felswand. De Ceillacs Behausung befand sich wahrscheinlich auf der anderen Seite; vielleicht war es eine der drei kleineren Hütten, nur wenige Schritte von der Palisade entfernt.

Plötzlich tauchte, beschienen vom flackernden Lagerfeuer, eine Frau aus einer der Hütten auf, die von einem Mann am Arm gehalten wurde, und Luigi zog sich vor Angst das Herz zusammen. Trotz der Dunkelheit und der Entfernung erkannte er den niederträchtigen Denis und Shirinaze. Die Ärmste ging mit gesenktem Kopf, als würde die Schwere ihrer Lage sie niederdrücken. Seine Angst verwandelte sich in Wut bei dem Gedanken, daß sie wahrscheinlich zu de Ceillac geführt wurde, um als Instrument seiner Lust zu dienen.

Luigi merkte sich das Haus, in dem die beiden verschwanden. Das dumpfe Klirren der Kette, mit der die Tür hinter der Gefangenen verriegelt wurde, drang bis zu ihm hinauf.

Er mußte handeln, bevor es zu spät war.

Kapitän Magri, der Kommandant des Flaggschiffs, stand neben dem Steuermann und erteilte mit fester Stimme Befehle. Der Seemann hatte muskulöse, von der Pinne gestählte Arme. Um den Hals trug er einen kleinen Lederbeutel mit einem Klumpen Magneteisenstein, an dem er die Kompaßnadel rieb, wenn sie sich entmagnetisiert hatte.

Schottland lag inzwischen weit hinter ihnen. Sie hatten seit zweiundvierzig Tagen kein Land mehr gesehen, und die Wasser- und Lebensmittelvorräte gingen allmählich zur Neige. Das Meer wurde von einer frischen Brise gekräuselt, alle Segel waren gesetzt, und das Schiff glitt schnittig und mit einer leichten Krängung nach Steuerbord dahin.

Der neue Großmeister hatte lange überlegt, ob es klug war, eine derart gefahrvolle Reise mit nur zwei Schiffen zu unternehmen, aber schließlich hatte er diese Lösung einem Konvoi vorgezogen. Es war besser, wenn die geringen Seestreitkräfte, über die er verfügte, in den sicheren schottischen Häfen verblieben.

Außerdem würde es, abgesehen von den Wagnissen der Überfahrt, keine schwierige Aufgabe sein, die Männer und Schiffe, die er de Ceillac anvertraut hatte, wieder zu versammeln.

In der Nacht jedoch braute sich ein Sturm zusammen, der im Morgengrauen mit furchtbarer Gewalt losbrach.

Rom. Juni 1999.

»Ich kann Ihnen nicht widersprechen, Dr. Marradesi«, brach Gerardo das erneute Schweigen, das sich im Labor ausgebreitet hatte. »Aber wir sind trotzdem an einem toten Punkt angelangt.«

»Nein, ganz und gar nicht«, protestierte Sara. »Wir müssen herausfinden, wer sich die Rolle des Hüters dieses Geheimnisses anmaßt, von dem Toni gesprochen hat. Vergessen wir nicht, was mit dem armen Giacomo passiert ist und was du in Akkon erlebt hast. Deine beziehungsweise unsere Nachforschungen gehen jemandem gewaltig gegen den Strich, daran besteht kein Zweifel. Das sind Leute, die

Macht haben, die bereit zum Morden sind und dermaßen fanatisiert, daß sie sich eher selbst umbringen, als das Geheimnis preiszugeben. Die Verbindung zwischen den mittelalterlichen Ereignissen und diesen mysteriösen Personen scheint jene rote Kordel mit dem Goldfaden und dem Seemannsknoten zu sein. Eine solche Kordel ist auch nach dem Brand gefunden worden, der beinahe das Turiner Grabtuch vernichtet hätte. Möglicherweise ein Zeichen.«

»Stimmt«, pflichtete Gerardo bei. »Wenn das Grabtuch tatsächlich das Abbild des Großmeisters de Molay zeigt, könnte es als ein Symbol der Schande des Templerordens angesehen werden. Eine Reliquie, die zerstört werden muß, um die Schmach zu überwinden und den Tempel zu seiner alten Größe zurückzuführen.«

Wenige Kilometer entfernt, in der Villa an der Via Appia Antica, war der Hohe Rat erneut zusammengetreten.

Der Großmeister hob die Arme gen Himmel. Aus den Sehschlitzen seiner Kapuze starrten zwei kalte, haßerfüllte Augen.

»Brüder, es ist soweit. Wir sind bereit. Das Zeichen ist uns schon vor einer Weile gegeben worden, auch wenn es das Schicksal gewollt hat, daß das letzte Symbol unserer Schande nicht von den Flammen zerstört wurde. Es ist Zeit, aus unserer jahrhundertelangen Verborgenheit herauszutreten, um uns der Welt zu bemächtigen.«

August 1312.

Alvise Magri rannte mit einem Beil in der Hand zum Heck. Das Schiff rollte beängstigend, und die Wellen brandeten über die Bordwand, überspülten das Deck und brachen über die Seeleute herein. Man hatte die beiden Schiffe durch ein dickes Tau miteinander verbunden, damit sie sich in der

Dunkelheit der Nacht nicht verloren. Doch jetzt machte die ungeheure Spannung des Seils das Steuern praktisch unmöglich. Magri schwang die Axt, und der peitschenartige Knall des durchtrennten Taus war durch das Brüllen des Sturms hindurch zu hören. Sofort wurden die beiden Schiffe wieder lenkbar und richteten den Bug in die Wogen.

Magri hielt den ganzen Tag die Stellung vor dem Wind und steuerte nur so viel wie nötig, um dem Sturm nicht die Flanke zu bieten. Als es Nacht wurde, beruhigten sich Wind und Meer allmählich wieder. Doch als die Sonne über der geglätteten endlosen Wasserwüste aufging, war von dem anderen Schiff nichts mehr zu sehen.

Luigi hatte die treuen Tequesta auf der höchsten Spitze des Felsausläufers versammelt. Er war sich der Gefahr bewußt, der er die Männer aussetzte, aber er hatte keine andere Wahl, wenn er sein Eheweib retten wollte.

Das von den Frauen des Dorfes aus Pflanzenfasern geknüpfte Seil war lang genug, damit er sich bis zu der kleinen Festung hinunterlassen konnte. Er band sich ein Ende um die Taille, und die Krieger seilten ihn langsam ab.

Die Felswand lag vollkommen im Dunkeln, da der Feuerschein aus dem Lager sie nicht erreichte. Die Feinde würden ihn erst entdecken, wenn er den weiten Platz aus gestampfter Erde in der Mitte erreichte, der zu dieser Stunde jedoch verlassen war.

Auf ein plötzliches Geräusch hin hielt Luigi inne, drückte sich gegen die Wand und spähte nach unten.

Er sah Denis aus de Ceillacs Hütte kommen und Shirinaze vor sich herschieben, die mit unsicheren Schritten ging. Er betete, daß der elende Handlanger nicht nach oben sah.

»Gute Nacht, Gräfin!« höhnte dieser und stieß Shirinaze unsanft in ihr Gefängnis. »Nach dem Gesicht des Großmeisters zu urteilen, habt Ihr Euch ein wenig Ruhe redlich verdient.«

Als sie allein war, ließ sich Shirinaze schluchzend auf ihr Lager fallen. Nach einer Weile griff sie nach dem Dolch, den sie sich heimlich beschafft und aus Schwäche nicht gegen ihren Peiniger eingesetzt hatte.

Sie trocknete ihre Tränen, segnete ihren Sohn und wünschte ihm ein besseres Leben, als es ihr beschieden gewesen war. Dann bat sie ihn und Gott um Vergebung und hob die Hand, um sich die Waffe ins Herz zu stoßen.

Nur wenige Meter von ihr entfernt hatte Luigi den Erdboden erreicht und löste mit fliegenden Fingern die Knoten des straffen Seils. Auf einmal jedoch merkte er, wie es locker wurde, sah hinauf und bekam es fast auf den Kopf. Während er sich mit gestrecktem Körper hinter einen Felsen warf, ertönte von der Anhöhe, auf der er die Tequesta zurückgelassen hatte, Alarmgeschrei.

»Alle aufwachen! Wir haben ein paar Wilde gefangen. Wir werden angegriffen!«

Von seinem Versteck aus beobachtete Luigi, wie sich der freie Platz vor den Hütten innerhalb weniger Augenblicke mit Männern füllte, die Schwerter und Bogen schwangen. Dann hörte er de Ceillacs unheilvolle Stimme.

»Die Tequesta haben sich diesen Überfall garantiert nicht allein ausgedacht. Dazu sind sie nicht schlau genug!« sagte er und ließ seinen Blick in die dunklen Ecken des Lagers schnellen. »Dort!« rief er. »Ein Seil, das vom Himmel gefallen ist. Unser Freund Luigi muß ganz in der Nähe sein. Schafft ihn mir her.«

»Hier ist er!« schrie kurz darauf einer seiner Männer.

Luigi blieb nichts anderes übrig, als sein Schwert zu zücken, eine kurze und leichte Waffe, die völlig ungeeignet für diesen ungleichen Kampf war. Aber er war zu allem bereit.

Der Schrei in der Nacht hatte Shirinaze innehalten und zur Tür huschen lassen, wo sie auf weitere Geräusche lauschte.

Als sie de Ceillacs Worte hörte, schien ihr Herz einen Trommelwirbel zu schlagen.

Kurz darauf wurde die Tür ihres Gefängnisses aufgerissen, und auf der Schwelle zeichnete sich die verhaßte Gestalt von Denis ab, der ein Schwert in der einen und eine Fackel in der anderen Hand hielt.

»Folge mir, Mohrin!« befahl er mit seinem üblichen bösartigen Grinsen. »Du sollst sehen, was wir mit deinem geliebten Häuptling der nackten Wilden anstellen.«

Luigi hatte sich in einer Spalte zwischen zwei Felsen gezwängt, so daß die Angreifer ihn immer nur nacheinander attackieren konnten. Drei hatte er bereits erledigt, als sich de Ceillacs Stimme über das Schwerterklirren erhob.

»Du ergibst dich jetzt besser, Luigi! Oder möchtest du, daß ich meine Klinge in diese samtweiche schwarze Haut senke?«

Luigi sah, wie de Ceillac mit einem Dolch Shirinazes Kehle ritzte, daß ein paar Blutstropfen hervorquollen. Daraufhin ließ er das Schwert fallen.

Die Tequesta-Krieger waren an Händen und Füßen gefesselt auf dem Platz aufgereiht worden. Sie wußten, was ihnen blühte, aber kein Anzeichen der Angst trübte ihren stolzen Blick.

»Wir werden uns gleich noch mit dir beschäftigen, Luigi, aber zuerst möchte ich, daß du zusiehst, was wir mit diesen Wilden machen, die so dumm waren, dir bei dieser schwachsinnigen Unternehmung zu folgen«, sagte de Ceillac unter Hohngelächter und bedeutete seinen Leuten anzufangen.

Eine Reihe von grob zusammengezimmerten Holzkreuzen wurde in der Mitte des Platzes aufgestellt, und an jedes nagelten die abtrünnigen Templer einen der Tequesta. Dann machte de Ceillac seinem obersten Folterknecht ein Zeichen, worauf Denis sich einem der Eingeborenen mit einem vorher geschärften Dolch näherte. Mit qualvoller Langsamkeit schlitzte er seinem Opfer den Bauch auf und brachte ihm eine nicht sofort tödliche Wunde bei, die jedoch groß genug war, daß die Eingeweide herausquollen.

»Du sollst verflucht sein, de Ceillac!« schrie Luigi und versuchte vergebens, sich dem Griff seiner Wächter zu entwinden.

Rom. Juni 1999.

Das vertraute Klingeln des Computers riß Sara aus ihrer Beschäftigung. Sie aktivierte sofort das Kodierungsprogramm und sah ein einziges Wort im Textfenster auftauchen: <NEUIGKEITEN?>

<EIN HÖFLICHES GUTEN TAG WÄRE WOHL ZUVIEL VERLANGT? NA GUT, LASSEN WIR DAS. WIR HABEN GERADE EINE KLEINE DREIERKONFERENZ ABGEHALTEN.>

<GUTEN TAG, FRAU DOKTOR. SEID IHR ZU IRGENDWELCHEN SCHLÜSSEN GELANGT?>

<NEIN, WIR TAPPEN VÖLLIG IM DUNKELN. ICH GLAUBE, WIR STEHEN ERST AM ANFANG EINES ABENTEUERS, VOR ALLEM WAS DIE SPUREN BETRIFFT, DIE IN DIE GEGENWART FÜHREN.>

<WENN DU MIR DAS BITTE DEKODIEREN WÜRDEST?>

<DIE EREIGNISSE UM DEN ALTEN ORDEN NEHMEN LANGSAM GESTALT AN, TROTZ VIELER UNGEKLÄRTER FRAGEN. ABER WIR SIND INZWISCHEN DER ÜBERZEUGUNG, DASS ES EINE VERBINDUNG ZWISCHEN JENEN FINSTEREN ZEITEN UND HEUTE GIBT. DIE FRAGE IST: WORIN BESTEHT SIE? UNS FEHLT EIN GLIED IN DER KETTE. KANNST DU ES FÜR MICH FINDEN?>

<WAS WÄRE ICH FÜR EIN FREUND, WENN ICH DIR NICHT HELFEN WÜRDE? IM ÜBRIGEN HABE ICH SCHON ETWAS GETAN. MEINE LEUTE HABEN HERAUSGEFUNDEN, DASS ESTELLE DUFRAISNE MEHRFACH BESUCH VON EINEM ÄUSSERST ZWIELICHTIGEN TYPEN HATTE. ES HANDELT SICH

UM EINEN GEWISSEN HANS HOLOFF, EHEMALIGER AGENT DES OSTDEUTSCHEN GEHEIMDIENSTES, DER SICH NACH DEM FALL DER BERLINER MAUER IN LUFT AUFGELÖST ZU HABEN SCHIEN.>

<DU GLAUBST, ER KÖNNTE EINES DER FEHLENDEN KETTENGLIEDER SEIN?>

<MÖGLICH WÄR'S. ER IST EIN GERISSENER, SKRUPELLOSER KERL, BESTENS AUSGEBILDET FÜR JEDE GEFAHRENSITUATION, UND WIRD VON DER HÄLFTE ALLER SICHERHEITSDIENSTE DER WELT GESUCHT. ABER DIE ANWEISUNGEN LAUTEN, LEDIGLICH ZU ÜBERMITTELN, WO ER SICH AUFHÄLT, UND IHN IM AUGE ZU BEHALTEN.>

Während Sara und Oswald ihren Austausch beendeten, spazierte Hans Holoff über die Avenue de la Paix in Lausanne. Er kam gerade von einer Verabredung in einem Bankhaus, wo ihm eine Kontaktperson versichert hatte, vollkommen zu seiner Verfügung zu stehen, genau wie es der Großmeister angekündigt hatte. Ja, die »Brüder« waren alle bereit zum großen Schlag.

August 1312.

Luigi lag in einem engen Raum im Wachturm der Festung und wurde ständig von zwei bewaffneten Männern bewacht. Die Fesseln, mit denen seine Hände auf den Rücken gebunden waren, schnitten ins Fleisch und verursachten ihm unerträgliche Schmerzen. Gottergeben wartete er auf den Moment, in dem die Tür aufgehen und die Wachen ihn hinauszerren würden. Welchen qualvollen Tod mochte de Ceillac sich für ihn ausgedacht haben?

Doch es war nicht der Tod, der ihm angst machte, sondern das schreckliche Schicksal, zu dem er Shirinaze durch seine mißglückte Befreiungsaktion verdammt hatte, und die Zukunft seines Sohnes.

Die Stille wurde vom Ruf einer Wache zerrissen: »Schiff am Horizont in Sicht! Es hält auf uns zu!«

De Ceillac stürmte die Sprossenleiter zum Aussichtsturm hinauf. Er erkannte das Admiralsschiff von Bertrand de Rochebrune auf den ersten Blick.

»Schnell, Denis, versteck den Gefangenen und die Mohrin in den Grotten! Sie sollen von vier Männern bewacht werden! Unterdessen werde ich ein Empfangskomitee für unseren ehemaligen Großmeister zusammenstellen. Wir müssen seine unerwartete Rückkehr zu unserem Vorteil nutzen. Sollte einer von euch auch nur ein einziges Wort verlauten lassen über das, was passiert ist, werde ich ihm eigenhändig den Kopf abschlagen!«

Seine Worte ließen durchblicken, daß sein diabolischer Geist bereits einen Plan entwickelt hatte.

Bertrands Schaluppe landete am späten Abend. De Ceillac erwartete ihn auf dem weißen Sandstreifen, der die Bucht umgab.

»Welch unerhoffte Freude, dich wieder umarmen zu dürfen, Bertrand!« rief er und ging ihm entgegen, kaum daß dieser ausgestiegen war.

»Wir suchen euch schon seit mehreren Tagen und wollten die Hoffnung beinahe aufgeben, nachdem wir unsere zerstörte Siedlung gefunden hatten«, antwortete Bertrand.

»Ein furchtbares Unglück. Es waren die Tequesta. Sie haben uns heimtückisch überfallen und schreckliche Grausamkeiten an den Unglücklichen begangen, die sie fangen konnten. Zum Glück ist es mir und ein paar anderen gelungen, die Belagerung zu durchbrechen.«

Bertrands Herz wurde schwer. »Ist auch Shirinaze tot?«

»Ich weiß, wie sehr du an ihr gehangen hast, Bertrand«, heuchelte de Ceillac. »Daher würde ich dir lieber die Beschreibung der Qualen ersparen, die ihr, Luigi und dem kleinen Lorenzo zugefügt wurden. Sie haben sie vor unseren Augen massakriert.«

Bertrand senkte das Haupt, von einem furchtbaren Gefühl der Leere überkommen. Die Menschen, die er als seine Familie betrachtet hatte, lebten nicht mehr.

Bald jedoch trat ein ungeheurer Zorn zu seinem Schmerz. »Diese Mörder sollen bekommen, was sie verdienen!« rief er mit feuersprühenden Augen. »Was ist aus den anderen Schiffen geworden?«

»Die Eingeborenen haben sie verbrannt. Wir konnten nur das eine retten, das du hier in der Bucht gesehen hast«, sagte de Ceillac.

»Wir müssen einen Plan schmieden. Ehe wir nach Europa zurückkehren, werden wir die Tequesta für ihre Schandtaten büßen lassen«, verkündete Bertrand finster.

In der Grotte war es feucht und kalt. Luigis Hände und Füße waren mit einem Strick so zusammengebunden, daß er gekrümmt lag und kaum atmen konnte. Jedesmal, wenn er versuchte, das Wort an Shirinaze zu richten, wurde er von den Wächtern mit Fäusten und Fußtritten bearbeitet. Er sah keinen Ausweg, aber die Nähe seiner Frau gab ihm neue Kraft.

Schloß Valnure. Juni 1999.

Als er Paolas Auto in der Einfahrt sah, hüpfte Gerardos Herz vor Freude, und er mußte sich eingestehen, daß der Ausdruck »Nachhausekommen« auf einmal eine ganz andere Bedeutung für ihn hatte. Er wußte nicht, ob das, was er für diese Frau empfand, wirklich Liebe war, aber jedenfalls stellte sie mittlerweile einen festen Punkt in seinem Leben dar.

Er fand sie in der Küche, bekleidet mit einem leichten Männerhemd, und ihre gebräunten Beine waren nackt. Paola wandte sich kurz von dem dampfenden Topf ab, in dem sie gerade Gemüse anbriet, und begrüßte ihn strahlend.

»Gerardo! Wie schön!« rief sie. »Entschuldige den Überfall, aber ich hatte einen Tag frei von den Fernsehaufnahmen und dachte, ich komme dich besuchen. Weil du nicht da warst, habe ich schon mal angefangen, das Abendessen zu kochen. Ich hoffe, es stört dich nicht.«

»Das nächste Mal sag mir vorher Bescheid«, sagte er mit gespielter Strenge. »Als ich dein Auto im Garten gesehen habe, mußte ich erst mal mein Gefolge von Konkubinen loswerden.« Dann zog er sie an sich und küßte sie zärtlich, umweht von ihrem Parfum. »Ich überlasse dich kurz deinen Kochkünsten und bringe ein paar Papiere weg, dann komme ich wieder.«

Einer alten Gewohnheit folgend, die durch den gewaltsamen Tod Giacomos noch verstärkt worden war, schloß er die Diskette mit seinen sorgfältig von der Festplatte gelöschten Aufzeichnungen über die Rosslyn-Kapelle in den schweren Tresor. Ein paar Minuten darauf war er wieder bei Paola.

Er näherte sich ihr von hinten und tat so, als wollte er die vom Herd aufsteigenden Düfte schnuppern. Als er sich an sie schmiegte, entzog sie sich nicht, sondern drehte sich um und küßte ihn leidenschaftlich.

Gerardo hob sie hoch, so daß sie halb auf der Arbeitsplatte saß, und sie schlang ohne Zögern die Beine um ihn. Er streichelte ihren Bauch über dem Slip, dann wanderte seine Hand weiter, und sie vergaßen das Abendessen.

»Kann ich dir vielleicht helfen?« fragte Paola später, nachdem sie doch noch etwas gegessen hatten.

»Wobei?«

»Bei deinen Forschungen.«

»Nein, danke. Ich habe selbst noch keine klaren Vorstellungen und wüßte gar nicht, wie ich dich einspannen sollte.«

»Verstehe. Ich habe ja auch keine Ahnung von diesen Dingen. Ich meine, du beschäftigst dich doch mit den Tempelrittern, oder?«

»Na ja, das ist eines der vielen Themen, die mich schon immer fasziniert haben«, antwortete er ausweichend. Dann küßte er sie, hob sie von ihrem Stuhl und trug sie zum Bett.

Das erschien ihm als die beste Ausrede, um ein Gespräch zu beenden, das ihn nur in Verlegenheit gebracht hätte. Er hatte nicht die Absicht, Paola in Geheimnisse einzuweihen, die auch für sie zur Gefahr werden konnten.

In der Nacht, die folgte, sollte er mit Befriedigung feststellen, daß es nicht nur eine gute, sondern eine *hervorragende* Ausrede gewesen war.

August 1312.

»Töte sie, sobald wir abgelegt haben!« befahl de Ceillac seinem Vertrauten Denis.

Dieser nickte und eilte zu der Grotte im Berg, wobei er darauf achtete, nicht von Bertrands Männern gesehen zu werden.

Dort angekommen, schickte er die vier Wachen ins Lager zurück, und sein Gesicht verzog sich zu einem widerwärtigen Grinsen, als er mit den Gefangenen allein war.

»Ich bedaure, Herrschaften, aber euer letztes Stündlein hat geschlagen. Ihr dürft noch ein Gebet zum Himmel schicken, aber macht schnell!« Mit diesen Worten zog er seinen Dolch aus dem Gürtel, denselben, mit dem er die Eingeborenen am Kreuz massakriert hatte.

Luigi versuchte, seine Fesseln zu sprengen, mit dem einzigen Ergebnis, daß die Stricke noch tiefer in seine Handgelenke und Knöchel schnitten und das Blut hervorquoll.

»Ich weiß gar nicht, mit wem von euch beiden ich anfangen soll«, murmelte Denis. »Wem bereite ich vorher noch die Qual, sein geliebtes Gespons sterben zu sehen? Ach ja, beinahe hätte ich vergessen, euch wissen zu lassen, daß euren kleinen Bastard bald das gleiche Schicksal ereilen wird, wenn auch leider nicht durch meine Hände. In ein, zwei Tagen werden de Ceillac und Bertrand das Dorf der nackten Heiden angreifen. Sie haben nicht vor, Überlebende zurückzulassen.«

Shirinaze flehte zu Gott, ihr Mann möge verstehen, was sie vorhatte. Sie richtete einen schmelzenden Blick auf Denis und bewegte ihre Beine in aufreizender Weise. »Ich flehe dich an«, flüsterte sie mit rauher Stimme. »Ich bin bereit, alles zu tun, um nicht sterben zu müssen.«

Ein wollüstiges Funkeln trat in die Augen des Mannes. De Ceillac hatte sich ausgiebig mit diesem prächtigen Körper vergnügt, während er selbst kaum noch wußte, wie eine Frau aussah. Außerdem erwartete man ihn nicht im Lager. Als er es verlassen hatte, war eines der beiden Schiffe gerade in das Gebiet der Calusa abgesegelt, mit denen sich Bertrand und Raymond gegen die Tequesta verbünden wollten.

Ein viehisches Lachen ausstoßend, schnallte er seinen Ledergürtel auf und durchtrennte die Fesseln um Shirinazes Füße. Seine schmierigen Hände schoben ihren Rock hoch, und als er sich auf sie warf, schloß Luigi die Augen, um nicht vor Haß den Verstand zu verlieren.

Während Denis sich grunzend auf ihr wand und mit seiner Kleidung kämpfte, näherte Shriniaze ihre Lippen seinem Hals. Als er ihre feuchte Zunge spürte, sank er mit einem animalischen Stöhnen auf sie nieder. Doch ihre Zunge zog sich plötzlich zurück, und sie grub ihm die Zähne mit der Kraft der Verzweiflung in die Kehle.

Der Mann verdrehte die Augen, sprang auf die Beine und führte instinktiv die Hände an die Wunde. Aus der aufgerissenen Halsschlagader sprudelte das Blut wie eine Fontäne.

»Verfluchte Hure!« schrie er, als er begriff, daß er sterben würde. Mit vor Entsetzen verschleiertem Blick suchte er nach dem Dolch, den er hatte fallen lassen, bevor er seine Lust hatte befriedigen wollen.

»Du sollst mit mir zur Hölle fahren!« röchelte er und stieß mit der Klinge zu.

Luigi rollte sich zwischen ihn und Shirinaze. Denis stolperte über ihn und fiel, wobei der Dolch seinem Griff entglitt. Er kämpfte sich wieder hoch, aber die Blutung schwächte ihn zusehends.

Unter Aufbietung ihrer letzten Kräfte streckte sich Shirinaze, so daß sie den Dolch mit den Füßen zu fassen bekam. Dann schob sie ihn unter ihren Körper und durchtrennte die Fesseln ihrer Hände. Sie faßte die Waffe mit festem Griff und sprang auf, um ihrem Feind den Garaus zu machen, aber es war nicht mehr nötig. Denis lag leblos in seinem Blut.

Schluchzend vor Erleichterung kniete Shirinaze neben Luigi nieder und befreite auch ihn von seinen Fesseln. Danach blieben sie lange in einer wortlosen Umarmung liegen, und ihre Tränen des Glücks vermischten sich.

Nachdem sie wieder halbwegs bei Kräften waren, führte Luigi sie vorsichtig zu dem Ort, wo er die Piroge versteckt hatte. Erneut fiel ihm ein Stein vom Herzen, als er sah, daß de Ceillacs Männer sie nicht gefunden hatten. Kurz darauf ruderten sie beide so schnell sie konnten und hielten sich dabei möglichst außerhalb der Sicht der Wächter. Am Horizont konnten sie den Schemen eines sich entfernenden Schiffes ausmachen.

Bertrand hielt seinen Blick auf die achtern zurückbleibende Insel gerichtet und hing düsteren Gedanken nach. Es gab zu viele Dinge, die er nicht verstand. Er wußte, daß die Calusa wilde, blutrünstige Krieger waren, tödlich verfeindet mit den Tequesta, die er hingegen als friedliebendes, Fremden gegenüber freundlich gesinntes Volk kannte, das nur zur Gewalt griff, wenn man ihnen keine andere Wahl ließ. Wie war es möglich, daß sie sich während seiner Abwesenheit so furchtbar verändert hatten? Was war passiert?

Immer noch tief in Gedanken, ging er an Land und

erreichte mit den anderen das Dorf ihrer neuen Verbündeten.

Die Sprache der Calusa bestand aus wenigen gutturalen Lauten, begleitet von heftigem Gestikulieren, das es ihm ermöglichte, dem Gespräch zwischen ihrem Häuptling und Raymond de Ceillac einigermaßen zu folgen. Die Mordlust im Ton der beiden war jedenfalls nicht zu überhören. Sein Unbehagen legte sich keineswegs, sondern steigerte sich zu Mißtrauen, als Raymond erklärte, er müsse sich einen Augenblick mit dem Häuptling zurückziehen.

Tucla, der alte Tequesta, dem Luigi seinen Sohn anvertraut hatte, sichtete die Piroge, die um die Biegung des Flusses kam, als erster. Als er sie erkannte, stieß der Eingeborene einen Freudenschrei aus, der ihm jedoch in der Kehle steckenblieb, als er erkannte, daß die mit Luigi aufgebrochenen Krieger ihm nicht folgten.

Nachdem sie das Boot mit letzter Kraft ans Ufer gezogen hatten, ließen sich die beiden erschöpft in den Sand fallen. Aber ihre Müdigkeit verflog wie durch Zauber, als sie Tuclas Stimme hörten und ihn mit Lorenzo an der Hand auf sich zukommen sahen. Der Kleine erkannte seinen Vater wieder und wollte auf ihn zustürmen, doch der Anblick der Frau ließ ihn einen Moment zögern. Er hatte seine Mutter zu lange nicht gesehen. Dann kam schließlich die Erinnerung, und er rannte juchzend in die ausgebreiteten Arme seiner Eltern.

Wenig später saß Luigi dem Dorfältesten gegenüber und berichtete mit Tuclas Hilfe den schrecklichen Ausgang des Überfalls auf de Ceillacs Festung.

»Nun droht uns neues Unheil«, erklärte er erregt. »Das Dorf wird bald angegriffen werden. Dein alter Freund Bertrand de Rochebrune ist endlich zurückgekehrt, aber der Verräter de Ceillac hat ihn hinters Licht geführt und ihn glauben gemacht, ihr hättet die Weißen angegriffen und viele niedergemetzelt. Wir müssen sofort die Verteidigung vorbereiten.«

Seite an Seite näherten sich die beiden Schiffe der Insel. De Ceillacs Züge waren von einem heimtückischen Grinsen zu einer Fratze verzerrt. Mit der Verstarkung durch Bertrands Männer würde er die Tequesta vernichten, und im Kampfgetümmel würde niemand Luigis kleinen Bastard wiedererkennen, dessen Haut so braun war wie die der Wilden. Niemand würde je erfahren, welches Ende di Valnure und seine Familie genommen hatten, und er würde beladen mit Gold und Silber nach Europa zurückkehren.

Obwohl er immer noch von Zweifeln geplagt wurde, ging Bertrand im Geiste noch einmal den Angriffsplan durch. Der Fluß war tief genug für ihre Schiffe. Sobald das Dorf in Schußweite war, würden sie es mit den Wurfmaschinen behageln. Anschließend würden sie an Land gehen und gemeinsam mit den Calusa den vernichtenden Angriff führen. Kein Tequesta würde entkommen.

Ein Schrei vom Ausguck riß ihn aus seinen Gedanken. »Einbaum steuerbord voraus! Er kommt auf uns zu! Nur ein Mann an Bord!«

Aufrecht auf dem Vorderkastell stehend, gab de Ceillac sofort den Befehl, das Boot aufzuhalten. Er durfte kein Risiko eingehen, und die Verwegenheit dieses einzelnen Mannes erregte seinen Verdacht. Besser, er ließ ihn nicht an Bertrands Schiff herankommen.

»De Ceillac hat es anscheinend sehr eilig, diese Piroge vor uns zu erreichen«, sagte Kapitän Magri verwundert zu Bertrand. »Da wir näher dran sind, wird er es wohl nicht schaffen, aber ich verstehe nicht, was er damit bezweckt. Dieser Mann will ganz offensichtlich mit uns sprechen und nicht mit ihm. Außerdem seid Ihr der Befehlshaber. Ich werde ihm signalisieren, daß er sich zurückziehen soll.«

Bertrands Antwort bestand in einem lauten Freudenschrei. Obwohl er es kaum zu hoffen gewagt hatte, war ihm die Gestalt in dem Boot immer vertrauter erschienen, je näher die Piroge gekommen war. Nun konnte er sie endlich erkennen.

De Ceillacs Schiff schien Magris Zeichen unterdessen Folge zu leisten, drehte unvermittelt ab und gab der Piroge den Weg frei.

Das kleine Boot war bereits in Rufweite des Admiralsschiffs, als neben ihm eine Wasserfontäne aufspritzte. Das Katapult am Bug von de Ceillacs Schiff wurde bereits für einen zweiten Schuß bereitgemacht.

»Bertrand! Hüte dich vor de Ceillac!« schrie Luigi aus voller Lunge. »Er ist ein Verräter!« Dann sprang er in den Fluß.

Die Männer an Deck von Bertrands Schiff konnten de Ceillacs Brüllen nicht hören, das dem eines verwundeten Löwen glich, aber sie sahen deutlich, wie er mit der Faust auf die Reling schlug.

Luigi wurde an Bord gezogen und berichtete Bertrand sogleich, was er, Shirinaze und der Kleine durchgemacht hatten, während Kapitän Magri, der neben dem Steuerrad stand, mit erfahrenem Blick die seltsamen Manöver des anderen Schiffs durchschaute.

»Achtung!« schrie er verblüfft. »Es sieht aus, als wollten sie das Katapult gegen uns einsetzen.«

Da er Luigis Erzählung nicht gehört hatte, konnte er sich das Verhalten der anderen nicht erklären. Aber Bertrand wußte nun Bescheid.

»Ich rate dir, dich zu ergeben, de Ceillac«, schrie er, die Hände trichterförmig an den Mund erhoben, »ehe du noch mehr Dummheiten begehst!«

»Warum sollte ich?« antwortete der andere. »Unsere Schiffe sind von gleichem Bau, aber meine Mannschaft ist ausgeruhter und kräftiger als deine. Und vergiß die Calusa nicht! Du weißt, daß sie ihre Gefangenen gern zuerst entmannen, bevor sie sie töten. Sei vernünftig und ergib dich lieber!«

Wie immer kurz vor einem Kampf fühlte sich Bertrand von einer heißen aufpeitschenden Kraft durchströmt. Freudig begrüßte er dieses Gefühl und zog sein Schwert.

»Kapitän Magri – bereitmachen zum Entern!«

Die beiden Schiffe fuhren bedrohlich nah Flanke an Flanke, wie zwei Feinde, die sich gegenseitig taxieren.

Bertrand sah das dritte Schiff erst, als es schon ganz nahe war, und als er es erkannte, brach er erneut in Jubel aus – es war das ihrer Kameraden, das sie im Sturm verloren hatten.

»Kapitän Magri!« befahl er. »Wir müssen de Ceillacs Galeere mit nach Hause nehmen. Wir brauchen sie zu dringend, um sie zerstören zu können! Gebt den Befehl, einen Zusammenstoß zu vermeiden!«

Aber es war zu spät. Die beiden Seitenwände prallten gegeneinander, und große Stücke knickten ein, als bestünden sie aus Strohhalmen, und stürzten ins Wasser. Doch auf Befehl des Kapitäns gelang es seinen geschickten Matrosen, ihre Wand aus der Verkeilung zu befreien. Die Schiffe blieben Seite an Seite, aber nun lag ein gewisser Abstand zwischen ihnen.

»Ergib dich, de Ceillac!« rief Bertrand erneut. »Ich fordere dich nicht ein drittes Mal auf. Meine Schiffe werden euch versenken!«

Die Verfolgungsjagd dauerte ein paar Stunden, aber am Ende hatten Bertrands Schiffe de Ceillac in eine Bucht getrieben.

Einige Inseln entfernt lagen die Calusa im Dickicht um das Tequesta-Dorf auf der Lauer. Sie warteten nur noch auf die Männer im Eisenkleid, um mit dem Angriff zu beginnen, und verstanden nicht, wo diese blieben.

Beunruhigt, aber in disziplinierter Reglosigkeit hielten sie ihre Blicke auf das Ziel gerichtet und rechneten nicht mit einer Überraschung von hinten. Doch genau aus dieser Richtung schlichen sich die von Luigi ausgebildeten Tequesta an und fielen über sie her.

DRITTER TEIL

Die Königin der Meere

10. KAPITEL

Helsinki. Schiffswerft Kvaerner Masa. März 1998.

Der Präsident der Maritime Cruise Lines, der größten Schifffahrtsgesellschaft der Welt, durchschnitt das Band mit den drei Farben der amerikanischen Flagge, während die Taufpatin die unvermeidliche Champagnerflasche anstieß. Die Flasche traf die Bordwand, zerbrach aber nicht. Ein böses Omen, wie die Seeleute wußten.

Anschließend wurde das Dock geflutet und das Schiff vom Stapel gelassen. Das Heck der *Queen of Atlantis* drehte sich in Richtung Meer, gezogen von vier Schleppern, und das größte Passagierschiff aller Zeiten stach mit prächtiger Flaggengala, die im kalten Frühlingswind flatterte, in See. Die Sirenen der anderen Schiffe im Hafen begannen gleichzeitig zu tuten, während die Schlepper mit ihren Spritzen riesige Wasserfontänen warfen. Es war der Gruß der Seefahrer an dieses Wunderwerk der Schiffbaukunst, das 3600 Passagiere sowie 1200 Besatzungsmitglieder befördern konnte.

Wenig später betrat der Präsident der Schiffahrtsgesellschaft eine fünf Stockwerke hohe Halle, in der sich vier gläserne Panoramaaufzüge in einem ständigen Auf und Ab befanden. An die hochrangigen Gäste gewandt, sagte er schlicht: »Ich möchte Ihnen die ›Königin von Atlantis‹ vorstellen.« Dann hob er den Blick zur Decke und murmelte: »Königin einer legendären, untergegangenen Welt. In unserer Welt wirst du die Königin der Meere sein. – Kapitän Di Bono, würden Sie den Herrschaften bitte das Schiff zeigen?« sagte er dann wieder laut.

Trotz seiner grauen Haare sah man Arthur Di Bono seine

dreiundsechzig Jahre nicht an, von denen er fünfunddreißig auf See verbracht hatte. Er war der älteste und erfahrenste Kapitän der Maritime Cruise Lines. Seine elegante, in der Bond Street maßgeschneiderte Uniform verbarg den kleinen Bauchansatz, eine unvermeidliche Folge des Alters, und sein gepflegter weißer Bart verlieh ihm ein gutmütiges Aussehen. Aber man brauchte nur seine Bewegungen zu beobachten, seinen festen Gang, um zu erkennen, daß er ein alter Seebär war, dem kein Sturm mehr Angst einjagte.

Die *Queen of Atlantis* war ein schwimmendes Hochhaus, bestehend aus vierzehn mit jeglichem Komfort ausgestatteten Stockwerken. Darauf verteilten sich unter anderem 1352 Passagierkabinen, zwei Theater, ein Thermalbad und vier Swimmingpools, von denen der größte mit weißem Sand aus karibischen Inselparadiesen umgeben war.

Di Bono erläuterte nacheinander die herausragenden Eigenschaften und Einrichtungen des Schiffes, wobei er sich besonders bei den technischen Details aufhielt. »Im Grunde könnte dieser 120 000 Tonnen schwere Koloß von einem einzigen Mann gesteuert werden«, sagte er, während er die Kommandobrücke voller elektronischer Geräte präsentierte. »Dies hier ist sozusagen das Herz des Schiffes.« Dabei deutete er auf einen großen Computer. »Von hier aus kann man jede Funktion kontrollieren, von der Müllverbrennungsanlage bis hin zu den Vorhängen im Speisesaal.«

Der Kommandant des Luxusliners war voll des väterlichen Stolzes auf sein Schiff. Wie sollte er ahnen, welche schicksalhafte Rolle es in nicht allzu ferner Zukunft spielen würde?

New York. Juni 1999.

Das Nußbaumregal hinter Derrick Grant, dem Seniorpartner der inzwischen renommierten Kanzlei Grant & Associates, war vollgestopft mit Gesetzestexten.

»Ich danke Ihnen sehr«, sagte Charles Thomas, der Präsident der Maritime Cruise Lines, und schüttelte herzlich Derricks Hand. »Ihre Vorschläge haben sich wie immer als äußerst wertvoll erwiesen. Falls Sie sich einmal eine Ruhepause gönnen möchten, steht Ihnen unsere weiße Flotte jederzeit zur Verfügung.«

Grant begleitete ihn zur Tür, kehrte dann zum Schreibtisch zurück und streckte sich in seinem Sessel aus, um das Panorama von Manhattan hinter der großen Fensterfront zu betrachten. Ja, ein Urlaub, dachte er, nur wann? Dann machte er sich sogleich wieder an die Arbeit.

Zur gleichen Zeit lächelte Maggie Elliot in eine Fernsehkamera und sagte: »Liebe Zuschauer, auch heute abend haben wir wieder versucht, ein Rätsel unserer Existenz zu lüften. Leider konnte es nicht mehr sein als ein Versuch, und wir im Studio hegen die gleichen Zweifel und Bedenken wie Sie zu Hause. Andererseits wären die Rätsel keine wirklichen Rätsel, wenn sie so einfach zu klären wären. Guten Abend.«

Die Erkennungsmelodie vermischte sich mit dem Applaus des Studiopublikums. Nachdem sich die Reihen geleert hatten, blieb Maggie noch eine Weile mit ihren Mitarbeitern zurück, um Kritik zu äußern und Verbesserungsvorschläge auszutauschen. Der Erfolg der Sendung *Labyrinth* gründete zum großen Teil auf der guten Zusammenarbeit in ihrem Team.

Draußen wartete der Fahrer des Fernsehstudios schon auf sie. Sobald sie eingestiegen war, warf Maggie einen schnellen Blick auf die Einschaltquoten. *Labyrinth* erfreute sich nun schon seit acht Jahren großer Beliebtheit beim Publikum, ein wirklich sensationeller Erfolg.

Die schöne Moderatorin legte die Papiere mit den Zahlen neben sich auf die lederne Bank, schlug die Beine übereinander und lehnte sich seufzend zurück. Ihr Mann würde an diesem Abend von einer seiner Dienstreisen zurückkehren. Sie sahen sich nur noch selten, und mit einem Anflug von Melancholie kam ihr wieder die Frage in den Sinn, die Derrick ihr einmal vor langer Zeit gestellt hatte: »Bist du glücklich, Maggie?«

Sie und Timothy hatten sich vor einem Jahr praktisch getrennt, als er Leiter der *Task Force on Terrorism and Unconventional Warfare* geworden und nach Washington gezogen war. Er hatte sie gebeten mitzukommen, aber sie hatte sich strikt geweigert, New York zu verlassen und ihren Job aufzugeben. Darauf war eine ihrer heftigen, schmerzlichen Auseinandersetzungen entbrannt, und Maggie hatte erkennen müssen, daß ihre Ehe vor dem Ende stand. Doch noch konnte sie das niemandem eingestehen, vielleicht noch nicht einmal sich selbst.

Pat Silver lächelte der hübschen Empfangssekretärin der Firma US Gambling & Lotteries zu, eines der vielen in New York ansässigen Unternehmen für Glücksspiel und Lotterie. Er saß mit den anderen sieben Technikern der Software-Firma, bei der er seit zwei Monaten angestellt war, in der Warteecke des Foyers und trug wie sie einen weißen Overall.

Ihre Aufgabe war es, das gerade installierte System zur Übertragung, Kontrolle und Auswertung von Lottotips in Betrieb zu setzen. Es handelte sich um ein hochentwickeltes, Hunderte von Millionen Dollar teures System, das die technischen Verfahren einer der reichsten Lotteriegesellschaften Amerikas einfacher, sicherer und schneller machen sollte. Die Stärke der US Gambling lag in der engmaschigen Verteilung ihrer Annahmestellen. Sie verfügte über mehr als hunderttausend Terminals im ganzen Land, die wöchentlich sechshundert Millionen Tips an die Zentrale weiterleiteten.

Die Daten wurden via Modem und Telefonleitung übertragen, und der Zentralcomputer konnte sie innerhalb weniger Sekunden einspeichern und dabei 36 000 Übertragungen gleichzeitig verarbeiten. Die Gesamtmenge der Lottotips wurde in wenig mehr als zwanzig Minuten übermittelt, woraufhin der fünfzig Gigabyte große Arbeitsspeicher des Zentralcomputers mit dem Auswerten und Ermitteln der Gewinnscheine begann.

Die Spieler mußten sieben Zahlen aus siebzig tippen, was einer Trefferwahrscheinlichkeit von 1,2 Milliarden entsprach. Die Gewinnsummen konnten dafür riesig sein; erst vor einigen Wochen war ein Geldregen von 31 Millionen Dollar auf einen mexikanischen Hilfsarbeiter niedergegangen.

Pat Silver hatte sich die Haare und einen auffälligen Tatarenschnurrbart wachsen lassen, der einen Großteil seiner unteren Gesichtshälfte verbarg. Er sah aus wie die Reinkarnation eines Hippies aus den Sechzigern.

Als man sie endlich einließ, betrat er mit den anderen Technikern den Computerraum, wo die Rechner gerade einige Probeläufe durchführten.

Er öffnete seinen Aluminiumkoffer und machte sich eifrig an die Arbeit. Für ihn stand viel auf dem Spiel. In ein paar Tagen, wenn er der Firma US Gambling & Lotteries endgültig den Rücken kehren würde, konnte er Millionär sein – oder ein gesuchter Verbrecher.

Stockholm. Juni 1999.

Das Wetter war mild. Eine warme Spätfrühlingssonne strahlte vom schwedischen Himmel auf die *Queen of Atlantis* herab, die am Passagierkai festgemacht war. Viel höher als die umstehenden Häuser, wirkte sie wie ein Wolkenkratzer, der zufällig in einem Nordseehafen gelandet war. Kapitän Di Bono konnte sich ein zufriedenes Schmunzeln nicht verkneifen, wie jedesmal, wenn er sein Schiff betrachtete.

Es schien fast, als hätte das Festland an diesem schwimmenden Koloß angelegt und nicht umgekehrt. Am Kai herrschte ein Hin und Her von Fahrzeugen, die Lebensmittel und andere notwendige Dinge zur Versorgung von Passagieren und Mannschaft anlieferten. Di Bono schätzte sich glücklich, daß er auf dieser Jungfernfahrt um die Welt bisher kaum in schlechtes Wetter geraten war, noch nicht einmal während der Atlantiküberquerung.

Nur wenige Passagiere konnten es sich leisten, während der gesamten hundertzwanzig Tage dauernden Kreuzfahrt an Bord zu bleiben. Die meisten stiegen auf einer der zehn Etappen zu oder aus, wie auch hier in Stockholm.

Lionel Goose konnte es selbst noch nicht fassen, daß er sich einen solchen Urlaub leistete. Nicht, weil es ihm mit seinen zweiundsechzig Jahren an den nötigen hunderttausend Dollar für die Weltumrundung gefehlt hätte, sondern weil er immer geglaubt hatte, daß sein Supermarkt in der Back Bay von Boston nicht ohne ihn auskommen konnte. Seine Frau dachte nicht anders darüber; der Betrieb würde ohne sie beide nicht funktionieren, die Kinder waren noch zu unerfahren. Lisa war eine rundliche blonde Frau mit immer noch attraktiven Kurven und einem fröhlichen, spontanen Lächeln.

Lionel hatte nie Angst vorm Sterben gehabt, noch nicht einmal damals in Vietnam. Doch als Krebs bei ihm festgestellt worden war, hatte ihn plötzlich Panik ergriffen. Auf die Diagnose folgten zwei Jahre ermüdender und zermürbender Behandlungen, in denen er sich mehrmals gefragt hatte, ob es nicht besser wäre, aufzugeben und sich der Krankheit zu überlassen.

»Falls ich das hier überstehe«, hatte er eines Tages zu seiner Frau gesagt, »machen wir zusammen eine Weltreise auf einem Luxuskreuzschiff.«

Er hatte es überstanden. Zwar nicht vollkommen, aber die Ärzte hatten ihm versichert, daß der Krebs zum Stillstand gekommen sei, und sie hatten ihm noch ein paar Jahre gegeben.

Und so war das Ehepaar Goose vor einunddreißig Tagen an Bord der *Queen of Atlantis* gegangen, im Hafen von New

York, wohin sie nach viermonatiger Fahrt wieder zurückkehren wollten.

Keiner von beiden hätte sich zu diesem Zeitpunkt träumen lassen, daß ihnen statt einer friedlichen Kreuzfahrt das Abenteuer ihres Lebens bevorstand.

Sardinien, Flughafen der Costa Smeralda. Juni 1999.

Didier Foche stieg die kleine Treppe des Learjets hinunter und führte eine Hand an die spärlichen Haare, um sie vor dem heißen Mistral zu schützen.

Der starke Duft der Myrten und des nahen Sommers mischte sich mit dem herben Geruch von Treibstoff. Ein Wagen wartete auf ihn, und er machte es sich auf dem Rücksitz bequem und genoß die Klimaanlage.

Der blühende Ginster durchzog die ansonsten fast eintönige Landschaft mit einem leuchtenden Gelb. Der Wagen fuhr über eine gewundene Straße zwischen Granitfelsen, die an eine Mondlandschaft erinnerten, aber hier und da einen Blick auf zauberhafte Buchten und ein türkisblaues Meer freigaben.

Foche wußte nicht mehr, wie oft er schon im Auftrag seiner Bank, des Institut Bancaire de Lausanne, hierhergekommen war. Er hatte sämtliche Phasen der »Kolonisierung« dieses exklusiven Feriengebiets miterlebt. Zuerst hatte er die Interessen der reichen Italiener vertreten, denen sehr daran gelegen war, ihre Geschäfte vor dem Fiskus geheimzuhalten – und seine kleine Bank war eine Meisterin auf diesem Gebiet –, dann waren die Araber gekommen und hatten die prächtigen Villen der Italiener kraft ihrer Petro-Dollars in Gold aufgewogen. Wer hätte ihre ungeheure wirtschaftliche Macht profitabler nutzen können als das Institut Bancaire de Lausanne?

Schließlich waren die Neureichen aus dem Osten aufgetaucht, mit ihren Unternehmungen, die sich in der Grauzone zwischen Legalität und den vielfältigen Möglichkeiten einer sich chaotisch entwickelnden Wirtschaft bewegten. Und so war Foche nun zum Haus eines Russen unterwegs, um das wichtigste und riskanteste Geschäft seiner Karriere abzuschließen.

Während er auf ihn wartete, trat Josif Bykow, einen Wodka-Martini in der Hand, in den Patio seiner Villa mit Blick auf die Bucht Cala di Volpe. Die Jahre hatten seine Züge nicht weicher gemacht. Er ließ die wunderbare Aussicht auf sich wirken und dachte lächelnd an die Hütte in der sibirischen Steppe. Das lag lange zurück, und er hatte es seitdem ziemlich weit gebracht. Jedes Hindernis hatte er mit Kalaschnikowsalven aus dem Weg räumen lassen und jedes erlittene Unrecht gerächt, darunter auch den Mord an seinem Freund und Partner Chalva Tanzic.

Delta des Nil. 1313.

Ibn Ben Moustoufi ließ seine Blicke über das offene Meer jenseits der verzweigten Mündung des Großen Flusses schweifen. Er spürte allmählich die Last der Jahre und der Einsamkeit, die er aufgrund seiner Kinderlosigkeit empfand. Wieder einmal verfluchte er die stürmische See, die ihm seine Shirinaze genommen hatte, seine einzige Tochter, die in den Fluten umgekommen oder – schlimmer noch – als Sklavin verkauft worden war.

Der Emir war ein schwerreicher Mann und konnte sich vier Frauen und dreißig Konkubinen leisten. Als ihm die Ärzte sagten, die schwere Blutvergiftung habe ihm die Zeugungsfähigkeit genommen, hatte er dennoch gehofft, daß ihm eines Tages eine der Frauen seines Harems einen Sohn schenken würde. Aber schließlich hatte er sich mit der traurigen Wahrheit abfinden müssen, daß seinem Leben der eigentliche Sinn versagt blieb, indem sich sein Dasein auf Erden nicht in einem Kind fortsetzen würde.

Um Shirinaze hatte er geweint, wie er noch nie in seinem Leben geweint hatte, und seine Augen wurden immer noch feucht, wenn er an sie dachte.

Tausendmal schon hatte er bei waghalsigen Unternehmungen das Meer herausgefordert und sich gewünscht, es möge ihm endlich das Leben nehmen und ihm im Austausch dafür Frieden geben. Aber das verfluchte Element hatte ihm seinen Wunsch nicht erfüllt und ihn nur immer reicher gemacht.

Stockholm. Juni 1999.

Lionel Goose stand auf dem Balkon seiner auf Deck 14 der *Queen of Atlantis* gelegenen Suite. Er hatte immer geglaubt, die Nordseesonne sei kalt und melancholisch, doch statt dessen umgab sie ihn mit einer tröstlichen Wärme. All die Dinge, die er nicht wußte, weil er immer in seinem Supermarkt gehockt und Preise und Strichkodes überprüft hatte!

Kopfschüttelnd drehte er sich um und ging zurück ins Schlafzimmer. Seine Frau saß am Toilettentisch und machte sich für den Abend zurecht. Lionel fand sie immer noch schön. Ihr langes gemeinsames Leben machte sie beide blind für die Spuren, die die Zeit beim anderen hinterlassen hatte. Er liebte sie wie am ersten Tag, und nichts auf der Welt würde sie je trennen – außer das unerbittliche Übel, das ihn befallen hatte.

Lionel verscheuchte den Gedanken, streckte sich auf dem Bett aus und sah sich zufrieden um: Die Kirschholztäfelung verlieh dem Raum eine behagliche Atmosphäre, das breite Doppelbett stand parallel zu dem breiten Fenster mit Meeresblick, und die Lampen an der ebenfalls aus hellem Kirschholz getäfelten Decke verbreiteten ein angenehmes Licht.

In jedem Raum gab es eine Tastatur ähnlich einem Computer-Keyboard, die durch Infrarot mit dem Fernseher verbunden war. Auf diese Weise konnte man Verbindung mit einem zentralen Informationszentrum herstellen und zum Beispiel den aktuellen Kontostand für seine Kabine abrufen, Neuigkeiten über die Kreuzfahrt erfahren und Reservierungen für besondere Veranstaltungen und Dienstleistungen vornehmen.

Das Bad war riesig, ganz mit Marmor ausgekleidet und verfügte über zwei Waschbecken und zwei Whirlpools. Die Toiletten waren diskret durch eine Wand abgetrennt und ebenfalls in weißem Carraramarmor gehalten.

Den Balkon konnte man auch vom nebenan gelegenen Salon aus erreichen. Dort gab es auch eine gemütliche Sofaecke, wo in den seltenen Fällen schlechten Wetters das Frühstück serviert wurde. Meistens nahmen sie es jedoch draußen auf dem Sonnenbalkon ein, in einer Ecke mit Teakholzmöbeln, dreißig Meter über dem Meer.

Lisa schminkte und frisierte sich an diesem Abend mit besonderer Sorgfalt. Einer alten Tradition gemäß bat der Kapitän die Kreuzfahrtteilnehmer in Gruppen von vier bis sechs Personen an seinen Tisch, und an diesem Abend waren sie an der Reihe, die Bewohner der *Minotaurus*-Suite auf Deck 14.

Die dreißig Suiten trugen sämtlich Namen aus der griechischen Mythologie, während die normalen Kabinen wie Hotelzimmer fortlaufend durchnumeriert waren, wobei die erste Ziffer das Deck benannte. Genau wie in vielen Hotels war jedoch auch hier aus Rücksicht auf abergläubische Passagiere die Zahl 13 weggelassen worden.

Arthur Di Bono blieb bis kurz vor dem Dinner auf der Brücke. Auf diesem Abschnitt der Nordsee herrschte viel Verkehr, so daß er sich sicherheitshalber an der Seite seines Steuermanns aufhielt. Bei Dunkelheit war es trotz aller modernen Bordinstrumente immer noch schwierig, die Geschwindigkeit und die Ausmaße eines anderen Schiffes genau einzuschätzen. »Das Meer ist weit«, pflegte er zu sagen, »nicht aber die Gefahr einer Kollision …«

Die Kommandobrücke, die die Form einer an den Enden spitz zulaufenden Ellipse hatte, war von einer breiten Fensterfront aus polarisiertem Glas umgeben und befand sich in einem Aufbau über dem obersten Schiffsdeck. Das altbekannte Steuerrad war gegen einen Steuerknüppel ähnlich dem in einem Flugzeugcockpit ausgetauscht worden, und zwei Joysticks ersetzten die ständig klingelnden Handhebel von einst. Zu beiden Seiten des Steuersitzes waren Schaltflächen mit der hochentwickeltsten Schiffahrtstechnik angebracht. In der Mitte befanden sich die fünf Radarschirme, links davon die mit dem Zentralcomputer verbundenen Videobildschirme, die in Echtzeit aktuelle Informationen über die Motoren, die Kreiselstabilisatoren und eventuelle Störungen im Maschinenraum lieferten. Rechts ermöglichte eine weitere Reihe von Monitoren die Kontrolle über die verschiedensten technischen Funktionen: von der Regulierung des Wasserstands in den Swimmingpools bis hin zum Betrieb der Meerwasserentsalzungsanlage, die täglich 2500 Hektoliter Trinkwasser liefern konnte.

Zwei Ausbuchtungen der Kommandobrücke ragten ein paar Meter über die Seitenwände hinaus, um eine bessere Sicht beim Anlegemanöver zu ermöglichen. »Unsere Außenspiegel«, nannte Di Bono sie. Neben dem mittleren Steuerposten gab es zwei weitere an den vorspringenden Seiten des Kommandoraums, die alternativ beim Manövrieren im Hafen benutzt wurden, je nachdem, ob das Schiff an der linken oder der rechten Seite vertäut wurde. Vor jedem Steuerplatz gaben Bildschirme die Aufnahmen der achtzig an strategisch wichtigen Punkten plazierten Kameras der Videoüberwachungsanlage wieder.

Das Herz – oder vielmehr das Elektronengehirn der *Queen*

of Atlantis – pulsierte in einem gesonderten Raum gleich hinter der Brücke, wo Temperatur und Luftfeuchtigkeit ständig konstant gehalten wurden, damit der graue Quader von ein mal zwei Metern Grundfläche und anderthalb Metern Höhe keinen Schaden nahm.

Lisa Goose trug ein langes Abendkleid in italienischem Schnitt, das sie extra für die Kreuzfahrt erstanden hatte, während sich Lionel in einen vor zwanzig Jahren maßgefertigten Smoking gezwängt hatte. Sie verließen pünktlich ihre Suite und fuhren mit einem der vier Panoramaaufzüge hinunter in den sieben Decks tiefer gelegenen Speisesaal.

Kapitän Di Bono empfing seine Gäste im hinteren Teil des am Bug gelegenen Restaurants. Neben den Buffets bei den Swimmingpools, die hauptsächlich für den Mittagsimbiß oder für nächtliche Häppchen genutzt wurden, gab es zwei fast identische Restaurants an Bord, eines am Vorder- und eines am Hinterschiff, welche die über dreitausend Passagiere in zwei Schichten verpflegten.

Am Kapitänstisch speisten an diesem Abend neben dem Ehepaar Goose der älteste der drei Schiffsärzte, der zweite Offizier und ein junges, frisch verheiratetes Pärchen aus Baltimore.

New York. Juni 1999.

Maggie hatte ein köstliches Abendessen zur Feier der Rückkehr ihres Mannes gekocht, der jedoch nur geistesabwesend darin herumstocherte. Als sie gerade mit dem Nachtisch anfangen wollten, fragte er unvermittelt: »Wann, glaubst du, ist das mit deiner Sendung vorbei?«

»In etwa einem Monat, dann machen wir die übliche Sommerpause.«

»Das habe ich nicht gemeint«, sagte Timothy unwirsch.

»Wann wirst du ganz damit aufhören und endlich zu mir nach Washington ziehen?«

»Solange die Einschaltquoten so gut sind, werden sie die Sendung bestimmt nicht absetzen. *Labyrinth* ist immer noch eine der meistgesehenen Talkshows.«

»Ach, dann soll also lieber unsere Ehe abgesetzt werden?«

»Was soll das heißen?«

»Merkst du denn nichts? Wir leben praktisch getrennt. Wegen deiner verdammten Show sehen wir uns nur noch am Wochenende, und auch dann nicht immer. Wenn du in Washington wohnen würdest ...«

»... würde ich auch nicht mit dir zusammenleben, sondern meine Tage damit verbringen, auf dich zu warten. Wir würden uns genauso häufig sehen wie jetzt, nur daß ich zu Hause eingesperrt wäre. Das höchste der Gefühle wäre ein gelegentlicher Shoppingnachmittag mit der Gattin eines deiner Kollegen. Ich würde sterben vor Langeweile. Für so ein Leben bin ich nicht geschaffen.«

»Als du mich geheiratet hast, wußtest du, worauf du dich einläßt.«

»Du hast keine Frau auf dem Sklavenmarkt gekauft, Timothy, sondern eine Partnerin geehelicht. Eine Partnerin, die dir treu ist, aber zufällig ihre Arbeit liebt.« Maggie wollte die Diskussion nicht schon wieder eskalieren lassen und schlug einen sanfteren Ton an. »Vielleicht liegt es nicht in erster Linie an der Arbeit, wenn es in unserer Ehe kriselt, sondern an etwas anderem«, sagte sie und sah ihm fest in die Augen.

Er jedoch behielt seine distanzierte Haltung bei. »Und an was?«

»Ach, komm schon, Timothy. Du weißt, was ich meine. Ich möchte ein Kind, ehe ich zu alt dafür bin.«

Er musterte sie mit einem Blick, den sie bei ihm noch nie zuvor gesehen hatte. Er drückte nicht nur Kälte, sondern auch Verachtung aus.

»Wieso glaubst du eigentlich, ich könnte die Absicht haben, einen schwarzen Bastard in die Welt zu setzen?«

Maggie verschlug es die Sprache. Es gab nichts mehr zu sagen, ihre Ehe war am Ende.

Als Timothy kurz darauf ins Schlafzimmer ging, blieb sie allein im Wohnzimmer zurück. Um nicht in Tränen auszubrechen, suchte sie Trost bei ihrem einzigen wahren Freund. Es war schon spät, aber sie wußte, daß Derrick oft noch zu den unmöglichsten Zeiten im Büro saß und arbeitete.

»Maggie! Wie schön, daß auch Fernsehstars ihre Freunde nicht vergessen«, rief er, als er ihre Stimme hörte. Aber er merkte sofort, daß etwas nicht stimmte und sie kurz davor war, in Tränen auszubrechen. »Wie geht es dir?« beeilte er sich zu fragen.

»Ich bin müde, Derrick. Ich glaube, ich muß mal ein wenig Abstand gewinnen von allem.«

»Das kann ich gut verstehen, Maggie. Du hast schon lange nichts mehr über deine medialen Fähigkeiten erzählt. Erschöpfen dich deine Visionen immer noch so sehr?«

»Die Sendung und mein Mann lassen mir nicht genug Zeit, mich darauf zu konzentrieren. Auch deshalb will ich neue Energie tanken, mal Ferien machen.«

»Apropos Mann: Wie läuft's denn so mit Timothy?«

»Es könnte nicht schlechter laufen. Ich fürchte, wir haben heute abend unseren letzten Streit gehabt.«

»Ach, das sagt man so nach einem heißen Gefecht, und dann versöhnt man sich wieder.«

»Diesmal dürfte das schwierig sein. Außerdem vermisse ich furchtbar jemanden zum Reden. Ich wünschte, ich hätte den Kontakt zu meinen Freunden von früher nicht so vernachlässigt.«

»Hör mal«, sagte Derrick nach einem Moment nachdenklichen Schweigens, »da du gerade von Urlaub und alten Freunden sprichst – zu meinen Klienten gehört auch Charles Thomas, der Präsident der Maritime Cruise Lines. Erst heute nachmittag hat er mir eine Kreuzfahrt auf einem seiner Schiffe angeboten. Hättest du Lust mitzukommen? Nach allem, was ich höre, soll diese *Queen of Atlantis* das schönste Kreuzfahrtschiff sein, das je gebaut wurde.«

»Das ist eine großartige Idee, Derrick! Ich muß allerdings erst mal darüber nachdenken. Meine Sendung macht den ganzen Juli über Pause, aber ... im August müßte ich wieder in New York sein, um die neue Staffel vorzubereiten.«

Als sie den Hörer auflegte, sah sie sich Timothy gegenüber.

»Wer war das?« fragte er und wirkte kein bißchen betreten wegen der Ungeheuerlichkeit, die er vor kurzem von sich gegeben hatte.

»Derrick Grant«, antwortete Maggie nach kurzem Zögern, um die Situation nicht noch zu verschärfen. »Er hat mir eine Kreuzfahrt auf der *Queen of Atlantis* vorgeschlagen, diesem Luxusliner, der um die Welt fährt.«

Plötzlich hellte sich Timothys Miene auf.

»Ich ... ich habe das nicht so gemeint, was ich vorhin gesagt habe, weißt du. Ich bitte dich um Verzeihung. Es liegt wohl am Streß, ich bin einfach überarbeitet. Eine Kreuzfahrt würde mir vielleicht auch guttun. Hättest du etwas dagegen, wenn ich dich begleite?«

Maggie taxierte ihn mit ihren schwarzen Augen. Was er gesagt hatte, war furchtbar, aber sie wußte, daß man im Zorn oft die schlimmsten Beleidigungen ausstieß, um sie sofort zu bereuen, sobald man sich beruhigt hatte.

Doch sie hatte sowieso noch Zeit, sich zu entscheiden, denn Derrick mußte zunächst einmal feststellen, ob es noch Plätze auf diesem Schiff gab, das nach Presseberichten auf Monate hin ausgebucht war. Und dann war noch nicht gesagt, daß die eventuelle Verfügbarkeit von Plätzen mit der Sommerpause ihrer Sendung zusammenfiel.

Sie hatte noch Zeit ... Zeit ...

Inzwischen war Derrick in seinem Büro nicht untätig

geblieben und hatte die Privatnummer von Charles Thomas gewählt, um sich zu erkundigen, ob es noch Kabinen für ihn und ein paar Freunde auf der *Queen of Atlantis* gab.

Nach einer Woche Arbeit an dem neuen System fühlte sich Pat Silver bei der US Gambling & Lotteries wie zu Hause und war bei allen beliebt. Trotz seines anarchistischen Hippie-Looks schien er der fähigste des gesamten Technikertrupps zu sein.

Er hatte alles auf das Sorgfältigste vorbereitet, seit er gelesen hatte, daß die große Lotteriegesellschaft eine Modernisierung ihrer Datenübertragung plante. Er hatte herausbekommen, an welche Firma der Auftrag vergeben worden war, und sich mittels seiner Fähigkeiten und eines aus dem Stand erfundenen Lebenslaufs eine Anstellung unter dem Namen Phil Darren verschafft.

Der von seiner ständig auf Hochtouren laufenden Phantasie erdachte Plan war relativ simpel. Es mußte ihm nur gelingen, Zugang zum Zentralrechner der Firma zu erhalten. Pat wartete auf eine günstige Gelegenheit.

Porto Cervo, Sardinien. Juni 1999.

Josif Bykow saß bequem im Patio seiner Villa und überflog mit oberflächlichem Interesse die Papiere, die Didier Foche vor ihm ausgebreitet hatte. Er wartete darauf, daß der Banker zur Sache kam. Der Präsident des Institut Bancaire de Lausanne war wohl kaum persönlich angereist, um ihm den Stand seiner Konten zu präsentieren.

Endlich entschloß sich Foche, die Katze aus dem Sack zu lassen. »Ich hätte Ihnen ein sehr interessantes Geschäft vorzuschlagen, Herr Bykow.«

»Nur zu, ich bin immer an einem guten Geschäft interessiert.«

»Eine Regierung, die nicht genannt werden möchte – Sie wissen ja von meinen weltweiten Geschäftsbeziehungen und werden dafür Verständnis haben –, hat sich bei uns nach einem möglichen Lieferanten für Waffen russischer Herkunft erkundigt. Ich habe sofort an Sie gedacht. Ihre Gesellschaft arbeitet nun schon seit einigen Jahren mit unserer Bank zusammen, und man muß kein Genie sein, um darauf zu kommen, daß Sie nicht mit Kaviar oder alten Ikonen handeln.«

»Fahren Sie fort«, sagte Josif nur, dem der ölige Ton seines Gesprächspartners nicht gefiel.

»Es handelt sich nicht um einen ›offiziellen‹ Kunden, wenn Sie verstehen, was ich meine. Aber Sie könnten viele Millionen Dollar mit einer einzigen Transaktion verdienen.« Foche machte eine Kunstpause, in Erwartung einer Reaktion auf die genannten Millionen, die jedoch ausblieb.

»Was genau sucht dieser potentielle Kunde?« fragte Bykow sachlich.

»RSM 52 oder SS 20 Sturgeon. Sagt Ihnen das etwas?«

»Ballistische Interkontinentalraketen. Relativ alte Waffen, die seit 1982 nicht mehr hergestellt werden.«

»Ich hatte keinen Zweifel an Ihrer Erfahrung auf diesem Gebiet«, entgegnete Foche mit schmeichlerischem Lächeln. »Dann wissen Sie natürlich auch, daß die sowjetischen Atom-U-Boote damit bewaffnet waren. Kurz und gut, mein Kunde hätte Verwendung dafür.«

»Meine Erfahrung hat mich gelehrt, daß es für einen klugen Geschäftsmann besser ist, die Finger von Nuklearwaffen zu lassen«, entgegnete Josif kopfschüttelnd. »Nicht, weil ich Skrupel hätte, sondern weil man sich mit diesem Zeug unvermeidlicherweise in die Schlangengrube der Geheimdienste begibt und dann den kürzeren ziehen muß. Wie soll man ein solches Spielzeug transportieren? Wo übergibt man es? Nein, Foche, Ihr Angebot kommt für mich nicht in Frage.«

»Lassen Sie mich wiederholen: Mein Kunde ist bereit, sehr, sehr gut zu bezahlen. Und er interessiert sich nicht für die Trägerraketen, sondern nur für die Nuklearsprengköpfe. Somit wären Transport und Übergabe kein großes …«

»Es tut mir leid, Foche.«

»Gestatten Sie mir zu insistieren. Dieser Kunde liegt mir sehr am Herzen.«

»Nichts zu machen«, sagte Bykow leicht entnervt. »Ich handele nicht mit Atomwaffen. Es gibt genug Leute, die nukleare Restbestände aus der ehemaligen Sowjetunion anbieten und Ihrem Kunden gern zu Diensten sein werden. Und nun empfehle ich Ihnen, Ihren Drink zu genießen und sich an diesem wunderbaren Panorama zu erfreuen.«

Foches weichliche Züge verwandelten sich unversehens in eine harte Maske, und seine Augen wurden zu Schlitzen.

»Ich dagegen würde Ihnen empfehlen, mir zuzuhören, *Drostin*.«

Josif zuckte zusammen. Schon lange hatte ihn niemand mehr bei seinem richtigen Nachnamen genannt. Welche Hebel konnte dieser Foche in Bewegung setzen, daß es ihm gelungen war, seine Identität aufzudecken?

»Wie Sie sehen«, fuhr Foche fort und zeigte wieder eine harmlose Miene, »weiß ich einiges über Sie. Ich vermute, mein Wissen könnte die Justiz interessieren, da ein gewisser Josif Drostin seit Jahren wegen Mordes gesucht wird sowie im Zusammenhang mit dem mysteriösen Verschwinden eines Vorarbeiters der Fabrik, in der er in Jekaterinburg gearbeitet hat. O nein, Sie brauchen mich nicht so anzuschauen. Ich weiß, woran Sie denken, aber falls ich heute abend nicht wohlbehalten nach Lausanne zurückkehre, wird jemand der russischen Botschaft ein sehr interessantes Dossier übergeben. Was halten Sie nun davon, meinem Kunden ein wenig entgegenzukommen?«

11. KAPITEL

Roslin, Burg St. Clair. 1313.

Bertrand de Rochebrune war wohlbehalten mit den drei Schiffen zurückgekehrt und hatte Raymond de Ceillac und seine Anhänger in das Burgverlies sperren lassen.

Nun wurde eine Versammlung des Hohen Rates des neuen Ordens abgehalten, der Bertrand selbst am oberen Tischende vorsaß, den Kopf von einer Kapuze bedeckt. Das Kreuz der Templer, rot auf weißem Grund, prangte auf dem Mantel jedes Anwesenden. Auf dem Tisch lag das lange rote Seil, dessen Enden durch einen Pfahlstich verknüpft waren.

»Meine Mission ist nicht erfolgreich gewesen, Brüder. Aufgrund de Ceillacs schändlichem Verhalten haben unsere Eingeborenenfreunde die Flotte in Brand gesteckt, so daß ich nur ein einziges unsere Schiffe mit zurückbringen konnte. Unsere Stärke ist nunmehr zu gering, um die Feinde der Christenheit in offener Schlacht bekämpfen zu können.«

»Wir könnten einen unserer mächtigen Freunde um Verstärkung bitten«, schlug St. Clair vor.

»Ich fürchte nur, daß wir davon nicht mehr viele haben. Die Tempelritter werden mittlerweile überall wie Aussätzige behandelt, und keiner unserer angeblichen alten Freunde wäre bereit, uns auch nur einen Fischerkahn zur Verfügung zu stellen, geschweige denn eine Flotte.«

Das bedrückte Schweigen der Versammelten wurde plötzlich durch laute Schreie der Wachen unterbrochen, die von den hohen Burggewölben widerhallten. »De Ceillac und zehn seiner Leute sind geflohen!«

Die Verfolgung wurde sofort aufgenommen und dauerte

zwei Tage und zwei Nächte, aber die Entflohenen hatten bereits einen unaufholbaren Vorsprung. Die Wächter hatten die Flucht erst beim Wachwechsel bemerkt, als sie ihre Kameraden in ihrem Blute liegend vorfanden.

Bertrand und Luigi mußten sich wohl oder übel mit dem Gedanken abfinden, daß sich de Ceillac seiner gerechten Strafe entzogen hatte.

Seit er wieder europäischen Boden betreten hatte, war in Luigi die Sehnsucht nach dem Vater neu erwacht. Daher bat er darum, daß er zur Insel Rhodos entsendet wurde, zum Admiral des Johanniterordens, einem alten Freund von Bertrand, der um Unterstützung ersucht werden sollte. Er würde mit den ersten Winden der schönen Jahreszeit lossegeln und in Italien haltmachen, um sich nach Piacenza zu begeben und den Vater in die Arme zu schließen.

Frau und Sohn würde er mitnehmen und sie in Lorenzos Obhut geben, bis er von Rhodos zurückkehrte und mit ihnen zusammen wieder nach Roslin fahren konnte.

Bertrand dagegen wollte bald nach Frankreich aufbrechen, wo er noch einige einflußreiche Freunde anzutreffen hoffte.

New York. Juni 1999.

Alles hatte damit begonnen, daß Pat Silver in einer Lottoannahmestelle einen Terminal der US Gambling gesehen hatte. Im Grunde eine ganz simple Vorrichtung: Ein Klarschriftleser las die Tipzettel ein, speicherte die Daten, und in regelmäßigen Intervallen setzte er sich mit dem Zentralcomputer in Verbindung und übermittelte die durch einen Kode geschützten Informationen.

Genau an diesem Zentralrechner arbeitete Pat nun schon seit einigen Tagen. Nach jedem Annahmeschluß, wenige Minuten vor der Ziehung, wurden die Daten aus sämtlichen

Annahmestellen auf optische Speicherplatten übertragen und anschließend in die Computer für die Auswertung überspielt, um die Gewinner zu ermitteln.

Pat betrat seine speziell für diesen Coup angemietete Wohnung, ein anonymes Einzimmerapartment in einem Vorort. Auf dem Tisch, in der Nähe der Telefonbuchse, stand ein Terminal von der gleichen Sorte wie in den Annahmestellen.

Während des Vorgangs der Datensammlung würde er sich in das Zentralgehirn einloggen und dabei den Erkennungskode eines Spirituosengeschäfts in Little Italy verwenden. Er würde einen einzigen Tippschein in den Klarschriftleser einführen, aber mit allen möglichen Zahlenkombinationen beziehungsweise mit schwarzen Kulimarkierungen auf allen siebzig Zahlen. Wirklich gespielt, würde dieser Schein etwa soviel kosten wie die gesamte Gewinnsumme, aber er enthielt mit mathematischer Sicherheit die richtige Kombination.

An diesem Punkt allerdings wurde die Sache kompliziert. Selbst wenn man davon ausging, daß tatsächlich jemand so verrückt war, alle Kombinationen zu spielen, würde eine Kontrolle in der Annahmestelle genügen, um festzustellen, daß keine diesem kolossalen Lottospiel entsprechende Einnahme eingegangen war und daß der Tip nicht im Speicher des Terminals auftauchte. Folglich würde der Gewinn als nicht gültig eingestuft werden, falls die Verantwortlichen der Lotteriegesellschaft den Vorfall nicht sogar anzeigten.

Doch Pats Wahl war nicht zufällig auf den Spirituosenladen gefallen, denn er hatte mehrere Stunden an genau diesem Terminal gearbeitet, der für diese Annahmestelle vorgesehen war, und dabei sämtliche Identifikationsdaten in einen identischen Terminal kopiert.

So weit, so gut. Jetzt brauchte er nur noch zwei Dinge: Zugang zum Zentralcomputer und Zeit. Vor allem Zeit.

Am späten Vormittag erhielt Derrick Grant einen Anruf vom Präsidenten der Maritime Cruise Lines. »Wir haben Glück, Mr. Grant. Die *Queen of Atlantis* war ausgebucht, aber gestern hat ein japanischer Autokonzern eine Prämienreise für einige seiner Manager absagen müssen. Dadurch sind vier Suiten für eine Etappe im Mittelmeer freigeworden – Einschiffung in Venedig am 15. Juli und Landung in Genua am 30. Sie sagten, Sie bräuchten vier Kabinen, richtig?«

»Das sind ja großartige Neuigkeiten, vielen Dank. Wann brauchen Sie meine definitive Zusage? Ich werde mich sofort mit meinen Freunden in Verbindung setzen. Drei Tage sollten genügen, denke ich.«

»Lassen Sie sich nur Zeit. Es dürfte kein Problem sein, diese Suiten notfalls auch kurzfristig loszuwerden.«

»Eine letzte Sache noch, Thomas. Ich kann natürlich auch mit Ihren Angestellten sprechen, aber ich müßte die Kosten der Reise und die genaue Route wissen, denn meine Freunde ...«

»Mein lieber Grant, als ich Ihnen diesen Vorschlag machte, hatte ich eine Aufmerksamkeit als Dank für Ihre hervorragende Arbeit im Sinn und kein Sonderangebot. Im übrigen verdanken wir die hohen Stornogebühren, die die Japaner zahlen mußten, dem von Ihnen aufgesetzten Mustervertrag.«

»Aber ...«

»Kein Aber. Sie können sich bei Ihrer nächsten Honorarforderung revanchieren, wenn Sie unbedingt wollen. Was die Reiseroute betrifft ... Haben Sie etwas zum Schreiben zur Hand? Nachher schicke ich Ihnen noch einen Boten mit ein paar Broschüren vorbei, zur näheren Information und zur Einstimmung.«

In den Tagen nach ihrem Streit zeigte sich Timothy besonders aufmerksam gegenüber Maggie. Er verschob sogar seine Rückkehr nach Washington, um noch ein wenig bei ihr zu bleiben, und schien von der Idee mit der Kreuzfahrt hellauf begeistert. Doch Maggie blieb pessimistisch und befürchtete, daß die Scherben ihrer Ehe durch nichts mehr zu kitten waren.

Als das Telefon spät abends läutete, nahm sie ab, in der Annahme, daß es sich um ein berufliches Gespräch für ihren Mann handelte, und war überrascht, Derricks Stimme zu hören. Er ließ ihr noch nicht einmal Zeit für ein Hallo, sondern rasselte sofort die verlockenden Orte herunter, die die *Queen of Atlantis* anfahren würde.

»Einschiffung in Venedig am 15. Juli um 14 Uhr. Zwischenstop aus technischen Gründen in Bari und dann: Katakolon, Santorin, Mykonos, Rhodos, Haifa, Ashod, Alexandria, Neapel. Ende der Reise in Genua am 30. Juli. Möchtest du noch weitere Einzelheiten? Olympia, ägyptische Pyramiden, Jerusalem, Capri?«

»Nein, nein, das ist toll, Derrick! Übrigens, Timothy hat gesagt, er möchte auch mitkommen, und falls er seine Meinung nicht geändert hat ...«

»Ich habe meine Meinung keineswegs geändert«, sagte Hassler, der plötzlich in der Tür zum Wohnzimmer stand. »Ich muß nur wissen, wann es losgeht. Und den Preis natürlich.«

»Es ist umsonst!« rief Derrick, als Maggie die Fragen an ihn weiterleitete. »Eine Verbeugung des alten Fuchses Charles Thomas vor meiner Kanzlei. Langsam glaube ich wirklich, ich habe ihm einen großen Gefallen getan.«

»O nein, Derrick, das kann ich nicht annehmen.«

»O doch. Mein Klient wäre sonst nämlich beleidigt. Inzwischen hat er bestimmt schon seine PR-Abteilung darüber informiert, daß sie einen amerikanischen Fernsehstar an Bord haben werden. Normalerweise muß er solche Leute teuer bezahlen, also bist du für ihn ein echtes Geschäft.«

»Und du bist ein Teufel, Derrick.«

»Ich habe gar nicht viel dazu getan. Ehrlich gesagt habe

ich bis heute auch nicht geglaubt, daß es klappt. Aber einem geschenkten Gaul …«

»Ja, klar … Da fällt mir ein, hast du vorhin nicht etwas von vier Suiten gesagt? Wer kommt denn noch mit?«

»Mit etwas Glück wird unser altes Kleeblatt von der Columbia wieder vollständig sein, Maggie. Annie hat schon zugesagt, und jetzt muß ich nur noch Pat auftreiben. Das ist immer ein bißchen schwierig, aber laß mich nur machen.«

Für die ersten zwei Monate nach der Installation hatte sich die US Gambling & Lotteries die Betreuung durch ein Technikerteam vertraglich gesichert, besonders während des Auswertungsvorgangs, der einen heiklen Moment darstellte, weil er von mehreren Fernsehstationen live übertragen wurde. Jede Störung hätte die Glaubwürdigkeit des gesamten Systems erschüttert.

Die Ziehung erfolgte immer am Samstagabend, und Pat war am Samstag, dem 3. Juli, zum Dienst eingeteilt. Endlich würde er feststellen, ob das von ihm ausgeklügelte System funktionierte.

Am Montag vorher würde er in das Spirituosengeschäft in Little Italy gehen und einen normalen Lottotip abgeben. Dann würde er sich seines »geklonten« Terminals bedienen, um den Schein mit sämtlichen Kombinationen zu übermitteln, wobei er dieselben Kennziffern benutzen würde wie auf dem Belegabschnitt der Annahmestelle.

Er würde genügend Zeit haben, um den »legalen« Tip aus dem Speicher des Hauptcomputers der US Gambling zu löschen und ihn durch den falschen zu ersetzen, und danach würde er *ad hoc* ein paar Fehler bei der Übertragung verursachen, damit der Auswertungscomputer den Schein nicht sofort lesen konnte. Der Rechner würde also eine Gewinnkombination erkennen, nicht aber den eigentlichen Tipschein registrieren können.

Zur gleichen Zeit würden die bei jeder Ziehung anwesenden Notaren nach einem Computertechniker verlangen. Daraufhin mußte er nur noch die gerade ermittelten Gewinnzahlen und die Kennziffern des im Spirituosenladen gespielten Tips eingeben, um ein Vermögen zu gewinnen. Dazu hatte er extra ein Programm geschrieben, das sowohl die Daten auf der optischen Speicherplatte des Auswertungscomputers als auch die im Speicher des Zentralcomputers in seinem Sinne manipulierte. Zum Schluß würde er mit seinem »geklonten« Terminal zu Hause den Ausdruck fälschen und mittels einer einfachen Telefonverbindung den in der Annahmestelle eingelesenen und registrierten Tip so verändern, daß er mit dem Gewinnschein identisch war.

Als das Telefon klingelte, zuckte Pat zusammen. Niemand kannte seine aktuelle Adresse, außer der Firma, für die er arbeitete, und natürlich seiner Mutter.

»Ha, auch diesmal habe ich dich aufgespürt!« hörte er Derrick Grant triumphierend ausrufen. »Deine Mutter ist wirklich Gold wert. Wie geht's? Wir haben lange nichts voneinander gehört.«

»Man schlägt sich so durch, Derrick. Aber was verschafft mir das Vergnügen?«

»Ich wollte dir ein Wiedersehen mit alten Freunden vorschlagen, und zwar bei einer traumhaften Mittelmeerkreuzfahrt auf der *Queen of Atlantis*. Schon mal davon gehört? Maggie, ihr Mann und Annie kommen auch – und natürlich meine Wenigkeit. Wie gefällt dir die Idee?«

Pat schwieg einen Augenblick. Die Idee gefiel ihm, und wie! Falls sein Plan funktionierte, war es sowieso besser, sich für ein Weilchen rar zu machen. Und falls er nicht funktionierte ... nun, daran dachte er lieber gar nicht erst.

Schloß Valnure. Juni 1999.

Paola hatte sich für diesen Abend angekündigt, und Gerardo erwartete sie schon ungeduldig.

Er wußte, daß er eine komische Figur abgab, wie er sich mit Giacomos Schürze bekleidet in der Küche zu schaffen machte, aber nach dem gewaltsamen Tod seines armen Butlers hatte er kein festes Hauspersonal mehr haben wollen und bald festgestellt, daß er sich auch so behelfen konnte. Es genügte, wenn die Frau des Portiers jeden Vormittag kam, um sauberzumachen und die Wäsche zu waschen.

Beim Geräusch eines Autos auf der schmalen Allee ging er zum Fenster und sah Paola aussteigen, in einem leichten hellbeigen Sommerkleid, das ihre Figur betonte.

Beim Essen berichtete sie ihm von ihren neuesten Plänen. »Man hat mir ein Engagement auf einem Kreuzfahrtschiff angeboten.«

»Meinst du, es ist klug anzunehmen, obwohl du gerade beim Fernsehen so begehrt bist?«

»Na ja, es ist nicht irgendein Schiff, sondern die *Queen of Atlantis*, das größte und luxuriöseste Passagierschiff der Welt. Ich muß nur ein paarmal auftreten und bekomme dafür eine traumhafte zweiwöchige Mittelmeerkreuzfahrt und ein nicht minder traumhaftes Honorar.«

»Die *Queen of Atlantis* ... Stimmt, ich habe darüber gelesen«, murmelte Gerardo und dachte kurz nach. »Ja, vielleicht wäre das keine schlechte Idee ...«

»Ich habe noch nichts entschieden und um Bedenkzeit gebeten. Ich müßte am 15. Juli in Venedig an Bord gehen und käme zwei Wochen später in Genua wieder an.«

»Sag mir Bescheid. Ein kleiner Urlaub würde mir guttun.«

»Heißt das etwa, du würdest mitkommen?« fragte Paola mit großen Augen, sprang vom Tisch auf und warf ihm die Arme um den Hals.

»Wenn du nichts dagegen hast. Ich denke, ich könnte ein paar Tage Ferien von den endlosen Restaurierungsarbeiten gebrauchen.«

»Was dagegen haben? Spinnst du?« rief Paola und streichelte ihm zärtlich über den Nacken. »Ich wäre überglücklich. In ein paar Tagen kann ich dir Bescheid geben. Ich muß nur noch die Bestätigung abwarten, daß die Fernsehaufzeichnungen verschoben werden können.«

Mittelmeer. Mai 1313.

Luigi di Valnure stach mit einem klobigen Frachtkahn in See, etwa dreißig Schritt lang und zwölf Schritt breit, der einen wuchtigen Mast und ein schmutziges, an mehreren Stellen geflicktes Segel hatte.

Er wurde von Aniello befehligt, einem tüchtigen Seefahrer und Kaufmann aus Amalfi, der dem Orden treu geblieben und mit der Flotte aus La Rochelle nach Schottland geflüchtet war. Ein zuverlässiger Mann, hatte Bertrand Luigi versichert. Aniello war so etwas wie ein Kundschafter für ihn, denn er bereiste auf seinen Handelsfahrten den ganzen Mittelmeerraum und brachte viele Neuigkeiten mit zurück nach Schottland.

Nach einigen Wochen Fahrt ankerte das Schiff in der Mündung eines Flusses, der Magra hieß, wie der Amalfitaner Luigi erklärte. Wenn sie jenen Bergzug in der Ferne überschritten, würden der junge Mann und seine Familie die Ebene zwischen Parma und Piacenza erreichen.

Aniello würde inzwischen kleine Fahrt an der Küste machen, um einige Geschäfte zu tätigen, und nach genau dreißig Tagen wieder an den Landeplatz zurückkehren. Auf diese Weise hatte Luigi Zeit, Shirinaze und Lorenzo in die Burg seiner Familie zu bringen, bevor er seine Reise nach Rhodos fortsetzte.

Ehe er dem Pferd die Sporen gab, bedachte Luigi seine Frau mit einem zärtlichen Blick. Durch die schrecklichen Erfahrungen war sie härter geworden, aber ihr Gemüt hatte sich nach den ersten Nächten in Freiheit, in denen sie viele Stunden geweint hatte, wieder aufgehellt. Vor ihr im Sattel saß Lorenzo, das kleine Gesicht von schwarzen Locken umrahmt. Luigi fragte sich, wie er die lange Trennung von den beiden überstehen sollte.

Langsam setzten die Pferde sich in Richtung des Pilgerweges Via Francigena in Trab.

Am sechsten Tag ihrer Reise sah Luigi die Burg im Morgennebel auftauchen und wurde von einem tiefen Glücksgefühl erfüllt. Er spornte sein Pferd an, das nach Tagen im Schritt oder langsamen Trab nur darauf zu warten schien.

Die Wachen vor der Zugbrücke geboten ihnen Einhalt. »Wer seid ihr? Und was wollt ihr?« fragte der Hauptmann, der beinahe empört die dunkelhäutige Frau und ihr Kind musterte.

»Ich bin Luigi di Valnure, und das ist meine Familie. Ruf meinen Vater her!«

Wenige Augenblicke später hörte man großes Getümmel und dann die immer noch volltönende Stimme des Grafen di Valnure. »Mein Sohn Luigi? Wo ist er?«

Lorenzo di Valnure polterte in den Hof, sah seinen Sohn und zog ihn in eine liebevolle väterliche Umarmung. Anschließend wandte er sich der Frau und dem Kleinen zu.

»Das sind also deine Frau und dein Sohn, der meinen Namen trägt. Verstehst du meine Sprache, Shirinaze?«

»Gewiß, mein Herr, ich spreche sie, wenn auch weniger gut als Französisch«, antwortete die schöne Maurin schüchtern, weil ihr bange davor war, wie der Schwiegervater sie aufnehmen würde. Als er auf sie zukam, drückte sie zitternd das Kind an sich, doch der Graf breitete die Arme aus, und sein Gesicht strahlte vor Freude und Zärtlichkeit.

»Gott sei gelobt!« rief Lorenzo mit vor Rührung rauher

Stimme, nahm ihr den Kleinen aus dem Arm und drückte ihn an sich. »Wie sehr habe ich diesen Moment herbeigesehnt. Seid willkommen in unserer Familie.«

Porto Cervo. Juni 1999.

Josif saß am Tisch der Veranda und starrte auf eine Flasche Champagner. Obwohl seit dem Besuch des Bankiers fünf Tage vergangen waren, hatte sich seine Wut kein bißchen gelegt. Die Erpressung ging ihm gewaltig gegen den Strich, aber Foche saß leider am längeren Hebel, so daß er gezwungen war, sich ihm zu beugen und ihn heute wieder zu empfangen.

Foche traf pünktlich ein. Er ließ sich unter dem weißen Sonnenschirm nieder, akzeptierte ein Glas Champagner und wischte sich den Schweiß von der Stirn.

»Die Übergabe des Materials wird an Bord der *Queen of Atlantis* stattfinden, zwischen dem 15. und dem 25. Juli. Beauftragte meines Kunden werden die zehn Sprengköpfe entgegennehmen. Sie können den Preis festsetzen. Wie ich Ihnen bereits gesagt habe, gibt es da kein Problem.«

»Und ob es ein Problem gibt«, entgegnete Josif kalt. »Ich muß eine nukleare Transkontinentalrakete besorgen, die zehn Sprengköpfe entfernen und sie auf ein Kreuzfahrtschiff schaffen, und das alles in weniger als einem Monat. Meinen Sie vielleicht, das ist ein Kinderspiel? Aber ich werde mein Möglichstes tun. Und was den Preis betrifft: Sie werden hundert Millionen Dollar auf das Konto meiner Gesellschaft überweisen lassen.«

»Machen Sie nicht soviel Wind, Drostin. Ich kenne Sie gut genug, um zu wissen, daß Ihre angeblichen Probleme in Wahrheit nicht existieren. Mit Sicherheit sind Sie seit unserer letzten Begegnung nicht untätig gewesen. Denken Sie jedoch daran, daß mein Kunde keine Verzögerungen duldet.

Die Zahlung erfolgt natürlich erst bei Übergabe, *Drostin.*«
Foche wiederholte penetrant Josifs richtigen Nachnamen und unterstrich ihn durch einen drohenden Blick.

Josif ließ sich nichts anmerken, aber innerlich kochte er vor Wut.

»Wer wird die Übergabe ausführen?« erkundigte sich Foche.

»Ich persönlich, in Begleitung einiger zuverlässiger Leute. Die Operation ist zu heikel, um sie anderen zu überlassen.«

»Ganz recht. In weiser Voraussicht hat mein Kunde Ihnen bereits eines der beiden Luxusapartments auf der *Queen of Atlantis* reservieren lassen.«

Portugiesische Hoheitsgewässer. Juni 1999.

Die *Queen of Atlantis* hatte gerade den Hafen von Lissabon verlassen und stieß zum Abschied drei laute Sirenentöne in die laue Abendluft.

Lionel Goose machte derweil seinen üblichen Abendspaziergang auf Deck vier, wo es eine Joggingpiste mit synthetischem Belag gab.

Über eine Abtrennung hinweg sah er einigen Passagieren beim Tontaubenschießen zu und sagte sich, daß er es vor Ende der Reise auch einmal mit diesem Sport probieren wollte, als er plötzlich über dem Geländer einknickte und sich festhalten mußte. Der Schmerz hatte im unteren Rükkenbereich begonnen und stieg bis zu den Schulterblättern hinauf. Ein nicht sehr starker Schmerz, aber stechend und anhaltend, als würde eine starke Hand auf seine Lunge drücken. Er machte ihm angst.

Lionel überlegte, ob er seine Wirbelsäule in den letzten Tagen irgendwelchen zu großen Belastungen ausgesetzt hatte. Vielleicht hatte er sich auch einfach nur einen Zug durch die Klimaanlage geholt.

Doch schließlich, mit einer Ruhe, die ihn selbst erstaunte, gestand er sich die Wahrheit ein: Es war seine Krankheit!

Arthur Di Bono versammelte die Offiziere und die acht Sicherheitsbeamten des Schiffs auf der Brücke.

»Wir werden bald ins Mittelmeer einlaufen und im folgenden auf die Küsten des Mittleren Ostens zusteuern. Ich brauche nicht zu betonen, daß äußerste Wachsamkeit geboten ist, denn ein Schiff wie das unsere stellt ein optimales Ziel für jede terroristische Gruppe dar, die eine spektakuläre Aktion plant. Ich möchte Sie noch einmal an die Sicherheitskontrollen bei der Wiedereinschiffung der Passagiere nach Landgängen und Ausflügen erinnern: sorgfältigste Überprüfung der Papiere, obligatorisches Abtasten mit dem Metalldetektor und Durchleuchten des Gepäcks. Bei der Einschiffung von neuen Passagieren auf den nächsten Etappen dürfen wir uns nicht allein auf die Kontrollen an Land verlassen, sondern müssen eine zweite Inspektion an Bord durchführen. Hoffen wir, daß das übertriebene Vorsichtsmaßnahmen sind, aber für den Ernstfall verfügt jeder von Ihnen über einen Schlüssel zum Waffenschrank.«

New York. Juni 1999.

Timothy war nach Washington zurückgekehrt, und Maggie war endlich allein mit ihren Gedanken, ihrer Bitterkeit und der schrecklichen Vorstellung, einen Großteil ihres Lebens verschwendet zu haben.

Um die düsteren Grübeleien zu verscheuchen, begann sie, ohne es bewußt zu wollen, mit den Atem- und Entspannungsübungen, die gewöhnlich zu ihren *Ahnungen* führten. Sie hatte sie lange nicht mehr gemacht und war erstaunt, wie schnell Körper und Geist darauf reagierten. Sie fühlte sich sofort leichter, nur ihre Augenlider wurden schwerer. Es war, als würde ihr Körper über dem Bett schweben, und sie geriet in einen wachen Trancezustand.

Das Gesicht des Kindes erschien ihr wieder mit den verschwommenen Umrissen eines Traums, doch seine Worte prägten sich ihrem Gedächtnis ein, als würden sie dort gemeißelt werden.

»Der Antichrist ist da, und sein teuflischer Wille zielt auf den Stuhl Petri. Die heilige Frau im Strahlenkranz hat es vorausgesagt: Getrieben von Hass und Blutdurst wird der Böse versuchen, die Welt zu zerstören, damit die verunsicherte und verängstigte Menschheit ihn anbetet als den neuen Gott. Satan herrscht über die Mächtigen und strebt danach, die Führung der Kirche an sich zu reißen. Seine Anhänger verfügen über Waffen, die einen großen Teil der Menschheit auslöschen können. Wenn die Menschen der Bedrohung nichts entgegensetzen, wird das Ende aller Zeiten heranbrechen. Wellen so hoch wie Berge werden die Meere aufwühlen und die Städte überfluten. Millionen Menschen werden sterben, und die Lebenden werden die Toten beneiden. Der Böse wird sich der Kraft der Sonne bemächtigen und sie für seine niederträchtigen Ziele benutzen. Ihr jedoch könnt das verhindern. Ihr seid die Auserwählten der Frau im Strahlenkranz. Ihr könnt die Welt retten.«

Porto Cervo. Juni 1999.

Die *Blue Sapphire* lag träge in einer Bucht der kleinen Insel Mortorio vor Anker. Fünf Jahre zuvor auf der Werft De Vries in Aalsmeer, Holland, gebaut, bestand sie in ihrer ganzen Länge von genau 49,99 Metern aus Stahl. Ihre drei Caterpillar-Motoren mit je 2400 PS konnten sie auf eine Geschwindigkeit von 24 Knoten bringen. Kein übermäßig schnelles Schiff also, aber wer es in Auftrag gegeben und entworfen hatte, war vor allem an Komfort interessiert gewesen. Die vier Kabinen ähnelten denn auch eher einer bestens ausgestatteten Wohnung als einem spartanischen Bootsquartier.

Josif Bykow hatte die Yacht einem arabischen Ölmagnaten abgekauft und ihr als erstes einen neuen Namen gegeben – den des Edelsteins, des blauen Saphirs, den Nikolaj Romanow seinen Töchtern zum Geburtstag zu schenken pflegte. Zusammen mit den anderen Juwelen hatte dieser Stein sein Vermögen begründet.

Wie der Bankier Foche unschwer herausbekommen hatte, beschäftigte sich Josif mit Vorgängen, die »vertraulich« zu nennen ein Euphemismus wäre. Jedes seiner Telefone war daher mit einer Vorrichtung ausgerüstet, die das Abhören von Gesprächen unmöglich machte. Die Apparate auf der *Blue Sapphire*, die an die Satellitenübertragung angeschlossen waren, bildeten da keine Ausnahme.

»Ich habe gefunden, was du suchst«, berichtete seine rechte Hand am anderen Ende der Leitung.

»Gut. Vereinbare einen Termin mit dem Anbieter. Ich komme nach Moskau.«

12. KAPITEL

Meerenge von Gibraltar. Juli 1999.

Der Felsen ragte hoch und bedrohlich an Backbord auf. Kapitän Di Bono betrachtete ihn ein Weilchen, ohne dabei den dichten Schiffsverkehr zwischen der afrikanischen Küste zur Rechten und der europäischen zur Linken aus den Augen zu lassen. Zwischen diesen Klippen und überhaupt im Mittelmeer fühlte er sich wie zu Hause.

Die *Queen* steuerte Malaga an, ohne daß bisher irgendein Zwischenfall das geruhsame Leben an Bord gestört hätte. Die kräftigen Hände des Kommandanten streichelten über die Holztäfelung der Brücke, wie zum Dank an das Schiff, das sich wie eine wahre Königin der Meere benahm.

Nicht weit von ihm schwang sich Lionel Goose aus dem Bett und beobachtete gebannt, wie Gibraltar an dem breiten Aussichtsfenster seiner Kabine vorbeizog. Es machte den Eindruck, als hätte sich ein himmlischer Baumeister damit vergnügt, Tausende Tonnen Zement von oben herunterzuschütten, so glatt und steil war die Wand.

Ein Hustenanfall löste einen neuerlichen leichten Schmerz aus. Ohne etwas zu Lisa zu sagen, die noch im Bett lag, ging er ins Bad. Kurz darauf kam er zurück und legte sich wieder hin. Lisa genügte ein Blick, um zu merken, daß etwas nicht stimmte.

»Was ist, Lionel?«

»Nichts, ich habe nur daran gedacht, wie die Kinder wohl zurechtkommen.«

Sie tat, als glaubte sie ihm, kannte ihn aber gut genug, um zu wissen, daß das Problem woanders lag. »Denen geht's jetzt, da du ihnen nicht ständig über die Schultern schaust, bestimmt besser«, sagte sie lachend und streichelte ihn. Aber er reagierte nicht auf ihre Zärtlichkeit, weil düstere Gedanken ihn quälten.

Dr. Redjia saß an seinem Schreibtisch, auf dem die vergoldete Statuette einer Hindugottheit prangte. An diesem Tag hatte er den ersten ärztlichen Eingriff während dieser Kreuzfahrt vorgenommen – ein besonders lebhaftes Kind war gefallen und hatte sich einen Schnitt am Kinn zugezogen, den er mit zwei kleinen Stichen hatte nähen können.

Doch die Erfahrung sagte ihm, daß Gefahren überall lauerten und Unglücke meistens dann passierten, wenn man am wenigsten mit ihnen rechnete. Der alte Mediziner indischer Herkunft war niemals unvorbereitet.

Er ging gerade im Geiste die Ausstattung seiner kleinen, aber funktionsgerechten Krankenstation durch, als es an der Tür klopfte.

Mittelmeer. Juni 1313.

Die Windviering an Achtern war eng und unbequem, und Luigi mußte seine Mahlzeiten oft auf einem der großen Fässer mit Trinkwasser oder Pökelfleisch einnehmen.

»Was glaubst du, wann wir ankommen, Aniello?« fragte er.

»In zwei, höchstens drei Tagen. Kennst du die Insel Rhodos?«

»Nein. Erzähl mir davon.«

»Sie ist schon seit Urzeiten ein wichtiger Kreuzungspunkt für den Handelsverkehr im südöstlichen Mittelmeer. Vor ein paar Jahren hat der genuesische Feudalherr Vignolo de' Vignoli sie an den Johanniterorden verkauft, der ähnlich geordnet ist wie der Templerorden und auch einen Großmeister hat. Zur Zeit ist es Folco de Villaret, ein entschlossener Mann, der die Kolonisierung der Insel vorantreibt. Seit der Ankunft der Johanniter vor wenig mehr als vier Jahren sind umfangreiche Bauarbeiten im Gang, um einen Befestigungsgürtel und Wachtürme zu errichten. Die Johanniter sind übrigens von uns Amalfitanern gegründet worden. Ihre Mitglieder stammen wie die Templer aus adligen europäischen Familien und sind nach ihrer jeweiligen Landessprache unterteilt. Du mußt dich mit Corneliano de' Scalzi treffen, dem *Admiratus* oder Admiral, der ihre mächtige Flotte befehligt und die italienische Sprache spricht. Bertrand betrachtet ihn als einen Freund, aber sei auf der Hut: Seit der König von Frankreich den Templerorden verfolgen läßt, habe ich schon zu viele gesehen, die ihr Mäntelchen nach dem Wind hängen und ihre besten Freunde nicht mehr kennen. Und denk auch daran, daß mein Schiff nicht schnell genug ist, um uns eine Flucht zu ermöglichen.«

Kolahalbinsel, Rußland. Juni 1999.

Das Atom-U-Boot *Lenin* der Oskarklasse war einst das Aushängeschild der sowjetischen Flotte gewesen. Doch jetzt lag es, zusammen mit anderen Kriegsschiffen, die kaum noch gewartet wurden, vergessen in einem Marinehafen.

Es hatte eine Länge von 154 Metern, eine maximale Breite von über achtzehn Metern und war mit zwei Kernreaktoren ausgestattet, die es auf eine Leistung von 98 000 Pferdestärken brachten und seine 18 000 Tonnen Gewicht auf eine Unterwassergeschwindigkeit von 33 Knoten beschleunigen konnten. Doch Josif Bykow interessierte nur die Tatsache, daß es Interkontinentalraketen vom Typ SS 20 an Bord hatte.

Der Kommandant, Leonid Uradow, trug eine verschlissene Arbeitsuniform mit den Abzeichen eines hohen Offiziers der russischen Marine. Er legte Josif gegenüber eine

Haltung an den Tag, die militärisch-schmissig wirken sollte, aber eher an einen verarmten Adligen erinnerte, der gezwungen war, seinen Besitz zu verkaufen.

»Kommen Sie mit, Herr Bykow. Drinnen sind wir ungestört.«

Josif folgte ihm über eine schmale Eisenleiter in den Bauch dieses schwimmenden Ungeheuers, in dem auf engstem Raum alles höchst funktionell eingerichtet war. Er wunderte sich darüber, daß ihnen kein einziger Matrose begegnete, und Uradow schien seine Gedanken zu erraten.

»Dieses Prachtstück verkommt langsam zu einem Schrotthaufen«, sagte er wehmütig. »An Bord sind nur noch acht Männer, denen ich heute für ein paar Stunden Ausgang gegeben habe, und ich. Wenn man bedenkt, daß die Standardbesatzung einmal aus einhundertdreißig Leuten bestand! Wir hatten drei Wachrunden mit vierzig Matrosen, während mir heute nur noch sechs Marinesoldaten und zwei Unteroffiziere des Heeres, die Spezialisten für Nuklearbewaffnung sind, zur Verfügung stehen.«

Uradow führte seinen Gast in den Navigationsraum, und die beiden Männer kamen bald zur Sache.

»Man hat mir gesagt, wonach Sie suchen, und ich denke, ich kann Ihnen behilflich sein. Es sind noch acht vollständig bestückte SS-20-Raketen an Bord. Wenn die Abrüstung weiterhin so langsam voranschreitet, wird es noch ungefähr vierzig Jahre dauern, bis jemand merkt, daß zehn Sprengköpfe fehlen. Falls es überhaupt je auffällt. Ich kann sie Ihnen verkaufen, aber es handelt sich um hochwertiges Material, so daß der Preis ...«

»Wieviel?« unterbrach Josif.

»Zehn Millionen Dollar für mich auf ein Nummernkonto im Ausland und weitere zehn Millionen für meine Mannschaft, die sich auch um das Abmontieren und Verladen der Sprengköpfe kümmern wird.«

Mittelmeer. Juli 1999.

»Herein«, sagte Dr. Redjia und riß sich aus seinen Gedanken.

»Erinnern Sie sich an mich?« fragte der Mann, der ins Sprechzimmer trat.

»Natürlich, wir haben erst kürzlich zusammen am Tisch des Kapitäns zu Abend gegessen. Mr. Goose, wenn mich nicht alles täuscht. Bitte, nehmen Sie Platz.«

Redjia wies lächelnd auf den Stuhl vor seinem Schreibtisch, überzeugt, es gleich mit den üblichen Verdauungsstörungen oder einem von der klimatisierten Luft hervorgerufenen Schnupfen zu tun zu bekommen.

»Vor vier Jahren ist bei mir ein bösartiges Karzinom an der Harnblase diagnostiziert worden. Ich habe mich daraufhin zwei Operationen und mehreren chemotherapeutischen Behandlungen unterzogen, und die Wucherungen schienen zurückgegangen zu sein. Ich sage ›schienen‹, denn seit einigen Tagen habe ich Lungenbeschwerden, und heute morgen habe ich beim Husten Blut gespuckt.«

»Bitte legen Sie sich dort hin, Mr. Goose«, sagte Dr. Redjia, der sofort ernst geworden war, »und machen Sie den Oberkörper frei.«

Einige Minuten später, nach einer gründlichen Untersuchung, legte er seine Instrumente beiseite.

»Es werden einige Tests nötig sein, Mr. Goose«, erklärte er. »Komplizierte Laboranalysen können wir hier an Bord nicht durchführen. Es scheint mir angebracht, daß Sie die Reise abbrechen, um sich an Land gründlich untersuchen zu lassen.«

Lionel schüttelte entschieden den Kopf. »Man hat mich auf die Möglichkeit vorbereitet, daß der Tumor weiterwachsen und Metastasen bilden könnte. Sollte das der Fall sein, habe ich nicht mehr lange zu leben, und ich möchte mich nicht weiteren Torturen aussetzen. Es ist ein aussichtsloser

Kampf. Lieber bleibe ich hier und genieße meine restlichen Tage. Gegen das Schicksal ist man machtlos.«

»Es steht mir nicht zu, Ihre Entscheidung zu kritisieren, Mr. Goose. Aber wenn Sie möchten und es für nützlich halten, könnte ich Ihre Lunge röntgen, um das Vorhandensein eventueller Anomalien festzustellen.«

»Einverstanden, Dr. Redjia. Aber versprechen Sie mir bitte eines: Egal, wie das Ergebnis Ihrer Untersuchung ausfällt, meine Frau darf nichts davon erfahren. Das ist der erste richtige Urlaub, den wir uns gönnen, und ich möchte ihn ihr nicht verderben.«

Rhodos. Juni 1313.

Nachdem sie lange vor der zerklüfteten anatolischen Küste gekreuzt hatten, schwenkte das Handelsschiff nach Steuerbord und fuhr, getrieben von einem starken Nordwind, in den Meeresarm ein, der es noch von Rhodos trennte.

»Paß auf«, sagte Aniello zu Luigi, »gleich wirst du etwas ganz Besonderes sehen. Die Ritter schützen ihre Hafeneinfahrt durch eine lange, dicke Kette, die sie zwischen den beiden Ufern gespannt haben. Jedes ankommende Schiff wird von den Wachtürmen aus zuerst genau kontrolliert, bevor sie die Kette absenken.«

Luigi begab sich neugierig zum Bug. Er hatte bereits einige Kreuzritter aus dem Norden, die auf ihrer langen Reise ins Heilige Land durch Konstantinopel gekommen waren, nachdem sie das Schwarze Meer über die Donau erreicht hatten, davon erzählen hören, daß auch diese herrliche Stadt durch eine zwischen den Enden des Goldenen Horns gespannte Kette geschützt wurde. Nun konnte er es kaum erwarten, diese Vorrichtung mit eigenen Augen zu sehen.

Vor dem Hafen der Insel mußte Aniellos Schiff unter schwierigen Manövern eine Weile kreuzen, während sie von unsichtbaren Augen taxiert wurden. In der Einfahrt konnte man deutlich sehen, wie sich die Wellen an den riesigen Gliedern der Kette, die die Wasseroberfläche teilte, brachen. Doch schließlich verkündete das durchdringende Kreischen der Winden, daß der Zugang zum Hafen gewährt und die Kette herabgelassen wurde.

Während das Schiff durch die schmale Einfahrt fuhr, betrachtete Luigi beeindruckt die Mauern, die sich direkt aus dem glatten Spiegel des Hafenbeckens erhoben. Links schob sich eine Art Buhne aus Erde zirka fünfhundert Schritt weit ins Meer. Auf diesem schmalen Erdwall, der in einer Befestigungsanlage endete, waren dreizehn Windmühlen errichtet worden. Auf der gegenüberliegenden Seite der Hafeneinfahrt sah er dagegen Baumaschinen und Männer auf Gerüsten, die damit beschäftigt waren, einen Turm von höchst ungewöhnlicher Form zu bauen: Er sah aus wie ein großer Pilz und war umgeben von vier kleineren Türmen.

Das Schiff machte in der Nähe der Windmühlen fest, und gleich darauf wurde mit dem Löschen der Waren begonnen. Luigi ging an Land, mischte sich unter die Menge und betrat die Stadt durch das Tor der heiligen Katherina, wo ein dichtes Gedränge in beide Richtungen herrschte.

Um zu den »Häusern« der Johanniter zu gelangen, mußte er nicht weit gehen. Er verstand sofort, daß sie nach Sprachzugehörigkeit aufgeteilt waren. Das italienische »Haus« stand auf halber Höhe der Hauptstraße, die durch die Stadt führte.

Es war ein Gebäude von aufwendiger Bauart, zweistöckig und aus großen zusammengefügten Vulkansteinen. An der Stirnseite prangte das in weißen Marmor gehauene Wappen der italienischen Sprachgruppe, und die Eingangstür wurde von zwei bewaffneten Rittern bewacht.

»Ich möchte mit dem Admiral Corneliano de' Scalzi sprechen«, verlangte Luigi. »Ich habe eine Depesche für ihn.«

»Wer seid Ihr?«

»Mein Name tut nichts zur Sache. Sagt ihm, ich bringe ihm eine vertrauliche Botschaft von einem Freund.«

Er wurde in einen Saal mit hoher Decke geführt, in dem es recht düster war, obwohl auch zu dieser Tagesstunde noch einige Fackeln an den Wänden brannten.

Um einen langen Tisch waren einige Ritter versammelt, von denen einer ihn mit tiefer Stimme ansprach, wobei sich in seinen ligurischen Dialekt mittlerweile auch die Lingua franca der Christen der Levante gemischt hatte. »Wer seid Ihr, und was bringt Ihr für eine Botschaft?«

»Ich bin Luigi di Valnure, aber mein Name ist nicht wichtig. Wichtig ist allein, daß ich so bald wie möglich eine Botschaft übergeben kann, wegen der ich viele Tage und Nächte übers Meer gefahren bin. Darf ich fragen, mit wem ich die Ehre habe?«

»Mit der Person, die Ihr sucht. Ich bin Corneliano de' Scalzi.«

Der Ritter nahm das lederne Futteral entgegen und betrachtete das Siegel, worauf sein belustigter Gesichtsausdruck plötzlich ernst wurde.

»Laßt uns allein!« befahl er den anderen.

Als sie gegangen waren, deutete Corneliano auf den Seemannsknoten, der auf dem Siegel prangte. »Ihr bringt eine Nachricht von Bertrand de Rochebrune?«

»Ja, mein Herr. Es ist ein Hilfegesuch. Bertrand wird zu Unrecht verfolgt, und zwar von Mächten, die dem Bösen dienen.«

Corneliano las das Pergament mit großer Aufmerksamkeit und schüttelte dann den Kopf.

»Dem Tempel zu Hilfe eilen? Hm ... das ist eine Entscheidung, die ich nicht allein treffen kann. Auf die Köpfe von Bertrand und seinen Männern wurde von König Philipp eine hohe Belohnung ausgesetzt«, sagte er und legte die Botschaft auf den Tisch. »Allein, die alte Freundschaft, die mich mit Bertrand verbindet ... Wartet hier auf mich.«

Nach langem Ausharren sah Luigi ihn in Begleitung eines anderen Ritters mit hagerem Gesicht und würdevoller Haltung zurückkehren. Das zu seinem Waffengewand gehörende Leibchen trug das Wappen eines adligen Geschlechts – drei purpurne Türme, auf denen drei schwarze Amseln hockten – und das weiße Kreuz auf rotem Grund der Johanniter.

Der ehrerbietige Ton, in dem sich der *Admiratus* an ihn wandte, sagte Luigi sofort, wer er war, noch ehe sich der Neuankömmling vorstellte:

»Ich bin der Großmeister Folco de Villaret und heiße Euch in unserer Festung willkommen. Corneliano hat mir die Nachricht gezeigt, deren Überbringer Ihr seid.« Er ließ sich auf dem höchsten Stuhl nieder und bedeutete den beiden anderen, sich ebenfalls zu setzen.

»Wir haben große Trauer empfunden bei den Nachrichten über den Tempel, die uns aus Frankreich erreichten. Unser Herz hat geblutet für die edlen Ritter, an deren Seite wir so viele Gefahren überstanden haben. Wohl gab es auch Meinungsverschiedenheiten und Gegensätze, die uns trennten, aber wir haben immer für dasselbe Ziel gekämpft. Ich bin Bertrand de Rochebrune nie begegnet, aber ich habe viel Gutes über ihn gehört und kenne seinen Wert als Ritter und seine Hingabe an den Orden.«

Der Großmeister der Johanniter machte eine lange Pause und strich sich nervös durch seinen Bart.

»Aber dem Tempel zu Hilfe eilen ...«, fuhr er mit fester Stimme fort. »Wie sollten wir das, junger Freund? Wir sind zu weit weg und machen selbst unheilvolle Zeiten durch. Nur weil wir auf dieser Insel eine neue Heimstatt gefunden haben, befinden wir uns noch lange nicht in Sicherheit. Außerdem habe ich mich bereits vor einiger Zeit gegen den Vorschlag des unglücklichen Großmeisters de Molay entschieden, unsere beiden Orden gegen die Angriffe der gemeinsamen Feinde zu vereinen – Ihr wißt, wen ich meine. – Nein, junger Ritter«, endete er betrübt, aber entschieden und erhob sich, um anzudeuten, daß die Audienz beendet war. »Richtet Bertrand de Rochebrune aus, daß wir zu unserem tiefen Bedauern nichts tun können, außer unsere inständigen Gebete an den Herrn zu richten, er möge den Tempel beschützen.«

Moskau. 1. Juli 1999.

Josif konnte die Schmach der Erpressung nicht vergessen und schwor sich, Foche teuer dafür bezahlen zu lassen. Obendrein hatte er das ungute Gefühl, daß sich sein Bankier nicht mit dieser einen Forderung zufriedengeben würde.

Er hatte schon Waffenlieferungen nach Bosnien, Tschetschenien, an das Horn von Afrika und in den Kosovo gebracht, und seine Flugzeuge waren auf den unmöglichsten Lehmpisten gelandet, um Kettenfahrzeuge zu entladen. Er hatte die verschiedensten Guerilla-Banden in allen Teilen der Welt mit Waffen versorgt, aber eine Übergabe auf einem Luxuskreuzer war etwas völlig Neues, ebenso wie die angeforderte Ware: Jeder der von dem russischen U-Boot-Kommandanten erworbenen Sprengköpfe hatte die fünffache Zerstörungskraft der Hiroshimabombe.

Josif gestattete sich ein Lächeln bei dem Gedanken an Leonid Uradow und seine Männer, die es sich wahrscheinlich in diesem Moment in einem karibischen Paradies gutgehen ließen und die zwanzig Millionen Dollar, die die Schweizer Bank auf ihr Nummernkonto überwiesen hatte, zum Fenster hinauswarfen.

Doch der Gedanke an die Bank genügte, um sein Lächeln verschwinden und Foches schmierige Züge wieder vor seinem geistigen Auge auftauchen zu lassen.

Keinen Moment dachte er an den riesigen Gewinn, den er gemacht hatte. Das Geld interessierte ihn nicht, aber es würde dazu dienen, mit seinem Erpresser abzurechnen.

New York. 3. Juli 1999.

Wie jeden Samstag hatten die Kameras der vier größten Fernsehsender Zugang zum bestbewachten Ort der US Gambling & Lotteries erhalten, einem fensterlosen quadratischen Raum von zehn mal zehn Metern, der, abgesehen von der gepanzerten Tür, keine Öffnung nach außen hatte und dessen einziges Mobiliar aus den zwei enormen Computerblöcken in der Mitte und ein paar Sitzgelegenheiten bestand.

Die Rechner speicherten die Daten der Lottoscheine ein, um dann in Direktübertragung zur Ermittlung der sieben Gewinnzahlen überzugehen. Ein eventueller Gewinner würde diesmal einen Jackpot von 8 200 000 Dollar knacken.

Die mechanische Stimme des Computers begann die gezogenen Zahlen zu verkünden, die gleichzeitig auf einem Großbildschirm an einer Wand erschienen: »2 – 5 – 7 – 11 – 17 – 31 – 63.«

Die Spannung bei den anwesenden Verantwortlichen war nicht geringer als bei den Millionen Fernsehzuschauern, die abwechselnd auf den Bildschirm und auf ihre Lottoscheine blickten. Niemand bemerkte, daß Pat Silver in einer Ecke die Gewinnzahlen in seinen Laptop eingab.

Die Auswertung der Tipscheine erfolgte gleich im Anschluß, und die beiden Großrechner überprüften mit phantastischer Geschwindigkeit die gespielten Kombinationen.

Etwa nach der Hälfte der Prozedur fiel eine der Maschinen aus. Auf dem Monitor erschien die Meldung *Bad Cluster* – eine Dateneingabe konnte nicht gelesen werden.

»Wir ermächtigen den Techniker einzuschreiten«, erklärte sofort einer der Notare von der Bundesaufsichtsbehörde.

Mit ausdruckslosem Gesicht setzte sich Pat an die Tastatur und gab souverän ein paar Befehle ein, schüttelte dann aber den Kopf.

»Ich muß den Zentralrechner an meinen Laptop anschließen«, sagte er, »und hoffe, daß mein Korrekturprogramm die Blockade beheben kann.«

Er schloß mit geübten Bewegungen das Kabel an und schob eine CD-ROM in seinen Laptop. Ein Icon auf dem Monitor sagte ihm, daß die beiden Computer vernetzt waren.

Niemandem kam der Verdacht, daß er in sämtlichen Haupt- und Nebenspeichern den blockierenden Lottotip veränderte, indem er die gerade ausgelosten Zahlen einfügte.

»Fertig«, sagte er schließlich mit ruhiger Stimme und stand auf, während der Hauptrechner sein sonores Brummen wieder aufnahm.

Wenig später trat der notarielle Bundesbeamte mit der gebotenen Feierlichkeit des Moments vor die Kameras.

»Die Auswertung hat einen einzigen richtigen Tip der ersten Kategorie ergeben. Nach Durchführung der vorschriftsmäßigen Überprüfungen wird der glückliche Gewinner 8 200 000 Dollar erhalten.«

Kurz darauf war der Sitz des Lotterieunternehmens verwaist. Pat hatte sich als einer der ersten verabschiedet, denn um die »vorschriftsmäßigen Überprüfungen« zu ermöglichen, mußte er sich beeilen und mit seinem Terminal zu Hause den Gewinnschein ausdrucken.

Vierundzwanzig Stunden später saß Derrick Grant wieder einmal abends in seinem Büro und arbeitete noch, als das Telefon schrillte.

»Hallo, Pat. Was verschafft mir das Vergnügen?«

»Vergnügen ist genau der richtige Ausdruck. Wenn du noch ein Weilchen im Büro bist, komme ich zu dir. Ich muß dir was Wichtiges erzählen.«

Genau achtzehn Minuten später schüttelten sich die beiden Freunde die Hand und musterten sich wie immer erst einmal neugierig.

Derrick fiel auf, daß Pat frisch rasiert war. Die hellen

Stellen im Gesicht verrieten, daß er eine Zeitlang einen Bart getragen hatte. Auch das Haar schien frisch geschnitten.

Nach der Begrüßung zog Pat ein Stück Papier aus seiner Brieftasche, das wie ein Lottoschein aussah.

»Was ist das?« fragte Derrick verdutzt.

»Ein Scheck im Wert von 8 200 000 Dollar und ein paar Gequetschte. Ich möchte dich bitten, ihn einzulösen.«

»Willst du etwa sagen, du hast im Lotto gewonnen?«

»Genau. Den Hauptgewinn der Ziehung von gestern abend. Schon seit längerem spiele ich nach einem System, das ich selbst ausgetüftelt habe, und jetzt brauche ich einen Anwalt, der die Einlösung übernimmt und mir Anonymität garantiert. Ich möchte nicht, daß sämtliche Verwandte bis hin zum zwanzigsten Grad über mich herfallen.«

Derrick drehte den Schein zwischen den Händen hin und her. »Bist du wirklich sicher, daß das der Gewinnschein ist? Hast du ihn selbst gespielt? Ich hoffe, du drehst mir keine Fälschung an.«

»Das ist der echte Schein, Derrick, hundertprozentig. Außerdem gehst du kein Risiko ein – du bist ein Anwalt, der im Namen eines Klienten handelt.«

»Ich weiß nicht ...«

»Das ist doch nicht zu fassen! Du zögerst, einen Lotteriegewinn abzuholen, aber wenn es darum geht, Mörder und andere Verbrecher zu verteidigen, habt ihr Anwälte keine Probleme.«

»Das Recht auf Verteidigung ist eine Sache, Beihilfe zum Betrug eine andere. Aber lassen wir das, ich will nichts Genaueres wissen. Morgen werde ich diesen Schein vorlegen und den Gewinn einlösen.«

»Danke, Herr Anwalt.«

»Dein unerwarteter Reichtum ändert hoffentlich nichts an deiner Zusage zu unserer Kreuzfahrt, oder?«

»Wo denkst du hin? Im Gegenteil. Aber ich bitte dich: kein Wort zu den anderen.«

»Ich plaudere doch keine Berufsgeheimnisse aus«, erwiderte Derrick und zwinkerte ihm zu.

Mittelmeer. Juni 1313.

Aniellos Schiff hatte den Hafen von Rhodos schon seit vielen Stunden verlassen, war entlang der Südküste der Insel bis zu ihrer westlichsten Spitze gesegelt und hielt nun aufs offene Meer zu, um seine Handelsreise in Richtung Malta fortzusetzen.

Noch bedrückt von der abschlägigen Antwort der Johanniter lehnte Luigi an der Steuerbordreling, und sein Blick verlor sich in der Weite des sonnenglänzenden Meeres.

Der amalfitanische Kaufmann trat zu ihm und legte ihm freundschaftlich eine Hand auf die Schulter.

»Gräme dich nicht, Luigi«, sagte er. »Du hast deine Pflicht getan. Ich habe Bertrand gleich gesagt, daß es sich um einen verzweifelten Versuch handelt, aber es war richtig, ihn zu unternehmen. Die Ablehnung der Johanniter wird ihn enttäuschen, obwohl sie nicht verwunderlich ist. Was auch immer Folco de Villaret dir gesagt hat, sein Orden strebt danach, daß man ihm die restlichen Güter des Tempels zuteilt, und sein Rechtsgelehrter Pierre Dubois arbeitet schon länger bei Philipp dem Schönen darauf hin. Ihr werdet woanders Hilfe suchen müssen. Doch zuvor«, fuhr Aniello fort, »müssen wir hier auf alles gefaßt sein. Wie du merkst, stellen uns die starken Fallwinde vom Peloponnes auf eine harte Probe. Und es kommt nicht selten vor, daß die Mauren mit ihren Schiffen bis hierher gelangen, wenn sie mit ihren türkischen Glaubensbrüdern Handel treiben, die inzwischen viele Küstenabschnitte Anatoliens beherrschen. Normalerweise stechen sie in dieser heißen Jahreszeit nicht in See, aber man kann nie wissen.«

Schloß Valnure. 4. Juli 1999.

»Abfahrt ist am fünfzehnten von Venedig aus«, drang Paolas fröhliche Stimme aus dem Hörer. »Die Maritime Cruise Lines haben sich sehr großzügig gezeigt und uns ein Luxusapartment der Extraklasse reserviert. Stell dir vor, davon gibt es nur zwei bei über dreizehnhundert Kabinen.«

»Wunderbar. Aber ich möchte meinen Teil beitragen. Daß du Gast der Reederei bist, ist selbstverständlich, aber ich …«

»Vergiß es einfach. Die PR-Abteilung hat mir die Gratispassage für einen Begleiter geradezu aufgedrängt.«

Als sie aufgelegt hatten, kehrte Gerardo wieder zu seinen Internetrecherchen zurück, bis ihm ein akustisches Signal seines Computers anzeigte, daß Sara ihn kontaktierte. Er schloß die Webseite, die er gerade aufgerufen hatte, und öffnete das Kodierungsprogramm.

<WAS NEUES GEFUNDEN?> tauchte in dem Fenster im unteren Bereich seines Monitors auf.

<NICHTS INTERESSANTES. UND DU?>

<ERINNERST DU DICH AN MEINEN EINFLUSSREICHEN FREUND, DER DIR DIE PAPIERE BESORGT HAT, DAMIT DU HEIMLICH NACH ROSLIN FAHREN KONNTEST? ÜBERMORGEN KOMMT ER ZU EINEM OFFIZIELLEN BESUCH NACH ROM. ER IST DAS, WAS MAN EINE HOCHGESTELLTE PERSÖNLICHKEIT NENNT. UND ER HAT MICH GEFRAGT, OB WIR UNS ZU DRITT TREFFEN KÖNNTEN, UM ÜBER DEN BERÜHMTEN SEEMANNSKNOTEN ZU SPRECHEN. KANNST DU?>

<DAS WÜRDE ICH MIR AUF KEINEN FALL ENTGEHEN LASSEN. WANN UND WO?>

<ER SAGT, ER KÖNNE AM FRÜHEN NACHMITTAG BEI MIR SEIN.>

<GUT, DANN BIN ICH UM HALB DREI BEI DIR.>

Nachdem sie sich verabschiedet hatten, wandte sich Gerardo wieder seinen Recherchen zu, wurde aber erneut unterbrochen, diesmal durch das Telefon.

»Entschuldige, daß ich dich noch einmal störe«, sagte Paola. »Ich war so aufgeregt wegen der Kreuzfahrt, daß ich vergessen habe, dich für übermorgen um deine Gastfreundschaft zu bitten.«

»Mein Haus steht dir immer offen, das weißt du. Du hast ja den Schlüssel. Ich werde allerdings erst spät zurückkommen, weil ich nachmittags in Rom zu tun habe.«

»Ein Rendezvous mit einer Römerin?«

»Schön wär's. Nein, ein Termin mit einem großen Reiseunternehmen, wegen des Schlosses«, zwang sich Gerardo zu lügen. Aber er war geschmeichelt über den Anflug von Eifersucht in Paolas Frage.

Mittelmeer. Juni 1313.

Aniellos Befürchtungen bestätigten sich bei Sonnenuntergang. Sein Frachtkahn segelte schon eine ganze Weile auf dem offenen Meer, als in seinem Kielwasser ein Schiff von unverkennbar maurischer Bauart auftauchte. Es war ein Kriegsschiff. In der Ferne konnte er eine lange Reihe kleinerer Segel ausmachen, vermutlich eine Handelsflotte, die von dem größeren Schiff eskortiert wurde.

Es kam zusehends näher, und an Flucht war nicht zu denken. Aniello gab Befehl, sich auf den Zusammenstoß vorzubereiten, worauf die vorher versteckten Waffen wie durch Zauber auftauchten und jeder Mann seinen Posten bezog. Es war nicht der erste Versuch einer Enterung, gegen den sie sich verteidigten. Die Mauren würden sich an ihnen die Zähne ausbeißen.

Als sie dicht heran waren, bemerkte Luigi ein hektisches Treiben um das Katapult am Bug des feindlichen Schiffs. Mehrere Mauren in weißen Kaftans und mit Turbanen mühten sich mit den Winden ab, die den langen Pfahl mit dem löffelförmigen Ende nach hinten bogen. Selbst über die

Distanz hinweg war das Ächzen der dicken Taue zu hören, die aufs äußerste gespannt wurden. Zwei Männer legten ein Geschoß in den Löffel.

Er hatte schon oft von ihnen gehört – es waren die *naffatin,* die Pyrotechniker. Sie bereiteten einen großen Lehmkrug, der mit einer Flüssigkeit namens »Griechisches Feuer« gefüllt war, zum Abschuß vor, einer mörderischen Mischung, die einen unlöschbaren Brand an Bord entfachen würde. Ehe sie das Katapult zum Abschuß einrichteten, indem sie dicke Stoffballen zwischen die Vertikalachse des Bogens und den Pfahl klemmten, zündeten die beiden Pyrotechniker einige in den Krug gesteckte Lappen an, worauf sich über dem Bug des Maurenschiffs eine dichte, schwarze Rauchwolke erhob.

Das »Griechische Feuer« beruhte auf einer Formel, die einem syrischen Alchimisten aus dem neunten Jahrhundert namens Kallinikos zugeschrieben wurde. Die furchtbare Mischung bestand aus Schwefel, Pech, Speck, Salpeter und Branntkalk, verrührt mit einem besonders leichten Petroleum, das Nafta genannt wurde.

»In Deckung, schnell! Hülle dich in eine dieser nassen Häute ein!« schrie Aniello Luigi zu.

Das Krachen des Pfahls, mit dem er gegen die Horizontalachse des Katapultbogens schlug, löste angespanntes Schweigen auf dem amalfitanischen Schiff aus. Kurz darauf hörte man das Zischen des Brandgeschosses, das knapp vor der Seitenwand ins Meer schlug.

»Diese Hunde schießen verdammt genau!« knurrte Aniello. »Sie wollen uns nicht zugestehen, mit der Waffe in der Hand zu sterben!«

Wenige Augenblicke später brach die Hölle los, und das amalfitanische Frachtschiff, von mehreren Brandgeschossen getroffen, fing Feuer wie trockenes Holz im Kamin.

»Verlaßt das Schiff!« befahl Aniello, umgeben von lodernden Flammen und Rauch.

Das Schiff legte sich auf die Seite, wodurch eines der Fässer mit Pökelfleisch, dem Hauptnahrungsmittel der Besatzung, über Bord rollte.

Da es oben trieb, mußte es zumindest teilweise leer sein, wie Luigi erkannte, und er sprang ins Wasser und erreichte es mit wenigen Schwimmzügen. Alle Kräfte zusammennehmend, zog er sich hinauf, hob den Deckel ab und ließ sich kopfüber hineinfallen.

Der Kapitän des sarazenischen Kriegsschiffs gab Befehl, die Stelle anzusteuern, wo das Christenschiff gerade gesunken war. Der stärker gewordene Wind hatte jene Wrackteile fortgetrieben, die den Böen größere Angriffsfläche boten, aber die Wellen waren trotzdem übersät mit Trümmern der Schiffshaut, Fellen, Stoffballen und Fässern, zwischen denen fast hundert Schiffbrüchige schwammen, viele davon verletzt.

Der Sarazene ließ große Mengen des »Griechischen Feuers« ins Meer schütten, die sich wie ein Film über das ganze Gebiet legten. Dann befahl er dem Steuermann, das Schiff aus der Gefahrenzone zu bringen. Vom Wasser aus sahen Aniello und seine braven Männer, wie die *naffatin* das letzte der mörderischen Geschosse in das Katapult luden.

Luigi, der inzwischen weitab von dem dunklen Ölteppich war, hob den Deckel des windgetriebenen Fasses und schnappte vor Entsetzen nach Luft. Das Geschoß zog einen Feuerbogen durch die Dämmerung, dann ließ es Flammen aus dem Wasser schießen, die sich langsam, aber unerbittlich über die gekräuselte Oberfläche verteilten.

»Schnell, schnell!« drängte der maurische Kapitän seine Männer. »Wir haben gerade noch genug Licht, um die Flottille zu erreichen. Die zurückgebliebene Galeere wird sich allein durchschlagen müssen, wir können sie jetzt nicht mehr suchen. Wenigstens befinden wir uns inzwischen in einigermaßen ruhigen Gewässern. Verdammt, als ich die Segel dieser Ungläubigen sah, war ich der Meinung, es seien die des Emirs. Nun haben wir nur Zeit durch sie verloren.«

Rom. Eine Villa an der Via Appia Antica. 5. Juli 1999.

»Es ist einfach nicht zu fassen!« rief Hans Holoff, der vor dem Großmeister saß. »Entweder ist dieser verdammte Gerardo di Valnure ein Computergenie, oder wir machen etwas grundsätzlich falsch. Seit Monaten überwachen wir sämtliche seiner E-Mail-Kontakte und Telefonate, einschließlich der mobilen, aber das sind nur langweilige Gespräche über Restaurierungsfragen. Wir haben massenhaft Aufzeichnungen gemacht, aber alles ist völlig ohne Belang. Inzwischen ist klar, daß sich das, was uns interessiert, nur in seinem Online-Austausch mit dieser Sara Terracini verbergen kann. Aber sie kommunizieren ausschließlich in einem Geheimkode, der einfach nicht zu entschlüsseln ist.«

»Das gibt es doch nicht, daß keiner unserer Fachleute ihn entschlüsseln kann. Was machen die denn? Schlafen die?«

»Es sind die Besten ihres Fachs. Aber sie sagen, das Kryptographiesystem ähnelt dem des Mossad, das noch nie jemand geknackt hat.«

»Habt ihr versucht, die Gespräche dieser Terracini abzuhören?«

»Alle Leitungen ihres Labors sind auf eine Weise gesichert, daß jeder Abhörversuch sofort entdeckt würde. Und wenn sie mit di Valnure in einem undechiffrierbaren Kode kommuniziert, wird sie es ansonsten auch so handhaben.«

»Habt ihr es mit internen Abhörgeräten oder mit Richtmikrofonen versucht?« fragte der Großmeister weiter und zeigte, daß er sich mit Spionagetechniken auskannte.

»Es ist nicht möglich, unbemerkt in das Labor zu gelangen, also können wir auch keine Wanzen anbringen. Und die getönten Fensterscheiben schirmen es gegen Lasermikrofone ab.«

»Dann bleibt uns nichts anderes übrig, als auf die altbewährten Methoden des Beschattens und der ständigen Observierung zurückzugreifen und darauf zu hoffen, daß sie einen Fehler machen.«

Holoff nickte, während der Großmeister anordnete: »Organisiere die ständige Überwachung dieser Sara Terracini – sie darf keine Minute unbeobachtet sein –, und kümmere dich persönlich um Gerardo di Valnure. Wir können nicht riskieren, daß diese beiden Störenfriede alles zunichte machen.«

Rom. 6. Juli 1999.

Oswald Breil wollte Sara nicht in Gefahr bringen. Die beiden Agenten, die ihm von der Botschaft für seinen Rombesuch zur Verfügung gestellt worden waren, kannte er persönlich seit seiner Zeit beim Mossad, aber was sollte er mit dem Geleitschutz aus vier italienischen Polizisten hinter ihm machen?

»Versuch, vor der nächsten roten Ampel ein paar Autos zwischen uns und unsere Eskorte zu bringen«, sagte er zu dem Agenten, der die unauffällige schwarze Botschaftslimousine fuhr.

Der Mann führte den Befehl geschickt aus, und sobald der Wagen hielt, schlüpfte Oswald in gebückter Haltung aus der rechten Tür, nachdem er zuvor seine beiden verblüfften Schutzengel angewiesen hatte: »Ihr macht jetzt eine schöne Besichtigungsfahrt durch die Stadt und führt die Polizisten ein bißchen spazieren. Durch die getönten Scheiben können sie nicht sehen, daß ich nicht mehr drinsitze. Wir treffen uns in genau anderthalb Stunden hier wieder.«

Wenige Minuten später saß er in einem Taxi, das zum EUR-Viertel fuhr.

Der Intercity kam pünktlich in der Stazione Termini an, und Gerardo reihte sich in die Schlange am Taxistand ein und las in einer Zeitung. Selbst wenn er auf der Hut gewesen wäre, wäre ihm der Mann nicht aufgefallen, der ihn aus sicherem Abstand beobachtete.

Sara hatte ihn kaum mit ihrem üblichen Überschwang umarmt, als ein kleiner Mann in ihr Büro trat. Was heißt ›kleiner Mann‹, dachte Gerardo verdutzt, ein *Zwerg*. Er reichte ihm kaum bis zum Gürtel. Wer, zum Teufel ...?

»Darf ich dir meinen Freund Oswald Breil vorstellen, den Stellvertretenden Verteidigungsminister von Israel«, sagte Sara.

»Ah ja, sicher«, stammelte Gerardo. »Ich habe irgendwo einen Artikel über Ihre Ernennung gelesen.« Dann fing er sich wieder. »Es ist mir eine Ehre, Ihre Bekanntschaft zu machen, Herr Vizeminister.«

»Ich habe um ein Treffen mit Ihnen gebeten«, begann Oswald, »weil ich der Überzeugung bin, daß Sie mit Ihren Forschungen in ein höchstgefährliches Wespennest gestochen haben. Will sagen, ich habe stichhaltige Gründe für die Annahme, daß die mittelalterliche Sekte mit dem Symbol des Seemannsknotens bis heute existiert und noch dazu ausgesprochen gut organisiert, weit verzweigt und sehr mächtig ist.«

Hans Holoff war Gerardos Taxi bis zu Saras Labor gefolgt, hatte im Schatten einer großen Pinie geparkt und sich auf ein langes Warten eingestellt. Doch es waren erst wenige Minuten vergangen, da hielt ein zweites Taxi vor dem Gebäude, und ein kleinwüchsiger Mann stieg aus, ein regelrechter Zwerg, der wie der Blitz im Eingang verschwand. Holoff hatte sich zu lange in der Welt der Geheimdienste bewegt, um Oswald Breil nicht zu erkennen. Ein Name, der gleichbedeutend mit Ärger war.

»Es ist spät geworden«, sagte Oswald nach einer Dreiviertelstunde. »Ich habe gleich einen Termin mit meinem italienischen Amtskollegen. Aber von jetzt an müssen wir in engem Kontakt bleiben und dabei die größte Vorsicht walten lassen. Wenn ich mit meinem Verdacht richtig liege, werdet ihr mit Sicherheit überwacht und ich vielleicht auch. Sara, würdest du mir bitte ein Taxi rufen lassen?«

»Wenn es Ihnen nichts ausmacht, Oswald«, sagte Gerardo, »würde ich gern ein Stück mitkommen, um dann ein Taxi zum Bahnhof zu nehmen. Der nächste Zug nach Piacenza geht in etwa einer Stunde, und ich möchte ihn nicht verpassen.«

Das Taxi kam kurz darauf. Als sie einstiegen, näherte sich ihnen ein Jogger in schnellem Lauf auf dem Bürgersteig. Trotz der Hitze trug er einen dicken Trainingsanzug. Die obere Gesichtshälfte war von einem Schweißband und einer dunklen Brille verdeckt, die untere von einem Frotteehandtuch, das im Kragen der Trainingsjacke steckte.

Als er auf gleicher Höhe mit dem Taxi war, schien der Jogger auf dem holprigen Gehsteig zu stolpern und stützte sich am Wagen ab, um nicht zu fallen.

Ohne gleich zu verstehen, um was es sich handelte, sah Gerardo ein kleines Bündel durch das offene Fenster auf Oswalds Beine gleiten, doch das Blut gefror ihm, sobald er bemerkte, daß ein dichter beißender Qualm daraus hervorströmte. Erstarrt beobachtete er, wie Breil mit gleichmütiger Miene die Wagentür genau in dem Moment aufriß, als das Taxi anfuhr, und den Sprengsatz hinauswarf.

Immer noch gleichmütig erklärte Oswald dem Fahrer, wohin er wollte: zu einer Unterführung, die eine Querstraße von der Ampel entfernt lag, an der er aus dem Wagen der Botschaft gestiegen war.

13. KAPITEL

Juni 1313

Die Galeere von Ibn Ben Moustoufi war auf dem Heimweg vom Land der Seldschuken und hatte noch viele Tage auf See vor sich. Voll beladen wie sie war, hatte sie durch ihre verringerte Geschwindigkeit die Verbindung zum Rest der Flottille verloren.

»Treibgut voraus!« schrie auf einmal der Ausguck im Krähennest. »Achtung, es scheint ein Schiffbrüchiger darauf zu sein!«

Ibn Ben Moustoufi gab Befehl, darauf zuzuhalten.

»Es ist ein *ferengi*, Effendi, ein Ungläubiger!« sagte der Kapitän, als sie das Faß erreichten. »Er ist offenbar schon halb tot. Überlassen wir ihn seinem Schicksal.«

Der Kaufmann runzelte die Stirn, und wie im Widerschein eines Blitzes sah er wieder den Christen vor sich, der sich in das sturmgepeitschte Meer gestürzt hatte, um seiner Tochter Shirinaze zu Hilfe zu eilen.

»Willst du etwa zulassen, daß die Möwen einem noch Lebenden die Augen aushacken und ihm das Fleisch von den Knochen reißen, bloß weil er ein Christ ist? Ist das die Barmherzigkeit, die der Koran lehrt? Wir sind alle Kinder des Buches!« rief er empört. »Holt ihn sofort an Bord und tut alles zu seiner Rettung!«

Nach drei Tagen und drei Nächten als Spielball der Wellen war Luigi vollkommen steif, und seine kurzen lichten Augenblicke wechselten sich mit langen Perioden der Bewußtlosigkeit ab. Er hatte sich von dem bißchen Pökelfleisch ernährt, das noch auf dem Grund des Fasses geklebt hatte, und um nicht auszutrocknen die vom Fleisch ausgeschwitzte Flüssigkeit aufgeleckt. Doch diese wenigen Nahrungsreste waren längst verbraucht, und er sah sich dem Tod gegenüber.

Als er irgendwo in der gleißenden Helligkeit, die ihn umgab, das Schwappen von Wellen gegen eine Schiffswand hörte, durchmischt von Rufen in einer fremden Sprache, glaubte er, den letzten Wahnvorstellungen eines Sterbenden verfallen zu sein.

Doch dann wurde er plötzlich von starken Armen gepackt und aus dem Faß gezogen.

Philipp IV., König von Frankreich, hatte den großen Saal des Tempels zu Paris, in dem noch vor wenigen Jahren der Großmeister des Ordens seine Audienzen abgehalten hatte, zum Thronsaal umgewandelt.

Raymond de Ceillac wurde hereingeführt, kniete nieder und beugte den Kopf zum Zeichen der Unterwerfung.

»Welche zwingende Notwendigkeit bringt einen Templer dazu, den König von Frankreich um Gehör zu bitten?« fragte Philipp und bedeutete ihm großmütig, sich zu erheben. Der Verrat eines abtrünnigen Tempelritters an seinem ehemaligen Orden fand sein Wohlgefallen.

»Der Wunsch nach Vergebung und Gerechtigkeit, Euer Majestät«, antwortete de Ceillac heuchlerisch. Natürlich beabsichtigte er nicht, die Existenz der Länder jenseits des Ozeans preiszugeben, zu deren Reichtümern er zurückkehren wollte, sobald er seine Rechnung mit Bertrand und Luigi beglichen hatte. »Ich weiß, wo sich der Verräter versteckt, den Ihr vor allen anderen sucht. Und ich weiß auch, wer sein treuester Vertrauter ist.«

»Sprich! Wer sind diese Personen?«

»Es sind Bertrand de Rochebrune, der, wie Ihr wißt, den Orden des Tempels neu zu formieren sucht, und Luigi aus dem Geschlecht der Valnures, einer Familie zu Piacenza in Italien. Sie halten sich beide in Schottland auf, in Roslin als Gäste des Barons St. Clair.«

»Glaubst du vielleicht, meine Informanten kennen den Aufenthaltsort eines derart gefährlichen Mannes nicht? Ich unterhalte seit einiger Zeit eine rege Korrespondenz mit dem König von England, um ihn davon zu überzeugen, daß die Anwesenheit von Tempelrittern in Schottland auch eine Gefahr für seine erlauchte Person darstellt. Frankreich hat kein Interesse daran, in Schottland einzufallen, nur um einen Verräter aufzuspüren.«

»Nie würde ich die Tüchtigkeit Eurer Spitzel in Zweifel stellen, Euer Majestät. Aber habt Ihr auch das Weitere bedacht? Die Templer könnten einen neuen Zufluchtsort finden, und zwar eben in jenem Piacenza, auf dem Besitz Lorenzo di Valnures, des Vetters von Bertrand und Vaters von Luigi. Sein Sohn hat zwar nicht das Gelübde abgelegt, aber sich die gotteslästerlichen Gebräuche des vom Glauben abgefallenen Ordens ganz und gar zu eigen gemacht.« De Ceillac senkte heimtückisch die Stimme, als sollte niemand sonst von diesem furchtbaren Geheimnis erfahren. »Der Schändliche hat sich mit einer Ungläubigen vereint, einer Maurin, von der es heißt, sie sei eine Tochter des Dämonen Baphomet.«

»Was willst du mir vorschlagen? Daß mein Heer über die Alpen ziehen soll, um sich mit den Savoyern, den Viscontis von Mailand und allen anderen, die ihre Gebiete bedroht sehen würden, anzulegen?« Philipp schüttelte den Kopf. »Nein, kommt nicht in Frage.«

»Ein Heer ist gar nicht nötig, Majestät. Es genügt, mit der gleichen List und Tücke vorzugehen wie Eure Feinde.«

»Was soll das heißen?«

»Eure erhabene Majestät werden überhaupt nicht in diese Angelegenheit verwickelt, aber in Eurer unermeßlichen Großzügigkeit werdet Ihr den zu entlohnen wissen, der sich als Euer treuer Diener erweist.«

»Strapazier nicht meine Geduld! Was willst du?«

»Fünfzig Männer, die einzeln nach Italien reiten und sich unter meinem Befehl in der Nähe von Piacenza versammeln.«

»Und was soll für dich dabei herausspringen?«

»Eure großherzige Vergebung, Majestät«, antwortete de Ceillac und beugte wieder das Knie. »Und daß Ihr Euer königliches Wort dafür einsetzt, daß mir die Grafschaft der schändlichen Sippe der Valnures übergeben wird, nachdem ich sie vernichtet habe.«

Palermo. 7. Juli 1999.

Das »Festa Italiana« an Bord der *Queen of Atlantis* war ein voller Erfolg, wenn auch für manchen Geschmack etwas zu folkloristisch. Auf der Bühne spielte das Orchester sizilianische Weisen, und alle Restaurants und die einundzwanzig Bars servierten Pizza und Spaghetti, letztere natürlich verkocht. Die Stimmung war ausgelassen und fröhlich.

Es gab jedoch mindestens zwei Personen an Bord, die sich nicht amüsierten. Kapitän Di Bono fühlte sich seinen italienischen Wurzeln zu sehr verbunden, um darüber hinwegsehen zu können, daß sein Herkunftsland auf ein Klischee aus Volksliedern und pampigen Nudeln reduziert wurde.

Die zweite Person, Lionel Goose, hatte schwerwiegendere Gründe dafür, daß er sich nicht an dem Fest erfreuen konnte, und die Beklemmungen und Sorgen, die ihn belasteten, verschärften sich noch durch seine Entscheidung, seiner Frau nichts davon zu erzählen.

Bei der Röntgenuntersuchung des Schiffsarztes war eine leichte Lungeninfektion festgestellt worden, was an sich nicht viel bedeutete, aber Lionel war überzeugt, daß es sich um ein neues Symptom seiner Krankheit handelte. An der Reling stehend, betrachtete er ausgiebig das wunderbare

Bild, das die Lichter des Hafens und der Stadt boten. Er hatte beschlossen, nicht mehr an seine Krankheit zu denken und die Kreuzfahrt zu genießen, und daran wollte er sich nun auch halten.

Lächelnd wandte er sich Lisa zu, trällerte ohne Worte die beliebte Arie aus der *Cavalleria Rusticana* mit, von der das Orchester gerade eine schamlose Schlagerversion zum besten gab, und forderte seine Frau zum Tanz auf.

Mittelmeer. Juni 1313.

Luigi lag nun schon seit neun Tagen auf dem Lager, das der Kapitän ihm auf Befehl des Emirs zugewiesen hatte. Sein Zustand besserte sich allmählich, aber die Befürchtungen hinsichtlich seines Schicksals bedrückten ihn. Er wußte, daß er sich auf einem Sarazenenschiff befand und mit höchster Wahrscheinlichkeit im nächsten Hafen in Ketten gelegt und zum örtlichen Sklavenmarkt geschleppt werden würde.

Er war noch sehr schwach und fiel immer wieder in einen tiefen, von Alpträumen geplagten Schlaf, aus dem ihn eines Tages zwei Hände rissen, die ihn an den Schultern packten und ihn schüttelten.

Als er die Augen aufschlug, sah er das bärtige Gesicht des Emirs vor sich.

»Sag den Namen noch einmal! Wiederhol mir diesen Namen!« forderte er in einem mühsamen Französisch.

»Was für einen Namen?« fragte er benommen.

»Du hast ›Shirinaze‹ gerufen, den Namen meiner Tochter, die ich vor vielen Jahren bei einem Schiffsunglück verlor und die sicher tot ist, denn wenn sie noch lebte, hätte sie einen Weg gefunden, mich zu benachrichtigen.«

Bestürzt sah Luigi, wie sich die Augen des Emirs mit Tränen füllten. Es war doch wohl kaum möglich, daß seine Shirinaze ...

»Ich muß dir etwas erzählen, Ibn Ben Moustoufi«, sagte er schließlich und richtete sich auf dem Lager auf. »Eine lange und außergewöhnliche Geschichte.«

Er berichtete, was er über die Rettung Shirinazes durch Bertrand vor einundzwanzig Jahren wußte, und gestand dem verblüfften Emir, daß er ihr in Liebe verbunden war, daß sie beide viel hatten leiden müssen und sich beinahe für immer verloren hätten. Zum Schluß erzählte er ihm von dem kleinen Lorenzo.

Ibn Ben Moustoufi hörte ihm gebannt zu und trank jede Einzelheit von seinen Lippen. Bei der Beschreibung seines Enkels jedoch, seines Nachfahren, in dem er weiterleben würde, konnte er nicht mehr an sich halten und fiel Luigi schluchzend um den Hals.

»Allah ist groß!« rief er unter Tränen, richtete den Blick zum Himmel und fügte mit inbrünstiger Feierlichkeit hinzu: »In dem Meer, in dem ich einst meine Tochter für immer verloren glaubte, hast du, der Gütige, der Barmherzige, mich heute das Licht des Lebens wiederfinden lassen. Ich danke dir, o mein Gott.«

»Wenn deine Tochter dir in all diesen Jahren keine Nachricht hat zukommen lassen«, erklärte Luigi weiter, »so liegt es daran, daß sie durch das schwere Fieber, das sie nach dem Schiffbruch befiel, ihr Gedächtnis fast vollständig verlor.«

»Wir sind bald am Ziel unserer Reise angelangt, Vater meines Enkels. Wir werden uns dort so lange aufhalten, wie es nötig ist, die Waren zu entladen, neue Vorräte aufzunehmen und einige Männer zum Geleit einzuschiffen. Danach werden wir uns sogleich in dein Land aufmachen.

Allah«, rief er erneut, kniete nieder und schlug sich an die Brust, »viele Wohltaten hast du mir schon erwiesen, doch nun bitte ich dich noch um die Gnade, Shirinaze und meinen Enkel in die Arme schließen zu dürfen.«

New York. 10. Juli 1999.

Maggie mußte sich mit den Vorbereitungen beeilen. In weniger als einer Woche würden sie nach Italien fliegen und nach einem kurzen Aufenthalt in Venedig das Kreuzfahrtschiff besteigen.

Alle Voraussetzungen, um die Beziehung zu ihrem Mann wieder ins Lot zu bringen, waren vorhanden, aber trotz Timothys fortgesetzter Freundlichkeit konnte sie seine grausame Reaktion auf ihren Kinderwunsch nicht vergessen.

»Wenn wir in Italien sind, muß ich einen kurzen Aufenthalt in Rom einlegen, ehe ich nach Venedig weiterfliege«, teilte Timothy ihr mit. »Ich habe ein Treffen mit der Leitung der italienischen Antiterror-Abteilung. Es ist nur eine kurze Besprechung, aber ich werde einen Anschlußflug später nehmen müssen als ihr. Wir treffen uns dann im Hotel Danieli.«

Das fängt ja gut an, dachte Maggie bitter, beschränkte sich aber auf ein Nicken.

Pat Silver trat mit einem breiten Grinsen im Gesicht in Derricks Büro, der ihm bedeutete, sich zu setzen, während er ein Telefonat beendete.

»Ich muß dich wegen meines Mißtrauens um Verzeihung bitten«, sagte er, als er aufgelegt hatte. »Dieser Lottoschein war tatsächlich echt und gültig. Übermorgen wird die US Gambling & Lotteries die Gewinnsumme auf das Konto meiner Kanzlei überweisen. Du mußt mir nur noch sagen, an welches Konto ich sie weiterleiten soll.«

»Hab' ich alles hier aufgeschrieben«, antwortete Pat und schob ihm einen Zettel mit den Angaben eines Nummernkontos bei einer Bank in Innsbruck zu. »Denk bitte daran, dein Honorar abzuziehen.«

»Vergiß es, diesen Gefallen habe ich dir aus Freundschaft

getan. Sag mir lieber, ob du bereit bist, deine erste Reise als Dagobert Duck anzutreten.«

»Na klar – die erste von vielen, wie ich hoffe.«

Rom. 10. Juli 1999.

Toni Marradesi schlug fast Saras Tür ein und platzte in ihr Büro, ohne eine Antwort auf sein Klopfen abzuwarten.

»Ich bin stets entzückt, dich zu sehen, Toni«, empfing ihn seine Chefin ironisch. »Das nächste Mal kannst du ruhig gleich mit der Tür ins Haus fallen, statt Zeit mit Anklopfen zu verschwenden. Ich vermute, du hast mir etwas Wichtiges zu sagen.«

»Sieh dir das an!« sprudelte er hervor und reichte ihr ein ziemlich alt aussehendes Buch. »Aber vorsichtig, es gibt nur noch wenige Exemplare davon.«

»Ich habe eine gewisse Erfahrung im Umgang mit Antiquitäten, weißt du?«

»Natürlich, entschuldige. Ich bin nur so aufgeregt. Jedenfalls ist die Antiquität in deiner Hand die Privatveröffentlichung eines Autors, der es vorgezogen hat, anonym zu bleiben. Ein mysteriöser Experte für Geheimsekten. Der Titel ist *Secret Societies of the Middle Ages*, veröffentlicht 1846. Lies die Stelle, die ich mit dem Lesezeichen markiert habe.«

Sara schlug das Buch an der bezeichneten Seite auf und las: »*Mit einiger Sicherheit fanden sich die der Gefangennahme entkommenden Templer in geheimen Sekten zusammen, deren vordringlichstes Ziel darin bestand, die Mächte zu stürzen, die sie verfolgt und den Orden der Armen Ritter Christi und des Tempels von Jerusalem vernichtet hatten. Man kann davon ausgehen, daß einige dieser Geheimsekten auch heute noch existieren und aktiv sind.*«

»Nicht schlecht«, sagte sie. »Dein anonymer Autor bestätigt also unsere These. Aber was soll dieses scheinheilige Grinsen? Du hast doch noch mehr in petto, richtig?«

»Ich habe mich weiter über das Turiner Grabtuch informiert und mir dabei eine bestimmte Theorie zurechtgelegt. Vor allem habe ich mir den Abdruck darauf noch einmal gründlich angeschaut und bin zu dem Schluß gelangt, daß der auf dem Stoff abgebildete Körper nicht auf einer steinernen Grabbank gebettet gewesen sein kann, sondern auf einer weichen Unterlage mit Polstern oder Kissen im Rücken gelegen hat. Wenn er auf einer harten Oberfläche ausgestreckt gewesen wäre, hätten die Arme nicht diese Position einnehmen können; dann würden sie auf dem Abdruck viel höher am Becken enden. Und von der Rückseite des Mannes hätten sich nur die Auflageflächen wie Schultern und Gesäß abgedrückt und nicht der gesamte Rumpf. Außerdem, wenn der Kopf auf einem flachen Stein gelegen hätte, wären die Haare eher nach hinten gefallen und würden nicht das Gesicht umrahmen wie auf dem Grabtuch. Das tun sie nur dann, wenn die Person auf ein Kissen gebettet ist. Soll ich dir nun noch sagen, warum der Körper auf Kissen gebettet wurde? Weil es der von Jacques de Molay war, gemartert von der Inquisition, aber noch lebendig.«

Sara hörte ihm aufmerksam zu. Sie wußte, wie sehr es ihrem Mitarbeiter widerstrebte, Spekulationen zu äußern, wenn er sich seiner Sache nicht ganz sicher war.

»Was meine These unterstützt«, berichtete Toni atemlos weiter, »ist die Tatsache, daß die Kirche das Tuch nie als heilige Reliquie anerkennen wollte. Es existieren Briefe von hochgestellten Prälaten an Papst Clemens VII., in denen man unter anderem lesen kann: ›*Nicht genug kann ich meinem Bedauern über den beklagenswerten Skandal dieses Grabtuchs Ausdruck verleihen, das ein Produkt der menschlichen Erfindungsgabe und kein göttliches Wunder ist.*‹ Das hat ein Bischof namens d'Arcis am Ende des 14. Jahrhunderts geschrieben. Jedenfalls wurde das Grabtuch erst in neuerer Zeit zu einer christlichen Reliquie, und zwar ohne den offiziellen Segen der Kirche. Soll ich dir noch mal sagen, was ich über die rote Kordel denke, die in der Guarinikapelle gefunden wurde, als das Feuer das Reliquiar des Grabtuchs bedrohte?«

Sara nickte, und Toni fuhr fort: »Ich bin immer mehr der Überzeugung, daß dieser seltsame Brand ein Zeichen für die Mitglieder der Sekte sein sollte.«

»Wo ist deine vorsichtige Zurückhaltung geblieben, die du ansonsten an den Tag legst, Toni?« erwiderte Sara. »Wir haben doch schon über diese Theorie diskutiert und sind zu dem Schluß gekommen, daß wir alle einen ziemlichen Bammel haben müßten, wäre da etwas dran. Mir scheint, du hast dir da ein bißchen viel über geheime Machenschaften und Verschwörungen zusammengereimt.« Sie stand vom Schreibtisch auf und ging zu den Fenstern mit den getönten Scheiben. Vor dem Eingang des Gebäudes besserten einige Arbeiter den Bürgersteig aus.

Sie beseitigten die Schäden, die bei dem fehlgeschlagenen angeblichen Mafiaattentat entstanden waren. Die Zeitungen hatten davon berichtet, aber sie kannte die Wahrheit natürlich längst von Oswald.

Was sie nicht sah, war das Auto mit den beiden israelischen Agenten, die sie auf Oswalds Befehl hin Tag und Nacht im Auge behalten sollten.

Juli 1313.

Luigi war vollkommen wiederhergestellt, wenn ihn auch die endlosen Fahrten über das Meer zusehends erschöpften. Doch die Aussicht, in wenigen Tagen seine Lieben wieder an sein Herz drücken zu können, tröstete ihn und gab ihm neue Kraft.

Der Emir wurde nicht müde, ihn von Shirinaze und Lorenzo erzählen zu lassen und ihm zuzuhören, und er brach immer wieder in rauhe Freudenrufe aus, bei denen er die Hände wie ein glückliches Kind zusammenschlug, wenn Luigi ihm von dem zärtlichen Band zwischen Mutter und Sohn erzählte.

Das Schiff hatte die Küsten Siziliens hinter sich gelassen und fuhr nun die italienische Halbinsel hinauf.

Ehe er von Bord ging, legte der Emir seine reichgeschmückten Maurengewänder ab und verkleidete sich als christlicher Kaufmann von der Levante, und die sieben Männer, die sie nach Piacenza eskortieren sollten, taten es ihm gleich.

Für die Christenheit war Ibn Ben Moustoufi ein Feind, und er wußte, daß er sich auf gefährlichem Terrain bewegte. Doch der Wunsch, seine Tochter wiederzusehen und sein Enkelkind kennenzulernen, vertrieb jede Furcht und ließ ihn nicht zögern, die Höhle des Löwen aufzusuchen.

Raymond de Ceillac hatte jeden der fünfzig Männer, die ihm der König zur Verfügung gestellt hatte, einzeln begutachtet und dann befohlen, Paris in Grüppchen von zwei, höchstens drei Reitern zu verlassen und sich in einem Waldstück in der Nähe der Burg Valnure wieder zusammenzufinden.

Erst zu diesem Zeitpunkt würde er sie mit dem gerissenen Plan vertraut machen, den er sich ausgedacht hatte. Es war nicht daran zu denken, die Burg zu belagern, denn um diese Mauern zu überwinden, hätte man mindestens dreitausend Mann und ein paar Jahre gebraucht. Also mußte man mit List vorgehen.

Als sie schließlich alle wieder versammelt waren, erhob er die Stimme und erklärte: »Ich werde mir die Zuneigung zunutze machen, die Lorenzo mit seinem Vetter Bertrand de Rochebrune verbindet, um mir mit dreien von euch Einlaß in die Burg zu verschaffen. Wir werden einfach behaupten, Nachricht von ihm zu bringen. Wenn ich dann den Grafen vergiftet habe, werden wir in der Nacht die Wachen an der Zugbrücke überwältigen und euch andere einlassen, so daß wir gemeinsam die Soldaten überraschen können.«

Einige Stunden darauf spielte Graf Lorenzo in der Burg gerade fröhlich mit seinem Enkel, als eine der Wachen eintrat. »Ein Mann wünscht Euch zu sprechen, Herr!«

»Sag ihm, daß ich nur vormittags Audienzen gewähre«, erwiderte der Graf, der weiter mit dem Knaben spielte und so tat, als wäre er durch einen Hieb mit dessen Holzschwert schwer verwundet.

»Ich bitte um Verzeihung, Herr, aber er behauptet, er komme im Namen Eures Vetters Bertrand.«

»Warum hast du das nicht gleich gesagt? Bring ihn herein! – Entschuldige, Lorenzo, aber dein Großvater muß sich jetzt um etwas Wichtiges kümmern.«

Der Graf empfing den Fremden wie einen Freund, und nachdem er ihn eine Weile hatte reden lassen, war er überzeugt, daß dieser Mann viel über Bertrand wußte, zumal er auch das seltsame ferne Land kannte, von dem ihm Luigi und Shirinaze soviel erzählt hatten.

Während sie miteinander sprachen, zog er scheinbar zerstreut eine rote Kordel mit einem Schmuckfaden aus Dukatengold aus seinem Gürtel. Es schien, als spielte er nur damit, doch in Wirklichkeit knüpften seine Finger einen bestimmten Knoten. Wenn der Fremde Bertrand so gut kannte, wie er sagte, mußte er wissen, um was es sich handelte.

Doch sein Gast zeigte keinerlei Reaktion, noch nicht einmal, als der Graf die geknotete Kordel vor ihn hinlegte. Das Erkennungsritual unter den Brüdern sah vor, daß er eine gleiche Kordel hervorholte und sie durch den gleichen Knoten mit Lorenzos verband.

Nach allem, was er mir erzählt hat, überlegte der alte Graf verwundert, ist dieser Mann zweifellos ein Templer. Aber offenbar hat er sich dem neuen Orden noch nicht angeschlossen.

Es war daher ratsam, vorsichtig zu sein und lieber nicht zu erwähnen, daß sich Shirinaze und der Kleine in der Burg aufhielten und sie jeden Tag mit Luigis Rückkehr rechneten.

»Ihr werdet müde sein, Ritter«, beendete er das Gespräch. »Ich habe Euch ein Zimmer herrichten lassen, und Eure Männer können in den Ställen Unterkunft finden. Ruht Euch ein paar Stunden aus, und bei Sonnenuntergang werden wir gemeinsam zu Abend speisen.«

Raymond de Ceillac kehrte jedoch schon geraume Zeit früher in den Burgsaal zurück. Nachdem er sich gründlich davon überzeugt hatte, daß dieser verlassen war, schlich er zu dem großen Eßtisch, auf dem bereits einige Zinnkrüge standen, griff nach dem mit dem Wein und schüttete einen tödlichen, von einem Alchimisten erworbenen Trank hinein. Dann stellte er ihn wieder genau dort ab, wo er ihn vorgefunden hatte, und schritt mit unschuldiger Miene im Saal umher, wobei er großes Interesse für die Jagdtrophäen an den Wänden vorgab.

Als sich Lorenzo di Valnure wenig später zu ihm gesellte, rief er nach einem kurzen artigen Wortwechsel mit geheuchelter Herzlichkeit: »Wir sollten nun auf Euren Vetter, meinen verehrten Meister Bertrand de Rochebrune, trinken!«

»So sei es!« pflichtete Lorenzo ihm bei, nahm den Krug mit dem guten Roten von seinen Ländereien, füllte zwei Kelche und führte einen davon an den Mund.

In diesem Moment öffnete sich eine Tür, und Shirinaze starrte ungläubig auf den Mann, der dort mit ihrem Schwiegervater trank. Dann stieß sie einen lauten Schrei aus.

Lorenzo di Valnure stand wie versteinert da, mit dem Kelch in der Rechten und einem fragenden Ausdruck im Gesicht. Doch der Verräter hatte schon ein Stilett aus dem Gürtel gezogen und stürzte sich auf ihn. Die Klinge bohrte sich in Lorenzos Seite, und er brach zusammen, während Shirinaze eines der Schwerter von der Wand riß.

De Ceillac wich einem ersten Hieb aus, worauf sie die schwere Waffe mit Mühe zu einem zweiten Schlag hob, aber ihr Feind bewegte sich schnell und tödlich wie eine Viper. Das Stilett blitzte auf und drang bis zum Heft in ihren Brustkorb. Mit letzter Kraft führte Shirinaze gleichzeitig ihren Hieb, dann wurde alles dunkel um sie, und sie sank zu Boden.

Es dämmerte bereits, aber Luigi und Ibn Ben Moustoufi beschlossen weiterzureiten, da die Burg nur noch wenige Meilen entfernt lag.

Endlich ragte der Turm über den Bäumen auf, und Luigi machte seinen bewegten Schwiegervater, der die totgeglaubte Tochter bald an seine Brust würde drücken können, darauf aufmerksam. Sie spornten die Pferde zum Galopp an, bebend vor Verlangen, die Burg zu erreichen.

Die Verzweiflungsschreie aus den Wohnräumen drangen an ihre Ohren, als sie nur noch wenige Schritte von der Zugbrücke entfernt waren. Luigi stürmte auf seinem Pferd darüber hinweg, sprang aus dem Sattel und rannte die Treppe hinauf, die in die Burg führte. Ibn Ben Moustoufi trat kurz nach ihm keuchend in den Saal und fand ihn kniend neben der sterbenden Shirinaze wieder.

»Ich muß gehen, mein Liebster«, sagte die Unglückliche mit schwacher Stimme. »Versprich mir, dich gut um unseren Sohn zu kümmern.«

»Bleib bei uns, Shirinaze!« rief Luigi außer sich, die Augen voller Tränen. »Sieh, wen ich für dich mitgebracht habe!«

Ibn Ben Moustoufi beugte sich über die Tochter, die er liebte wie sein eigenes Leben und die ihm das grausame Schicksal zum zweitenmal rauben wollte, diesmal unwiederbringlich. Mit aller Zärtlichkeit seines gramerfüllten Herzens streichelte er ihr Gesicht.

Shirinazes Blick richtete sich auf ihn, langsam und verschleiert, erhellte sich dann jedoch mit dieser letzten Klarheit, die dem Tod vorausgeht. Ein Lichtstrahl schien in die dunkelsten Winkel ihrer Erinnerung zu dringen.

»Vater! Mein Vater!«

Ibn Ben Moustoufi schluchzte auf und führte ihre Hand an seine Wange, als wollte er sie festhalten.

»Wie geht es Graf Lorenzo?« brachte die Sterbende noch hervor.

»Er ist schwer verwundet, aber seine Diener werden ihn gesund pflegen«, antwortete Luigi. »Sorge dich nicht, Liebste. Er hat es dir zu verdanken, daß er noch lebt.«

»Er ist sehr gut zu uns gewesen.« Plötzlich füllten sich ihre Augen mit neuem Schrecken. »Und ... de Ceillac?«

Entsetzt sah Luigi zum erstenmal den Körper genauer an, der neben ihnen auf dem Boden lag. Er hatte ihn nicht wiedererkannt. Der Kopf war in zwei fast gleiche Hälften gespalten, das Gesicht unter Blutströmen verborgen.

»Er ist tot«, murmelte er.

»Ich verfluche ihn«, sagte Shirinaze mit einem letzten Aufbäumen. »Ich verfluche ihn für all das Böse, das er uns angetan hat. Umarme Bertrand noch einmal für mich, mein Liebster, denn ihm verdanke ich die wunderbaren Jahre mit dir. Verflucht seien alle, die die Ideale der Tempelritter in den Schmutz gezogen haben. Ich flehe dich an, Luigi, sei wachsam und mutig und verhindere, daß andere sich den Namen der Templer aneignen und ihn für ihre hinterhältigen Ziele mißbrauchen. Gib unserem Sohn einen letzten Kuß von seiner Mutter. Gott sei mir gnädig«, flüsterte sie mit kaum noch hörbarer Stimme und schloß für immer die Augen.

New York. 13. Juli 1999.

Maggie Elliot glaubte zuerst, daß es die Aufregung über ihre morgige Abreise war, die sie nicht einschlafen ließ, aber dann erkannte sie, daß sich eine ihrer Ahnungen ankündigte.

Sie sah eine Frau, die im Sterben lag. Eine dunkelhäutige Frau wie sie, mit einem sanften jugendlichen Gesicht, das jedoch von tiefem Schmerz gezeichnet war. Sie starb in den Armen zweier Männer, in einem großen Raum mit grob verputzten Wänden, der von Fackeln und Leuchtern erhellt wurde. Ihre letzten Worte ließen Maggie erschauern: »*Verhindere, daß andere sich den Namen der Templer aneignen und ihn für ihre hinterhältigen Ziele mißbrauchen.*«

Pat Silver war in Höchstform und schob mit athletisch federndem Schritt seinen Gepäckwagen in die Abflughalle des J.F. Kennedy Airports. Unter den Passagieren nach Rom entdeckte er sofort Derricks Gesicht, und die beiden Freunde fielen sich ausgelassen in die Arme.

Nach dem Check-in begaben sie sich in den Wartebereich für die Reisenden Erster Klasse.

»Zwanzig Jahre sind vergangen«, bemerkte Pat mit fast träumerischem Blick. »Wie die Zeit vergeht. Aber jetzt sitzen wir beide wieder zusammen und warten auf Annie und unsere schwarze Venus. Fehlten nur noch ein dreibeiniger Tisch und ein elektrischer Kompressor, und wir könnten wieder eine spiritistische Sitzung abhalten.«

»O nein, danke. Einmal war mehr als genug.«

Durch die Schiebetür kam Maggie herein, in einer leichten, bequemen Hose und einer weißen Bluse, die ihre bernsteinfarbene Haut bestens zur Geltung brachte.

Neben ihr schritt Timothy in fast militärischer Haltung, ganz der disziplinierte FBI-Agent. Als er Derrick und Pat sah, hob er die Hand zum Gruß und lenkte seine Schritte in ihre Richtung.

Pat streifte Maggies Wangen mit einem Kuß und sog ihren frischen Duft ein.

Kurz darauf stieß auch Annie Ferguson zu ihnen. Sie war zwar nie eine große Schönheit gewesen, hatte aber zur Universitätszeit einigen Erfolg beim anderen Geschlecht gehabt. Nun trug sie eine große, unvorteilhafte Brille und war nicht besonders schick gekleidet, was jedoch durch ihre immer noch schönen blauen Augen wettgemacht wurde, die vor Fröhlichkeit zu funkeln schienen. Auf Derricks Vorschlag hatte sie mit ihrer alten Begeisterungsfähigkeit reagiert, glücklich, ihre alten Freunde wiedersehen und einmal Ferien von ihrem Laboralltag machen zu können.

Das Flugzeug startete pünktlich, und Maggie, die müde war von ihrer schlaflosen Nacht, brachte ihren bequemen Liegesitz der Ersten Klasse gleich in die entsprechende Position und fiel in einen tiefen Schlaf.

Burg Valnure. September 1313.

Lorenzo di Valnure starb zwei Wochen nach Shirinaze. Gemäß dem Erbfolgerecht fielen Burg und Ländereien an seinen erstgeborenen Sohn Alessandro, weshalb Luigi beschloss, diesen Ort zu verlassen, der für ihn nur traurige Erinnerungen an Tod und Verlust bereithielt.

In den schweren Tagen, als er, schon niedergedrückt vom Schmerz über Shirinazes Tod, seinem sterbenden Vater beigestanden hatte, war Ibn Ben Moustoufis Gegenwart ein Segen für ihn gewesen. Der in die Jahre gekommene Emir hatte sich mit liebevoller Aufmerksamkeit um ihn gekümmert und sogar das Herz des kleinen Lorenzo erobert.

Eine Woche vor dem beschlossenen Tag ihrer Abreise bat er Luigi um ein Gespräch.

»Ich möchte dich bitten, mir Lorenzo anzuvertrauen«, sagte er zu seinem Schwiegersohn, der ihn zuerst völlig verwirrt anstarrte, dann aber seinen klugen Worten Gehör schenkte. »Soll dein Sohn etwa auf ständigen Fahrten und Wanderungen, zwischen halsbrecherischen Fluchten und tödlichen Gefahren aufwachsen? Denk daran, daß du der Vertraute von Bertrand de Rochebrune bist, des meistgesuchten Mannes Frankreichs. Und nach Lage der Dinge werden die Engländer früher oder später in Schottland einfallen. Willst du, daß das unschuldige mutterlose Kind unter den Wechselfällen deines unruhigen Lebens zu leiden hat?« schloß Ibn Ben Moustoufi seine Ansprache.

»Ich möchte aber, daß mein Sohn als Christ aufwächst«, murmelte Luigi.

»Für einen Gott, der sich von meinem nur durch den Namen unterscheidet, würdest du das Leben deines Kindes opfern? Juden, Christen, Muselmanen – wir sind alle Kinder des Buches, das ihr die Bibel nennt, Nachkommen von Abraham oder Ibrahim. Gott ist groß, und es gibt nur einen Gott. Nein, Luigi, ich bin der einzige, der sich wirklich um Lorenzo kümmern und ihm das sorglose, behütete Leben bieten kann, auf das er durch seine Unschuld ein Anrecht hat. Ich bin mein ganzes Leben lang gereist, und jetzt bin ich müde. Wir könnten uns jedoch von Zeit zu Zeit hier in der Burg treffen, und du würdest deinen Sohn wahrscheinlich öfter sehen, als wenn du ihn mit dir nach Schottland nähmest. Außerdem steht mein Haus immer für dich offen, das brauche ich dir nicht zu sagen.«

Luigi schwieg, aber er wußte im Grunde seines Herzens, daß der weise Emir recht hatte.

Italien. 14. Juli 1999.

»Die zehn Sprengköpfe werden uns zum festgesetzten Zeitpunkt übergeben«, bestätigte Hans Holoff dem versammelten Rat in der Villa an der Via Appia.

»Sehr gut. Alles läuft also wie geplant«, sagte der Großmeister. »Du wirst dich morgen nachmittag wie ein x-beliebiger Kreuzfahrtteilnehmer auf der *Queen of Atlantis* einschiffen. Gemeinsam mit den Brüdern, die auf dem Schiff zu dir stoßen werden, wirst du die Lieferung überwachen und dafür sorgen, daß der unbequeme Zeuge eliminiert wird – du weißt, wen ich meine.« An den Rat gewandt, fuhr er fort: »Jeder von euch hat eine genau festgelegte Aufgabe und viele Mitbrüder zu leiten und zu befehligen. Der Moment ist gekommen.«

Das Hotel Danieli, nur wenige Schritte vom Markusplatz entfernt gelegen, befindet sich in einem Palazzo, der Ende des 14. Jahrhunderts von einer mächtigen venezianischen Familie erbaut wurde. Später machte ihn ein Dogengeschlecht zu seinem Stammsitz, und noch später wurde er zu einer der bekanntesten und stimmungsvollsten Nobelherbergen der Welt, in deren neun Suiten und über zweihundert Zimmern schon viele berühmte Liebespaare genächtigt haben: George Sand und Alfred de Musset, Gabriele d'Annunzio und Eleonora Duse ...

Maggie stieg mit den anderen aus einem Motorboot, das vor dem kleinen Seiteneingang angelegt hatte. Es störte sie keineswegs, daß Timothy erst am späten Abend nachkommen würde, denn so konnte sie mit ihren Freunden in Ruhe zu Abend essen und in glücklichen Erinnerungen schwelgen; da wäre er nur das fünfte Rad am Wagen gewesen.

Sie freute sich darauf, wieder einmal ausgiebig mit ihnen zu plaudern und zu erfahren, wie es ihnen in der letzten Zeit ergangen war. Aus dem wenigen, das sie ihr bisher erzählt hatten, konnte sie schließen, daß es allen recht gut ging, aber sie wollte noch mehr erfahren. Von Derrick wußte sie natürlich am meisten, von den anderen dagegen fast nichts. Annie leitete eines der fortschrittlichsten virologischen Forschungslabore der USA, doch was Pat genau trieb, war ihr, wie schon so häufig zuvor, schleierhaft; sie hatte bloß feststellen können, daß er sich kaum verändert hatte und höchstens noch attraktiver geworden war.

Sie öffnete ihren Koffer, den der Page auf das dafür vorgesehene Gestell abgelegt hatte, und wählte sorgfältig ein Kleid für den Abend aus. Kichernd fragte sie sich, ob sie sich nach all den Jahren wieder einmal für den unerreichbaren Pat schön machen wollte.

Derrick kam als erster in die Lobby und bestaunte mit offenem Mund die Innenarchitektur des alten Palazzos, die wertvolle Einrichtung und den prunkvollen Treppenaufgang.

Als das Quartett versammelt war, traten sie hinaus auf die Uferpromenade, wo sich die wimmelnde Schar der Touristen vom Sonnenuntergang bezaubern ließ. Vor dem Hintergrund von San Giorgio und der Giudecca zogen tutende Vaporetti und feierliche Gondeln vorbei. Derrick nahm Maggies Arm, und Pat hängte sich bei Annie ein. Harry's Bar, wo sie einen Tisch fürs Abendessen reserviert hatten, war nicht weit entfernt, aber die vielen Ablenkungen und Wunder Venedigs, bei denen haltgemacht werden mußte, zogen den Spaziergang in die Länge.

Als sie spätabends wieder ins Hotel zurückkehrten, war Maggie beinahe erleichtert über die Nachricht, die man ihr an der Rezeption ausgehändigt hatte. Timothy war in Rom aufgehalten worden und würde erst am nächsten Morgen eintreffen.

Pat ging sofort zu Bett, mußte aber bald feststellen, daß er nicht einschlafen konnte. Liegt wohl am Jetlag, redete er sich ein, während er sich unruhig hin und her wälzte und die schöne Maggie, ihr Lächeln und ihre seidige Haut nicht aus dem Kopf bekam.

Tel Aviv. 15. Juli 1999.

Wenn Erma, der Leiter des Mossad, ihn zu sich in sein Büro bat, bedeutete das, daß er wichtige und höchst vertrauliche Neuigkeiten hatte. Für die Männer und Frauen des »Instituts« war kein Ort sicher, mit Ausnahme der gegen die Außenwelt abgeschirmten Räumen des Mossad-Hauptquartiers.

Nachdem er drei Identifikationsschranken und diverse Sicherheitskontrollen hinter sich gebracht hatte, fuhr Oswald Breil mit dem Aufzug in die oberste Etage des Gebäudes. Erma erwartete ihn in jenem Raum, der bis vor kurzem noch Oswalds eigenes Büro gewesen war.

Sie begrüßten sich freundschaftlich, dann rückte der neue Chef des Mossad gleich mit den Neuigkeiten heraus.

»Wir haben ihn gefunden, Oswald«, sagte er mit zufriedener Miene. »Die italienischen Kollegen haben uns wissen lassen, daß sich Holoff in den vergangenen Tagen in Rom aufgehalten hat, und heute morgen haben wir von seiner Landung auf dem Marco-Polo-Flughafen von Venedig erfahren. Unsere Leute beschatten ihn und warten auf weitere Anweisungen.«

»Versuchen wir herauszufinden, was ihn nach Venedig führt, und lassen wir ihn nicht aus den Augen – keine Sekunde!« antwortete Oswald, nachdem er Erma beglückwünscht hatte. »Wenn wir erfahren haben, was wir wissen wollen, sollten wir ihn uns unauffällig schnappen und herbringen. Haben Sie seine Akte?«

»Sicher, ich habe sie genau studiert. Holoff scheint leider noch gefährlicher zu sein, als ich dachte.«

Oswald nickte und gab ihm mit einem Handzeichen zu verstehen, daß er fortfahren konnte.

»Am besten fange ich bei einem relativ kurz zurückliegenden Ereignis an«, begann Erma, »genauer gesagt im Mai '98, als Alois Estermann, der gerade zum Kommandanten der Schweizer Garde des Vatikans ernannt worden war, zusammen mit seiner Frau ermordet wurde. Wie Sie sich bestimmt erinnern, wurde bei den Leichen des Ehepaares noch eine dritte gefunden, nämlich die von Cedric Tornay, eines Gefreiten der päpstlichen Garde, dem der Doppelmord zur Last gelegt wurde; nach der Tat hatte er angeblich Selbstmord begangen. Aber die Untersuchungsergebnisse der Vatikanbehörden haben damals niemanden überzeugt, vor allem uns nicht.«

»Ich erinnere mich gut«, bemerkte Breil. »Es gab eine Menge Widersprüche in der offiziellen Rekonstruktion des Tathergangs.«

»Genau. Die Leiche des Gefreiten Tornay, der als ein aufrichtiger und psychisch stabiler junger Mann beschrieben wurde, lag bäuchlings auf seinem gekrümmten Arm, der noch die Dienstwaffe hielt, eine SIG Sauer Kaliber neun. Aber es ist recht unwahrscheinlich, daß jemand, der sich mit einer Armeewaffe in den Mund schießt, nach vorn fällt, statt durch die Stoßkraft des Projektils nach hinten zu kippen. Außerdem hätte der Schießarm durch den Rückstoß zur Seite geschleudert werden müssen, statt unter dem Körper zum Liegen zu kommen. Dann ist da noch das Rätsel des fehlenden Schusses – es wurden fünf Patronenhülsen am Tatort gefunden, aber nur vier abgefeuerte Kugeln. Einige gehen von der Anwesenheit eines vierten Mannes aus, eines eiskalten Berufskillers, der zuerst das Ehepaar erschoß und dann den Selbstmord des Gardisten inszenierte, damit es so aussah, als wäre er nach einem Streit mit seinem Vorgesetzten Amok gelaufen und ...«

»Hat Holoff damit zu tun?« fragte Oswald dazwischen.

Erma antwortete nicht direkt darauf, sondern fuhr fort: »Wenig später gibt George Tenet, der Direktor der CIA, eine Erklärung ab, in der er von konkreten Hinweisen bezüglich eines neuerlichen Attentats auf den Papst spricht. Zur gleichen Zeit wird Hans Holoff in einer kleinen Pension in Rom gesehen, nur wenige Meter von Vatikanstadt entfernt.«

»Eine zu schwache Spur, um ihm einen dreifachen Mord und eine mögliche Verschwörung gegen den Papst anzulasten«, war Oswalds Meinung. »Aber so wie Sie darüber sprechen, haben Sie bestimmt noch mehr über die Sache vorliegen.«

»So ist es. In den darauffolgenden Tagen«, nahm Erma den Faden wieder auf, »gibt eine Person, die wir alle gut kennen, nämlich Markus ›Mischa‹ Wolf, jahrelanger Chef des Auslandsnachrichtendienstes der Stasi, ein Interview in der polnischen Tageszeitung *Super Express* und sagt wörtlich: ›Wir waren sehr stolz darauf, Alois Estermann im Jahr 1979 für den Staatssicherheitsdienst angeworben zu haben, kurz bevor er zur Schweizer Garde ging.‹ Wie vorauszusehen, hat diese Erklärung unzählige Vermutungen und Spekulationen ausgelöst, auch wenn die Medien des Themas bald überdrüssig wurden. Die Frage ist: Zog die Nachricht nicht mehr bei den Lesern, oder wurde vielleicht von irgendeiner Stelle Druck ausgeübt? Jedenfalls ergab sich aus einer Untersuchung von Stasi-Akten, durchgeführt von einem Reporter des Berliner Kurier, daß Estermann am 1. Mai 1980 in der Schweiz einen Anwerbevertrag der Stasi unterschrieb. Neben einer Vereinbarung über die Vergütung und weiteren Bestimmungen enthielt er den ihm zugeteilten Kodenamen ›Werder‹. Unter diesem Namen schickte er Mitte der achtziger Jahre mindestens sieben Geheimdossiers an den Geheimdienst der DDR, und zwar mittels eines stillen Briefkastens im Nachtzug Rom–Innsbruck. Die Vereinbarung wurde vor drei Verbindungsoffizieren der Stasi unterzeichnet, deren ranghöchster Hans Holoff war.«

Venedig. 15. Juli 1999.

Die *Blue Sapphire* glitt langsam in den Canale della Giudecca. Josif stand an der Reling und schien das einmalige Panorama zu genießen, aber in Wirklichkeit war er viel zu sehr mit der bevorstehenden Unternehmung beschäftigt, um sich von den Schönheiten Venedigs gefangennehmen zu lassen. In wenigen Minuten würde er seine Yacht verlassen und sich auf der *Queen of Atlantis* einschiffen, wo er den riskanten Austausch würde durchführen müssen.

Obwohl sie recht groß waren, fielen die fünf Holzkisten unter den vielen Tonnen von Waren und Lebensmitteln kaum auf, die gerade dem riesigen Bauch des Kreuzfahrtschiffs einverleibt wurden. Während einer zweiwöchigen Fahrt konnte diese schwimmende Stadt ohne weiteres drei Tonnen Steak und ebensoviel Filetfleisch, eine Tonne Langusten, 120 000 Eier, 100 Kilo Pasta, 40 Tonnen Mehl, 6000 Liter Wein und 7000 Liter Bier verbrauchen.

Die Aufkleber auf den fünf Kisten zeigten neben den üblichen Transportanweisungen auch das Logo eines großen Elektrogeräteherstellers für Industriebedarf und besagten, daß es sich bei dem Inhalt um Kühlschränke handelte. Der für das Verladen zuständige Schiffsoffizier gab Anweisung, den Inhalt zu überprüfen und die Nägel aus einer Seite der Kiste zu ziehen, worauf tatsächlich die Stahlverkleidung eines Industriekühlschranks zum Vorschein kam, die die helle italienische Sommersonne reflektierte. Der Offizier machte ein Häkchen auf seinem Manifest, dem Verzeichnis der Schiffsladung, und ging weiter, um andere Waren zu inspizieren.

Das Paar schien die bunte Auslage eines der vielen Souvenirstände an der Rialtobrücke zu betrachten. Die Frau war etwa fünfundzwanzig, der Mann um die dreißig. Allem Anschein nach bloß ein weiteres Pärchen aus dem endlosen Strom von Touristen, der die Brücke überschwemmte. Niemand hätte in ihm zwei Agenten des meistgefürchteten Geheimdienstes der Welt erkannt – niemand, außer einem alten Fuchs wie Hans Holoff.

Die Frau gab gerade vor, eine Gondel aus mundgeblasenem Glas zu bewundern, und verlor in diesem Moment das eigentliche Objekt ihres Interesses aus den Augen. Sie spähte sofort in die Richtung, in die Holoff verschwunden war, aber sie konnte ihn in der Menge nicht mehr entdecken.

Eine kleine Geste der Verständigung genügte, und die beiden israelischen Agenten bahnten sich einen Weg durch das Gedränge auf der Brücke und schlüpften in das Labyrinth der engen, dunklen Gassen.

Sie begannen zu rennen, als Holoff vor ihnen aus einer engen Unterführung auftauchte. Es blieb ihnen noch nicht einmal mehr Zeit, die Waffen zu ziehen. Holoffs Smith & Wesson »Body Guard« mit Schalldämpfer gab zwei dumpfe Schläge von sich, woraufhin sie in der verlassenen Calle zusammenbrachen. Holoff steckte die Pistole zurück ins Holster und kehrte mit unerschütterlicher Ruhe zur Rialtobrücke zurück.

Obwohl Gerardo daran gewöhnt war, in einem Schloß zu leben, bereitete ihm der Luxus des Apartments auf der *Queen of Atlantis* beinahe Unbehagen. Sie verfügten über ein riesiges Schlafzimmer mit Doppelbett, das am äußersten Heck des Schiffes gelegen war und einen Balkon mit Meeresblick hatte. In das Zimmer gelangte man durch einen kurzen Flur, von dem links das Bad abging, ausgestattet mit einem Whirlpool für zwei Personen und einer Dusch- und Saunaecke. Rechts gab es ein zweites Zimmer mit zwei Einzelbetten, das während der gesamten Kreuzfahrt unbenutzt bleiben sollte, und um die Ecke führte der Flur in ein geschmackvoll eingerichtetes Wohnzimmer, ebenfalls mit Zugang zu dem fast acht Meter langen, in schwindelerregender Höhe über dem Meer gelegenen Balkon.

Paola hatte sich gleich zu dem Veranstaltungsmanager an Bord begeben, um ihre Auftritte abzusprechen, und Gerardo, nachdem er einen neugierigen Blick in jeden Winkel des Apartments geworfen hatte, beschloß, sich das Schauspiel der Abfahrt von Venedig vom Außendeck anzusehen.

Als er seine Unterkunft verließ, die sich die *Olympus-Suite* nannte, stieß er beinahe mit dem Bewohner des Nachbarapartments zusammen. Gerardo musterte ihn interessiert, während er sich wohlerzogen entschuldigte: ein untersetzter, kräftiger Mann mit geistesabwesendem Blick, in einem Anzug aus feinem Tuch und mit einer auffälligen goldenen Uhr am Handgelenk. Er schien weder Amerikaner noch Europäer zu sein. Vielleicht einer der Neureichen aus dem Osten.

Nach einer letzten Entschuldigung ging Gerardo durch den Korridor davon.

Josif Bykow sah ihm einen Moment lang nach und öffnete dann die Tür zu seinem Apartment. Nein, dachte er, nachdem er sich umgesehen hatte, sein Nachbar machte nicht den Eindruck, als wäre er der Abgesandte einer Regierung, die sich in den Besitz eines zerstörerischen Potentials bringen wollte, das sogar dem Pentagon ernsthafte Sorgen bereiten würde.

Dennoch war allein die Tatsache, daß dieser Mann eines der beiden einzigen Luxusapartments des Schiffs bewohnte, höchst verdächtig. Was gäbe es für eine bessere Möglichkeit, ihn, Josif, Tag und Nacht zu überwachen? Doch so sehr ihm die ganze Geschichte auch mißfiel, er konnte nichts dagegen tun.

Immerhin hatte er einige Vorsichtsmaßnahmen getroffen, und die *Blue Sapphire* würde ihm während der gesamten Fahrt in diskretem Abstand folgen. Außerdem waren neben zehn verläßlichen Besatzungsmitgliedern noch fünf seiner erfahrensten Männer an Bord.

»Graf di Valnure!« rief eine weibliche Stimme mit amerikanischem Akzent hinter ihm.

Gerardo drehte sich um und stand Maggie Hassler gegenüber, die ihn erfreut anlächelte.

»Maggie, ich bin entzückt! Was für wunderbare Überraschungen das Schicksal doch manchmal bereithält«, sagte er galant und küßte ihre Hand.

»Ach, das Schicksal. Es überläßt nie etwas dem Zufall«, erwiderte sie lachend. »Darf ich Ihnen meinen Mann Timothy und meine Freunde vorstellen?« Sie wies zum Tisch, von dem sie aufgestanden war, um ihn zu begrüßen.

Wenige Meter neben ihnen stieß Lionel Goose seine Frau an.

»Ist das nicht Maggie Elliot? Die von *Labyrinth*?«

Sie waren beide begeisterte Fans der Sendung und hatten nun die Gelegenheit, ihre Lieblingsmoderatorin persönlich kennenzulernen.

Roslin, Schottland. Burg St. Clair. Januar 1314.

Die Zeit ist das einzige Heilmittel für manche Wunden, aber seit dem Tod Shirinazes und Lorenzos waren erst wenige Monate ins Land gegangen. Bertrand kümmerte sich mit all seiner Freundschaft und Zuneigung um Luigi, was jedoch nur wenig gegen die Trauer half.

Der junge Mann hatte vor einigen Tagen das Gelübde abgelegt und war nun ein vollwertiger Templer und Mitglied des Hohen Rates des neuen Ordens. Gemeinsam mit den anderen Ratsmitgliedern hatte er sich der schwierigen Aufgabe verschworen, die zerstörte Ehre des alten Ordens wiederherzustellen.

Eines Abends rief Bertrand ihn zu sich. Luigi wußte, daß sein Verwandter bald nach Frankreich aufbrechen würde, um Hilfe und Unterstützung bei den überlebenden Rittern zu suchen, und hegte seit längerem die stille Hoffnung, er möge ihn auf diese gefährliche Mission mitnehmen.

»Ich möchte, daß du mit mir nach Frankreich kommst«, sagte Bertrand auch prompt, und Luigis Herz tat einen Sprung. »Ich weiß, wie groß dein Schmerz noch immer ist, aber diese Reise wird dich vielleicht auf andere Gedanken bringen.«

»Ich habe nicht gewagt, dich darum zu bitten, Bertrand. Mit Freuden werde ich dich begleiten, denn ich habe dieses seßhafte Leben und die schottischen Nebel, die mich bloß noch melancholischer machen, gründlich satt.«

Tel Aviv. 16. Juli 1999.

Die *Ha'aretz*, die bevorzugte Tageszeitung der Politiker und Intellektuellen Israels, kann sich auf eine lange Tradition berufen, da sie noch unter britischem Mandat als erstes Blatt auf hebräisch erschien.

»Tod in Venedig – junges israelisches Paar erschossen«, lautete die fettgedruckte Schlagzeile des Tages.

»Wir haben dafür gesorgt, daß kein Hinweis auf das Institut oder den wahren Beruf der beiden jungen Leute gedruckt wurde«, sagte Erma und legte die Zeitung vor Oswald auf den Tisch.

»Aber zwei gute Agenten mußten bei dieser Überwachungsaktion ihr Leben lassen. Es war das Werk eines Profis, aller Wahrscheinlichkeit nach Holoffs selbst«, erwiderte Breil.

»Ja, nur ein Profi wie er kann sich auf diese Weise in Luft auflösen, ohne gesehen zu werden, ohne eine Spur zu hinterlassen. Wir werten gerade sämtliche Aufnahmen der Überwachungskameras am Flughafen, am Bahnhof und an den Autobahnmautstellen aus, aber bis jetzt haben wir nichts Brauchbares entdeckt. Ich kann mir allerdings nicht vorstellen, daß Holoff in Venedig geblieben ist, nachdem er wußte, daß wir ihn aufgespürt hatten.«

Oswald betrachtete die Fotos, die das Agentenpaar vor seiner Ermordung gemacht hatte. Schöne Bilder von Venedig, allerdings immer – und sei es nur in einer Ecke und außer Fokus – mit Holoffs Gestalt darauf.

Eines davon, auf dem die Schornsteine eines Schiffs mit den blauen, goldgeränderten Initialen einer Kreuzfahrtgesellschaft über den Dächern hervorragten, stach ihm besonders ins Auge.

»MCL«, murmelte er. »Wissen wir, was das für ein Schiff ist, Erma?«

»Das Kürzel steht für Maritime Cruise Lines, eine US-amerikanische Gesellschaft, und das dort ist ihr neuestes Prunkstück, die *Queen of Atlantis*, das größte Passagierschiff der Welt. Sie hat gestern am frühen Nachmittag von Venedig abgelegt, mit zirka dreitausend Kreuzfahrtteilnehmern an Bord.«

»Haben uns die Italiener Aufnahmen von der Einschiffung geschickt?«

»Wie es scheint, hatten die Überwachungskameras am Passagierkai gerade gestern einen plötzlichen Ausfall.«

»So ein Zufall. Haben wir irgendwelche Freunde an Bord?«

»O ja, fast das gesamte Sicherheitspersonal der Maritime Cruise Lines stammt aus unseren Spezialeinheiten. Wir brauchen nur mit den Leuten Kontakt aufzunehmen, die auf der *Queen of Atlantis* Dienst tun.«

»Lassen Sie sich sofort per kodierter E-Mail die Schnappschüsse schicken, die der Bordfotograf beim Einschiffen gemacht hat. Das ist eine alte Tradition auf Kreuzfahrtschiffen.«

In Rom war Sara Terracini gerade in Gedanken bei ihrem schwer zu erreichenden kleinwüchsigen Freund.

»Möchte wissen, wo er in diesem Moment steckt«, überlegte sie. »Er zieht lebende Pflanzen Schnittblumen vor und ist die freundlichste und sensibelste Seele, die ich kenne. Dabei war er Chef des Mossad, und jetzt ist er Stellvertretender Verteidigungsminister eines Landes, das sich in ständigem Kriegszustand befindet. Aber er hat mich nie im Stich gelassen, wenn ich ihn brauchte. Mal sehen, ob er irgendwelche Fortschritte in puncto Templer gemacht hat.«

Sara streckte die Beine aus und rollte ihren Stuhl vor den Computerbildschirm. Nachdem sie das Verschlüsselungsprogramm aktiviert hatte, schickte sie je eine Nachricht an Oswald und an Gerardo und bat sie, sich bei ihr zu melden.

14. KAPITEL

Paris. März 1314.

Die Mönchskutten verbargen Bertrands und Luigis kräftige Körper nur unzureichend, denn ihre kampferprobten Muskeln spannten die grobe Wolle. Sie waren vor wenigen Tagen in einem düster wirkenden Paris eingetroffen. Der Winter war sehr streng gewesen, und der März schien keine Erleichterung bringen zu wollen.

Philipps Gier nach den Reichtümern der Templer hatte ihm nicht viel genützt; mit dem Schatz des Tempels hatte nur ein kleiner Teil der Schulden des »Falschmünzerkönigs« beglichen werden können. Die Kassen des Reiches waren also wieder leer, worunter unweigerlich die Bevölkerung zu leiden hatte.

»Es hat sich nicht viel verändert seit unserem Weggang«, bemerkte Luigi.

»Nein, außer der Zahl der Bettler, die mir deutlich gewachsen scheint.«

Die vorwiegend aus Holz gebauten Häuser waren niedrig und standen dicht an dicht. In den engen schmutzigen Gassen spielten Kinder in zerschlissener Kleidung und mit nackten Füßen, trotz der Kälte. Nur wenige Wohlhabende konnten sich den Luxus eines Feuers in ihren Behausungen leisten.

»Am kommenden 18. März«, ertönte die wohlklingende Stimme eines Ausrufers, »wird, im Beisein des Erzbischofs von Sens und der drei päpstlichen Gesandten, vor der Bevölkerung von Paris das Urteil über Jacques de Molay, Geoffroy de Charney und andere verkündet, mit dem Ziele, nun und für immer alle Zweifel und Unsicherheiten zu beseitigen. Gezeichnet: Philipp, König von Frankreich.«

Ionisches Meer. 16. Juli 1999.

Lionel Goose nahm seinen ganzen Mut zusammen und näherte sich der schönen Moderatorin.

»Ich bitte um Verzeihung, Ma'am, aber ich möchte mich als einer Ihrer größten Bewunderer vorstellen, falls Sie tatsächlich Maggie Elliot sind.«

Er lächelte sie herzlich an, aber Maggie legte ihm geschwind einen Zeigefinger auf den Mund.

»Psst«, flüsterte sie scherzhaft. »Ich bin inkognito hier.«

»Ich heiße Lionel Goose, und das ist meine Frau Lisa. Es ist uns eine große Freude, Sie persönlich kennenzulernen, Miss Elliot.«

Als sie Lionel die Hand gab, spürte Maggie, wie sich schlagartig die *Ahnung* in ihr ausbreitete, und zwar in ihrem ganzen Körper. Sie empfand die Angst, die diesen sympathischen Mann mit Massachusetts-Akzent peinigte, und erkannte gleichzeitig ein starkes Energiepotential. Nein, dachte sie im stillen, auch diese Begegnung ist kein Produkt des Zufalls.

Arthur Di Bono verließ die Brücke, sobald das Schiff die äußerste südöstliche Spitze Italiens hinter sich gelassen hatte. An seinem Tisch empfing er heute abend Paola Lari, die italienische Sängerin, die am folgenden Abend vor den Schiffsgästen auftreten würde, und ihren Begleiter, einen Privatgelehrten für mittelalterliche Geschichte, der aus einer adligen norditalienischen Familie stammte. Er wollte nicht zu spät kommen.

Es ist schon erstaunlich, dachte er, wie gut die Buschtrommeln an Bord funktionieren. Paola Lari hatte kaum das

Schiff betreten, und schon wußte er über sie und ihren Gefährten Bescheid. Andererseits gehörte es zu seinen Aufgaben, ein offenes Ohr für die Gerüchteküche zu haben, denn das war eine gute Methode, seinen Gästen sozusagen den Puls zu fühlen, um so ihre Stimmungslage einschätzen zu können. Er hatte nicht nur einen fahrenden Koloß von 120 000 Tonnen zu steuern, sondern auch dafür zu sorgen, daß dreitausend Kreuzfahrtteilnehmer einen unbeschwerten, unvergeßlichen Urlaub verlebten.

Die bevorstehende und durchaus riskante Transaktion erlaubte es Josif nicht, die fröhliche Atmosphäre an Bord des Luxusliners zu genießen. Er verbrachte viel Zeit in seiner Suite, gequält von einem Gefühl des Unbehagens und der Ohnmacht, das mit jeder Stunde zunahm. Eines Abends stand er auf dem Balkon seiner Luxuskabine und starrte auf das schäumende Kielwasser des Schiffs, ohne es wirklich zu sehen, als das Telefon klingelte.

»Willkommen an Bord, Herr Bykow«, sagte eine Stimme in hervorragendem Russisch. »Ich bin mit der Entgegennahme der Ware beauftragt, und ich werde mich so bald wie möglich wieder bei Ihnen melden. Gute Fahrt.«

Der Kapitän ließ Paola an seiner Seite Platz nehmen und setzte Gerardo neben den Ersten Offizier, einen jungen Italiener von sympathischem, offenem Wesen. Dann begann er wie üblich, sich über die Vorzüge seines Schiffs zu verbreiten.

Als er mit Paola ins Gespräch vertieft war, beugte sich der schmucke italienische Offizier zu Gerardo und bemerkte halblaut: »Sie müssen ja ein erstklassiger Kunde des Institut Bancaire de Lausanne sein.«

»Institut Bancaire?« fragte Gerardo verdutzt.

»Nun ja, die beiden Luxusapartments sind von dieser Bank reserviert worden, und ich glaubte … Also ich habe einfach daraus geschlossen, daß sie für besonders geschätzte Kunden dieses Geldinstituts angemietet wurden. Das andere Apartment ist von einem reichen russischen Geschäftsmann belegt, der dieser Bank wirklich sehr am Herzen zu liegen scheint, zumindest den Sonderwünschen nach zu urteilen, die man uns gegenüber geäußert hat.«

»Aha«, kommentierte Gerardo ganz unverbindlich und sah zu Paola hinüber. Sie unterhielt sich angeregt mit dem Kapitän und schien seinen Wortwechsel mit dem Ersten Offizier nicht verfolgt zu haben. Gerardo hingegen hatte genau gehört, daß sie vor einigen Tagen gesagt hatte, sie seien Gäste der Schiffahrtsgesellschaft, nicht einer Schweizer Bank. Merkwürdig.

Paris. 18. März 1314.

Bertrand und Luigi waren von der Menge abgedrängt worden, die vor der extra für diesen Anlaß errichteten Tribüne zusammenströmte. Dennoch erkannten sie die Gefangenen sofort, die vor die drei päpstlichen Gesandten und den Bischof von Sens geführt wurden.

Der Großmeister Jacques de Molay schritt vor dem Präzeptor der Normandie, Geoffroy de Charnay, und zwei weiteren Rittern. Alle vier waren schwer gezeichnet von den Jahren des Kerkers, der Folter und der Entbehrungen. Dennoch bemühten sie sich um eine würdevolle Haltung, als sie, umgeben von den Wachen des Königs, vor die Geistlichen traten. Der einzige Zweck dieses Theaters war es, dem Großmeister und den Seinen ihre Verurteilung öffentlich mitzuteilen, eine letzte Demütigung auf Wunsch König Philipps.

Den Rittern war jedes Recht auf Gegendarstellung genommen, zumal man sie der Ketzerei beschuldigen und zum Tode verurteilen würde, falls sie ihre unter der Folter erzwungenen Geständnisse widerriefen.

»Im Namen Gottes«, intonierte der Erzbischof und brachte das Geraune zum Schweigen, »und im Auftrag seiner Heiligkeit Clemens' V. und König Philipps von Frankreich. Ihr seid schuldig und geständig, die folgenden schweren Verbrechen begangen zu haben, die ich hier nur ganz allgemein aufzähle, ohne ins Detail gehen zu wollen: Verleugnung unseres Herrn Jesus Christus und Schändung des Kreuzes, Anbetung eines teuflischen Götzen, Entweihung der Sakramente, rituelle Tötungen und Austausch von Küssen, Verwendung von ketzerischen Symbolen und Hochverrat. Aufgrund dessen verurteile ich Euch, Jacques de Molay, Geoffroy de Charney, Hugues de Pairaud und Geoffroy de Gondeville, zu lebenslangem Kerker ...«

An dieser Stelle verlangte der Großmeister de Molay, gehört zu werden. Das Wort wurde ihm mehrmals versagt, doch die Menge wurde unruhig. Darauf beriet sich der Erzbischof mit den Vertretern des Papstes und beschloß, den Templer doch anzuhören, auch wenn dies nicht vorgesehen war. Er war sicher, daß de Molay die Geständnisse nur bestätigen würde, denn der Widerruf schon gestandener Verbrechen wurde mit dem Scheiterhaufen bestraft.

Erneut senkte sich Stille über den Platz, dann begann der Großmeister zu sprechen, und Bertrand bebte vor Trauer beim Klang seiner schwachen, kränklichen Stimme, die einst so fest und volltönend gewesen war.

»Bis in alle Ewigkeit werde ich Schmach und Schande empfinden, weil ich das schwerste aller Verbrechen begangen habe«, sagte de Molay und legte eine kurze Pause ein.

»Mein Verbrechen«, fuhr er zur allgemeinen Verwunderung fort, »besteht darin, gestanden zu haben, was mir unter der Folter abgepreßt wurde. Ich habe es getan, um den unaussprechlichen Qualen und Mißhandlungen ein Ende zu setzen. Doch heute bezeuge ich vor aller Welt und in vollem Bewußtsein der Strafe, die mich aufgrund meines Widerrufs erwartet, daß niemand im Orden derartige Schandtaten begangen hat.«

Die Worte Geoffroy de Charneys, mit denen er sich dem Widerruf des Großmeisters anschloß, gingen in dem Durcheinander auf der Tribüne unter, und schließlich brachten die Wachen die beiden Gefangenen zum Schweigen. Die Veranstaltung wurde sofort abgebrochen, und die geistlichen Richter zogen sich eiligst unter dem immer lauter werdenden Geschrei des Volkes zurück.

Rom. 17. Juli 1999.

Obwohl Samstag war, ging Sara früh ins Labor, weil sie einiges aufarbeiten wollte, was wegen der Sache mit den Templern liegengeblieben war. Außerdem bot die ausgezeichnete Klimaanlage an ihrem Arbeitsplatz die Möglichkeit, der drückenden Hitze dieses römischen Sommertags zu entfliehen.

Ich bräuchte wirklich mal einen richtigen Urlaub, dachte sie und strich sich die schwarzen Haare aus der blassen Stirn. So einen, wie ihn Gerardo gerade auf diesem Kreuzfahrtschiff verbringt. Zwei Wochen nur Meer und Sonne – hach!

Der Gedanke zauberte ein Lächeln auf ihr schönes Gesicht, während sie gewohnheitsmäßig einen Blick in ihren elektronischen Briefkasten warf. Er enthielt tatsächlich eine Nachricht von Gerardo – wenige Worte, die deutlich zeigten, daß er im Moment andere Dinge im Kopf hatte als das Schicksal der Tempelritter. Im Gegensatz zu ihr, die praktisch an nichts anderes denken konnte.

Trotz aller guten Vorsätze, sich um ihre eigentliche Arbeit zu kümmern, ertappte sie sich denn auch nach wenigen Minuten dabei, wie sie zum hundertsten Mal die Kopie des merkwürdigen Siegels studierte.

Sie stand von ihrem Schreibtisch auf und ging in die

bestens ausgestattete Bibliothek ihres Forschungszentrums. Mit sicherem Griff zog sie ein Buch über Knotenformen aus dem Regal, kehrte damit in ihr Büro zurück und las über den Pfahlstich nach. Neben Informationen über Anwendungsmöglichkeiten und Besonderheiten und einer Knüpfanleitung fand sie eine kurze Beschreibung in Form einer Fabel: »*Man formt eine Höhle und läßt die Schlange hineingleiten. Die Schlange kommt wieder heraus und kriecht um die Wurzel des Baumes, doch dann erschrickt sie und kehrt in die Höhle zurück.*«

Verwirrt nahm sie ein Stück Schnur und versuchte, dieser ausgefallenen Anleitung zu folgen. Beim dritten Versuch gelang es ihr.

Ionisches Meer. 17. Juli 1999.

Die Frau zog die rote Kordel aus einer Tasche ihrer enganliegenden Hose, knüpfte den Knoten fast ohne hinzusehen und ließ das Ergebnis vor den Augen des Mannes baumeln. Dieser fädelte seine Kordel durch die Schlaufe der anderen und verband die Enden ebenfalls mit einem Pfahlstich. Erst dann begann Hans Holoff zu sprechen.

Unterdessen hatte Gerardo beschlossen, sich ein wenig Bewegung zu verschaffen, damit die ausgezeichnete Küche an Bord nicht zu sehr ansetzte. Er zog einen Trainingsanzug und Laufschuhe an und begab sich hinunter zur Joggingpiste. Als er das Deck betrat, kam es ihm so vor, als hätte Paola gerade mit einem Mann mit auffällig harten Gesichtszügen gesprochen, aber das war nur ein flüchtiger Eindruck, nichts weiter. Und doch hinterließ dieser Mann bei ihm ein Gefühl des Unbehagens, als wäre er ihm schon einmal in einer unangenehmen Situation begegnet.

Auf einer anderen Ebene des Schiffs saß Josif Bykow im Wohnzimmer seines Apartments und sah durch das Panoramafenster hinaus aufs Meer, das unruhiger zu werden schien. Einem Schiff wie diesem würden ein paar Wellen sicher keine Probleme bereiten, nur die Aktvititäten an Bord würden eventuell unter den Wetterbedingungen leiden.

»Um so besser«, sagte er sich. »Schließlich bin ich nicht hier, um mich zu amüsieren, sondern um diese verdammte Geschichte hinter mich zu bringen!«

Ein drohender Ausdruck trat in seine eisblauen Augen, als er an das große Finale dachte, daß er für dieses Abenteuer vorgesehen hatte. Niemand sollte es je wieder wagen, ihn zu erpressen zu versuchen.

Das Telefon klingelte in seine Rachepläne hinein, an denen er schmiedete, seit Foche ihn in die Enge getrieben hatte.

Sein unbekannter Kontaktmann an Bord begrüßte ihn höflich auf russisch. »Und nun zum Geschäft, Herr Bykow. Es wird Zeit, daß Sie uns mitteilen, wo sich die Ware befindet.«

»Nicht so hastig, mein Freund. Erstens wickele ich solch delikate Geschäfte nicht am Telefon ab; es ist sicherer, wenn wir uns treffen. Zweitens wäre da noch das Problem der Bezahlung. Ich habe bisher keine Nachricht über eine Gutschrift des Betrags erhalten.«

»Sie können telefonisch beim Institut Bancaire de Lausanne nachfragen. Dort wird man Ihnen die Überweisung auf Ihr Konto bestätigen. Ich rufe in ein paar Minuten zurück, um ein Treffen auszumachen.«

Witzbold, dachte Josif. Foches Bank würde ihm natürlich alles mögliche bestätigen. Außerdem hatte er so seine Vermutungen, was ihn erwartete, sobald er den Kerlen das Versteck der Nuklearsprengköpfe verriet – seine Geschäftspartner würden ihn mit Sicherheit beseitigen wollen.

Maggie, deren Haut unter der mediterranen Sonne noch dunkler geworden war, kehrte in ihre Kabine zurück. Nach einigen Stunden am Swimmingpool wollte sie ein wenig ausruhen und stieg in die Wanne, um sich zu entspannen. Seit ihrer Ankunft in Venedig hatte sie nur noch einen Gedanken: Patrick Silver.

Plötzlich hörte sie, wie die Tür zu ihrer Kabine aufging, und kurz darauf erschien Timothy im Bad und betrachtete seelenruhig ihren nackten Körper, ohne seine Erregung zu verbergen. Seit dem großen Streit hatten sie nicht mehr miteinander geschlafen, und sie dachte auch nicht daran, sich einem Mann hinzugeben, von dem sie nicht wußte, ob sie ihn überhaupt noch liebte.

Timothy hockte sich auf den Wannenrand, zog seine Badehose aus und enthüllte sein unübersehbares Interesse an ihr. Vergebliche Mühe, denn sie hatte keines an ihm.

Ihre Stimmung verkennend, tauchte ihr Mann seine Hände ins Wasser und begann sie zu streicheln.

»Nicht jetzt, Timothy«, sagte sie und versuchte, sich ihm zu entziehen, aber seine Hände glitten beharrlich hinunter zu ihrer Scham. Maggie schob sie brüsk weg und preßte ihre Schenkel zusammen.

»Du verweigerst dich mir, Maggie? Das erregt mich noch mehr, mußt du wissen.«

Er packte sie im Nacken und schob ihr Gesicht gewaltsam auf sein steifes Glied zu. Sie versuchte, Widerstand zu leisten, aber in der rutschigen Wanne konnte sie wenig gegen die starken Arme ihres Mannes ausrichten. Immerhin gab sie sich nicht geschlagen und zwang ihn, sich selbst zu befriedigen, direkt vor ihrem Gesicht. Angewidert stellte sie fest, daß es seine Lust tatsächlich steigerte, sie zu etwas zu zwingen.

»Das ist noch nie vorgekommen, daß du dich mir verweigert hast«, keuchte er mit einem bösartigen Glanz in den Augen, den sie noch nie zuvor bei ihm bemerkt hatte. »Und ich werde ein solches Verhalten von meiner Frau nicht dulden, damit du Bescheid weißt«, verkündete er.

Pat war ein guter und sehr anmutiger Schwimmer. Das Meerwasser des Pools massierte seine Muskeln auf angenehme Weise, aber er war nicht zufrieden.

Nein, dieses Leben bekam ihm nicht. Er betrachtete die Tage des Müßiggangs lediglich als Krönung seines »beruflichen« Erfolgs. Er war jetzt reich und hätte sich ganz ehrenhaft zur Ruhe setzen können, aber er wußte nur zu gut, daß er ohne Risiko und Abenteuer schon bald unter ernsthaften Entzugserscheinungen leiden würde. Unter den interessierten Blicken einiger am Beckenrand ausgestreckter Frauen zog er sich mit einer Rolle rückwärts aus dem Wasser. Nein, das ruhige Leben war wirklich nichts für ihn.

Anderswo auf dem Luxusliner trabte Gerardo seit einigen Minuten über die Joggingbahn, als eine Sturzwelle das Schiff leicht schlingern ließ. Ein anderer Passagier, der ihm entgegenkam, verlor das Gleichgewicht und fiel fast auf ihn. Nach einer kurzen Entschuldigung setzte er seinen Lauf fort und entfernte sich. Gerardo blickte ihm einen Moment verwirrt nach, dann fiel ihm blitzartig das Attentat ein, dem er dank Oswald Breil entkommen war.

Er sah wieder den Jogger vor sich, der auf das Taxi zukam, stolperte und sich abstützte, und durch irgendeine unbewußte Assoziation verband er ihn mit dem Mann, den er vorhin mit Paola gesehen zu haben meinte. Eine Gänsehaut lief ihm über den Rücken, als ihm klarwurde, daß es sich um ein und dieselbe Person handelte.

Sofort verließ er die Joggingpiste. Er mußte so schnell wie möglich Sara Bescheid geben, damit sie ihre einflußreichen Freunde alarmierte. Er rannte zum Apartment und hoffte inständig, daß Paola noch nicht wieder zurück war.

Tel Aviv. 17. Juli 1999.

Breil und Erma saßen vor einem Computermonitor im obersten Stock des »Instituts« und brachen das Gebot des Sabbath, wenn auch immerhin zu einem guten Zweck.

Sie waren bereits sämtliche Aufnahmen des Fotografen der *Queen of Atlantis* durchgegangen, die ihr Kontaktmann an Bord digitalisiert und per E-Mail geschickt hatte.

»Wir geben noch nicht auf!« rief Oswald. »Wenn Holoff Vendedig nicht mit den üblichen Verkehrsmitteln verlassen hat, ist er garantiert auf der *Queen of Atlantis*. Aber ich denke, wir können diese Familienfotos beiseite lassen – Holoff wird wohl kaum Frau und Kinder zur Tarnung mitgeschleppt haben. Auf diese Weise schränken wir das Material deutlich ein.«

Doch ausgerechnet beim Anblick des Gruppenfotos, das Erma gerade auf den Bildschirm geholt hatte, zuckte der kleine Mann plötzlich zusammen. Holoffs kantiges Gesicht war kaum zu erkennen, weil es sich zum Teil hinter dem Schild einer großen Reiseagentur verbarg, aber er war es ohne Zweifel.

»Volltreffer!« rief Erma und zeigte auf ihn. »Jetzt müssen wir nur noch abwägen, ob es günstig ist, ihn im nächsten Anlaufhafen verhaften zu lassen.«

»Langsam, Erma«, entgegnete Oswald und schüttelte den Kopf, der für seinen kleinen Körper viel zu groß geraten war. »Wir haben keine Beweise, die für einen internationalen Haftbefehl ausreichen. Wir könnten ihn zwar aufgrund unserer Verdachtsmomente festhalten, aber er wäre nach wenigen Tagen wieder frei. Es ist besser, ihn einstweilen nur überwachen zu lassen und zu handeln, wenn das Schiff in Haifa eintrifft.«

»Aber wer kann einen Typen wie Holoff schon dauerhaft überwachen? Das Sicherheitspersonal des Schiffs ist zwar vorzüglich ausgebildet, aber ...«

»Nein, Erma, daran habe ich nicht gedacht. Erstens, weil Holoff sofort dahinterkäme, und zweitens, weil ich es zu diesem Zeitpunkt nicht für geraten halte, die Nachricht von seiner Anwesenheit zu verbreiten. Aber auf dem Liner müßte sich ein Freund von Sara Terracini aufhalten. Ein cleverer Mann, der auch in diese Angelegenheit verwickelt ist. Ich werde meine Freundin bitten, ihn zu warnen, damit er ein wachsames Auge auf Holoff hat.«

Paris. 19. März 1314.

Sobald man ihm die Nachricht überbracht hatte, traf Philipp der Schöne eine schnelle Entscheidung. Ohne die Einwilligung des Papstes abzuwarten, fällte er auf der Stelle das Todesurteil über de Molay und de Charney. Die Hinrichtung sollte noch am selben Tag auf der Île des Javiaux stattfinden, durch die für Ketzer vorgesehene Methode des langsamen Verbrennens auf dem Scheiterhaufen.

Eine große Menschenmenge drängte sich am Seineufer gegenüber der kleinen Insel. Als man Jacques de Molay als ersten zur Hinrichtungsstätte führte, stiegen schon dünne Rauchsäulen aus den beiden Haufen auf. Bertrand und Luigi hatten sich in ihrer Mönchsverkleidung wieder unters Volk gemischt.

Der Großmeister wurde an den Pfahl gebunden, während die Henkersknechte das Feuer an noch weit von ihm entfernten Stellen entfachten. Auf Befehl des Königs sollten die beiden Häretiker bei lebendigem Leibe geschmort werden und spüren, wie die unerträgliche Hitze zuerst ihre Füße zerfraß, dann zu den Genitalien aufstieg und sich schließlich über den ganzen Körper ausbreitete, bis der ersehnte Tod endlich eintrat.

Die Verurteilten, die darum gebeten hatten, das Gesicht Notre-Dame zuwenden zu können, schrien erneut ihre Unschuld heraus und prophezeiten, daß Clemens V. und Philipp der Schöne noch vor Jahresende vor das Gericht Gottes treten würden.

De Molays Blick war ungebrochen und schweifte über die Menge, bis er dem von Bertrand begegnete und ihn kurz festhielt, was genügte, um den Großmeister des neuen Ordens wissen zu lassen, daß de Molay ihn erkannt hatte.

17. Juli 1999.

Sara Terracini schüttelte verärgert den Kopf. Das ergab alles keinen Sinn. Sie kam einfach nicht dahinter! Aber sie zwang sich zur Ruhe und ging Punkt für Punkt noch einmal die bisherigen Schritte durch und suchte nach möglichen Fehlern. Hatte sie auch wirklich alles sorgfältig untersucht?

Die seltsame Bauweise der Kapelle von Roslin kam ihr wieder in den Sinn. Vielleicht lag des Rätsels Lösung ja dort verborgen. Genau, das war es, worum sie Oswald, der Zugang zu Orten hatte, die anderen verschlossen blieben, bitten mußte: eine Erlaubnis, die Kapelle besichtigen und ihre Nase *in jeden Winkel* stecken zu dürfen.

Wie üblich genügte der Gedanke an ihren kleinwüchsigen Freund, um wieder ein Lächeln auf ihr Gesicht zu zaubern. Sie warf einen Blick auf die Uhr und stellte fest, daß sie sich noch ein paar Stündchen zum Sonnenbaden am Strand von Fregene gönnen konnte. Gerade wollte sie ihren Computer ausschalten, als der Klingelton jeden Gedanken ans Meer in den Hintergrund drängte.

Ihr Austausch mit Oswald dauerte nicht lange, aber diese wenigen Minuten genügten, um sie in einen Zustand fieberhafter Erregung zu versetzen. Die Vorstellung, daß sich ein gefährlicher Mann wie Hans Holoff auf demselben Schiff befand wie Gerardo, jagte ihr Angst ein. Sie komprimierte die von Oswald empfangene Datei mit dem Foto von Holoff und einigen allgemeinen Informationen und schickte sie per E-Mail an Gerardo, in der Hoffnung, daß er auch im Urlaub regelmäßig nach seiner elektronischen Post sah.

Nachdem er das Apartment zu seiner Erleichterung leer vorgefunden hatte, mußte Gerardo gleich darauf mißmutig feststellen, daß sein Mobiltelefon kein Netz fand. Die italienische Küste lag inzwischen weit hinter ihnen, und es würde wohl noch einige Stunden dauern, bis sie das Netz eines anderen Betreibers erreichten.

Er wußte, wie gefährlich es war, die Leitung des Bordtelefons zu benutzen, um Kontakt mit Sara aufzunehmen. Wenn er mit seinem Verdacht richtig lag, waren Leute auf dem Schiff, die ihre Augen und Ohren überall hatten. Aber es blieb ihm nichts anderes übrig. Unter den fünf Telefonbuchsen im Apartment fand er zum Glück eine, in die das Anschlußkabel seines Laptops paßte. Er schaltete den Computer an und versuchte, eine Verbindung herzustellen, und nach zweimaligem Probieren sagte ihm das Pfeifen seines Modems, daß er online war.

Sara wollte ihm gerade ihre Nachricht schicken, als die seine ihr zuvorkam. <SARA, ES IST ETWAS ERNSTES PASSIERT>, las sie im Textfenster. <ICH GLAUBE, DER MANN, DER DIE BOMBE INS TAXI GEWORFEN HAT, IST HIER AUF DEM SCHIFF.>

<SIEH MAL, OB ES DER HIER IST>, erwiderte sie sofort und übermittelte ihm die komprimierte Datei.

Wenig später erschien der vergrößerte Ausschnitt des Fotos, auf dem Holoff zu sehen war, auf Gerardos Laptop.

<DAS IST ER!> antwortete er. <WIE HAST DU DAS GEMACHT?>

<ICH HABE DIESES FOTO GERADE VON MEINEM FREUND IN TEL AVIV ERHALTEN. ER SAGT, DER TYP IST SEHR GEFÄHRLICH. ER HEISST HANS HOLOFF UND IST EIN EHEMALIGER AGENT DES OSTDEUTSCHEN GEHEIMDIENSTES. MEIN FREUND

BITTET DICH, IHN UNAUFFÄLLIG IM AUGE ZU BEHALTEN, ZUMINDEST BIS DAS SCHIFF SICH IN ISRAELISCHEN HOHEITSGEWÄSSERN BEFINDET. ABER DU SOLLST KEINE UNVORSICHTIGKEIT BEGEHEN UND DICH SOFORT ZURÜCKZIEHEN, WENN ES BRENZLIG WIRD.>

<OKAY, ICH WERDE MEIN BESTES TUN UND VERSUCHE, DICH AUF DEM LAUFENDEN ZU HALTEN.>

Ionisches Meer. 17. Juli 1999.

Das Theater der *Queen of Atlantis* war bis auf den letzten Platz gefüllt, und als Paola ihr Konzert beendete, das über eine Stunde gedauert hatte, klatschte das Publikum begeistert. Gerardo war der Darbietung jedoch nicht sehr aufmerksam gefolgt, weil ein einzelner Zuhörer wenige Reihen vor ihm ganz seine Aufmerksamkeit in Anspruch nahm. Kaum sah er, daß Holoff aufstand, verließ auch er den Saal.

Währenddessen setzte sich Maggie zu Derrick Grant an dessen etwas abseits stehenden Tisch im Dionysos, der größten Bar des Schiffs.

»Ziemlich gut, diese Sängerin«, bemerkte er.

»Ja, sie hat eine tolle Stimme«, pflichtete Maggie ihm bei. »Aber es gibt etwas, über das ich mit dir reden muß.«

»Ich stehe zu deiner Verfügung.«

»Wir sind auf diesem Schiff, weil wir ... eine Mission zu erfüllen haben«, sagte sie mit gedankenvoller Miene.

»Was meinst du damit?«

»Ich weiß es selbst nicht genau, aber ich spüre, daß unsere Anwesenheit hier kein Zufall ist. Uns steht eine wichtige Aufgabe bevor.«

»Mein Gott!« rief Derrick lächelnd. »Und ich hatte gehofft, daß du mir etwas ganz anderes gestehen willst.« Aber er wurde gleich wieder ernst. »Du wirkst sehr angespannt, Maggie. Oder vielmehr: Die Beziehung zu deinem Mann ist sehr angespannt, und es wird immer schlimmer. Ich merke das schon seit einer ganzen Weile.«

»Das stimmt. Ich glaube, unsere Ehe ist wirklich nicht mehr zu retten.«

Aber Maggie wollte noch nicht einmal mit ihrem besten Freund über dieses Thema reden und war froh, unter den anderen Gästen Lionel Goose und seine Frau zu entdecken. Sie winkte ihnen zu und lud sie ein, sich an ihren Tisch zu setzen. »Möchten Sie vielleicht etwas mit uns trinken?«

Einige Tische weiter schlürfte Gerardo einen ausgezeichneten Margarita und ließ seinen Blick über die Einrichtung der Bar schweifen. Besonders schien ihn der große Spiegel an einer der Wände zu interessieren – über ihn konnte er Hans Holoff unauffällig beobachten.

Auch Josif Bykow saß an einem Tisch und starrte ins Nichts, als ihn ein Fremder in ausgezeichnetem Russisch fragte, ob er sich zu ihm setzen dürfe. Er erkannte die Stimme sofort.

»Ist Ihnen die Überweisung bestätigt worden?« fragte der Mann, sobald er Platz genommen hatte.

»Darf ich zunächst einmal fragen, mit wem ich das Vergnügen habe?«

»Sie können mich Hans nennen. Ich bin sozusagen Ihr Kontaktmann.«

Josif musterte ihn eingehend. Die Gesichtszüge seines Gegenübers waren hart, und er hatte die kalten Augen eines Mannes, der daran gewöhnt war zu töten. Aber er machte Josif keine Angst.

»Ja, ich habe ein Fax von der Bank erhalten.«

»Dann sollten Sie mir jetzt sagen, wo sich die Ware befindet.«

»Nein. Ich werde den Zeitpunkt selbst bestimmen.«

»Muß ich Sie daran erinnern, daß meine Auftraggeber einiges über Ihre Vergangenheit wissen?«

»Nicht nötig. Aber vielleicht darf ich Sie daran erinnern,

daß der Aufbewahrungsort der Ware, an der Sie so interessiert sind, nur mir bekannt ist.«

Gerardo beobachtete, wie Holoff mit einer halb unterdrückten zornigen Geste aufstand, während der andere, der russische Geschäftsmann, dem er im Flur vor seinem Apartment begegnet war, ruhig sitzenblieb.

Holoff verließ eilig die Bar, und Gerardo sagte sich, daß es höchst unvorsichtig gewesen wäre, ihm jetzt zu folgen.

Sebastian Chalag war siebenundzwanzig Jahre alt, stammte aus Manila und fuhr seit fast drei Jahren als Hilfskoch auf den Schiffen der Maritime Cruise Lines. Er gehörte zu der Mannschaft von acht Küchenkräften, die für die Dekoration der Buffets und die Garnierung der Tellergerichte in den Restaurants zuständig waren.

Seit der vergangenen Nacht fühlte er sich nicht wohl, aber es mußte schon schlimmer kommen, damit der gewissenhafte Filippino seiner Arbeit fernblieb. Er polierte gerade mit einem feuchten Lappen den Hals eines Schwans, den er selbst meisterhaft aus einem Block Eis gehauen hatte, als er einen Schmerz, heiß wie eine Stichflamme, in seinen Eingeweiden spürte. Dann wurde ihm schwarz vor Augen, und die inneren Blutungen begannen, seine Organe zu zerstören.

Pat Silver hatte Paola Lari höflich applaudiert und sich dann ins Kasino gestohlen, das sich an der Heckseite desselben Decks befand. Zuerst hatte er einige Jetons beim Roulette gesetzt, aber seine Aufmerksamkeit war bald von den Tischen angezogen worden, an denen die Croupiers Karten an die Spieler ausgaben. Nun saß er vor einer Partie Caribbean Poker, einer Variante des amerikanischen Poker, die mit zweiundfünfzig Karten gespielt wurde und deren Regeln noch vorteilhafter für die Bank waren.

In der Dionysos-Bar bestand Lionel Goose unterdessen darauf, die Getränke auf seine Bordkreditkarte setzen zu lassen, und machte dann den Vorschlag: »Wie wär's, wollen wir noch einen Blick ins Kasino werfen?«

Lisa verdrehte die Augen und erklärte Maggie und Derrick, daß ihr Mann jeden Abend fünf Dollar auf Dreiundzwanzig Rot setzte. Nur wenn er gewann, wollte er weiterspielen.

»Aber zum Glück«, sagte sie lächelnd, »ist das noch nie vorgekommen.«

Im Spielsaal fiel ihnen sofort die Traube von Passagieren auf, die sich um den Tisch mit Caribbean Poker gebildet hatte.

Pat spielte allein gegen den Croupier, denn die anderen Spieler hatten die Partie aufgegeben und verfolgten nun gespannt das Duell, dessen Ausgang jedoch schon absehbar schien. Pat hatte mehrere Türmchen Jetons vor sich aufgebaut und war vollkommen konzentriert, zumindest wenn man danach ging, wie er die Hände über seiner Brille an die Schläfen gelegt hatte.

»Komisch«, sagte Maggie zu Derrick, »ich habe Pat noch nie mit Brille gesehen.«

Paris. 19. März 1314.

Bertrand kannte Auguste d'Auberge noch gut aus der Zeit seines Aufenthalts im Tempel von Paris. Er war ein grausamer Mann und befahl nun als Kommandant der Leibwache König Philipps seinen Soldaten, für Ruhe und Ordnung unter den Neugierigen zu sorgen, die sich immer noch um den makabren Ort drängten, an dem Jacques de Molay und Geoffroy de Charnay am Abend zuvor ihr Leben ausgehaucht hatten.

Bertrand und Luigi hatten die Kapuzen über die Köpfe gezogen und wollten sich unauffällig entfernen, als eine dröhnende Stimme sie erstarren ließ.

»Ihr beiden seid doch sicher die Pater, die den Überresten dieser Ketzer das letzte Sakrament spenden sollen«, sagte d'Auberge und näherte sich mit stechendem Schritt. Als er bei ihnen anlangte, bemerkte er ihren stattlichen Körperbau und musterte sie mißtrauisch.

»Ihr habt die Statur von Kriegern, nicht von armen Mönchlein aus der Provinz. Aus welchem Kloster seid ihr?« verlangte er zu wissen und legte die Hand ans Schwert.

»Wir kommen aus Assisi, dem Heimatort unseres Ordensgründers Franz«, antwortete Luigi prompt, wobei er seinen italienischen Akzent verstärkte.

Doch Auguste hatte schon sein Schwert gezogen und winkte zwei seiner Schergen herbei. »So, so, zwei gute Franziskaner. Sieh an. Möge mich der Herr erleuchten, indem er mir« – auf einmal schob er unvermittelt die Spitze seines Schwerts unter Bertrands Kapuze – »den Anblick eurer frommen Gesichter gewährt.«

D'Auberge riß die Augen auf und rief ungläubig: »Bertrand de Rochebrune! Der Verräter...« Der Rest seiner Worte erstickte in einem Gurgeln.

Bertrands Faust hatte ihn mitten ins Gesicht getroffen und ihm das Nasenbein zertrümmert. Im selben Moment hatte sich Luigi auf die beiden überraschten Soldaten gestürzt und sie mit seinem unter der Kutte hervorgezogenen Dolch im Nu niedergemacht.

Nun stellte sich ihnen allerdings das Problem der Flucht. Hinter ihnen floß die Seine, in deren eiskaltem Wasser sie nicht lange überleben konnten, und vor ihnen wogte die Menge der Schaulustigen, die versuchte, den Kordon aus Philipps Soldaten zu durchbrechen.

Ohne Zögern rannten sie in diese Richtung, bereit, sich notfalls auch mit Waffengewalt einen Weg zu bahnen. Aber wie durch ein Wunder teilte sich die Menschenmasse vor ihnen, um sich gleich wieder vor ihren Verfolgern zu schließen.

Im Laufen entledigte sich Bertrand seiner Kutte, und Luigi tat es ihm gleich. Nun, da sie entdeckt waren, würde diese Verkleidung sie höchstens behindern.

»Schnell, Ihr Herren, hier entlang!« hörten sie jemanden rufen, als sie in eine enge, dunkle Gasse einbogen.

Eine alte Vettel in abgetragener schmutziger Kleidung rief sie aus der Tür eines baufälligen Holzhauses. Die langen grauen Haare hingen ihr zerzaust und fettig ins Gesicht. Sie rannten ins Haus, und die Alte schob sie in einen Verschlag unter einer Falltür.

Auf der Straße hörte man Pferdegetrappel und die zornigen Rufe von Soldaten, dann wurde heftig an die Tür geklopft, und eine Baßstimme befahl: »Aufmachen, im Namen des Königs!«

»Hast du zufällig zwei Flüchtende gesehen, zwei gefährliche Mörder, Alte?« fragte dieselbe Stimme, nun noch deutlicher, während die Schritte der Soldaten, die mit ihrem Hauptmann eingedrungen waren, im Haus widerhallten.

»Hier gibt es nur viel Elend, Herr Offizier, und mit Glück die eine oder andere Rattenfamilie«, log die Frau kühn.

Kurz darauf stampften die Soldaten wieder hinaus, und die Alte öffnete die Klappe zu dem Versteck. Obwohl es Tag war, ließ das wenige Licht, das ins Haus drang, ihr Gesicht nur schwer erkennen.

»Wißt Ihr nicht mehr, wer ich bin, Herr de Rochebrune?« fragte die Frau.

»Mein Gott!« rief Bertrand, nachdem er sie genauer betrachtet hatte. »Ihr seid ... Ihr seid die Contesse de Serrault.«

»Ganz recht, ich bin die Mutter von Jean-Marie, und wegen dieses Verbrechens hat der König mir alles genommen. Sagt, habt Ihr Nachricht von meinem Sohn?«

»Es geht ihm gut, und er befindet sich in Sicherheit bei Euren Vettern, den St. Clairs in Schottland. Er sagte mir, keiner der Boten, die er Euch schickte, hätte Euch finden können.«

»Ach, wer sollte mich auch in diesem armseligen Bau finden?« erwiderte die Alte bitter, einst eine der schönsten und einflußreichsten Frauen von Paris. Doch die Erleichterung darüber, daß ihr Sohn wohlauf war, stand ihr ins ausgezehrte Gesicht geschrieben. »Aber jetzt zu Euch«, fuhr sie nachdenklich fort. »Wir müssen einen Weg finden, Euch so schnell wie möglich an die Küste und auf ein Schiff nach Schottland zu bringen.«

VIERTER TEIL

Das Zeichen des Bösen

15. KAPITEL

Mittelmeer. 18. Juli 1999.

Dr. Redjia hatte eine schlechte Nacht verbracht, erschien aber wie üblich schon frühmorgens in seiner an das Bordhospital angrenzenden Praxis. Der Zustand eines Besatzungsmitglieds machte ihm große Sorgen. In seiner gesamten Laufbahn hatte er noch nie etwas derart Beunruhigendes gesehen, denn die von Sebastian Chalag gezeigten Symptome entsprachen keiner der ihm bekannten Krankheiten, und seine Erfahrung ging zweifellos über das Gewöhnliche hinaus.

Unterdessen versammelte Arthur Di Bono, wie immer vor einer Seenotrettungsübung, seine Offiziere um sich. Er kannte das Meer gut genug, um zu wissen, daß man kein Schiff der Welt als vollkommen sicher betrachten durfte. Rechtzeitiges und gut eingespieltes Handeln konnte Tausende von Menschenleben retten, und deshalb wurden die Rettungsübungen an Bord nicht als lästige Routine angesehen, sondern stets mit großem Einsatz durchgeführt.

Gegen Ende der Zusammenkunft wandte sich Di Bono an den jungen italienischen Offizier, der unter anderem für den Sicherheitsdienst zuständig war.

»Halten Sie Ihre Leute in ständiger Alarmbereitschaft, Mr. Vassalle. Für ein Schiff, das unter amerikanischer Flagge fährt, ist dies eine Gefahrenzone, und in wenigen Tagen werden wir Israel erreichen.«

»Wir führen bei jeder Einschiffung strenge Passagierkontrollen durch, Käpt'n, und lassen sämtliche Gepäckstücke durchleuchten. Wir sind uns der Gefahr terroristischer Anschläge in diesem Gebiet absolut bewußt.«

Darauf verkündete ein siebenfaches Sirenentuten den Beginn der Übung, und die Schiffsoffiziere eilten auf ihre Posten.

Die über Lautsprecher durchgegebene Aufforderung, sich an den Sammelpunkten zum Verlassen des Schiffs einzufinden, vertrieb Pat Silver von seinem Pokertisch, an dem er, im Gegensatz zum Vorabend, der Verlierer war. Er hatte die ganze Zeit seltsam zerstreut gespielt.

»Was hast du heute morgen vor, Maggie?« fragte Timothy, als weitere sieben Sirenentöne das Ende der Übung verkündeten, und fügte, ohne eine Antwort abzuwarten, hinzu: »Im Kino zeigen sie einen alten Film, der mich interessiert. Wie wär's, wenn wir uns in zwei Stunden am Buffet beim Swimmingpool treffen?«

Maggie nickte nur. Seit jener widerwärtigen Gewaltszene war sie froh um jeden Anlaß, der ihr Timothy vom Leib hielt. Sie fühlte sich schmutzig und hatte ständig das Bedürfnis, sich zu waschen.

Sie ging in die Kabine zurück und legte sich aufs Bett, während sie die Badewanne vollaufen ließ. Dann stieg sie ins Wasser, aber es nützte nichts; sie konnte die schreckliche Tat ihres Mannes nicht aus ihren Gedanken waschen.

Auch Pat nahm gerade eine Dusche. Auf dem Deck, wo er, eingeschnürt in eine schwere Schwimmweste, geduldig zwischen den anderen Passagieren hatte herumstehen müssen, war es furchtbar heiß gewesen. Er erfrischte sich mehrere Minuten unter dem starken Wasserstrahl, bis seine Aufmerksamkeit von den Geräuschen aus dem Bad nebenan abgelenkt wurde. Maggies Bad.

Die Wand zwischen den beiden Räumen war zwar mit Marmor verkleidet, aber offenbar recht dünn oder nicht genug schallgedämmt. Er hoffte, daß es sich wirklich um Maggie handelte, und seine Phantasie ging mit ihm durch.

Nachdem er aus der Dusche gestiegen war, zog er einen

weißen Bademantel über, trat auf seinen kleinen Aussichtsbalkon und beugte sich über das Geländer, um einen Schwarm Delphine zu beobachten, der im Kielwasser des Luxusliners spielte. Auf ein leises Geräusch hin wandte er sich dem Balkon vor Maggies Kabine zu, beugte sich über die hüfthohe Trennwand und spähte in ihr Wohnzimmer.

Sie saß auf der Chaiselongue, das Gesicht in den Händen vergraben, und bemerkte ihn offenbar nicht. Er räusperte sich geräuschvoll, worauf sie sich erschrocken aufrichtete. Ihre Augen waren gerötet und glänzten. Sie hatte geweint.

»Um Himmels willen, was ist denn passiert, Maggie?« rief Pat besorgt.

»Nichts«, antwortete sie mit heiserer Stimme. »Nur die üblichen Eheprobleme. So etwas kennst du nicht, sei froh.«

»Nichts und niemand soll meine schwarze Venus je zum Weinen bringen, das verbiete ich«, versuchte er zu scherzen, obwohl ihn Maggies Ausbruch ungewohnt ernst gemacht hatte. »Jedesmal wenn ich ans Heiraten oder an eine Familie denke, kommst du mir in den Sinn, Maggie. Du bist die einzige, die mir je etwas bedeutet hat, das einzig Reine in meinem Leben.«

Ihre Blicke trafen sich, und Maggie wurde von einem Taumel aus Glück und Bedauern erfaßt. Hättest du mir das doch früher gesagt, dachte sie, unser beider Leben hätte völlig anders verlaufen können.

Wie ferngesteuert stand sie von der Couch auf und ging hinaus auf den Balkon, wo sich Pat über die niedrige Trennwand beugte. Ohne ein Wort zu sagen, legte sie ihm die Arme um den Hals und küßte ihn.

Er lehnte sich noch weiter hinüber und zog sie an sich. Lange blieben sie so stehen, bis sich Pat behende über die Brüstung schwang, um auf Maggies Balkon zu gelangen.

Sie schmiegten sich in einer fast verzweifelten Umarmung aneinander, geküßt von der strahlenden Sonne.

»Ich habe dich schon immer gewollt, Maggie. Du bist das Schönste, was mir je begegnet ist.«

Ihre Bademäntel waren verrutscht, sie spürte seine Erregung an ihrem Bauch wie Feuer. Dann ließ sie sich auf einen Liegestuhl sinken und zog ihn in ihre Arme.

Josif Bykow hatte beschlossen, dem Abgesandten seines Kunden auf der Fahrt von Santorin nach Rhodos zu verraten, wo sich die Sprengköpfe befanden: in den fünf Kühlschrankkisten, die in Venedig zugeladen worden waren. Er war nach wie vor überzeugt, daß sein Leben von diesem Zeitpunkt an in Gefahr sein würde, und bereitete sich darauf vor, seinen ausgeklügelten Plan in die Tat umzusetzen.

Beim Anblick des turtelnden Pärchens neben ihm auf dem Deck – wahrscheinlich Flitterwöchner – überkam ihn eine tiefe Melancholie. Wie anders wäre sein Leben verlaufen, hätte er Nadja an seiner Seite gehabt.

Er hatte sich nie ernsthaft die Frage gestellt, zu welchem Zweck die Waffen verwendet wurden, die er an jeden verkaufte, der sie bezahlen konnte. Doch der Gedanke an Nadja, die Erinnerung an ihr fröhliches Gesicht, das so viel Aufrichtigkeit ausstrahlte, bewirkte nun, daß er zum erstenmal darüber nachdachte, was sein unbekannter Kunde mit den zehn Nuklearsprengköpfen vorhaben könnte.

Über die Erklärung von Foche, es handele sich um ein Land des Mittleren Ostens, das sein Atomwaffenarsenal aufstocken wolle, hatte er nur gelacht. Da steckte garantiert etwas anderes dahinter; ein derartiges Zerstörungspotential stellte eine Bedrohung für die gesamte Menschheit dar.

Unterdessen wurde der kleine Teil der Menschheit, der sich auf dem Schiff befand, von einer anderen beunruhigenden und schwer einschätzbaren Gefahr bedroht.

»Chalag geht es schlechter«, sagte einer seiner Mitarbeiter zu Dr. Redjia. »Es ist zusätzlich ein hohes Fieber eingetreten, das wir einfach nicht senken können. Er ist immer seltener bei vollem Bewußtsein. Ich habe noch nie einen so aggressiven Erreger erlebt.«

Santorin, Griechenland. 19. Juli 1999.

Durch das Panoramafenster neben seinem Bett betrachtete Lionel Goose eine unvergleichliche Szenerie. Das Schiff hatte in der Mitte eines riesigen Vulkankraters geankert, der mit kristallblauem Wasser gefüllt war. Er dankte Gott, daß er ihm auch diesen Tag noch geschenkt hatte.

Der bevorstehende Ausflug klang diesmal besonders attraktiv, denn es sollten die Ruinen einer antiken Stadt besichtigt werden, von der einige behaupteten, es handle sich um das legendäre Atlantis. Anschließend würden die Teilnehmer den modernen Stadtteil besuchen und dann teils auf Mauleseln, teils mit einer Schwebebahn hinunter zum Landungssteg zurückkehren.

Maggie konzentrierte sich ganz auf die Erklärungen des Führers zu den jahrtausendealten Überresten, um Pats Blick nicht zu begegnen. Sie wußte nicht, warum sie so verlegen war, denn sie empfand keine Spur von Reue. Und doch fürchtete sie, wie ein Schulmädchen zu erröten, das bei einem Fehltritt ertappt worden war.

Mit einem bitteren kleinen Lächeln dachte sie daran, wie erst die junge Studentin errötet wäre, die Pat damals auf dem Campus kennengelernt hatte. Seitdem hatte sie nie aufgehört, ihn zu lieben, wie sie sich nun endlich eingestand.

Alle fünf Mitglieder ihrer Gruppe hatten sich dafür entschieden, den Weg hinunter zum Hafen auf Mauleseln zurückzulegen, und sie lachten auf der ganzen holprigen Strecke und riefen sich Anfeuerungen und Scherze zu.

Als sie nach etwa vierzigminütigem Ritt wieder am Meer

anlangten, wunderten sie sich über die strengen Sicherheitskontrollen, die schon beim Einsteigen in die Beiboote begannen und auf der *Queen of Atlantis* durch Personenkontrollen mit Metalldetektor und Scannen jedes Handgepäckstücks fortgesetzt wurden.

Arthur Di Bono drückte dreimal auf den Knopf der Sirene, und der Salut hallte laut von den Wänden des Vulkankraters wider.

Anschließend eilte er in sein Büro und rief den obersten Schiffsarzt an. In all den Jahren, die er schon mit Dr. Redjia zur See fuhr, war es noch nie vorgekommen, daß er Di Bono einen schriftlichen Bericht über den Zustand eines Patienten geschickt hatte. Dagegen hatte er schon öfter erlebt, wie der Inder auch unter schwierigsten Umständen Krisen meisterte und sich zu helfen wußte. Wenn er ihm nun diesen Bericht schickte und dringend um Rückruf bat, mußte es sich um etwas wirklich Ernstes handeln.

Redjia befand sich gerade bei Sebastian Chalag, der das Bewußtsein nicht wiedererlangt hatte. Er hatte hohes Fieber, das sich durch kein Medikament senken ließ. Daneben litt der Patient an Erbrechen, Durchfall und Atembeschwerden. Die Kiefermuskulatur war durch ständiges Zähnezusammenbeißen so verkrampft, daß der Mund nur mit Hilfe medizinischer Instrumente geöffnet werden konnte.

Das Telefon auf Redjias Schreibtisch klingelte, und auf die besorgte Nachfrage des Kapitäns antwortete er: »Natürlich verstehe ich, daß Ihnen das Wohlergehen unserer Passagiere am Herzen liegt, mir ist es nicht weniger wichtig. Aber ich halte es nicht für eine gute Idee, den Kranken an Land zu bringen, selbst wenn er bis Rhodos überleben sollte. Unsere Krankenstation hier an Bord ist besser ausgestattet als jedes Krankenhaus auf diesen Inseln. Außerdem, falls es sich um eine Viruserkrankung handelt – was wir nicht hoffen wollen –, werden die Hafenbehörden aus Furcht vor einer Epidemie den Patienten sowieso nicht an Land lassen.«

»Das Schiffahrtsrecht verpflichtet uns dazu, den Fall zu melden«, wandte Di Bono ein.

»Ich weiß, Käpt'n. Aber ich bin mir immer noch nicht über die Krankheitsursache im klaren. Es könnte sich auch um eine schwere Lebensmittelvergiftung oder eine andere, nicht von pathogenen Viren ausgelöste Krankheit handeln. Wir würden ohne triftigen Grund alle Häfen, die wir bisher angelaufen haben, in Alarmzustand versetzen. Falls wir es jedoch wirklich mit einer Virusinfektion zu tun haben, muß ich Ihnen leider sagen, daß es bereits zu einer Ansteckung gekommen sein könnte, und dann wäre es besser, wenn sie auf unser Schiff beschränkt bliebe.«

Ärmelkanal. März 1314.

In dem verrufenen Viertel, in dem die Gräfin de Serrault zu leben gezwungen war, konnte man jede Art von Ware kaufen. Somit hatte die mutige Frau keine großen Schwierigkeiten gehabt, mit Bertrands Geld zu einem halsabschneiderischen Preis zwei Unteroffiziersuniformen der Leibwache des Königs und drei gesattelte Pferde zu erstehen.

So verkleidet waren Bertrand und Luigi zur Küste aufgebrochen, wobei sie vorgaben, eine Gefangene dorthin bringen zu sollen. Alles war erstaunlich glatt verlaufen. Sie waren vielen Soldatenpatrouillen begegnet, die sie jedoch beim Anblick ihrer Uniformen hatten unbehelligt weiterziehen lassen.

Als sie in Calais ankamen, brachte Bertrand in Erfahrung, daß noch am selben Abend ein Schiff nach Schottland ablegen würde. Sie eilten zum Hafen, wo sie ein kleines, gedrungenes Frachtschiff mit hoher Bordwand vorfanden, kaum länger als dreißig Schritt und mit dem Festland durch einen improvisierten Steg aus zwei Brettern verbunden.

»Ich bin ein Unteroffizier der Leibwache des Königs und habe den Auftrag, eine Gefangene nach Schottland zu bringen!« rief Bertrand von der Mole aus. »Ich bitte um Erlaubnis, an Bord kommen zu dürfen, um mit dem Kapitän zu sprechen!«

Der Kapitän, eine Mischung aus Pirat und Straßenräuber, steckte gierig Bertrands Goldmünzen ein und erklärte, es sei ihm eine Ehre, dem König von Frankreich zu Diensten zu sein.

Der kleine Frachter war gerade in See gestochen, als ein Trupp der Wachen des Königs in den Hafen sprengte. Ihr Anführer stellte am Kai hitzig ein paar Fragen und stieß dann eine Kanonade übelster Flüche aus.

21. Juli 1999.

Als ein Reisebus die letzten Ausflügler zum Hafen zurückbrachte, wurde es bereits Abend. Nach den peniblen Sicherheitskontrollen war die *Queen of Atlantis* bereit zum Ankerlichten, um in weniger als zwanzig Stunden die vierhundert Seemeilen von Rhodos nach Haifa zurückzulegen.

An der Exkursion – der einzigen, seit er an Bord gegangen war – hatte auch Josif Bykow teilgenommen. Wenige Stunden vor der Ankunft in Rhodos hatte er einen Anruf des Kontaktmannes erhalten und ihm den Aufbewahrungsort der Nuklearsprengköpfe genannt.

Da er seines Lebens von diesem Zeitpunkt an nicht mehr sicher sein konnte, hatte er sich der Touristenkarawane angeschlossen, wohl wissend, daß er dort ebenfalls unter ständiger Beobachtung stand.

Unter den Ausflugsteilnehmern waren auch Gerardo und Paola. Sie hatten die mittelalterliche Stadt besichtigt und viel Interessantes über die Geschichte der Insel erfahren. Gerardo hatte sich eifrig Notizen gemacht, aber hin und wieder hatte er es sich nicht verkneifen können, zu seinem Kabinennachbarn hinzuschielen, der den Erläuterungen des Führers kaum zugehört hatte und der Gruppe mit geistesabwesender Miene gefolgt war. Merkwürdiger Mensch.

Kurz bevor er den Befehl zum Auslaufen gab, rief Arthur Di Bono erneut seinen Bordarzt an. »Irgendwelche Neuigkeiten?«

»Dem Patienten geht es ein wenig besser, aber sein Zustand ist immer noch sehr ernst«, antwortete Dr. Redjia.

Nachdem er aufgelegt hatte, begab sich Di Bono zur Brücke, und wenig später legte das majestätische Kreuzfahrtschiff von der Mole des alten Hafens von Rhodos ab.

Wieder zurück im Apartment, begann Paola mit ihren Stimmübungen, da sie am Abend ihr zweites Konzert geben würde. Gerardo schlug derweil seinen geliebten Taschenkalender auf, von dem er sich nie trennte, und gab einige Notizen über die Johanniter, die er während des Besuchs auf Rhodos gemacht hatte, in seinen Laptop ein.

Trotz aller Technikbegeisterung behandelte er sein treues Moleskin-Büchlein, dessen Vorfahren schon die ständigen Begleiter von Schriftstellern wie Hemingway gewesen waren, wie einen Schatz. Als er mit dem Übertragen der Notizen fertig war, steckte er es in die Tasche seines leichten Sommersmokings, den er für den heutigen Gala-Abend bereitgelegt hatte.

Das Dinner war wie immer ausgezeichnet, aber die Gäste strömten bald wieder aus dem Restaurant, um sich Plätze im Theatersaal zu sichern, wo Paola Lari singen würde. Gerardo hatte allein gespeist, da Paola, wie sie ihm erklärte, vor einem Auftritt nichts zu sich nahm. Nun war er gerade auf dem Weg zum Theater, als er im Gang jemanden neben sich bemerkte. Hans Holoff schien es ziemlich eilig zu haben und rempelte ihn an, während er sich einen Weg durch die Zuschauermenge bahnte. Gerardo beschwerte sich nicht über den Rempler, da er vor allem darum bemüht war, Holoff nicht aus den Augen zu verlieren.

Pat Silver hingegen interessierte sich nicht für das Konzert und hatte sich – wie schon so oft – von der Gruppe der Freunde abgesetzt, um ins Kasino zu entschwinden.

Er hatte seine Brille aufgesetzt und spielte seit etwa einer Stunde mit wechselndem Glück Caribbean Poker, als ein Herr, der sich als Direktor des Spielsaals vorstellte, ihn freundlich, aber entschieden aufforderte, ihm ins Büro des Kapitäns zu folgen.

Dana Pettersson, eine leicht übergewichtige Dame mittleren Alters, begann sich während Paola Laris Konzert plötzlich unwohl zu fühlen. Die Freundin, die sie auf der Kreuzfahrt begleitete, mußte sie stützen, als sie Dana aus dem Saal führte. Als sie in den Aufzug stiegen, um zu ihrer Kabine hinaufzufahren, brach Dana zusammen, von Krämpfen geschüttelt.

Fast zur gleichen Zeit zeigten zwei weitere Besatzungsmitglieder Symptome der Ansteckung.

Redjia beugte sich über den Patienten. Bald nach der Abfahrt von Rhodos war Blut im Urin aufgetaucht, und der Körper des Filippinos hatte sich mit Hämatomen bedeckt, ein deutliches Anzeichen für die Zunahme der inneren Blutungen und damit für die weitere Verschlechterung des Krankheitsbildes. Wenig später verstarb Sebastian Chalang an einem plötzlichen Nierenversagen.

Der indische Arzt schüttelte sorgenvoll den Kopf. Der Verdacht, den er hegte, seit die Symptome eine bestimmte Gestalt angenommen hatten, hatte sich leider bestätigt. Seinem Mund entschlüpfte unwillkürlich ein einzelnes Wort, das sogar einem erfahrenen Arzt wie ihm Angst und Schrecken einjagte: »Ebola!«

Pat saß vor Kapitän Di Bono, während sich der Direktor des Kasinos an einem Videorekorder zu schaffen machte.

»Ihre beachtlichen Gewinne haben das Personal des Spielsaals auf Sie aufmerksam gemacht, Mr. Silver«, begann der Kapitän.

»Darf man denn in einem Kasino nur verlieren?« entgegnete Patrick schlagfertig.

»Nein, aber es gibt verschiedene Methoden zu gewinnen«, antwortete Di Bono unerschütterlich, »und Ihre gibt Anlaß zu einiger Verwunderung.«

Auf einem Wandbildschirm erschien nun eine Aufnahme, die von einer versteckten Kamera aufgenommen worden war.

»Wie Ihnen sicher bekannt ist, Mr. Silver, wird jedes Spielkasino von Videokameras überwacht. Aufgrund eines Problems mit der Beleuchtung mußten wir einige der üblichen Geräte durch Infrarotkameras ersetzen. Das Ergebnis können Sie hier sehen.«

Der Direktor vergrößerte das Standbild des Blattes in Pats Hand: Auf der Rückseite der Karten tauchten deutlich verschiedene Fingerspuren auf, die nur mit Infrarotlicht zu sehen waren.

»Sie haben die Spielkarten beim Anfassen mit einem empfindlichen Material gekennzeichnet, Mr. Silver«, beschuldigte ihn der Direktor ohne Umschweife, »so daß Sie im Verlauf der nächsten Runden das Blatt des Croupiers mit Hilfe Ihrer Infrarotbrille lesen konnten.«

»Darf ich diese Brille einmal sehen?« fragte der Kapitän gelassen.

Pat händigte sie ihm aus, denn es war sinnlos zu leugnen. Sie waren ihm auf die Schliche gekommen.

»Dieses Schiff fährt unter amerikanischer Flagge, Mr. Silver, und unsere Gesetze sehen harte Strafen für Falschspieler und Betrüger vor«, sagte Di Bono, wobei er die Brille vor Pats Nase schwenkte. »Aber unsere Gesellschaft ist nicht begierig darauf, derart bedauerliche Vorkommnisse an die große Glocke zu hängen. Wenn Sie Ihre unrechtmäßigen Gewinne erstatten und sich an das Hausverbot halten, das Sie von nun an im Kasino haben, bleibt diese Geschichte unter uns.«

In diesem Moment klingelte das Telefon. Der Kapitän nahm ab, und sein ernstes Gesicht wurde fahl.

<WER IST DENN DIESER JOSIF BYKOW?> tippte Sara.

<DER MANN, DEN GERARDO IN SEINER LETZTEN NACHRICHT ERWÄHNTE, WEIL ER IHN MIT HANS HOLOFF ZUSAMMEN GESEHEN HAT>, antwortete Oswald. <WIR KONNTEN IHN INZWISCHEN IDENTIFIZIEREN, ES HANDELT SICH UM EINEN RUSSISCHEN WAFFENHÄNDLER.>

<WAS FÜR EIN GESOCKS TREIBT SICH DENN AUF DIESEM LUXUSLINER HERUM? ICH WERDE GERARDO SOFORT INFORMIEREN. WIE STEHT ES MIT MEINEM PASSIERSCHEIN FÜR ROSSLYN?>

<SEHR GUT. ER WIRD IN EIN PAAR TAGEN EINTREFFEN.>

Oswald tippte einen Abschiedsgruß und wandte sich wieder Erma zu.

»Also, fassen wir noch einmal zusammen: Ein ehemaliger Ost-Agent, der von einer gefährlichen Geheimsekte angeworben wurde, trifft sich mit einem Waffenhändler großen Kalibers. Man darf vermuten, daß sie ein Geschäft abschließen, aber warum ausgerechnet auf einem Kreuzfahrtschiff?«

»Das Schiff wird in wenigen Stunden in Haifa ankommen, und dann kann uns Holoff die Frage höchstpersönlich beantworten.«

22. Juli 1999.

Arthur Di Bono hatte gerade die israelischen Gesundheitsbehörden über die Gefahr einer Epidemie informiert, und nun stand ihm die schwere Aufgabe bevor, auch die Passagiere darüber aufzuklären. Er mußte behutsam vorgehen, wenn er keine Panik auslösen wollte. Nachdem er einmal tief durchgeatmet und die Bordsprechanlage einschaltet hatte, verkündete er, daß eine aufgetretene Viruserkrankung außergewöhnliche Hygienemaßnahmen erforderlich mache, um eine Ansteckungsgefahr zu minimieren.

Dr. Redjia hatte inzwischen einen der beiden Operationsräume sterilisiert und die drei Neuerkrankten dort untergebracht. Doch er wußte, daß jeden Moment weitere Infizierte eintreffen konnten.

Da haben wir es schon, dachte er, als es an der Tür klopfte, aber zu seiner Erleichterung sah er sich einer sympathischen Amerikanerin gegenüber, die nicht nur einen tüchtigen Eindruck machte, sondern auch vor Gesundheit zu strotzen schien.

»Mein Name ist Annie Ferguson«, stellte sie sich vor. »Ich leite ein Labor für Immunologie und Virologie in Nova Scotia. Ich habe gerade die Nachricht des Kapitäns gehört und bin gekommen, um meine Hilfe anzubieten, falls ich Ihnen nützlich sein kann.«

Ehe er antwortete, musterte Redjia sie einen Moment lang über seine Brille hinweg. »Falls die Situation sich so entwickelt, wie ich befürchte«, sagte er schließlich, »brauchen wir nicht nur Fachkenntnisse, sondern auch sehr viel Glück. Aber eine Virologin ist uns hochwillkommen. Nur verfügen wir hier leider nicht über die adäquaten Gerätschaften.«

»Welches Virus ist Ihrer Meinung nach der Auslöser?«

»Mit höchster Wahrscheinlichkeit handelt es sich um Ebola oder Marburg. Den Symptomen nach zu urteilen, scheint es ein sehr aggressives Filovirus zu sein, das häufig zum Tod führt.«

»Dann dürfen wir keine Zeit verlieren. Zeigen Sie mir einfach Ihre Ausrüstung und einen Platz, an dem ich mich an die Arbeit machen kann.«

Um zwei Uhr morgens wurde Josif Bykow in seinem Apartment aktiv. Er holte ein selbstaufblasbares Floß aus seinem Koffer, ein Päckchen von nicht viel mehr als dreißig Zentimetern Seitenmaß, und zog die Rettungsweste aus dem Schrank. Dann überprüfte er seinen kleinen Satellitensender und zwängte sich in einen Taucheranzug, über den er seine normale Kleidung zog. Er würde sich achtern abseilen, vom untersten Deck, von dem aus das Schiff beim Anlegen vertäut wurde.

Draußen vor dem Apartment rollte Holoff gerade einen Servierwagen des Zimmerservice durch den Korridor. Als er vor Josifs Tür ankam, überzeugte er sich, daß der Gang leer war, stellte dann eine kleine Gasflasche auf den Boden und öffnete das Ventil, damit das einschläfernde Gas durch ein unter der Türritze hindurchgestecktes Röhrchen ins Zimmer dringen konnte.

Josif hatte das Geräusch des Wagens gehört, und als er merkte, daß er vor seiner Tür hielt, machte er sofort das Licht aus. Er hatte bereits einige Kissen unter die Bettdecke gesteckt, damit es so aussah, als schliefe dort jemand. Das Zischen des ins Zimmer strömenden Gases zwang ihn, vorzeitig zu handeln. Er rannte auf den Balkon, band die vorbereitete Ausrüstung mit einer etwa zwanzig Meter langen Leine an sich und sprang ins Meer, wobei er versuchte, möglichst weit entfernt von den Strudeln zu landen, die die Schiffsschrauben erzeugten.

Als die Gasflasche leer war, setzte Holoff eine Maske auf und nahm eine merkwürdig aussehende Pistole zur Hand. Dann führte er einen Magnetschlüssel in das Schloß der Apartmenttür. Mit der Druckluftpistole konnte er auf mehrere Meter Distanz winzige Eisprojektile abschießen, die sich in einem Magazin mit Flüssigstickstoff befanden. Diese Waffe wurde häufig von Geheimdienstlern benutzt, um gefährliche Gegner auszuschalten, ohne Spuren zu hinterlassen. Die Eisnadel drang in den Körper ein und verursachte ein verschwindend kleines Loch, bevor sie sich vollkommen auflöste. Wenn zum Beispiel das Herz getroffen wurde, würde auch der erfahrenste Gerichtsmediziner einen Infarkt diagnostizieren.

Ohne das Licht anzuschalten, feuerte Holoff auf die Wölbung im Bett, die er für Josif Bykows Körper hielt.

»Entschuldigen Sie, daß ich Sie mitten in der Nacht störe, Breil«, sagte Erma am Telefon, »aber der Kapitän der *Queen of Atlantis* hat sich gerade mit unserer Gesundheitsbehörde in Verbindung gesetzt, um die Gefahr einer Virusepidemie an Bord zu melden. Das Schiff kreuzt in der Nähe von Zypern und ist auf dem Weg nach Haifa. Es besteht Verdacht, daß ein Besatzungsmitglied am Ebolavirus gestorben ist, und es sind bereits drei weitere Ansteckungsfälle aufgetreten.«

»Das hat uns gerade noch gefehlt. Jetzt müssen wir unsere Pläne ändern. Welche Maßnahmen wird die Gesundheitsbehörde ergreifen?«

»Die internationalen Bestimmungen schreiben keine obligatorische Quarantäne für das Verkehrsmittel vor, auf dem die Seuche ausgebrochen ist. Sie empfehlen es nur.«

»Dann werde ich dafür sorgen, daß unsere Gesundheitsbehörden der Empfehlung folgen und niemanden an Land lassen. Das Schiff wird in einen evakuierten Bereich des Hafens von Haifa gelotst und unter strenge Bewachung gestellt. Ein Sanitärkordon wird verhindern, daß sich diese Virusinfektion ausbreitet.«

»Sehr gut. Auf diese Weise können wir die Personen, die uns interessieren, in aller Ruhe vernehmen.«

»Haben Sie endlich das Manifest des Schiffs bekommen?«

»Ja, aber es wird lange dauern, es durchzugehen. Sie können sich nicht vorstellen, wieviel Zeug in jedem Anlegehafen auf ein Schiff wie dieses verladen wird.«

»Wenn das Kreuzfahrtschiff in Haifa festmacht, werden wir uns vor Ort anschauen, was die Laderäume enthalten.«

»Einverstanden. Dann wollte ich Ihnen noch mitteilen, daß wir die Verwaltung der Rosslyn-Kapelle dazu bewegen konnten, einer italienischen Wissenschaftlerin ungehinderten Zugang zu gewähren.«

»Schön, ich werde Sara Bescheid geben, daß alles geregelt ist. Und wir warten derweil auf das Schiff«, schloß Oswald und stellte eine schnelle Berechnung an. »Es dürfte nicht viel mehr als zehn Stunden bis Haifa brauchen.«

Nachdem man die vorhandenen Laborgeräte in den zweiten Operationsraum geschafft hatte, bat Annie darum, Sebastian Chalags Leiche untersuchen zu dürfen.

Die Haut war übersät mit blutunterlaufenen Stellen, Anzeichen der starken inneren Blutungen, an denen er gestorben war. Sie konzentrierte sich besonders auf eine Stelle am rechten Oberschenkel, die mindestens dreimal so groß war wie die anderen. In der Mitte war ein kleiner roter Einstich zu erkennen, dem Annie jedoch keine besondere Beachtung schenkte. Sie mußte noch die drei Erkrankten besuchen und deren Symptome begutachten sowie Gewebe- und Blutproben von der Leiche entnehmen, auch wenn sie wußte, daß sie den größten Teil der nötigen Laboranalysen nicht ausführen konnte, um die Todesursache mit absoluter Sicherheit auf ein Filovirus zurückzuführen.

Arthur Di Bono erhielt unterdessen in seinem Büro einen Anruf vom Festland.

»Mein Name ist Farek, und ich bin Vertreter der Weltgesundheitsorganisation im Mittleren Osten«, stellte sich sein Gesprächspartner vor. »Ich rufe im Auftrag des israelischen Gesundheitsministeriums an, um Ihnen mitzuteilen, daß eine Sondereinheit per Hubschrauber zu Ihrem Schiff unterwegs ist. Wir möchten Sie bitten, den Einsatzkräften die größtmögliche Unterstützung zuteil werden zu lassen.

Es sind etwa zwanzig Personen, Ärzte und Pflegepersonal, die über die nötige Ausrüstung verfügen, um eine Ausbreitung der Seuche zu verhindern.«

Als sich Gerardo zum Schlafengehen fertig machen wollte und sein kleines Notizbuch aus der Smokingtasche zog, stutzte er. Mitten auf dem Moleskin-Einband befand sich auf einmal ein kleiner Einstich, der durch fast alle Seiten ging. Um jedes der kleinen Löcher befand sich ein brauner Rand.

»Jemand hat versucht, mich mit einer Nadel zu stechen!« rief er aus. Wann konnte das passiert sein? Blitzartig kam ihm der Zusammenstoß mit Hans Holoff in den Sinn. Er durfte nicht mit Paola darüber sprechen, denn er wußte immer noch nicht, ob sie und dieser Mann sich kannten.

Gerardo stürzte aus dem Zimmer und lief aufgebracht durchs Schiff, bis er in der Nähe der Bar auf Maggie Elliot traf, die ihn besorgt fragte: »Was sagen Sie zu dieser Seuchengefahr, Graf di Valnure?«

»Ich weiß nicht, aber auf diesem Schiff geschehen die merkwürdigsten Dinge«, platzte Gerardo heraus, zog das Notizbuch hervor und zeigte auf die braune, in die Seiten eingetrocknete Flüssigkeit. »Wie es aussieht, hat jemand versucht, mir etwas mit einer Nadel zu injizieren, die jedoch nicht durch das Büchlein dringen konnte.«

Etwa zur selben Zeit betrat ein Zimmermädchen das Apartment neben Gerardos und Paolas, nachdem sie zweimal geklopft hatte. Sie hoffte, daß dieser ständig schlecht gelaunte Russe seine Suite endlich mal verlassen hatte, damit sie saubermachen konnte. Bisher hatte er sie immer weggeschickt.

Als sie meinte, seine Gestalt unter der Decke zu sehen, machte sie schnell wieder das Licht aus und kehrte um, in der Hoffnung, diesen griesgrämigen Gast nicht geweckt zu haben, damit es keine Beschwerde gab.

Natürlich sah sie den winzigen braunen Fleck auf dem Bettbezug nicht, die einzige Spur, die Hans Holoff hinterlassen hatte.

Josif wußte, daß die *Blue Sapphire* auf seinen Befehl dem Kreuzfahrtschiff in sicherem Abstand folgte.

Der Aufprall auf dem dunklen Wasser nach dem Sprung aus gut dreißig Metern Höhe war heftig gewesen. Er war mehrere Meter untergetaucht, und der Sog, der von den mächtigen Schiffsschrauben erzeugt wurde, hatte verhindert, daß er gleich wieder an die Oberfläche gelangen konnte. Seine Lungen schmerzten und waren kurz vorm Platzen, als er endlich wieder auftauchte.

Er holte sofort die Leine ein, die er sich um den Fußknöchel gebunden hatte, und hievte sich mühsam auf das aufgeblasene Floß, wobei er der *Queen of Atlantis* nachblickte, die sich bereits weit entfernt hatte. Sie sah aus wie ein hell erleuchteter Wolkenkratzer inmitten schwarzer Wogen.

Als er auf dem Trockenen war, schaltete er den Satellitensender ein. Seine Männer würden innerhalb einer Stunde dasein, um ihn aufzulesen.

»Leider«, sagte Annie Ferguson zu Dr. Redjia, »kann ich das Virus weder in einer Zellkultur isolieren noch Tests wie Elisa oder Western Blot oder einen Immunofluoreszenznachweis durchführen, die den Ebola-Verdacht bestätigen könnten. Obwohl die Symptome eindeutig scheinen, habe ich immer noch Zweifel, daß es sich tatsächlich um ein Filovirus handelt.«

»Und warum, Dr. Ferguson?«

»Das Fieber ist bei dem philippinischen Koch erst mehrere Stunden nach dem Auftreten der Symptome festgestellt worden, und die anderen drei Patienten haben noch immer normale Temperatur. Bei den Virusinfektionen, die wir in

Betracht ziehen, tritt hohes Fieber jedoch als erstes Symptom auf und nicht erst infolge innerer Blutungen und Infektionsherde.«

»Welche Schlüsse ziehen Sie daraus?«

»Ohne meine Laborinstrumente kann ich nichts mit Sicherheit sagen, aber nach der Analyse der neurotoxikologischen Werte scheint mir, daß wir es eher mit einer Vergiftung als mit dem Ebolavirus zu tun haben.«

»Um was es sich auch handeln mag, wir werden es herausfinden. Der Kapitän hat mir gerade mitgeteilt, daß ein Team der Weltgesundheitsorganisation mit drei Hubschraubern hierher unterwegs ist. Mit Hilfe ihrer Ausrüstung werden wir bald Gewißheit haben. Sie müßten in etwa zehn Minuten landen, dann halten wir eine erste Besprechung ab.« Redjia stand auf, legte seinen Arztkittel ab und zog die Uniformjacke über.

Sie gingen gemeinsam hinaus, und Redjia begab sich gleich zu der geplanten Besprechung, während Annie aufs Deck ging, um frische Luft zu schnappen. Sie lehnte sich an die Reling und stützte den Kopf in die Hände. Irgend etwas leuchtete ihr bei der Sache nicht ein. Wenn die Laborausstattung des Schiffs nicht so begrenzt gewesen wäre, sie wäre sicher schon dahintergekommen.

Plötzlich spürte sie eine Hand auf ihrer Schulter und fuhr herum.

»Wir brauchen dich«, sagte Maggie erregt. Bei ihr war der italienische Adlige, den sie ihnen zu Beginn der Kreuzfahrt vorgestellt hatte.

Die drei Helikopter näherten sich dem Schiff im Formationsflug. Am letzten hing ein Metallcontainer, der mit dicken Stahltauen befestigt war.

Die Annäherung an die Landeplattform, die sich genau über der Kommandobrücke befand, wurde durch einen leichten Gegenwind erschwert, doch dann gingen die ersten beiden Hubschrauber nieder, luden ihre Fracht ab und knatterten gleich wieder davon. Wie in einem Science-fiction-Film waren ihnen Gestalten in luftdichten weißen Overalls mit breiten durchsichtigen Visieren in den Kapuzen entstiegen.

Der dritte Hubschrauber landete erst gar nicht, sondern setzte nur den Container ab, der offenbar das nötige Material für einen solchen Notfall enthielt.

Der Zahlmeister führte den medizinischen Spezialtrupp sofort zum Kapitän.

Zur gleichen Zeit riß Annie in dem zum Labor umgewandelten Operationsraum eine Seite aus Gerardos Notizbuch, die ihr als Probe dienen sollte, und untersuchte sie unter dem herkömmlichen Mikroskop der Krankenstation.

Mehrere Minuten lang saß sie über das Gerät gebeugt und hob den Blick nur dann und wann vom Okular, um einige Bücher zu konsultieren.

Dann stand sie auf einmal mit triumphierender Miene auf und stürmte aus dem Labor. Dr. Redjia war sicher noch im Büro des Kapitäns und beriet sich mit den Ärzten der Weltgesundheitsorganisation. Sie mußte ihm sofort berichten, was sie entdeckt hatte.

Der Leiter der Task Force betrat mit zweien seiner Leute das Büro des Kapitäns, ohne den Schutzoverall abgelegt zu haben. Er reichte Di Bono die behandschuhte Rechte und stellte sich als Oberstarzt Mills vor.

Dr. Redjia hatte einen ausführlichen Bericht über die beobachteten Krankheitsfälle erstellt, aber zu seiner Verwunderung würdigte Mills ihn keines Blickes, sondern wandte sich erneut in entschiedenem Ton an den Kapitän

»Von jetzt an übernehme ich das Kommando des Schiffs!« sagte er mit einer Stimme, die durch die in die Kapuze eingelassenen Luftfilter verzerrt und metallisch klang.

»Entschuldigen Sie, Oberst, aber das internationale Schifffahrtsrecht sieht so etwas nicht vor, höchstens für den Fall, daß auch ich die Symptome ...«

Mills steckte die rechte Hand in die große Aktentasche, die er bei sich hatte, und Di Bono und Redjia glaubten, er würde eine Beschlagnahmeanordnung oder ein anderes Dokument hervorziehen, das seine Absicht legitimierte.

Doch als seine Hand wieder zum Vorschein kam, lag eine Skorpion-Maschinenpistole darin.

»Ich übernehme mit meinen Männern das Kommando des Schiffs!« wiederholte er drohend.

Annie wartete eine Antwort auf ihr kurzes Klopfen gar nicht erst ab. Ihre Entdeckung war zu wichtig, um sie nicht sofort dem Kapitän, dem Schiffsarzt und dem gerade eingetroffenen Personal der WHO mitzuteilen.

Als sie eintrat, bemerkte sie nicht, daß die Männer in den Schutzanzügen schnell etwas hinter ihren Rücken versteckten, und führte das verlegene Schweigen im Raum auf ihr Hereinplatzen zurück.

»Entschuldigen Sie bitte, daß ich Ihre Besprechung störe«, sprudelte sie hervor, »aber ich habe etwas herausgefunden, das für die Gegenmaßnahmen entscheidend sein wird. Es handelt sich nämlich weder um ein Filovirus noch um eine Epidemie, sondern um ein Gift, das ähnliche Symptome wie die Viren Ebola und Marburg hervorruft und in sehr häufigen Fällen zum Tod führt. Es ist ein Giftstoff, der auch in der Anästhesie verwendet wird und von der in Birma und Laos weitverbreiteten Russell-Viper stammt. Jemand hat ihn dem Verstorbenen und den drei Kranken mit einer Spritze oder etwas ähnlichem injiziert. Folglich müssen wir nach einem Mörder suchen, nicht nach einem Krankheitserreger.«

Annie wollte gerade Gerardos Notizbuch zum Beweis vorlegen, als einer der Männer im Overall auf sie zutrat.

»Bravo!« rief Oberst Mills in beißend ironischem Ton, der

durch den metallischen Klang seiner Stimme nicht gemildert wurde.

Erst da bemerkte Annie die Waffen.

»Was ist hier los? Ich verstehe nicht …«, murmelte sie.

»Diese Herrschaften sind offenbar nicht die, die wir erwartet haben, Miss Ferguson«, erklärte Kapitän Di Bono mit ruhiger Stimme. »Es sind gemeine Kriminelle, die sich meines Schiffs bemächtigen wollen.«

Maggie und Gerardo hatten vor dem improvisierten Labor auf das Ergebnis von Annies Analyse gewartet. Irgendwann war sie herausgekommen, hatte nur gerufen, es bestehe keine Gefahr einer Epidemie, und war davongestürmt. Also hatten sie beschlossen, auf die oberen Decks zurückzukehren, um dort zu warten, bis Annie wieder auftauchte und ihnen alles erklärte.

Sie befanden sich etwa in der Mitte des Korridors zu den Aufzügen, als sie hinter einer Ecke die Stimmen zweier russisch sprechender Männer hörten.

»Was soll ich mit den Kranken machen?« fragte der eine.

»Die Dosis, die ich ihnen verabreicht habe, ist früher oder später tödlich, aber wir sollten keine Zeit verlieren. Servier sie ab«, antwortete der andere.

Gerardo zuckte zusammen, weil er glaubte, Holoffs Stimme erkannt zu haben, und zog die überraschte Maggie am Arm in eine Abstellkammer.

Als die beiden Männer um die Ecke kamen, spähte er durch den schmalen Türspalt: Der eine trug den weißen Overall der Spezialeinheit, aber der andere war tatsächlich Holoff.

Der Mann im Overall betrat die Krankenstation, und wenige Augenblicke später waren die Schüsse einer schallgedämpften Maschinenpistole bis in die Kammer zu hören.

Über die Lautsprecheranlage forderte der Kapitän alle Passagiere und – mit Ausnahme der Diensthabenden auf der Brücke – die gesamte Besatzung auf, sich sofort im Theatersaal und der großen Bar einzufinden.

Die gehen mir auf den Wecker mit ihrer Epidemie, dachte Pat und drehte sich in seinem Bett herum. Ja, ja, er würde sich schon an eine der Sammelstellen begeben, aber erst später. Jetzt wollte er schlafen.

Zur gleichen Zeit startete vom obersten Deck der *Blue Sapphire* ein zweisitziger Helikopter. Neben dem Piloten saß Josif Bykow mit gewohnt starrem Gesichtsausdruck.

16. KAPITEL

Roslin. März 1314.

»Reitet nur schon weiter, Ritter!« sagte die Gräfin de Serrault erschöpft. »Ich werde etwas langsamer nachkommen. Ich möchte nicht, daß mein armes Herz versagt, und das so kurz, bevor ich meinen Sohn wiedersehen darf. Reitet nur, reitet, und sagt ihm, er soll mir so schnell wie möglich entgegenkommen. Ich kann es kaum erwarten, ihn in die Arme zu schließen.«

Das war eine seltsame Aufforderung an zwei Tempelritter, deren Orden ursprünglich zu dem Zweck gegründet worden war, anderen Reisenden Schutz zu gewähren. Aber die trutzige Burg der St. Clairs war bereits in Sicht, und so gaben Bertrand und Luigi ihren Pferden die Sporen und ritten darauf zu.

Von den Zinnen der Burg hingen Standarten mit dem Wappen des Königs von Schottland, Robert the Bruce. Ein Löwe mit überlangem Schweif, der sich wie ein geschwungener Riemen wand, hing über dem Portal.

Bertrand fragte ein paar Leute, denen sie auf der Straße begegneten, was der Anlaß für den festlichen Schmuck sei, und er erhielt zur Antwort, daß der König gekommen sei, um Männer für den bevorstehenden Kampf gegen Edward von England anzuwerben, der entscheidend für die Unabhängigkeit Schottlands sein würde.

Kaum hatten sie das Hauptportal durchschritten, als ihnen Jean-Marie als einer der ersten entgegeneilte. Er war noch bleicher und zittriger als sonst, aber Bertrand gab ihm gar nicht erst die Zeit, den Mund aufzumachen, sondern erzählte ihm gleich die frohe Nachricht.

»Wir haben dir eine Überraschung aus Frankreich mitgebracht, mein Freund«, sagte er. »Deine Mutter ist mit uns gekommen und auf dem Weg hierher zur Burg. Sie bittet dich, ihr entgegenzureiten.«

Halb von Sinnen vor Glück, schwang sich Jean-Marie sofort auf ein Pferd und preschte zur Straße nach Edinburgh.

Als Bertrand und Luigi den Haupttrakt der Burg betraten, kam ihnen Baron St. Clair entgegen.

»Brüder und Freunde!« rief der edle Schotte. »Welch große Freude, euch wiederzusehen! Um euch willkommen zu heißen, habe ich eine Unterredung mit Robert the Bruce, dem König von Schottland, unterbrochen. Kommt schnell, der König hat mich gebeten, euch zu ihm zu führen!«

Trunken vor Glück galoppierte Jean-Marie über die Straße nach Edinburgh. Seine Mutter war der einzige geliebte Mensch, der ihm geblieben war, und er hatte lange um ihr Leben gefürchtet, weil keiner seiner Boten sie hatte auffinden können.

Von Freunden aus Paris hatte er bereits erfahren, daß sie in Ungnade gefallen war und Philipp der Schöne ihren gesamten Besitz beschlagnahmt hatte. Doch jetzt war sie nur noch wenige Meilen von ihm entfernt. Erneut bohrte er seinem Pferd die Hacken in die Flanken und ritt in ein dichtes Waldstück. Als er um eine Wegbiegung kam, sah er ein Bündel mitten auf dem Weg liegen, das er zuerst für einen Haufen Lumpen hielt. Aber dann erkannte er, daß es sich um einen menschlichen Körper handelte, zügelte das Pferd und stieg ab.

Als er die Liegende umdrehte, entrang sich ihm ein Schrei der Verzweiflung. Es war seine Mutter. Ein Schwerthieb hatte ihr den Schädel fast bis zu den Augenbrauen gespalten.

Jean-Marie war starr vor Entsetzen, dann gaben seine Beine nach. Er bemerkte die zwölf englischen Soldaten nicht einmal, die ihn umringt hatten.

Südöstliches Mittelmeer. 22. Juli 1999.

Pietro Vassalle fuhr seit sieben Jahren auf den Schiffen der Maritime Cruise Lines, immer unter dem Kommando Kapitän Di Bonos, und war mit schöner Regelmäßigkeit im Rang aufgestiegen. In seinem Englisch klang noch der melodiöse Tonfall seiner italienischen Heimatregion Ligurien mit.

Als er die Ansage über den Lautsprecher hörte, befand er sich gerade auf der Brücke, und während er sich noch fragte, was wohl passiert war, erhielt er einen Anruf vom Kapitän.

»Geben Sie Befehl, die Maschinen zu stoppen, Mr. Vassalle. Von jetzt an übernimmt Oberst Mills mit seinen Leuten das Kommando des Schiffs. Ich weise Sie hiermit an, ihren Befehlen Folge zu leisten. Es geht um die Sicherheit des Schiffs und seiner Passagiere. In ein paar Minuten werde ich bei Ihnen auf der Brücke sein.«

Pietro Vassalle begriff sofort, daß etwas nicht stimmte. Er suchte den Schlüssel zum Waffenschrank von dem Bund, den er ständig am Gürtel trug, und ging nach nebenan in den Offiziersraum, wo er ein großes Gemälde abhängte und die Schranktür aufschloß, die sich dahinter verbarg.

Die zehn Berettas 7.65 waren auf ihren Holzständern aufgereiht. Darüber hingen vier Winchester-Pumpguns. Vassalle entschied sich für drei Handfeuerwaffen, nahm ein paar Patronenschachteln und versteckte anschließend die drei leeren Pistolenständer.

Vielleicht waren seine Befürchtungen übertrieben, und der Grund für das Verhalten des Kapitäns war eine Verschlimmerung der Epidemie. Aber so, wie er Di Bono kannte, würde dieser sein Schiff nicht aufgeben, bevor es »bis zum Funkmast« gesunken war. Diesen Spruch hatte er von seinem Vater, der lange als Kapitän auf italienischen Ozeandampfern gefahren war.

Maggie und Gerardo blieben in ihrer Kammer, bis der Mann im weißen Overall wieder an ihnen vorbeigegangen war.

»Wir müssen uns versteckt halten, bis wir wissen, was hier gespielt wird, Maggie«, flüsterte Gerardo

Nachdem er die Durchsage des Kapitäns gehört hatte, nahm Lionel Goose den Arm seiner Frau und ging diszipliniert mit ihr zum Sammelpunkt.

Als sie sich in den Strom der anderen Passagiere einreihten, sahen sie einen Mann im weißen Overall und wunderten sich nicht wenig, daß ein Mitglied der Weltgesundheitsorganisation eine Waffe bei sich trug. Irgend etwas war hier nicht in Ordnung. Kurz darauf wurde ihr Verdacht bestätigt.

Pat Silver wurde vom lauten Schlagen einer Tür geweckt, und nach einem zweiten Knall stand er auf und lugte in den Korridor. Er sah zwei bewaffnete Männer in weißen Overalls, die alle Türen aufstießen, als wollten sie sich davon überzeugen, daß sämtliche Kabinen verlassen worden waren. Die Sache gefiel ihm überhaupt nicht.

Leise zog er sich zurück und verharrte einen Moment reglos. Die Geräusche kamen immer näher, gleich war seine Kabine an der Reihe. Er wartete, bis die beiden Männer Maggies Quartier erreicht hatten, und als er sie wieder hinausgehen hörte, rannte er auf den Balkon und kletterte über die Trennwand. Zwei Sekunden später betraten sie seine leere Kabine.

Pietro Vassalle beschloß, die Anweisung des Kapitäns zu mißachten und ihn nicht auf der Brücke zu erwarten. Er kannte dieses Schiff wie seine Westentasche und würde sich ohne Schwierigkeiten eine Weile versteckt halten können, bis die Lage geklärt war.

Nachdem er dem Steuermann befohlen hatte, die Maschinen zu stoppen, verließ er die Brücke und verschwand im Bauch des Schiffs. In einer Tasche trug er zwei der drei Pistolen und die Munition bei sich. Die dritte Waffe hatte er in seinen Gürtel gesteckt und die Uniformjacke darüber zugeknöpft.

Haifa. 22. Juli 1999.

Der israelische Militärhubschrauber brauchte weniger als eine halbe Stunde für die 95 Kilometer von Tel Aviv nach Haifa. An Bord rekapitulierte Oswald noch einmal Punkt für Punkt die letzten unfaßbaren Neuigkeiten. Er war ratlos und verstand die Schachzüge des unbekannten Feindes nicht.

Erma hatte ihn zwei Stunden zuvor angerufen, um ihm mitzuteilen, daß der Mossad ein Gespräch zwischen dem Kapitän des Schiffs und einem Mann, der sich als Vertreter der Weltgesundheitsorganisation ausgab, mitgehört hatte. Ein Anruf Ermas bei dem tatsächlichen Verantwortlichen der WHO hatte jedoch ergeben, daß dieser nichts von der *Queen of Atlantis* wußte und auch keinen Kontakt mit dem israelischen Gesundheitsministerium gehabt hatte.

Der Hubschrauber senkte sich bereits auf das Torpedoboot *Sa'ar 5* der israelischen Marine herab, um auf dessen Deck zu landen.

Lausanne. 22. Juli 1999.

Didier Foche war auf dem Weg aus der Innenstadt zum Nobelwohnviertel Beau Rivage am Genfer See, wo seine Villa lag. Als begeisterter Autofahrer verzichtete er so oft es ging auf seinen Chauffeur und die Leibwächter, von denen er nur auf längeren Dienstreisen Gebrauch machte. Er betrachtete Lausanne als eine besonders sichere Stadt, selbst für Personen wie ihn, die häufig mit höchst gewagten Geschäften zu tun hatten.

An einer Ampel in der Nähe des Bahnhofs hielt ein Taxi neben seinem japanischen Stadtwagen. Auf dem Rücksitz saß eine umwerfend schöne Frau, die ihm freundlich zulächelte.

Er rückte automatisch seine Krawatte zurecht, dann machte ihn das Hupkonzert der hinter ihm wartenden Autos darauf aufmerksam, daß längst Grün war.

Wieder eine Ampel, und wieder hielt das Taxi neben ihm. Foche warf der Frau einen offen bewundernden Blick zu, auf den sie mit einem lässigen Winken und einem Augenzwinkern reagierte.

Sie entfernten sich vom überfüllten Stadtzentrum und erreichten das Seeufer, wo der Verkehr spärlicher floß. Als er bemerkte, daß das Taxi ihm immer noch folgte, setzte Foche den rechten Blinker und bog in eine Parkbucht ein.

Mit männlicher Befriedigung sah er im Rückspiegel, wie das Taxi das gleiche tat. Die Frau stieg aus und kam auf ihn zu. Sie war groß und blond, mit üppigen Kurven und slawischen Gesichtszügen.

Wortlos stieg sie zu ihm ins Auto, wobei ihr Rock ein Stück hochrutschte und noch mehr von ihren langen Beinen freigab. Foche gestattete sich einen ausgiebigen Blick auf das junge, zarte Fleisch, das ihm dargeboten wurde, und machte sich bereit, es zu genießen. Dazu allerdings kam er nicht, denn die betäubende Substanz, die ihm die schöne Unbekannte ins Gesicht sprühte, tat augenblicklich ihre Wirkung.

Als er einige Stunden später wieder erwachte, verstand er zunächst nicht, ob das unablässige Brummen, das er hörte, von außen kam oder aus seinem Schädel. Es dauerte eine

Weile, bis sein Blick wieder klar wurde, doch dann erkannte er, daß er sich in einem Privatjet befand. Vor ihm auf einem bequemen kleinen Sofa saß Josif Bykow.

Rom. Flughafen Leonardo da Vinci. 22. Juli 1999.

Sara hatte viel von Oswald gelernt, jedoch nicht, wie man eventuelle Verfolger bemerkte und abschüttelte. Sie war noch nie beschattet worden und verschwendete gar keinen Gedanken an diese Möglichkeit.

Folglich hatte sie, als sie vor ihrem Haus ins Taxi stieg, nicht auf das Auto geachtet, das aus einer schmalen Seitenstraße bog. Und erst recht hatte sie nicht die Frau bemerkt, die, in strenges Grau gekleidet, auf der Rückbank des Wagens saß.

Ungefähr eine Stunde später begrüßte sie Toni Marradesi, der unruhig in der Abflughalle auf- und ablief und grummelte: »Du weißt, wie sehr ich das Fliegen hasse. Warum muß ich mich in so eine Blechbüchse zwängen? Ich bin ein erdverbundener Mensch, ich kann nicht in zehntausend Metern Höhe existieren. Laß mich hier, und ich werde dir genauso nützlich sein, als wäre ich bei dir in dieser Kapelle von … wie, zum Teufel, heißt sie doch gleich?«

»Sie heißt Rosslyn und befindet sich in Roslin«, antwortete sie lachend. »Und jetzt reg dich mal wieder ab. Du brauchst keine Angst zu haben.«

Sie warteten noch auf zwei unbekannte Personen, die sich ihnen durch einen komplizierten Verständigungskode zu erkennen geben würden und keine Fans des Templerordens und seiner geheimnisvollen Verzweigungen waren, sondern von Oswald entsandte Schutzengel. Die Weitsicht ihres Freundes hatte Sara schon oft das Leben gerettet.

Ein Paar kam auf sie zugeschlendert. Die Frau, Karin, war rund und pausbäckig, dabei aber erstaunlich beweglich. Sie trug eine große Brille mit Schildpattgestell über ihren rosigen Wangen, die ihr das Aussehen einer Skirennläuferin verlieh. Bertold, ihr Begleiter, sprach ein gutes Italienisch, wenn auch mit einer eigentümlichen Intonation. Offiziell traten sie als zwei Archäologen von der Universität Bonn auf.

Nachdem die Erkennungsprozedur erledigt war, gingen sie getrennt zum Einchecken. Während sich Sara und Toni in der langen Schlange für einen Flug nach Nairobi einreihten, stellten sich Karin und Bertold an der kürzeren für die Maschine nach Edinburgh an. Die beiden jungen Mossad-Agenten erledigten das Einchecken für alle vier, wonach Sara und Toni so taten, als hätten sie etwas vergessen, ihre Schlange verließen und ihnen auf Umwegen folgten.

Doch bei aller Vorsicht hatte keiner der vier auf die unauffällige Nonne geachtet, die in einem Wartebereich in der Nähe saß.

Sobald sie durch die Sicherheitskontrollen am Gate ihres richtigen Fluges waren, holte die Schwester ein Handy hervor, wählte eine Nummer und sagte knapp: »Sie fliegen nach Edinburgh.«

Roslin. März 1314.

Jean-Marie de Serrault stand im Zelt der englischen Soldaten vor Auguste d'Auberge, dem Kommandanten der Leibwache Philipps IV. In seinem Blick flackerte der Wahnsinn.

»Diese beiden Übeltäter haben sich Eurer Mutter als Schutzschild bedient, um aus Frankreich zu fliehen«, sagte d'Auberge. »Sie schleppten sie nach Calais und glaubten, entkommen zu sein, aber meine Informanten hatten schon von dieser merkwürdigen Dreiergruppe gehört. Wir hofften, sie aufzuhalten, ehe sie eine Passage nach Schottland fanden, aber wir kamen zu spät. Also habe ich ein schnelles Schiff beschlagnahmt und bin mit einem persönlichen Brief unseres Königs an König Edward nach England gefahren, der mir diesen Trupp Soldaten zur Verfügung stellte. Wir haben die Pferde Tag und Nacht angetrieben, um noch rechtzeitig zu kommen und Eure Mutter zu retten, doch leider … Als wir hier eintrafen, hatten die beiden Mörder die arme Frau schon getötet, die sie nun nicht mehr als Geisel brauchten. Ihr müßt Euch rächen, Graf de Serrault.«

Robert the Bruce saß am Kopfende des langen Tisches aus schwerem Eichenholz. Bei ihm waren seine beiden Statthalter, Sir James Douglas und Sir Thomas Randolph, sowie weitere schottische Edelmänner. Als Baron St. Clair mit Bertrand und Luigi den Saal betrat, stellte er sie dem König von Schottland mit lobenden Worten vor.

»Mir sind die heldenhaften Taten der Tempelritter und ihre treue Ergebenheit wohlbekannt«, antwortete Robert. »Aus diesem Grund habe ich mich von Anfang an geweigert, den schändlichen Verbrechen Glauben zu schenken, die man Euch zur Last legte. In meinem Land sollen die Templer stets freundliche Aufnahme finden. Eure Erfahrung im Kampf kann uns im Krieg gegen die Engländer von großem Nutzen sein, denn unsere Truppen sind gegenüber denen Edwards in der Minderzahl. Aber Schottland wird dennoch frei bleiben, jetzt und für immer!«

Danach löste sich die Versammlung auf, und Robert the Bruce machte sich auf den Weg zum Torwood Forest, wo er zwischenzeitlich Truppen aus allen Teilen Schottlands zusammenzog. Es handelte sich größtenteils um Männer, die kaum ausgebildet und mehr schlecht als recht bewaffnet waren, dafür aber mutig und voller Entschlossenheit.

Als er den Saal verließ, fragte Bertrand den Kommandanten der Burgwache nach de Serrault, und als er hörte, daß weder die Gräfin noch Jean-Marie eingetroffen waren, überkam ihn eine böse Vorahnung.

Sie begannen sofort mit der Suche, die mehrere Tage lang andauerte, aber Jean-Marie und seine Mutter schienen wie vom Erdboden verschluckt.

Südöstliches Mittelmeer. 22. Juli 1999.

Kapitän Di Bono betrat in Begleitung einiger Terroristen in weißen Schutzanzügen sowie eines Mannes, in dem viele einen Passagier erkannten, die Brücke. An der Art, wie letzterer mit dem angeblichen Oberst Mills sprach, konnte man erkennen, wer das Sagen bei dieser schmutzigen Aktion hatte.

»Zeigen Sie uns, wo Ihr Waffenarsenal ist, und geben Sie uns den Schlüssel, Kapitän«, befahl Hans Holoff.

»Ich habe ihn nicht«, log Di Bono, der sofort bemerkt hatte, daß sein Erster Offizier nicht wie befohlen auf der Brücke auf ihn wartete.

»Geben Sie uns den Schlüssel zum Waffenarsenal!« wiederholte der Anführer der Terroristen und drückte dem Steuermann die Mündung seiner Maschinenpistole an die Schläfe.

Di Bono holte den Schlüssel aus der Tasche und warf ihn auf den Kartentisch, wobei er auf das Gemälde im Nebenraum deutete, hinter dem die Waffen aufbewahrt wurden.

Im selben Moment zog Holoff den Abzug durch. Blut spritzte auf die Fensterscheibe der Kommandobrücke, und der Steuermann brach tot zusammen.

»Den brauchen wir nicht mehr. Von nun an werden meine Männer das Schiff steuern«, sagte Holoff eiskalt, nahm den Schlüssel und öffnete den Wandschrank.

Trotz seines Schocks sah Di Bono gleich, daß drei der Pistolen fehlten.

»Und jetzt«, befahl Holoff weiter, »verständigen Sie die US-amerikanischen und die israelischen Behörden über

Funk, daß sich Ihr Schiff in unserer Gewalt befindet und daß ab sofort Funkstille herrschen wird.«

Die acht Männer des Sicherheitsdienstes der *Queen of Atlantis* versahen ihren Dienst in der Nähe der Krankenstation, in einem Kontrollraum, in dem die Bilder der mehr als hundert übers Schiff verteilten Überwachungskameras zusammenliefen. Die meisten von ihnen ruhten sich nach ihrer Schicht gerade in ihren Kojen aus, als die Durchsage des Kapitäns sie weckte, und zogen sich eiligst wieder an. Zwei saßen stets im Dienstraum vor den Kontrollbildschirmen.

Pietro Vassalle mußte sie so schnell wie möglich warnen. Durch seine ausgezeichnete Kenntnis des Schiffes mußte er die Aufzüge nicht benutzen, um zu den unteren Decks zu gelangen. Die Gänge waren verlassen, denn Passagiere und Besatzung hatten sich schon an den vom Kapitän benannten Orten eingefunden.

Gerardo und Maggie dagegen hockten immer noch mucksmäuschenstill in ihrem Versteck. Durch den Türspalt sahen sie, wie vier bewaffnete Männer dem Raum des Sicherheitspersonals zustrebten. Kurz darauf kam ein Offizier vorbei, der sich mit gezückter Pistole vorsichtig durch den Korridor bewegte, und Gerardo erkannte in ihm den sympathischen Italiener, der am Tisch des Kapitäns gesessen hatte. Er ging in dieselbe Richtung wie die vier Terroristen.

Gerardo öffnete schnell die Tür, zog ihn zu sich herein und erklärte ihm flüsternd und mit Gesten, in welche Gefahr er beinahe hineingelaufen wäre. Kaum hatte er ausgesprochen, hörten sie die unheilvollen dumpfen Schläge der schallgedämpften Maschinenpistolen, dann gingen die vier Männer in den Overalls wieder an ihnen vorbei.

Darauf wagten sich die drei hinaus und eilten zum Kontrollraum, aber es war nichts mehr zu machen. Die Terroristen hatten die Männer vom Sicherheitsdienst überrascht und erbarmungslos niedergemacht.

Das Theater hatte sich unterdessen mit Mannschaftsmitgliedern und Passagieren gefüllt, die sich auch in den Korridoren und der Dionysos-Bar drängten. Kapitän Di Bono betrat mit einem Mikrofon in der Hand die Bühne, genau wie einige Tage zuvor bei der Willkommensfeier, doch die Atmosphäre war diesmal eine andere.

»Oberst Mills und seine Männer haben das Kommando des Schiffs mit Gewalt an sich gerissen«, verkündete er und versuchte, sich seine Angst und Besorgnis nicht anmerken zu lassen. »Ich möchte Sie dringend bitten, ihren Befehlen Folge zu leisten, um unnötiges Blutvergießen zu vermeiden.«

Panik breitete sich unter den Passagieren aus. Einige Frauen begannen zu schreien, aber die Schüsse, die einer der Männer im weißen Overall in die Decke abgab, stellten sofort wieder ein angespanntes Schweigen her. Der sogenannte Oberst Mills riß dem Kapitän das Mikrofon aus der Hand und sagte gebieterisch: »Wenn es zu keinen Zwischenfällen kommt, werden Sie nicht länger als vierundzwanzig Stunden hier drin bleiben müssen. Versuchen Sie keine Heldentaten, das wäre dumm und überflüssig. Meine Männer haben die Anweisung, sofort zu schießen.«

Im selben Augenblick tauchten an den strategisch wichtigen Stellen des Theaters und der Bar weißgekleidete Männer mit gezückten Waffen auf.

»Wir nähern uns in Kürze der israelischen Küste. Jede Kommunikation mit dem Festland wäre ein tödlicher Fehler, weshalb Sie uns jetzt zu Ihrer eigenen Sicherheit sämtliche Mobiltelefone und Funkgeräte aushändigen werden. Die interne Kommunikation des Schiffs ist bereits unterbrochen. Wenn Sie vernünftig sind und gehorchen, wird Ihnen nichts passieren.«

Viele Passagiere und Mannschaftsmitglieder strömten daraufhin zu einem Tisch, an dem einer der Terroristen saß und ihre Handys und tragbaren Funkgeräte entgegennahm und auf einen Haufen warf.

Kurz darauf stießen die anderen Terroristen, die das Schiff von oben bis unten durchsucht hatten, zu ihrer Gruppe.

»Sie sind alle hier, Oberst«, meldete einer von ihnen. »Der Rest des Schiffs ist leer. Mit dem Sicherheitspersonal ist befehlsgemäß verfahren worden.«

Das größte Passagierschiff der Welt hatte sich in ein Gefangenenlager verwandelt, und die Kreuzfahrt war zu einer Reise in den Tod geworden.

Roslin. 23. Juli 1999.

Der zuständige Denkmalpfleger der Kapelle Rosslyn empfing die kleine Wissenschaftlergruppe mit ausgesuchter Höflichkeit.

»Ich bin von höchster Stelle gebeten worden, Sie nach Kräften zu unterstützen, und das will ich gern tun. Gestatten Sie mir daher, Sie zunächst ein wenig herumzuführen. Nachdem Sie sich orientiert haben, können Sie Ihre Untersuchungen ungehindert und außerhalb der normalen Besuchszeiten durchführen, auch wenn es natürlich nicht gestattet ist, Proben zu entnehmen oder das Bauwerk sonst in irgendeiner Weise zu beschädigen. Daher ist es unabdingbar, daß Sie die Tür zur Kapelle offenlassen, damit wir uns gegebenenfalls davon überzeugen können, daß die Vorschriften eingehalten werden.«

Der Hauptteil des Gebäudes wurde von einem Blechdach auf einem Gerüst aus Eisenstangen und Stegen geschützt, das es zudem ermöglichte, auch die Skulpturen und Ornamente unterhalb der Decke der Kapelle aus nächster Nähe zu betrachten.

Der Konservator gab großzügig sein historisches Wissen preis, streifte aber mit keinem Wort die Fragen, die gewisse Besonderheiten des Bauwerks aufwarfen. Sara tat aus Höflichkeit, als hörte sie aufmerksam zu, aber sowohl sie als auch Toni kannten die Fakten, die man ihnen nannte, längst auswendig.

»William St. Clair, dritter und letzter Fürst von Orkney, begann im Jahr 1446 mit dem Bau der Kapelle und wurde nach seinem Tod 1484 im westlichen Teil beigesetzt, der jedoch nie vollendet wurde«, erklärte ihr Führer. »Zwischen 1589 und 1590 jedoch sprach die Kirche die Acht über die Kapelle aus und bezeichnete sie als ›einen Hort des Götzendienstes, in keiner Weise angemessen, um darin das Wort Gottes zu verkünden oder die heiligen Sakramente zu spenden‹. Oliver St. Clair, ein Nachfahre Williams, wurde mehrfach aufgefordert, die Altäre abreißen zu lassen, und im Jahr 1592 sogar vor ein bischöfliches Gericht zitiert, das ihm mit der Exkommunikation drohte, falls er nicht gehorchte. Der Abriß erfolgte am 31. August desselben Jahres, und seitdem war Rosslyn dem Verfall preisgegeben. Doch die Kapelle trotzte den Stürmen der Zeit und steht bis heute, wie Sie sehen. Leider gibt es immer noch Leute, die in den figürlichen Darstellungen und sogar in der Architektur selbst irgendwelche geheimnisvollen verborgenen Symbole entdecken wollen.«

Die Führung dauerte etwa eine Dreiviertelstunde, wonach die vier Besucher dem höflichen Konservator dankten und ihn wissen ließen, daß sie noch am selben Abend mit ihren Untersuchungen beginnen würden.

Als sie etwas später durch die Gassen von Roslin streiften, stieß Toni plötzlich Sara an und deutete auf die Titelseite einer Zeitung in der Auslage eines Zeitschriftenhändlers.

»*Queen of Atlantis* gekapert«, lautete die Balkenüberschrift. »Fast fünftausend Menschen in den Händen von Terroristen.«

Sie stürzten hinein und kauften zwei Exemplare. Auf der anderen Seite der Gasse stand ein Mann vor einem Hauseingang und kramte in seinen Taschen nach dem Schlüssel, bis sie wieder hinauskamen und in ihr Hotel gingen. Darauf ließ der Unbekannte Schlüssel Schlüssel sein und ging in einen Pub, wo er sich an eines der kleinen Fenster gegenüber dem Hoteleingang setzte.

Südöstliches Mittelmeer. 23. Juli 1999.

Oswald Breil hatte dem Kommandant der *Sa'ar 5* befohlen, sich im Kielwasser der *Queen of Atlantis* zu halten, jedoch so, daß sie nicht entdeckt werden konnten.

Unterdessen waren auf seine Bitte hin zwei weitere Personen per Hubschrauber eingetroffen: Erma, der Chef des Mossad, und Hauptmann Bernstein, ein alter Bekannter und wertvoller Mitarbeiter des »Instituts«, der jedem Computer seine geheimsten Geheimnisse entlocken konnte.

»Ich verstehe einfach nicht, was diese Terroristen vorhaben«, sagte Breil. »Bisher haben sie keinerlei Forderungen gestellt, und das Schiff hält weiter mit Minimalgeschwindigkeit Kurs auf Haifa.«

Ein Offizier der israelischen Korvette betrat den Kommandoraum, nachdem er höflich angeklopft hatte.

»Ich bitte um Verzeihung, Herr Vizeminister«, sagte er und stand stramm. »Wir haben gerade einen Funkspruch von einer Yacht in unserer Nähe erhalten. Der Eigner, ein Russe namens Josif Bykow, bittet darum, mit Ihnen sprechen zu dürfen. Er behauptet, im Besitz wichtiger Informationen zu sein.«

Die Passagiere hatten eine erste Nacht in Angst und Schlaflosigkeit verbracht. Di Bono war es gelungen, den Terroristen die Erlaubnis abzuringen, daß eine kleine Küchenmannschaft ein Frühstück zubereiten und dieses mit Tablettwagen servieren durfte. Die Furcht in den Räumen war fast greifbar, aber alle verhielten sich vorbildlich.

Di Bono schätzte, daß die israelische Küste nicht mehr als vierzig Seemeilen entfernt war. Die *Queen of Atlantis* hielt weiter mit gedrosselter Kraft Kurs auf Haifa.

Lionel Goose und seine Frau saßen zufällig neben Sam und Debbie Ride, dem Ehepaar aus Maryland, mit dem sie am Tisch des Kapitäns gespeist hatten. Die junge Frau schien in ihrer Aufregung die Situation nicht richtig zu begreifen, beschwerte sich ständig und bedrängte ihren Ehemann, er solle etwas unternehmen.

»Nun sehen Sie sich das an!« jammerte sie, an Lisa gewandt, wie ein verwöhntes Mädchen. »Mein Kleid ist ganz zerknittert. Dabei hat es ein Vermögen gekostet, kann ich Ihnen sagen ...«

Sie unterbrach sich erschrocken, als ihr Handy anschlug, das sie den Entführern nicht hatte aushändigen wollen. In der bedrückenden Stille des Saals klang es so laut wie das Glockengeläut einer Kathedrale.

Sofort waren zwei der Terroristen bei ihr, entrissen ihr die Tasche mit dem Telefon, und Debbie wurde auf die Bühne gezerrt, wo Oberst Mills ihr brutal die Mündung der MPi an die Schläfe drückte.

»Halt, ihr Mörderpack!« schrie Lionel, stürzte sich auf die schreckliche Szene und riß dabei den Mann um, der die Geiseln von der Bühne aus mit seiner MPi in Schach hielt.

Doch Mills drückte ab, bevor Lionel ihn erreichen konnte; der Anblick von Debbie Rides explodierendem Schädel war entsetzlich.

Aus Furcht, den Oberst oder ihren Komplizen zu treffen, konnten die anderen Terroristen im Saal nicht auf Lionel schießen. Dessen Hände gingen wie Stahlhämmer auf Mills nieder. Die harte Ausbildung, die er als junger Mann bei den Green Berets erhalten hatte, kam ihm noch immer zugute, und seine Wut machte ihn zu einem tödlichen Gegner.

Mit einem gräßlichen Knacken nahm Mills' Hals eine unnatürliche Haltung an.

Die Geiseln schrien auf, woraufhin die Terroristen einige Salven mit ihren Maschinenpistolen in die Luft abgaben, um wieder für Ruhe zu sorgen.

Lionel spürte, wie ihn jemand am Arm packte. »Schnell, hier entlang!« rief Di Bono und zog ihn von den beiden Toten weg.

Sie verschwanden hinter den Kulissen und erklommen die schmale Leiter, die auf die Rampe über der Bühne führte, wo die Scheinwerfer und diverse Requisiten hingen. Di Bono bedeutete Lionel, sich zu bücken, und schob ihn zu einer niedrigen Tür am Ende der Rampe, hinter der sich ein kleiner Zwischenraum befand.

Es wurde nicht mehr geschossen, die Terroristen schienen wieder alles unter Kontrolle zu haben.

»Danke, Käpt'n«, sagte Lionel, etwas außer Atem.

»Ich habe Ihnen zu danken, weil Sie durch Ihr mutiges Eingreifen für Verwirrung gesorgt haben. Frei sind wir den anderen nützlicher als in Gefangenschaft dieser Bande.«

Inzwischen hatten Maggie und Gerardo unter Pietro Vassalles Führung das unterste Deck achtern erreicht, wo sich die Müllverbrennungsanlage und die Tanks für Brennstoff und Abwässer befanden. Alle drei waren sie mit Pistolen bewaffnet. Vom Verbrennungsofen ging ein übler Gestank aus, aber den registrierten sie kaum, und sie konnten es immer noch nicht recht fassen, daß sie den Entführern entwischt waren.

»Hier dürfte uns niemand finden«, sagte der italienische Offizier. »Außerdem glaube ich, daß die Terroristen anderes zu tun haben, als das Schiff nach uns zu durchkämmen.«

So verhielt es sich tatsächlich. Kaum herrschte im Theater wieder Ordnung, da gab Hans Holoff den Befehl, die Operation plangemäß weiter durchzuführen, und setzte lediglich drei Männer auf die beiden Flüchtigen an.

Ein paar der Terroristen begaben sich aufs Oberdeck, um den Container zu entladen, den der dritte Hubschrauber gebracht hatte, während wieder andere in den Laderaum Nummer 14 hinabstiegen und sich an den dort aufgereiht stehenden fünf Kisten zu schaffen machten.

Der Kapitän und Lionel bewegten sich mit größter Vorsicht, doch als Lionel vorweg um eine Ecke im Korridor bog, traf ihn eine Faust mitten ins Gesicht.

Di Bono sah ihn zu Boden gehen, während Pat Silver mit erhobenen Fäusten und angriffsbereit hinter der Ecke auftauchte.

»Verflixt!« rief er, als er sah, was er angerichtet hatte, dann half er Lionel auf die Beine. »Ich dachte, ich hätte es mit einem Terroristen zu tun und ...«

»Die Zeit drängt, Mr. Silver!« unterbrach ihn Di Bono. »Wir müssen Kontakt mit dem Festland aufnehmen.«

»Wie sollen wir das anstellen?« fragte Pat. »Ich habe einige Telefone ausprobiert, aber sie sind alle tot. Außerdem habe ich gesehen, wie die Terroristen die Handys in den Kabinen der Passagiere eingesammelt haben. Dazu kommt noch, daß wir nur zu dritt und unbewaffnet sind, während uns mindestens zwanzig bis an die Zähne bewaffnete Männer gegenüberstehen.«

»Ich bin mir ziemlich sicher«, entgegnete der Kapitän, »daß mein Erster Offizier nicht gefangengenommen wurde und es noch geschafft hat, einige Pistolen aus dem Waffenschrank zu entnehmen. Ich glaube, ich weiß auch, wo er sich versteckt.«

Die *Blue Sapphire* näherte sich dem israelischen Kriegsschiff und ließ eines der beiden motorbetriebenen Beiboote zu Wasser. Josif Bykow gelangte über das Fallreep an Bord und wurde sofort in den Kommandoraum geführt. Als er sich einem merkwürdigen kleinen Mann gegenübersah, überbekamen ihn Zweifel, ob dieser Zwerg der gefährlichen Situation gewachsen war.

»Ich bin der Stellvertretende Verteidigungsminister von Israel«, sagte das Männchen in einem Ton, der Josifs Zweifel sogleich zerstreute.

»Dann sind Sie also der berühmte Oswald Breil. Ich fühle mich geehrt, Ihre Bekanntschaft zu machen. Mein Name ist Josif Bykow. Wenn der Ruf, der Ihrem Geheimdienst vorauseilt, gerechtfertigt ist, brauche ich Ihnen wohl nicht zu erklären, in welchem Metier ich tätig bin.«

Oswald nickte nur und bedeutete ihm fortzufahren.

»Dieses Kreuzfahrtschiff transportiert zehn Nuklearsprengköpfe, die aus SS-20-Raketen stammen«, berichtete Josif knapp. »Was ich damit zu tun habe, können Sie sich denken. Doch inzwischen befindet sich die einzige Person, die uns sagen kann, was die Terroristen damit vorhaben, in meiner Gewalt. Ich bin bereit, sie Ihnen zu übergeben, wenn Sie dafür meine Rolle bei dieser Angelegenheit vergessen.«

Rosslyn. 23. Juli 1999.

Sara betrachtete ausführlich die vierzehn Säulen, deren Anordnung allem Anschein nach rein statische Gründe hatte. Sie war jedoch überzeugt, daß ihre Verteilung noch einer anderen, verborgenen Gesetzmäßigkeit folgte.

»›Ein Behältnis, in dem etwas Wertvolles aufbewahrt wird‹ … ›der Tempel von Jerusalem‹ … ›der Schlüssel zum Schatz‹«, zitierte sie und wies Toni darauf hin, daß die unsichtbaren Linien zwischen den Säulen im östlichen Teil der Kapelle ein dreifaches *Tau* bildeten, ehe sie ihren Blick weiterwandern ließ. Wenn sie mit ihrer Vermutung richtig lag, mußte es zwischen dem Tempel von Jerusalem und Rosslyn noch eine andere Analogie geben. Plötzlich erhellte sich ihr Gesicht.

»Zeit, ins Hotel zurückzukehren«, sagte sie unvermittelt. »Ich muß noch ein paar Texte studieren und nachsehen, ob ein gewisser gemeinsamer Freund auf meine letzte Nachricht geantwortet hat.«

Keiner der vier bemerkte beim Hinausgehen, daß ein Augenpaar jede ihrer Bewegungen verfolgte.

Wieder im Hotel, schloß Sara ihren Laptop ans Netz und lud ihre eingegangenen Nachrichten herunter. Als sie von der Entführung gelesen hatte, hatte sie Oswald sofort geschrieben, aber es war immer noch keine Antwort von ihm eingetroffen. Offenbar hatte ihr kleiner Freund im Moment Wichtigeres zu tun, dachte sie enttäuscht.

17. KAPITEL

Südöstliches Mittelmeer. 23. Juli 1999.

Didier Foche erklomm mit gesenktem Kopf das Fallreep der israelischen Korvette, eskortiert von zwei bewaffneten Männern Bykows. An Deck wurde er von Breil und seinen Mitarbeitern sowie Bykow selbst erwartet.

Auf der letzten Stufe schien er zu stolpern, worauf einer der beiden Wächter ihn stützte, und diese Unvorsicht nutzte Foche, um ihm mit einer blitzschnellen Bewegung die Pistole zu entreißen.

»Nie werdet ihr hinter das Geheimnis meiner Brüder kommen!« schrie er, richtete die Waffe auf Bykow und drückte ab. Dann hielt er sich selbst die Mündung an die Schläfe.

Oswald war im Nu bei ihm und versetzte ihm mit der rechten Schulter einen Stoß gegen die Hüfte, so daß er die Waffe verriß und ihm die Kugel nicht an der Schläfe in den Kopf drang, sondern weiter oben, wo sie die Schädeldecke durchschlug.

Josif Bykow lag hingestreckt auf dem Deck. Aus einem Mundwinkel floß Blut, rot wie die Rubine der Romanows.

»Es ist gut so«, murmelte er, bevor er starb. »Nadja und Großvater Igor warten schon viel zu lange auf mich ...«

Der Untersuchungsbericht, den das medizinische Personal der *Sa'ar 5* wenig später an Oswald Breil schickte, besagte, daß Foches Zustand ernst sei, er aber aller Wahrscheinlichkeit nach durchkommen werde. Es werde jedoch eine Weile dauern, bis er vernehmungsfähig sei. Außerdem wurden Oswald die Habseligkeiten übergeben, die man bei dem Bankier gefunden hatte, darunter eine rote, mit einem Goldfaden verzierte Kordel.

Pat Silver und Lionel Goose folgten dem Kapitän durch Gänge und über Treppen, die normalerweise nur von der Besatzung benutzt wurden, weshalb sie hofften, dort nicht auf Terroristen zu stoßen. Sie stiegen mehrere Stockwerke in die Tiefe, bis zu dem Deck, unter dem sich nur noch der Kiel befand.

Als sie in den Bereich mit der Verbrennungsanlage kamen, schlug ihnen der widerliche Gestank der Abfälle entgegen, doch Di Bono ignorierte ihn und rief seinen Offizier mit halblauter Stimme.

Vassalle tauchte sogleich hinter einem der Öfen auf, die Pistole in der Hand, und einen Augenblick später kamen auch Maggie und Gerardo hervor. Maggie warf Pat mit einem unterdrückten Schrei die Arme um den Hals und schmiegte sich an ihn.

»Beeilung!« drängte der Kapitän. »Wir müssen zu einem der oberen Decks zurück. Vielleicht finden wir doch noch einen Weg, mit der Außenwelt in Kontakt zu treten. Hier jedenfalls sind wir niemandem von Nutzen.«

Er wies die sechs an, sich in drei Gruppen aufzuteilen, jede mit einer Pistole versehen, und beauftragte Maggie und Pat damit, ein funktionierendes Kommunikationsmittel aufzutreiben. Die anderen würden die Bewegungen der Terroristen beobachten, und alle sollten sich nach einer Stunde wieder an dieser Stelle einfinden.

Eine lange Reihe von Türen säumte den Korridor. Pat gab Maggie die Pistole und flüsterte: »Sieh nach, ob du ein funktionierendes Telefon oder ein Handy findest, das den Terroristen entgangen ist. Ich versuche inzwischen, den Funkraum zu finden. Wir treffen uns in zehn Minuten wieder hier.«

Damit verschwand er, und Maggie machte sich daran, die Kabinen zu inspizieren. Es war ein erfolgloses Unterfangen, denn die Banditen hatten ganze Arbeit geleistet. Trotzdem überprüfte sie die Apparate in allen Zimmern, doch immer mit dem gleichen enttäuschenden Ergebnis.

Als sie die zehnte Kabine betrat, hörte sie plötzlich ein Rascheln in ihrem Rücken und fuhr herum.

Vor ihr stand Hans Holoff mit einem höhnischen Grinsen im Gesicht und zwei bewaffneten Männern an seiner Seite. Er nahm ihr die Pistole ab und sagte mit seinem harten deutschen Akzent: »Sie sind sehr schön, gnädige Frau, aber auch sehr naiv. Der Bordcomputer hat uns jedesmal Ihre Position signalisiert, wenn Sie einen Hörer abgenommen haben. Los, kommen Sie mit!«

Maggie wurde grob ins Theater zu den anderen Geiseln gezerrt, wo jemand sie nach einer Weile sachte an der Schulter berührte. Als sie sich umdrehte, sah sie Timothy, der ihr beruhigend zulächelte, und weil aller Mut sie verlassen hatte, lehnte sie sich an ihn.

Hans Holoff betrat derweil die Bühne und ergriff das Mikrofon.

»Sie werden in wenig mehr als einer Stunde frei sein – wir sind bereits dabei, das Schiff zu verlassen. Sie haben gesehen, was passiert, wenn Sie unseren Befehlen nicht strikt gehorchen, also überlegen Sie sich gut, was Sie tun. Um Überraschungen zu vermeiden, werden wir zwei Geiseln mitnehmen, und zwar zwei der Ladies!« Er zeigte auf die ausgewählten Frauen in der Menge. »Ich rate Ihnen beiden, sich ruhig zu verhalten und uns nicht zu zwingen, erneut die Waffen zu benutzen. Die anderen brauchen nur zu warten, bis die Feuertüren geöffnet werden, die wir jetzt schließen. Auf Wiedersehen.«

Die erste Frau, auf die Holoff gezeigt hatte, war Paola Lari, die zweite Maggie.

»Einen Moment!« rief Timothy plötzlich. »Ich bin ein

leitender FBI-Beamter. Als Geisel bin ich für Sie wertvoller als meine Frau. Nehmen Sie mich!«

Holoff überlegte einen Augenblick, mit einem seltsamen schmalen Lächeln auf den Lippen. »Sieh an, ein Yankee-Bulle. Und so tapfer. Aber Sie haben mich überzeugt. Ihre Frau kann bleiben, Sie kommen mit!«

Maggie umarmte ihren Mann und mußte schluchzen. Er opferte sich für sie, und sie hatte ihn erst vor kurzem betrogen. Zwei Männer in weißen Schutzanzügen entrissen ihr Timothy, drückten ihm eine Waffenmündung ins Kreuz und stießen ihn vor sich her.

Pat gelangte etwas verspätet wieder beim Treffpunkt an. Er hatte länger dafür gebraucht, den Funkraum zu finden, als er gedacht hatte, und festgestellt, daß die Terroristen die Geräte unbrauchbar gemacht hatten. Eine halbe Stunde lang wartete er vergeblich auf Maggie, dann ging er besorgt hinunter zu dem Raum mit der Müllverbrennungsanlage, wo er abermals wartete, bis endlich die anderen eintrafen. Als er sie kommen sah, erlosch sein letzter Hoffnungsfunke, denn Maggie war nicht bei ihnen.

Er erklärte schnell, was passiert war, und gab sich die Schuld, weil er Maggie allein gelassen hatte.

»Ich muß sie finden, um jeden Preis. Können Sie mir eine Ihrer Waffen überlassen? Meine habe ich Maggie gegeben.«

»Es ist besser, wenn ich mit Ihnen komme«, entgegnete Pietro Vassalle. »Wenn Sie Mrs. Hassler finden wollen, brauchen Sie jemanden, der sich auf dem Schiff auskennt.«

Im Theater war Derrick inzwischen der erste, der versuchte, die schwere Stahltür zu öffnen, die einem Brand zwei Stunden lang widerstehen konnte. Ermutigt durch seine Initiative, gesellten sich bald andere hinzu, und sie versuchten gemeinsam, die Tür aufzubrechen. Aber es war umsonst – diese Wand aus Stahl würde niemals nachgeben.

»Die *Queen of Atlantis* hat gestoppt«, verkündete der Radaroffizier.

Oswald überlegte einen Augenblick und bat dann den Kapitän der Korvette: »Könnten Sie bitte den Arzt kommen lassen?«

Der junge Offizier betrat kurz darauf den Kommandoraum.

»Wie geht es dem Bankier?« erkundigte sich Oswald.

»Besser, Herr Vizeminister. Ich denke, er wird es schaffen.«

»Wann können wir ihn vernehmen?«

»Wenn sich sein Zustand weiter bessert, würde ich sagen, in zwei, drei Tagen.«

»Solange können wir unmöglich warten. Mit höchster Wahrscheinlichkeit gehört dieser Mann einer Sekte von skrupellosen Mördern an, die zu allem bereit sind, auch zum Selbstmord, wie Sie gesehen haben. Sie haben ein Schiff mit fünftausend Menschen an Bord in ihre Gewalt gebracht. Auf diesem Schiff befinden sich außerdem genug Nuklearsprengköpfe, um die halbe Welt zu vernichten. Ich denke, das sind ausreichende Gründe, den Mann einer Intensivbehandlung zu unterziehen, um ihm die Zunge zu lösen, meinen Sie nicht?«

»Wenn Sie an Pentotal oder ähnliche Mittel denken, muß ich Sie an seinen derzeitigen Zustand erinnern. Ich glaube nicht, daß er deren Einsatz überstehen wird. Aber wenn Sie die Verantwortung übernehmen, Herr Vizeminister, werde ich es versuchen.«

Roslin. 23. Juli 1999.

Sara klopfte kurz an und platzte, ohne ein »Herein« abzuwarten, in Tonis Zimmer.

Ihr Mitarbeiter saß versunken über seinen Laptop gebeugt und hob kaum den Blick.

»Ich hätte nackt sein können oder in Gesellschaft eines hübschen Zimmermädchens«, murmelte er.

»Da wäre es wahrscheinlicher, du hättest dich in die häßliche Kröte aus dem Märchen verwandelt«, gab Sara schlagfertig zurück.

»Hört, hört, da spricht unser männerverschlingender Vamp. Nun aber mal raus damit: Welche sensationelle Entdeckung hat dich veranlaßt, meine Privatsphäre zu verletzen?«

»Sieh dir das mal an!« sagte Sara und breitete zwei Lagepläne auf dem Tisch aus, die frisch aus ihrem Reisedrucker kamen. »Das hier ist eine Rekonstruktion des Tempels von Jerusalem und das der Grundriß der Rosslyn-Kapelle. Wie du siehst, ähneln sie sich sehr. Aber das ist noch nicht alles. Das Allerheiligste des Tempels – der Ort, wo die heiligsten Gegenstände des Judentums aufbewahrt wurden, die Bundeslade, die Menora und so weiter – befand sich, wie du weißt, genau in der Mitte eines jüdischen Symbols, nämlich des Davidsterns, den man zwischen scheinbar zufälligen architektonischen Elementen nachzeichnen konnte. Aber die Erbauer des Tempels haben natürlich nichts dem Zufall überlassen. Und jetzt kommt das Beste: Man muß nur den Grundriß des Tempels von Jerusalem über den von Rosslyn legen – *et voilà.*«

Sara legte die beiden Blätter übereinander und hielt sie vor eine Lampe.

Toni riß die Augen auf und sah sie voller Bewunderung an. Dann warf er einen Blick auf seine Armbanduhr.

»Los, wir müssen uns beeilen!« sagte er. »Die offizielle Öffnungszeit ist gleich vorbei, dann haben wir Rosslyn die ganze Nacht für uns. Gehen wir!«

Südöstliches Mittelmeer. 23. Juli 1999.

Auf der Korvette beugte sich Breil über das Bett von Didier Foche, dessen Worte weinerlich und kläglich klangen. Das Narkotikum zeigte bereits seine Wirkung.

»Welcher Organisation gehören Sie an, Foche?« fragte er.

»Ich bin eines der zwölf Mitglieder des Hohen Rates des Neuen Ordens der Armen Ritter Christi, dem der Großmeister vorsteht«, antwortete der Bankier kaum hörbar, wobei er jedoch jede Silbe so deutlich betonte wie ein Automat.

»Was ist euer Plan? Wollt ihr die Atomwaffen auf der *Queen of Atlantis* zünden?«

Foche antwortete nicht, und fast hatte es den Anschein, als hätte er das Bewußtsein verloren. Oswald wiederholte die Frage laut, weil ihm klar war, daß Foche nur noch kurze Zeit bei klarem Verstand sein würde.

Der Bankier nickte.

»Wo versammelt sich der Neue Orden? Wer ist der Großmeister? Was ist euer Ziel? Sind weitere Attentate geplant?«

Foches letzte Worte klangen äußerst wirr. »Satan entthronen ... Der Damm, der das Laster nährt ... Die große Welle wird die Sünden hinwegspülen, und auf den Trümmern werden wir das Reich Christi neu errichten ... Die alte Straße in die Ewige Stadt ... die Villa ...«

Dann durchzuckte ein Schauder seinen Körper, und der Schiffsarzt schüttelte den Kopf und bedeckte das Gesicht des Toten mit dem Laken. Didier Foche würde nichts mehr sagen.

Als sich Stimmen näherten, versteckten sich Pietro Vassalle und Pat Silver unter einem der Roulettetische, so daß sie nur die Beine der Vorbeigehenden sehen konnten.

Als erstes kamen eine Frau und ein Mann, gefolgt von weiteren zwei Männern, von denen einer den weißen Overall der Terroristen trug.

Kaum waren sie vorbei, kroch Pietro Vassalle vorsichtig aus dem Versteck, faßte die Beretta mit beiden Händen, zielte sorgfältig und traf den Mann im Overall genau in den Nacken.

Hans Holoff fuhr herum, kam aber nicht mehr zum Schuß.

Vassalle hatte bereits ein zweites Mal durchgezogen, und auf dem Hemd des ehemaligen Stasi-Agenten breitete sich ein roter Fleck aus, während er nach hinten taumelte. Bevor er fiel, schoß Vassalle erneut und traf ihn in den Kopf.

Pat, der gerade ebenfalls unter dem Tisch hervorkriechen wollte, hörte den Offizier noch zu den beiden Geiseln sagen: »Schnell, folgt mir, ehe die anderen kommen«, als in Paola Laris Hand ein Dillinger 6.35 mit vier übereinanderliegenden Läufen auftauchte. Wie ein Spielzeug sah der Revolver aus.

Sie drückte ab und traf Vassalle aus einer Distanz von wenigen Schritten mitten in die Brust.

Pietro Vassalle brach zusammen, war aber noch in der Lage, seine Pistole geistesgegenwärtig unter den Roulettetisch zu schleudern.

Pat schnappte sie sich und sprang unter dem Tisch hervor. Er feuerte in schneller Folge sieben Schüsse ab, von denen mehrere Paola trafen.

Als die Schießerei losbrach, hatte sich Timothy Hassler zwischen zwei Spielautomaten geflüchtet, aber eine verirrte Kugel streifte ihn an der Schulter.

Pat packte ihn am gesunden Arm und zerrte ihn mit sich fort.

Der Wassertank, ein hermetisch dichter Behälter von den Ausmaßen eines Olympiaschwimmbeckens, befand sich in einem Bereich neben der Verbrennungsanlage. In ihm wurden die Abwässer gesammelt, während das Schiff in einem Hafen lag oder sich in Küstennähe aufhielt, um dort Verschmutzungen zu vermeiden und die Abwässer später auf dem offenen Meer zu entsorgen.

Die Geräusche, die der Kapitän hörte, kamen genau von dort, so daß er sich bis zu der Verbindungstür schlich und durch das große Schloß spähte.

Um den Tank standen etwa zwanzig Terroristen in Taucheranzügen. Neben ihnen waren einige wasserdichte Kapseln aufgereiht. Die beiden großen Inspektionsdeckel des Abwassertanks waren geöffnet.

Di Bono hörte deutlich, wie einer der Terroristen seinen Nachbarn fragte: »Wann kommen denn endlich die anderen?«

»Der Befehl lautet, nicht zu warten«, antwortete der Angesprochene und sah auf seine Taucheruhr. »Wenn sie in zwei Minuten nicht hier sind, müssen wir das Schiff ohne sie verlassen. Der Bordcomputer wird in genau vier Minuten in Funktion treten, und wenn sich dieser Koloß wieder in Bewegung setzt, sollten wir in sicherer Entfernung von seinen Schrauben sein.«

Der Kapitän beobachtete, wie sich jeweils zwei der Männer mit einer der voluminösen Kapseln durch die Inspektionsöffnungen hinabließen und in die übelriechende Flüssigkeit abtauchten. Sie würden unter dem Bauch des Schiffes herauskommen, durch das große Stahlrohr, über das die Abwässer ins Meer entsorgt wurden.

Niemand würde sie unter dem Kiel suchen, und so perfekt, wie sie organisiert waren, wartete wahrscheinlich in der Nähe ein U-Boot auf sie. Sie würden ungeschoren davonkommen.

Di Bono zwang sich zur Ruhe. Es war sinnlos, die noch verbliebenen Terroristen anzugreifen. Er hätte keine Chance gehabt. Besser war es, alles zu tun, um das Schiff und seine Passagiere zu retten. Nach dem, was er gehört hatte, mußte die Küste inzwischen ganz nah sein.

Seit einigen Jahren baute die Firma US Submarines auch U-Boote für den Zivilgebrauch, wahre Wunderwerke der Technik, die mit dem Komfort einer Yacht ausgestattet waren und dabei Leistungen unter Wasser erbringen konnten, die den U-Booten der Marine kaum nachstanden. Die Auswahl der Modelle reichte von einem kleinen U-Boot von zehn Metern Länge für sechs Personen bis zu einem Boot von 65 Metern mit vier Decks.

Das Modell Nomad 1000 war rund zwanzig Meter lang, konnte bis zu dreißig Personen transportieren und auf eine maximale Tiefe von 305 Metern tauchen. Es war mit zwei Dieselmotoren mit 250 PS Leistung für die Fahrt an der Oberfläche sowie zwei Elektroantrieben ausgestattet, die es auf je 100 Pferdestärken brachten. Die Höchstgeschwindigkeit betrug zehn Knoten an der Oberfläche und fünf unter Wasser.

Der Meeresgrund vor dem Hafen von Haifa besteht aus einer weiten Sandfläche in einer fast gleichbleibenden Tiefe von etwa sechzig Metern. Das Nomad 1000 verharrte dort seit mehreren Stunden. An Bord herrschte absolute Stille, denn jedes Geräusch konnte von den israelischen Kriegsschiffen aufgefangen werden, die in der Nähe der *Queen of Atlantis* kreuzten.

Nachdem sie den Ozeandampfer durch das Abwasserrohr verlassen hatten, tauchten die Terroristen mit ihrer Ladung senkrecht durch das klare Wasser zu der Stelle, wo das U-Boot sie erwartete. Die Klappe der Dekompressionskammer war bereits geöffnet.

»Wo sind der Chef und die anderen?« fragte der Kapitän, als alle an Bord waren. »Ist etwas passiert?«

»Wir haben auf sie gewartet, solange wir konnten«, antwortete der Anführer des Kommandos. »Aber wir hatten Befehl, das Treffen mit euch unter keinen Umständen zu verpassen.«

»Richtig. Der Chef und die Frau werden auch allein mit

jeder Situation fertig, und ich muß mich an meine eigenen Befehle halten. In einer Stunde, wenn die *Queen of Atlantis* ihre Militäreskorte weit genug weggeführt hat, werden wir hier verschwinden.«

Torwood Forest, Schottland. Juni 1314.

Die Heeresübungen im Hauptquartier von Robert the Bruce hatten zwei Monate lang angedauert, doch nun wurde es Zeit, aufzubrechen. Der König von Schottland wollte dem Heer Edwards II. nicht die Wahl des Schlachtfelds überlassen.

Die Kundschafter hatten bestätigt, daß die Engländer den 6000 Schotten weit überlegen waren, denn sie verfügten über etwa 20 000 Fußsoldaten und eine Kavallerie von 2500 Reitern. Dazu kamen noch verschiedene Eliteeinheiten, darunter die legendären walisischen Bogenschützen, von denen behauptet wurde, sie könnten die Pfeile so schnell auf die Bogensehnen legen, daß sie fünf weitere abschossen, ehe der erste sein Ziel erreichte.

Dagegen waren die schottischen Kämpfer vor allem mit großem Mut ausgestattet. Ihre Kavallerie bestand lediglich aus 500 Männern, und innerhalb der Truppe gab es immer wieder Probleme aufgrund des undisziplinierten Wesens der Highlander.

Die Schotten mußten sich also auf eine vierfache Übermacht des Feindes einstellen, was sie jedoch wenig schreckte. Sie waren von einem Gemeinschaftssinn beseelt, den die Engländer nicht kannten, und hatten außerdem die von Robert the Bruce entwickelte Strategie der Beweglichkeit auf ihrer Seite. Nichts durfte statisch sein auf dem Schlachtfeld, und auch jene Waffen, die klassischerweise der Verteidigung dienten, sollten für den Angriff genutzt werden.

Das galt auch für die *Schiltron*, die aus zugespitzten, vier Meter langen Holzpfählen bestanden und eigentlich in einer traditionellen Schlachtformation vor der Vorhut in die Erde gerammt wurden, um den ersten Angriff der Reiterei abzuwehren. Roberts Männer waren jedoch darauf gedrillt, sie wie die anderen Waffen vor sich herzutragen, um auf Befehl eine kreisförmige Aufstellung einzunehmen und die Spitzen nach außen zu richten.

Südöstliches Mittelmeer. 23. Juli 1999.

Die Überlebenden, die noch frei waren, fanden sich auf der Kommandobrücke ein, wo jeder über den Ausgang seiner Mission berichtete. Timothy Hassler, dessen Verletzung sich als nicht schwer erwiesen hatte, war behandelt und zum Ausruhen in eine Kabine gebracht worden.

Arthur Di Bono schäumte vor Wut, denn die von ihm belauschten Bemerkungen der Terroristen bestätigten sich in ungeahnter Weise: Die manuelle Steuerung des Schiffes war deaktiviert worden, und die *Queen of Atlantis* wurde nun vom Zentralcomputer gesteuert, mittels eines von den Terroristen eingespeisten Programms.

Er setzte sich an einen der Terminals und gab eine Reihe von Befehlen ein, aber vergebens.

»Nichts zu machen. Ich erhalte keinen Zugang zum Hauptrechner. Offenbar sind die Steuerungsbefehle an das Schiff auf irgendeine Weise geschützt. Es ist nicht nur unmöglich, die *Queen* per Hand zu steuern, sondern auch, einfache Befehle einzugeben, wie zum Beispiel zum Öffnen der Feuertüren, hinter denen die Besatzung und die Passagiere gefangen sind. Auch jegliche Kommunikation ist unterbrochen.«

Im selben Moment erschien auf dem Bildschirm des Terminals eine scheinbar zufällige Abfolge von Zahlen und Buchstaben, dann schaltete sich der Computer ab.

»Ein Virus!« rief Pat Silver.

»Ein Virus?« fragte der Kapitän beunruhigt.

»Ja, und ich fürchte, daß sämtliche Terminals damit infiziert sind. Sobald man versucht, Befehle einzugeben oder auch nur Zugang zum Hauptrechner zu erhalten, wird der Virus aktiviert und löscht alle Daten des benutzten Computers.«

»Verstehe. Können Sie etwas dagegen tun?«

»Ich will es versuchen, Käpt'n, aber es wird nicht einfach sein.«

Plötzlich gab es einen Ruck, und Pat taumelte zurück. Auf irgendeinen programmierten Befehl hin hatte die *Queen of Atlantis* einen Schub nach vorn bekommen, und danach erhöhten die Maschinen stetig die Geschwindigkeit, bis sie mit voller Kraft fuhr.

An Bord der *Sa'ar 5* zeigte der israelische Offizier auf eine Leuchtspur des Radarschirms. »Sie haben die Geschwindigkeit erhöht, Herr Vizeminister. Sie fahren jetzt mit Maximalgeschwindigkeit, etwa 24 Knoten. Wenn sie den Kurs beibehalten, werden sie in Kürze die Hafeneinfahrt von Haifa erreichen.«

Das war also der Plan der Terroristen, erkannte Oswald entsetzt: 120 000 Tonnen Stahl, beladen mit Nuklearsprengköpfen, die mit fünfzig Stundenkilometern auf eine Stadt zurasten.

»Sofort das Hafengebiet von Haifa evakuieren!« befahl er, wohl wissend, wie sinnlos diese Maßnahme war, denn zehn Atomsprengköpfe reichten aus, um den ganzen Mittleren Osten in Schutt und Asche zu legen.

»Glauben Sie, es handelt sich um ein Selbstmordattentat?« fragte Erma.

»Wäre möglich. Falls sie sich nicht unsichtbar gemacht haben, müßten die Terroristen noch an Bord sein.«

»Wir könnten versuchen, die *Queen of Atlantis* zu versenken, ehe sie den Hafen erreicht«, meinte Erma.

»Sinnlos«, entgegnete Oswald. »Wir würden alle Geiseln zum Tode verurteilen, ohne daß wir wissen, ob wir das Schiff wirklich versenken können. Der Liner hat eine derart dichte Abschottung, daß er praktisch unsinkbar ist. Und selbst wenn es uns gelänge, ihn zu versenken, würden wir die Auswirkung der Atomexplosion nur wenig verringern.«

»Das stimmt«, bestätigte der Kommandant der Korvette düster. »Der Meeresgrund vor der Hafeneinfahrt ist relativ flach, mit einer maximalen Tiefe von siebzig Metern. Das ist zu wenig.«

Seit den schrecklichen Tagen des Golfkriegs hatte man in Haifa kein Sirenengeheul mehr gehört, und der unheilvolle Klang war zuerst ein lähmender Schock für die Stadt. Doch als mit Militärfahrzeugen und Lautsprechern die Evakuierung des Hafengebiets verkündet wurde, liefen alle in geordneter Ruhe zu den Schutzbunkern.

Der Turm der medizinischen Fakultät »Bruce Rappaport« auf der Halbinsel Bat Galim rechts von der Hafeneinfahrt war bereits mit bloßem Auge zu erkennen. Di Bono setzte mit besorgter Miene das Fernglas ab.

»Wenn wir nicht bald etwas unternehmen, wird die *Queen* mit voller Geschwindigkeit in den Hafen rasen und mit dem Bug im Eisenbahnmuseum landen.«

Pat saß vor einem der Computerterminals. Er hatte bereits vier Geräte überprüft, und das Ergebnis war immer das gleiche – ein Virus verhinderte jede Kommunikation mit dem zentralen Kontrollsystem.

Er schüttelte den Kopf. »Ich verliere allmählich die Hoffnung, Käpt'n. Alle Netzwerkcomputer sind infiziert. Sobald ich versuche, mit dem Hauptrechner in Verbindung zu treten, zerstört der Virus irreparabel den Computer, an dem ich arbeite. Und selbst wenn es mir gelingen sollte, den Virus irgendwie auszuschalten, haben sich diese Terroristen bestimmt noch andere Teufeleien ausgedacht, um ihre Programmierungen zu sichern.«

»Falls diese Schweine ihn nicht mitgenommen haben, müßte mein Laptop noch in meiner Kabine stehen«, fiel Gerardo plötzlich ein. »Wir könnten es mit ihm versuchen.«

»Ich glaube nicht, daß das Problem in der Peripherie liegt«, gab Pat zu bedenken. »Der Virus wird aktiviert, wenn man versucht, in das Hauptsystem einzudringen. Das Programm erkennt die angeschlossenen Computer und ist darauf eingerichtet, sie zu deaktivieren. Es sei denn ...« Er wandte sich abrupt an den Kapitän. »Wird über den Hauptrechner auch der Service in den Kabinen verwaltet? Ich meine die Dienstleistungen, die man über die Tastaturen in den Zimmern abrufen kann?«

»Natürlich«, antwortete Di Bono.

»Das wäre vielleicht unsere letzte Chance. Kommen Sie, Gerardo, gehen wir in Ihr Apartment!«

Banockburn, Schottland. 23. Juni 1314.

Die Soldaten von Robert the Bruce setzten sich beim ersten Morgengrauen in Bewegung, und sobald sie ihre Stellungen eingenommen hatten, legten sie die langen, zugespitzten Pfähle ab und tarnten sie mit Blättern und Zweigen.

Die erste Attacke der englischen Reiterei kam wie eine unaufhaltsame Welle auf sie zu, doch als sie nur noch wenige Schritte entfernt war, richteten die Schotten die spitzen Enden der Schiltron auf. Viele Pferde und Reiter wurden aufgespießt, und der erste Angriff war abgewehrt, ohne daß die Schotten einen Schritt hatten zurückweichen müssen. Auch die folgenden Attacken führten nur zu einer Dezimierung der englischen Streitkräfte.

Ermutigt gingen die Schotten ihrerseits zum Angriff über, und der Lärm der Schlacht wurde ohrenbetäubend. Im Gegensatz zum König von England ritt Robert persönlich seinen Männern voran und preschte mit erhobenem Schwert in die Reihen der Feinde.

Doch die Engländer waren einfach zu zahlreich, als daß Mut und Geschick der Schotten allein den Unterschied wettmachen konnten. Die schottischen Krieger zogen sich nach einer Weile in Richtung der Hügel zurück, während sich die Engländer zu einem neuen Ansturm sammelten.

Just in dem Moment befahl Bertrand de Rochebrune den Angriff. Er trug den weißen Mantel mit dem Kreuz über seiner schimmernden Rüstung, genau wie die vierhundert Ritter, die ihm folgten.

Ihre herangaloppierenden Pferde übertönten das Schlachtgetümmel und ließen die Erde erzittern. Bertrands Männer fielen über die verwirrten Engländer her und säten Schrecken und Tod.

Entgegen jeder Vorausschau wendete sich das Blatt zugunsten der Schotten. Robert the Bruce rettete Schottlands Thron, und sein Land blieb frei und unabhängig.

Südöstliches Mittelmeer. 23. Juli 1999.

»Geschafft!« rief Pat, Schweißperlen auf der Stirn. Er hatte gerade mit unglaublicher Geduld das Knäuel von farbigen Drähten des Fernseherkabels mit den Drähten der Schnittstelle von Gerardos Laptop verbunden.

»Jetzt drückt die Daumen, daß es funktioniert«, sagte er und begann Befehle über die Tastatur des Powerbooks einzugeben, bis er triumphierend verkündete: »Wir sind im Zentralcomputer! Jetzt müssen wir abwarten, ob der Virus auch auf diese periphere Einheit übertragen wird!«

Es folgte ein Moment angespannter Stille, dann jubelte Pat: »Die Terroristen haben nicht an den Videotextservice gedacht! Vermutlich glaubten sie, daß man mit der Tastatur des Fernsehers keine Veränderungen im Hauptspeicher vornehmen kann, womit sie auch recht hatten. Aber unsere improvisierte Verbindung mit einem Laptop haben sie nicht vorhergesehen. Nun wollen wir mal schauen, welche Sicherungen sie für ihre programmierten Befehle an die Maschinen ausgeheckt haben.«

Erneut tauchte er mit höchster Konzentration in das Labyrinth der binären Kodes ein.

»Da haben wir's!« sagte er schließlich und zeigte auf den Monitor von Gerardos tragbarem Computer. »Es gibt drei verschiedene Programmgruppen, jeweils durch ein Paßwort geschützt. Wenn wir ein Entschlüsselungsprogramm und die Zeit hätten, es durchlaufen zu lassen, wäre es nicht schwer, die Paßwörter der Terroristen zu knacken, aber leider haben wir weder das eine noch das andere.«

»Und in etwa fünf Minuten«, kommentierte Di Bono finster, »wird mein Schiff im Hafen von Haifa zerschellen.«

»Noch fünf Minuten bis zur Kollision, Herr Vizeminister«, verkündete der Offizier der *Sa'ar 5*. Das Signal auf dem Radargerät näherte sich mit großer Geschwindigkeit der Festlandslinie.

Trotz eines quälenden Gefühls der Ohnmacht versuchte Breil, sich Mut zu machen und nicht aufzugeben. Dennoch konnte anscheinend nur noch ein Wunder die Katastrophe verhindern.

»Vier Minuten bis zur Kollision.«

Auf der Korvette herrschte bedrücktes Schweigen. Der Aufprall würde erst der Anfang vom Untergang sein, und niemand wußte, wie lange es dauern würde, bis die Nuklearsprengköpfe explodierten.

Pat wollte sich nicht geschlagen geben. Er hatte es bereits mit einer Reihe von Paßwörtern versucht, die ihm aufgrund der wenigen Informationen, die er über die Terroristen hatte, in den Sinn gekommen waren. Nun tippte er <MILLS> in eines der drei Paßwortfenster. Aber wieder wurde ihm der Zugang verweigert.

Gerardo sah ihm zu und hatte plötzlich eine Eingebung. »Versuchen Sie es mit ›Pfahlstich‹.«

Pat gab das Wort in das erste Fenster ein, doch die Antwort war nach wie vor »Ungültiges Paßwort«. Das gleiche Ergebnis beim zweiten Fenster. Resigniert probierte Pat es noch mit dem dritten, und als hätte er ein »Sesam öffne dich« gemurmelt, veränderte sich plötzlich die Oberfläche, und der Computer gewährte Zugang zu wenigstens einem Teil seiner Programme.

»Jetzt sind Sie dran, Käpt'n«, sagte Pat aufgeregt. »Sehen Sie hier: Die Programme, auf die wir Zugriff haben, dienen der Kontrolle der linken Schiffsschraube, der Feuertüren und der internen und externen Kommunikation. Aber wir haben noch nicht das Paßwort, das die Regelung der Geschwindigkeit, die Steuerung des rechten Motors und die Kontrolle der Schotten schützt.«

Di Bono hörte ihm schon nicht mehr zu und rannte zur Kommandobrücke.

»Eine Minute bis zur Hafeneinfahrt. Eine Minute und zwanzig Sekunden bis zum Aufprall.«

Oswald beobachtete schweigend die Leuchtspur auf dem Radar und umklammerte dabei das Mikrofon des Funkgeräts, mit dem er vergeblich versuchte, das Schiff zu kontaktieren.

Durch ein Bullauge des Kommandoraums sah er die *Queen of Atlantis* auf den Hafen zuwalzen.

Als Arthur Di Bono die Brücke erreichte, war der Bug des Schiffs nur noch wenige hundert Meter von der Hafeneinfahrt entfernt.

Da er die Geschwindigkeit nicht drosseln konnte, griff er

nach dem Kontrollhebel für die linke Schraube und kehrte die Fahrtrichtung um. Das riesige Schiff vibrierte beängstigend, verlangsamte seinen Kamikazekurs, neigte sich gefährlich nach links und begann zu wenden.

In einem Wendekreis von zweihundert Metern Durchmesser ging die *Queen of Atlantis* auf Gegenkurs. Di Bono betätigte erneut den Hebel und richtete den Bug schließlich aufs offene Meer, was einen Freudenschrei bei den anderen drei auslöste, die ihm gefolgt waren.

Sie ahnten nicht, daß noch eine andere, viel schlimmere Bedrohung über ihnen schwebte.

Reich der Mauren. Juni 1314.

Emir Ibn Ben Moustoufi betrachtete zärtlich den kleinen Lorenzo, der mit seinen Spielgefährten eine imaginäre Schlacht im Hof des Palastes schlug.

Sein Enkelsohn wuchs prächtig heran, was ihm ein großer Trost war und ihm über Shirinazes Tod hinweghalf. Lorenzo hatte schnell Arabisch gelernt, und seine dunkle Haut ließ nicht vermuten, daß in seinen Adern europäisches Blut floß.

Nun kam er müde, aber glücklich und mit dem Holzschwert in der Hand zu seinem Großvater gelaufen. »Ich habe gesiegt!«

Der Emir nahm ihn gerührt in die Arme. »Sehr gut, mein Kleiner«, sagte er und streichelte ihm den Kopf. »Ich werde dich *Muqatil* nennen, das heißt ›Krieger‹.«

Doch die braunen Augen des Kindes blickten auf einmal traurig. »Wann werde ich meinen Vater wiedersehen? Er ist ein richtiger Krieger, mit einem großen scharfen Schwert.«

»Bald, sehr bald, *Muqatil*. In ein paar Monaten fahren wir nach Piacenza, dort werden wir ihn treffen.«

Südöstliches Mittelmeer. 23. Juli 1999.

»Wir haben den Kontakt hergestellt, Herr Vizeminister«, sagte der Funkoffizier, worauf Oswald sofort die Kopfhörer aufsetzte und zum Mikrofon griff.

»Hier spricht Arthur Di Bono, Kapitän der *Queen of Atlantis*«, hörte er. »Die Terroristen haben das Schiff verlassen, und wir konnten wieder die Kontrolle übernehmen, wenn auch nicht vollständig.«

»Hier Oswald Breil, Stellvertretender Verteidigungsminister von Israel. Großartiges Manöver, Kapitän. Sind Sie sicher, daß sich die Terroristen nicht mehr an Bord befinden? Und wie steht es um die Geiseln?«

»Positiv, Herr Verteidigungsminister. Ich habe selbst gesehen, wie die Bande das Schiff durch das Abwasserrohr verlassen hat. Was die Geiseln betrifft, so haben wir einige Verluste erlitten, aber den anderen geht es gut, denke ich. Wir konnten uns noch nicht selbst davon überzeugen, weil es uns erst vor wenigen Minuten gelungen ist, die elektronischen Blockaden zu knacken, die uns den Zugang zum Bordcomputer verwehren. Allerdings ist uns das nur teilweise gelungen. Jedenfalls können wir jetzt die Feuerschutztüren öffnen, hinter denen Passagiere und Besatzung eingesperrt sind.«

»Kommen Sie im Fall einer Evakuierung des Schiffs allein zurecht? Ich verfüge nur über etwa zwanzig Elitesoldaten, die ich gern anderweitig einsetzen würde. Außerdem ist Ihre Landeplattform durch den Container verstellt, den der Hubschrauber der Terroristen abgeladen hat. Meine Männer müßten sich also abseilen und könnten nicht viel an Ausrüstung mitnehmen.«

»Bitte um Bestätigung, Herr Vizeminister. Haben Sie gesagt: Evakuierung des Schiffs? Ich verstehe nicht, warum das nötig sein sollte, da die Gefahr zunächst mal gebannt ist. Und sobald wir vollen Zugriff auf den Computer haben ...«

»Leider ist da noch etwas anderes, Käpt'n. Die *Queen of Atlantis* in die Kaianlagen von Haifa donnern zu lassen war nur der erste Teil des geplanten Anschlags. Es steckt noch mehr dahinter. Sie müssen das Schiff so weit wie möglich vom Festland wegbringen und die Passagiere in Sicherheit schaffen. Es besteht Grund zu der Annahme, daß Sie zehn scharfe Nuklearsprengköpfe an Bord haben.«

Di Bono blieb erstaunlich ruhig. »Verstanden, Herr Vizeminister. Ich werde veranlassen, daß die nötigen Vorbereitungen zum Verlassen des Schiffs getroffen werden. Meine Mannschaft ist bestens ausgebildet, wenn es auch nicht einfach sein wird, die Rettungsboote bei einer Geschwindigkeit von zwanzig Knoten zu Wasser zu lassen.«

Lionel Goose hatte dem Funkgespräch schweigend beigewohnt und an seine Zeit in den Dschungeln Südostasiens gedacht, genauer gesagt an die nicht explodierten Sprengkörper, die in diesen Dschungeln verstreut gewesen waren.

Er hatte es damals als Munitionstechniker der Green Berets mit konventionellen Zündern und Minen sowjetischen Fabrikats zu tun gehabt und die Risiken einschätzen können. Mit Pat Silvers Hilfe und dessen Kenntnissen in Elektronik würde es ihm vielleicht sogar gelingen, auch den Zünder eines modernen Nuklearsprengkopfs zu entschärfen. Vorausgesetzt natürlich, daß sie die verdammten Dinger fanden.

»Ich hätte da einen Vorschlag«, sagte er schließlich.

Torwood Forest. 27. Juni 1314.

Eine leichte Brise wehte von den Hügeln und erfrischte die Teilnehmer des Banketts, mit dem Robert the Bruce den Sieg über die Engländer feiern wollte. Er hatte Bertrand gebeten, während des Festes an seiner Seite zu sitzen, und sein erster Trinkspruch galt dem Ehrengast.

»Dieser Sieg wurde auch möglich durch deinen Kampfesmut und die Tapferkeit deiner Ritter. Ich trinke auf dich, Großmeister de Rochebrune!« rief Robert the Bruce und hob seinen Kelch.

»Wir trinken auf dich!« stimmten die um den Tisch versammelten Ritter und Clanchefs ein.

Als die Versammelten ihre Kelche leeren wollten, erklang in der Nähe eine weitere Stimme, und die Tischgäste wandten sich nach ihr um.

»Auch ich trinke auf dich, Bertrand!«

Jean-Marie de Serrault, bleich und blutleer, hob seine Rechte zum Zeichen der Freundschaft, aber sein Blick war wirr.

Bertrand sprang auf, um ihn zu umarmen.

»Mein Freund!« rief er. »Was ist mit dir geschehen?«

Dann wandte er sich an den König von Schottland. »Verzeiht, Sire. Ich verdanke dem Grafen de Serrault mein Leben und das, was vom Orden des Tempels übriggeblieben ist. Daher bitte ich um die Erlaubnis, ihn an Euren Tisch zu führen.«

Robert drückte mit einer Geste sein Einverständnis aus, worauf Bertrand den Freund am Arm nahm und ihn wie einen Gebrechlichen an die festlich geschmückte Tafel führte.

»Aber deine Mutter?« erkundigte er sich. »Wo ist sie?«

Der Funke des Wahnsinns in Jean-Maries Blick wurde zu einer lodernden Flamme. »Mörder!« schrie er, und er ließ seine Klinge im Schein der Feuer aufblitzen und stieß sie Bertrand in die Kehle.

Die anderen waren zuerst wie versteinert, dann stürzten sie sich auf den Attentäter und entwaffneten ihn. Aber es war zu spät. Der Großmeister des Neuen Ordens des Tempels lag tot am Boden.

18. KAPITEL

Südöstliches Mittelmeer. 23. Juli 1999.

»Einer unserer Passagiere will den Versuch unternehmen, die Sprengköpfe zu entschärfen«, sprach Kapitän Di Bono ins Mikrofon.

»Unsere Experten sagen, daß es so gut wie unmöglich ist, einen sowjetischen Sprengkopf dieses Typs zu entschärfen, wenn der Prozeß erst einmal in Gang gesetzt wurde«, entgegnete Oswald. »Allerdings ... mir kommt da eine Idee ... Genau! Ihr Passagier könnte vielleicht den programmierten Zeitpunkt der Detonation verschieben. Das wäre einen Versuch wert. Die Sprengköpfe müßten sich in Laderaum 14 befinden, versteckt in Kisten für Großküchen-Kühlschränke.«

Di Bono tippte sofort auf die Stelle des Schiffsplans, wo der Laderaum eingezeichnet war, doch als Pat, Gerardo und Lionel Goose schon dorthin laufen wollten, hielt er sie noch kurz zurück. »Versucht mir soviel Zeit wie möglich zu verschaffen, damit ich die Evakuierung des Schiffs vorbereiten kann. Und nehmt ein Funkgerät mit, sodaß ihr in Kontakt mit Oswald Breil bleiben könnt. Hals- und Beinbruch!«

»Jetzt sind Sie an der Reihe, Bernstein«, sagte Oswald in diesem Moment.

»Danke, Major«, antwortete der Hauptmann, der einfach nicht damit aufhören konnte, Oswald mit seinem alten Dienstgrad, den dieser beim Mossad innehatte, zu titulieren. Dafür war Bernstein so etwas wie eine Symbiose zwischen Computer und menschlichem Gehirn; er kannte sich mit den kompliziertesten Programmen aus, und kein elektronischer Vorgang blieb für ihn lange ein Rätsel.

Oswald beglückwünschte sich zu der Entscheidung, ihn herbeordert zu haben. Er war zwar kein eigentlicher Bomben-Experte, aber seine Fähigkeiten würden bei dem Versuch, die Zeitzünder der Sprengköpfe zu manipulieren, bestimmt von großem Nutzen sein.

Der Laderaum Nummer 14 war etwa vierzig Meter lang und fast so breit wie das Schiff. Das Frachtgut war ordentlich verstaut und mit Stahltrossen gesichert, damit bei starkem Seegang nichts ins Rutschen geriet. Die fünf Kühlschrankkisten standen in einer Ecke, und sie sahen sofort, daß sie geöffnet worden waren.

Gerardo drückte den Sprechknopf des Funkgeräts.

»Hier spricht Gerardo di Valnure, Herr Vizeminister. Wir haben ein Problem.«

»Gerardo, schön, Sie wohlauf zu wissen. Worin besteht das Problem?«

»Wir haben die Türen der Kühlschränke geöffnet. Sie sind alle fünf leer, aber in einer Ecke haben wir einen einzelnen Sprengkopf sowjetischer Herkunft gefunden. Die Terroristen haben ihn vor Verlassen des Schiffs an tragende Elemente des Rumpfs geschweißt. Ihn zu entfernen, würde zuviel Zeit kosten. Dem Zeitschalter nach sind es noch neun Minuten und zehn Sekunden bis zur Explosion.«

»Kümmern Sie sich jetzt erst einmal nur um diesen Zeitschalter. Falls sich die anderen Sprengköpfe noch an Bord befinden, sind sie möglicherweise nicht einzeln scharf gemacht worden, sondern so eingerichtet, daß sie in einer Kettenreaktion hochgehen, wenn der erste explodiert.«

Doch Oswald kamen sogleich weitere Möglichkeiten in den Sinn. Der Terroristen konnten die übrigen neun Sprengköpfe scharf gemacht und in einem anderen Bereich des Schiffs versteckt haben. Oder …

Oder sie hatten sie mitgenommen, so daß sie jetzt Gott weiß wo waren.

Obwohl sie alle erschöpft waren, befolgten die Besatzungsmitglieder im Theater mit prompter Effizienz die Anweisungen des Kapitäns, die dieser über Lautsprecher gab: Noch ehe die schweren Feuertüren geöffnet wurden, ließen sie die Passagier in Reihen Aufstellung nehmen, um Zeit zu sparen und eine Panik bei der Evakuierung des Schiffs zu vermeiden.

Di Bono verließ die Brücke und ging dem Menschenstrom entgegen, der sich ruhig auf die Sammelpunkte zubewegte. Das Funkgerät ständig ans Ohr gedrückt, warf er einen Blick auf seine Armbanduhr. Es waren fast zehn Minuten vergangen, seit sich die anderen drei auf die Suche nach den Sprengköpfen gemacht hatten.

»Noch zwei Minuten und zwölf Sekunden bis zur Zündung, Hauptmann Bernstein«, gab Gerardo über Funk durch.

»Sagen Sie den anderen beiden, sie sollen es noch einmal versuchen. Den Informationen zufolge, die wir gerade von der russischen Atombehörde erhalten haben, muß man den Zeitschalter um eine halbe Drehung nach links bewegen; dies müßte ein teilweises Herausziehen des Mechanismus ermöglichen. Auf dem Stahlzylinder befinden sich drei Knöpfe, die in der bereits genannten Reihenfolge gedrückt werden müssen. Danach sollte es möglich sein, den Timer umzustellen und die Zeit bis zur Explosion um bis zu drei Stunden zu verlängern.«

Das erste der zwanzig Rettungsboote hing einige Augenblicke schwankend über der Bordwand. Der Kapitän hatte zunächst einen Probelauf ohne Passagiere angeordnet, weil es nicht vorhersehbar war, wie sich die Boote verhalten würden, wenn sie bei dieser hohen Geschwindigkeit auf dem Wasser auftrafen.

Der im Rettungsboot stehende Matrose, der die Seilwinden betätigte, beging auch sogleich einen Fehler, indem er zuerst die Bugspitze zu Wasser ließ. Das Boot drehte eine Pirouette, bäumte sich auf und kenterte.

»Laßt zuerst den Motor an und stellt den Hebel auf volle Fahrt!« befahl Di Bono. »Dann macht ihr die Heckleine los und richtet das Ruder aufs offene Meer. Erst dann den Bug zu Wasser lassen. Wenn der Motor mit voller Kraft läuft, müßte das den Aufprall mildern!«

»Dem Himmel sei Dank!« schrie Gerardo ins Funkgerät. »Wir haben es geschafft, den Zeitschalter zu verstellen! Jetzt haben wir drei Stunden gewonnen, vorausgesetzt, die anderen Sprengköpfe befinden sich nicht an Bord oder sind zumindest nicht scharf gemacht.«

»Wir können nur abwarten und uns selbst die Daumen drücken«, erwiderte Oswald Breil über Funk. »Es sind noch fünfundvierzig Sekunden bis zur ursprünglich eingestellten Zündung.«

»Wie geht die Evakuierung der Passagiere voran?« fragte Gerardo.

»Wir sehen einige Rettungsboote an der Seite des Schiffs hängen. Es scheint alles geordnet abzulaufen, und inzwischen sind drei unserer Schiffe unterwegs, um die Passagiere aufzunehmen. Hoffen wir das Beste.«

Oswald verstummte, als Bernstein begann, den Countdown mitzählte. »Fünf ... vier ... drei ... zwei ... eins ... null!«

Die beiden Männer stießen einen Jubelschrei aus. Die *Queen of Atlantis* war nicht in die Luft geflogen und fuhr weiter aufs offene Meer hinaus.

»Alles in Ordnung, Gerardo«, sagte Breil ins Mikrofon. »Ihr habt jetzt genug Zeit, das Schiff zu jenen Koordinaten zu steuern, die wir euch gleich durchgeben werden. Dann müßt auch ihr von Bord.«

Fast die Hälfte der Passagiere war schon in den Beibooten, als der Kapitän Maggie entdeckte.

»Mrs. Hassler!« rief er.

Maggie trat aus einer der beiden disziplinierten Warteschlangen für die Boote, wo sie neben Derrick gestanden hatte, und kam auf Di Bono zu. Seit Timothy bereit gewesen war, sich für sie zu opfern, war sie bedrückt und voller Sorge.

»Dank meines Ersten Offiziers und des mutigen Eingreifens Mr. Silvers befindet sich Ihr Mann in Sicherheit«, eröffnete ihr der Kapitän. »Wir haben ihn wegen einer leichten Verletzung zunächst in eine Kabine gebracht, wo sich zwei Krankenpfleger um ihn kümmerten. Sie werden ihn gleich wieder bei sich haben.«

Maggie schloß die Augen, aufgewühlt von widerstreitenden Gefühlen. Wie verrückt: Timothy war von dem Mann, mit dem sie ihn betrogen hatte, gerettet worden. Plötzlich empfand sie Reue und Scham. Zwar würde sie die Vorfälle nie vergessen, die sie dazu gebracht hatten, ihre Ehe als beendet zu betrachten, aber im Augenblick der Gefahr hatte sich ihr Mann als aufrichtig und charakterstark erwiesen.

»Ich werde es nie wieder tun«, schwor sie sich, von Dankbarkeit und Rührung überwältigt. Ja, sie würde immer an Timothy Hasslers Seite bleiben.

»Erweitern Sie den Evakuierungsbefehl für die Küste bis nach Jaffa und verständigen Sie die palästinensischen Behörden sowie die Regierungen Syriens, des Libanon, Zyperns, der Türkei, Griechenlands und Ägyptens!« befahl Oswald. »Falls die anderen Sprengköpfe noch an Bord sind, wird es die Küsten des südöstlichen Mittelmeers in ihrer jetzigen Gestalt bald nicht mehr geben.«

»Aber auch unsere Korvette und die drei Schiffe mit den Passagieren und Besatzungsmitgliedern würden von der Auswirkung der Explosion vernichtet«, gab der Kommandant zu bedenken.

»Daran dürfen wir jetzt nicht denken. Wir dürfen uns nicht ablenken lassen, wenn wir die atomare Katastrophe verhindern wollen«, entgegnete Oswald, dann wandte er sich wieder dem Mikrofon zu.

»Käpt'n Di Bono«, sagte er so ernst wie noch nie, »wie es jetzt auch weitergeht, eines ist gewiß: Sie haben einen Nuklearsprengkopf an Bord, der darauf programmiert ist, in weniger als drei Stunden zu explodieren. Und es könnten weitere neun vorhanden sein, die auf Sympathiezündung mit dem ersten eingestellt sind. Wir müssen das Schiff angesichts dieser möglichen nuklearen Katastrophe versenken.«

Di Bono antwortete nicht sofort. Sein wunderbares Schiff war dem Untergang geweiht ... Aber was sollte er machen, da doch Tausende, ja, Millionen von Menschenleben auf dem Spiel standen?

»Gibt es irgendwelche Alternativen?« fragte er.

»Negativ, Kapitän. Beim aktuellen Stand der Dinge sehe ich keine einzige.«

»Ich erwarte Ihre Anweisungen, Herr Vizeminister«, sagte Di Bono beherrscht.

»Nach fünfzehn Seemeilen auf Ihrem aktuellen Kurs fällt der Meeresboden zu einer Senke ab, die nach und nach eine Tiefe von 1700 Metern erreicht. Wenn wir davon ausgehen, daß Sie etwa 45 Minuten bis dorthin brauchen und daß das Schiff sehr schnell sinken wird, müßte die *Queen of Atlantis* zum Zeitpunkt der Explosion mindestens 1000 Meter unter Wasser sein, und ihre Stahlwände werden die Explosion erheblich dämpfen. Genug, um die Auswirkungen einer Atomexplosion mittleren Ausmaßes für die umliegenden Länder gering zu halten. Anders ist die Sache natürlich, wenn sich noch alle zehn Sprengköpfe an Bord befinden. Aber das glaube ich nicht. Jedenfalls ist es unsere Pflicht, alles zum Schutz der Küstenbewohner zu tun.«

»Wie wollen Sie ein als unsinkbar geltendes Schiff versenken?«

»Auch die *Titanic* galt als unsinkbar«, erwiderte Oswald trocken.

Roslin. 29. Juni 1314.

»Bertrand de Rochebrune war für mich Freund, Vater und Lehrmeister«, sagte Luigi di Valnure mit Tränen in den Augen. Er stand vor Bertrands aufgebahrter Leiche, die nach Tradition der Templer hergerichtet war: Die Hände waren auf Brusthöhe um den Griff des langen Schwertes geschlossen, die Beine gekreuzt, und die weiße Tunika mit dem roten Kreuz bedeckte das Kettenhemd, das bis über den Hals reichte und die von Jean-Marie de Serrault beigebrachte Wunde verbarg.

Luigi zog eine rote Kordel mit einem goldenen Zierfaden hervor, und seine Finger bewegten sich schnell und geübt, als würde er eine Zeichnung skizzieren.

»Wir werden weitermachen, Bertrand. Nie werden wir die Lehren vergessen, die du uns als Erbe hinterlassen hast.« Luigi mußte Bertrands Hände mit Gewalt öffnen, um die Schnur hineinzulegen. Der Pfahlstich hob sich blutrot von den bleichen Fingern ab.

Bertrand wurde auf dem Friedhof vor den Mauern der Burg St. Clair begraben, jedoch nur vorübergehend. Die schottischen Edelleute hatten den feierlichen, über Generationen verpflichtenden Eid geschworen, daß Bertrand de Rochebrune, der Großmeister des Neuen Ordens, in einem Grab, das seiner würdig war, beigesetzt werden sollte, neben den heiligen Schätzen des Tempels. Jenen Schätzen, die seit den Zeiten Hugo de Payns' sowohl eine Quelle der Verehrung als auch des Neids und der Verleumdung gegen die Ritter gewesen waren.

Rosslyn. 23. Juli 1999.

Sara hatte die Säulen durch einen langen Faden miteinander verbunden und stellte triumphierend fest, daß sich ein perfekt symmetrischer Davidstern ergab. Sie ging zur Mitte der geometrischen Figur und zeigte mit dem Finger auf den Boden.

»Hier müssen wir graben!«

Karin holte einen Meißel aus ihrer Werkzeugtasche und begann vorsichtig, den Stein aus dem Boden zu lösen. Nach wenigen Minuten ließ er sich ohne Beschädigung herausnehmen.

Dann bearbeitete Bertold mit einer kleinen Archäologen-Spitzhacke den festgestampften Sand unter dem gerade entfernten Stück Fußboden. Die Spitze stieß mit einem dumpfen Geräusch auf etwas Festes, woraufhin sich alle vier beeilten, den Sand mit den Händen zu entfernen, bis sie eine hölzerne Falltür freigelegt hatten.

Sara stemmte sich mit ihrem ganzen Gewicht gegen ein Hebeeisen, und die Falltür sprang mit einem lauten Knarren auf, das von dem hohen Gewölbe der Kapelle widerhallte.

Sara war es auch, die als erste die zum Vorschein gekommene schmale Steintreppe hinunterstieg. Ihre Taschenlampe beleuchtete einen Raum von etwa sechs mal sechs Metern mit einer Säule in der Mitte und einer sehr alt aussehenden Kiste in der Nähe der Treppe.

Auf der gegenüberliegenden Seite erblickte sie einen Steinquader, vermutlich einen Sarkophag, und auf einmal merkte sie, wie ihre Beine zitterten. Möglicherweise hatten die Kreuzritter vor vielen Jahrhunderten unter Einsatz von Leib und Leben für die Rettung dieser Gegenstände gekämpft.

Sie näherte sich dem Sarkophag, schweigend gefolgt von ihren Begleitern. Auf dem Deckel war ein säuberlich gemeißeltes Basrelief zu sehen.

Als sie die Taschenlampe darauf richtete, sah sie die in dunklen Stein gehauene Gestalt eines Ritters mit dem Schwert in den Händen und eine Inschrift:

BERTRAND DE ROCHEBRUNE
ERSTER GROSSMEISTER DES NEUEN ORDENS
DER ARMEN RITTER CHRISTI

Südöstliches Mittelmeer. 23. Juli 1999.

Oswald zeigte auf einen der Pläne der *Queen of Atlantis*, die auf dem Kartentisch ausgebreitet waren.

»Jedes moderne Schiff ist mit wasserdichten Schotten ausgestattet, damit es auch bei einem Leck schwimmfähig bleibt. Die *Queen of Atlantis* hat sechs davon, die vom Bordcomputer kontrolliert werden. Wie wir vom Kapitän erfahren haben, sind die Schotten von den Terroristen elektronisch geschlossen worden, um das Schiff praktisch unsinkbar zu machen.«

»Und wie versenken wir es dann?« fragte Erma.

Oswald antwortete nicht und wandte sich statt dessen an den Kommandanten der *Sa'ar 5*.

»Wie viele Männer der Flotilla 13 haben wir an Bord?«

»Fünfzehn.«

Die Flotilla 13 war ein Trupp speziell für Sondereinsätze und Guerillakommandos ausgebildeter Männer, der schon bei zahlreichen Operationen eine wichtige Rolle gespielt hatte und mit den hochentwickeltsten Waffen und der besten Ausrüstung versehen war.

»Ich muß sofort mit ihnen reden«, sagte Oswald.

Kurz darauf trat er zu den Soldaten in den Besprechungsraum und bedeutete ihnen, sitzen zu bleiben. Sie trugen ihre Kampfanzüge, schwarze Overalls mit vielen Taschen für die verschiedenen Gerätschaften. Der kleine Mann war für sie eine lebende Legende und hatte schon öfter in Notsituationen auf sie zurückgegriffen. Sie hörten ihm mit gespanntem Schweigen zu.

»Viele als unsinkbar geltende Schiffe«, sagte Oswald, während er auf dem Bauplan des Liners einige Stellen unterhalb der Wasserlinie bezeichnete, »sind schon gesunken, weil sich ein Leck über einen Bereich mit mehreren Sicherheitsschotten erstreckte. Wir müssen also eine Reihe von Lecks sprengen, und zwar auf beiden Seiten. Es ist eine Schande, die *Queen of Atlantis* zu versenken, aber wir haben keine andere Wahl. Wie es scheint, wurde die Bombe an tragende Strukturen des Schiffs geschweißt, und alle Versuche, sie zu lösen, schlugen fehl. Haben Sie irgendwelche Vorschläge?«

Der Sergeant, der das Sonderkommando befehligte, hatte eine Boxernase, und sein Stiernacken ruhte auf Riesenschultern. »Wenn das Schiff nur treiben würde«, sagte er nachdenklich, »wäre es ein Kinderspiel, die Seitenwände zu knacken. Da es jedoch mit über zwanzig Knoten fährt, ist die Sache etwas komplizierter. Allerdings ...«

Die Evakuierung des Schiffs war eine langwierige Angelegenheit, doch nun wurde das letzte Rettungsboot mit den Offizieren und den verbliebenen Besatzungsmitgliedern herabgelassen.

Als auch der letzte seiner Männer das mit voller Kraft ins Unbekannte rasende Schiff verlassen hatte, seufzte Kapitän Di Bono vor Erleichterung auf.

»Jetzt sind Sie an der Reihe«, sagte er zu Lionel, Pat und Gerardo. »Ich kann Ihnen gar nicht sagen, wie dankbar ich Ihnen bin. Es ist noch ein Boot übrig, bringen Sie sich in Sicherheit.«

Pat antwortete für alle: »Nein, Käpt'n, wir denken gar nicht daran, Sie hier allein zu lassen. Außerdem sind wir überzeugt, daß unsere Anwesenheit an Bord noch von Nutzen sein kann.«

»Es ist meine Pflicht ...«, wollte Di Bono einwenden, verstummte jedoch. Vielleicht war Pats Erwiderung genau die Antwort, die er sich erhofft hatte.

»Auch wir haben die Pflicht, uns für das Leben unserer Mitmenschen einzusetzen«, beendete Gerardo die Diskussion. »Und es stehen viele Menschenleben auf dem Spiel.«

Die beiden Schlauchboote des Sonderkommandos flitzten über das Wasser, angetrieben von zwei Außenbordern von je 200 PS. Sie flankierten das turmhohe Kreuzfahrtschiff, und die Piloten versuchten, die gleiche Geschwindigkeit wie der rasende Koloß zu halten. Sie würden ganz nahe heranfahren und mit den Schläuchen die Schiffswand berühren müssen, damit die Soldaten genug Zeit hatten, die Magnetminen dicht an der Wasserlinie anzubringen. Ein Manöver, das zwanzigmal pro Seite wiederholt werden mußte.

»Dicht an dicht, wie in einer Sardinenbüchse«, hatte der Sergeant Oswalds Befehl bestätigt, als er ins Schlauchboot gestiegen war.

Die Magnetminen, die von den Pionieren nach einem genau vorgegebenen Plan scharf gemacht wurden, waren in Deutschland hergestellt und hatten eine enorm hohe Sprengkraft. Jede konnte ein Leck von drei Metern Durchmesser in einen fünfzig Zentimeter dicken Schiffsrumpf aus Stahl reißen.

Oswald Breil verfolgte die Operation mit einem Fernglas von der Kommandobrücke der israelischen Korvette aus.

»Wie weit sind wir mit der Bergung der Evakuierten?« erkundigte er sich beim Kapitän.

»Das letzte Rettungsboot ist gerade von einem unserer Schiffe aufgenommen worden.«

»Geben Sie Anweisung, daß sie nordwestlichen Kurs setzen sollen, um die Wirkung der Stoßwelle so gering wie möglich zu halten.«

»Glauben Sie, die Explosion wird eine Reihe von Seebeben ausgelöst, Breil?« fragte Erma sichtlich besorgt.

»Das hängt ganz davon ab, wie viele Sprengköpfe explodieren. Wenn nur der eine an Bord ist, den wir gefunden haben, sollte die Wirkung nicht so katastrophal ausfallen. Wie gesagt, die Explosion dürfte nach unseren Berechnungen erst stattfinden, wenn die *Queen of Atlantis* bereits auf achthundert bis tausend Meter abgesunken ist. Die ausgelöste Welle wird dann einer schweren Sturmflut gleichen, und auch die radioaktive Verseuchung müßte sich in Grenzen halten. Besorgniserregender ist dagegen die Meereserwärmung aufgrund der hohen Temperaturen bei einer Atomexplosion, aber selbst die dürfte sich nach einigen Tagen wieder legen, ohne irreparable Schäden zu hinterlassen. Sollten jedoch alle zehn Sprengköpfe auf einmal detonieren …

Nur, um Ihnen eine Vorstellung zu geben, Erma: Eine vergleichbare Gewalt entfesselte am Ende des letzten Jahrhunderts ein Vulkanausbruch auf der Insel Krakatoa im Indischen Ozean. Die Schockwelle ging mehrere Male um den Erdball. Sie können sich denken, was erst in einem geschlossenen Becken wie dem Mittelmeer passiert. Es wäre eine Katastrophe biblischen Ausmaßes – die Küsten würden von einem nie dagewesenen Seebeben hinweggerissen. Uns bleibt nur, zu beten und zu hoffen.«

Roslin, Burg St. Clair. Juli 1314.

Luigi di Valnure beugte den Kopf, als Baron St. Clair ihm das Schwert auf die Schulter legte.

»Gemäß dem einstimmigen Willen des Hohen Rates ernenne ich dich, Luigi di Valnure, zum Großmeister des Neuen Ordens der Armen Ritter Christi. Der Eid, den du geschworen hast, verpflichtet dich zur Geheimhaltung sowie zur unablässigen Verfolgung der Ziele unseres Ordens mit allen Mitteln, auch im Angesicht des Todes. Darüber hinaus bindet er dich an die strenge Einhaltung der Regel. Gott schütze dich.«

Die Versammlung löste sich kurz darauf auf, und als er allein war, betrachtete Luigi bewegt seinen weißen Mantel mit dem Kreuz. Er war stolz auf den erhaltenen Auftrag und würde Bertrands Werk fortsetzen und bis zum Tod gegen diejenigen kämpfen, die das Wort Gottes für ihre üblen Machenschaften mißbrauchten.

Aber er war auch noch aus einem anderen Grund glücklich, denn in wenigen Tagen würde er nach Piacenza aufbrechen, um seinen Sohn wiederzusehen.

Südöstliches Mittelmeer. 23. Juli 1999.

In der frühen Abenddämmerung war der weiße Schemen der *Queen of Atlantis* noch deutlich zu erkennen.

»Sie befindet sich jetzt über dem tiefsten Punkt der Senke«, sagte der Kommandant der Korvette zu Breil. »Nach meinen Berechnungen sind es noch etwas über anderthalb Stunden bis zur Detonation. Hoffen wir, daß der Riese nicht lange zum Sinken braucht und es erst in der Tiefe zum großen Knall kommt.«

»Es ist Zeit, das Schiff zu verlassen«, sagte Arthur Di Bono unterdessen zu seinen Begleitern. Die vier Männer liefen zum letzten Boot, und der Kapitän führte die nötigen Handgriffe aus, um es zu Wasser zu lassen.

Als sie mehrere hundert Meter entfernt waren, sahen sie, wie es an den Seiten der *Queen of Atlantis* rot aufblitzte, und im nächsten Moment schallte der Knall der vierzig explodierenden Magnetminen so laut herüber, daß ihnen die Ohren wehtaten.

Das Schiff wurde langsamer, neigte sich leicht nach links

und begann zu sinken. Di Bono stand ergriffen auf, und die anderen drei folgten seinem Beispiel. Das größte Passagierschiff, das je gebaut wurde, versank in der Tiefe des Meeres.

Dann erreichte sie die israelische Korvette und holte sie an Bord. Zwanzig Minuten später erfaßten die starken Scheinwerfer der *Sa'ar 5* nur noch die Satellitenantennen der *Queen of Atlantis*, die immer schneller im Meer versank.

Wo sie unterging, brodelte das Wasser, und Wrackteile schwammen im Umkreis von mehreren hundert Metern verstreut. Als sich die dunkle Masse über seinem Schiff schloß, wurden die Augen des Kapitäns feucht.

»Jetzt können wir nur noch zusehen, daß wir eine sichere Entfernung erreichen, und abwarten«, sagte Oswald Breil. »Auch wenn kein Schiff der Welt schnell genug wäre, um uns in Sicherheit zu bringen, falls alle Sprengköpfe explodieren.«

Rosslyn. 23. Juli 1999.

Sara richtete den Strahl der Taschenlampe auf die Steinsäule in der Mitte des Raums. Sie war in fünf gleich große Stücke unterteilt, doch diese Zergliederung hatte offenbar erst in einer späteren Epoche stattgefunden, vielleicht um den Kreuzrittern den Transport zu erleichtern.

»Die Säule des Enoch!« rief sie aufgeregt und strich behutsam mit den Fingern über die alten Schriftzeichen, die man vor mehreren Jahrtausenden eingemeißelt hatte.

»Säule des Enoch?« fragte Bertold verständnislos.

Ohne seine Bemühungen, die große Truhe aus massivem Holz zu öffnen, zu unterbrechen, antwortete Toni: »Nach einer alten Legende sagte der Prophet Enoch lange vor Abrahams Zeit ein apokalyptisches Ereignis voraus, das Tod und Verderben über die Erde bringen und sie durch Überschwemmungen und Feuersbrünste verwüsten sollte. Um zu verhindern, daß alles bis dahin angesammelte Wissen verlorenging, ließ der Prophet in zwei Säulen, eine aus Ziegeln und eine aus Stein, die Geheimnisse der Baukunst und der Wissenschaften einmeißeln.«

»Später schmückten die Säulen die Seiten des Allerheiligsten im Tempel von Jerusalem«, ergänzte Sara.

Die schwere Truhe, an der Toni sich zu schaffen machte, hatte unbeschadet die Jahrhunderte überstanden. In der Familiengeschichte der St. Clair war überliefert, daß ein Vorfahr, nämlich derselbe William, der auch die Kapelle hatte errichten lassen, sich bei einem Brand in der Burg mehr um die Unversehrtheit bestimmter Truhen gesorgt habe als um die der Bewohner. Toni war mit dieser Episode wohlvertraut und setzte seine ganze Kraft daran, die Kiste zu öffnen, weil er glaubte, die größten Geheimnisse des Tempels, ja, der gesamten Christenheit könnten darin verborgen sein. Es war nicht leicht, den Deckel zu heben, aber schließlich ließen sich die Scharniere bewegen, die durch die trockene Luft in der Krypta nicht verrostet waren. Tonis geschickte Hände entfernten sorgsam die Lagen aus Wollstoff, die den Inhalt bedeckten.

Einige Kupferrollen kamen zum Vorschein, und Toni wurde von einem ehrfürchtigen Schauder erfaßt, als er die hebräische Inschrift sah. Sie waren etwa fünfunddreißg Zentimeter lang und schienen mindestens viermal ineinandergerollt zu sein. Insgesamt waren es fünfzehn.

»Was hast du gefunden, Toni?« fragte Sara, bebend vor Ungeduld.

»Möglicherweise haben wir das Geheimnis entdeckt, auf das sich das Christentum gründet«, flüsterte er aufgeregt. »Aber ich glaube, wir sollten diesen Schatz lieber wieder in die Truhe zurücklegen, die ihn über die Jahrhunderte bewahrt hat. Um die Kupferrollen aufzuwickeln und den Text zu entziffern, müssen wir sie in unser Labor bringen oder jedenfalls in eine zweckmäßig ausgestattete Umgebung.«

»Klar, aber wie sollen wir sie unter der Nase des Konservators herausschmuggeln?«

»Dieses Problem wird sich nicht stellen«, hallte eine harte Stimme von der Treppe wider, »denn ihr werdet eure Tage an der Seite eurer Entdeckung beschließen. Diese Schriftstücke können allein dem Neuen Orden von Nutzen sein, als Beweis, wer wirklich im Besitz des Wortes Gottes ist. Los, in die Ecke dort und auf den Boden!«

Die Pistole des Unbekannten schimmerte unheilvoll im Licht der Taschenlampen.

»Auf Nimmerwiedersehen«, rief der Mann, entsicherte eine Handgranate und warf sie in ihre Richtung.

Bertold schnellte hoch und stürzte sich auf ihn. Der Unbekannte folgte seiner Bewegung mit der Pistole und schoß ein paarmal, aber ohne ihn zu treffen. Bertold dagegen verfehlte ihn nicht, sondern streckte ihn mit zwei Schüssen nieder.

Die Handgranate war direkt vor Karins Füße gelandet, die sie packte und schrie: »Schnell, werft euch hin!«

Natürlich wußte sie, daß sie keine Chance hatten, wenn das Höllenei in dieser engen Umgebung explodierte. Die große Truhe mit den Kupferrollen stand noch offen. Ohne Zögern drückte sie die Granate in die dicken Stoffschichten, warf den schweren Deckel zu und hechtete in die entgegengesetzte Ecke.

Die Truhe explodierte krachend, und Splitter und Trümmer flogen in der ganzen Krypta umher, aber die Gewalt der Handgranate wurde stark gemindert.

Südöstliches Mittelmeer. 23. Juli 1999.

Die *Sa'ar 5* hatte eine Entfernung von zirka zwanzig Seemeilen von der Stelle des Untergangs der *Queen of Atlantis* beibehalten. Kaum war am Horizont in dieser Richtung ein weißes Licht erschienen, bellte der Kommandant eilige Befehle durch die Bordsprechanlage.

»Maschinen auf minimale Kraft, Kurs Nordwest! Alle Mann auf Gefechtsstation! Aktivierung der Strahlenabschirmung! Alle Vorbereitungen für ein Seebeben treffen!«

»Der Moment der Wahrheit ist gekommen«, murmelte Oswald, während er einen Kampfhelm aufsetzte und die Riemen seiner Schwimmweste festzog, die ihm zu groß war. »Gleich müßte uns die Stoßwelle der Explosion treffen. Falls dieses helle Licht von sämtlichen Sprengköpfen hervorgerufen wurde, werden wir nie von diesem Abenteuer erzählen können.«

Rosslyn. 23. Juli 1999.

Der Schmerz in ihren Ohren sagte Sara, daß sie noch am Leben war. Sie tastete ihren Körper ab, weil sie erwartete zu bluten, doch als sie nichts Ungewöhnliches ertasten konnte, öffnete sie die Augen und setzte sich auf.

Der im Raum umherschwebende Staub reizte sie zum Husten. Es war stockdunkel, und selbst wenn sie ihre Taschenlampe noch gehabt hätte, hätte deren Licht die dichte Staubwolke nicht durchdringen können.

Sie rief nach den anderen. Toni antwortete sofort und berichtete, daß er verletzt war, aber nur leicht. Bertold hatte keinen Schaden genommen, während Karin befürchtete, daß ihr rechtes Bein gebrochen war.

Sie warteten schweigend, bis sich der Staub setzte. Dann fand Bertold tastend seine Taschenlampe, worauf ein schmaler Lichtstrahl den unterirdischen Raum erhellte. Sich das Blut von der Stirn wischend, sah Toni zu der Truhe mit den Schriftstücken, von der nur noch ein paar qualmende Holzscheite übrig waren.

Er hockte sich kopfschüttelnd neben die verletzte Israelin

und versuchte, sie abzulenken, während Bertold ihr Erste Hilfe leistete.

»Das ist das erste Mal, daß ich nicht das Bedürfnis habe, jemanden zu schlagen, der ein derart wertvolles Fundstück zerstört hat«, scherzte er und strich ihr zärtlich über das schmerzverzerrte Gesicht. »Wir verdanken dir unser Leben, Karin. Danke.«

»Tut mir leid, Toni, aber es war das einzige, was ich tun konnte«, preßte die junge Agentin zwischen zusammengebissenen Zähnen hervor.

Südöstliches Mittelmeer. 23. Juli 1999.

Die Welle mit ihrem weißen Kamm hob sich wie eine Mauer von der klaren Linie des Horizonts ab. Sie rollte bedrohlich auf die Korvette zu, wo man sich auf ihren Aufschlag vorbereitete.

»Maschinen volle Kraft voraus! Den Bug immer in die Welle halten!«

Die Wassermassen trafen das Schiff wie eine klatschende Ohrfeige. Der Bug drang in den riesigen Tunnel der sich überschlagenden Welle ein, und die Korvette blieb mehrere Sekunden lang unter Wasser, doch schließlich tauchte sie wieder auf, um sich den kleineren Wellenbergen zu stellen, die folgten.

»Geben Sie mir Ihre Einschätzung der Lage, Kommandant. Mal sehen, ob sie mit meiner übereinstimmt«, sagte Oswald, sobald er merkte, daß das Schlimmste vorbei war.

»Eine Welle, die einem Sturm der Windstärke acht bis neun entspricht. Heftig, aber ohne weiteres von meinem Schiff zu bewältigen, ebenso von den anderen, die die Schiffbrüchigen aufgenommen haben. Ich halte das Seebeben nicht für so stark, daß eine ernsthafte Gefahr für die Küsten und die Bevölkerung besteht. Sie wissen, was ich damit sagen will, Herr Vizeminister. An Bord der *Queen of Atlantis* kann sich nur ein Sprengkopf befunden haben, der wie berechnet in etwa tausend Metern Tiefe explodiert ist.«

»Ganz Ihrer Meinung«, kommentierte Oswald knapp, denn die Freude über die verhinderte Katastrophe wurde getrübt durch die Sorge wegen des nuklearen Potentials, das sich noch in den Händen der Terroristen befand.

Er mußte sofort Kontakt mit Sara aufnehmen, um zu erfahren, wie weit sie mit ihren Nachforschungen war. Außerdem – wer, wenn nicht sie, sollte ihm Foches letzte Äußerung über die »alte Straße in die Ewige Stadt« erklären können?

Er war sicher, daß damit der Ort gemeint war, an dem der harte Kern der Sekte zusammentraf.

Nacht des 23. Juli 1999.

Die Blaulichter der Polizei blinkten vor der Kapelle, aus der man die vier Überlebenden geholt hatte. Ihre Kleider hingen in Fetzen, und die Sanitäter hatten sie mit Decken versorgt, weil sie trotz der warmen Nacht von Frostschauern geschüttelt wurden. Während Toni und Karin ins Krankenhaus gebracht wurden, beantworteten Sara und Bertold die Fragen des Polizeiinspektors.

»Ich muß Sie mit aufs Revier nehmen, und Ihre Freunde werden im Krankenhaus unter strenge Bewachung gestellt. Wir haben es hier mit einem Toten zu tun. Diese abenteuerlichen Erklärungen, die ich bisher von Ihnen gehört habe, überzeugen mich nicht.«

»Ich sage Ihnen doch, Inspektor«, wiederholte Sara geduldig, »wenden Sie sich an den örtlichen Denkmalpfleger. Er weiß, warum wir hier sind.«

»Das machen wir vom Revier aus«, beharrte der Inspektor.

»Also«, begann er, als sie in seinem Dienstzimmer saßen, »wollen Sie mir jetzt vielleicht verraten, was Sie mitten in der Nacht in der Kapelle zu suchen hatten?«

»Das habe ich Ihnen schon mindestens fünfmal erklärt«, schnaubte Sara verärgert. »Warum rufen Sie nicht endlich den Denkmalpfleger an?«

»Das haben wir bereits getan, Verehrteste, aber er ist im Moment nicht zu erreichen. Darüber hinaus haben wir auch unsere oberste Dienstbehörde verständigt, falls Sie das beruhigt. Doch jetzt fordere ich Sie auf, meine Frage zu beantworten, und zwar diesmal ernsthaft, bitteschön.«

In diesem Moment trat ein uniformierter Polizist mit einer Nachricht in der Hand ins Zimmer.

Der Inspektor las sie und wurde bleich.

»Ich habe den Befehl erhalten, Sie freizulassen und Ihnen Polizeischutz zu gewähren, Miss Terracini«, sagte er, sichtlich verlegen. »Außerdem heißt es hier, Sie möchten so schnell wie möglich einen ›hochgestellten Freund‹ kontaktieren.«

Sobald sie wieder im Hotel war, schaltete Sara ihren Computer ein und stellte die Verbindung zu ihrem Server in Rom her. Sofort ertönte das gebieterische Klingelzeichen. Jemand versuchte bereits, sie zu erreichen.

Die *Sa'ar 5* befand sich inzwischen in Sichtweite des Hafens von Haifa. Die anderen Schiffe hatten über Funk gemeldet, daß sie die Welle, die durch die Nuklearexplosion ausgelöst worden war, gut überstanden hatten. Die Schiffbrüchigen gingen bereits an Land, wo sie von medizinischem Personal betreut und auf Hotels, Pflegeheime und Kasernen verteilt wurden.

Oswald war tief beunruhigt über die vor kurzem erhaltenen Nachrichten aus Roslin, hatte aber noch keine Zeit gehabt, sich mit Sara in Verbindung zu setzen.

<WIE GEHT ES DIR?> schrieb er schließlich mit seinem gewohnten Verschlüsselungsprogramm.

<ICH BIN FIX UND FERTIG, UND DAS IST NICHT NUR SO DAHINGESAGT>, las er gleich darauf mit Erleichterung. Wenn Sara antworten konnte, hieß das, es ging ihr gut. <EIN UNBEKANNTER ANHÄNGER DER SEKTE HAT UNS MIT EINER HANDGRANATE BEWORFEN. ABER ZUM GLÜCK HAT ER MICH NICHT ERWISCHT. ICH BIN NOCH ZIEMLICH BENOMMEN UND STINKE ZU ALLEM ÜBEL NACH SCHIESSPULVER. TONI GEHT ES GUT, WENN ER AUCH EIN PAAR KRATZER ABBEKOMMEN HAT. BERTOLD IST UNVERLETZT. AM SCHLIMMSTEN ERWISCHT HAT ES KARIN MIT EINEM GEBROCHENEN BEIN. WIR HABEN EINEN HOCHINTERESSANTEN FUND GEMACHT, DER ABER LEIDER ZUM GRÖSSTEN TEIL BEI DER EXPLOSION VERLORENGING. ES WAR JEDOCH NICHTS, WAS DIR DABEI HÄTTE HELFEN KÖNNEN, DEN AKTUELLEN MACHENSCHAFTEN DER SEKTE AUF DIE SPUR ZU KOMMEN. UND JETZT BRAUCHE ICH WIRKLICH EIN SCHÖNES LANGES BAD.>

<EINEN MOMENT NOCH, SARA. WAS KÖNNTEN DIE WORTE »ALTE STRASSE IN DIE EWIGE STADT« BEDEUTEN?>

<EINE GUTE PREISFRAGE FÜR »WER WIRD MILLIONÄR«. IN ROM IST FAST ALLES ALT, UND ES GIBT MINDESTENS ZWANZIG STRASSEN, DIE DIESES ADJEKTIV IM NAMEN TRAGEN. DIE BERÜHMTESTE IST ALLERDINGS DIE VIA APPIA. WARUM?>

<ERKLÄR ICH DIR EIN ANDERMAL. JETZT HABE ICH EIN PAAR WICHTIGE DINGE ZU ERLEDIGEN. SCHALOM.>

24. Juli 1999.

Auf dem Schiff, das sie aufgenommen hatte, war Timothy seiner Frau nicht von der Seite gewichen, hatte sie zärtlich in den Armen gehalten und getröstet. Nachdem sie an Land gegangen waren, wurde seine Schußverletzung an der Schulter gründlich verarztet, doch als er zu Maggie zurückkam, sagte er: »Ich muß mich der amerikanischen Botschaft hier in Israel zur Verfügung stellen. Ich habe gerade mit ihnen telefoniert. Ein Wagen wartet schon, um mich nach Tel Aviv zu bringen, aber ich werde morgen wieder zurück sein. Halte durch und mach dir keine Sorgen.«

»Aber Timothy, du bist verletzt«, protestierte sie. »Dein Pflichtbewußtsein in allen Ehren, aber du brauchst jetzt erst einmal Ruhe.«

»Das geht nicht, Maggie. Als hoher Beamter der Vereinigten Staaten, der Zeuge bei einem derartigen Anschlag war, kann ich mich meinen Pflichten nicht einfach entziehen. Außerdem könnte ich wichtige Einzelheiten vergessen, wenn ich unnötig Zeit verstreichen lasse.«

Timothy küßte sie und wandte sich dann an Derrick. »Kümmere dich bitte um Maggie, bis ich zurück bin.«

In dem allgemeinen Durcheinander achtete fast niemand auf den Militärhubschrauber, der über ihren Köpfen kreiste.

Oswald Breil spähte durch ein Seitenfenster hinunter und sah, daß die Notfallmaßnahmen wie geschmiert funktionierten. Aber es bestand kein Grund zum Aufatmen; die furchtbare Gefahr war noch nicht gebannt.

Wenn er die Unterstützung der italienischen Justiz brauchte, kam für Oswald nur ein Ansprechpartner in Frage: Alberto Vite, der Leiter der Antimafia-Abteilung. Sie hatten bereits bei mehreren Gelegenheiten erfolgreich zusammengearbeitet.

Sein Dienstjet landete noch vor Morgengrauen auf der Piste von Ciampino, und Vite erwartete ihn neben einem Wagen mit dunklen Scheiben. Ihre Begrüßung beschränkte sich auf einen kräftigen Händedruck, denn sie wußten beide, daß keine Zeit zu verlieren war.

»Wir haben die Villa vor etwa einer Stunde ausgemacht und sofort unter Beobachtung gestellt«, berichtete Alberto

Vite, kaum daß sie in die Limousine gestiegen waren, die samt vorderer und hinterer Eskorte mit Höchtgeschwindigkeit losfuhr.

»Vor kurzem sind einige Personen eingetroffen. Wir haben sie alle mit Infrarotkameras fotografiert, und unsere Experten sind dabei, sie zu identifizieren. Niemand kann ungesehen hinein- oder hinausgelangen. Sobald wir ankommen, wird ein Spezialtrupp das Haus stürmen.«

Für diese besondere Zusammenkunft hatte der Großmeister das Zeremoniell auf ein Minimum beschränkt. Er saß wie üblich mit seinem Kreuzrittermantel am Kopfende des Tisches, war aber nur von elf Mitgliedern des Hohen Rates umgeben.

»Brüder, ich habe diese dringliche Versammlung einberufen, um euch mitzuteilen, daß die erste Stufe unseres Plans zur Erlangung der Weltherrschaft durch die Einmischung der Diener des Bösen nur zum Teil erfolgreich durchgeführt werden konnte. Aber wir haben noch viele Trümpfe in der Hand, und das Licht der Wahrheit wird uns auf unserem Weg leuchten. Am Ende werden wir triumphieren. Und jetzt möchte ich euch in allen Einzelheiten die nächsten Schritte darlegen ...«

In diesem Moment explodierten zwei Rauchbomben im Saal, und aus dem oberen Stockwerk ertönte eine megaphonverstärkte Stimme: »Das Gebäude ist umstellt. Sie haben zwei Minuten, um unbewaffnet und mit erhobenen Händen herauszukommen. Andernfalls werden wir das Haus stürmen.«

Der Großmeister blieb gleichmütig, nur sein Blick unter der Kapuze wurde eisig und durchbohrte jedes einzelne Mitglied des Rates.

»Ihr wißt, was die Regel für diesen Fall vorschreibt, Brüder«, sagte er schlicht, ehe er den Raum verließ.

Die Carabinieri des Spezialtrupps drangen nach genau zwei Minuten und dreißig Sekunden in den Versammlungssaal ein. Die Kapuzenmänner saßen reglos auf ihren Stühlen um den ovalen Tisch; jeder der elf Apostel des Rates hatte eine Giftkapsel zerbissen, und keiner von ihnen lebte noch.

Alberto Vite gab die gerade eingetroffene Mitteilung seiner Zentrale an Oswald weiter, daß sich Persönlichkeiten des internationalen Finanzwesens, Regierungsmitglieder und sogar ein Kardinal unter ihnen befanden.

»Die Zahl haut nicht hin«, sagte Oswald kopfschüttelnd.

»Was meinen Sie?« fragte der Italiener.

»Einer dieser Leute hat mir vor seinem Tod verraten, daß dieser sogenannte Rat des Neuen Ordens aus zwölf Mitgliedern besteht. Dazu kommt der Großmeister – macht also dreizehn. Vermutlich ist das Ratsmitglied, das vor meinen Augen gestorben ist, noch nicht ersetzt worden, so daß es zwölf sein müßten. Aber hier haben wir nur elf Leichen.«

Der Beamte, der den Einsatz leitete, trat zu ihnen und räusperte sich. »Entschuldigen Sie, wenn ich Sie unterbreche, meine Herren, aber einer meiner Männer hat das hier gefunden. Es lag am oberen Tischende.«

Auf dem Zettel stand ein einziges Wort: Hoover.

Die italienischen Ermittlungsbeamten konnten Oswalds Verdacht erst am späten Vormittag bestätigen. Dank hochentwickelter Geräte, die mit magnetischer Resonanz arbeiteten, hatten sie einen in die Kanalisation führenden Geheimgang entdeckt.

Oswald Breil befand sich jedoch schon längst nicht mehr in Rom.

»Seit wie vielen Stunden habe ich nicht mehr geschlafen?« fragte er sich, als er seinen Computer einschaltete. Es war auch nicht abzusehen, wann er endlich wieder einmal dazu kommen würde, denn das Oberhaupt der Sekte lief noch frei herum und konnte großen Schaden anrichten.

Seine Gedanken kreisten um ein einziges Wort: Hoover. Was konnte bloß damit gemeint sein?

Nachdem er sämtliche Paßwörter eingegeben und alle Sicherheitsmaßnahmen befolgt hatte, loggte er sich über eine geschützte Sonderleitung in das Archiv des Mossad ein und suchte nach jeder Anwendungs- und Bedeutungsmöglichkeit des Wortes.

Von den Ergebnissen konnte er gleich ein paar Dutzend aussortieren, vor allem die, die mit der bekannten Staubsaugermarke zu tun hatten, doch schließlich richtete sich seine Aufmerksamkeit auf ein bestimmtes Schlüsselwort neben einem Eintrag: »Staudamm«.

»Staudamm«, murmelte er vor sich hin. »Damm.« Dann erhellte sich sein Blick. »Wer weiß ...« Ihm war eine der kryptischen Bemerkungen eingefallen, die Didier Foche vor seinem Hinscheiden gemurmelt hatte.

Er öffnete den Artikel, der detailliert die Besonderheiten und technischen Daten eines der größten Staudämme der Vereinigten Staaten darlegte, und studierte ihn eingehend.

»Der Hoover-Damm«, las er, »der den Colorado River unterhalb des Lake Mead staut, wurde im Mai 1935 fertiggestellt. Für den Bau der Staumauer und der übrigen Anlagen wurden 5,7 Millionen Kubikmeter Beton verarbeitet, genug, um eine Autobahn von New York bis San Francisco zu bauen. Er versorgt Dutzende von Städten in Kalifornien, Arizona und Nevada mit Wasserkraftenergie, darunter auch Las Vegas, die Welthauptstadt des Glücksspiels.«

Das *Glücksspiel*. Ein verbreitetes *Laster*.

»Der *Damm*, der das *Laster* nährt«, flüsterte Oswald.

Aus Gründen der Sicherheit kam Erma nicht zu Oswald ins Ministerium, als dieser in Tel Aviv gelandet war, sondern empfing ihn in seinem Büro im »Institut«.

Obwohl beide lange nicht geschlafen hatten, ließ keiner der Männer ein Anzeichen von Müdigkeit erkennen. Die nervöse Anspannung und der hohe Adrenalinspiegel in ihrem Blut hielten sie wach.

»Ich habe bereits unsere Leute in den Vereinigten Staaten in Alarmbereitschaft versetzt«, berichtete Erma, »und zur Zeit sind neun Männer vor Ort, die jede Bewegung im Bereich der Talsperre überwachen. Außerdem ist einer unserer Spionagesatelliten mit den Koordinaten des Hoover-Damms gefüttert und in Position gebracht worden. Denken Sie, wir sollten die amerikanischen Behörden informieren?«

»Nein, dieser Geheimbund hat offenbar Mitglieder überall in den höchsten Positionen, so daß er wahrscheinlich sofort davon erfährt, wenn wir die Amerikaner alarmieren. Deshalb lassen wir FBI, CIA und so weiter vorläufig aus dem Spiel. Wir können ihnen später die gefaßten Terroristen ausliefern, aber im Moment vertraue ich nur unseren eigenen Leuten«, antwortete Oswald. »Kann man hier im Institut eigentlich noch einen Kaffee bekommen?«

Kurz darauf stand er mit einer dampfenden Tasse in der Hand vor einer Karte der USA und fuhrt fort: »Zur Sache. Das Staubecken des Lake Mead enthält fast 29 Millionen *acre-feet*. Ein *acre-foot* enstpricht der Wassermenge, die nötig ist, um die Fläche eines *acre* – das sind etwa 4000 Quadratmeter – mit einem Fuß Wasser zu bedecken. Umgerechnet eine Menge von rund 35 Billionen Litern, mit der man ganz Nevada unter Wasser setzen könnte.«

Oswald genehmigte sich einen Schluck von dem Kaffee, ehe er weiterdozierte. »Der Lake Mead gehört zu einem stark von Touristen frequentierten Gebiet. Jedes Jahr strömen Scharen aus aller Welt dorthin, um den Grand-Canyon-Nationalpark zu besuchen. Daher wird es nicht einfach sein, die Terroristen ausfindig zu machen. Aber wir dürfen ihnen keinen weiteren Vorteil lassen und müssen sie aufhalten, ehe sie die Bomben einsetzen.

Wir haben gesehen, was ein einziger Sprengkopf in einem relativ großen geologischen Becken wie dem Mittelmeer anrichten kann, noch dazu in tausend Metern Tiefe und umgeben von einem dicken Stahlmantel. Unvorstellbar, was ein ähnlicher Vorfall, vielleicht sogar um das Neunfache verstärkt, in einem See bewirken würde. Dennoch glaube ich nicht, daß die Terroristen ihre Sprengköpfe verschwenden werden, damit ein paar Millionen Amerikaner im Dunkeln sitzen. Sicher, sie würden ungeheuer vielen Menschen Probleme und Unannehmlichkeiten bereiten und großes Aufsehen erregen. Aber meiner Ansicht nach verfolgen sie noch ein anderes Ziel.«

Auf Ermas fragenden Blick sprach er weiter. »Ich weiß nicht, ob Sie sich an eine Naturkatastrophe in den sechziger Jahren in Italien erinnern, als ein ganzer Berg in einen Alpenstausee rutschte. Vajont hieß er oder so ähnlich. Millionen Kubikmeter Wasser stürzten über den Damm und rissen die Dörfer im Tal mit sich. Es gab Tausende von Toten. Jetzt sehen Sie sich diese Karte an und erinnern Sie sich an das, was Foche unter Drogen gesagt hat, bevor er starb.«

Auf der Karte waren der blau eingezeichnete Lake Mead und die durch beigebraune Flecken markierte felsige Umgebung gut zu erkennen. Eine breite Rinne zog sich vom See bis nach Las Vegas.

»*Der Damm, der das Laster nährt*«, rief Erma. »Sie wollen Las Vegas zerstören!«

»Genau. Wir dürfen keine Minute verlieren. Ein einziger Strengkopf, an der richtigen Stelle angebracht, könnte dafür sorgen, daß die ganze Stadt unter Wasser- und Schlammfluten begraben wird. Unsere Einsatzkräfte um den Staudamm müssen verdreifacht werden. Ihnen darf noch nicht mal eine Mücke entgehen. Schon wieder steht das Leben von Millionen Menschen auf dem Spiel.«

25. Juli 1999.

Der kleine Touristenhafen konnte etwa dreihundert Boote mittlerer Größe aufnehmen. An Mole 19 legte die *Hatteras*, eine fünfzehn Meter lange Angelyacht, frühmorgens um halb sieben ab. Die israelischen Agenten hatten sie schon die ganze Nacht über im Auge behalten, mißtrauisch gemacht durch die fieberhaften Aktivitäten in der Umgebung der Yacht. Schließlich lautete der Befehl aus Tel Aviv, auf alles zu achten, aber auch wirklich auf alles.

Ein Boot mit dem Abzeichen der Parkaufsicht näherte sich der *Hatteras*, als sie im nordwestlichen Teil des Sees ankerte. Der Beamte am Steuer führte das Megaphon an den Mund.

»Hier spricht Lieutenant Desly vom Sicherheitsdienst des Grand-Canyon-Nationalpark. Haben Sie ein Problem?«

»Nein, Lieutenant«, antwortete ein Besatzungsmitglied der Luxusyacht. »Wir haben nur Anker geworfen, um ein bißchen zu angeln.«

»In diesem Bereich ist das Angeln verboten, das sollten Sie wissen. Wir kommen jetzt an Bord zu einer Überprüfung.«

Noch ehe die Männer auf der Yacht zu den Waffen greifen konnten, prasselte ein Kugelhagel auf sie los. Die als Park Rangers verkleideten Geheimdienstagenten hatten sofort das Feuer eröffnet, als sie sahen, wie einer der angeblichen Angler die Hand nach einer Pistole ausstreckte.

Todesstille senkte sich auf die durchlöcherte Yacht. Die Agenten legten an der *Hatteras* an und gingen an Bord.

Oswald hatte endlich ein paar Stunden schlafen können, ausgestreckt auf dem Sofa in Ermas Büro. Zuvor hatte er angeordnet, ihn sofort zu wecken, sobald sich etwas Neues ergab.

Tatsächlich wurde er dann von einer rüttelnden Hand an

seiner Schulter aus dem Schlummer gerissen. Er rieb sich die Augen und sah Erma.

»Wir haben sie«, verkündete der neue Chef des Mossad triumphierend und erklärte knapp, was am Lake Mead geschehen war. »Allerdings«, schloß er weniger euphorisch, »haben unsere Agenten nur einen Sprengkopf sicherstellen können, der noch nicht scharf gemacht war.«

Oswalds anfängliche Freude wurde von neuer Sorge überschattet. »Nur einen? Dann müssen wir uns auf weitere acht Anschläge gefaßt machen. Und das Glück wird uns nicht ewig hold sein.«

Burg Valnure. Dezember 1314.

Luigi legte den gerade aus Paris eingetroffenen Brief auf den Tisch und ließ seinen Blick durch den Saal schweifen, in dem er seinen Vater und seine Frau hatte sterben sehen.

Im Geiste konnte er immer noch Jacques de Molays letzte Worte hören, mit denen er seinen Feinden und Henkern prophezeite, daß sie bald vor das Angesicht Gottes treten würden.

Clemens V. war schon einen Monat später verschieden, berichtete der Brief, und Philipp der Schöne war ihm am 29. November gefolgt. Es gab also doch eine Gerechtigkeit.

Luigi hätte sich eigentlich über diese Nachricht freuen müssen, aber was half ihm das Unglück anderer? Nichts würde das Leid wiedergutmachen, das diese beiden nun zu Staub gewordenen Mächtigen ihm und den Templern angetan hatten.

Sein Herz empfand keine Freude, sondern Bedauern und Sorge, wenn auch aus einem anderen Grund.

»Du mußt jetzt gehen, Lorenzo. Denk daran, ein *Muqatil* weint nicht«, sagte er zu dem Kind, das tränenüberströmt in den Saal gekommen war und sich an ihn klammerte.

»Aber du weinst doch selbst, Papa.«

»Du hast recht, mein Sohn. Das kommt, weil ich dich mehr liebe als mein Leben und weil es auch für mich ein großer Schmerz ist, von dir getrennt zu sein. Aber dein Großvater wird sich wie immer gut um dich kümmern, und bald sehen wir uns wieder, das verspreche ich dir.«

»Es ist schön bei Großvater, aber du wirst mir fehlen.«

»Du wirst mir auch fehlen, Lorenzo, doch für jetzt ist es besser, wenn du mit ihm gehst. Wenn du größer bist, nehme ich dich zu mir und bringe dir alle Künste eines echten Kriegers bei.«

Diese Worte ließen den Tränenstrom wie durch Zauber versiegen.

»Ist das dein Ernst, Vater?« Lorenzos kobaltblaue Augen leuchteten auf.

»Habe ich dich etwa jemals belogen?«

»Du wirst sehen, ich werde ganz viel üben, und nächstes Jahr bin ich schon stark genug, um zu kämpfen.«

»Ja, übe nur, mein kleiner *Muqatil*. Und wenn wir uns im nächsten Jahr wiedersehen, schenke ich dir ein echtes Schwert.«

Lorenzo strahlte, und auf seinen Wangen glänzten nur noch ein paar letzte Tränenstreifen, als ihn sein Großvater bei der Hand nahm und ihn mit sich fortführte.

Das Kind würde sehnsüchtig darauf warten, an der Seite seines Vater die Geheimnisse einer alten und edlen Kunst zu erlernen. Doch es würde auch erfahren, daß die ritterliche Ehre oft von persönlichen Interessen und Zielen befleckt wurde, die alles andere als edel waren.

Das sollte der Junge mit der dunklen Haut und den kobaltblauen Augen nach und nach lernen, bis ein echter *Muqatil* aus ihm geworden war.

EPILOG

30. Juli 1999.

Die amerikanische Amundsen-Scott-Forschungsstation lag in der endlosen Eiswüste der Antarktis, wo die Temperatur unter vierzig Grad minus gefallen war.

David Cohens Schicht ging gerade zu Ende. Er war einer von vier Geologen, und sein Aufenthalt in dieser Forschungsstation inmitten der unwirtlichsten Gegend der Welt verdankte er einem Akt der Rebellion gegen seinen Vater, einen frommen New Yorker Juden, nach dessen Willen er das rabbinische Gesetz hätte studieren sollen statt Steine und Erdbeben.

David hatte sich um diese Mission am Südpol beworben, weil er glaubte, daß zwei Jahre weit weg von zu Hause sowohl ihm als auch seinem dickköpfigen Vater nur guttun konnten.

In den vergangenen Tagen hatte er bereits mehrmals eine leichte seismische Aktivität registriert, deren Epizentrum nur wenige Meilen von der Basis entfernt lag. Er beschloß, nach Beendigung seiner Schicht hinauszugehen und die Sache zu überprüfen.

In Key Largo leuchtete das Wasser in endlosen Schattierungen von Grün und Blau und wurde von einer schnellen Hochseeyacht mit Pat Silver am Steuer durchpflügt. Er hatte nur wenige Tage gebraucht, um das schlimme Erlebnis, das hinter ihm lag, fast vollständig zu vergessen, und genoß nun die Sonne Floridas an der Seite einer neuen strahlenden Schönheit.

Beinahe alles hatte er vergessen, nur nicht Maggie. Die Gleichgültigkeit, mit der sie ihn während der letzten Stunden auf dem Schiff und später in Haifa behandelt hatte, machte ihm immer noch zu schaffen.

Nie hätte er gedacht, daß es einmal so weit mit ihm kommen würde, aber nun mußte er sich eingestehen, daß ihr Verhalten ihn sehr verletzt hatte. Natürlich, ihr Mann hatte sich wie ein Held benommen, indem er sich an ihrer Stelle als Geisel angeboten hatte. Danach hatte er die beiden nur noch eng umschlungen gesehen, wie ein frischverliebtes Paar auf Hochzeitsreise.

Pah! Er mußte aufhören, daran zu denken. Doch trotz aller Bemühungen und trotz des schönen Mädchens an seiner Seite konnte er die Erinnerung an Maggie und die leidenschaftlichen Momente mit ihr nicht aus dem Kopf bekommen.

In New York drückte Timothy seine Frau gerade zärtlich an sich. An seinen Arbeitszeiten hatte sich nichts geändert, er verbrachte die Woche immer noch in Washington und auf Dienstreisen, aber ihre Beziehung schien wieder neuen Schwung bekommen zu haben.

Als das Telefon klingelte, löste sich Maggie sanft aus seiner Umarmung und nahm ab. »Hier ist Gerardo«, meldete sich di Valnure am anderen Ende der Leitung. »Wie geht es euch beiden?«

»Uns geht es gut. Und dir?«

»Hier in Italien ist es unerträglich heiß, aber reden wir nicht übers Wetter. Ich rufe an, weil ich eine großartige Neuigkeit habe.«

»Spann mich nicht auf die Folter.«

»Ihr müßt alle wieder nach Rom kommen. Ich habe einen Anruf vom Staatssekretär des Vatikans erhalten. Der Papst hat den Wunsch geäußert, ›die mutigen Personen kennenzulernen, die dazu beigetragen haben, ein abscheuliches Verbrechen zu vereiteln und die Küstenbevölkerung zu retten.‹ Ich glaube tatsächlich, er will uns eine Auszeichnung verleihen oder so was. Wir werden zu einer Privataudienz am 11. August gebeten.«

»Hast du gesagt, der Papst? Der echte?« fragte Maggie ungläubig.

»Klar, gibt es auch einen unechten? Laß mich wissen, wann ihr ankommt, damit ich euch abholen kann. Ich habe auch schon Lionel Goose und Arthur Di Bono benachrichtigt, aber könntest du Derrick, Annie und Pat Bescheid geben?«

»Natürlich, ich spreche gleich mit Derrick. Er ist ein guter Organisator und wird sich um alles kümmern.«

Während er im Wartezimmer des Spezialisten saß, bei dem er in Behandlung war, konnte Lionel Goose seine wachsende Angst nicht unterdrücken. Nicht weniger nervös war der Händedruck, mit dem Lisa ihn hin und wieder aufzumuntern versuchte.

Als er endlich hereingerufen wurde, ging Lionel mit einer Haltung ins Sprechzimmer, die forsch sein sollte, aber nur steif wirkte wie die eines zum Tode Verurteilten.

Ganz anders kam er nach ein paar Minuten wieder heraus. Er war vor Aufregung ganz verschwitzt, doch sein Gesicht strahlte.

»Es ist nichts«, sagte er und ließ sich neben seine Frau in einen Sessel fallen. »Das heißt, das Übel ist natürlich noch da, aber wie zuvor unter Kontrolle. Die Beschwerden rühren bloß von einer leichten Lungenentzündung her, die vermutlich hervorgerufen wurde durch die Temperaturschwankungen auf dem Schiff, die unterschiedliche Luftfeuchtigkeit und die Klimaanlage.«

Lionel stieß einen tiefen Seufzer der Erleichterung aus, und Lisa schlang ihm die Arme um den Hals.

»Ich habe eine Neuigkeit«, sagte sie, als sie sich beide

wieder etwas beruhigt hatten, und reichte ihm ihr Handy, auf das gerade ein Anruf von Gerardo di Valnure bei ihnen zu Hause umgeleitet worden war.

David Cohen zog seinen Thermoanzug an und programmierte das GPS-Gerät, um die Stelle finden zu können, an der die Seismographen die leichten tellurischen Bewegungen in der antarktischen Eiskappe registriert hatten.

Dann trat er durch eine Tür nach draußen, die, ähnlich wie in einem Unterseeboot, mit einem Überdruckmechanismus ausgestattet war, um zu verhindern, daß die eisige Luft von draußen in die Forschungsstation drang. Sein Gesicht war mit einer Maske bedeckt, so daß kein Stück Haut der Kälte ausgesetzt war.

Der junge Seismologe bestieg einen Motorschlitten und fuhr in die festgesetzte Richtung, entlang des 60. Längengrads und auf den geographischen Pol zu, der etwa fünfzehn Meilen von der Station entfernt lag. Die Sonne hing tief über dem Horizont.

Sein Motorschlitten überwand weite weiße Flächen, umfuhr Eisspitzen, die wie Skulpturen aussahen, und Berge aus Eis, aber nach einer Stunde war David gezwungen, ihn stehenzulassen und zu Fuß weiterzugehen, weil ihm eine hohe Eiswand den Weg und die Sicht versperrte.

Die frostige Luft erschwerte das Atmen, obwohl sie durch die Maske gefiltert wurde. Mühsam erkletterte er die Wand, auf deren hartem, kompaktem Eis er mit seinen benagelten Stiefeln nur mit Mühe Halt fand. Doch schließlich hatte er den Kamm erreicht, ließ sich keuchend nieder und holte sein Fernglas hervor. Was er sah, raubte ihm noch mehr den Atem als die kalte Luft.

Ein Stangenbohrer für Ölbohrungen oder Kernbohrungen im Eis war in der Mitte einer weißen Ebene aufgebaut, in einem Gebiet, wo das Eis eine Dicke von bis zu dreitausend Metern erreichte.

In der Nähe des großen Bohrers bewegten sich schwere Fahrzeuge hin und her, und neben der im Gang befindlichen Bohrung waren mindestens vier weitere, im Halbkreis angeordnete Löcher zu sehen. Der gesamte Bereich wurde von bewaffneten Gestalten bewacht. Drei Männer waren im Vordergrund mit einem Radardetektor beschäftigt, der offenbar in der eisigen Kälte nicht richtig funktionierte und deshalb Davids Nahen nicht angezeigt hatte.

Eine der Schneeraupen näherte sich dem neuen Bohrloch, und zwei weitere Männer stiegen aus und öffneten die Heckklappe. Sie holten eine Kiste heraus, die mit kyrillischer Schrift bedruckt und mit dem gut sichtbaren schwarz-gelben Symbol für radioaktive Strahlung versehen war.

David zog sich langsam und vorsichtig zurück und hoffte inständig, die Reparatur des Radargeräts werde noch so lange dauern, bis er in Sicherheit war.

Doch schon nach wenigen Minuten bemerkte er, daß er verfolgt wurde. Zwei Motorschlitten und ein Kettenfahrzeug kamen über die Anhöhe, die er soeben verlassen hatte.

Fast zur gleichen Zeit erhob sich ein starker Wind, den David gut kannte – es war der eisige Blizzard, der über die antarktische Eiskappe fegte und oft die Stärke eines schweren Hurrikans annahm. Wenn er nicht bald einen Unterschlupf fand, würde er wenig Überlebenschancen haben, das wußte David. Andererseits war diese plötzliche Bedrohung durch die Witterung vielleicht seine einzige Chance gegen die Verfolger, denn nach einem Jahr im Polareis kam er damit besser zurecht als diese mysteriösen Dunkelmänner.

Er duckte sich hinter die Windschutzscheibe des Motorschlittens und fuhr so schnell, wie es die Sichtverhältnisse zuließen, die immer schlechter wurden, je mehr der Schneesturm zunahm. Zur Orientierung konnte er sich nur noch nach dem Kompaß richten.

Zum Glück war der Sturm keiner von den ganz heftigen, sonst hätte er ihn trotz aller Erfahrung nicht überstanden. Es gelang ihm, die präparierte Piste zu finden, die die Fahrzeuge der Station bei ihren Exkursionen nutzten, aber er konnte nur wenige Zentimeter über die Schnauze des Schlittens hinaussehen, was jedoch genügte, um den Weg zu erkennen.

David gab Gas und fragte sich, was diese Männer dazu bewegte, radioaktives Material im südpolaren Packeis zu lagern. Vermutlich handelte es sich um Schmuggler von radioaktiven Abfällen, die den idealen Abladeplatz für das gefährliche Produkt gefunden hatten und so enorme, wenn auch höchst illegale Profite erzielten. Ja, so mußte es sein.

Diese Überlegungen hatten seine Aufmerksamkeit für einen kurzen, aber entscheidenden Moment abgelenkt. Der Schlitten prallte gegen einen Eishügel, stellte sich quer und überschlug sich mehrmals. David, der in einem weichen Schneehaufen landete, blieb unverletzt. Schnell stand er wieder auf und rannte auf den umgekippten Schlitten zu, aus dessen Tank das Benzin floß, während der Motor auf hoher Drehzahl weiterheulte. Plötzlich schossen Flammen aus dem Gefährt und verbreiteten sich in einem Umkreis von mehreren Metern.

Der junge Wissenschaftler stieß einen Fluch aus. Es waren nur noch wenige Meilen bis zur Station.

Kurz darauf trafen die Verfolger bei dem umgestürzten Schlitten ein, der nur noch ein lichterloh brennender Haufen Schrott war. Zwei Männer steigen aus der Schneeraupe und versuchten, einen menschlichen Körper in den Flammen zu erkennen.

»Hier kann man überhaupt nichts sehen!« schrie einer gegen das Heulen des Sturms an.

»Ich glaube nicht, daß er das überlebt hat. Und selbst wenn, ist er mit Sicherheit verletzt. Der Sturm wird ihm den Rest geben. Außerdem wissen wir nicht, ob er überhaupt etwas gesehen hat. Wahrscheinlich war es nur einer von diesen Forschern, die in dieser Station hocken.«

»Du hast recht. Verschwinden wir.«

David lag nicht weit entfernt hinter einer Schneewehe versteckt und hatte alles hören können. Er bewegte seine Zehen, die vor Frost kribbelten. Es war höchste Zeit, daß er sich erhob, ehe die Kälte lebenswichtige Organe angriff.

Nach zwei Stunden stieß er beinahe mit dem Kopf gegen eines der Gebäude der Forschungsstation. Er war wie blind durch den Eissturm gelaufen, ständig getrieben von der Angst, es nicht zu schaffen.

Einige Kollegen warteten bereits auf ihn. »Wohin warst du denn verschwunden?« fragten sie. »Wir wollten gerade losgehen, um dich zu suchen, auch wenn das bei diesem Sturm ...«

»Ich wollte ein paar Proben entnehmen und bin vom Blizzard überrascht worden. Mein Motorschlitten hat sich bei einem Unfall überschlagen und ist in Brand geraten«, berichtete er kurz. Im Moment wollte er noch niemandem von seiner Entdeckung erzählen.

Er hatte viel von dem vergessen, was sein Vater ihn gelehrt hatte, aber eines nicht. »Die einzige wirkliche Verteidigungswaffe Israels ist sein Geheimdienst«, hatte der alte Herr einmal bemerkt. »Jede außergewöhnliche Situation muß ihm sofort gemeldet werden. Uns mag vieles als nebensächlich erscheinen, aber diese Leute wissen, wie man Informationen bewertet und welche für die Sicherheit unseres Landes wichtig sind.«

Als er sein Zimmer betrat, war er wieder einmal heilfroh über die Existenz des Internets und die Möglichkeit, Nachrichten innerhalb kürzester Zeit an jeden beliebigen Empfänger an jedem beliebigen Ort der Welt zu versenden. Er wußte genau, wen er in diesem Fall kontaktieren mußte – einen guten Freund, der offiziell bei einem großen Handelsunternehmen in New York angestellt war.

Zwei Stunden später landete sein Bericht auf dem Schreibtisch von Oswald Breil.

»Ich glaube, wir kennen jetzt das eigentliche Ziel dieser wahnsinnigen Attentäter«, sagte Oswald zu Erma. »Die Antarktis hat eine Fläche von vierzehn Millionen Quadratkilometern und ist damit fast anderthalb mal so groß wie Europa. Das Festland ist fast gänzlich von einer Eiskappe bedeckt, die bis zu 4000 Meter dick ist. Wissen Sie, was passiert, wenn man die Sprengköpfe dort unten zündet? Ein Großteil der Antarktis würde in die Ozeane schmelzen, und der Meeresspiegel würde sich um vierzig bis sechzig Meter erhöhen. Erinnern Sie sich, was Foche noch gesagt hat? ›Die große Welle wird die Sünden hinwegspülen, und auf den Trümmern werden wir das Reich Christi neu errichten.‹ Da haben wir die Welle, die die Welt reinigen soll, eine gigantische Katastrophe, die sich bisher noch nicht einmal die pessimistischsten Wissenschaftler ausgemalt haben.«

»Wir müssen sofort etwas unternehmen! Aber wie sollen wir am Südpol agieren?«

Oswald überlegte nur einen Augenblick; dann griff er zum Telefon.

»Rufen Sie den Präsidenten der Vereinigten Staaten auf der Sonderleitung an. Ich möchte persönlich mit ihm sprechen.«

Kurze Zeit später rief ihn der mächtigste Mann der Welt zurück.

»Hier spricht Oswald Breil, Herr Präsident, der Stellvertretende Verteidigungsminister von Israel.«

»Ich bin informiert, Herr Vizeminister. Welchem Anlaß verdanke ich Ihren Anruf?«

»Sie haben sicher die Ereignisse im Zusammenhang mit der terroristischen Geheimsekte verfolgt, die den Globus mit nuklearen Sprengköpfen bedroht.«

»Natürlich, und mir ist auch bekannt, daß wir es Ihnen zu verdanken haben, daß zwei schwere Anschläge verhindert wurden. FBI und Geheimdienste arbeiten unter höchster Alarmstufe, aber im Moment verfügen wir noch über keine konkreten Hinweise.«

»Verzeihen Sie meine Direktheit, Herr Präsident, aber ich habe Sie nicht angerufen, um mich nach dem Stand der Dinge zu erkundigen, sondern aus einem schwerwiegenderen Grund. Wir haben den dringenden Verdacht, daß das nächste Ziel der Terroristen die antarktische Polkappe ist, und Sie wissen, was das plötzliche Schmelzen des Polareises infolge einer Nuklearexplosion für die Menschheit bedeuten würde.«

31. Juli 1999.

Der amerikanische Spionagesatellit überflog den geomagnetischen Südpol in einer Höhe von 36 000 Metern. Zum selben Zeitpunkt brach die technische Kommunikation im Lager der Terroristen vollkommen zusammen.

Die zwei mit Stahlkufen versehenen Hercules-Transportmaschinen landeten erst auf der ebenen Eisfläche, als sie die Bestätigung erhalten hatten, daß die Radargeräte des Angriffsziels untauglich gemacht worden waren. Kurz darauf bestiegen die in weiße Thermo-Overalls gehüllten Soldaten der Spezialeinheit drei Panzerfahrzeuge, die sie aus dem Bauch der Maschinen entladen hatten.

Sie ließen die Fahrzeuge etwa eine Meile vor dem Ziel stehen und gingen zu Fuß bis zu dem Eiswall weiter, von dem aus David Cohen das merkwürdige Treiben der bewaffneten Männer beobachtet hatte.

Einer der Terroristen war auf den Radarempfänger gestiegen und rief seinem unten wartenden Kumpan zu: »Hier ist keine Spur von Eis zu sehen! Weiß der Teufel, warum das verdammte Ding nicht funktioniert!«

Es sollten seine letzten Worte sein. Kaum ausgesprochen, traf ihn die Kugel eines Scharfschützen mitten in die Stirn, und Sekunden später brach die Hölle los.

Oswald Breil konnte seine Unruhe nicht unterdrücken. Für ihn, der es gewohnt war, Einsätze in Krisensituationen von vorderster Linie aus zu leiten, war das passive Warten auf den Ausgang einer Operation die reinste Qual. Als das Telefon des heißen Drahtes in die USA klingelte, hob er mit bebender Hand ab. Es war der Präsident.

»Die Menschheit ist Ihnen zu Dank verpflichtet, Herr Vizeminister. Aufgrund Ihrer Informationen ist es uns gelungen, die Katastrophe zu verhindern. Die Terroristenbande ist vernichtet.«

Oswald ließ sich gegen die Rückenlehne seines Sitzes sinken. »Wurden die Sprengköpfe sichergestellt, Herr Präsident?«

»Selbstverständlich.«

»Wie viele sind es?«

»Acht.«

Zum erstenmal seit vielen Tagen verzogen sich Oswalds Lippen zu einem breiten Lächeln. Jetzt war es wirklich vorbei. Zumindest für dieses Mal.

Vatikanstadt. 11. August 1999.

»Und so, Eure Heiligkeit, ist es uns gelungen, das Schiff an einer tiefen Stelle zu versenken und die Gefahr durch die Explosion abzuwenden. Was den anderen Schauplatz dieser Ereignisse betrifft, kann Ihnen Signorina Terracini, die persönlich vor Ort war, Genaueres berichten.«

Mit diesen Worten schloß Pat Silver seinen Bericht, dem der Heilige Vater aufmerksam gelauscht hatte. Nun war Sara an der Reihe, die Vorfälle zu schildern, die zu der Entdeckung in der Rosslyn-Kapelle geführt hatten.

Sie gab eine wohlgeordnete Zusammenfassung und fügte am Ende hinzu: »Ihre Liebe zur Menschheit macht Sie zu einem großen Mann, Heiliger Vater, unabhängig von Religion und Glaubensrichtung. Besonders dankbar bin ich Ihnen für Ihre Bemühungen um Aussöhnung und Brüderlichkeit zwischen den Völkern. Nach der Explosion in der Krypta habe ich aus den Trümmern ein Bruchstück der alten Rollen gerettet, die Jahrhundertelang von den Tempelherren gehütet wurden. Leider handelt es sich wohl um das einzige verbliebene Stück.«

Sara brachte eine lederne Hülle zum Vorschein und zog ein kleines Reliquiengefäß aus Kristallglas daraus hervor, in welches das kupferne Fragment eingeschlossen war. »Auf diesem Stück ist noch ein einziges Wort in der Sprache meiner Vorväter zu erkennen: *Maschiach*, der Messias. Ich glaube, es ist richtig, wenn ich es Ihnen zum Geschenk mache, Heiliger Vater.«

Der Papst drückte ihr herzlich die Hand, wie er es zuvor bei den anderen getan hatte, und begann nun seinerseits zu sprechen, mit einer Stimme, die trotz seines hohen Alters und seiner angegriffenen Gesundheit sehr fest klang.

»Die Welt ist voll von Atomwaffen und skrupellosen Machthabern. Doch zum Glück gibt es auch tapfere Menschen wie Sie, die vor keiner Gefahr zurückschrecken, um dem Guten zum Sieg zu verhelfen. Ich werde Gott bitten, daß er seine schützende Hand über Sie hält. Aber Ihr entschiedenes, mutiges Handeln verdient auch eine sichtbare Auszeichnung. Daher möchte ich jedem von Ihnen das Siegel des Lichts des Heiligen Landes verleihen.«

Der Papst rief sie nacheinander zu sich und legte ihnen das Atlasband mit dem schweren Anhänger aus massivem Gold um den Hals: eine runde Scheibe, umgeben von funkelnden spitzen Strahlen.

Das strenge Protokoll war damit beendet, und das Gesicht des Papstes zeigte ein gutmütiges, weises Lächeln. »Was die dritte Prophezeiung betrifft, Mr. Silver, so möchte ich Sie daran erinnern, was Petrus in seinem zweiten Brief schreibt: ›Denn es ist noch nie eine Weissagung aus menschlichem

Willen hervorgebracht worden, sondern getrieben von dem Heiligen Geist haben Menschen im Namen Gottes geredet.‹ Überlassen Sie es daher ruhig den Männern Gottes, von Prophezeiungen zu reden und den Versuch zu unternehmen, sie zu deuten.«

Während Pat verwirrt den Kopf neigte, warf der Heilige Vater ungeniert einen Blick auf seine Armbanduhr.

»Bitte entschuldigen Sie, wenn ich nach der Zeit sehe«, sagte er, immer noch lächelnd, »aber um nichts auf der Welt möchte ich die letzte Sonnenfinsternis dieses Jahrtausends verpassen. Ich glaube, meine Begeisterung für derartige Phänomene hat sich inzwischen herumgesprochen.«

Maggie Elliot erstarrte, und ihr Blick wurde abwesend. Im Geiste hörte sie die Worte der alten Prophezeiung: *Der Papst wird aus dem Osten kommen, im Laufe einer Sonnenfinsternis.*

Tatsächlich hatte die Synode den gegenwärtigen Papst während einer partiellen Sonnenfinsternis gewählt.

Auf einmal stieg eine ihrer *Ahnungen* in ihr auf, mächtig und unkontrollierbar, wie es schon lange nicht mehr vorgekommen war. Maggie wurde blaß, sie bewegte den Kopf unruhig hin und her, und sie begann zu sprechen.

»Es wird der Tag einer Sonnenfinsternis sein, den der Böse wählt, um einen neuen Anschlag auf das Leben des Papstes zu verüben.«

Ein erschrockenes Schweigen legte sich über den Audienzsaal. Timothy ging zu seiner Frau und legte den rechten Arm um sie. Die Wunde an seiner Schulter hatte sich wieder geöffnet, so daß er den linken Arm in einer Schlinge trug.

Maggie schien wieder zu sich zu kommen, und ihr Blick richtete sich auf die Auszeichnung auf der Brust ihres Mannes. Schwach tauchte wieder die Vision vor ihr auf, die sie an ihrem Hochzeitstag gehabt hatte, und sie sah nicht Timothy, sondern jenen anderen Mann.

Einen Mann in einer langen Tunika mit einem Kreuz darauf und einer Kapuze über dem Kopf.

»Ich, Shirinaze, werde wiederkehren«, erklang es dumpf und in einem alten, kantigen Französisch aus ihrem Mund. »Ich werde wiederkehren, um diejenigen zu bestrafen, die ich verflucht habe. Die Nichtswürdigen, die das Wort Gottes für ihre abscheulichen Ziele mißbrauchen. Ich verfluche dich, Mörder!« schrie sie und zeigte mit dem Finger auf ihren Mann. »Ich verfluche dich, Großmeister des Neuen Ordens der Armen Ritter Christi!«

Alle waren zuerst wie erstarrt, doch dann zog Timothy eine Pistole unter seinem Jackett hervor, wo sie zusätzlich von dem Arm in der Schlinge verborgen gewesen war.

Er machte einen Satz in die Mitte des Saals und richtete die Waffe gegen den Papst.

»Keine Bewegung!« befahl er. »Ihr habt all meine Pläne vereitelt, aber es wird euch nicht gelingen, die Erfüllung des göttlichen Willens zu verhindern. Mir obliegt die heilige, über Jahrhunderte vererbte Pflicht, den Usurpator des Stuhls Petri zu entmachten. *Nos perituri mortem salutamus.* Stirb, Werkzeug des Bösen!«

Lionel Goose reagierte blitzschnell und stürzte sich auf die Waffe, aber Timothy hatte schon abgedrückt und traf ihn anstelle des Papstes.

In seiner Basketballmannschaft an der Universität hatte sich Pat immer darin ausgezeichnet, wie zielsicher er seinen Mitspielern den Ball hatte zuwerfen können. Er griff nach seinem Orden und ließ die schwere Goldscheibe durch die Luft zischen.

Timothy Hassler riß die Augen auf, als sich einer der spitzen Strahlen in seine Stirn bohrte, und sank zu Boden.

Nun war wirklich alles vorbei.

Oswald Breil eilte zu Lionel, aber der alte Kämpfer der Green Berets rappelte sich schon wieder auf, während er den rechten Arm mit der linken Hand umklammerte. Der

Ärmel seiner Anzugjacke war über dem Ellbogen voller Blut.

»Er hat mich getroffen, der Mistkerl«, sagte er, »aber ich bin hart im Nehmen. Es ist zum Glück nur ein Kratzer.«

Maggie, die auf dem Boden kniete, brach in Schluchzen aus, aber Pat war schon bei ihr und zog sie in seine Arme. All die Jahre hatten sie ihre Liebe füreinander geleugnet – es war höchste Zeit, einiges nachzuholen.

Mittelmeer. Mai 1326.

Die kobaltblauen Augen des *Muquatil* schweiften über die endlose Weite des Meeres. Sein leichtes, wendiges Schiff glitt schnell über das Wasser, angetrieben vom Wind in den Segeln und der Kraft der Ruderer.

Am Heck wehte die Kriegsflagge des alten Templerordens, ein weißer Totenschädel auf schwarzem Grund über zwei gekreuzten Beinknochen.

Das Gefecht stand kurz bevor, aber der Kapitän hatte keine Angst. Ein *Muqatil* fürchtete sich nicht.

Aber das ist wieder eine andere Geschichte …

DANKSAGUNG

Ich danke wie immer unseren Kindern Andrea und Beatrice und meiner Frau Consuelo.

Außerdem möchte ich mich bei allen bedanken, die auch noch auf meine abwegigsten Fragen ausführlich geantwortet haben und auf diese Weise wesentlich zur Entstehung dieses Buches beitrugen. Einen besonderen Dank an das Personal der Costa Crociere, an die Planungsleiter der P & O Grand Princess und an meine Informatikexperten.

Dank auch an alle Autoren, die über die in diesem Roman behandelten Epochen geschrieben haben und mir eine große Hilfe waren. Besonders erwähnen möchte ich:

Barber, Malcom: New Knighthood. A History of the Order of the Temple. Cambridge (Cambridge University Press) 1995.

Bordonove, Georges: I Templari. Milano (SugarCo) 1989.

Cardini, Franco: I Poveri Cavalieri del Cristo. Rimini (Il Cerchio) 1992.

Carr, Edward: History of Soviet Russia. London (Macmillan Press/Palgrave) 1978.

Decaux, Alain: L'Énigme Anastasia. Paris/Genève (La Palatine) 1961.

de Mahieu, Jacques: I Templari in America. Milano (Piemme) 1998.

Demurger, Alain: Die Templer. Aufstieg und Untergang 1120–1314. München (C. H. Beck) 2000.

Imperio, Loredana: Il tramonto dei Templari. Latina (Penne & Papiri) 1992.

Knight, Christopher/Lomas, Robert: Unter den Tempeln Jerusalems. Pharaonen, Freimaurer und die Entdeckung der geheimen Schriften Jesu. Bern (Scherz) 1997.

dies.: Der zweite Messias. Das Grabtuch von Turin, die Templer und das Geheimnis der Freimaurer. München (Scherz) 1999.

Palermo, Carlo: Il quarto livello. Roma (Editori Riuniti) 1996.

Partner, Peter: Knights Templar and Their Myth. USA, Rochester (Inner Traditions International) 1990.

Sokoloff, Nicolas: Enquête judiciaire sur l'assassinat de la famille impériale russe. Paris (Payot) 1924.

Summers, Anthony/Mangold, Tom: File on the Tsar. London (Orion Publishing) 1976.

Zum Schluß noch einen herzlichen Dank und eine Umarmung an alle, die von Anfang an an mich geglaubt und mich in den exklusiven Kreis der »Maestri dell'Avventura« aufgenommen haben.